MAZO DE LA ROCHE

Mazo de la Roche, la plus célèbre romancière canadienne de langue anglaise, est née en 1879 à Toronto. Son enfance se déroula sur les bords du lac Ontario, dans la ferme familiale : elle devait en garder, sa vie durant, l'amour de la nature qui imprégna son œuvre littéraire. Après deux romans qui n'éveillèrent guère la curiosité, elle publia en 1927 *Jalna* qui remporta bientôt un immense succès. Les lecteurs enthousiasmés réclamèrent une suite. C'est ainsi que Mazo de la Roche se lança dans cette saga qui lui valut une célébrité mondiale. Elle mourut en 1961, laissant, en plus des seize volumes de la série de *Jalna,* huit romans, des nouvelles, des contes, des pièces de théâtre et son autobiographie.

★

Résumé des volumes précédents

Adeline, l'aïeule des Whiteoaks de Jalna, ne parvient plus à resserrer autour d'elle le clan familial. Renny, son petit-fils préféré, le maître de Jalna, est tombé amoureux de sa belle-sœur Alayne. Le mari de cette dernière, Eden, aime Pheasant, fiancée à son frère Piers. Après bien des déchirements, Eden s'inclinera : il renoncera et à Alayne et à Pheasant. Il ne lui reste qu'à s'exiler. Le clan semble se reformer mais la faille reste profonde.

LES WHITEOAKS DE JALNA

Gran est centenaire. Celle qui fut la belle et tyrannique Adeline règne toujours sur la famille Whiteoak. Elle est inquiète pour son petit-fils Finch : il n'aime que la musique et se sent incompris par ces Whiteoaks dont le joug pèse lourd à ses épaules. Il tente d'y échapper en s'enfuyant à New York mais comprend vite qu'il appartient, bon gré mal gré, à Jalna. Il revient au bercail pour voir mourir Adeline. Gran a préparé un dernier coup de théâtre : elle a fait de Finch son légataire universel. Le jeune homme est effrayé de cette responsabilité inattendue. Abandonnera-t-il définitivement Jalna, au bord de la faillite, ou réussira-t-il à reformer autour de lui le clan Whiteoak ?

LES WHITEOAKS DE JALNA

MAZO DE LA ROCHE

LES WHITEOAKS DE JALNA

PLON

Cet ouvrage a été publié en langue anglaise sous le titre :

WHITEOAKS

Traduit de l'anglais
par G. LALANDE

ISBN 2-266-00133-7

POUR
HUGH EAYRS

1

FINCH

AU-DELA du tourniquet où l'on prenait les billets, un passage couvert d'une tente à rayures rouges et blanches conduisait dans le hall du Colisée. Le sol cimenté de ce passage était couvert de nombreuses empreintes de pas humides et boueuses; un vent glacial le parcourait, plus vif que les rapides chevaux enfermés à l'intérieur.

Il n'y avait plus que quelques retardataires qui entraient maintenant, et parmi eux, Finch Whiteoak, âgé de dix-huit ans. Son manteau de pluie et son chapeau de feutre dégouttaient d'eau; même la peau lisse de ses joues maigres brillait d'humidité.

Il tenait à la main une courroie attachant deux livres et un cahier déchiré, et il lui était pénible de penser que ces objets trahissaient sa condition d'étudiant; regrettant de les avoir apportés, il essaya de les dissimuler sous son imperméable, mais cela lui donnait une silhouette si déplaisante qu'il les retira timidement et les porta de nouveau en évidence.

A l'intérieur du hall, il se trouva dans un tumulte de voix et de piétinements, et au milieu d'une immense profusion de fleurs; de gigantesques chrysanthèmes aux cœurs éblouissants derrière leurs pétales enroulés, de parfaits œillets roses qui semblaient rêver doucement à leur propre perfection, de nonchalantes pivoines, alourdies par leur riche couleur et leur parfum, s'entassaient de chaque côté.

Avec son sourire habituel et timide, Finch flâna au milieu de ces fleurs. Leur élégance, leur fragilité, unies à l'éclat de leurs teintes, lui apportaient un frémissement de bonheur. Il souhaita qu'il y eût moins de monde ; il aurait voulu avancer seul parmi elles, s'imprégner de leur parfum au lieu de le humer, se pénétrer de leur vive gaieté au lieu de seulement l'apercevoir. Une jolie jeune femme de quelque dix ans plus âgée que lui se pencha sur la grosse touffe d'un chrysanthème dont le cœur semblait une orange éclatante, et l'effleura de sa joue. « Quelle chose exquise » soupira-t-elle, en jetant un regard souriant à l'adolescent timide qui se trouvait près d'elle. Finch lui rendit un léger sourire, mais il s'éloigna ; cependant, quand il fut certain de son départ, il retourna auprès de la fleur sombre, comme s'il voulait y découvrir un peu du charme féminin qui l'avait effleurée.

Il fut arraché à sa contemplation par une voix masculine s'élevant d'un microphone situé à l'intérieur du bâtiment où avait lieu le concours hippique. Il regarda sa montre-bracelet et s'aperçut qu'il était 4 heures un quart ; il n'oserait pas se présenter dans l'enceinte avant au moins une demi-heure ; il avait quitté l'école sans attendre la fin de la classe pour voir quelques numéros avant ceux auxquels prenait part son frère Renny. Renny s'attendait bien à le voir, mais il lui en voudrait certainement s'il apprenait qu'il avait manqué une leçon. Finch avait échoué à ses examens, l'été précédent, et son attitude présente à l'égard de Renny avait un caractère humblement propitiatoire.

Il pénétra dans la partie réservée aux automobiles ; comme il examinait une luxueuse voiture de tourisme bleu foncé, un vendeur s'approcha et commença d'en vanter les perfections. Finch était embarrassé et, en même temps, flatté, d'être traité avec importance et appelé « Monsieur ». Il parla quelques minutes avec le vendeur, s'efforçant de paraître au courant et de dissimuler ses livres. Quand il s'en alla, il se redressa dans une attitude virile.

Il donna à peine un regard à l'exposition de pommes et aux aquariums de poissons dorés ; il voulait jeter un coup d'œil sur les niches des renards argentés. Un long escalier y conduisait. Là-haut, sous les toits, se trouvait un monde tout différent : un monde sentant les désinfectants, un monde d'yeux étincelants, de museaux pointus, de pelages drus et vigoureux. Tous étaient prisonniers derrière les épaisses grilles de fer de leur cage ; on en voyait quelques-uns roulés en boule, avec un seul œil ouvert et curieux ; d'autres grattaient leur paille fraîche, en essayant d'échapper à leur morne emprisonnement, ou encore se dressaient sur leurs pattes de derrière, en passant leurs petits museaux dédaigneux à travers le grillage. Finch souhaita pouvoir ouvrir les portes de toutes ces cages ; il voyait, en imagination, cette fuite éperdue, ce piétinement furieux à travers les champs dépouillés de l'automne ; le creusement précipité des terriers et la disparition, sous la terre hospitalière, de tous ces animaux rendus par lui à la liberté. Oh ! s'il pouvait seulement la leur rendre, cette liberté, pour laquelle ils étaient nés, de courir, de creuser, de se multiplier sous terre !

Il semblait qu'un mot s'était transmis d'une cage à l'autre leur apprenant que quelqu'un était venu les secourir. De quelque côté qu'il regardât, des yeux attentifs étaient fixés sur lui ; les petits renards bâillaient, s'étiraient, tremblaient d'espoir ; ils attendaient !...

Une sonnerie de clairon résonna en bas. Finch reprit possession de lui-même ; il s'en alla sans lever les yeux, se hâtant vers l'escalier, en tournant le dos aux prisonniers.

Au sommet de l'escalier, se trouvait un vieillard languissant et triste, devant une exposition de canaris ;

il arrêta le jeune homme pour lui offrir un billet de loterie ; le gros lot était un magnifique oiseau chanteur.

— Le billet ne vaut que 25 *cents* et le canari vaut 25 dollars, lui dit-il, c'est vraiment une splendeur ! le voilà, dans sa cage. Je n'ai jamais élevé plus bel oiseau ; regardez sa forme et sa couleur. Et si vous l'entendiez chanter !... Quel beau cadeau pour votre mère, jeune homme ! Justement, voici Noël dans six semaines.

Finch pensa que si sa mère vivait, cela aurait été un charmant cadeau à lui faire ; il se vit soudain l'offrant lui-même, dans sa brillante cage dorée, à une mère irréelle et délicieuse d'environ vingt-cinq ans.

Il leva des yeux avides et brillants sur le canari qu'une nourriture appropriée rendait coquet et vermeil, et murmura quelque chose d'incompréhensible. Le vieillard lui tendit un billet :

— Voilà pour vous, c'est le numéro 31 ; je ne serais pas du tout surpris si c'était le numéro gagnant. Êtes-vous bien sûr de ne pas en vouloir un autre ? Vous pourriez aussi bien en acheter deux, pendant que vous y êtes.

Finch secoua la tête et donna les 25 *cents.* En descendant l'escalier, il se reprocha sa faiblesse ; n'était-il pas déjà assez à court d'argent, pour le gaspiller ainsi ? Il essaya de se représenter Renny prenant un billet de loterie pour un canari. Après cette dépense, il se priva d'acheter un programme du spectacle ; les places bon marché étaient bondées ; il fut obligé d'en prendre une, tout au fond, au milieu d'une foule mêlée d'hommes et de jeunes gens. Son plus proche voisin sentait terriblement l'alcool, son nez touchait presque le programme des spectacles de la semaine.

— Stupide programme, murmurait-il, chaque page est plus stupide que la précédente.

Le jury pénétrait dans l'enceinte ; les cavaliers tenant leurs montures, étaient rangés le long du rideau de cuir ; trois juges, carnet en main, allaient de cheval en cheval, discutant entre eux ; les chevaux demeuraient immobiles, sauf l'un deux, qui cabriolait violemment au bout de sa bride. Une bonne odeur de cuir et de cheval remplissait l'air qui restait glacial malgré la masse compacte des spectateurs.

La voix dans le microphone annonça les gagnants ; on leur remit des rubans et ils disparurent dans les coulisses avec les vaincus. L'orchestre se mit à jouer.

— Stupide et inutile programme, entendit Finch, on ne peut rien en faire.

— Peut-être pourrai-je en tirer quelque chose, dit le jeune homme, désireux de jeter un coup d'œil sur le programme, et cependant ne voulant pas être vu en semblable compagnie !

— Achetez-en un pour vous, lui cria l'homme, et ne comptez pas sur moi pour vous en offrir un !

Un rire courut dans le voisinage. Finch s'enfonça dans son siège, rouge et humilié. Il fut reconnaissant envers l'orchestre qui attaquait avec fracas la *Promenade en musique.*

Son imagination s'éveilla à la vue des chevaux lustrés que des soldats amenaient de leur box, et qui avançaient avec hésitation et dédain à la fois, dans des chemins difficiles. Il se laissa emporter par cette passionnante harmonie de bruits, de mouvements et de couleurs. La lumière tombant du plafond élevé, et tamisée par des drapeaux de couleurs vives, frémissait dans les vibrations métalliques de l'air.

Le numéro suivant était la présentation de chevaux de selle pour dames ; il y eut quinze concurrents, parmi lesquels « Silken Lady », présentée par Pheasant Whiteoak, la belle-sœur de Finch ; elle entra la dernière, un énorme 15 fixé sur sa veste. Finch éprouva un certain orgueil à voir Lady faire le tour de l'arène, montrant à chaque pas la richesse de son sang et sa fierté de vivre. Il ressentait aussi une agréable impression de propriété sur Pheasant elle-même. On l'aurait prise pour un jeune garçon très mince, dans sa veste brune et ses culottes, avec sa tête nue aux cheveux très courts. Comme elle semblait jeune, malgré tout ce qu'elle avait souffert! malgré son aventure avec Eden qui l'avait presque séparée de Piers. Tous deux semblaient plus heureux, maintenant. Piers était très fier que Pheasant puisse faire une bonne exhibition. Un rude garçon, ce Piers! Il lui avait fait la vie dure, pendant quelque temps! C'était heureux qu'Eden soit parti sans difficulté. Il avait fait assez de mal : mauvais frère pour Piers, mauvais mari pour Alayne. Tout cela était fini maintenant! Finch donna toute son attention aux amazones.

Un homme imposant, en uniforme de colonel, les mit à leur pas, les faisant courir autour de la piste, tantôt vite, tantôt lentement. Le visage de Pheasant devint rose. Devant elle se trouvait une jeune fille petite et grosse, vêtue d'un costume de cheval anglais tout blanc, avec un petit chapeau brillant portant une clochette au sommet, une cravache blanche comme neige. Un jeune homme dit à Finch qu'elle venait de Philadelphie; elle avait un cheval magnifique que les juges remarquèrent; Finch sentit son cœur faiblir en voyant le cheval américain marcher en cadence. Quand les amazones descendirent de leurs montures et s'immobilisèrent dans des attitudes variées, les yeux de Finch se fixèrent sur Pheasant et la jeune fille de Philadelphie. Ce qu'il craignait se produisit : le ruban bleu fut attaché à la bride du cheval de la grosse jeune fille. Silken Lady n'obtint ni le second ni le troisième prix; ils furent accordés à des chevaux de deux autres villes de la province. Pheasant, son petit visage immobile, se retira avec la troupe des vaincues.

Les épreuves féminines de chevaux de chasse suivaient; dans l'intervalle, on entendit les joyeuses vibrations des tambours derrière l'air martial joué par les cors. La première amazone entra, sa monture, l'encolure en arc et les sabots brillants, fit voler le tan de la piste avec un air de joyeuse assurance, le cheval se dirigea vers la barrière ; juste au moment où la jeune femme baissait la tête pour sauter, le cheval fit un écart et galopa tranquillement sur la piste. Il y eut une détente : des rires s'échappèrent des loges et éclatèrent bruyamment dans les derniers rangs. L'écuyère fit rapidement pivoter son cheval et le ramena à la barrière qu'il sauta facilement ; sans une faute, il sauta le mur, puis la première barrière, mais comme il franchissait les barres, il accrocha celle d'en haut qui tomba bruyamment sur le sol. Nouvel essai ! nouveau refus de l'animal, suivi également du saut, mais cette fois, les deux barres tombèrent. Une corne retentit. Cavalier et monture disparurent, la jeune fille abattue, l'animal ingénument satisfait de lui-même !

Il y eut deux nouveaux parcours sans incident ; la concurrente suivante était la jeune fille de Philadelphie. Son magnifique cheval semblait trop haut pour cette petite créature joufflue et si bien habillée ; mais il était admirablement dressé ; il sauta de lui-même avec ardeur, et ne fit qu'une faute au second tour ; ils se retirèrent sous un tonnerre d'applaudissements.

A ce moment entra Pheasant, montée sur « Soldier » demi-frère de Silken Lady ; le cœur de Finch se mit à battre violemment en les voyant trotter dans l'arène. Ce n'était pas un jeu que de monter Soldier ! Ce dernier semblait peu fait pour cette mince amazone de dix-neuf ans ; il se présenta de flanc à la barrière, montrant ses dents dans une vilaine grimace ; Pheasant le ramena au trot au point de départ, et de nouveau le dirigea vers la barrière en l'encourageant doucement.

— Faites-lui goûter du fouet, conseilla le voisin de Finch.

Une seconde fois, Soldier refusa de sauter ; Pheasant le ramena encore au point de départ ; mais cette fois, comme ils approchaient de la barrière, un coup vif la lui fit franchir, léger comme une hirondelle. Il franchit de même chacune des hautes barrières blanches ; les balzanes immaculées de ses jambes de derrière passaient comme un éclair, sa queue brune flottait.

Finch souriait de bonheur. Brave petite Pheasant! Brave Soldier! Il se joignit vigoureusement au tonnerre d'applaudissements. Mais son regard était encore inquiet en attendant le second tour. Cette fois-ci, pas d'arrêt, mais une envolée rapide et triomphante au-dessus de chaque barrière, de chaque haie, de chaque double obstacle. Cependant, il fallait toujours s'attendre à quelque surprise avec « Soldier ». A la dernière barrière, il se déroba, prit un petit galop et disparut au milieu des applaudissements et des rires.

La jeune fille de Philadelphie, Pheasant et trois autres furent rappelées pour un barrage. Toutes les cinq s'en tirèrent bien, mais le cheval américain était le meilleur, et lorsque les juges lui remirent le ruban bleu, tandis que Soldier n'avait que le rouge, Finch ne put, à son grand regret, qu'approuver leur décision, « bien que, pensa-t-il, la jeune fille ne montât pas aussi bien que Pheasant ».

Maintenant, c'était le tour de la Corinthian Class, chevaux gris et marron, bais et noirs qui se pressaient sur la piste les uns derrière les autres. Enfin, voilà Renny! Ce visage mince et vigoureux semblait faire partie de la jument rouan aux longues jambes. Un murmure d'intérêt courut dans la foule comme la brise dans un champ de blé; le bruit de l'orchestre s'éteignit, le martèlement des sabots remplaça la musique. Finch ne put rester assis à sa place; il glissa le long des genoux des spectateurs qui le séparaient du bord et descendit les marches; il atteignit le rang de ceux qui s'appuyaient sur la palissade bordant la piste. A cet endroit, le tan de la piste semblait de velours; on entendait gémir les courroies, le souffle des belles bêtes en compétition, leur grognement lorsqu'elles regagnaient le sol après avoir franchi la haie dont la verdure retenait les yeux de Finch; il regardait chaque cheval qui sautait, chaque cavalier qui se penchait sur sa monture, leurs deux forces musculaires fondues merveilleusement en une seule, à l'image d'un centaure.

Pas de femmes dans cette épreuve. Rien que des hommes. Des hommes et des chevaux. Quelle passionnante épreuve ! Le cheval de Renny franchit légèrement la barrière, la haie, vola dans l'air et laissa retomber à nouveau ses sabots dans le tan avec un bruit de tonnerre. Les nasaux fumants, la bouche ouverte, le souffle jaillissant de son grand corps, il semblait l'incarnation d'une puissance sauvage et préhistorique. Renny, avec son nez busqué, ses yeux bruns étincelants dans son étroit visage de renard, son sourire toujours un peu combatif, semblait lui aussi possédé par cette force sauvage !

N'y avait-il vraiment pas de femmes dans cette épreuve ? La jument n'en était-elle pas une ? Était-il assez féminin, ce diable rouan et maigre, qui sautait sur un ordre de la bride, qui galopait comme le vent d'Est à travers les vagues ! Chaque pouce de son être trahissait sa féminité. Dans sa stalle, n'avait-elle pas adressé des appels provocants à l'étalon aux yeux de velours ? N'avait-elle pas sur la paille fait jaillir de son corps maigre un poulain qui n'était pas encore dressé ? Ne l'avait-elle pas léché, ce poulain, le bourrant gentiment du nez, le flairant tendrement ?

« Était-elle assez féminine, mon Dieu ! » pensa Finch.

L'imagination du jeune homme, mise en branle par le tumulte des chevaux qui sautent, et dont le souffle chaud caresse son visage au passage, étend comme un écran entre lui et la réalité du spectacle. Il voit la jument de Renny se diriger vers lui au galop, au lieu de suivre la piste ; il la voit se précipitant sur lui, le piétinant, l'écrasant sous ses sabots, l'anéantissant ! Et voilà qu'il assiste à la séparation de son âme et de son corps piétiné ; il la voit, cette âme, opaque, brillante, silhouette étrange, sauter sur le dos de la jument, derrière Renny dont elle serre la taille de ses bras d'ombre cependant si fort ! Tous deux planent au-dessus des cavaliers environnants et des spectateurs qui applaudissent ; ils montent très haut dans les lumières qui s'élèvent en jets de couleurs vers un ciel d'orage...

Soudain les tambours battent, accompagnés par la musique altière des cors... Finch se retrouve appuyé à la palissade ; ce n'est plus qu'un garçon efflanqué, aux joues creuses, aux épaules maigres et saillantes sous son veston ; son expression est si ridicule, que Renny lui-même, trottant tranquillement autour de la piste avec le ruban bleu au cou de son cheval, l'apercevant soudain, pensa : « Seigneur, que cet enfant a l'air idiot ! »

A peine fit-il un petit signe de tête à Finch lorsque ce dernier le chercha parmi les groupes d'hommes et de chevaux réunis dans l'enclos, derrière l'arène. Il continua de causer avec un officier très raide, portant l'uniforme de lieutenant américain ; Finch avait vu cet officier prendre part à plusieurs épreuves de saut ; dans la liste des lauréats, il venait après Renny, avec le ruban rouge. Finch s'arrêta timidement auprès d'eux, écoutant leur conversation sur les chevaux et la chasse, une mutuelle admiration éclairant leurs yeux. Enfin, Renny, jetant un coup d'œil sur sa montre-bracelet, dit :

— Il faut que je parte ; voici mon jeune frère, Finch, je te présente Mr. Roger.

L'Américain serra aimablement la main du jeune homme, mais le regarda sans enthousiasme.

— Grandi trop vite, je pense, observa-t-il à l'aîné des Whiteoaks, tandis qu'ils s'en allaient ensemble.

— Oh ! oui, répondit Renny, il n'a pas d'os, et il ajouta en manière d'excuse : Il est musicien.

— Fait-il des études musicales ?

— Il en faisait, mais j'ai interrompu ces études l'été dernier, quand il a échoué à ses examens. Je suis toujours en difficulté avec lui à ce sujet ; maintenant qu'il ne fait plus de musique, il s'occupe de théâtre ; il semble que tout l'intéresse, sauf son travail. Mais il faudra bien qu'il réussisse. Vous savez que, parfois, le plus décevant des poulains...

Ils traversaient maintenant un espace pavé découvert, éclairé seulement par la lueur incertaine d'une motocyclette avançant avec précaution au milieu des chevaux que de bruyants domestiques ramenaient à l'écurie ou à la gare. Cependant, il faisait encore assez clair pour distinguer les visages.

Un valet d'écurie, traversant la cour en courant, glissa sur la mince couche de boue qui recouvrait le pavé et tomba en avant ; sa tête heurta violemment l'estomac d'un gros garçon qui conduisait un cheval cabré sous sa couverture. Il grogna : « Sortez votre vilaine tête de là, je vous prie ! Vous croyez-vous à un match d'association ? » Le valet répliqua par un torrent d'injures qu'étouffèrent les hennissements du cheval, mécontent du retard apporté à son souper. A l'intérieur on entendait l'orchestre jouant le *God save the King.*

Dans la cour, les ombres mouvantes devenaient indistinctes, car l'obscurité tombait et recouvrait tout d'un voile épais. La pluie, intermittente jusque-là, tombait maintenant à torrents, poussée par le vent d'Est ; au même moment, le grondement du lac s'accentua, comme si les éléments fatigués de l'activité des hommes et des chevaux se réunissaient pour les anéantir.

Renny Whiteoak et le jeune Américain se séparèrent, et Finch, qui avait suivi en silence, vint aux côtés de son frère.

— Dieu, qu'il fait froid ! murmura-t-il.

— Froid ! s'écria l'aîné, étonné ; j'ai très chaud. Ton grand mal, c'est de ne pas faire assez d'exercice physique ; si tu faisais plus de sport ton sang circulerait mieux. Un poulain à peine né ne trouverait pas qu'il fait froid, ce soir !

Une voix les appela, venant de l'auto, dont ils s'approchaient :

— Est-ce vous, Renny ? J'ai cru que vous ne viendriez jamais ! Je commence à avoir terriblement froid !

C'était la jeune Pheasant.

Renny monta et alluma les phares. Finch s'installa auprès de la jeune femme.

— Quel couple ! s'écria Renny ; il faudra que je vous mette dans du coton.

— Parfaitement, continua-t-elle, ce serait très mauvais pour bébé si j'attrapais froid, et il y a déjà trop longtemps que je l'ai quitté ; ne pouvez-vous pas faire démarrer la voiture ?

— Il y a quelque chose qui ne va pas dans cette vieille mécanique, grogna-t-il ; puis il ajouta plein d'espoir : Peut-être la machine est-elle un peu froide.

Il se livra à divers essais sur l'antique mécanisme de la voiture, tout en exhalant à mi-voix une haine vieille de sept ans. Aimant et comprenant les chevaux, il était désorienté par les fantaisies d'un moteur. Pheasant l'interrompit :

— Comment me suis-je tenue ?

La réponse se fit attendre un moment, puis il grommela :

— Pas trop mal ; mais vous n'aviez pas besoin de toucher « Soldier » ; il aurait beaucoup mieux valu ne pas le faire.

— D'accord. Mais, de toute manière, j'ai le second prix.

— Vous pouviez être la première si vous n'aviez pas toucher Soldier ; il aurait beaucoup mieux valu ne ce vieux tacot maudit à la maison !

La voix de Pheasant s'élevait, indignée :

— Avez-vous vu le cheval de cette Américaine ? Quelle splendeur !

— Soldier aussi ! murmura son beau-frère têtu.

Finch, très déprimé, s'installa dans un coin de la

voiture. L'obscurité enveloppante et humide de la nuit précoce, la pensée des heures de travail à venir dans sa chambre froide semblaient vouloir l'arracher de là, comme des mains sortant du sol trempé. Il mourait de faim. Il avait un morceau de chocolat dans sa poche et se demanda s'il pourrait l'atteindre et le mettre dans sa bouche sans que Pheasant s'en aperçût ; l'ayant enfin trouvé, il le dépouilla avec précaution de son enveloppe de papier d'argent, comptant sur un brusque éclat de Renny pour attirer au-dehors l'attention de la jeune femme. Il le fourra dans sa bouche, s'enfonça davantage sur la banquette et ferma les yeux. Une impression de bien-être commençait à l'envahir, lorsque Pheasant lui glissa à l'oreille : « Horrible petit porc ! »

Il avait oublié la finesse de son odorat. Elle l'imita, fouilla dans sa poche, et sortit un étui à cigarettes ; l'instant d'après, la vive lueur d'une allumette éclaira son petit visage pâle et le pli moqueur de ses lèvres serrant sa cigarette. Une fumée embaumée alourdit l'air humide. Finch avait fumé sa dernière cigarette à midi ; il aurait pu en demander une à Renny, mais il était préférable de ne pas l'approcher lorsqu'il était en difficulté avec l'auto !

Au même instant, l'aîné des Whiteoaks se rejeta sur son siège avec désespoir : « Nous allons être obligés de rentrer à pied », dit-il ; et lui aussi alluma une cigarette. La fumée et un morne silence envahirent l'auto. La pluie ruisselait sur les côtés et, à chaque mouvement des rideaux mal ajustés, un vent glacé pénétrait à l'intérieur. Des voitures les dépassèrent, leurs lumières voilées par la pluie.

— Vous avez été magnifique, Renny, s'écria Pheasant pour détendre l'atmosphère, et vous avez eu le ruban bleu ! je suis revenue et j'ai tout vu.

— Je ne pouvais que gagner avec cette bête, dit-il ; quelle jument ! Et au bout d'un instant, il ajouta, moqueur : Cependant, si j'avais été assez bête pour prendre le fouet, je ne serais arrivé que second.

— Que j'ai froid, s'écria la jeune femme, négligeant cette pointe ; et je ne peux m'empêcher de penser à mon pauvre petit bébé !

Finch fut soudain saisi d'une violente colère contre ces deux êtres assis auprès de lui, en train de fumer. Qu'auraient-ils à faire, à leur retour à la maison, si ce n'est flâner dans une écurie ou soigner un petit enfant ? Tandis que lui devrait épuiser son pauvre cerveau à étudier la trigonométrie. Il avala son dernier morceau de chocolat et dit brusquement :

— Tu sembles intime avec cet extravagant lieutenant américain ; qui est-ce ?

L'impertinence de ces paroles le saisit, dès qu'il les eut prononcées. Renny se serait retourné pour le jeter par terre qu'il n'en aurait eu aucune surprise ; il fut même certain d'avoir perçu un frémissement d'inquiétude dans le coin où se trouvait Pheasant. Mais Renny lui répondit tranquillement :

— Je l'ai connu en France ; c'est un superbe garçon ; très riche aussi. Et il ajouta avec envie : Il possède les plus belles écuries d'Amérique.

Pheasant gémit :

— Oh ! mon pauvre petit Mooey ! reviendrai-je jamais auprès de lui ?

Le ton de son beau-frère devint bourru :

— Ma chère, il faut choisir entre monter à cheval et avoir des bébés. Ce sont deux choses qui ne vont pas ensemble.

— Mais justement, j'ai commencé les deux choses à la fois, il y a un an, dit-elle ; elles sont aussi passionnantes l'une que l'autre, et Piers désire que je les fasse toutes deux.

Finch grommela :

— Parlez donc d'un autre que Piers, pour changer.

— Comment le pourrais-je ? C'est le seul mari que j'aie trouvé.

— Mais ce n'est pas le seul frère que j'ai, et je suis

fatigué d'entendre toujours citer ses paroles comme celles du Tout-Puissant !

Elle se pencha vers lui et son visage fit une tache claire dans l'obscurité :

— Un être aussi égoïste que vous ne désire pas entendre parler d'un autre, un être qui mange un morceau de chocolat auprès d'une jeune mère affamée, un être qui...

— Dites encore « un être qui » et je saute de la voiture, cria Finch.

La dispute fut interrompue par une brusque secousse, le moteur s'était mis en marche et Renny poussa un grognement de satisfaction. Il se pencha sur le volant, regardant en avant, dans l'obscurité de cette nuit de novembre. La route devint presque déserte quand ils eurent quitté les faubourgs ; les rues des villages qu'ils traversaient étaient vides. A gauche, l'immense étendue du lac et du ciel était plongée dans une profonde obscurité, on n'apercevait que la lueur des phares et deux lumières rouge sombre, indiquant la présence d'un chaland luttant contre le vent.

L'esprit de Renny s'envola vers les écuries de Jalna ; Mick, un beau cheval hongre, avait eu une jambe abîmée, le matin même, par un coup de pied d'un cheval vicieux nouvellement arrivé ; cela le tourmentait beaucoup. Le vétérinaire avait dit que c'était sérieux. Renny avait hâte d'atteindre la maison et de savoir comment le cheval avait passé la journée. Il pensa aussi à l'animal, cause de l'accident ; c'était un achat de Piers et son regard avait déplu à Renny ; mais Piers ne voyait que la bonne conformation physique d'un cheval : il dressait ensuite la bête à son idée. Il aurait bien fait de dresser celui-là et de le surveiller de plus près !...

Renny fronça les sourcils de cette manière qui faisait dire à sa grand-mère avec admiration : « C'est un vrai Court, ce garçon-là ! Il peut prendre un air terrible, quand il veut ! »

Il pensa à un poulain mis au monde le matin même,

par une jument de la ferme ; cette dernière était une bête maladroite et affreuse, à la tête de mouton et aux grands pieds plats ; mais couchée dans sa stalle avec son poulain auprès d'elle, elle semblait transfigurée. Il y avait dans cette pauvre bête une sorte de grandeur, de même que la femme la plus laide et la plus maigre revêt soudain une expression de noblesse lorsqu'elle se penche sur son enfant nouveau-né. Quelles créatures extraordinaires que les chevaux ! Et la Nature, n'est-elle pas aussi extraordinaire ! Une jument est différente d'une autre jument, un cheval de ferme d'un cheval de chasse ; mais quelles différences étonnantes, inappréciables, entre les membres d'une même famille, entre ses jeunes demi-frères et lui-même ! Ces garçons sont plus difficiles à manier que les chevaux ; cela ne devrait pas être, pourtant, car ils sont de la même chair et du même sang ; ils ont le même père ! Cependant, peut-on trouver deux êtres plus dissemblables que le petit Wakefield et Finch ? Wake, si sensible, affectueux et adroit, et le jeune Finch que la menace elle-même ne pouvait décider au travail, rebelle également à tous les jeux, et qui passait tout son temps à rêvasser avec un air stupide. Il semblait plus vieux et plus triste que jamais, depuis quelque temps...

Et que dire de Piers ! si différent aussi ! Piers, l'intrépide, aimant les chevaux et la campagne. Ils étaient unis, Piers et lui, par leur commun amour des chevaux, par leur culte pour Jalna... Et Eden ! quand il pensait à Eden, il faisait entendre un grognement qui était aussi un soupir ; pas un mot de lui n'était parvenu à Jalna depuis son départ après son aventure avec Pheasant, un an et demi auparavant. Voilà bien où la poésie pouvait conduire un homme !... Jusqu'à lui faire oublier toute décence et gâcher la vie d'une jeune femme comme Alayne ! Quel beau gâchis que toute cette affaire ! Depuis, Piers était plus sombre et plus fantasque, bien que la venue du bébé eût aplani bien des choses. Pauvre petit gosse, il devait hurler après son dîner, en ce moment !...

Renny accéléra, sans souci de la route glissante, et cria par-dessus son épaule :

— Nous serons à la maison dans dix minutes ; courage, Pheasant ! l'un de vous deux a-t-il une cigarette, j'ai terminé les miennes.

— Je n'en ai plus, moi non plus. Que je suis contente d'être presque arrivée ! Vous avez joliment bien marché, Renny, malgré la nuit.

— As-tu une cigarette, Finch ?

— Une cigarette, moi ! s'écria le jeune homme, en frottant un de ses genoux osseux qui avait pris une crampe dans son immobilité prolongée ; je n'en ai jamais ! je ne peux m'en offrir ; tu sais bien que toute ma pension passe à payer mon chemin de fer, mes repas et quelques cotisations, de-ci, de-là. Il ne me reste rien pour acheter des cigarettes.

— C'est beaucoup mieux, à ton âge, répliqua son frère, d'un ton bref.

— Les bâtons de chocolat sont bien préférables, lui glissa Pheasant à l'oreille.

Renny jeta un coup d'œil par la fenêtre :

— Voici la gare, dit-il ; je pense que ta bicyclette est là ; veux-tu la prendre ou préfères-tu rester dans l'auto avec nous ?

— Quelle affreuse nuit ! Je crois que je vais rester avec vous. Non... Peut-être... Seigneur, je ne sais que faire !

Et il jeta un regard désolé dans la nuit.

Renny arrêta brutalement l'auto et lui demanda par-dessus son épaule :

— Que diable as-tu ? Tu n'es jamais content ! Décide-toi si possible. Je crois qu'il serait préférable de laisser ta bicyclette où elle est et de venir demain matin à pied jusqu'à la gare.

— Ce sera une course insupportable par un temps

pareil, murmura Finch, en frictionnant ses jambes pour les ranimer. Mes livres seront tout mouillés.

— Eh bien, tu demanderas à quelqu'un de te descendre en auto.

— Piers veut l'auto de bonne heure ; j'ai entendu qu'il le disait.

Renny étendit brusquement son long bras et ouvrit la portière à côté du jeune homme.

— Allons, sors, lui dit-il tranquillement, mais avec un tremblement de mauvais augure dans la voix ; j'en ai assez de toute cette indécision !

Finch sortit péniblement et fit un faux pas en touchant le sol de son pied engourdi. Il resta immobile, la bouche entrouverte, tandis que la portière claquait et que la voiture démarrait bruyamment, envoyant une gerbe d'eau boueuse sur ses pantalons. Il s'en alla lentement vers la gare, accablé de pitié pour lui-même. Sa bicyclette était appuyée sur la bascule, il pensa que ce serait une bonne idée de se peser. Depuis quelques jours, il buvait quotidiennement un verre de lait, dans l'espoir d'engraisser un peu. Il monta sur la bascule et commença à manœuvrer les poids. Des voix masculines discutant très haut parvenaient jusqu'à lui, de l'intérieur. La bascule bougea ; anxieusement, il regarda le cadran et son visage s'éclaira : il avait pris trois livres ! Un sourire enfantin illumina ses traits, certainement le lait lui faisait du bien, puisqu'il avait engraissé. Trois livres en quinze jours, ce n'était pas si mal ! Il continuerait. Il descendit de la bascule et commença à retirer sa bicyclette lorsqu'il s'aperçut qu'une pédale appuyait sur la plate-forme. Un doute assombrit son front ; la pression de la pédale serait-elle pour quelque chose dans l'augmentation de son poids ? Il posa la bicyclette de côté et remonta sur la bascule, regardant avidement l'indicateur tremblant. Le poids s'éleva. Finch fit glisser l'anneau de cuivre. Quatre livres en moins ! Il n'avait rien gagné, mais perdu au contraire ! Il pesait une livre de moins qu'il y a quinze jours. Tristement il prit sa bicyclette et sortit de la gare. Il entendit un des hommes demander : « Qu'est-ce que c'est que ce bruit ! » et le chef de gare répondre : « Je pense que c'est le jeune Whiteoak, celui qui va en ville pour ses études, il laisse sa bicyclette ici. »

Les voix baissèrent et Finch imagina les remarques désobligeantes dont il était l'objet.

Il sauta sur sa selle et pédala furieusement sur le chemin qui longeait la voie. Maudite bicyclette ! maudite pluie ! Et par-dessus tout, maudit lait qui le faisait maigrir au lieu de l'engraisser ! Il n'en prendrait plus ! Le chemin qui conduisait à la maison était un sombre fourré ; les sapins et les baumiers l'entouraient comme d'un mur avec leurs épais buissons résineux ; leur lourd parfum, mêlé à celui des champignons qui poussaient à leur pied, était rendu si violent par l'humidité persistante des deux dernières semaines qu'on aurait dit une essence palpable tombant de l'épais rideau de branches et s'élevant du sol humide. Cette avenue pouvait conduire aussi bien à un palais endormi qu'au sanctuaire d'une secte d'adorateurs de divinités oubliées. En passant dans cette obscurité oppressante et embaumée, le jeune homme eut l'impression qu'il se mouvait dans un rêve et qu'il pourrait continuer à marcher ainsi indéfiniment, sans rencontrer jamais ni lumière ni chaleur. Et la paix descendit en lui. Il aurait voulu avancer toujours au milieu de ces arbres centenaires, jusqu'au moment où il aurait acquis un peu de leur impassible dignité. Il se vit entrant dans la pièce où la famille était réunie, revêtu comme d'un manteau, de la majesté d'un de ces arbres, et se représenta cette entrée jetant un froid sur les rudes esprits de ces êtres moins parfaits.

En arrivant sur l'avenue sablée devant la maison, la pluie se mit à tomber plus fort. Le vent d'Est fit grincer les volets et racler contre le mur les souches dénudées de la vieille vigne vierge. De chaudes lumières brillaient à travers les fenêtres de la salle à manger.

Finch abandonna ses rêves et se précipita vers l'entrée de derrière ; il poussa sa bicyclette dans un passage sombre du sous-sol et alla se laver les mains dans une petite pièce à cet usage. En se séchant, il aperçut son image dans une glace, au-dessus de la cuvette : une longue mèche blonde tombant sur son front, son grand nez et ses joues maigres rougies par la pluie et le vent. Après tout, pensa-t-il, il n'était pas si mal que ça ! Il se sentit rasséréné. En traversant la cuisine, il entendit la voix nasillarde de Rags, le majordome des Whiteoaks, qui chantait :

Un jour viendra où votre cœur sera brisé comme le mien.
Pourquoi pleurerais-je à cause de vous ?

Il jeta un regard sur le sol de briques rouges, sur le plafond bas, assombri par des années de fumée, sur l'avenante femme de Rags, penchée sur ses marmites. Son courage se ranima. Il monta l'escalier, suspendit dans le hall son imperméable mouillé, et entra dans la salle à manger.

2

LA FAMILLE

IL y avait un plat spécial, au souper de ce soir ; Finch en fut averti, avant même d'en avoir perçu l'odeur, par une expression joyeuse qui éclairait le visage de tous les convives. Tante Augusta l'avait sûrement commandé, car elle savait que Renny serait affamé après cette longue journée et son violent exercice d'équitation. Finch était censé prendre un déjeuner chaud à l'école, mais il préférait employer sa pension à l'achat d'un léger repas, et conserver ainsi une somme assez importante pour des cigarettes, des chocolats et autres fantaisies. De sorte que, le soir, il avait un appétit féroce, car il ne rentrait pas à la maison pour le thé. La quantité de nourriture qu'il absorbait, sans réussir à engraisser sa maigre personne, était un sujet de stupéfaction et même d'inquiétude pour sa tante.

Le plat spécial de ce soir était un soufflé au fromage que réussissait particulièrement bien Mrs. Rags. Les yeux de Finch étaient rivés sur le plat depuis l'instant où il s'était glissé à sa place, entre son frère Piers et le petit Wakefield. Il n'en restait guère et le plat avait quitté le four depuis assez longtemps pour avoir perdu tout son moelleux. Mais Finch avait une envie folle qu'on lui permette de racler la dernière croûte de fromage au fond du plat d'argent.

Renny lui servit une mince tranche de bœuf froid et

le regarda de son regard pénétrant, en lui montrant le soufflé d'un signe de tête et en lui demandant :

— Tu veux racler le plat ?

Finch murmura une acceptation en rougissant.

Cependant Renny regarda sa tante, à travers la table :

— Un peu de soufflé, tante Augusta ?

— Non, merci, mon cher ; je n'aurais pas dû manger comme je l'ai fait. Le soir, le fromage n'est pas facile à digérer, bien que, cuit de cette façon, il soit plus inoffensif, et je pense que vous, après...

Le maître de Jalna écoutait avec déférence, en la regardant, puis se tourna vers son oncle Nicolas :

— Encore un peu, oncle Nick ?...

Nicolas essuya sa longue moustache grise avec une immense serviette et dit :

— Pas un atome de plus ! Mais je boirais volontiers une autre tasse de thé, Augusta, si tu en as laissé.

— Oncle Ernest, un peu de soufflé au fromage ?

Ernest écarta cette offre d'un geste de sa délicate main blanche :

— Non, mon cher garçon ; je n'aurais pas seulement dû y goûter ; j'aimerais mieux qu'il n'y ait pas de plat de ce genre au souper. Je me laisse tenter et, ensuite, je souffre.

— Piers ?

Piers s'était déjà servi deux fois ; mais avec un regard taquin au coin de l'œil dans la direction de Finch, il dit :

— Je ne refuse pas une autre cuillerée.

— Moi aussi, j'en veux un peu plus, cria Wakefield.

— Je te le défends, dit Augusta en se versant une troisième tasse de thé. Tu es trop jeune pour manger un plat au fromage le soir.

— Et toi, riposta son frère Nicolas, tu es trop vieille pour avaler ainsi une théière de thé à cette heure-ci.

L'air de dignité offensée que portait toujours lady Buckley s'accentua encore ; sa voix devint aiguë :

— J'aimerais, Nicolas, que tu évites d'être grossier ; je sais que cela est difficile, mais tu devrais songer au mauvais exemple que tu donnes à ces garçons.

Son frère Ernest, désireux de prévenir une querelle, remarqua :

— Tu as des nerfs si solides, Augusta, que certainement tu peux boire une quantité illimitée de thé ; je voudrais seulement que mes nerfs, ma digestion...

Augusta l'interrompit brusquement :

— Qui a entendu dire que le thé fasse mal ! c'est le café qui est dangereux. Les Whiteoaks, ainsi que les Courts, sont d'infatigables buveurs de thé.

— Et de rhum, ajouta Nicolas. Que dirais-tu, Renny, d'une bonne bouteille pour célébrer les prouesses de nos chevaux ?

— Bonne idée, dit Renny, en étendant une couche de moutarde sur son bœuf froid.

Pendant ce temps, Piers avait repris du soufflé et passé le plat à Finch qui, le serrant d'une main osseuse, commença à le racler énergiquement avec une lourde cuiller d'argent. Wakefield le regardait faire avec l'étonnement protecteur de celui qui a goûté le plat dans toute sa perfection.

— Il y en a un peu, attaché là, tout près du manche, dit-il, en montrant le morceau.

Finch cessa de racler pour lui donner un léger coup de cuiller sur les doigts. Wake hurla et fut renvoyé par lady Buckley. Renny jeta un regard mécontent autour de la table :

— Je vous en prie, ne renvoyez pas le gosse, tante ; il ne peut s'empêcher de crier quand on le frappe ; si quelqu'un doit sortir, c'est Finch.

— Wakefield n'a aucun mal, dit Augusta, avec dignité. Il suffit, pour qu'il crie, que Finch le regarde.

— Alors que Finch regarde ailleurs.

Et Renny se remit à manger son bœuf comme pour rattraper le temps perdu et mettre fin à la querelle.

Nicolas se pencha vers lui :

— Que dirais-tu d'une bouteille, Renny ?

Ernest l'arrêta en frappant sur son bras d'une main nerveuse.

— Rappelle-toi, Nick, que Renny prend part, demain, à l'épreuve du grand saut. Il a besoin de toute sa tête.

Renny se mit à rire aux éclats :

— Par Judas, voilà qui est drôle ! avez-vous entendu, tante Augusta ? Oncle Ernie a peur qu'un verre d'alcool ne m'échauffe la tête et regarde déjà mon teint.

Il se leva vivement de table.

— Rags ne peut-il y aller ? demanda Nicolas.

— Excellente idée, pour qu'il prenne une bouteille pour lui !... Donnez-moi la clé de la cave au vin, tante.

Il s'approcha d'Augusta et regarda sa frange coupée à la mode de la reine Alexandra, son nez long, un peu coloré. Elle prit un trousseau de clés à une chaîne qu'elle portait à la ceinture.

Wakefield bondit sur sa chaise :

— Laisse-moi venir, Renny, je t'en prie ; j'aime tant le cellier et j'y vais si rarement. Puis-je venir, Renny ?

Renny, la clé à la main, se tourna vers Nicolas :

— Que désirez-vous, oncle Nick ?

— Apporte deux bouteilles de Chianti.

— Allons, je parle sérieusement.

— Que vas-tu trouver ?

— Outre le baril de bière et le vin du pays, il n'y a que quelques bouteilles de rhum de la Jamaïque et quelques bouteilles de prunelle... et du whisky, naturellement.

Nicolas eut un sourire moqueur :

— Et vous appelez ça une cave à vin !...

— Mais, lui répondit son neveu avec humeur, on l'a toujours appelée ainsi, et nous n'allons pas cesser, même si elle est vide. Que prendrez-vous, tante ?

— Je croyais, dit Ernest, que nous avions une demi-bouteille de vermouth français.

— Elle est dans ma chambre, dit brièvement Nicolas ; un peu de rhum et d'eau avec une goutte de citron fera tout à fait mon affaire, Renny.

— Et vous, tante ?

— Un verre de porto, mon cher ami ; et je pense que Finch devrait en avoir un aussi, travaillant comme il le fait.

Le pauvre Finch n'attendit pas le rire ironique qui suivit cet appel à son profit pour s'enfoncer un peu plus dans sa chaise, et pour devenir écarlate d'embarras suppliant. Cependant, malgré cela, il éprouva un vif élan de tendresse pour Augusta. Au moins, elle n'était pas contre lui !

Renny se dirigea vers le hall et, passant près de Wakefield, il saisit le petit garçon sous son bras et l'emporta comme un paquet.

Ils descendirent au sous-sol où leurs narines furent aussitôt imprégnées de ce parfum mystérieux, cher à Wake ; il y avait là une grande cuisine avec ses odeurs variées, la cave au charbon, la cave aux fruits et la cave au vin, le garde-manger et les trois petites chambres des domestiques dont une seulement était utilisée. C'était là que le couple Wragge vivait son étrange vie souterraine avec ses querelles, sa mutuelle suspicion, et parfois ses amours que Wake avait un jour surpris.

Aussitôt que Rags entendit leurs pas, il apparut sur le pas de la porte de la cuisine, un bout de cigarette éclairant son pâle petit visage.

— Qu'y a-t-il, Mr. Whiteoak, demanda-t-il, avez-vous besoin de moi ?

— Apportez une bougie, Rags ; je vais chercher une bouteille.

Une lueur de satisfaction brilla sur le visage du domestique.

— Vous avez raison, Monsieur.

Et, jetant son mégot sur le sol en brique, il retourna dans la cuisine d'où il revint bientôt avec une bougie, dans un bougeoir de cuivre. Ils aperçurent

Mrs. Wragge, se levant de la table où elle mangeait pour prendre une attitude respectueuse. Son visage ressemblait à un soleil levant autant que celui de son mari à la lune blême.

Rags en tête, ils traversèrent en file indienne un long couloir qui aboutissait à une lourde porte verrouillée. Renny introduisit la clé dans la serrure et la porte s'ouvrit. Les parfums de la bière et de l'alcool se mélangeaient à un froid pénétrant. La lumière de la bougie éclaira une cave qui semblait bien garnie malgré son désordre ; mais, en réalité, la plupart des bouteilles et des récipients étaient vides, et suivant la négligence habituelle de la famille, n'avaient jamais été renvoyés. Les yeux bruns de Renny se tournèrent vers les étagères ; une toile d'araignée pendant d'une poutre, s'accrocha à sa tête et recouvrit son oreille. Il siffla entre ses dents, à la manière d'un palefrenier pansant soigneusement son cheval.

Pendant ce temps, Wakefield découvrit un vieux panier de pêche sous le rayon le plus bas d'une étagère ; il le tira et vit, à la lumière de la bougie, trois bouteilles noires et trapues, couvertes de toiles d'araignées et appuyées les unes contre les autres, dans une apparence de conspiration pleine de malice ! Un glouglou de liquide vint de ces bouteilles et comme Wake en sortait une avec précaution, un rayon lumineux se joua sur sa surface poussiéreuse.

— Oh ! Renny ! cria-t-il d'un ton craintif, voilà quelque chose d'intéressant !

— Si tu avais laissé tomber cela, engeance diabolique, s'écria Renny, je crois que je t'aurais fait disparaître sur-le-champ ! Et il ajouta, en souriant à son domestique : Un homme doit avoir un secret dans sa vie, n'est-ce pas, Rags ?

Un secret dans sa vie ! Quelle était cette potion magique que son splendide frère avait cachée en ce lieu ? A quel charme, à quelle magie se livrait-il ? Si seulement Renny voulait l'admettre dans son secret !...

On lui dit de tenir la bougie pendant que Rags refermait la porte à clé. Il vit Renny regarder attentivement les mains blêmes du domestique, il le vit froncer les sourcils. Puis Renny mit une des deux bouteilles qu'il tenait sous son aisselle et, de la main ainsi libérée, donna un tour de clé à la serrure. Il retira sa main.

— Essayez de nouveau, Rags, dit-il, et son visage bien taillé, au long nez court, ressembla terriblement à celui de sa grand-mère.

Rags, réussissant cette fois à fermer la porte, ajouta sans se troubler :

— Je n'ai jamais su fermer ces cadenas, Monsieur.

— Surtout quand je suis là, Rags ! Allons, prenez la bougie au petit, il la fait pencher de côté.

— Oui, Monsieur ; mais auparavant, laissez-moi enlever la toile d'araignée qui est sur votre tête.

Renny pencha la tête et Rags enleva soigneusement la toile d'araignée.

Ils formaient une curieuse procession, comme s'ils accomplissaient un rite religieux étrange ! Rags, devant, aurait pu être un acolyte malicieux, avec son visage osseux, son nez court, son menton proéminent et la ligne insolente de sa mâchoire qu'éclairait en plein la lumière de la bougie. Wakefield, profondément recueilli, ressemblait à un enfant de chœur, et Renny, une bouteille dans chaque main, à un grand prêtre officiant. L'atmosphère de l'étroit corridor où ils passaient était celle d'une crypte de cathédrale en ruine ; et de la cuisine où se trouvait Mrs. Rags venait un léger voile de fumée bleue, semblable à de l'encens.

Rags s'arrêta au bord de l'escalier et leva la bougie en l'air pour éclairer les autres pendant qu'ils montaient.

— Bonne soirée, souhaita-t-il, et bonne chance pour les chevaux de Jalna ; en bas nous allons boire à votre santé avec du thé.

— Ne le buvez pas trop fort, Rags, ce sera meilleur pour vos nerfs, dit le maître un peu durement, en poussant la porte d'en haut avec son gros soulier.

Dans la salle à manger, Nicolas attendait, caressant sa longue moustache de sa belle main ornée d'une lourde chevalière, avec une expression de satisfaction enjouée. Ernest avait déjà une expression de regret, car il savait qu'il allait boire et qu'il en souffrirait! Cependant une atmosphère de gaieté était répandue dans la pièce. Il ne pouvait s'empêcher de sourire drôlement aux visages qui l'entouraient, ainsi qu'à la vision anticipée de son propre écart.

Augusta était assise très droite, sa broche de camée et sa chaîne d'or s'étalant sur sa poitrine qui n'était ni trop forte, ni trop plate, mais admirablement corsetée à la mode de sa jeunesse. Elle renversa la tête pour regarder son neveu. Celui-ci épousseta la bouteille de porto et la plaça devant elle.

— Voilà, tante; donne le tire-bouchon, Wake. Oncle Nick, voilà le rhum de la Jamaïque. Cet animal de Rags voulait laisser la porte de la cave ouverte, afin de pouvoir s'y glisser et absorber lui-même quelque chose. Mais je m'en suis aperçu, Dieu merci!

— Quel animal incorrigible! dit Nicolas.

— Il mérite d'être écorché vif, plaisanta Ernest.

— J'aurais fait comme lui, à sa place, dit Piers en riant.

Pheasant était descendue et avait tiré une chaise auprès de son mari; elle mangeait un bol de pain et de lait. La vue de sa courte chevelure brune et de sa nuque enfantine inclinée sur son bol amena un sourire tout à la fois amusé et tendre sur les lèvres de Piers. Il lui tapota le cou d'une main brunie par le soleil, en disant :

— Que tu puisses aimer ça, me paraît extraordinaire.

— J'ai été élevée ainsi, et, de plus, c'est remarquablement bon pour Mooey.

— Mettez-y un peu de rhum, conseilla Nicolas, il faut vous réchauffer après ce long trajet glacé et ce sera excellent pour Mooey, cela aidera à en faire un Whiteoak et un gentleman.

— Il est déjà l'un et l'autre, répliqua Pheasant énergiquement, je ne veux pas donner à mes enfants le goût de l'alcool, même par intermédiaire.

Augusta contempla la couleur du vin dans son verre et déclara :

— Notre vieille bonne avait l'habitude de mettre un peu de vin au fond de nos souliers, quand nous sortions dans l'humidité, pour nous empêcher de nous enrhumer. Nous ne savions pas ce que c'était que de porter des caoutchoucs et jamais nous ne nous enrhumions.

— Tu oublies, Augusta, interrompit Ernest, que j'avais des rhumes terribles.

A quoi son frère répondit :

— C'est parce qu'on te gardait à la maison quand il faisait humide.

— Je me souviens, continua Ernest, d'un jour où, étant enrhumé, je vous regardais tous les deux, ainsi que Philippe, par la fenêtre de la chambre d'enfants ; vous jouiez avec notre agneau favori. De temps en temps, papa venait ; il prenait le petit Philippe sur son épaule et le promenait. Il me semble le voir ! Il me paraissait si beau ! Je me rappelle le rassemblement des pigeons ! J'avais l'habitude d'appeler notre père et de lui envoyer des baisers de ma fenêtre.

Il n'avait bu qu'un verre de rhum et d'eau, mais cela suffisait pour le remplir d'une douce et romanesque mélancolie.

— Oui, je me souviens, dit son frère ; pauvre petit malheureux que tu étais avec un cache-nez de laine rouge autour du cou, et certainement du coton parfumé au camphre dans les oreilles !

— Seigneur, si les pigeons étaient aussi nombreux à présent, quel beau gibier cela ferait ! dit Renny. N'est-ce pas, Floss ; n'est-ce pas, Merlin ?

Son ton, le mot « gibier » qu'ils comprenaient si bien, réveillèrent les deux épagneuls qui dormaient de chaque côté de sa chaise. Ils bondirent en aboyant joyeusement. Finch éleva la voix au-dessus de ces aboiements :

— Il me semble que je pourrais bien boire quelque chose ; un garçon de dix-neuf ans peut boire un verre ou deux, je suppose.

Renny, repoussa doucement ses chiens :

— A bas, Merlin ; à bas, Floss ! Qu'y a-t-il, Finch ?

Il se fit un silence ; la voix de Finch s'éleva très haut, avec un tremblement de mauvais augure :

— Je dis que j'ai dix-huit ans et qu'il n'y a aucune raison pour que je ne boive pas quelque chose.

— Donnez-lui vite une goutte de votre vin, tante Augusta, dit Piers, autrement il va pleurer.

Finch conserva son calme avec peine, regardant le dernier morceau de tarte aux pommes qu'on lui avait gardé.

— Donnez-lui un verre de rhum, dit Nicolas ; cela lui fera du bien.

Renny étendit son long bras et poussa vers Finch la carafe qu'il avait remplie de porto.

— Sers-toi toi-même, lui dit-il d'un air protecteur.

Finch prit un verre et saisit la carafe ; il avait peur que sa main ne tremblât. Il serra les dents. Il ne voulait pas trembler... Surtout devant toute la famille réunie, cette famille qui espérait bien le voir faire quelque maladresse stupide... Les lèvres de Piers s'entrouvraient déjà sur ses dents blanches, toutes prêtes pour un éclat de rire... A aucun prix sa main ne tremblerait ! Mon Dieu, pensait-il, faites que ma main ne tremble pas ! Il n'ignorait pas que sa foi et sa crainte de Dieu étaient presque mortes ; cependant, moins il avait de foi et de crainte, plus il implorait le secours divin par de muettes invocations. Sa main resta assez ferme pour remplir presque entièrement son verre ; puis elle commença à trembler et c'est tout juste s'il évita de répandre le vin sur la table. En posant la carafe, il tremblait de la tête aux pieds. Il serra rapidement son maigre poignet et jeta un regard furtif sur les visages qui l'entouraient.

Mais chacun avait recommencé à bavarder, non pas bruyamment ni confusément, mais avec un ensemble charmant. Les sourires qui s'épanouissaient sur chaque visage étaient la manifestation tangible de leur joie intérieure. Tante Augusta se mit à évoquer les jours d'autrefois, à Jalna, lorsque papa et maman recevaient chez eux avec tant de luxe et de prodigalité ! Ils avaient même reçu le gouverneur général et sa femme. Puis, tout naturellement, elle fut amenée à parler de la vie sociale en Angleterre pendant les vingt dernières années du siècle précédent, où elle s'imaginait, maintenant, avoir occupé une haute situation sociale.

Nicolas aussi parla de Londres, mais d'un Londres tout différent où sa femme Milicent et lui s'étaient beaucoup amusés, dans un milieu ne s'occupant guère que de courses, jusqu'au moment où il s'était vu ruiné ; elle l'avait alors quitté et il était venu se réfugier à Jalna.

Après avoir bu deux verres, la seule préoccupation d'Ernest était le vêtement qu'il porterait le lendemain pour assister au concours hippique. Il avait un nouveau manteau en molleton anglais très coûteux, fait par le meilleur tailleur de la ville, dépense extravagante qu'il ne s'était pas permise depuis bien longtemps. Il l'avait acheté en vue du spectacle du lendemain. Mais le temps était si froid et humide qu'Ernest, toujours inquiet pour sa poitrine délicate, était fort perplexe. Le tailleur lui avait dit qu'il n'avait jamais vu un homme de son âge aussi svelte et aussi droit. Ce n'était pas comme ce pauvre vieux Nick, pensa Ernest, qui était devenu si lourd et qui devait toujours s'appuyer sur une canne à cause de son genou goutteux. Cependant, que faire, avec cette poitrine délicate ? Un gros rhume, par ce froid, peut devenir grave.

— Renny, dit-il, quelle température faisait-il au Colisée aujourd'hui ? Faisait-il froid ?

— Froid ! s'écria Renny, interrompu dans une dissertation sur les capacités du sauteur qu'il allait monter le lendemain. Il ne faisait pas froid du tout ; on se serait cru dans un musée. Une femme aurait pu venir en vêtement de linon, elle ne s'en serait pas portée plus mal !

Il attira Wake contre lui et lui fit boire une gorgée de son verre ; le petit garçon, désireux d'être au centre du groupe familial, avait demandé à Renny :

— Puis-je m'asseoir sur tes genoux, Renny ?

A quoi son frère avait répondu par cette question :

— Quel âge as-tu ?

— Onze ans, Renny. Ce n'est pas très vieux.

— Trop vieux pour être traité en bébé ; je ne dois pas te gâter ; mais tu peux t'asseoir sur le bras de mon fauteuil.

— Eh bien, si ce n'est pas le gâter, cela ! s'écria Piers, tandis que Renny serrait l'enfant contre lui.

— Pas du tout, répliqua Renny, c'est le caresser, ce qui est tout à fait différent. Demande à n'importe quelle fille, n'est-ce pas, Wake ?

Piers ne resta pas longtemps assis ; debout près de la table, il souriait à tous, éclatant de santé avec son visage un peu lourd, ses beaux yeux bleux brillants. Il se mit à parler de la terre et des récoltes, ainsi que d'une génisse de l'île Jersey qu'il allait acheter pour un jeune taureau remarquable.

Pheasant pensait : « Qu'il est beau ! ses yeux brillent comme ceux de Mooey ! Mon Dieu, cette énorme bouteille est presque vide ! C'est vraiment étrange que j'aie quitté un père si amateur de boissons fortes pour un mari ayant le même penchant, alors que je suis pour la prohibition ! Jamais je n'encouragerai mon petit bébé dans cette voie quand il sera grand ! »

Tante Augusta murmura à Finch :

— Il faut aller travailler, mon chéri, tu apprendras bien des choses ce soir, après ces deux verres de bon vin.

— Hou ! Hou ! répondit-il en se levant docilement.

Il prit ses livres qu'il avait posés sur une table, en soupirant de regret de quitter une réunion aussi gaie et joyeuse pour le supplice des mathématiques. Comme il s'en allait, le billet de loterie s'échappa de sa géométrie. Wakefield bondit du bras du fauteuil de Renny et s'en saisit. Finch était déjà sorti.

— Il a fait tomber quelque chose, dit le petit garçon qui regarda curieusement le papier ; c'est un ticket portant le nº 31. Hullo, Finch, tu as fait tomber quelque chose, mon garçon !

Finch se retourna, furieux ; ce petit insolent exagérait vraiment en l'appelant « mon garçon ».

— Fais voir, dit Piers en prenant le billet et en l'examinant. Je veux bien être pendu si ce n'est pas un billet de loterie. Que veux-tu en faire, jeune Finch ? Tu es malin, tu n'es encore qu'un collégien, ne l'oublie pas — ceci était une allusion à son échec — et tu n'es pas autorisé à jouer.

— Qu'est-ce que cela ? dit Renny ; apporte-le-moi.

Piers rendit le billet à son propriétaire :

— Porte cela à ton aîné et cours chercher sa courroie.

Finch, lançant des regards enflammés, fourra le billet dans sa poche et se dirigea vers le hall.

— Reviens ici, ordonna Renny, et dis-moi ce que c'est que ce billet de loterie.

— Seigneur, hurla Finch au comble de la fureur, ne puis-je acheter un billet de loterie, si cela me plaît ? Vous me croyez toujours un enfant au maillot.

— Tu peux en acheter une douzaine, si cela te fait plaisir, mais je n'aime pas ta façon d'agir pour celui-là ; quel est l'objet de ce billet ?

— C'est pour un canari, voilà tout ! et sa voix était rauque de colère. C'est vraiment drôle que je ne puisse pas acheter un billet de loterie pour un canari !

L'explosion de joie qui accueillit cette réponse fut

telle qu'elle aurait trouvé son équivalent dans bien peu de familles !

Lorsque le premier éclat fut un peu apaisé, Renny cria de sa voix métallique :

— Un canari ! la prochaine fois, ce sera un poisson doré ou un arbre à caoutchouc !

Mais dans le fond, il était honteux pour Finch. Il l'aimait, ce garçon ; c'était vexant de le voir aussi stupide, fixant son choix sur un canari !

Un coup violent se fit entendre, venant de la chambre à coucher.

— Ça y est ! cria Ernest, le visage tout assombri. Que vous disais-je ? Vous l'avez réveillée ; je savais bien que ça arriverait. C'est très mauvais, à son âge, d'être dérangé.

Augusta répondit sans hâte :

— Wakefield, va jusqu'à la chambre de maman, ouvre doucement la porte et dis-lui : « Tout va bien, grand-mère, calmez-vous. »

A la pensée de la scène entre son jeune frère et sa grand-mère, Piers se mit à rire bruyamment. Sa tante et ses oncles le regardèrent d'un air de reproche et Ernest ajouta :

— Piers, il faut apprendre la politesse à cet enfant.

Wakefield traversa le hall, très digne sous le poids de sa propre importance. Il ouvrit la porte de la chambre et, s'y glissant doucement, regarda presque avec terreur cette chambre que l'on devinait plutôt qu'on ne la voyait, à la lueur de la veilleuse placée sur une table basse à la tête du lit.

Avant de parler, il referma la porte derrière lui pour atténuer le bruit des voix venant à travers le hall. Il voulait se faire un peu peur à lui-même — mais à peine un peu ; avec l'étrangeté de sa solitude auprès de sa grand-mère, dans cette lumière voilée, tandis que les gouttes de pluie tombaient du toit devant les vitres et qu'un seul œil rouge semblait briller dans l'âtre, comme si un esprit malin et caché le regardait. Il resta immobile, écoutant la respiration un peu courte de sa grand-mère, pouvant tout juste distinguer la tache sombre sur l'oreiller et le mouvement incessant de sa main sur le couvre-pied rouge.

Les fleurs et les fruits peints sur le montant du vieux lit de cuir qu'elle avait rapporté de l'Est s'éclairaient un peu, moins éclatants que le plumage du perroquet qui s'y trouvait perché.

Un soupir venu du lit passa dans l'air alourdi, comme le parfum d'un bouquet oublié, cueilli il y a bien longtemps. Tous les souvenirs lointains de ce lit étaient évoqués. C'était là qu'avaient été conçus Augusta, Nicolas, Ernest et Philippe, le père de tous ces ardents jeunes Whiteoaks ; c'est là que, tous quatre, ils étaient nés, là que Philippe était mort. Que d'émois et que de souffrances, que d'extases et d'intrigues, que de rêves ce lit avait connus ! Maintenant grand-mère y passait la plus grande partie de son temps.

Sa main s'éleva et resta en l'air, au-dessus du couvre-pied. Une faible lueur rouge vint de la bague de rubis qu'elle portait toujours. Elle cherchait sa canne. Avant qu'elle eût pu la saisir, Wakefield se précipita vers elle, lui disant comme un petit perroquet :

— Tout va bien, grand-mère, calmez-vous.

Il prononçait avec délices ces mots importants que tante Augusta lui avait mis dans la bouche. Il aurait aimé les répéter et répéta, en effet : « Calmez-vous, grand-mère. »

Elle leva les yeux vers lui, sous ses épais sourcils roux. Son bonnet de nuit était de travers et lui cachait complètement un œil, tandis que l'autre regardait l'enfant avec intensité.

— Calmez-vous, répéta-t-il en tapotant le couvre-pied.

— Je calmerai cette famille avec ma canne, s'exclama-t-elle violemment. Où est-elle cette canne ?

Il la lui mit dans la main et recula un peu. Elle réfléchit un instant, cherchant à se rappeler ce qu'elle voulait faire, lorsqu'un éclat de rire à demi étouffé parvint de la salle à manger et rafraîchit sa mémoire.

— Que signifie tout ce bruit et quelle est la cause de leurs cris ?

— C'est au sujet d'un canari, Gran, pour lequel Finch a un billet de loterie.

Il se rapprocha d'elle pour mieux juger de l'effet produit par ses paroles. Cet effet fut terrible. Les traits de la vieille femme furent bouleversés par la colère ; elle le contempla, incapable de dire un mot, pendant un instant ; puis articula péniblement :

— Un canari, un oiseau, un autre oiseau dans la maison ! Je ne veux pas. Boney sera fou de rage ; il ne le supportera pas et le mettra en pièces.

Boney, entendant son nom, sortit sa tête de sous son aile et la pencha en avant pour contempler sa maîtresse du haut de son perchoir, à la tête du lit.

— *Haramzada,* jura-t-il en hindou, *Haramzada, Iflatoon ! Paji ! Paji !*

Il se dressa sur ses pattes et battit des ailes, ce qui amena un petit courant d'air chaud sur le visage de Wakefield.

La vieille Mrs. Whiteoak s'était soulevée toute seule sur son lit. Elle avait retiré de dessous la couverture ses grands pieds enveloppés de chaussons rouges, ainsi que ses longues jambes blêmes.

— Ma robe, cria-t-elle. Là, sur cette chaise. Donne-la-moi. Je leur ferai voir si je veux d'un canari babillard et endiablé dans la maison !

Wakefield savait bien qu'il aurait dû courir à la salle à manger pour appeler un des aînés. C'était un événement sans précédent que de laisser grand-mère se lever sans l'aide de tante Augusta ou d'un des oncles ! Mais l'amour de la nouveauté et du mouvement l'emporta sur la prudence ! Il apporta la lourde robe rouge et l'aida à la mettre ; puis il mit la canne dans sa vieille belle main impatiente.

Mais ce fut une bien autre affaire quand il s'agit de la

mettre debout ! Pour tant qu'il la tirât par le bras, il ne réussit pas à la faire bouger.

« Ha ! » gémissait-elle à chaque effort héroïque qu'elle faisait, tandis que son visage prenait de plus en plus la couleur de sa robe. A la fin, elle laissa tomber sa canne.

— Rien à faire, murmura-t-elle. Rien à faire. Prends mes deux mains et tire-moi.

Elle lui tendit les mains, un regard suppliant et plein d'espoir, dans l'oeil que ne cachait pas son bonnet. Elle espérait certainement que le petit garçon réaliserait son désir, mais lorsqu'il la tira de toutes ses forces par les deux mains, le seul résultat fut que ses pieds glissèrent sur le tapis et que son petit corps s'écroula dans les bras de la vieille dame. Elle éclata de rire et le serra contre elle. Mi-riant de sa position, mi-fâché de son impuissance, il se mit à jouer avec les brides de son bonnet.

— *Paji ! Paji ! Kuza Pusth !* cria Boney en battant l'air de ses ailes multicolores.

Mrs. Whiteoak repoussa Wakefield :

— Que faisions-nous ? demanda-t-elle, un peu étonnée.

— J'essayais de vous lever, Gran.

— Pour quoi faire ?

Et ses yeux s'éclairèrent d'un soupçon.

— Mais le canari, Gran, avez-vous oublié le canari de Finch ?

Aussitôt son vieux visage s'enflamma de colère.

— Si je me souviens ! Certainement ! Un canari dans la maison ! Je n'en veux pas ; je bouleverserai tout, je ferai une scène. Il faut que j'aille à la salle à manger.

— Si j'allais chercher Renny ?

— Non, non, non ! Il me remettrait au lit, me recouvrirait, l'animal ! Je le connais. Il faut que j'aille à la salle à manger pour leur faire peur. Et il faut me hâter, autrement l'un d'eux va venir. Ernest arrivera en pleurnichant, Nicolas en grognant ou Augusta en redressant la tête. Non, non !

— Si vous essayiez de vous traîner, Gran ?

Sa grand-mère lui jeta un regard furieux :

— Me traîner ! Un membre de ma famille se traîner ! Un Court se traîner ! Apprends qu'un Court ne rampe ni ne se traîne jamais, pas même devant son Créateur. Il marche droit, même s'il doit s'appuyer sur quelqu'un. Que les lâches se traînent, les limaces et les serpents !

Elle s'interrompit en regardant autour d'elle avec inquiétude : — Que disais-je ?

— Vous parliez de toutes les choses qui se traînent, Gran, vous en étiez aux serpents.

— Mais à quel sujet voulais-je faire une scène ?

— Au sujet du canari, Gran.

— Ah ! oui. Il faut y arriver ; essaie de me pousser par-derrière, Wakefield. Monte sur le lit.

Nullement découragé, le petit garçon grimpa sur le lit et, s'agenouillant derrière elle, la poussa de toutes ses forces entre les deux épaules. Gémissant, luttant de toute son énergie, les yeux hors de la tête, elle se leva. Et elle se leva si bien qu'elle faillit tomber la tête la première. Mais elle réussit à reprendre son équilibre. Comme un vieux bateau incapable de tenir la mer et battu par la tempête, elle pouvait encore parfois faire bonne contenance devant les vagues.

S'appuyant lourdement sur l'épaule de Wakefield, elle apparut à la porte de la salle à manger et jeta un regard autoritaire sur les héritiers réunis. La stupéfaction et l'inquiétude remplacèrent la gaieté sur leurs visages. Piers, qui était le plus près, sauta sur ses pieds et vint vers elle. Ernest approcha une chaise sur laquelle ils l'assirent.

— Maman, maman, gourmanda Ernest, en arrangeant son bonnet de façon à découvrir son autre œil trop brillant. Ceci est très mauvais pour vous.

Augusta ajouta sévèrement :

— Wakefield, tu es un vilain garçon qui mérite le fouet.

— Laissez cet enfant, lui dit sa mère ; il fait ce qu'il a à faire et ce qu'on lui ordonne, mieux que vous ne le faites.

Lady Buckley effleura d'un doigt sa broche de camée et regarda le bout de son nez d'un air offensé.

Voyant qu'elle ne souffrait de rien, Nicolas souriait radieusement à sa vieille mère, à travers la table. Il admirait son esprit ferme et son caractère intrépide.

« Quelle vigoureuse vieille femme, pensa-t-il. Elle est merveilleuse ; il n'y a pas d'erreur. »

— Avez-vous faim, Gran ? demanda Renny. Est-ce cela qui vous amène ?

— *Non,* non, non, déclara vivement Ernest. Elle n'a pas faim. Elle a mangé un grand bol de flocons de blé et du soufflé au riz avant d'aller se coucher.

Sa mère tourna vers lui son visage de faucon.

— Des flocons de blé... feuilles insipides... Du soufflé au riz... graines insipides... des feuilles et des graines !... c'est bon pour un insipide canari !

Elle laissa retomber son menton sur sa poitrine, répétant ce mot « canari ». Son cerveau cherchait à tâtons, comme une vieille tigresse aveugle s'efforçant de reconnaître la nature d'une proie inconnue. « Canari. » Qu'évoquait ce mot ? Ses grands yeux errèrent sur tous les visages, jusqu'au moment où ils tombèrent sur le jeune Finch qui se tenait dans l'embrasure de la porte. A cette vue, elle se rappela soudain pourquoi elle était sortie de son lit. Un canari ! Finch avait apporté un canari dans la maison, un petit oiseau chanteur, criard et sautillant à Jalna. Elle n'en voulait pas !...

Son visage devint sombre de fureur et elle trouva difficilement ses mots.

— Donnez-lui quelque chose à manger, dit Renny, car elle va prendre une colère terrible.

Wakefield poussa vers elle un plat de biscuits et de fromage. D'un air furibond, elle le repoussa avec sa canne.

— Finch, cria-t-elle. Je veux Finch.

Le garçon hésita :

— Approche, qu'elle n'ait pas besoin de crier, dit Nicolas.

Finch approcha lentement, avec une expression suppliante.

— Maintenant, dit-elle, levant vers lui un regard ferme et lucide sous ses sourcils roux en broussaille, qu'est-ce que j'entends dire au sujet d'un canari ?

Finch la regarda dans les yeux avec un sentiment de crainte et put seulement balbutier :

— Mais regardez, grand-mère, regardez, il n'y a pas l'ombre d'un canari !

— Je sais qu'il y a un canari, cria-t-elle, en frappant le sol de son bâton, un affreux coquin de canari que tu as introduit dans la maison. Va le chercher que je lui torde le cou.

— Mais, Gran, c'est seulement un billet de loterie. Il n'y a pas une chance sur cent pour que je gagne et je ne le désire pas du tout.

— Oh ! cria-t-elle, furieuse ; tu mens. Viens ici.

Il s'approcha avec méfiance ; mais elle fut plus leste qu'il ne le croyait. D'un geste rapide et adroit, elle lui donna sur les doigts un tel coup que trois jointures furent écorchées et qu'il plia sous la douleur.

— Quel mauvais caractère, dit sa fille.

— Calmez-vous, maman, grogna Nicolas.

Ernest se leva de sa chaise en tremblant pour dire :

— Maman, cela est très mauvais pour vous. Vous pourriez avoir une attaque.

— Une attaque cria-t-elle. Je lui ai donné un fameux coup à ce marmot-là. Un coup dont il se souviendra. Je l'ai fait saigner. Sors ta main, garçon, que je la voie.

Elle était écarlate de fureur.

Renny posa son verre de rhum et d'eau et vint se pencher sur elle.

— Ne voulez-vous pas qu'on vous embrasse, Gran ? demanda-t-il d'un ton câlin.

Elle leva les yeux vers lui et, de dessous son bonnet, examina son visage. Ce visage mince et rouge qui s'était brusquement approché d'elle lui dissimulait tous les autres. Le nez très busqué ressemblait au sien. Les lèvres qu'un sourire entrouvrait sur de larges dents étaient fermes avec cependant quelque chose d'indulgent et de tendre qui retint son attention. Tout cela l'inonda d'une joie à laquelle elle ne put résister. Renny, l'os de ses os, un vrai Court de la vieille race, sans aucune mièvrerie !

— Embrasse-moi, cria-t-elle, vite, embrasse-moi !

Finch profita de l'occasion pour se glisser hors de la pièce ; et tout en montant l'escalier aux tapis épais, il pouvait entendre l'échange bruyant des baisers.

Reprenant haleine, la vieille dame regarda triomphalement autour d'elle. Renny s'était écarté d'elle, la laissant comme fortifiée par sa robuste étreinte. Donnant une brusque secousse à son bonnet qui retombait sur son œil, elle réclama :

— Mes dents ! qu'on aille me chercher mes dents car j'ai faim. Allez me chercher mes dents.

— L'un de vous veut-il y aller ? murmura Augusta résignée.

Wakefield bondit joyeusement jusqu'à la chambre et revint instantanément avec les deux râteliers dans un verre d'eau. Mrs. Whiteoak se pencha vers lui et tendit les mains. Elle ne pouvait supporter d'attendre. Le petit garçon poussa le verre devant elle.

— Pour l'amour du Ciel, attention, enfant, s'écria Augusta.

— On n'aurait pas dû lui permettre d'y aller, dit Ernest qui, plein de mépris pour lui-même, se versa cependant un peu plus de rhum.

Quelle bonne soirée ! pensait, un peu plus tard, Renny. Quel bon souper avait fait la vieille dame ! Et les vieux oncles ! Comme ils étaient heureux de leur excès de rhum ! Jamais il n'avait vu l'oncle Nicolas aussi amusant qu'après le départ des femmes, lorsqu'ils s'étaient trouvés seuls, entre hommes, leurs verres remplis à nouveau et les rideaux rouges bien fermés.

Quelle bonne journée ! Les chevaux avaient été parfaits ! Lui aussi. Il ressentait une agréable sensation de fatigue saine, dans les jambes et dans les bras, pas même une sensation, plutôt une perception nette et agréable de chacun de ses muscles.

Comme la jument avait bien tiré et bien lutté !

Avec son corps mince replié dans son fauteuil, son visage osseux et bruni incliné sur le bois de la table où se reflétait la lumière des candélabres, l'aîné des Whiteoaks aurait fait un beau modèle pour un artiste désireux de peindre *la Soirée d'un chasseur.* Le peintre aurait trouvé dans la position des membres et les lignes de la tête une expression parfaite du repos de l'homme qui met tout son bonheur dans des travaux violents et simples.

Rags levait le couvert. Comme il enlevait les bouteilles où restait encore un peu d'alcool, le maître de Jalna lui fit un signe en disant simplement : « C'est pour vous, Rags. »

3

JALNA LA NUIT

QUAND l'ombre et le calme de la nuit furent descendus sur l'agitation de Jalna, la vieille maison sembla s'étendre sous son toit pour se mettre au chaud, comme un vieil homme sous son bonnet de nuit. Elle semblait faire le gros dos dans l'obscurité, se replier sur elle-même, lier sous son menton, l'avancement de son portail, les rubans de son bonnet, et murmurer : « Maintenant, rêvons. »

Comme d'un vêtement de nuit, elle s'enveloppait d'obscurité et se couchait sur la terre. S'ajoutant à son lourd fardeau les pensées et les gestes de ses habitants volèrent comme des ombres de chambre en chambre.

La chambre de Finch se trouvait sous le toit humide du grenier. Son unique fenêtre était fermée contre les feuilles mouillées de la vigne vierge qui s'accrochait sur ce côté de la maison. Il y avait toujours là une faible odeur de plâtre mouillé et cette moisissure pleine de rêves des vieux livres. Le toit avait besoin de réparations, et les vieux livres, vieux journaux agricoles brochés, manuels déchirés sur l'élevage des chevaux, programmes de spectacles hippiques, auraient dû être jetés ; mais à Jalna ni hâte ni effort ne s'opposaient jamais à la destruction naturelle des choses. Quand le toit ferait eau au point qu'il y ait une mare sur le plancher, quand les étagères ne pourraient plus contenir de nouveaux débris, alors seulement on songerait à réparer ou à mettre de l'ordre.

Finch écrivait son *Journal,* assis sous sa lampe à huile abritée par un abat-jour de papier vert sur lequel étaient peints les lourds visages souriants de deux jeunes Allemandes.

Il écrivait : « Presque manqué mon train. Jour détestable à l'école. Il faut que je travaille d'arrache-pied mes math. Intéressante conversation avec Leigh pendant une heure trop courte. Concours hippique. Renny absolument merveilleux. Le meilleur de tous. Pheasant pas mauvaise sur « Soldier ». Gagne le ruban rouge. Retour à la maison en auto. Dispute autour d'un billet de loterie pour un canari. Grand-mère terrible. Bu deux verres de porto. Vu Joan. »

Il suça ses jointures douloureuses et parcourut des yeux les pages précédentes. Elles étaient plus ou moins variées, l'école était plus ou moins détestable. Plusieurs bons moments en compagnie de Leigh étaient notés, ainsi « qu'une soirée du D... » avec Georges et Tom. Une seule phrase se retrouvait chaque jour et se terminait toujours par le nom de Joan : « Vu Joan » ou : « Pas vu Joan. »

En relisant ces lignes, Finch n'y trouva rien de ridicule ni d'attendrissant ; néanmoins il prit soin de cacher ce *Journal* derrière quelques livres de classe, sur l'étagère devant laquelle il avait commencé son travail du soir. Il ne désirait pas le voir tomber sous les yeux indiscrets de Pheasant ou du jeune Wake.

Il prit son *Euclide* et le posa devant lui sur la table, veillant à ce que le coin supérieur droit soit placé exactement au-dessus d'une vieille tache d'encre sur le bois. Le livre avait l'habitude de s'ouvrir de lui-même à la page 107. Finch espérait, ce soir, qu'il en serait autrement, sinon il lui serait impossible de travailler. La bouche ouverte et la main tremblante, il ouvrit le livre et... 107 jaillit devant lui... Le crayon qu'il tenait tomba sur le plancher avec un léger bruit. Il eut peur de ne pouvoir le ramasser et contempla stupidement le nombre au coin de la page : 107... Pourquoi donc craignait-il ce nombre ? « 1 » (1), c'est « moi », moi, Finch Whiteoak. « 0 »... c'est le néant, donc toujours lui, Finch, qui n'était rien. Enfin, il avait compris ! Voilà pourquoi il redoutait ce nombre tout simplement ! Ensuite, 7... qui, naturellement, était magique. Moi, Finch, je ne suis « rien ». Il ferma brusquement son livre et l'ouvrit de nouveau. Cette fois, ce fut la page 70 ; toujours le chiffre magique 7, suivi du zéro. C'était la vie, ce chiffre magique suivi du néant, du vide... Il essaya encore une fois : page 123. De nouveau « 1, moi ». Puis « 2 »... moi et un autre. C'est-à-dire nous deux ensemble... Puis « 3 ». Moi et l'autre, nous avons donné vie à un troisième personnage. Nous sommes trois ensemble... Il se vit avec Joan dans une chambre ; tous deux se penchaient sur un berceau dans lequel se trouvait le troisième qu'ils avaient créé, comme il avait vu Piers et Pheasant se pencher sur le berceau de Mooey. Joan, à qui il n'avait jamais adressé la parole !... C'était une jeune fille à qui il avait été présenté à un match de football par son ami Arthur Leigh. Il l'avait seulement saluée, mais elle lui avait dit, d'une petite voix claire : « Comment allez-vous ? » Puis elle avait serré chaudement le col de fourrure de son manteau autour de son menton rond et blanc, en aspirant un coin de sa lèvre, ce qui amena sur sa joue une tremblante et persistante fossette.

L'image de la jeune fille l'avait beaucoup troublé durant le mois suivant, mais il n'avait rien fait pour se rapprocher d'elle et n'avait jamais parlé d'elle à Leigh, bien qu'il eût été heureux de connaître son prénom qu'il n'avait pas compris lors de la présentation.

Elle allait dans une école de filles toute proche de sa propre école et il passait peu de jours sans la rencontrer

(1) Note du traducteur. Jeu de mots impossible à traduire. « I » en anglais signifiant à la fois le pronom personnel « Je » et le chiffre « I ».

dans la rue. Un coup d'œil rapide en la saluant, c'était tout ce qu'il lui donnait. Mais qu'il la rencontrât ou non, cela était toujours indiqué dans le dernier mot de son journal quotidien. Il écrivait : « Vu Joan » ou : « Pas vu Joan. »

Lorsqu'il devait inscrire cette dernière formule, il se sentait déprimé et attristé, se mettait péniblement au travail. Mais lorsqu'il l'avait rencontrée, comme aujourd'hui, il était encore plus troublé et tout à fait incapable du moindre travail !

Il se disait bien que ces impressions pénibles n'avaient rien de nouveau pour lui. Il avait toujours eu d'étranges pensées ! Et s'il n'avait pas fait la connaissance de Joan, c'est pour autre chose qu'il se tourmenterait.

Si seulement il avait passé ses examens et que Renny n'ait pas supprimé ses leçons de musique ! Ce soir, il lui semblait qu'une heure de piano l'aurait apaisé, rempli de bonheur, libéré de tout désir et de toute crainte.

Il n'était pas question de savoir si Renny avait eu raison ou tort de supprimer le piano. Il savait bien qu'il avait perdu beaucoup de temps, qu'il l'avait même gaspillé, passant des heures sur le clavier, sans travailler, mais essayant fiévreusement de composer.

Comme il était heureux, à cette époque ! Réellement il ne pouvait croire que ces instants lui aient été néfastes. Néfastes, ils l'avaient été seulement pour son travail.

Résolument il ouvrit son *Euclide* à la page des problèmes et des théorèmes qu'il devait étudier pour le lendemain. Il posa soigneusement le coin du livre sur la tache de la table et, de nouveau, laissa tomber son crayon. Mauvais commencement ! Il regarda où il était tombé, sur une feuille de papier où était rédigé un devoir de français. Sur quel mot le bout de crayon était-il tombé ?... Il ne serait pas assez stupide pour le regarder... Cependant, ce serait intéressant de connaître ce mot. Peut-être même serait-ce utile, car il était possible qu'il contînt une signification capable de l'aider.

Il se mit à genoux et se pencha sur le crayon en clignant de l'œil pour déchiffrer les lettres tachées. La pointe de plomb s'était posée sur le mot « âne ». Il fut troublé. C'était bien ce qu'il était : « Un âne stupide. » Dieu merci, personne ne pouvait le voir ! Mais attention !... il s'est trompé. Ce n'est pas « âne » mais « âme ». C'était bien différent ! C'était son âme qui tâtonnait dans l'obscurité. Quelle étrange chose que d'être agenouillé là, tandis que le crayon indique ce mot « âme ». Cela lui rappela le temps où, plein de crainte, il s'agenouillait à côté de cette chaise pour prier Dieu. Il eut le soudain désir de prier, mais ne put trouver aucun mot ! Il se souvint de cette nuit, il y a deux ans, où Piers l'avait fait sortir du lit pour dire ses prières, rien que pour l'exaspérer. Il n'avait su que répéter ces deux mots : « Mon Dieu ! Mon Dieu ! » Mots immenses et terribles ! Mots qui délivrent l'âme, l'emportent, l'absorbent !... Mais s'il s'abandonne à la prière, à cette prière libératrice, tout travail lui sera impossible, le soir ! Il décida de ramasser son crayon pour se mettre au travail, mais s'aperçut qu'il ne pouvait y parvenir. Trois fois ses doigts errèrent au-dessus du crayon sans pouvoir le saisir. Il gémit, se détestant et se craignant à la fois !... Il commença à compter les médaillons fanés du tapis ; il était à genoux sur le sixième en venant du nord de la pièce et le cinquième en venant de l'ouest. Six et cinq, onze ; c'était le 11 novembre. Six fois cinq, trente. Trente était le numéro de son placard à l'école. Il avait eu 30 en géométrie quand il avait échoué à son examen... Le Christ avait trente ans lorsqu'il fut crucifié !...

Il pensa qu'avec une cigarette, il aurait pu ramasser son crayon et se mettre au travail. Il bondit sur ses pieds et descendit silencieusement l'escalier du grenier. La porte de la chambre de Piers et de Pheasant était grande ouverte. Une lampe voilée jetait une douce lumière sur le lit blanc et sur le berceau de Mooey. C'était toujours le même berceau à capote qui avait bercé tous les enfants Whiteoaks. Les deux oncles y avaient pleuré, dormi, gazouillé, Meg et Renny, Eden, Piers (le plus beau de tous), lui-même (et il se représenta le braillard qu'il avait été), le petit Wake dont il se rappelle les grands yeux noirs brillants sous la capote... Deux autres bébés y étaient morts aussi, et Finch se demanda comment Mooey pouvait y dormir si paisiblement.

Il ouvrit le tiroir d'en haut de la commode où il savait que Piers gardait un ou deux paquets de cigarettes. Ah ! les voilà ! Vraiment Piers se soignait bien ! Il y avait une grande boîte de Players plus qu'à moitié pleine ; un paquet contenant au moins douze cigarettes turques. Finch se servit avec prudence, puis referma le tiroir.

En repartant, il se pencha sur le berceau et regarda curieusement le jeune Mooey. Ce dernier était enfoncé, chaud et doux, dans son sommeil de bébé. Un petit poing rond, appuyé contre sa bouche, pressait d'un côté sa lèvre, semblable à un pétale de fleur. Il y avait une tache humide sur l'oreiller ; il avait dû pleurer un peu. Finch fut soudain attendri à cette vue. Il posa sa tête sur la capote du berceau, respirant son parfum, comme un chien hume son petit endormi. Il baisa la joue du bébé et il lui sembla que son propre sang devenait une liqueur délicieuse et douce, que tous ses os n'étaient plus que tendre désir et amour.

Il prit le bébé dans ses bras et se pencha sur lui, sa mèche blonde retombant sur la petite tête. Il baisa comme un fou la tête et les joues de l'enfant ; il ne pouvait s'en rassasier. Son âme était toute tendresse et ses yeux se remplirent de larmes qui coulèrent sur ses petites mains. Était-il possible que Piers ait éprouvé pareils sentiments ?.

Des voix lui parvinrent, venant du hall. Pheasant et

tante Augusta montaient... Il rejeta l'enfant dans son berceau et le recouvrit. Pour rien au monde, il n'aurait voulu être surpris caressant son jeune neveu ! Rentré chez lui, il se retrouva maître de ses nerfs. Il ramassa le crayon, le livre de géométrie, alluma une cigarette et se mit au travail.

Lady Buckley avait ôté ses bracelets, sa broche et sa chaîne d'or. Elle avait retiré sa robe de satin noir, son long jupon de soie noire et maintenant, vêtue seulement de sa camisole et de son court jupon blanc, elle brossait ses cheveux encore épais. Même dans ce simple appareil, elle conservait toute sa dignité. Elle se regardait dans la glace avec son expression habituelle mi-satisfaite, mi-dédaigneuse. Son teint qui n'avait jamais été frais était maintenant taché et jaune, son regard plutôt terne, si différent de celui de sa mère qui conservait toujours sa flamme. Mais ses traits étaient parfaits. Son nez était bien le nez Court, un peu modifié ; ce n'était pas le nez fier et busqué de sa mère et de Renny ; le sien était beaucoup mieux, pensait-elle, beaucoup plus seyant pour une dame, veuve d'un baronnet. Elle se mit à penser à son mari...

Comme ses parents et ses frères l'avaient dédaigné, ce garçon aux favoris pâles, aux yeux doux, aux jolis petits pieds ! Il bégayait légèrement. Augusta croyait l'entendre encore appeler « Auguthta » ! Mais quel charmant caractère ! Jamais en colère quoi qu'il arrivât ! Rien ne l'étonnait. Lorsqu'il avait appris que deux morts subites lui apportaient le titre de « baronnet », avec une vieille demeure et un bon revenu, il n'avait manifesté aucune surprise. Il avait simplement repoussé de la main le télégramme en lui disant : « Vous devriez commencer vos paquets tout de suite, lady Buckley ; nous rentrons. » Ciel, quel choc elle avait ressenti ! S'entendre appeler lady Buckley si tranquillement, sans la moindre préparation ! Elle n'avait pas su s'il fallait rire ou pleurer. Depuis, elle s'était toujours félicitée de n'avoir fait ni l'un ni l'autre, mais d'avoir simplement répondu, digne et impassible : « Il vous faudra des flanelles neuves pour le voyage, Sir Edwin... » Lady Buckley ! ce titre s'était toujours arrêté dans le gosier de sa mère ! Cette dernière était vraiment désagréable avec cette façon de prétendre qu'elle ne se rappelait pas le nom de sa fille, parlant à ses amis « de sa fille, lady Buckley » ou peut-être « Bilgeley ». Si sa mère n'avait pas été une Court, ce procédé aurait été de la mauvaise éducation. Mais tous les Court étaient ainsi. Nicolas faisait exactement la même chose. Il était si dédaigneux et semblait croire que lui et son horrible femme, Milicent, avaient eu plus d'importance en Angleterre qu'elle et Edwin ! Elle en était sûre, à entendre le ton moqueur dont il parlait du petit cercle dans lequel vivaient les Buckley. C'était, certes, un milieu autrement convenable que ce milieu de courses dans lequel lui et Milicent avaient traîné et s'étaient ruinés.

Elle songea à l'Angleterre. Elle désirait tant y retourner ! Elle évoqua les bordures et les massifs de géraniums autour de sa maison (elle espérait bien que les locataires tenaient tout en ordre) la chanson de ses amis, les pinsons, dans l'air doux et humide. Voilà un an qu'elle avait quitté tout cela et il lui semblait qu'il y en avait bien deux !

Mais son devoir était de rester au Canada jusqu'à la mort de sa mère, car enfin, maman avait cent un ans !... Cela faisait presque peur à Augusta de penser à ce qui arriverait si maman vivait éternellement !... Mais voyons, personne ne vit éternellement !

Elle passa sa chemise de nuit en flanelle, la boutonna jusqu'au menton et serra les rubans de soie aux poignets. Ses cheveux enroulés sur des épingles de fer faisaient de petites bosses autour de sa tête. Elle tira soigneusement les rideaux des deux fenêtres. Quelle pluie ! Des voix montaient du salon au-dessous. On entendait Renny disant : « Jamais, jamais ! » Comme c'était drôle, ce « Jamais » qui semblait répondre à ses propres pensées !... Elle aperçut son image dans la glace. Elle était debout contre le rideau sombre. Elle releva la tête et se regarda, ne pouvant s'empêcher de s'admirer. Elle leva la main à hauteur de son front dans l'attitude de celui qui cherche sa direction, au départ, ou qui se tient debout, au bord d'une falaise battue par les vents, au-dessus d'une mer déchaînée.

Elle resta ainsi un instant, comme une statue, puis éteignit la lampe et gagna son lit.

Ernest s'était senti tout drôle en montant l'escalier, tout étourdi ; mais, dans sa chambre, il se retrouva lui-même, avec seulement une agréable impression de gaieté. Il aimait beaucoup l'ombre rose de la lampe qu'Alayne lui avait envoyée de New York pour son anniversaire ; elle rendait sa chambre si jolie, si gaie même par un soir comme celui-là ! En réalité, depuis que cette période de mauvais temps avait commencé, il ne cessait guère d'avoir sa lampe allumée. Même pendant le jour, elle mettait dans la chambre une charmante tache lumineuse. Alayne avait toujours été si douce pour lui ; son départ avait fait un grand vide dans sa vie. Eden aussi lui manquait beaucoup. Quel dommage que leur mariage se soit ainsi terminé. Un jeune couple si charmant, si intelligent, si agréable à voir !

Il resta debout, plongé dans ses pensées et jouissant de la douce lumière répandue dans la chambre. Une sorte de vie légère animait les porcelaines de Saxe sur la cheminée, et un rayon de soleil levant semblait éclairer les aquarelles pendues au mur. Quelle chance il avait de posséder cette chambre ! C'est-à-dire que ce n'était pas seulement une question de chance, son propre goût avait bien contribué à la rendre telle qu'elle était ; mais la vue sur les prés et le ruisseau serpentant était bien plus agréable que la vue des fenêtres de Nick, qui était bouchée par un immense cèdre et ne dépassait pas le ravin.

La petite pendule de porcelaine entre le berger et la bergère sonna minuit. Quelle heure extravagante pour se coucher ! Mais aussi quelle exquise soirée ! Pourvu que le rhum et l'eau ne lui fissent pas mal ! Il avait bu aussi un ou deux verres de vin avec son rhum. Dieu veuille que maman se trouve tout à fait bien après ce second souper ! Comme elle était vivante ! et il sourit en pensant à elle. Il était difficile de croire qu'il avait soixante-douze ans avec une mère aussi vive. S'il pouvait être aussi bien portant qu'elle, à cent un ans ! Il n'y avait pas de raison pour qu'il n'atteignît pas un âge aussi avancé. Il prenait grand soin de lui ; il est vrai qu'il y avait sa poitrine délicate, c'était certainement un handicap.

Il songea de nouveau à son pardessus neuf. Ce serait une bonne idée de l'essayer en ce moment où il était vraiment bien, le teint animé, les yeux brillants. Il le sortit du placard et le regarda avec soin sous toutes les coutures. « Quel beau manteau, vraiment ! » s'écria-t-il tout haut du ton dont il aurait complimenté une femme ou une jument : « Il est très élégant. » Il le mit et le vêtement l'enveloppa comme d'une ferme et douce étreinte. Il se contempla dans la glace. Rien d'étonnant que le tailleur l'ait félicité de son allure. Il était mince, très droit (quand il faisait un peu attention), élégant comme on n'a pas coutume de l'être aux colonies. Brusquement, il fut envahi de cette étrange nostalgie du colon pour l'Angleterre.

Il se souvint d'un chapeau qu'il avait jadis acheté dans Bound Street, ainsi que du marchand si aimable qui le lui avait vendu. Il se revit, le même matin, achetant une fleur pour sa boutonnière à une jolie fleuriste ; avec quelle allégresse il avait ensuite descendu légèrement la rue ! Peu de chose suffisait à le rendre heureux ; il était plus enclin à la gaieté que son frère et sa sœur, et Eden lui ressemblait sur ce point.

Tous deux avaient le don de voir la beauté de la vie, le sens poétique, probablement, bien qu'on ne pût l'avouer devant la famille. Vraiment les visites d'Eden lui manquaient, pour ne rien dire de celles d'Alayne. Quel dommage que ce mariage !...

Vingt ans déjà qu'il avait acheté ce chapeau en Angleterre, sans y être jamais revenu depuis ! Peut-être ferait-il ce voyage avec sa sœur, lorsque maman mourrait et qu'Augusta rentrerait chez elle.

Lorsque maman mourrait ! Cette pensée lui causait toujours un tremblement de crainte. Il y avait d'abord l'effroi de la perdre, et ensuite, cette incertitude au sujet de son héritage. Jamais elle n'y avait fait d'allusion, sauf pour leur faire savoir qu'il irait en entier à un seul membre de la famille. Elle avait ainsi conservé toute son autorité sur eux. Sa fortune devait être environ de quatre-vingt-dix à cent mille dollars, en valeurs de tout repos et en rentes. Si seulement elle la lui laissait, il posséderait indépendance et autorité ! Il ferait tant de choses pour les garçons ! Pour ces chers garçons, ce serait bien préférable que ce fût lui, l'héritier ! En se voyant dans la glace, très droit, les joues rouges et les yeux brillants, il était sûr de ne pas paraître plus de cinquante à cinquante-cinq ans. Le manteau était si chaud et lui allait si bien que, sans plus d'hésitation, il décida de le mettre le lendemain.

Avant de se coucher, il jeta un coup d'œil dans le panier où dormait Sasha, son petit chaton à côté d'elle. Il les regarda avec un sourire un peu mécontent : à l'âge de Sasha — douze ans — avoir un bâtard ! Et non seulement elle l'avait mis au monde, mais encore elle en était fière ! Il s'imaginait qu'elle avait passé l'âge d'avoir des petits, et surtout des petits bâtards ; et voilà qu'un beau matin, elle avait eu celui-là sur son lit à lui. Un miaulement, vers six heures du matin, et le petit chat était né ! C'était plutôt un miaulement de triomphe qu'un cri de douleur. Quelle émotion elle lui avait donnée, à cette heure-là ! A peine s'il avait pu déjeuner. Ce n'était pas seulement cette naissance inopinée sur son couvre-pieds qui l'avait ému, mais la pensée que cette Sasha... Comme une jeune et innocente femelle elle s'était laissé séduire par une belle paire de moustaches !

Il murmura « Kitty, Kitty » et l'effleura du bout du doigt. Ce fut comme s'il avait touché un nerf vital, agissant sur tout son corps ; elle se détendit à la façon d'un jeune faon, déroulant toute la longueur de son corps et dressant le grand panache doré de sa queue. Elle ouvrit les yeux et montra ses dents dans une grimace en triangle qui laissa voir son palais et sa langue hérissée.

« Méchante, méchante », dit-il en la chatouillant. Le chaton frotta sa petite tête ronde contre elle. On aurait dû le noyer, mais la tendresse d'Ernest pour Sasha le rendait faible. Ce petit chat n'avait rien de la pure race persane de sa mère, cependant il était charmant, avec son ventre blanc, son nez rose et ses oreilles grises en pointe. Il avait des pattes blanches qui semblaient trop larges pour lui, des pattes de travailleur. Le père était certainement beau, mais très ordinaire.

Une fois couché, Ernest sortit sa main et la glissa dans le panier. C'était amusant d'être au lit, la main enfoncée dans la chaude fourrure de ces deux corps. C'était réconfortant.

Piers trouva Pheasant déjà couchée, sa tête brune penchée hors de l'oreiller sur le bord du lit et contemplant le berceau de ses yeux brillants.

— Piers, Mooey est vraiment merveilleux. Sais-tu ce qu'il a fait ? Il s'était tout entortillé dans ses couvertures ! Je ne sais comment il y est arrivé ! Tu es resté bien longtemps !

— Nous avons bavardé. Il s'approcha et regarda le bébé de cinq mois. Il est joliment beau, n'est-ce pas ?

— L'amour ! Donne-le-moi pendant que tu te prépares.

— Ne sois pas sotte ! Je suis prêt dans cinq minutes et tu vas le déranger.

— Je voudrais voir ses petits pieds. Pas toi ?

— Pheasant, tu n'es toi-même qu'un bébé !... Tiens, on a ouvert mon tiroir !

— Ce n'est pas moi, ni Mooey ! Piers, regarde seulement la grimace qu'il fait ! sa bouche est comme un œillet en bouton et ses sourcils se relèvent ! Il est superbe !

— Si je savais que le jeune Finch ait rendu visite à mes cigarettes ! murmura-t-il en se déshabillant.

— Je sais qu'il n'en avait plus, ce soir. Que veux-tu faire ?

— Je lui montrerai... Seigneur, j'aurais voulu que tu entendes l'oncle Ernest s'inquiéter de son nouveau manteau, après ton départ. Je te parie une parure de soie contre une paire de chaussettes qu'il finira cependant par mettre son manteau d'hiver.

— Tu iras sûrement lui dire quelque chose pour le décourager ! Simplement ceci : « Un jour comme aujourd'hui, oncle Ernest ! » ou bien tu entreras dans la maison en frissonnant.

— Tu es parfaitement libre de lui dire qu'il fait très doux et que ses épaules sont magnifiques dans son nouveau manteau.

— Non. Je ne fais pas de pari. C'est contraire à mes principes et je dois, maintenant, donner le bon exemple à mon petit enfant.

Piers éclata de rire. Il était en pyjama.

— Puis-je éteindre à présent ?

— Piers, viens ici que je te dise quelque chose tout bas. Il se pencha sur elle. Étendue sur son lit, avec ses cheveux ébouriffés, une blanche épaule sortant de sa chemise de nuit, elle apparut soudain à Piers comme un être tendre et désirable. Elle était aussi douce et vigoureuse que les tendres bouleaux argentés du ravin. Son cœur battit plus vite. « Que veut-elle ? » Et ses yeux plongèrent doucement dans les siens.

Il passa un bras autour de son cou :

— J'ai faim, Piers. Veux-tu être un amour ?

Il parut abasourdi.

— Faim ! mais il n'y a pas longtemps que tu as mangé !

— Mais si, il y a des siècles. Tu oublies tout le temps que tu es resté à bavarder. Et de plus, j'ai nourri Mooey. Tout le bénéfice de mon propre repas a disparu. Allons Piers... veux-tu ?

En descendant l'escalier jusqu'au sous-sol, il se disait : « Je la gâte. Avant la naissance du petit, elle n'aurait jamais songé à m'envoyer en bas pour chercher quelque chose à manger ! Elle s'est joliment débrouillée. Elle va devenir comme ces Américaines dont on parle dans les journaux. »

Cependant il chercha vivement dans le garde-manger ce qu'il pourrait lui apporter. Il entendait le ronflement sonore de Mrs. Wragge à côté de la cuisine, ainsi que le tic-tac de la vieille horloge, aussi alerte que si elle n'avait pas eu soixante-dix ans.

Piers souleva le couvercle d'un énorme plat ; il contenait trois saucisses. Il jeta un coup d'œil sur ce qu'il y avait entre deux assiettes : du saumon froid. Il ouvrit une porte, c'étaient des restes : des pommes de terre bouillies, des betteraves dans leur jus, la carcasse d'une volaille, le tout très appétissant. Non, pas cela... Il referma la porte... Quelle quantité de pains et de buns il y avait dans la panetière ! Il prit un bun, le partagea, le beurra ; un peu hésitant, il posa dessus une saucisse. Ensuite un peu de pudding au riz, garni de raisins, avec un peu de crème, voilà l'affaire... Tiens ! qu'est-ce que cela ? Du plum-cake. Il en coupa une tranche et la mangea comme un écolier. C'était trop indigeste pour une jeune mère.

Pheasant, les yeux grands ouverts, s'assit sur son lit :

— Que c'est appétissant !

Elle l'attira contre elle et l'embrassa avant de manger.

Une fois la lumière éteinte, Pheasant se serra contre lui. Mooey faisait entendre de doux petits bruits dans son sommeil, comme un jeune chien. La pluie battait violemment contre les fenêtres, faisant goûter mieux encore l'agrément et la chaleur de l'intérieur. Quelle paix ! Pourquoi fallut-il qu'à cet instant l'image d'Eden vînt troubler Piers ? D'abord comme une pâle image inquiétante sur le paisible océan de son bonheur, comme une lune orageuse. Mais peu à peu ce visage devint clair et brillant, avec son étrange sourire moqueur, l'expression hagarde de ses yeux, comme s'il n'était jamais tout à fait conscient de ce qu'il faisait ! Piers serra les dents, pressa son front contre l'épaule de Pheasant, essayant de ne plus penser, de ne plus voir ce visage au sourire ironique.

Il essaya, par son contact, et sa chaleur, de se rassurer. Elle était sienne ! Cette affreuse nuit où Finch les avait trouvés tous deux dans le bois n'était qu'un rêve, un cauchemar. Il voulait chasser de son esprit ce terrible souvenir ; mais ce dernier revenait toujours en rampant. Piers eut soudain une grimace de souffrance. Pheasant dut sentir son malaise, car elle se retourna vers lui, passa un bras autour de sa tête pour l'attirer sur sa poitrine.

Nicolas ne pouvait dormir : « Trop bu de rhum, se disait-il. Voilà ce que c'est que de ne boire ordinairement que du thé. On dirait qu'un petit diable vient vous empêcher de dormir en vous secouant dans un chapeau à trois cornes ! »

Cependant, il n'était pas fâché de rester éveillé dans son lit. Il se sentait paisible et léger, et de charmantes visions d'autrefois passaient devant ses yeux. Le charme des femmes qu'il avait aimées jadis imprégnait sa chambre comme du parfum... Il avait oublié leurs noms (ou ne voulait faire aucun effort pour s'en souvenir). Leurs visages étaient flous, mais le frou-frou de leurs jupes (ce mot adorable de « frou-frou », qui n'avait plus aucun sens aujourd'hui) bruissait autour de lui, plus évocateur, plus charmant que leurs noms harmonieux ou que leurs jolis visages. Et leurs petites mains se tendaient vers lui pleines de fleurs de tendresse. Car, à cette époque, les femmes avaient vraiment de petites mains et le mot « éblouissant » n'était pas trop fort pour exprimer la blancheur de leur teint.

Ses pensées devenaient lyriques et même rythmées. Serait-ce de lui qu'Eden aurait reçu son don de poète ? Ce serait plutôt drôle ! S'il essayait d'écrire des vers lui-même ? Cela ne lui parut pas impossible.

Nip, son terrier du Yorkshire, roulé en boule contre son dos, s'étira soudain et se mit à gratter violemment le couvre-pieds. « Une araignée, cria Nicolas, attrape une araignée, Nip ! » Le petit chien, donnant libre cours à une série de petits cris, gratta la couverture, se glissa dessous et finit par s'installer à nouveau contre le dos de son maître.

Nicolas aimait sentir cette boule douce, serrée contre lui. Il riait tout seul, bien couché sous ses couvertures qu'il avait remontées presque au-dessus de sa tête.

Il commença à s'assoupir. A quoi pensait-il donc ? Ah ! oui, aux jours anciens. Quand Nip avait commencé à gratter, il songeait à une aventure qu'il avait eue avec une petite Irlandaise, à Cowes. Il y avait trente-cinq ans de cela et son souvenir était aussi frais que l'était alors cette peau de femme ! Elle s'appelait Adeline, comme sa mère. Sa mère ! Comme elle avait serré Renny contre elle pour l'embrasser ! Et comme ils s'étaient contemplés l'un l'autre ! Soudain une pensée inquiétante l'envahit. Si Renny essayait d'influencer la vieille femme pour obtenir son héritage par des voies détournées. On ne sait jamais ! Avec sa tête rousse ! Il pouvait être aussi rusé qu'un démon. Et Nicolas se souvint que Renny enfant recevait souvent des cadeaux de sa grand-mère. Ses caresses n'étaient-elles pas calculées ? Une vive chaleur envahit Nicolas ; son cerveau devint un nid de soupçons. Il rejeta la couverture et mis ses bras à l'air. Nip commença à relever ses babines comme pour savourer une araignée imaginaire. La pluie continuait à tomber. Nicolas resta les yeux grands ouverts dans l'obscurité, son esprit violemment préoccupé de deux petits faits en eux-mêmes sans importance, mais qui semblaient indiquer une influence par trop forte de Renny sur la vieille dame.

Seigneur, quelle catastrophe si Renny était entré dans cette voie ! Jamais il ne le lui pardonnerait !

Il entendit un pas dans le hall. Justement le pas de Renny. Il fallait qu'il lui parlât, qu'il le vît, qu'il découvrît peut-être dans ses yeux une lueur révélatrice de convoitise ! Il l'appela :

— Est-ce toi, Renny ?

Le jeune homme ouvrit la porte :

— Oui, oncle Nick. Voulez-vous quelque chose ?

— Alllume la lampe, je te prie. Je ne peux dormir.

— Quelle famille ! dit Renny en frottant une allumette. Wake vient d'avoir une crise cardiaque.

Nicolas grogna :

— C'est fâcheux, très fâcheux. Pauvre gosse. Est-il mieux et puis-je faire quelque chose ?

— Je ne l'aurais pas laissé s'il n'était pas mieux. Il a fait trop d'efforts en aidant grand-mère à se lever. Il s'excite trop facilement... Cela va-t-il comme cela ?

La flamme claire de la lampe éclaira les traits vigoureux du jeune homme qui semblaient façonnés par les vents âpres, creusant plus profondément le pli d'inquiétude entre les sourcils, soulignant la forme des oreilles pointues et bien appliquées. Pas d'hypocrisie, ni d'égoïsme dans ce visage, pensa Nicolas. Mais il ne faut pas que la vieille dame en devienne folle. C'est justement l'espèce d'homme que les femmes...

— C'est la pensée de maman qui me tient éveillé,

reprit-il en examinant avec attention le visage éclairé. Quelle vivacité d'esprit !

— C'est une femme extraordinaire !

— Il semble impossible qu'un jour... Renny, t'a-t-elle jamais parlé de son héritage ?

— Jamais. J'ai toujours pensé que ce serait vous qui l'auriez. Vous êtes l'aîné et son préféré, un Court et tout cela. Vous devez hériter.

Rassuré, Nicolas reprit d'une voix douce :

— Il me semble, en effet, que c'est la solution la plus naturelle. Pose la lampe sur cette table où je peux l'atteindre. Merci, Renny. Bonne nuit et dis à Wake qu'il dorme, qu'il rêve d'un beau voyage en Angleterre avec son oncle Nick.

— Entendu. Bonne nuit.

Dans sa chambre, Renny prit sur la cheminée sa pipe préférée avec laquelle il fumait délicieusement dans son lit, et la bourra. Il étendit devant lui ses jambes guêtrées de cuir et, tout en tassant le tabac avec son petit doigt, regarda pensivement Wake qui dormait dans son lit. Quel mauvais moment il avait passé avec lui ! Une terrible crise après des semaines et des semaines de calme. C'était probablement au temps froid et humide et aussi aux efforts qu'il avait faits auprès de grand-mère qu'il devait cela. Il était si ardent, faisant tout avec passion ! Les cheveux de Wake plutôt longs pour un garçon de onze ans entouraient son visage d'une ombre brune. Renny fut péniblement impressionné par la vue de ses beaux sourcils bien dessinés, des paupières blanches aux longs cils, du souffle léger qui passait entre ses lèvres. Arriverait-il jamais à élever cet enfant ! Dieu merci, c'était parfois un vrai démon ! Il se pencha et prit doucement le petit poignet dans sa main pour tâter son pouls. Il était plus calme maintenant.

Wake souleva ses paupières.

— Hullo ! Renny.

— Hullo ! Pourquoi es-tu réveillé ?

— Je ne sais pas. Je crois que je suis mieux. Renny, pourrai-je aller voir les chevaux demain ?

— Sûrement pas, à mon avis ; tu iras dimanche avec les autres enfants.

— Combien pourrai-je dépenser ?

— Dépenser ! Et pourquoi ?

— Tu le sais bien. On vend des glaces, du chocolat et de la limonade.

— Tu auras vingt-cinq *cents*.

— Oh !... L'an dernier il y avait justement un diseur de bonne aventure à côté du restaurant. J'aimerais me faire prédire l'avenir.

— Il vaut mieux pas. Tu pourrais apprendre quelque chose de désagréable.

— Qu'appelles-tu désagréable ? La mort ?

Renny gronda :

— Seigneur ! non. Mais par exemple, que tu auras une bonne correction.

— Oh !... Je pensais que je pourrais apprendre que je ferai un héritage.

La voix de Renny se durcit :

— De quoi parles-tu, Wake ? Quel héritage ?

Cet enfant était vraiment possédé !...

— Je ne sais pas... Renny, j'aime regarder ton visage, la façon dont tu remues tes narines. C'est drôle ! Ainsi d'ailleurs que ta façon de froncer les sourcils ! J'aime te regarder, surtout quand tu ne t'en doutes pas.

Il savait joliment bien détourner la conversation, le petit animal ! Renny se mit à rire :

— Je pense que tu es bien le premier à me regarder ainsi !

Wakefield lui jeta un regard d'espiègle.

— Il y a cependant une autre personne qui en faisait autant, c'est Alayne. Elle aimait te regarder, je l'ai souvent surprise à le faire.

Son frère aîné lança un nuage de fumée.

— Ce qui m'étonne, c'est la quantité de choses que tu devrais ignorer et que tu sais, alors que tu es si paresseux pour tout ce qu'il est utile d'apprendre.

Wakefield ferma les yeux. « Il se donne beaucoup de mal pour pleurer », pensa Renny qui lui demanda :

— Comment vont ces jambes ? Sont-elles bien réchauffées ? et ce malaise a-t-il disparu ?

Il glissa sa main sous les couvertures et commença à frictionner doucement les jambes de l'enfant.

Alayne ! Que faisait-elle en ce moment ? Était-elle heureuse, et l'avait-elle oublié ? Mais non, elle ne pouvait l'avoir oublié, pas plus que lui-même n'y était parvenu. Il l'avait pourtant souhaité cet oubli, toujours venu si facilement dans d'autres cas ! Mais après plus d'un an, la mention inattendue de son nom amenait un frémissement dans tout son être, lui donnait un choc brutal, comme si son cheval avait buté.

Il continua à frictionner régulièrement les petites jambes. Wake s'était endormi. La chambre était plongée dans un brouillard de fumée bleue. Il entendit Finch remuer dans la chambre au-dessus et se souvint que la pension du garçon n'était pas encore payée. Il ouvrit un tiroir et en retira une mince liasse de billets de banque ; il en prit trois de dix dollars et un de cinq et les mit dans une enveloppe qu'il cacheta après avoir inscrit l'adresse.

Dans le grenier, le seul signe de vie était un rai de lumière sous la porte de Finch. Renny allait mettre la main sur la poignée lorsqu'un verrou fut poussé de l'intérieur ; il entendit la respiration haletante du jeune homme.

— Hullo ! cria-t-il. Qu'est-ce que cela veut dire ?

— Oh ! pardon, Renny ! Je ne savais pas que c'était toi.

Il retira le verrou et se montra penaud et rouge.

— Tu pensais peut-être que c'était l'homme au canari qui venait chercher le billet de loterie ? dit Renny d'un air moqueur.

Finch murmura :

— Je croyais que c'était Piers.

— Pourquoi ? Lui as-tu pris quelque chose ?

Finch se trouva pris à son propre piège. Il rougit plus profondément et balbutia une faible dénégation, tandis que Renny éclatait de rire.

— Il t'envoie sûrement au diable ! Que lui as-tu pris ? des cravates ? des cigarettes ?

— Des cigarettes.

— Hum ! Voici l'argent de ton trimestre. J'aurais bien envoyé un chèque, mais pour dire vrai, mon compte est un peu à sec. Donne-le simplement à l'économe et ne le dilapide pas en chemin.

Puis il mit un dollar sur l'enveloppe :

— Achète quelques cigarettes pour toi et cesse de faire le pickpocket ! Et tâche de ne pas dépasser ta pension.

La main de Finch tremblait en prenant l'argent. Il prit la lampe pour éclairer son frère aîné dans l'escalier.

— Wake est-il malade, ce soir ? demanda-t-il anxieusement.

— Oui.

— J'en suis désolé.

Il regarda descendre la haute silhouette et suivit du regard les bottes de cuir et la tête bien rasée qu'éclairait la lampe. Que n'aurait-il donné pour avoir un peu de la vigueur de Renny !

De la force pour la musique, voilà ce qu'il désirait. Il pensa à la surface d'ivoire du clavier et éprouva un douloureux serrement de gorge. Ses bras tremblèrent.

Il rangea soigneusement les billets dans un portefeuille usé, puis sortit de son bureau un vieil harmonica. Il alla dans le placard aux vêtements dont il ferma la porte. Ayant mis sa tête sous un épais manteau pour étouffer le son, il plaça ses lèvres sur l'instrument et commença à jouer avec entrain.

4

FINCH ACTEUR

UN mois plus tard, un après-midi, Finch se trouvait au milieu d'un groupe d'acteurs amateurs, dans l'étroit couloir qui séparait la scène des loges d'habillage, au Petit Théâtre. Ils se retiraient après une répétition de *John Ferguson* de Saint-John Ervine, et Mr. Brett, le directeur anglais, arrivait juste. Les mains dans les poches, il regarda attentivement Finch et avec un vif sourire éclairant son visage d'acteur intelligent et gai, lui dit :

— Je tiens à vous dire, Whiteoak, que je suis ravi de votre jeu d'aujourd'hui. Si vous continuez ainsi, vous ferez un magnifique Cloutie John.

— Merci, monsieur Brett, balbutia Finch. Je suis content de votre approbation.

Il était écarlate à la fois de timidité et de joie intense. Il recevait un éloge, un vif éloge, devant tous !

Arthur Leigh s'écria :

— C'est exactement ce que j'étais en train de dire à Finch, Mr. Brett. Il est simplement magnifique ! Moi-même, je joue certainement beaucoup mieux depuis qu'il tient le rôle de Cloutie John. Il y apporte une réalité saisissante.

Finch regardait fixement devant lui, pour dissimuler son allégresse pleine de trouble.

— Oui, je suis très, très content, reprit Mr. Brett,

en se dirigeant vers la porte, car il avait hâte de prendre son thé. A demain à la même heure et que tout le monde soit exact.

La porte du fond du couloir laissa entrer un glacial courant d'air de décembre. Le petit groupe des acteurs descendit des marches de pierre. Les murs du collège les entouraient, montrant çà et là une fenêtre éclairée. L'arche de la Tour du Souvenir brillait dans une armure de glace. En arrivant en bas, Leigh se tourna vers Finch pour lui dire :

— Je voudrais que vous habitiez en ville, Finch. J'aimerais vous connaître davantage. Mais il y a toujours ce diable de train à prendre !

— Je crains bien de l'avoir manqué, ce soir. Je prendrai le suivant, à dix heures trente.

Leigh le regarda avec plaisir :

— Voilà une bonne nouvelle. Vous viendrez dîner chez moi et ainsi nous pourrons bavarder. J'aimerais que ma mère et ma sœur vous connaissent ; nous avons souvent parlé de vous.

Et il leva vers Finch son regard clair, vif et un peu féminin.

— Je regrette. Impossible, murmura le jeune homme.

— Quelle bêtise ! Vous pouvez sûrement venir. Pourquoi pas ?

Il glissa son bras sous celui de Finch pour le décider.

— Je ne sais pas... C'est-à-dire que je ne suis pas habillé. De plus, je ne suis guère à l'aise auprès des femmes. Votre mère et votre sœur me trouveront stupide. Je ne sais rien dire ! Tenez je ressemble tout à fait à Cloutie John !

Leigh éclata d'un rire joyeux.

— Si c'était vrai, seulement !... Elles se jetteraient à votre cou pour vous embrasser ! Allons ! venez, ne faites pas l'idiot.

Il entraîna Finch dans le léger tourbillon de neige. Un vent glacial passait sur leurs visages, comme une caresse un peu rude. D'autres silhouettes jeunes circulaient dans le parc, se détachant en sombre sur la blanche étendue.

Dès le début de leurs relations, Finch avait aimé et admiré Arthur Leigh. Il était flatté par l'attrait que Leigh avait pour lui. Mais à cet instant, il éprouva à son égard un élan de chaude tendresse qui l'inonda de joie. Il s'aperçut qu'il aimait vivement Leigh et désirait être son ami le plus intime. Le contact du corps mince et délicat de Leigh lui donna une sensation de force inconnue jusqu'alors.

— Entendu, dit-il. Je viens.

Ils sautèrent dans un autobus où ils restèrent debout l'un près de l'autre, se tenant aux courroies en se balançant et se souriant l'un à l'autre, oublieux des autres voyageurs. Ils évoquèrent les souvenirs amusants de la répétition, récitèrent quelques lignes de leurs rôles, riant à perdre haleine. Ils étaient si heureux qu'ils ne savaient comment le manifester.

Cependant, lorsque Leigh mit sa clé dans la serrure, devant la porte imposante, Finch se sentit de nouveau submergé de timidité.

— Un instant, commença-t-il. Je...

Mais déjà la porte était ouverte et il se trouvait dans le hall où un beau feu répandait ses lueurs dansantes sur les bois et les cuivres étincelants. Partout se lisaient un ordre et une propreté que Finch ignorait complètement.

Des bruits de voix et des rires féminins arrivaient du salon. Les deux jeunes gens montèrent l'escalier.

— Ada reçoit des amies, dit Leigh en conduisant Finch dans sa chambre. Si nous nous faisons voir, elles ne repartiront jamais chez elles. Or maman déteste dîner en retard. Nous aurons aussi le temps de causer longuement avant votre départ. Je me refuse à vous jeter au milieu d'un tas de filles.

Ils enlevèrent leurs manteaux et leurs chapeaux. Finch s'efforça de dissimuler son étonnement devant cette luxueuse chambre de jeune homme. Leigh n'était plus un enfant ; il avait vingt ans. Mais jamais il ne parlait de chez lui, ni ne faisait d'allusions à sa fortune, bien qu'il eût toujours de l'argent de poche. Finch n'avait aucune idée de la profession qu'exerçait son père.

Son hôte ouvrit une porte sur une salle de bains blanche et bleue. Sur une petite table, à côté de la baignoire émaillée, était placé un bouquet blanc de narcisses à peine ouverts.

— J'aime avoir des fleurs sous les yeux pendant que je prends mon bain. Je baigne mon âme en elles tout en trempant mon corps dans l'eau savonneuse.

Finch considéra les narcisses, puis son ami.

— Vous ressemblez joliment à cet individu ! murmura-t-il.

— Quel individu ?

— Narcisse. Il serait facile de vous peindre contemplant votre image dans un étang.

Leigh fut ravi.

— Comme j'aurais aimé être Narcisse ! Ce rôle me conviendrait admirablement : se contempler encore et toujours, s'adorer soi-même !... Mais nous ferions bien de nous hâter et de nous laver, mon vieux. Les jeunes filles sont parties et j'entends le premier coup de gong du dîner.

Il tendit à Finch une serviette blanche brodée et rentra dans la chambre en sifflant. Il savait que Finch était gêné et timide et voulait le mettre à l'aise.

Il désirait beaucoup conquérir la confiance et l'affection de Finch et se sentait très attiré par ce garçon qu'il croyait beaucoup plus jeune que lui, bien qu'il n'eût que deux ans de moins ; mais Finch était encore au collège, tandis que Leigh faisait sa seconde année d'université. Le visage maigre et les yeux tristes de Finch contenaient quelque chose d'indéfinissable que Leigh évoquait constamment pour essayer d'en dégager l'attrait. Par des phrases fortuites, des allusions que

Finch avait laissé échapper, il avait deviné que son ami était peu compris chez lui, qu'il n'y avait personne pour apprécier sa nature profonde et sensible, personne pour l'aimer avec intelligence et indulgence. Lui-même avait toujours été si bien enveloppé de tendresse et de compréhension ! Il fallait absolument qu'il interrogeât Finch sur sa famille, qu'il essayât, ce soir, d'apprendre quelque chose sur sa manière de vivre. Il n'arrivait pas à le déchiffrer entièrement. Il savait que le grand-père de Finch avait été officier aux Indes, que sa famille possédait pas mal de terres, mais Finch était parfois si brusque, si grossier même !...

Leigh brossa ses cheveux bruns ondulés jusqu'à les faire briller.

Finch n'avait pu se décider à se servir de la serviette brodée. Il l'avait soigneusement suspendue avec d'autres semblables et s'était essuyé le visage et les mains au coin d'une serviette éponge. Il apparut sur la porte, le visage coloré, une mèche humide sur le front, ses longs poignets rouges sortant tristement des manches de son veston bleu.

Au salon, ils trouvèrent la mère et la sœur de Leigh. Finch les prit d'abord pour deux sœurs, tant la mère paraissait jeune ! Leigh, une main protectrice sur l'épaule de son ami, le présenta :

— Mon ami Finch Whiteoak. Voici ma mère, Finch, et cette jeune fille de si vilaine apparence, c'est ma sœur Ada.

La main osseuse de Finch serra leurs mains douces. Il vit leurs doux visages ovales, les boucles brunes, leurs yeux gris aux paupières lourdes. Mais les cheveux de la mère avaient une nuance dorée, ses yeux, un reflet bleu. Il eut peur de sa bouche gaie et indulgente.

— Les frères ont l'habitude de dire du mal de leur sœur, dit-elle en souriant. Je suppose qu'il vous arrive d'en faire autant.

Finch, un peu oppressé, balbutia :

— Je suppose. A vrai dire je n'en sais rien.

— Sincèrement, dit Leigh, vous ne trouvez pas qu'Ada est vraiment disgraciée ?

La jeune fille soutint tranquillement leur regard et de nouveau Finch murmura :

— Écoutez, Leigh...

Mrs. Leigh lui dit :

— Arthur nous a beaucoup parlé de vous. Il paraît que vous jouez merveilleusement le rôle de l'idiot.

— Oh ! cela m'est très facile de jouer ce rôle, répondit Finch avec un sourire ironique.

— Mais maman, comment pouvez-vous parler ainsi ! Cloutie John n'est pas idiot, il est fou. Uniquement, merveilleusement fou !

Ada regarda Finch dans les yeux et lui demanda de sa voix basse et grave :

— Jouez-vous aussi facilement un rôle de fou ?

Son frère répondit pour Finch, craignant que ce dernier ne fît une réponse ironique et embarrassée.

— Cela est la chose la plus facile du monde, ma chère enfant. Il n'a qu'à être lui-même. Il est aussi complètement et merveilleusement fou. Attendez seulement de le voir jouer. Lorsque Cloutie John arrivera sur la scène, la folie, comme un courant électrique, fera vibrer ce public à l'âme simple. Nous en sommes tous émus, même aux répétitions.

Ada continuait de regarder Finch dans les yeux, comme si Leigh n'avait rien dit.

— Je crains bien d'être un peu fou, lui dit-il, ne se sentant plus intimidé, mais seulement troublé.

— Je voudrais que vous me donniez quelques leçons de folie. Je suis trop équilibrée pour être heureuse.

— Je ne peux rien enseigner aux autres si ce n'est à faire le fou.

La mère et le fils se dirigèrent vers la salle à manger. Finch vit que la table, doucement éclairée, ne portait que quatre couverts. Évidemment Mrs. Leigh était veuve, bien qu'elle ne réalisât pas du tout l'idée que

Finch se faisait de cet état. Peut-être son mari était-il simplement sorti.

Rien ne décida Finch à prendre part à la conversation. Le visage immobile, il mangeait lentement et sérieusement, sans se soucier des rites compliqués du repas. Leigh parla peu, navré de voir que son ami se montrait à sa mère et à sa sœur sous un jour stupide. Ada ne songeait à plaire qu'à elle-même et tout son plaisir consistait apparemment à maintenir Finch sous le regard lourd et insistant de ses grands yeux. Seule, Mrs. Leigh empêchait la conversation de mourir complètement. Elle parlait facilement d'une voix plus claire et plus haute que celle de sa fille, mais Finch avait l'impression que sa pensée était ailleurs. Un instant sa gaieté s'assombrit légèrement, lorsqu'elle évoqua la mort de son mari, cinq ans auparavant.

Après le dîner, elle les quitta et ne revint au salon qu'un instant, vêtue d'un manteau d'hermine. Elle leur dit bonsoir avant de partir dans sa voiture grise. Ils l'accompagnèrent jusque sur la porte et Leigh la mit en voiture, après avoir baisé ses deux mains.

— N'ai-je pas la mère la plus adorable qui soit ? demanda-t-il en revenant au coin du feu.

— Certainement, dit Finch, contemplant Ada.

Elle s'était installée au milieu des coussins d'un divan profond. Ses épaules étroites et tombantes, ses bras minces sortaient de manches de dentelle et semblaient presque transparentes de blancheur. Elle avait un fume-cigarette de porcelaine rouge entre ses lèvres pâles. Leigh retrouva soudain la parole. Il parla avec vivacité du jeu de Finch, critiqua la direction de Mr. Brett, répéta un de ses plus importants passages en faisant appel au jugement de Finch :

— Venez, Finch, lui dit-il, décidé à faire briller son ami devant sa sœur. Répétons notre scène, celle où vous venez chez moi la nuit, après que j'ai tué Witherow. Avez-vous apporté votre sifflet ?

— Oh ! non, je ne peux pas ! Je serais un fou effrayant.

— Si c'est à cause d'Ada, je vais la renvoyer.

— Ne voulez-vous pas jouer pour me faire plaisir, j'aimerais vous voir.

— Elle va prendre une colère terrible si elle n'obtient pas ce qu'elle désire, n'est-ce pas, Ada ? dit son frère.

— Vous ne me ferez pas croire une chose pareille, s'écria Finch.

— Certainement si. C'est une jeune fille qui sait ce qu'elle veut. Il vaut tout autant que vous cédiez. Attendez, je sais ce qu'il nous faut pour avoir un peu d'ardeur. Un whisky et soda. Le vin du dîner était un vin du pays et nous n'avons que du gaz dans l'estomac. Venez à la salle à manger. Vous ne voulez rien, Ada ?

— Non, merci. Je vous attends ici.

Dans la salle à manger Leigh déclara à Finch :

— Ce n'est pas du whisky qu'il nous faut, c'est trop commun ; mais plutôt un peu de crème de menthe ou de bénédictine. J'ai parlé de whisky devant Ada pour l'empêcher de nous suivre, car elle déteste ça, tandis qu'elle aime les liqueurs. Mais je crois que c'est mauvais pour une jeune fille et maintenant que notre père est mort, je dois veiller sur elle. Que désirez-vous ?

— Cela m'est égal, dit Finch, admirant les cristaux étincelants de la cave à liqueurs qu'ouvrait Leigh.

— Prenez de la bénédictine, alors. Nous en prendrons tous les deux. N'a-t-elle pas une belle couleur ? Finch, je voudrais que vous passiez chez moi la semaine où nous jouerons. Vous ne pouvez rentrer chez vous, chaque soir, après la représentation.

Il était tout à fait décidé à introduire le jeune Whiteoak parmi ses intimes, à en faire son meilleur ami. Il avait bien vu qu'il intéressait passionnément sa sœur. Elle aussi était très sensible aux choses les plus secrètes de la vie. Elle sentait qu'il y avait chez Finch quelque chose de particulier, de différent, de très beau.

— Je crains bien de ne pas pouvoir.

Leigh fut étonné. Il s'attendait à une plus vive reconnaissance, de la part de Finch, pour toute offre amicale venant de lui.

— Mais pourquoi pas ?

— Je ne sais pas. Mais je crois que c'est préférable. Merci tout de même.

Leigh était habitué depuis toujours à faire absolument tout ce qu'il voulait, à obtenir tout ce qu'il désirait. Son visage paisible et épanoui était celui d'un jeune homme qui n'a jamais été contrarié.

— Quelle sottise ! Vous viendrez. C'est seulement la timidité qui vous retient ; nous ne verrons ma mère et Ada que très peu, si vous le préférez.

— Non. La vérité, c'est que je n'aurais jamais dû m'occuper de cela.

Leigh ne répondit rien et le regarda avec des yeux interrogateurs :

— Je boirais volontiers un autre verre de cette... bénédictine.

— Je crois qu'il vaut mieux pas ; c'est assez fort. Vous disiez...

Finch posa soigneusement son verre vide, si fragile :

— Vous savez que j'ai échoué à mon examen, Leigh.

— Certainement. Donc, vous n'avez pas besoin de vous fatiguer cette année. Prenez-le donc en douce.

— Mais ma famille...

— Parlez-moi de votre famille, Finch ; vous ne m'avez jamais rien dit de vos parents.

— Ils sont morts. C'est mon frère qui est le chef.

— C'est votre tuteur ? Quelle sorte d'homme est-il ? Est-ce difficile d'obtenir quelque chose de lui ?

— Je ne crois pas. Il est très vif si on ne marche pas droit. Mais il lui arrive d'être tout ce qu'il y a d'aimable.

— Qu'est-ce qui vous fait penser que, en l'occurrence, il ne sera pas aimable ?

— Il ne s'intéresse pas au théâtre et autres choses de ce genre. Pour lui, il n'y a que les chevaux qui comptent.

— En effet, je me souviens. Je l'ai vu monter splendidement au concours hippique. J'aimerais le rencontrer, je le persuaderais sûrement que c'est excellent pour vous de jouer la comédie.

— Sur ce point, vous vous trompez tout à fait, Leigh. Il a supprimé mes leçons de musique parce que j'ai échoué à mon examen.

— Ciel ! et Leigh faillit s'écrier : « Quel idiot ! »

Puis il demanda à Finch :

— Aimiez-vous la musique ?

— Passionnément.

— Plus que le théâtre ?

— Infiniment plus.

— Et vous ne me l'aviez jamais dit !

Leigh parut blessé du silence de Finch.

— Nous parlons toujours de sport ou de théâtre.

D'un mouvement brusque, Leigh retourna vers le buffet ; il remplit son verre et celui de Finch, en disant froidement :

— Vous êtes affreusement cachottier, je croyais que nous étions amis.

Finch sirota sa bénédictine sans se demander pourquoi on lui en donnait après la lui avoir refusée. Leigh lui apparaissait dans un cercle lumineux, comme un être magnifique et désiré qui traversait la vie royalement, en choisissant son chemin et ses amis.

Il s'écria vivement :

— Mais nous sommes amis... Du moins, je suis le vôtre, je veux dire que vous êtes le mien... Seulement vous ne pouvez comprendre. Je n'ai pas cru que vous puissiez le moins du monde vous intéresser à ma famille ou aux choses que j'aime, comme la musique, par exemple... Je serai très heureux de passer cette semaine avec vous, Leigh, si vous le désirez. Je m'arrangerai bien d'une façon ou d'une autre.

Son visage long et maigre était rouge d'émotion, ses yeux s'étaient soudain emplis de larmes. D'un geste spontané, Leigh passa un bras autour de ses épaules :

— Nous sommes maintenant des amis pour toujours. Je ne peux pas vous dire ce que vous êtes pour moi, Finch. Vous m'avez attiré dès le premier instant où je vous ai vu. Vous ne ressemblez à personne de ma connaissance. Je suis sûr que vous avez du génie dramatique ou musical. Nous verrons. Racontez-moi tout cela.

— Il n'y a pas grand-chose à raconter, Leigh.

— Appelez-moi Arthur.

Les yeux de Finch brillèrent :

— Vraiment ! Oh ! merci ! cela me fait tant de plaisir ! Il n'y a rien de plus à dire, Arthur. Je ne joue pas bien, encore, mais j'aime cela par-dessus tout. Je crois que c'est parce que je m'oublie, complètement, j'oublie que je suis Finch Whiteoak.

Un instant, il considéra le plancher, les mains dans ses poches ; puis regarda son ami en disant simplement :

— N'est-ce pas merveilleux que de pouvoir s'oublier soi-même complètement ?

— C'est possible... Mais c'est une chose à laquelle je ne parviens pas, Finch. Je suis trop égoïste, toujours occupé de moi-même ; je ne désire pas m'oublier. Bien au contraire ; mon plus grand bonheur est d'observer mes propres impressions. Mais, ajouta-t-il sérieusement, mon sentiment pour vous n'est pas égoïste, il est aussi sincère que vous-même qui l'êtes autant que les ardents chevaux de votre frère aux cheveux roux.

Finch eut un de ses gros éclats de rire :

— Je suis assez sincère, mais je ne suis pas plus ardent qu'un... qu'un... Vraiment, je crois que Renny en tomberait s'il entendait dire que je suis ardent !

— Ce que je voulais dire, c'est que vous êtes

sensible et très émotif... Ainsi donc, Renny a supprimé vos leçons de musique parce que vous avez échoué à votre examen ? Aviez-vous un bon professeur ?

— Remarquable. Quand Renny fait quelque chose, il le fait à la perfection, même quand il s'agit de jurer. Je n'ai entendu personne jurer aussi bien que lui !

— Il me semble que cet animal-là sait ce qu'il veut ! Mais je l'aime malgré moi. Est-il marié ?

Finch secoua la tête en pensant à Alayne.

— Se soucie-t-il des femmes ?

— Elles sont toutes amoureuses de lui.

— Avez-vous des frères mariés ?

— Oui, Eden. Mais il est séparé d'avec sa femme. Elle habite New York et s'appelle Alayne. Piers aussi est marié et habite Jalna avec sa femme.

— Jalna ?

— Oui, c'est le nom de la propriété, du nom d'une garnison militaire des Indes où ma grand-mère a vécu.

Leigh s'écria :

— Finch, il faut absolument que vous m'invitiez ; je suis dévoré par la curiosité de connaître votre famille ; vous êtes une image sans son cadre et je voudrais vous voir dans ce cadre. Donnez-moi la possibilité de jouer de mes charmes sur votre Renny, et il n'y aura aucune difficulté pour votre séjour ici, pendant une semaine. Nous réussirons même à l'amener au spectacle.

La voix d'Ada leur parvint du salon :

— Si vous ne revenez pas, dites-le-moi, je prendrai un livre où j'irai me coucher.

— Quelle honte de l'abandonner ainsi ! s'écria Leigh.

Il retourna auprès de sa sœur de sa démarche rapide et gracieuse et se pencha vers elle :

— Pardonne-moi, chérie ; Finch me parlait de sa famille et m'invitait chez lui pour faire sa connaissance. Es-tu jalouse ?

— Terriblement.

— Maintenant nous allons répéter notre scène pour

toi. Venez, Cloutie John. Embrouillez vos cheveux et montrez à ma petite sœur quel vrai fou vous faites.

Mais cette répétition fut un échec. Finch était dans l'impossibilité de jouer son rôle, dans cette pièce, sous le regard critique d'Ada fixé sur lui. Leigh s'aperçut bientôt qu'il n'y avait rien à faire et abandonna la tentative. Il demanda à Finch de jouer du piano. De temps en temps le regard de Finch s'était trouvé attiré par l'ivoire éclatant du clavier éclairé par la lumière rose de la pièce ; il aspirait à ce sentiment de puissance et de liberté que lui procurait le contact des touches. C'était un beau piano à queue ; jamais il n'en avait touché un. Sa maladresse disparut aussitôt tandis qu'il s'installait sur le tabouret et posait ses mains sur le clavier. Leigh remarqua que ses mains étaient belles malgré leur maigreur ; il remarqua aussi la forme de sa tête ; Finch deviendrait sûrement, un jour, un homme distingué. L'amitié de Leigh l'aiderait à atteindre son complet épanouissement spirituel, à développer le génie qui était en lui.

— Jouez, lui dit-il en souriant et en s'appuyant sur le piano, en face de Finch.

Pour Finch, le piano était un cheval de course dont il tenait la bride ; dans un instant, il sauterait en selle pour être emporté bien loin à travers les champs sauvages de la musique, sous un ciel étoilé. Le cheval le connaissait, il frémissait sous lui. Le pied de Finch chercha la pédale... Qu'allait-il jouer ?

Il leva les yeux vers Leigh qui l'encourageait d'un sourire, il vit le regard d'Ada fixé sur lui, mystérieux derrière un léger voile de fumée. Il aurait voulu que la jeune fille fût absente, car sa présence affaiblissait l'éclat de son jeu, comme la fumée affaiblissait l'éclat de ses yeux. Il se sentit troublé, incapable de retrouver aucun morceau dans sa mémoire.

— Que vous jouerai-je ? demanda-t-il à Leigh.

— Cher ami, je ne sais pas ce que vous avez appris ;

pouvez-vous jouer du Chopin ? Il me semble que cela doit vous convenir.

— Oui. Je vais essayer de jouer une valse.

Mais tandis que ses doigts s'efforçaient de retrouver les notes, son cerveau refusait de les guider.

— Diable ! murmura-t-il à Leigh, me voilà pris d'une de mes crises de folie !

Tard dans la nuit, il écrivit son journal, et à la fin de son compte rendu quotidien, il ne fut plus question de Joan, mais il écrivit en caractères noirs et d'aspect désespéré, ces simples mots : « Rencontré Ada. »

5

INFLUENCE DE LEIGH

DANS les jours qui suivirent, l'amitié de Finch et de Leigh se transforma en un de ces attachements brusques et passionnés qui sont le propre de la jeunesse. Ils auraient voulu ne jamais se quitter, chose impossible, car Finch était encore au collège, tandis que Leigh faisait sa seconde année d'étudiant à l'université.

Leigh avait une auto personnelle et il prit l'habitude de venir chercher Finch chaque jour à midi, pour l'emmener déjeuner avec lui. Finch prit l'habitude de venir dîner chez Leigh après les répétitions et de prendre le dernier train pour Jalna. Il avait expliqué à Renny qu'il avait pour ami un brillant élève à l'université qui l'aidait à travailler les mathématiques, son point faible. C'était en partie vrai, car de temps en temps, Leigh travaillait une heure avec lui ; mais Leigh qui était doué pour les mathématiques se trouvait à bout de nerfs après ces séances de travail. Il était impossible de faire comprendre vraiment à Finch les plus simples problèmes. Tout ce que pouvait faire Leigh était de lui apprendre quelques trucs et de lui montrer comment se servir de son excellente mémoire.

Finch n'oubliait jamais un mot de son rôle. Le directeur du Petit Théâtre lui déclara un jour que si les planches n'étaient pas un métier aussi décrié, il lui conseillerait de se faire acteur de profession. Finch ne jouit pas autant qu'il l'aurait dû du compliment de Mr. Brett. Il était, alors, très tourmenté par la nécessité où il se trouvait de passer en ville la dernière quinzaine précédant la représentation. Il fallait des répétitions de plus en plus nombreuses. A la fin, il accepta que son ami vienne à Jalna pour essayer, par son influence, d'adoucir le cœur de l'aîné des Whiteoaks.

Finch avait rejeté plusieurs fois l'idée de cette visite suggérée par Leigh ; en désespoir de cause, il finit par se mettre sous la protection de son ami et par accepter son secours.

C'était un samedi du début de l'année. Le dégel de janvier s'était produit, puis le froid était revenu ; mais il n'y avait pas de neige. C'était un jour couleur de fer : un ciel de fer, une terre de fer, un vent glacial et métallique qui aurait fait défaillir même un homme vigoureux.

Arthur Leigh n'était pas vigoureux ; marchant avec Finch sur la route, dans la direction du nord et de Jalna, il lui fallut faire appel à tout son courage pour continuer d'avancer sans se plaindre. Il jeta un regard de côté sur Finch ; ce dernier marchait, sa haute silhouette penchée contre le vent, son long nez rougi, une goutte d'humidité perlant comme une larme au coin de ses yeux. Il marchait d'un pas résolu, comme si plus d'une fois déjà il avait lutté contre le vent sur cette route.

Leigh parla avec effort, les mots sifflaient entre ses dents.

— Dites-moi, Finch, vous faites ce chemin tous les jours, quel que soit le temps ? Même s'il y a une neige épaisse et du verglas ?

— Mais oui. Avez-vous froid, Arthur ?

— Il m'est arrivé d'avoir plus chaud ! Ne vous envoie-t-on jamais chercher en voiture ?

— Seigneur, non ! Quelquefois j'en rencontre une

par hasard qui me prend... Nous serons bientôt arrivés.

Ils continuèrent à marcher. Au bout d'un moment, Leigh s'écria avec vivacité :

— Je ne suis pas fait pour un pareil climat. Aussitôt que j'aurai fini mes études, j'irai passer l'hiver ailleurs.

— Dans une ville de l'Atlantique ?

— Oh ! non. Dans le Nord de la France. Ou au Lido. Nous irons ensemble, Finch.

Finch lui sourit tendrement. Il ne voyait pas du tout où il trouverait l'argent de ce voyage, mais c'était si beau, cette pensée d'aller en Europe avec Leigh ! Jamais Leigh ne l'appelait « mon cher » ou « Finch chéri » sans que son cœur battît plus fort, en signe de joyeuse réponse. Mais jamais lui-même n'avait pu adresser à son ami un terme d'affection, bien qu'il en employât plus d'un dans le secret de son cœur. Ses derniers mots, avant de s'endormir, étaient souvent « Arthur chéri » ou « mon cher Arthur ». Une fois, par fantaisie, il s'était amusé à dire « Ada chérie ». Mais cela n'allait pas du tout. Il eut honte. Elle n'était pas sa « chérie » et ne le serait jamais, tout juste une étrange et troublante jeune fille qui hantait ses rêves.

Mais il pouvait dire « Arthur chéri », tout bas, d'un ton caressant, absolument comme Arthur disait « Finch chéri » tout haut et sans le moindre embarras.

Leigh avait si froid que Finch fut heureux de le faire enfin pénétrer dans l'avenue, à l'abri des épicéas et des sapins.

— Nous voilà arrivés, annonça-t-il un peu bruyamment.

Il se sentait assez inquiet au moment de présenter son ami à sa famille. C'était la première fois qu'il amenait chez lui un ami de la ville.

Leigh s'arrêta pour regarder la vieille maison. Elle était solidement plantée devant lui ; sa façade, traversée en tous sens par les branches dénudées de la vigne vierge, était d'un rouge sombre, comme un vieux visage vermeil et tanné par la vie au grand air, sillonné de rides, mais avec une expression de puissance et de durée.

Les fenêtres des étages supérieurs étaient voilées par une mince couche de glace, mais à travers celles du bas il pouvait apercevoir l'éclat dansant du feu. Le vent sifflait autour de lui. On aurait dit que toutes les persiennes de la maison grinçaient à la fois. Leigh pensa : « C'est ici que Finch a été élevé. »

Dans le hall, un grand poêle rond répandait une chaleur intense. Ils suspendirent leurs manteaux et leurs chapeaux à un portemanteau ancien, dont le sommet était orné d'une tête sculptée de renard. Un vieux chien de berger, à la queue pendante, était couché près du poêle ; il ne se leva pas quand Finch vint le caresser, mais se mit sur le dos et agita des pattes hérissées et suppliantes.

— Est-il vieux ? demanda Leigh.

— Il a juste quatre ans de moins que moi.

— Il aime la chaleur.

Leigh tendit vers le poêle ses mains raidies par le froid.

Du salon venait le bruit d'un feu pétillant, ainsi qu'une forte et vieille voix qui parlait avec fermeté.

— Cette fois, je gagne. Tu es bien embarrassé, n'est-ce pas ? Tu ne peux plus m'échapper... Bang ! voilà une de tes dames perdues ! Échec et mat !

Une petite voix claire répondit, avec vivacité :

— Vous ne jouez pas aux échecs, grand-mère, mais aux dames.

— Je le sais bien, que nous jouons aux dames.

— Mais alors pourquoi employez-vous les termes du jeu d'échecs, Gran ?

Le silence se fit un instant, puis la vieille voix reprit, avec un frémissement joyeux :

— Parce que j'aime troubler mes adversaires.

— Mais je ne suis pas troublé.

— Si, tu l'es. Ne me contredis pas ; je ne veux pas.

— En tout cas, je prends une de vos dames.

— Et moi, une des tiennes. Bang !

— Mais, Gran, vous êtes mal placée.

— Très bien. Je fais une levée, n'est-ce pas ?

— Maintenant, vous parlez comme si vous jouiez aux cartes.

— Voilà que je t'ai encore attrapé.

— Mais est-ce que vraiment ce n'est pas un oubli lorsque vous vous trompez de termes ?

— Bien sûr que non... A toi de jouer.

— Mais, insista la petite voix claire, vous oubliez quand vous jouez sur les blancs.

— Bah ! Ce n'est pas d'aujourd'hui que j'ai fait prendre aux gens du blanc pour du noir.

Débordant de curiosité, Leigh s'approcha de la porte et regarda à l'intérieur de la pièce. Il vit un immense salon, haut de plafond, dont les murs étaient tapissés d'un riche papier doré ; des peintures à l'huile y étaient accrochées. Des rideaux d'un rouge sombre le protégeaient contre la lumière de janvier, et un feu de bois, alimenté par des bûches de bouleaux, lui procurait lumière et chaleur.

Leigh se demanda si le mobilier qui encombrait la pièce était du véritable Chippendale, car dans ce cas, il valait sûrement une fortune. Avec plus de curiosité encore, il se demanda si le personnage assis auprès du feu était vraiment réel : cette vieille, vieille femme en robe de velours rouge, avec un grand bonnet de dentelle garni de nœuds de rubans de couleurs vives, au-dessus d'un visage aux traits sculptés et moqueurs. Le petit garçon assis en face d'elle donnait une impression de brillante fragilité ; cependant, il lui ressemblait étrangement, comme un petit ruisseau rapide reflète l'image d'un vieil arbre.

Leigh, étonné et ravi, se retourna vers Finch qui lui souriait d'un air anxieux.

— C'est ma grand-mère et mon petit frère,

murmura-t-il en sortant un grand mouchoir où il se moucha, comme pour cacher son visage embarrassé.

Il s'était mouché si bruyamment que les visages des joueurs se retournèrent, non pas tant par curiosité que par mécontentement d'être dérangés.

— C'est toi, Finch, lui dit sa grand-mère. Je suis en train de battre Wake. J'ai réussi à lui faire perdre la tête.

— C'est très bien, Gran.

— Viens m'embrasser. Quel est ce joli garçon ?

Il mit un baiser sur sa joue.

— C'est mon ami Arthur Leigh. Arthur, voici ma grand-mère.

La vieille Mrs. Whiteoak lui tendit la main, une belle main malgré ses doigts maintenant très recourbés. Leigh fut étonné du nombre de bagues qu'elle portait, de l'éclat de ses rubis et de ses diamants, étonné également par la vigueur de son étreinte, car il s'apercevait maintenant qu'elle était très vieille.

— Quel âge pensez-vous que j'aie ? lui demanda-t-elle, comme si elle devinait ses pensées.

— Un âge assez avancé pour paraître étonnante et sage.

Elle montra toutes ses dents dans un sourire heureux.

— Voilà une bonne réponse, une très bonne réponse. Peu de jeunes gens en seraient capables aujourd'hui... J'ai plus de cent ans. J'ai cent un ans. Et je peux battre ce jeune homme aux dames. Et je peux sortir et aller jusqu'à la barrière avec l'aide de mes deux fils. Ce n'est pas mal, n'est-ce pas ? Mais je ne sors pas par ce temps. Je ne quitte pas le coin du feu. Ma prochaine promenade se fera en avril, dans trois mois. Il faudra venir y assister.

Le perroquet, perché sur son anneau de bois, un peu en arrière de son fauteuil, sortit sa tête de dessous son aile, cligna de l'œil un instant, comme s'il était ébloui par le feu, s'envola lourdement sur l'épaule de la vieille dame et frotta sa tête contre sa joue. Leurs deux vieux becs étaient tournés vers Leigh avec une expression solennelle et extravagante. Il eut l'impression de faire un étrange rêve.

— Voici mon perroquet, dit-elle. Il s'appelle Boney. Je l'ai ramené des Indes il y a soixante-dix ans. Il a eu deux ou trois corps, mais c'est toujours la même âme qui passe d'un corps dans l'autre. Cela s'appelle la transmigration des âmes. Vous n'en avez jamais entendu parler ? Nous apprenons cela dans l'Est... Il sait parler hindou aussi : n'est-ce pas, Boney ?

Le perroquet se mit à crier d'une voix nasillarde :

— *Dilkhoosa ! Dilkhoosa !*

— Il me manifeste sa tendresse ! Mon vieux brigand de Boney ! Encore, encore ; répète-le ! *Dilkhoosa...* Joie de mon cœur !

— *Dilkhoosa !* cria le perroquet, en béquetant les poils épars sur son menton. *Nur Mahal !*

— Écoutez-le ! Il m'appelle Lumière du Palais ! *Nur Mahal !* Répète-le, Boney.

— *Nur Mahal !* hurla l'animal. *Mara lal.*

Finch, très heureux devant l'évident plaisir que Leigh prenait à cette scène, déclara :

— Je n'ai jamais vu Boney d'aussi bonne humeur. Généralement il jure, ou boude, ou réclame à manger par des hurlements.

— La vie est un jeu, dit sentencieusement Mrs. Whiteoak.

Elle examina le visage de Leigh avec une lueur plaisante et moqueuse dans les yeux. Sa main restait en suspens sur le jeu de dames, comme si elle allait faire un mouvement. Un de ses rubis luisait. Wakefield la regardait avec attention. Boney émit de petits bruits gutturaux, en lançant en avant sa poitrine verte.

Mais la pièce n'était pas terminée. Lentement son menton se pencha en avant, son bonnet de dentelle s'inclina sur le damier et un souffle bruyant s'échappa de ses lèvres.

— Elle dort, dit Finch.

— Quel malheur ! s'écria le petit garçon. Juste au moment où j'allais la battre.

Finch regarda sa montre :

— Quatre heures moins un quart. Si nous voulons voir Renny avant le thé, il faut le chercher, dit-il en hésitant. Est-il aux écuries, Wake ?

— Oui. Est-ce que je peux venir avec vous ?

— Il fait trop froid pour toi. Tu le sais bien. Ne te conduis pas comme un bébé de six ans.

Wake leva ses grands yeux noirs vers Leigh.

— N'est-ce pas triste de toujours se soigner. On me répète constamment de rester au coin du feu et de ne pas faire le sot en demandant à vivre comme tous les autres enfants.

— Tu n'aimes rien autant que te soigner, interrompit brusquement Finch.

Il entendait ses oncles parler en haut ; dans un moment ils seraient là. De la salle à manger arrivait un flot d'excuses que les lèvres de Rags déversaient d'un ton nasillard dans l'oreille distraite de lady Buckley. Plus loin Mooey commençait à réclamer son repas à grands cris. Dans le hall le vieux chien de berger se levait, se secouait et lançait un aboiement enroué. La maison tout entière s'animait à l'approche de l'heure du thé. Grand-mère frotta son long nez et jeta un regard un peu vague sur les objets qui l'entouraient et qu'éclairait la lueur du feu.

— La vie est un jeu, annonça-t-elle comme si elle faisait part à son entourage d'une constatation de haute sagesse.

— Allons-nous-en, dit Finch.

Il décrocha leurs chapeaux du portemanteau et tendit celui de Leigh.

— Et nos manteaux, soupira Leigh, quand ils ouvrirent la porte sur le vent violent.

— Nous allons courir jusqu'aux écuries. Il y fait très chaud.

En courant, ils croisèrent un jeune homme en bottes de cuir, au visage coloré ; il ramassa une poire d'hiver gelée et la jeta dans les jambes de Finch.

— C'est mon frère Piers, dit Finch, en entrant dans l'écurie.

Ils trouvèrent Renny dans un box isolé, arrangeant avec le plus grand soin la touffe de poils qu'avait sur le front une jument à l'air timide ; Finch présenta son ami sans enthousiasme ; il n'attendait pas grand-chose de cette rencontre.

— Comment allez-vous ? dit l'aîné des Whiteoaks, en jetant un regard vif sur le visiteur.

« Il est en effet formidable », pensa le jeune Leigh qui ne put blâmer Finch de redouter son frère. Le visage de ce dernier, sous son chapeau à larges bords, semblait avoir été fixé dans une sorte de fière impassibilité, par le vent, les intempéries, les passions violentes et un tempérament très vif... « Seigneur, pensa Leigh, il sera tout le portrait de la vieille dame, quand il aura son âge, à moins qu'il ne se rompe le cou en montant à cheval. »

Les deux jeunes gens parlèrent ensemble de la jument, tandis que son maître leur tournait le dos — avec ostentation, pensa Leigh — et continuait d'arranger la crinière et la touffe de poils sur le front de la bête.

Leigh ne réussit, ni par un compliment ni par une question judicieusement choisie, à lui arracher plus d'un monosyllabe. Cependant ils ne perdirent pas courage. Renny ne passerait tout de même pas l'après-midi entier à la toilette d'une jument !...

Enfin, il parut satisfait. Il la contempla, puis, prenant la tête de l'animal dans ses mains, il mit un baiser sur son museau. « Ma joie », telles furent les paroles qui parvinrent aux oreilles de Leigh. Les yeux de la jument étaient deux astres rayonnants de joie, son front, un véritable trône d'amour. Elle poussa un profond soupir.

Renny sortit du box.

— Comment s'appelle-t-elle ? demanda Leigh.

— Cora.

Un garçon d'écurie apportait des baquets d'eau dans le passage qui longeait les stalles ; il en plaça un devant la stalle la plus proche d'eux. Une longue tête grise en sortit, des lèvres avides plongèrent dans la boisson fraîche. Renny écarta les jeunes gens pour passer et entra dans la stalle.

— Comment va cette jambe, Wright ?

— Très bien, Monsieur. Elle ne pouvait pas être mieux réparée.

Ils se penchèrent sur une patte de derrière, entourée de bandes.

— C'est merveilleux, Monsieur, un pareil résultat ! Je suis sûr qu'il aura encore du succès. Pour ma part et quoi qu'on dise, je crois qu'il sera encore bon pour le plat.

Renny et le garçon d'écurie examinèrent le bandage avec le plus grand soin. L'eau du baquet baissa des trois quarts. On n'entendit plus que des hennissements plaintifs, le bruit mou des boucles de métal, le heurt pétulant d'un sabot.

— Comment s'est-il blessé ? demanda Leigh, cherchant à atteindre le maître de Jalna au moyen de ces chevaux qui absorbaient si entièrement son attention.

— Il s'est donné un coup de pied lui-même, répondit Renny en appuyant un pouce expérimenté le long du flanc gris pommelé.

— Vraiment ! Comment a-t-il pu faire ?

— Il a fait un écart.

Se redressant, Renny se tourna vers Wright pour lui demander :

— Comment va l'indigestion de Darkie ?

— Mieux, Monsieur, mais cela se reproduira tant qu'il avalera son avoine comme il le fait. Devant la nourriture, il ressemble plus à un loup affamé qu'à un cheval.

Une ombre passa sur le visage de Renny.

— A-t-il mangé son avoine ?

— Oui, Monsieur. J'en ai fait deux parts, comme vous me l'aviez dit. Quand il a eu fini la première, j'ai attendu dix minutes pour lui donner le reste, je viens tout juste de le lui donner.

Renny se hâta avec mécontentement vers une stalle un peu plus éloignée, où un grand cheval noir mangeait avec une féroce avidité. Il cessa un instant de mâcher son avoine pour regarder son maître entrant dans la stalle ; puis, la bouche pleine et l'avoine retombant de ses lèvres, il replongea la tête dans sa mangeoire. Renny prit cette tête et la releva brusquement :

— Cesse d'être aussi glouton, ordonna-t-il. Tu veux donc te tuer ?

Le cheval essaya de se dégager, faisant un effort désespéré dans la direction de son avoine, avec de grands yeux affamés. Après une courte interruption, Renny lui permit de se remplir la bouche une fois, puis l'arrêta de nouveau. La fin du repas ne fut plus qu'une lutte. Le cheval mordit Renny qui lui donna des coups de poing. La bête renâclait de gourmandise offensée. Renny devint soudain tout joyeux et éclata d'un rire bruyant.

— J'aurais cru qu'un repas aussi agité serait pire pour la digestion de l'animal que sa gloutonnerie, remarqua Leigh.

— Vraiment ! dit en souriant Finch, très fier de son frère.

Le cheval montrait maintenant ses grandes dents, comme dans une sorte de sourire satisfait. Finch murmura à Leigh :

— C'est maintenant le bon moment pour lui parler de la représentation. C'est-à-dire, ajouta-t-il avec un certain pessimisme, que le moment n'est pas plus mauvais qu'un autre.

Leigh regarda ce Renny aux cheveux roux avec quelque inquiétude.

— Je le crois aussi, dit-il.

Il eut soudain une idée imprévue, extravagante, mais capable de briser la glace entre lui et le frère de Finch.

S'adressant à Renny, il lui dit :

— Je pense, Mr. Whiteoak, que vous pourriez me dire où acheter un bon cheval de selle. J'en désire un depuis quelque temps — en réalité, il avait très peur des chevaux. — Mais je n'en trouve pas, je n'ai pas su...

Sa phrase resta en suspens, mais il n'avait pas besoin de là terminer. Le fier visage qui était devant lui s'adoucit soudain, prit une expression de sollicitude presque tendre.

— C'est parfait que le jeune Finch vous ait amené. C'est une chose grave que d'acheter un cheval, si vous n'avez pas d'expérience, particulièrement un cheval de selle. Je voyais, l'autre jour un jeune homme qui a payé un prix fou une bête qui, non seulement avait mauvais caractère, mais encore mordait tout. Une belle bête, cependant. Mais il avait été mal dressé. J'ai...

Il s'interrompit, examinant une de ses jointures saignante que Darkie avait écrasée contre sa mangeoire.

— Oui, oui ! dit Arthur avec vivacité, bien qu'il éprouvât un certain malaise devant la facilité avec laquelle la barrière entre eux avait disparu, dès qu'était apparue la possibilité d'un marché.

Renny porta la jointure blessée à ses lèvres :

— J'ai un amour de cheval de trois ans, fils de Siroco et de Twilight Star, le vrai portrait de son père. Vous avez certainement vu Siroco.

Arthur secoua négativement la tête. Renny le regarda avec pitié.

— Vous ne l'avez jamais vu ? Eh bien, je vais vous le faire voir. Chaque étalon pur sang, vous le savez, ne se reproduit parfaitement qu'une seule fois. Et Siroco n'a eu qu'un rejeton parfait. Mais peut-être...

Il était sur le point de s'engager dans le passage ; il s'arrêta, comme mû par une pensée.

— … Peut-être ne vous souciez-vous pas d'une question de pur sang et désirez-vous seulement…

— Mais pas du tout, interrompit Arthur. Je veux une bête vraiment belle, avec toutes les qualités dont vous parlez.

— Vous savez qu'un cheval de ce genre coûte fort cher.

— Cela n'a pas d'importance.

Il rougit un peu en se disant qu'on pourrait le trouver prétentieux et trop fier de sa fortune. Aussi ajouta-t-il :

— En vérité, il y a longtemps que je fais des économies pour acheter un cheval de selle.

L'aîné des Whiteoaks avait entendu dire, sans y avoir attaché beaucoup d'intérêt, que Leigh avait hérité d'une grosse fortune et qu'il serait bientôt majeur.

— Alors, dans ce cas, dit-il gaiement, en se dirigeant vers le box isolé de l'étalon.

Finch les suivit en se demandant comment tout cela se terminerait, se tourmentant de savoir Leigh aux prises avec Renny par amitié pour lui. Du box ils se rendirent dans la stalle où se trouvait le petit cheval de trois ans. En une demi-heure, Leigh en apprit davantage sur les chevaux de selle que dans toute son existence précédente. Il remercia Dieu qu'il fît, ce jour-là, un temps affreux, car autrement il aurait été obligé de faire une promenade d'essai sur cet animal à l'air dédaigneux qui lui jetait un regard soupçonneux.

Un bruit de petits pieds courant arriva jusqu'à eux et Wakefield se précipita dans le couloir, un manteau jeté sur sa tête, sous lequel apparaissait son visage aux yeux brillants et aux joues rouges.

— J'ai volé, s'écria-t-il haletant. C'est cinq heures. Il y avait un gâteau énorme dont il ne reste presque plus rien. On a refait une théière de thé pour toi, Renny, ainsi que pour Mr. Leigh.

La neige avait fait son apparition, il en était couvert.

— Tu n'aurais pas dû sortir par cette tempête, lui dit Renny. N'y avait-il personne à envoyer à ta place ?

— Je voulais venir. Qu'est-ce que c'est que ce petit cheval ? Est-ce qu'il saute bien ? Il faut que je coure voir mon poney. Voulez-vous voir le poney qu'on m'a donné pour mon anniversaire, Mr. Leigh ?

Renny l'attrapa par le bras :

— Non. Ne va pas là-bas. Wallflower est dans la stalle à côté et elle est très nerveuse aujourd'hui. Rentre à la maison, Finch, et dis à tante Augusta que Mr. Leigh va te suivre dans un instant, qu'elle lui garde son thé au chaud. Fais-m'en porter une théière par Wragge, avec du pain et du beurre, je le boirai ici.

Il saisit Wakefield comme un paquet et le posa sur les épaules de Finch.

— Emmène ce gosse en courant, il a tout juste une paire de culottes sur lui. Tu mérites une bonne correction, Wake. Et tâche de garder ce manteau sur ta tête.

Puis, élevant la voix, il cria :

— Ouvrez la porte à ce pur-sang, Wright.

Wakefield saisit Finch par le cou, ravi par ce retour imprévu aux jours où il se promenait sur les épaules des plus grands. Mais Finch était plutôt maussade en passant devant le garçon d'écurie rieur. Il lui sembla découvrir dans ce rire une note moqueuse. Wake était beaucoup plus lourd qu'il ne l'aurait cru. Mais lorsque la porte eut claqué derrière eux et que le vent souffla dans son dos, il s'aperçut qu'ils seraient tous deux emportés sans le moindre effort de sa part.

La neige arrivait avec violence à travers le ravin. Les flocons blancs se précipitaient inlassablement les uns sur les autres. Déjà la terre était toute blanche ; les lumières de la maison paraissaient très éloignées. Finch trébuchait, penché en avant comme s'il allait, à chaque instant, tomber sur le nez.

— Je ne pense pas, dit Wake, que tu puisses faire des cabrioles ?

— Que diable, cria Finch. Des cabrioles ! me prends-tu pour un cheval de cirque ? Des cabrioles ! des cabrioles !

Mais son sens de l'humour s'était éveillé. Il commença en effet, à faire des cabrioles, à sauter, à tournoyer maladroitement dans la tempête, se sentant soudain violemment heureux. Wake n'était plus un fardeau. Ils ne faisaient plus qu'un ; centaure chevelu et gambadant, s'ébattant dans le crépuscule de janvier et à qui la neige donnait une gaieté animale.

Ils se penchaient et se balançaient de droite à gauche ; on entendait au loin la houle se brisant sur la plage.

— Centaure, haleta Finch. Bouillant centaure !

Wakefield crut qu'il faisait entendre le cri particulier du centaure et, à son tour, lança un hennissement aigu qui vibra et s'éteignit dans les flocons de neige. Lui aussi était heureux. Le manteau avait glissé de dessus sa tête qu'il levait très haut, s'imaginant qu'elle portait une grande barbe et une riche et abondante chevelure. Il hennit de nouveau à plusieurs reprises et à son hennissement répondait le mugissement des vagues.

Bruyants, turbulents et couverts de neige, ils entrèrent en chancelant par la porte de côté.

— Essoufflé ? demanda Wakefield en le regardant gentiment.

— Tu veux rire !

— Je crois qu'un mélange de bœuf, de fer et de vin te ferait du bien. Tu as grandi trop vite et tu n'es guère résistant. On dirait que tu vas tomber.

En effet, Finch n'avait plus ni force, ni entrain, ni gaieté ; mais il ne voulait pas recevoir de conseil médical de ce petit garçon protecteur. Avec un grognement, il se dirigea d'un pas lourd vers la salle à manger.

Dans l'écurie, parlant de Wake, Renny avait dit, le visage soucieux :

— C'est un enfant délicat.

— Oui, je l'ai bien compris, répondit Leigh. Mais

peut-être surmontera-t-il cela. Cela arrive souvent. Moi-même je n'ai pas été un enfant très vigoureux.

Renny le regarda.

— Hum ! dit-il, sans paraître très réconforté. Puis il ajouta plus gaiement : Je vais vous emmener dans mon bureau pour vous montrer le pedigree du cheval.

Il le conduisit dans une petite pièce qui avait été aménagée dans un coin de l'écurie. Il alluma un globe électrique et, après avoir avancé une chaise de cuisine pour Leigh, s'assit lui-même devant un bureau de chêne jaune et commença de consulter un tas de papiers.

Tandis qu'il s'affairait sous la lumière crue de la lampe, Leigh l'étudia avec le plus vif intérêt. Il essaya de se mettre à la place de Finch, d'imaginer son état d'esprit lorsqu'il devait demander une permission à ce garçon sévère ou comparaître devant lui après un échec à un examen. Leigh était lui-même si émotif, il avait toujours été si entouré de compréhension et de sympathie qu'il pouvait difficilement se représenter l'état d'esprit de son ami. Il ne désirait pas du tout acheter le cheval, car il faudrait le nourrir, le monter et il n'aimait pas du tout monter à cheval ! Le succès de Renny au concours hippique l'avait laissé tout à fait froid. Il était beaucoup plus intéressé par le Renny assis en ce moment en face de lui, sous la lampe électrique, complètement absorbé par la recherche de ses records... L'achat d'un cheval n'était qu'un prétexte pour trouver un terrain de rencontre entre lui et le frère de Finch, afin de parler de ce dernier.

Mais comment aborder le sujet ?...

Ses réflexions furent interrompues par un cri perçant, suivi d'une série de cris terrifiants ! Il devint blanc de peur. Renny Whiteoak dit simplement :

— C'est un porc qu'on égorge.

Leigh fut soulagé, quoique encore assez ému.

— Oh ! dit-il, en regardant l'obscurité extérieure, c'est une drôle d'heure pour tuer un porc.

— N'est-ce pas ? dit Renny qui leva les yeux et vit le visage de Leigh. Cela ne durera pas plus d'une minute.

En effet le silence se fit. Leigh frissonna. La pièce lui semblait empreinte d'une humidité glaciale qui devait venir de l'étable voisine.

— Ah ! nous y voilà ! Approchez-vous du bureau.

Leigh obéit et ils se penchèrent tous deux sur le pedigree. Leigh en suivit plutôt distraitement les relations compliquées et fut stupéfait de tout ce qu'un seul homme pouvait savoir sur les qualités des diverses familles de chevaux.

Ils étaient encore plongés dans leur étude lorsqu'on frappa à la porte, et Wragge entra avec le thé de Renny. Leigh commençait à perdre tout espoir. Ses chances de plaider la cause de Finch auprès du chef de clan paraissaient diminuer de plus en plus. Avec une soudaine décision, il conclut le marché et les conditions de paiement furent arrêtées.

Tout en se lavant les mains dans la petite cuvette d'un lavabo installé dans un coin, Renny s'excusa :

— Je regrette vraiment de vous avoir privé si longtemps de votre thé. J'aurais dû en faire porter pour deux personnes par Rags, c'était aussi facile pour lui. Mais il va vous conduire à la maison, car il commence à faire sombre.

Leigh frissonna. Il était énervé, il avait froid, et la pensée de manger dans une écurie le dégoûtait.

— Merci ! répondit-il. Cela n'a aucune importance.

Il frissonna encore, en voyant Renny se laver les mains au savon noir sans se préoccuper de sa jointure meurtrie.

Rags posa le plateau sur le bureau. Il arrangea les objets qui s'y trouvaient comme un majordome en livrée qui met la dernière main au couvert d'un banquet. Il leva un plat d'argent et découvrit trois minces tranches de toasts beurrés.

— Je suis un véritable jongleur, Monsieur, dit-il,

d'avoir apporté ce plateau par un pareil blizzard, sans renverser une goutte de quoi que ce soit.

— Cela vous fait le plus grand bien, dit son maître en s'asseyant devant le plateau et en se versant une tasse de thé. Ce n'est pas du blizzard, mais seulement un vent froid. C'est excellent pour vous.

Il prit un grand morceau de toast avec délices.

C'est maintenant le moment d'aborder la question, pensa Leigh, qui dit tout haut :

— Je voudrais vous dire quelque chose, entre nous, Mr. Whiteoak. Je saurai très bien regagner la maison seul, sans difficulté. Je voudrais simplement vous demander, vous expliquer quelque chose. C'est...

Il balbutiait comme un écolier !

Renny fut surpris, mais lui dit :

— Eh bien, si c'est quelque chose en mon pouvoir... Rags, vous n'avez pas besoin d'attendre Mr. Leigh.

— C'est au sujet de Finch, commença Leigh, lentement et cherchant sa route, comme un homme perdu dans l'obscurité d'un bois inconnu. Je l'aime beaucoup.

— Oui, répondit Renny dont l'intérêt devint seulement une attention polie. Finch m'a souvent parlé de vous.

Son expression changea encore une fois pour lancer un regard au domestique curieux et badaud qui le regarda un instant, puis se glissa hors de la pièce avec une impudente servilité.

Lorsque la porte se fut refermée, Leigh parla plus facilement.

— Je pense, monsieur, que Finch — il eut le bon goût d'exposer sa requête avec modération, — est un garçon très intelligent et il fera sûrement grand honneur à Jalna.

Son esprit très fin avait compris que, plus encore que ses chevaux, l'aîné des Whiteoaks aimait sa maison. Ce sentiment lui avait été révélé par une expression de tendresse et de plaisir parue sur le visage de Renny lorsque Leigh avait admiré les hautes pièces et les vieux meubles anglais. Il continua :

— Je suis sûr qu'il réussira s'il peut jouir d'une certaine liberté qui lui permette de se développer à sa façon. Il y a des garçons qui ne peuvent supporter la discipline des études sans un dérivatif quelconque.

— Il vous a donc parlé de ses leçons de musique ? J'ai jugé qu'il valait mieux les interrompre pendant quelque temps. Il était toujours en train de pianoter et il a échoué...

— Ce n'est pas nécessairement la musique qui a causé son échec. Beaucoup de garçons échouent la première fois, qui ne savent pas distinguer une note d'une autre ! Il est très possible que s'il avait mis encore plus de musique dans sa vie, il n'aurait pas échoué.

Renny se versa une autre tasse de thé en éclatant de rire. Leigh se hâta d'ajouter :

— Mais la musique n'a rien à voir ici. Il s'agit de théâtre.

— De théâtre ?

— Oui. Finch a un réel talent pour le théâtre. Je me demande même si ce talent ne dépasse pas celui qu'il a pour la musique.

Renny se renversa sur sa chaise. Seigneur, il n'y avait donc pas de limites aux talents extraordinaires de cet hurluberlu !

— Où a-t-il joué ? Pourquoi n'en ai-je rien su ?

— C'est moi seul qui mérite d'être blâmé à ce sujet. J'ai compris que la pratique d'un art quelconque est absolument nécessaire à Finch et j'ai réussi à lui faire promettre qu'il ne laisserait personne s'y opposer.

Le regard des fiers yeux bruns l'enveloppa.

— Ainsi donc, les promesses qu'il m'a faites sont sans valeur !

— Mais il les tient. Je vous jure qu'il n'a pas négligé son travail et qu'il réussira sans peine la prochaine fois.

Du reste, il n'avait pas eu un mauvais examen. Ce sont ses nerfs, plutôt qu'autre chose, qui ont causé son échec.

On frappa à la porte.

— Entrez, dit Renny.

Et Wright entra en disant :

— Le vétérinaire est là, Monsieur.

— Bien, dit Renny en se levant.

Il se tourna vers Leigh en réprimant un mouvement d'impatience :

— Que désirez-vous donc que je fasse ?

Il se méfiait un peu de Leigh, se sentait, vis-à-vis de lui, dans une situation embarrassante. Il supposa que Finch avait demandé à Leigh d'agir auprès de lui. Finch avait le don de conquérir les sympathies des gens sensibles, des intellectuels. Cela avait été le cas pour Alayne. Comme elle avait bien plaidé pour lui quand il s'était agi des leçons de musique ! La pensée d'Alayne l'adoucit. Il ajouta :

— Je n'exige pas de Finch qu'il travaille sans arrêt, sans prendre jamais aucun plaisir, et je ne m'oppose à rien de ce qui ne nuit pas à ses études.

Un épagneul qui était entré avec Wright se dressa sur ses pattes de derrière, à côté du bureau, et commença à lécher dans l'assiette les miettes beurrées du toast.

Une impression de lassitude envahit Leigh. Ses efforts lui apparurent soudain inutiles. La vie à Jalna était trop intense pour lui, les personnalités des Whiteoaks trop vigoureuses. Il ne franchirait jamais le mur épais qui les séparait du reste du monde. Les paroles de Renny l'encouragèrent à peine. Silencieux et comme engourdi, il regarda un instant l'épagneul qui léchait l'assiette ; puis avec effort, reprit :

— Si seulement vous pouviez faire comprendre cela à Finch, lui faire savoir que vous ne le méprisez pas parce qu'il a besoin d'autre chose que de la routine et des jeux scolaires !

Il lui semblait que les yeux bleus tout ronds de Wright étaient fixés sur lui, ainsi que les yeux de tous les chevaux peints ou lithographiés qui recouvraient les murs avec une expression de mépris sur leurs museaux.

Renny prit l'épagneul par le cou et le remit doucement à terre. Au-dehors, dans l'écurie, une voix d'homme s'élevait, criant des ordres. Il y eut un fracas de sabots. Leigh dit alors, précipitamment :

— Mr. Whiteoak, voulez-vous m'accorder quelque chose ? Permettez à Finch de passer la prochaine quinzaine avec moi. Je l'aiderai autant que possible pour son travail, et sincèrement, je peux beaucoup l'aider. Et je vous demande aussi de venir dîner chez nous, un soir de représentation, pour juger par vous-même des dons magnifiques de Finch. Ma mère et ma sœur seront heureuses de faire votre connaissance. Vous savez que, pour Finch, vous êtes un héros ; vous en êtes donc un aussi pour nous. Il nous a raconté ce que vous avez fait pendant la guerre, le D.S.O...

Renny se sentit tout à la fois embarrassé et irrité.

— Très bien, dit-il d'un ton bref. Que Finch continue de jouer la comédie, mais pas de négligeance dans le travail, n'est-ce pas ?

— Et vous viendrez un soir ?

— Oui.

— Merci beaucoup. Je vous suis infiniment reconnaissant.

En vérité, il n'éprouvait qu'un sentiment de délivrance et une hâte fébrile de sortir de là.

— C'est parfait. Et j'espère que le cheval vous plaira.

— J'en suis sûr.

Ils se serrèrent la main et se séparèrent.

Dehors, au milieu des flocons serrés, poussé par le vent vers les fenêtres lumineuses de la maison, Leigh sentit Finch plus éloigné de lui qu'il ne l'avait jamais été depuis le début de leur amitié. Il le voyait faisant partie intégrante de la toile de Jalna. Si familier et si cher qu'il lui fût, il ne pourrait plus le séparer de cette toile serrée et rude qu'était sa famille. Il regretta presque de l'avoir vu au milieu de ses vigoureux frères. Cependant, sans cette vision, il ne l'aurait jamais compris, n'aurait jamais su d'où venait l'étincelle qui était en Finch.

De plus, malgré l'impression de froid, de fatigue et de dépression qu'il ressentait en ce lieu, il éprouvait un sentiment nouveau et curieux de plaisir en montant en courant le perron qui conduisait à la porte d'entrée, en saisissant la lourde poignée glacée dans sa main, en ouvrant la porte et en la refermant contre le vent et la neige, tandis que, de l'intérieur, venaient à sa rencontre la chaleur, la lumière et le bruit des voix.

Les oncles étaient descendus, ainsi que tante Augusta, Piers et Pheasant. Meg et Maurice étaient venus de Vaughanlands pour le thé. Meg tenait dans ses bras un gros bébé de six mois. On apporta à Leigh du thé frais, des toasts, de la confiture de prunes et des gâteaux. Tous le regardaient, mais continuaient à parler entre eux, sans se soucier de lui. Jamais, au grand jamais, pensa-t-il, un étranger ne deviendra l'un des leurs.

6

CLOUTIE JOHN

LE soir de la représentation, Finch était dans un état d'excitation tel qu'il se demandait s'il pourrait jamais retrouver son calme. Par moments, il souhaitait presque que la terre s'ouvrît pour l'avaler, l'arrachant à la vue de tous avant le moment où il devrait mettre les pieds sur la scène. L'instant d'après, il affectait un air joyeux, sa mèche blonde retombant presque dans ses yeux brillants. Ses lèvres tremblaient comme s'il allait rire ou pleurer, mais il ne prononçait guère que des monosyllabes.

Leigh aussi était nerveux. Il jouait le rôle du héros, mélange de courage et de lâcheté, et son cœur était plein de tendre émotion pour Finch qui allait affronter pour la première fois le public du Petit Théâtre, et cela, en présence de son frère Renny. Leigh comptait que le frère aîné assisterait à la dernière représentation, mais, par erreur, Mrs. Leigh l'avait invité à dîner pour le lundi. Il fallait faire pour le mieux en mettant leur hôte dans un état d'esprit bienveillant grâce à de bons vins et à une agréable société féminine. Sur ce dernier point, Leigh faisait toute confiance à sa mère et à sa sœur. Il était même si troublé qu'il se demanda laquelle des deux plairait le plus à Renny et retiendrait son regard vif. Pour Leigh, les deux femmes étaient l'une et l'autre si bien le but et l'amour de sa vie qu'il se demandait parfois si jamais une autre femme existerait pour lui. Il espérait bien que non. Sa mère, sa sœur, Finch, il ne désirait rien de plus.

Finch entra dans le salon où il était maintenant très à l'aise et y trouva Ada, déjà prête.

Elle jeta ce regard de côté qui lui était habituel, en lui disant :

— Vous devez être terriblement nerveux.

Il était dans un de ses instants d'euphorie.

— Je ne crois pas. Je suis certainement moins nerveux qu'Arthur.

— Pourtant vous tremblez.

— Ce n'est rien. Un rien suffit à me faire trembler. Je ne peux pas verser une tasse de thé sans qu'elle déborde.

— Oui. Mais pour l'instant, c'est différent. Vous avez peur.

Elle souriait, taquine, et il vit bien qu'elle cherchait à l'effrayer. Il s'approcha d'elle et aperçut une flamme passer dans ses yeux.

— Je n'ai pas peur, assura-t-il. Je suis heureux.

— Si, vous avez peur.

Sa voix tremblait légèrement.

— Peur de quoi ?

— Peur de moi.

— Peur de vous ?

Il essaya de paraître étonné, mais commença à se sentir à la fois inquiet et étrangement heureux.

— *Oui*... et moi aussi j'ai peur de vous.

Il rit et cessa de trembler. Son sang courut plus vite dans ses veines. Il prit la main d'Ada dont il caressa doucement les doigts. Il contempla ses ongles roses comme de petits coquillages qu'il aurait trouvés au bord de quelque mer lointaine.

Et soudain, elle fut dans ses bras. Lui qui n'avait jamais embrassé une jeune fille ! Il demeura haletant... Le baiser qu'il lui donna lui parut un rêve fantastique. Elle se serrait contre sa poitrine... Par-dessus sa tête il pouvait plonger ses regards dans l'obscurité de la fenêtre où les bougies allumées se reflétaient comme un bouquet de fleurs éclatantes. Il y vit également l'image de sa propre tête penchée sur la tache vert pâle de sa robe qui semblait un étang brillant dans l'obscurité. Que tout cela était irréel ! Il l'étreignit, emporté par la beauté de l'image, par une impression nouvelle de puissance, mais conscient de ne jouer qu'un rôle. Ils s'embrassèrent dans un rêve passionné.

Mrs. Leigh et Arthur descendaient ensemble l'escalier. Finch et Ada eurent amplement le temps de se séparer, lui, pour saisir un livre, elle, pour arranger quelques fleurs dans un vase noir. Et la fenêtre sombre ne refléta plus leurs deux visages réunis dans la recherche d'une expérience passionnée.

Arthur alla vers Finch et passa un bras autour de ses épaules.

— Finch chéri, lui dit-il de sa voix douce et musicale, je suis si heureux de ne plus vous voir nerveux. Vos yeux sont pleins d'assurance. De nous deux, c'est moi le plus inquiet.

Comme le bras caressant d'Arthur était réconfortant ! Finch était heureux sous ce joug amical qui enserrait ses épaules. Il aperçut les yeux d'Ada fixés sur eux, noirs de jalousie.

Si seulement Renny n'était pas venu à ce dîner, qu'il aurait été heureux ! Il ne pouvait s'imaginer que Renny puisse s'adapter à ce milieu si raffiné. Cependant, lorsqu'il arriva, froid et élégant dans sa tenue du soir, il fut parfaitement à son aise. Chose encore plus étrange, il ne réduisit pas sa conversation au courant léger qui, ordinairement, entourait la table, et que dirigeait toujours Mrs. Leigh, mais il apporta avec lui un peu de la vigoureuse et dure ambiance de Jalna.

Sa tête rousse, son rire brusque et aigu emplissaient la pièce.

Finch n'avait jamais vu Mrs. Leigh aussi gaie, aussi semblable à une jeune fille. Elle paraissait plus jeune qu'Ada qui restait plutôt silencieuse et étudiait le nouveau venu avec des regards voilés. Mais lorsque ses yeus rencontraient ceux de Finch, ils échangeaient un rapide regard d'intelligence. Finch était si heureux de son expérience amoureuse, il était si fier de Renny, que son visage était rayonnant. Il était charmant. Il aurait été intéressant de comparer ce Finch avec le jeune homme sournois, timide, et souvent maussade qu'il était chez lui.

Renny mangeait et parlait avec entrain. Arthur, ravi du succès de son plan, sentait son antipathie pour le frère aîné de Finch se transformer en admiration pour son caractère noble et généreux. Il sentait sa propre virilité se fortifier au contact de cette nature plus vigoureuse. Ce serait bon pour lui de recevoir un homme de ce genre ; ce serait bon aussi pour Ada qui commençait à rechercher les admirations masculines.

Arthur et Finch partirent les premiers pour le théâtre. Mrs. Leigh et Ada montèrent s'habiller. Pendant qu'Arthur allait chercher une voiture, les deux frères restèrent seuls un instant dans le salon.

« Pourquoi, se dit Finch, suis-je hanté à ce point par l'idée de l'irréalité des choses ? Voilà Renny dans le salon des Leigh en train de fumer ; j'y suis également et cependant je ne peux croire à la réalité de notre présence ici, ni même à la réalité de notre existence. Est-ce parce que rien ne me semble réel hors de Jalna ? Sommes-nous tous ainsi ou suis-je le seul ? Pourquoi tous ces sentiments viennent-ils gâter mon plaisir ? »

Il porta son pouce à ses lèvres et mordit nerveusement son ongle ; Renny se tourna vers lui en disant :

— Ne ronge pas tes ongles ; c'est une sotte habitude.

Honteux, Finch enfouit sa main dans sa poche.

— Renny, demanda-t-il à son frère avec un peu d'anxiété, est-ce que cette pièce te semble réelle ?

Les yeux bruns de Renny parcoururent les teintes crème, rose et argent qui décoraient la pièce.

— Non, dit-il, je ne crois pas.
« Merci, mon Dieu, merci ! Pour Renny aussi, il y avait donc des choses irréelles. »
— Eh bien, continua-t-il anxieusement, vois-tu tout cela dans une sorte de brouillard, comme dans un rêve, mais un rêve animé, semblable à une image qui se reflète dans une eau courante ?
Renny ouvrit de grands yeux.
— C'est bien quelque chose comme ça.
— Et moi, est-ce que je te parais irréel ?
— Absolument.
Jamais, à la maison, il ne se serait laissé aller à parler ainsi à Renny. C'était vraiment merveilleux.
— N'as-tu pas l'impression que tu es toi-même irréel ? Ne te demandes-tu pas pourquoi tu fais certaines choses et si tu es toi-même autre chose qu'un rêve ?
— C'est bien un peu cela. Mais tu es bien excité ce soir. Mieux vaudrait te calmer ou tu oublieras ton rôle.
— Penses-tu que j'aurai le trac sur la scène ?
— Je crois que tu l'as déjà.
— Que veux-tu dire par là ?
— Tu as peur de la vie, et c'est la même chose.
Très excité, Finch lui dit d'une voix un peu rauque :
— Que penses-tu là ? J'ai embrassé Ada Leigh dans cette pièce, ce soir même.
— Diable. Cela ne m'étonne plus que tu te sentes irréel ! Est-ce qu'elle a paru satisfaite ?
— J'en suis sûr. Notre couple se reflétait étrangement dans la glace de la fenêtre. C'était bien nous, mais beaucoup plus beaux que nature.
— Hum !
Renny le regarda, profondément amusé.
— Es-tu sûr qu'elle ne l'a pas cherché ?
— J'en suis absolument sûr !
Il rougit, tout en s'appuyant sur le fauteuil de Renny, dans une attitude confiante.
— Parfait. C'est une expérience que tu as faite. C'est une jolie fille.

Et comme Finch respirait fort, il ajouta :

— Ne t'appuie pas sur moi en me soufflant dans la figure. Es-tu enrhumé ?

— Oh ! non.

Et Finch, confus, se raidit de nouveau.

Leigh l'appela de dehors.

— Je viens, Arthur.

Et il se hâta de rejoindre son ami.

Renny s'assit, lançant des bouffées de cigarette, les yeux encore tout pleins de gaieté. Le jeune Finch faisait l'amour ! Il lui sembla que c'était hier qu'il le renversait sur ses genoux pour lui donner une fessée ! Voici maintenant qu'il devenait un homme, le pauvre diable !

Renny regarda autour de lui. C'était bien une chambre irréelle, ne ressemblant en rien au salon de Jalna. Rien de familier ici, avec ces petits tableaux répandus sur les murs, ces murs élégants, ces bibelots fragiles. Mais cela convenait à ces deux jolies femmes. Un peu bizarres, ces femmes, mystérieuses, attirantes et cependant inquiétantes.

Il se leva pour accueillir Ada Leigh qui entrait ; son visage en fleur sortait d'un manteau de fourrure blanche.

— Maman sera là dans un instant, dit-elle en caressant son grand col de fourrure.

Renny regarda sa main.

— Voulez-vous vous asseoir en attendant ?

— Non merci, ce n'est pas la peine. Il faut partir.

Elle frotta sa joue contre la fourrure d'un geste caressant et félin et poussa un profond soupir. Il était debout auprès d'elle, immobile et attentif, se disant : « Que diable cherche cette fille ? »

Elle leva vers lui ses yeux langoureux en disant :

— Je voudrais ne pas sortir ce soir.

— Je le regrette. Voulez-vous me dire pourquoi ?

— Nous n'avons pas le temps de causer... Mais je suis bien malheureuse...

Il eut un sourire un peu gêné, car il ne croyait en rien à sa tristesse et était plein de méfiance.

— Vous allez me juger bien sotte, parler ainsi à un étranger ! Mais vous êtes le frère de Finch. Et vous voyez... oh ! je ne peux m'expliquer. Elle leva vers lui un regard suppliant. Je manque tellement d'expérience et j'ai cru éprouver un sentiment nouveau ! J'ai cru... Son visage expressif frémit et elle acheva : Je ne peux en dire davantage...

Il lui répondit gravement :

— Je ne m'inquiéterais pas, si j'étais vous. Cette sorte de chose arrive à tout le monde. Nous nous imaginons éprouver certains sentiments pour lesquels nous nous tourmentons... Mais vous oublierez bientôt tout cela.

— Je voudrais, s'écria-t-elle, je voudrais avoir quelqu'un pour m'aider dans la vie. Je ne sais rien et Arthur qui est exquis avec moi est aussi très ignorant. Il n'en sait pas plus que moi.

Renny songea : « Votre malheur à tous deux est d'en savoir beaucoup trop ! » Et tout haut :

— Je ne suis pas du tout l'homme capable de vous guider, je ne comprends rien aux femmes.

Elle dit lentement :

— Ce n'est pas vraiment un conseil que je cherche.

— Quoi donc, alors ?

Elle écarta de son cou sa fourrure blanche.

— Quelque chose de plus délicat. Votre amitié, si cela ne devait pas trop vous déplaire.

« Ma belle enfant, vous êtes de la pire espèce », pensa-t-il. Et il lui dit :

— Entendu. Nous serons amis.

Au théâtre, assis entre la mère et la fille, il éprouva un sentiment d'exaspération ; il se sentait prisonnier. Ses deux jolies voisines étaient ses geôliers ; son fauteuil, une prison ? Il détestait cette atmosphère « d'art », ces murs froids et blancs, ce rideau ; et l'absence d'orchestre l'opprimait. Pour lui, un théâtre devait être resplendissant d'or et de rouge, le rideau devait être un décor italien fleuri. Ses facultés intellectuelles avaient besoin d'être soutenues par le fracas de la musique. Il détestait ce bruit de voix féminines avant le lever du rideau et, dans ce bourdonnement, ne distinguait plus la mère de la fille.

Il éprouva soudain une anxiété inexplicable au sujet de Finch. Certes, cela ne lui plaisait guère de le voir s'occuper de ce genre de choses, mais du moment qu'il y était... Sa gorge se serra, il soupira profondément.

La pièce commença et son malaise ne fit que s'accroître. La religion du vieillard, sa façon de citer les Écritures donnaient à Renny une folle envie de crier ! Enfin Finch parut, les cheveux en désordre, le visage sale, en haillons et pieds nus. Profondément conservateur, Renny détesta la vue de ces pieds nus sur la scène. Lorsqu'il s'agissait d'une danseuse, c'était tout différent ! Mais les pieds nus d'un homme — de son frère — c'était vraiment affreux... Et cette façon de siffler, cette façon démente de danser, de s'asseoir sur le sol pour se relever en sautant, de mendier des miettes de nourriture, de dormir au coin de la cheminée, de paraître et de disparaître tout à coup ! Et cet accent irlandais !...

Les applaudissements éclatèrent. Finch était vraiment l'étoile de la soirée ! Son visage était pâle et hagard, tandis que les applaudissements redoublaient. Mrs. Leigh et Ada battirent des mains avec enthousiasme. Entre elles deux, Renny souriait sans plaisir, tout à fait comme sa grand-mère, lorsqu'elle souffrait dans son orgueil.

Après la représentation, il y eut une petite réunion dans le bureau du directeur ; une foule d'amis se pressait autour des acteurs. Finch, mal débarrassé de son maquillage, avait une tache sombre sur une joue. Il tremblait en s'adressant à Mrs. Leigh et Renny.

— Oh ! cher, s'écria Mrs. Leigh en lui secouant le

bras, vous ne pouviez pas mieux jouer ! Vous nous avez bouleversés !

Renny se taisait, le regardant avec son sourire désapprobateur, qui semblait dire : « Attends que nous soyons seuls, mon garçon ! » Toute la joie de son succès avait disparu ! Il sentait qu'il avait fait le fou pour le seul amusement du public. Et durant toute la semaine des représentations, il ne retrouva jamais plus la même ardeur, le même complet abandon de lui-même.

Le lendemain, dans le train qui le ramenait à Jalna, Renny songea longuement à Finch, et non seulement à Finch, mais à tous ces jeunes membres de la famille qu'étaient ses demi-frères. Il y avait en eux quelque chose d'anormal, une sorte de faiblesse congénitale qui les rendait très différents des autres Whiteoaks. Soudain le visage de leur mère jaillit dans la mémoire de Renny. Elle avait été sa gouvernante et celle de Meg avant d'épouser leur père, et, gouvernante ou belle-mère, avait eu bien des difficultés avec eux ! Quelle rude épine il avait été pour elle, tant qu'elle avait été leur gouvernante ! Après son mariage, c'est Meg qui s'était chargée de la faire souffrir ! Et de nouveau il revit son visage passer entre le paysage et lui. Pour la première fois, il réalisa qu'elle avait été une belle jeune femme ! Un visage ardent, des yeux bleus pleins de feu qui s'assombrissaient à la moindre émotion, avec un menton et une gorge parfaitement modelés. Il la revit perdant toute patience auprès de Meg lourde et dodue, qui refusait obstinément de s'appliquer à sa leçon de piano. Il se souvint de l'avoir fait pleurer d'exaspération par ses sottises. Devenue leur belle-mère, elle s'était un peu éloignée d'eux, absorbée par l'amour de son mari et ses trop fréquentes maternités. Renny se souvint alors que, lorsqu'il venait auprès d'elle, il la trouvait presque toujours en train de lire. C'était surtout de la poésie qu'elle lisait. Quelle mère pour un homme ! Il l'avait surprise lisant des vers à son père qui la contemplait, l'écoutait, l'enveloppait de son regard ! Elle l'avait aimé et ne lui avait pas survécu longtemps. Le pauvre petit Wake était un enfant posthume.

Ils étaient poètes et musiciens, c'était de là que venait tout le mal... Eden était poète et, de plus, avait hérité la beauté de sa mère... Où était-il maintenant ? Depuis son départ, un an et demi auparavant, aucune nouvelle n'en était parvenue. Quelle tristesse de songer qu'Alayne était liée à lui !... A la pensée d'Alayne, une souffrance aiguë traversa sa poitrine, le désir douloureux d'un objet qu'il ne pouvait posséder ! Son âme chercha péniblement à se libérer de ce désir. Il ne se reconnaissait plus lui-même, lui pour qui l'oubli avait toujours été si facile !...

Il changea de place, comme un animal qui souffre change de position, et pencha à la fenêtre son visage coloré. Il aperçut un ruisseau gelé et la forme sombre d'un bouquet de cèdres.

A quoi pensait-il donc ? Ah ! oui, aux garçons, à Eden ! Quel insensé, cet Eden ! Ce n'était pas le cas de Piers. Celui-là était solide comme un chêne. Un vrai Whiteoak ! Mais Finch, ce garçon sauvage, le décevait. Il se plaisait à grimacer, à jouer la comédie devant un tas de poseurs ! Et fou de musique, par-dessus le marché ! Il ferait bien de se mettre sérieusement au travail maintenant, s'il voulait arriver à quelque chose... Il y avait aussi ce fantasque petit animal de Wake. Impossible de prévoir ce qu'il serait dans quelques années...

Comme un aigle qui aurait couvé des alouettes, Renny considérait avec inquiétude cette nichée qui était tout son amour et tout son orgueil.

A la gare, Wright l'attendait avec un cheval gris pommelé attelé à un traîneau rouge. La neige était trop épaisse pour circuler en auto, Wright lui avait aussi apporté son grand manteau de cuir dans lequel il s'enveloppa. En glissant rapidement le long de la route, par-dessus des tas de neige qui s'éparpillaient en poussière d'argent, Renny eut l'impression qu'il ne pourrait jamais absorber assez de fraîcheur. Il respirait à grands traits, laissant le vent siffler dans ses dents. Les sabots du hongre faisaient sauter de gros paquets de neige immaculée jusque sur la fourrure qui recouvrait leurs genoux.

En arrivant à l'écurie, ils trouvèrent Piers qui accueillit Renny à sa descente du traîneau par cette question :

— Comment s'est passée la représentation de l'idole ?

— Il a joué le rôle d'un idiot et trop bien !

— Rien d'étonnant à cela, fut la réponse de Piers.

7

L'ORCHESTRE

A côté d'Arthur Leigh, Finch avait un autre ami. C'était Georges Fennel, le second fils du pasteur. Mais son amitié pour Georges n'avait pas ce goût d'aventure, cette excitation qui accompagnait son amitié pour Arthur. Arthur et lui s'étaient cherchés et avaient dû franchir les barrières pour joindre leurs mains, tandis que Georges et Finch avaient toujours vécu ensemble depuis leur prime jeunesse. Chacun croyait tout connaître de l'autre et l'aimait tout en le méprisant un peu. Ils étaient unis par leur haine des mathématiques et leur amour de la musique. Mais tandis que Finch peinait et transpirait sur les chiffres, avec un douloureux désir de musique, Georges ne faisait aucun effort pour apprendre ce qui lui déplaisait, se préoccupant uniquement de ce qu'il aimait. Il avait décidé depuis longtemps que la cheville carrée qu'il était ne s'adapterait jamais à un trou rond !

Il jouait de n'importe quel instrument de musique. Il aimait la flûte autant que le piano, le banjo autant que la mandoline. A tous indifféremment il faisait chanter la douceur de vivre.

C'était un adolescent petit et trapu, mais non sans grâce. Ses vêtements étaient toujours en désordre et ses cheveux mal peignés. Arthur Leigh le trouvait grossier, commun et campagnard, et faisait tout son possible pour détacher Finch de lui.

Jamais Finch n'avait si peu vu Georges que durant tout cet hiver, pendant la période qui précéda la pièce. Mais après les représentations, il éprouva le besoin de se rapprocher de Georges. Il n'aurait pas su dire pourquoi, mais il n'était plus aussi heureux chez les Leigh. Non que son aventure d'un soir avec Ada n'eût amené un changement ; il ne poursuivit son avantage ni par un pas de plus en avant ni par une simple répétition. La jeune fille semblait avoir tout oublié. Mrs. Leigh était plus aimable que jamais. Elle lui posa mille questions sur sa famille à Jalna. Lorsqu'elle sut qu'un des oncles avait étudié Shakespeare et qu'un des frères de Finch était poète, elle se mit à parler sérieusement littérature avec lui. Elle avait été déçue que Renny n'ait pas pu (Arthur pensa : n'ait pas voulu) accepter deux autres invitations à dîner.

Était-ce ce nouvel intérêt, cette enquête subtile sur les relations, les caractères et les goûts de sa famille, ou un changement dans l'attitude d'Arthur à son égard, qui enleva à Finch une partie du plaisir qu'il prenait chez les Leigh ? Il n'aurait su le dire lui-même. Mais il eut conscience de ce changement qui n'en était pas absolument un, mais plutôt un nouvel aspect de l'affection d'Arthur pour lui. Arthur était devenu susceptible, exigeant, toujours prêt à la critique. Finch s'apercevait maintenant que souvent il blessait Arthur par une remarque brusque et étourdie, qu'il le choquait par quelque grossièreté stupide. Lorsqu'il exprimait un peu bruyamment ses opinions, Arthur faisait la grimace.

Cependant ils passaient ensemble des heures si délicieuses que Finch rentrait chez lui sous la neige, débordant de joie. Tout le mal venait, pensait-il, de ce qu'Arthur l'aimait à un point tel qu'il l'aurait voulu parfait, ignorant que c'était tout à fait impossible.

Comme Georges était différent ! Il n'attendait rien

de Finch et n'était jamais déçu. Ils pouvaient passer toute une soirée ensemble, dans sa petite chambre du presbytère, travaillant sans grands efforts, s'amusant avec des riens, se faisant des plaisanteries idiotes en jonchant le sol de coquilles de noix, et finalement descendant dans le salon pour faire une heure de musique avant que Finch rentrât chez lui en toute hâte.

Finch jouait du piano, Georges du banjo, et son frère aîné Tom de la mandoline. Pendant ce temps, le pasteur fumait sa longue pipe enfouie dans sa barbe, en lisant *l'Homme d'Église,* avec un calme impressionnant. Tom était un paresseux qui ne faisait rien de bon (sauf le jardinage dans lequel il excellait). Mais Finch ne se lassait pas d'entendre Georges jouer du banjo et de le regarder bien assis sur sa chaise, ses larges mains jouant avec goût et adresse, ses yeux brillants sous ses cheveux en désordre.

Georges, comme Finch, était toujours à sec ! Souvent à eux deux ils ne possédaient pas de quoi jouer à pile ou face.

Lorsque Finch était avec Arthur, il acceptait constamment des cadeaux ainsi que des plaisirs qu'il ne pouvait payer qu'avec de la reconnaissance. Un jour, il se rendit compte que cette gratitude même serait tarie par le flot trop abondant de dons de toutes sortes.

— Il ne faut pas me remercier, s'écriait Leigh. Vous savez bien que j'adore faire quelque chose pour vous.

Mais si le jour d'après Finch restait silencieux, Arthur lui demandait, avec un léger froncement de sourcils :

— Êtes-vous content, mon vieux Finch ? Cela vous plaît-il ?

Les choses étaient bien différentes avec Georges ! Il ne lui devait aucune reconnaissance. Ils étaient autant l'un que l'autre aussi dépourvus que possible des biens de ce monde. Chacun possédait quelques vieux vêtements, ses livres de classe, sa montre et un ou deux trésors comme le banjo de Georges et une vieille tabatière en argent que lady Buckley avait donnée à Finch. Avant d'aller à la cure, Finch remplissait ses poches de pommes. De son côté Mr. Fennel apportait un plat de merveilles aux garçons ; tous deux dévalisaient le garde-manger de Mrs. Fennel. C'était un perpétuel échange charmant et peu coûteux.

Mais maintenant que Georges avait dix-sept ans et Finch dix-huit, ils désiraient parfois avoir un peu d'argent. Finch avait essayé à plusieurs reprises d'en gagner. Il avait timidement demandé à Piers s'il n'y avait aucun travail pour lui le samedi, et Piers l'avait chargé de trier des pommes dans la pièce froide et sombre où on les conservait. En maniant ces fruits glacés, debout sur le ciment et exposé au courant d'air froid de la porte, Finch avait pris une bronchite qui l'avait tenu au lit pendant quinze jours. Piers s'était approché de son lit pour lui demander :

— Combien de temps as-tu travaillé ?

— Presque toute la journée, grogna Finch.

— Combien d'heures exactement ?

— De neuf heures à quatre heures. Et naturellement, je me suis interrompu pour déjeuner.

— La journée commencé à sept heures pour finir à cinq ! Voilà deux dollars. Tu feras bien d'acheter un sirop contre la toux. Et lorsque tu voudras travailler, cherche une place dans un musée !

Il avait jeté le billet sur le couvre-pieds en s'en allant. Cet argent, Finch l'avait employé quelques jours plus tard à l'achat de roses pour Ada Leigh.

Sa bronchite fut pénible, mais manquer l'école pendant trois semaines le fut plus encore. Il resta seul dans son grenier, brûlant de fièvre, la poitrine déchirée par la toux, épiant les moindres bruits qui venaient d'en bas, incapable de manger les plats trop lourds que lui montait Rags, tourmenté à l'idée qu'il allait échouer une fois de plus à ses examens.

Mais une fois guéri, il éprouva de nouveau le besoin

d'avoir un peu d'argent. Cette fois, il s'adressa à Renny qui lui confia un cheval à dresser. Tous les Whiteoaks montaient à cheval, mais les chevaux semblaient se rendre compte que Finch n'avait aucune autorité et ils se livraient, avec lui, à tous leurs caprices. Celui que Renny confia à Finch était à peine remis d'un accident ; on le croyait doux comme un mouton, mais d'un élan vigoureux, il sauta par-dessus la barrière et projeta Finch sur le chemin. Toute la famille, de grand-mère à Wake, s'était moquée de sa mésaventure ; la jument, ivre de liberté recouvrée, s'enfuit dans les bois où on ne la rattrapa qu'au bout d'une heure, le flanc écorché à une branche d'arbre, de sorte que Renny le paya, non en argent, mais avec un juron. Il souffrit en silence d'une entorse, mais son regard était furieux quand il allait à la gare et en revenait en boitant. Être un objet de plaisanterie était pour lui la pire des humiliations.

Un soir Georges lui dit :

— Je connais quelqu'un qui nous monterait un appareil de radio pour presque rien.

— Évidemment, grogna Finch en mordant dans une pomme rouge. Mais il faudrait avoir ce presque rien.

— C'est si agréable, soupira Georges. On peut entendre de splendides concerts de New York, de Chicago, de partout, en réalité.

— On peut avoir de la bonne musique ? du piano ?

— Mais certainement. N'as-tu pas entendu l'appareil de Sinclair ?

— Oui, mais il cherche toujours des airs de jazz.

— Pourquoi n'en parlerais-tu pas à ta famille ? Ce serait très agréable pour ta grand-mère, ta tante et tes oncles.

— Je n'oserais jamais. Ils ne mettront jamais un sou sur un appareil. Tous ces vieux sont aussi avares que possible.

— Et Renny ou Piers ?

— Ils détestent la radio. De plus l'argent est

terriblement rare cet hiver à la maison et tu sais bien que je ne peux rien avoir au-delà de ma pension et de mes billets de chemin de fer. Que dis-tu ?

Georges penchait vers lui son visage carré et espiègle, en clignant de l'oeil.

— Je connais un moyen de gagner un peu d'argent, Finch !

Finch envoya les pépins de la pomme dans une grande corbeille à papiers.

— Comment cela, dit-il avec scepticisme.

— En organisant un orchestre.

— Un orchestre ! Je crois que tu deviens fou !

— Pas le moins du monde. Écoute-moi. L'autre jour, mon père est allé visiter un malade à Stead et c'est moi qui l'ai conduit. Dans cette maison, il y a une serre ; tout en attendant, je regardais les plantes à travers les vitres. Un jeune homme en est sorti et nous avons bavardé. C'est un petit-fils du propriétaire qui vient de quitter la ville pour raison de santé ; j'ai bientôt appris qu'il jouait de la mandoline. Il a un ami qui en joue également et un autre qui joue de la flûte. Depuis quelque temps, ils songent à monter un orchestre s'ils peuvent trouver un joueur de banjo et un pianiste. Cela l'a vivement intéressé quand je lui ai dit que nous pourrions nous joindre à eux.

Finch hésita.

— Mais que dira ton père ?

— Il ne saura rien. Tu penses bien que je n'ai pas dit que j'étais son fils ! je me suis fait passer pour son domestique, je crois que ça valait mieux. Nos parents sont si difficiles au sujet de nos relations ! Naturellement ces garçons sont très sérieux, mais tu sais à quel point les familles sont souvent déraisonnables.

Et Georges ajouta légèrement :

— Un de ces garçons est apprenti tailleur, c'est le flûtiste. L'autre travaille aux abattoirs.

— Ciel ! s'écria Finch, veux-tu dire qu'il tue les animaux ?

— Je ne lui ai rien demandé, répliqua Georges avec humeur. La seule chose qui compte, c'est qu'il joue de la mandoline.

— Tu les as vus ?

— Oui, à midi. Ce sont des types très sérieux et assez âgés. Le premier que j'ai vu a vingt-trois ans et l'autre environ vingt-six. Ils ont hâte de faire ta connaissance.

Finch commença à trembler ; il prit une boîte où il y avait deux cigarettes et la tendit à Georges.

— Prends une cigarette.

Ils allumèrent chacun la leur. Finch était trop excité pour regarder Georges. Son regard se fixa sur le trou où passait le tuyau de poêle qui était censé chauffer suffisamment la chambre de Georges. Il se demanda si on entendait leurs voix de la cuisine au-dessous.

— Attention au trou du tuyau ! La bonne est-elle là ?

— Elle ne peut pas entendre. De plus son amoureux est auprès d'elle.

— Qui est-ce ?

— Jack Sims, de Vaughanlands.

Des murmures leur parvenaient d'en bas. Les jeunes gens s'approchèrent de l'ouverture et regardèrent au travers. Dans la pâle lumière d'une ampoule électrique, ils virent deux bras dont les deux mains étaient jointes. Une de ces mains sortait d'une manche de coton bleu, elle était grassouillette et un peu gercée par de fréquentes lessives. L'autre, velue et émergeant d'une veste grossière, était la main noueuse d'un paysan d'âge mûr. Les voix se turent et l'on entendit plus que le tic-tac de la pendule. Ces deux mains enlacées fascinaient Finch, elles devenaient pour lui le symbole de cet élément mystérieux dont la recherche était la seule raison de vivre. Il perçut toute la tendresse, toute l'ardeur que chacune de ces mains puisait dans l'autre et ce fut comme un réconfort pour son cœur solitaire.

Georges murmura :

— Ce qu'il y a de certain, c'est qu'ils ne sont jamais allés plus loin !

— Tu veux dire plus près !

— Je veux dire plus avant !

Ils éclatèrent de rire et se jetèrent sur la couchette avec de petits cris aigus. Mais malgré son rire nerveux, l'esprit de Finch était toujours absorbé par le spectacle qui s'apercevait par la fente du tuyau. Il brûlait de connaître les pensées des deux occupants de la cuisine.

— Pourquoi ne m'as-tu jamais parlé d'eux avant aujourd'hui ? Nous aurions pu les surveiller plus souvent.

— Cela n'avait aucun intérêt.

Georges eut une expression mécontente.

— Voyons, Finch, qu'est-ce qui t'intéresse le plus, de l'orchestre ou de ces deux imbéciles dans la cuisine ?

Finch répliqua :

— C'est tout à fait inutile de parler d'orchestre pour moi. On ne me laissera jamais aller en ville pour travailler ou pour jouer. Cela ferait un beau tapage si je proposais une chose pareille !

— Pas besoin d'en parler. J'ai tout arrangé. Tu ne vas tout de même pas refuser de gagner de temps en temps cinq dollars.

Finch s'assit et le regarda avec de grands yeux stupéfaits.

— Gagnerais-je vraiment tant que cela ?

— Certainement. Lilly, le chef de la bande, m'a dit que nous pouvions facilement gagner vingt-cinq dollars par nuit en jouant de la musique de danse dans les restaurants ; cela fait bien cinq dollars pour chacun. Cela vaut la peine de taper pendant quelques heures. Ne m'interromps pas. C'est la chose la plus facile à organiser. En avalant un rapide lunch, nous trouverons une heure pour travailler à midi. Nous pouvons également trouver quelques instants l'après-midi, après 5 heures, en prenant le train de 7 h 30. Cela est très facile. Pour ce qui est des soirées, voilà ce que j'ai organisé. Tu sais que ma tante Mrs. Saint-John est veuve depuis peu.

Finch inclina la tête en signe d'assentiment.

— Elle est au mieux avec ta famille, n'est-ce pas ? poursuivit Georges.

Finch fit un nouveau signe affirmatif.

— C'est parfait. Pas plus tard qu'hier, ma tante disait qu'elle aimerait que je vienne passer une soirée par semaine chez elle. Elle sera enchantée que tu viennes avec moi, et du moment que c'est une amie de ta sacrée famille je pense qu'il n'y aura aucune difficulté de ce côté. Je suis même sûr que Renny trouvera que tu es mieux avec moi pour étudier qu'avec Leigh.

Georges, à sa façon, détestait profondément Leigh.

— Mais ta tante ne soupçonnera-t-elle rien ?

Georges sourit doucement.

— Cela ira à merveille. Ma tante, sur l'ordre du médecin, doit se coucher chaque soir à 8 heures. Elle verra que nous prenons nos livres (la bibliothèque est en bas) et elle ira se coucher en nous disant bonsoir. Les bals ne commencent qu'à 9 heures. Nous verrons de près la vie de ces restaurants. Et puis cinq belles pièces...

Ils bavardèrent et firent des projets jusqu'au moment où Finch repartit chez lui. Dans sa chambre, enveloppé dans une couverture, il se mit au travail pour rattraper le temps perdu. Mais entre lui et son livre repassait incessamment la vision de ces deux mains jointes reposant sur le buffet, puis celle du visage d'Ada, avec une bouche souriante et tremblante des baisers qu'il lui avait donnés. Avec peine, il écarta ces images et se mit au travail.

Cet orchestre qui paraissait voué à l'échec réussit cependant, il réussit à merveille. Les déjeuners furent écourtés et ce moment consacré aux répétitions dans le salon du tailleur où pénétrait l'odeur piquante du fer chaud sur l'étoffe mouillée. L'apprenti tailleur était son cousin. Il vivait au-dessus du magasin avec sa jeune femme et leur enfant chétif. C'était le membre le plus âgé du groupe, il avait environ vingt-six ans et s'appelait Meech. Finch eut bientôt les meilleures relations avec toute la famille qui était charmante avec lui et admirait son jeu. Aussi leur voua-t-il une vive affection. Souvent, après la répétition, il restait et se mettait en retard pour jouer du Chopin ou du Schubert devant cet auditoire amical. La mince et enfantine épouse du jeune tailleur se blottissait au bout du piano pour regarder ses mains. Elle était si près de lui qu'elle le gênait, mais il ne la priait pas de s'écarter. Assis devant le piano, le regard de la jeune femme posé sur lui, il faisait jaillir la musique sous ses doigts, se sentant solide, fort et libre comme l'air.

— Viens vite, appelait Georges, son banjo sous le bras. Nous serons en retard.

— Ne m'attends pas, criait Finch par-dessus son épaule.

Il se sentait plus heureux après le départ des joueurs de banjo et de mandoline, seul avec le flûtiste et sa famille.

Finch découvrit une vie nouvelle, la vie des jeunes vendeuses de magasin et de leurs amis cherchant à s'amuser le soir dans des restaurants bon marché. Le matin des jours où l'orchestre devait jouer, Finch se réveillait brusquement, tout son être surexcité. Tout avait été organisé la veille avec sa famille; la pauvre Mrs. Saint-John désirait que Georges passât la nuit chez elle et elle était contente d'avoir Finch également. Il n'y avait jamais de difficulté. Finch trouvait cette double vie la plus facile du monde. Tante Augusta envoyait une boîte de gâteaux ou un pot de confitures à Mrs. Saint-John. La tante de Finch, malgré son apparence froide à son égard et l'expression offensée et hautaine de son visage, avait un tendre faible pour son neveu. A son grand étonnement, Finch avait gagné le canari et l'avait apporté en cachette à sa tante pour son soixante-seizième anniversaire. D'après elle, ce succès à la loterie devait être un heureux présage pour son avenir. L'oiseau était un lien entre eux deux. Il venait souvent chez sa tante rendre visite à son canari et ils le contemplaient ensemble. Tante Augusta se mit à aimer follement son oiseau ; elle tenait la porte de sa chambre soigneusement fermée de peur que la vieille Mrs. Whiteoak ne l'entendît chanter. Grand-mère n'aurait pas supporté dans la maison un autre oiseau que Boney. Elle redoutait aussi Sasha, le chat de Perse jaune d'Ernest qui avait l'habitude de faire sa toilette sur le paillasson d'Augusta. Ernest aussi s'intéressait fort au canari ; il venait l'entendre chanter dans la chambre de sa sœur et tous deux contemplaient avec ravissement le petit corps palpitant qui secouait sa tête de droite à gauche, chantant tantôt pour l'un de ses auditeurs, tantôt pour l'autre.

Finch vécut cette période dans une sorte de rêve. Il lui semblait que tout changeait autour de lui. Des forces nouvelles l'attiraient de côté et d'autre. Il éprouvait parfois en lui-même une sensation presque douloureuse, un désir d'il ne savait quoi ! Désir qui n'était ni celui de la vie religieuse ni celui de l'amour, mais de quelque chose qui participerait à la fois de la religion et de l'amour. Ses yeux étaient fatigués, il était plus maigre que jamais, et cependant toujours affamé ! Les jours où il n'y avait pas de répétitions d'orchestre, il allait, après le déjeuner de l'école, dans un grand magasin très fréquenté des étudiants lorsqu'ils étaient en fonds. Il montait et descendait le long des vitrines qui contenaient des plats tentants : plats de jambon et de langue, magnifiques langoustes rouges et de petites crevettes roses. Finch s'arrêtait fasciné, devant les vitrines de fromages : fromages à la crème, petits suisses, camemberts, roquefort, oka, ces délicieux petits fromages des Pères Trappistes de Québec. Il se disait qu'il aurait aimé être moine pour travailler dans les chambres fraîches du couvent, et achetait ces fromages simplement à cause des pensées qu'ils lui suggéraient. A l'autre bout du magasin, Georges dépensait son argent en gâteaux, en chocolats et en bouteilles de fruits de Californie.

Ils ressortaient avec leurs achats et les dévoraient en hâte pendant la récréation, avec leurs amis ; ou bien on organisait un festin après la classe pour pouvoir manger tout à loisir.

Ils réussirent cependant à mettre de côté une somme assez forte pour leur appareil de radio et pour faire un petit voyage et camper pendant l'été. Finch aurait voulu faire des cadeaux à toute sa famille avec cet argent qu'il gagnait si abondamment ; mais ne se demanderait-on pas d'où venait l'argent ? Cependant il ne put résister à faire l'achat d'une cravate pour l'anniversaire de Renny qui tombait en mars. Il resta longtemps dans le magasin pour faire son choix et finit par en prendre une qui portait deux raies bleues sur un magnifique fond rouge. Renny écarquilla les yeux de surprise en recevant ce cadeau et en fut ému. Mais lorsqu'il apparut le dimanche, à l'heure du thé, avec la cravate, ce fut une protestation générale à la vue de ce bleu vif auprès de son teint très coloré et de ses cheveux roux. De l'avis de tous, la beauté de Renny réclamait, pour s'épanouir, des teintes sombres. Les teintes vives seyaient aux yeux bleus et au teint clair de Piers. Et le jour suivant, Finch vit sa cravate au cou de Piers.

Il eut plus de succès avec la boîte d'aquarelle qu'il offrit à Wakefield. Pour éviter tout soupçon, il déclara que c'était un cadeau de Leigh. Wake, qui était malade dans son lit, fut enchanté. Il peignit images sur images. Renny, trouvant son lit inondé de ces œuvres d'art, pensa avec désolation : « Est-ce que cet enfant-là serait aussi un artiste ? »

L'orchestre était de plus en plus demandé. La gaieté des jeunes musiciens était infatigable et ils étaient si complaisants ! Finch continuait à pâlir consciencieusement sur ses livres et entre la musique, le travail et le manque de sommeil, il devenait si maigre que Piers lui-même s'en inquiéta.

— Essaie de manger davantage, conseilla-t-il. Tu grandis, tu as grand besoin de nourriture.

— Manger ! cria Finch exaspéré. Je mange tout le temps. Si je suis maigre, cela ne regarde que moi. Laisse-moi tranquille.

— Mais, s'obstina Piers, en tâtant le bras de Finch, tu maigris de plus en plus ; tu es mou. Tâte mes muscles.

— Je me moque de tes muscles ! Si tu les usais moins sur moi, ils ne seraient pas si durs et je ne serais pas si maigre.

Un jour de mars, Georges annonça qu'ils étaient engagés dans un restaurant où ils avaient déjà joué plusieurs fois. Une société sportive y donnait un bal. Les deux jeunes gens venaient de passer deux week-ends chez Mrs. Saint-John et l'orchestre avait beaucoup travaillé pour apprendre de nouveaux airs de danse. Ils avaient joué à quatre reprises et Finch avait ajouté vingt dollars au trésor caché dans un vieux panier de pêche, au dernier rayon de son armoire. Lorsqu'il restait à la maison, il travaillait tard dans la nuit, de peur d'échouer de nouveau à son examen.

Le soir du bal en question, il était très las, et avait difficilement obtenu de rester ce soir en ville. Pour obtenir cette permission, il avait dû faire un pressant appel à une intervention de tante Augusta. Le pasteur lui-même commençait à trouver que sa sœur n'avait plus besoin de Georges, et de son côté, Mrs. Saint-John se lassait un peu de ses jeunes compagnons. Finch se rendait compte que cela ne pourrait plus durer très longtemps et que l'orchestre devrait renoncer, pendant quelque temps, à accepter des engagements, à moins de chercher un autre pianiste. Cependant, il aimait cette existence. C'était vivre vraiment que de faire de la musique, de regarder danser et flirter, de se trouver dehors tard dans la nuit, avec, dans sa poche, de l'argent fraîchement gagné.

Ce soir-là, Mrs. Saint-John les avait quittés assez tard. Sa santé était meilleure et elle n'éprouvait plus le besoin de se coucher de bonne heure. Elle se trouvait bien dans la bibliothèque, en compagnie de ces deux jeunes gens à la peau fraîche. Elle les regardait travailler ; leurs chevelures étaient en pleine lumière, celle de Georges brune et en broussaille, celle de Finch blonde et souple avec, sur le front, une mèche étrangement attirante. Elle se plaisait à regarder leurs mains, petites, blanches, vigoureuses et adroites chez Georges, tandis que celles de Finch étaient longues et osseuses, très belles cependant, mais nerveuses et maladroites.

Jusqu'à son départ, ils durent faire semblant de travailler avec ardeur, mais lorsqu'elle les quitta, ils éclatèrent d'un rire contenu qui menaça, chez Finch, de devenir convulsif.

— Tais-toi, lui dit Georges, reprenant son calme. Ou bien elle entendra et reviendra.

Finch enfouit son visage au creux de son coude et poussa d'étranges petits cris. Georges le considéra en disant :

— Jamais je n'ai vu un type comme toi ! Tu ne sais pas t'arrêter. Puis il regarda sa montre. « Ciel ! il ne faut pas songer à prendre un tramway. Je vais appeler un taxi par téléphone. » Il ouvrit la porte pour écouter et ajouta : « Je l'entends qui fait couler de l'eau, il n'y a plus rien à craindre maintenant. »

Il prit l'écouteur et fit un numéro, tout en regardant de l'autre côté de la table Finch qui le regardait également avec des yeux humides, un sourire heureux sur ses lèvres serrées. Il avait l'air si stupide que Georges ne put retenir un grognement dans le téléphone et bredouilla en demandant le taxi. Finch se mit à pouffer de nouveau.

— Écoute, dit Georges en posant violemment le récepteur, si tu ne veux pas te maîtriser...

Il essaya d'imiter son père de son mieux ! Il sortit ensuite dans le hall et monta avec précaution jusqu'à la porte de la chambre de sa tante.

En revenant, il déclara :

— Tout va bien. Elle se prépare à se coucher... J'ai dit au taxi d'attendre au coin de la rue. Maintenant, Finch, pour l'amour du Ciel, marche sans faire de bruit.

En s'enfonçant dans la froide nuit printanière, ils furent saisis par le charme violent de l'aventure et songèrent à la vie dangereuse qu'ils menaient. Le banjo de Georges reposait sur ses genoux. Finch portait une serviette pleine de musique. Pendant que Georges payait le chauffeur, Finch contempla une grande enseigne électrique rouge, annonciatrice de chocolat, qui brillait sur le lourd ciel gris.

— Cela ne m'étonnerait pas qu'il neige, dit-il, il fait suffisamment froid pour cela.

Mais à l'intérieur il faisait chaud. La pièce était remplie de jeunes gens des deux sexes : joueurs de hockey agiles et vigoureux, jeunes filles décolletées, aux jambes gainées de soie, aux visages riants, aux lèvres pourpres. Certains d'entre eux connaissaient Finch et lui faisaient un signe d'amitié, tandis qu'il s'asseyait en donnant une note et que les autres musiciens accordaient leurs instruments. Quelque chose en lui leur plaisait.

— Regardez, Doris, voilà le jeune homme blond ! Il doit être doux comme un agneau ; j'aimerais danser avec lui.

La flûte, les deux mandolines, le banjo et le piano se mirent à jouer. Ils chantaient la joie de la danse, des membres vigoureux, des dos souples, des doigts frémissants ! Toute cette foule brillammant éclairée se hâtait, comme un groupe de chasseurs conduit par cinq lévriers, à la poursuite de ce renard agile, la Joie.

Au moment de souper, les membres de l'orchestre se levèrent et étirèrent leurs jambes. Il y avait trois heures qu'ils jouaient. Un garçon leur apporta des rafraîchissements. Finch, qui s'efforçait de ne pas paraître vorace, fut mécontent de voir une grande jeune fille brune s'approcher de lui.

— Vraiment, mes amis, dit-elle, vous savez jouer. Je préfère danser au son de votre musique qu'à celui d'un grand orchestre.

— Allons donc, vous voulez rire !

— Je parle sérieusement.

Finch prit un autre sandwich et ne regarda pas plus haut que les jambes brillantes de la jeune fille.

— Quel drôle de garçon vous faites ! Vos cils ont près d'un mille de long !

Il rougit et leva les yeux jusqu'à sa poitrine blanche comme du marbre.

— J'aimerais danser avec vous, monsieur... quel est votre nom ?

— Finch.

— Ah ! et votre nom de baptême ?

— Bill.

— Bill Finch, alors ? Je voudrais que vous veniez me voir un soir, Bill. Voulez-vous ?

— Certainement.

— J'habite n° 5, Mayberry Street. Vous vous en souviendrez. Viendrez-vous demain soir ? Demandez Miss Lucas.

— Je ne pourrai pas venir demain.

— Après-demain, alors ?

— Entendu. Après-demain.

Il souhaitait vivement qu'elle le laissât aux prises avec ses sandwiches !

Un grand gaillard vint la prendre par le bras.

— Allons, Betty, pas de ça.

Il l'entraîna mais ses hardis yeux verts souriaient à Finch par-dessus ses blanches épaules.

Il raconta à Meech, le flûtiste, les avances qu'elle lui

avait faites, pendant qu'ils avalaient à la hâte un gâteau et du café.

— C'est une espèce dont il faut se méfier, lui conseilla Meech. Il y a ici, sans aucun doute, un tas de coquines pleines d'audace !

Le bal reprit, les danseurs avaient les membres plus souples, les yeux plus brillants qu'avant le souper. Ils étaient légèrement gris mais sans être bruyants. A deux heures, Burns, le joueur de mandoline qui travaillait aux abattoirs, fit passer une gourde parmi les musiciens ; ils étaient épuisés. Un peu plus tard, ils la vidèrent.

— Encore une danse, imploraient les danseurs, à trois heures. Encore une.

Et ils frappaient des mains vigoureusement. Finch se sentait tout prêt à tomber de son tabouret. Un muscle de sa main droite le faisait horriblement souffrir. Les danseurs lui apparaissaient comme de véritables vampires qui suçaient son sang sans en être jamais rassasiés.

La grande jeune fille brune se dégagea de la foule et se précipita vers le piano. Elle jeta ses bras autour du cou de Finch et le serra très fort.

— Une autre, encore une autre, murmura-t-elle, et n'oubliez pas votre promesse.

Il détesta son odeur chaude et humide et chercha à reprendre haleine, ses mains reposant, immobiles, sur le clavier. Il essaya de dégager sa tête.

— Ne soyez pas si sérieux, chéri, lui dit-elle, en le relâchant, et de nouveau le grand gaillard vint la chercher.

Un garçon arriva avec une carafe et des verres.

— Un peu de bière ? lui proposa-t-il avec un sourire.

Finch prit un verre, il trouva que c'était plus fort que de la bière. Après avoir bu la première moitié du verre, il eut une sensation de bien-être ; lorsqu'il eut terminé, il se sentit plus fort et plus solide. Par-dessus son épaule, il jeta un coup d'œil sur les autres. Les yeux de Georges Fennel brillaient sous ses cheveux en broussaille. Le front haut et pâle de Meech, le flûtiste, était devenu rose. Lilly et Burns riaient ensemble. Burns disait, d'une voix pâteuse :

— Lilly ne peut pas voir les cordes. Il est un peu gris, n'est-ce pas ?

Mais ils s'aperçurent qu'ils pouvaient continuer à jouer. Un flot d'énergie les inonda tandis qu'ils jouaient *Mon cœur s'arrêta*. Les couples tournaient en silence, se serrant étroitement. Le glissement de leurs pieds faisait le même bruit que les feuilles sèches qui tombent à l'automne. La lumière crue révélait des visages soudainement vieillis. Une sorte de flétrissure semblait les avoir tous atteints. Et cependant, ils ne pouvaient cesser de danser.

C'était l'orchestre qui maintenant les entraînait, comme des marionnettes au bout d'un fil. Ils passaient vivement d'une danse à l'autre et réclamaient la suivante en frappant leurs mains chaudes et moites. A l'exception de Meech, le flûtiste, l'orchestre se mit à chanter *Et mon cœur s'arrêta,* car leur répertoire était limité et il fallait bien répéter les mêmes morceaux.

Enfin les danseurs s'arrêtèrent. Il était plus de 4 heures du matin lorsque les membres de l'orchestre descendirent l'escalier étroit et sortirent dans l'obscurité du matin.

Une neige épaisse était tombée pendant la nuit. Les rues de la ville étaient d'une blancheur de paradis. Tout semblait de marbre blanc, sous un ciel bleu foncé dans lequel brillait une énorme lune d'or.

La douce fraîcheur de l'air tranquille semblait une exquise caresse. Ils lui livrèrent leurs visages, ouvrant la bouche pour l'absorber ; ils auraient voulu la faire pénétrer dans tout leur corps. La neige douce et immaculée faisait sous leurs pieds un tapis splendide. Ils se mirent à courir en la faisant voler de tous côtés. Lilly enleva son chapeau pour rafraîchir son front, mais Burns le lui arracha et le lui enfonça de nouveau sur la tête.

— Non, non, vous allez vous enrhumer, mon petit Lilly, mon joli petit Lilly ! lui dit-il d'une voix quelque peu pâteuse.

Lilly, son chapeau sur les yeux, avança lentement, très gêné.

— Je connais, dit Burns, un endroit où nous pourrions faire un bon souper chaud. Je meurs de faim.

— Moi aussi, cria Georges. En avant, Burns, au nom plein de sens ! Que cette nuit soit notre nuit !

— Il faut que je rentre chez moi, retrouver ma femme et mon petit, objecta Meech.

— Au diable votre femme et votre petit..., s'écria Burns.

— Attention à vos paroles, reprit le flûtiste en s'arrêtant devant lui.

— Ne vous fâchez pas, reprit Burns, je n'avais aucune mauvaise intention ; je voulais seulement dire que je connaissais un endroit où nous pourrions faire un bon repas chaud, et comme nous avons touché un supplément cette nuit, j'avais envie d'organiser un petit festin. Qu'en pensez-vous maintenant ?

Ils tombèrent aussitôt d'accord et tout en continuant leur route, Burns déclara :

— Mon estomac commence à croire qu'on m'a coupé la gorge !

Ses compagnons firent entendre un léger murmure ; quel mauvais goût, de la part d'un boucher, de parler de gorges coupées !

Burns les conduisit dans un petit restaurant mal éclairé, mais les œufs au jambon y étaient excellents, et après un bref échange de paroles, le garçon leur apporta une carafe de bière. Ils étaient tous les cinq affamés. A peine remarquèrent-ils les autres clients avant d'avoir nettoyé leurs assiettes et allumé des cigarettes. Georges se pencha alors vers ses compagnons en leur disant :

— Pour l'amour de Dieu, cachez vos instruments. Ils nous supplieront de jouer s'ils les aperçoivent.

Il y avait environ deux douzaines de clients qui regardaient les jeunes gens avec une arrière-pensée évidente. Il était trop tard pour dissimuler mandolines et banjo. Un des hommes se dirigea vers eux, et avec un sourire aimable, leur dit :

— Ne pourriez-vous pas jouer un air ou deux ? Ces jeunes filles sont pleines d'entrain et danseraient volontiers.

— Pour qui nous prenez-vous ? répondit Lilly. Nous avons joué toute la nuit, et de plus, il n'y a pas de piano.

— Mais si, il y en a un, là, derrière le paravent. Jouez-nous tout juste un air ou deux ; sinon ces jeunes filles seront très déçues.

Il soufflait dans l'oreille de Finch d'une façon fort désagréable.

Les « jeunes filles » vinrent elles-mêmes apporter leurs supplications. On versa quelque chose dans leurs verres vides. Finch entendit un étrange bourdonnement dans sa tête. L'atmosphère de la pièce lui sembla, non plus immobile, mais agitée par des vagues bruissantes. Les lampes électriques s'entourèrent d'un brouillard laiteux. On l'entraîna au piano. Il se sentait affreusement triste.

Ses compagnons accordèrent leurs instruments. Il entendit Georges jurer contre une corde cassée. Il plaça ses mains sur le clavier qu'il regarda en clignotant ; les touches lui apparurent comme une procession de petites religieuses vêtues de noir sur une terrasse de marbre blanc ! Il les contemplait avec stupeur, elles étaient si parfaites, si noires, si tristes !

D'une voix enrouée, Burns proposa de jouer *Mon cœur s'arrêta.*

— Parfait, accepta Finch.

Ce n'était plus lui qui jouait, mais seulement ses mains, un mécanisme qui ne dépendait en rien de lui. Ils jouèrent morceaux sur morceaux, tout ce qu'on leur demanda, avec fermeté et vigueur, martelant les notes accentuées. Finch apercevait le visage de Georges, comme un masque blanc, et ses petites mains qui attaquaient vigoureusement les cordes. La flûte s'élevait et gémissait dans une sorte de cri déchirant. Les mandolines chantaient, ignorant la fatigue. Les mains de boucher de Burns rendaient Finch presque malade lorsqu'il les voyait voltiger au-dessus des cordes. La mandoline lui semblait alors un chétif petit animal prêt à être égorgé.

De nouveau, ils se retrouvèrent dans la rue, criant tous ensemble, élevant la voix sans la moindre raison, mais poussés par une sorte d'instinct. Ils avançaient dans la rue pleine de neige, tantôt à la file indienne, tantôt occupant toute la largeur de la rue. La lumière de la neige — car la lune était si blême qu'on la distinguait à peine dans le ciel pâlissant — donnait une apparence surnaturelle à leurs visages. Leurs cris étaient des cris de fantômes plutôt que des cris d'hommes.

Ils ne savaient pas où ils allaient, montant et descendant dans les rues pour finir par se retrouver dans la même, sans la reconnaître.

Chaque écart désordonné qu'ils faisaient se dessinait sur la neige immaculée. Ils se trouvaient parfois divisés en deux groupes allant chacun dans une direction différente. L'appel lointain d'un des groupes jetait la panique dans l'autre. Ils se mettaient à courir en tous sens en s'appelant, jusqu'au moment où ils se rencontraient enfin et se trouvaient tous ensemble.

A un moment donné, le flûtiste se perdit. Ils ne s'aperçurent pas tout de suite que l'un d'entre eux manquait, tout en se rendant compte que quelque chose n'allait pas. Une note aiguë de ténor ne résonnait plus au milieu de leurs voix rauques et graves. Ils finirent par réaliser que l'un d'entre eux s'était égaré. Ils s'arrêtèrent, s'examinèrent les uns les autres avec inquiétude. Qui avait disparu ? Ensemble ils s'aperçurent que c'était Meech et se mirent à hurler : « Meech ! Meech ! » en courant et en trébuchant.

Leurs appels restant sans réponse, ils l'appelèrent par son nom de baptême : « Sinden ! Sinden ! Hé, Sinden Meech ! »

Ils finirent par le trouver dans une rue large et bien éclairée. Il étreignait de ses bras un lampadaire électrique, la tête renversée, les regards levés vers le ciel avec ravissement.

— Je tiens une horloge, déclara-t-il, et j'essaie de lire l'heure : une-deux-trois-quatre-cinq.

Il compta ainsi jusqu'à vingt-neuf.

— Vingt-neuf heures, annonça-t-il. Voilà une diable d'heure que je n'avais jamais entendu sonner !

— Allez au diable, Burns. Ce n'est pas une horloge !

— Bien sûr que si, et je vais rester là jusqu'à ce qu'elle sonne de nouveau. La prochaine fois qu'elle sonnera un-deux-trois...

Les quatre autres se mirent à compter avec lui avec de bruyantes exclamations. Un cri perçant de Lilly courbé en deux au milieu de la rue les interrompit. Ils cessèrent de compter et l'entourèrent, sauf Sinden Meech qui continua d'étreindre le réverbère.

— Qu'y a-t-il, Lilly ?

— Je souffre. Qu'est-ce que vous faites quand vous souffrez ?

— Où souffrez-vous, Lilly ?

— Au ventre.

— Quel vilain mot à prononcer en public !

— Qu'est-ce qu'il faut donc dire ?

— Le diaphragme, dit Georges Fennel.

— Bien. Alors, j'ai mal au diaphragme.

Ils éclatèrent d'un rire fou, sautant en rond comme des corbeaux sur la neige.

Profitant d'une accalmie, Meech abandonna sa

colonne et s'avança en trébuchant vers eux, tout en disant :

— Mon père a élevé dix enfants.

Ils l'entourèrent, intéressés. Il continua :

— Est-il possible que je ne parvienne pas à en élever un seul avec ma flûte ?

Ils se mirent tous à hurler.

Trois silhouettes approchaient, un homme et deux femmes. Les femmes étaient effrayées et l'homme lui-même était un peu inquiet en passant à côté de cette bande de voyous ! Il serra le bras des deux femmes, affermit son visage et s'avança vers eux. Mais il n'y avait rien à craindre. Les cinq jeunes gens contemplèrent ces visages qui leur parurent de mauvais augure. Ils se serrèrent les uns contre les autres et se turent jusqu'à ce que les trois passants se fussent éloignés. Alors Georges leur cria : « Bonsoir, bonsoir, mesdames », et Finch roucoula : « Ta-ta, messieurs ! » Et une pluie de bonsoir ! et de ta-ta ! poursuivit les silhouettes qui s'éloignaient.

Une fenêtre d'un grand immeuble en face s'ouvrit brusquement et un homme en vêtement de nuit parut sur le balcon.

— Si vous ne quittez pas la rue en vitesse, tas de vauriens, j'appelle la police. Allez, filez tout de suite !

Les membres de l'orchestre se regardèrent entre eux puis éclatèrent en sarcasmes et en coups de sifflet. Finch fit une boule de neige et l'envoya à travers la fenêtre, dans le visage furieux. Une pluie de boules de neige suivit. L'infortuné propriétaire se retira pour aller téléphoner à la police. Mais à l'instant où il disparaissait, une lourde silhouette casquée apparut au coin de la rue. Terrifiés, ils saisirent leurs mandolines, leur flûte et leur banjo, compagnons silencieux de tout ce vacarme et s'enfuirent dans une ruelle. Ils ressortirent dans une autre rue qu'ils traversèrent à la course en entendant résonner le coup de sifflet de l'agent dans l'air léger du matin.

Des traînées de nuages brillantes et rouges apparaissaient à l'est, annonciatrices du jour. Des ombres bleues devenaient visibles sur la neige.

Finch et Georges Fennel se trouvèrent séparés du reste du groupe. Ils reprirent leur course à plusieurs reprises, jusqu'au moment où ils furent certains de n'être pas poursuivis. Ils s'arrêtèrent et s'examinèrent comme deux personnes qui se rencontrent pour la première fois, en d'étranges circonstances.

— Où habitez-vous ? demanda Finch.

— Avec ma tante, dans une vieille maison de College Street.

Après un instant de réflexion, Finch déclara :

— Moi aussi j'habite une vieille maison qui s'appelle Jalna.

— En effet. Y allez-vous maintenant ?

— Je ne sais pas. Où dites-vous que vous habitez ?

— Dans une vieille maison, dans College Street.

— Puis-je venir avec vous ?

— Mais certainement, tant que vous voudrez.

— Comme c'est gentil. Vous dites College Street ?

— Oui. Reprochez-vous quelque chose à cette rue ?

— Mais non. Je vous y ramène.

— Très bien. Finch, tu es un ami fidèle.

Finch passa son bras autour du cou de Georges et ils avancèrent dans la rue d'un pas quelque peu incertain. Ils demandèrent leur chemin à un laitier, mais ensuite mirent en doute ses indications d'un air si moqueur qu'il se fâcha et fit repartir son cheval d'un coup de fouet. Ils le suivirent jusqu'à son nouvel arrêt, en l'appelant :

— Venez ici !

— Mais enfin, que voulez-vous, grogna-t-il, debout dans la neige bleutée, un panier de bouteilles dans chaque main.

— Vous arrêtez-vous par-ci, par-là ? demanda Georges.

— C'est drôle, n'est-ce pas ? répondit le laitier

moqueur en jetant avec fracas son panier dans la voiture où il sauta ensuite.

— Nous pouvons bien acheter une bouteille de lait ? dit Finch.

— Faites voir votre argent, répondit le laitier soupçonneux, tandis que le cheval reprenait son chemin habituel.

Finch le suivit en courant et lui tendit une pièce d'argent. Le laitier arrêta son cheval et tendit une bouteille avec mauvaise humeur.

— Si vous buviez un peu plus de ceci, et un peu moins d'autre chose, vous n'en seriez pas là.

Mais ils s'aperçurent en ouvrant la bouteille, que le lait était gelé. Ils essayèrent de le sortir avec un canif, et ne pouvant y réussir, cassèrent la bouteille et laissèrent le lait gelé devant la porte la plus proche.

Finch remit son bras autour du cou de Georges et, d'un pas plutôt inégal, ils repartirent à la recherche de la maison de Mrs. Saint-John. Finch attira la tête de son ami sur son épaule.

— Comment allez-vous ? lui dit-il.

— Vous êtes un brave garçon, répondit George.

— Il ne s'agit pas de cela, reprit Finch, très gravement. Répondez-moi. Comment allez-vous ?

— Vous êtes un brave garçon, s'obstina à répondre Georges.

— Mais ce n'est pas de cela dont il s'agit.

Ils continuèrent ainsi questions et réponses jusqu'au moment où, par miracle, ils se trouvèrent devant la porte de la maison qu'ils cherchaient.

— C'est ici que vous habitez ? demanda poliment Finch.

— Oui. Vous aussi, n'est-ce pas ?

— Non. J'habite une vieille maison qui s'appelle Jalna.

— Ah !... Eh bien, au revoir !

— Au revoir et à bientôt.

Ils se séparèrent et Finch prit un taxi qui le conduisit

à la gare. En cours de route, il tint son visage contre la vitre, observant, avec un intérêt d'ivrogne, les rues qu'il traversait. Le premier train du matin allait partir sans tarder. Le contrôleur ne connaissait pas Finch, mais veilla sur lui avec un soin paternel. Il l'éveilla d'un profond sommeil en arrivant à Weddel et attendit de le voir sain et sauf sur le quai.

Un flot de lumière éclatante inondait la campagne. Le soleil montait dans le ciel bleu avec une ardeur printanière que la neige de la nuit n'avait en rien affaibli. Cette neige n'était plus qu'une blanche parure pour la terre qui la rejetait et présentait son sein brun au soleil, tendant vers lui tout son être pour s'imprégner de chaleur.

Dans les fossés l'eau ruisselait en joyeux murmures. Les troncs dépouillés des arbres brillaient comme s'ils avaient été vernis. Une ornière de la route servait de baignoire à un petit oiseau qui secouait joyeusement ses ailes brunes, faisant jaillir tout autour de lui des gouttelettes étincelantes.

Finch pataugea dans la boue, le visage gonflé et rouge, les cheveux collés sur le front.

Deux fermiers en carriole le dépassèrent et constatèrent entre eux que le jeune Whiteoak ne faisait pas mieux que ses aînés ! Il rencontra Rags au moment de rentrer dans la maison, et le maître d'hôtel lui dit, avec une insolente sollicitude :

— Si j'étais vous, Mr. Finch, je ne rentrerais pas dans la maison dans cet état, j'irais tout droit me laver la figure. Ce n'est pas la peine de montrer à la famille comment vous avez passé la nuit.

8

LES QUATRE FRÈRES

FINCH entra par la porte de côté et descendit, avec des gestes d'automate, l'escalier qui conduisait au sous-sol. Il était trop étourdi par le bourdonnement qui remplissait sa tête pour remarquer le bruit de voix qui montait de la buanderie ; et même après avoir ouvert la porte, il ne s'aperçut pas tout de suite qu'elle était occupée. Cependant, en clignant de l'œil à travers la buée chaude qui remplissait la pièce, il distingua peu à peu les visages de ses frères. Piers était à genoux devant une grande baignoire où se trouvait un épagneul tout mouillé et tremblant, le regard doux et inquiet sous ses longs poils, blancs de savon. Debout auprès de la baignoire, Renny fumait sa pipe en dirigeant les opérations et, perché sur une échelle, le petit Wakefield croquait un morceau de chocolat.

Finch hésita, mais il était trop tard pour reculer ; tous les trois l'avaient vu. Il entra lentement et ferma la porte derrière lui. Pendant un instant personne ne fit attention à lui. Renny posa sa pipe sur le rebord de la fenêtre, saisit un broc d'eau propre et la versa sur le chien. Piers frictionna soigneusement tout le corps de l'animal pour enlever le savon.

— Quel beau chien ! maintenant ! cria Wakefield. Saute, Merlin, saute.

L'épagneul rendu à la liberté resta un instant sur le

sol en brique, puis se secoua furieusement, en projetant de l'eau de tous côtés.

— Attention, cria Wakefield. Tu vas nous noyer !

Renny lança une serviette à Piers ; celui-ci, les manches relevées sur ses bras blancs et musclés, se mit à sécher le chien en le frottant vigoureusement.

Brusquement, Renny se retourna et aperçut Finch.

— Par exemple ! s'écria-t-il.

Wakefield le regarda à travers la buée et imitant son frère à la perfection, cria de sa petite voix claire :

— Par exemple !

Piers regarda par-dessus son épaule l'objet de leur étonnement. Il ne dit rien, mais lâchant le chien, se leva et s'approcha de Finch pour l'examiner de plus près. Ce dernier restait debout devant ses frères, la bouche ouverte et l'air stupide, la figure sale, son col et sa cravate de travers.

— Eh bien, grogna-t-il. Me trouvez-vous beau ?

— Si beau, répliqua Piers, que j'ai envie de te plonger la tête dans ce baquet de savon.

— Essaie seulement. Qu'un de vous ose seulement me toucher du bout du doigt. Je ne demande qu'une seule chose, c'est de rester seul. Je n'ai besoin de personne.

Son regard lourd se fixa sur Piers.

— Nous nous sommes déjà battus ici. Dis un mot et nous recommencerons.

— Battus ! ricana Piers. Nous nous sommes battus ! Tu n'appelles tout de même pas cela se battre, jeune âne ! Tu m'avais jeté quelques gouttes d'eau à la figure, et je t'ai assommé ! Te rappelles-tu, Renny ? En entrant, tu l'as trouvé par terre, saignant du nez et pleurant comme un veau !

Finch l'interrompit violemment :

— Je ne pleurais pas !

— Si, tu pleurais. Du reste, tu pleures toujours quand tu es puni ; tu ne sais que pleurnicher.

Finch, le visage tordu par la colère, se dirigea vers

Piers. Le chien, excité par le bain, voulut prendre sa part d'amusement. Il sauta sur Finch en aboyant et le renversa presque. Ce paquet humide se jetant sur lui acheva d'exaspérer Finch. Les aboiements du chien lui firent perdre la tête et sans savoir ce qu'il faisait il repoussa l'animal à coups de pied. A peine s'il entendit le cri de douleur du chien. Mais ce qu'il perçut très nettement, ce fut l'expression de rage froide de Renny. Ce dernier, blanc comme un spectre, frappé de stupeur, le regardait comme s'il ne pouvait croire au geste brutal de Finch. Enfin il ouvrit la bouche, posa sa pipe et se jeta sur son jeune frère qu'il secoua comme un terrier secoue un rat ! Il le jeta ensuite sur un banc en disant :

— Si je savais que tu aies agi en pleine connaissance, je t'écorcherais !

Il se baissa, tâta le flanc du chien et examina ses yeux pour s'assurer de son état.

Les yeux de Finch ne quittaient pas la main de Renny, cette rude et forte main, rapide et sûre comme une machine. Il se coucha sur le banc, le dos contre le mur, envahi de souffrance, de colère et de pitié pour lui-même.

Du haut de son perchoir, Wakefield déclara :

— D'habitude, je ne suis pas là quand il y a une querelle !

Mais personne ne l'entendit.

— Maintenant, dit Renny, en reprenant sa pipe, veux-tu me dire où tu as passé la nuit ?

— En ville, murmura Finch avec soumission.

— Où cela ? Probablement chez Mrs. Saint-John !

— J'y ai dîné.

— Vraiment ?

Si seulement les yeux de Renny n'avaient pas été si cruels, si dépourvus de pitié ! Il aurait eu moins de peine à réfléchir, à présenter sa défense. Du reste, à quoi bon se défendre, maintenant qu'il avait brutalisé

Merlin ! Si seulement Piers n'était pas là, il serait plus facile de tout confesser !...

Piers avait recommencé de frotter Merlin, mais en même temps ses yeux ne perdaient pas de vue le visage de Finch, tandis que ses lèvres gardaient toujours leur petit sourire moqueur.

— Eh bien, voilà ! dit Finch d'une voix de plus en plus faible. Je fais partie d'un orchestre. Je ne vous en ai jamais parlé, bien qu'il n'y ait aucun mal à ça.

— Quel innocent ! cria Piers.

— Un orchestre ! Quelle sorte d'orchestre ?

— Un tout petit orchestre que nous avions organisé entre camarades pour gagner un peu d'argent : un banjo, deux mandolines, une flûte, et moi. Je jouais du piano.

— Dieu, quel orchestre ! s'exclama Piers en se relevant et en s'essuyant les bras.

— Quels sont ces camarades ?

— Quelques camarades que je connais. Pas des camarades d'école. J'ai fait leur connaissance depuis peu. — Il ne voulait pas compromettre Georges. — Nous jouons en dehors des heures de classe.

— Où jouez-vous ?

— Dans des restaurants bon marché, pour faire danser.

— Voilà donc ce que tu faisais lorsque tu étais censé passer la nuit chez la tante de Georges ? Georges était-il dans la combinaison ?

— Non. C'est par hasard que j'ai rencontré ces garçons.

— Ce doit être du joli ! Qui sont-ils ?

— Cela ne t'apprendra rien si je te le dis. L'un s'appelle Lilly, l'autre Burns, un autre Meech.

— Mais qui sont-ils ? Que font leurs parents ?

— Quel était votre salaire ? interrompit Piers.

Cette question apporta un certain soulagement à Finch qui leva des yeux hagards vers Piers.

— Cinq dollars par nuit.

— Et vous avez joué souvent ?

— Je ne sais pas exactement. Je ne me souviens plus. Mais cela dure depuis environ deux mois.

— Ce que je veux savoir, insista Renny, c'est qui sont ces garçons. Sont-ils étudiants ?

— Non. Ils travaillent pour vivre. Le grand-père de Lilly a une serre. Siden Meech est employé chez un tailleur et Burns dans une espèce... d'abattoir.

— Vraiment !... et ainsi vous avez l'habitude d'errer en ville la nuit en buvant ?

Si seulement ils pouvaient cesser de le regarder ! Jamais il ne pourrait mettre un peu d'ordre dans ses pensées sous ces regards impitoyables fixés sur lui !

— Non, non, murmura-t-il en se tordant les doigts. C'est la première fois... Nous avions joué pour un bal. Nous étions tellement fatigués. On nous a fait boire quelque chose pour nous remonter, mais sans excès, je t'assure. C'est dans un autre restaurant où nous sommes allés ensuite qu'on nous a fait boire quelque chose de joliment fort, car en sortant de là nous ne pouvions plus retrouver notre chemin... Nous nous sommes séparés, puis retrouvés, enfin j'ai pris mon train pour rentrer.

Renny s'empara de sa pipe sur le rebord de la fenêtre, et la mit dans sa poche. Il regarda Finch avec dégoût en lui disant :

— Tu n'es pas en état d'écouter un sermon pour l'instant. Va te coucher et dors. Ensuite j'aurai un mot à te dire.

— Si tu m'appartenais, déclara Piers, je te mettrais la tête un quart d'heure sous ce robinet pour voir si cela te réveille !

— Mais je ne t'appartiens pas, cria Finch d'une voix enrouée. Je n'appartiens à personne. Tu parles comme si j'étais un chien.

— Je ne ferai pas à un chien l'injure de te comparer à lui.

Finch se sentit soudain par trop misérable ! Il éclata

en sanglots et se moucha violemment avec un mouchoir sale.

Wakefield se mit à descendre de son échelle.

— Laissez-moi sortir. Je ne me sens pas bien.

Il se précipita vers la porte, mais en passant à côté de Piers il aperçut un morceau de papier froissé sur le sol. Il se baissa pour le regarder.

— Qu'est-ce que c'est que ce papier ?

— Donne-le-moi, dit Piers.

Wakefield le lui tendit et Piers, l'aplatissant, le parcourut des yeux. Son visage changea d'expression.

— C'est certainement à Finch, dit-il lentement. Il l'a fait tomber de sa poche en prenant son mouchoir.

Et il regarda Finch avec insistance.

— Maintenant que tu as tout raconté, Finch, me permets-tu de lire cela tout haut ?

— Lis tout ce qu'il te plaira ! sanglota Finch.

— C'est un petit mot qui t'est adressé, et Piers lut lentement :

« Finch très cher,

« J'ai été très tourmenté, la nuit dernière, après votre départ. Vous étiez préoccupé, pas du tout comme à l'ordinaire avec moi ! Ne pourriez-vous pas me dire pourquoi ? Ce serait terrible si quelque nuage assombrissait la pureté de notre amitié. Écrivez-moi, Finch chéri.

« ARTHUR ».

Piers plia le papier et le tendit à Wake.

— Rends cela à Finch, il doit désirer le conserver.

Et se tournant vers Renny, il ajouta :

— As-tu compris ? Son ami Arthur l'appelle « très cher » et « chéri ». As-tu jamais songé qu'un de nous pourrait tomber aussi bas ?

Renny répondit, les yeux fixés sur son épagneul :

— Cet Arthur l'appelle « très cher » et « chéri » !

— Oui !... et il parle de la pureté de leur amitié !...

Piers tendit la main dans la direction de Finch.

— Est-ce étonnant qu'il ait l'air d'une épave avec une existence pareille?... Tantôt s'enivrant avec des bouchers et des tailleurs, tantôt faisant la noce avec ce débauché de Leigh!...

— Je te croyais seulement un peu fou, déclara l'aîné des Whiteoaks. Mais maintenant tu me dégoûtes. Tu m'as trompé et tu as perdu ton temps au lieu de travailler pour tes études. Quant à cette affaire avec Leigh, eh bien, j'en suis malade pour toi!

Finch fut incapable de se défendre. Il se sentait anéanti. Le billet d'Arthur tremblait dans l'une de ses mains, tandis que l'autre serrait son mouchoir qu'il n'osait porter à son visage, laissant toute la misère de ce pauvre visage s'étaler aux yeux de ses frères. Des sanglots faisaient trembler ses lèvres et ses larmes coulaient sur ses joues sans qu'il songeât à les dissimuler. Wakefield ne put supporter ce spectacle. Se glissant entre Piers et Renny, il jeta ses bras autour du cou de Finch.

— Ne pleure pas, supplia-t-il. Mon pauvre vieux Finch, ne pleure pas.

— Tout cela est très mauvais pour toi, interrompit Renny.

Prenant l'enfant sous son bras, il le mit dehors.

Le petit garçon demeura là, immobile, le cœur battant lourdement. La lutte entre ses frères l'empêchait de respirer. Il lui semblait que quelque chose de terrible allait se passer.

Mrs. Wragge sortit de la cuisine, portant un balai et une pelle à ordures. Elle se mit à balayer furieusement quelque chose qui se trouvait sur le carrelage de brique et le plaça dans la pelle.

— Si c'était mon mari, déclara-t-elle, il ne viendrait pas faire cela sur mes planchers propres. Ou gare à lui!

— Il y en a encore un peu, dans le coin, lui dit Wakefield.

Mrs. Wragge le ramassa, se redressa et jeta un regard curieux sur la porte de la buanderie.

— Que peuvent-ils bien faire là-dedans, si longtemps.

Wakefield répondit avec dignité :

— Ils ne font pas grand-chose, Mathilde. Ils lavent un chien, tout simplement.

— Il me semblait que le maître parlait fort, comme lorsqu'il est en colère.

— Pas plus qu'à l'ordinaire, Mathilde.

— Bien. Du reste, cela ne me regarde pas.

— Cela vaut mieux pour vous.

— D'ailleurs quand Wragge m'a dit que Mr. Finch venait de rentrer ce matin tout débraillé et la figure sale, j'ai dit : Attention au grain !

La porte de la buanderie s'ouvrit. Renny et Piers sortirent suivis de Finch et de l'épagneul. Renny saisit Wake au passage et le mit sur ses épaules. Arrivé en haut de l'escalier, il le posa à terre, lui caressa les cheveux et lui demanda :

— Cela va-t-il mieux ?

Wake fit un signe d'assentiment mais ne regarda pas Finch... Il ne pouvait supporter sa vue !...

Finch passa toute la journée au lit. Il était dans un état bizarre : mi-sommeil, mi-veille et tout à fait incapable de penser. Sa tête lui faisait très mal. Il lui semblait qu'elle était devenue solide à l'intérieur, tandis qu'à l'extérieur il ressentait de vives douleurs qui rayonnaient jusque dans son cou. Il avait un goût affreux dans la bouche et une impression de fièvre et de délire. Il ne parvenait pas à remettre un peu d'ordre dans les événements des douze dernières heures. Jamais pareil trouble ni pareille désespérance ne l'avaient assailli ! Toute l'inquiétude, toute la crainte et l'angoisse de ces dernières années semblaient l'avoir poursuivi, pressé, affolé, pour l'amener au point où il se trouvait. Sa propre famille le rejetait ; il était inexprimablement seul. Il se posa la vieille question :

Que suis-je ? Il contempla sa main étendue sur le couvre-pied et s'interrogea sur sa nature et sa raison d'être. Pourquoi ces muscles étranges et fragiles avaient-ils reçu le don de faire naître la musique du cœur douloureux d'un piano, cette musique plus réelle que la main qui la crée ? La main n'était rien, le corps non plus ; l'âme encore moins qu'un brin d'herbe ! Il resta immobile, comme si son âme avait quitté son corps.

Au bout d'un moment, il songea de nouveau à la musique. Il se souvint de l'air d'un compositeur russe que son professeur lui avait joué un jour. C'était un morceau trop difficile pour Finch, mais il s'en souvenait, pouvait l'entendre avec ses oreilles intérieures d'un bout à l'autre, comme si on le jouait à nouveau devant lui.

Étendu sur son lit, il laissa cette musique chanter en lui, chanter en chaque fibre de son être, comme un vent purificateur et impétueux. A la fin, apaisé, il s'endormit.

9

ALAYNE

TROIS semaines plus tard, Alayne Whiteoak était assise seule dans le salon de l'appartement qu'elle partageait avec Rosamond Trent. Elle venait de terminer la lecture d'un nouveau livre et se disposait à en faire un compte rendu sur son journal. Elle en écrivait beaucoup, ainsi que de courts articles, en dehors de son travail de lectrice chez les éditeurs Cory et Parsons.

Ce dernier ouvrage était un roman d'étudiants d'Oxford qui agitaient de blanches mains, parlaient facilement et indéfiniment, toujours sur les confins du « risqué » (1). Elle regrettait presque d'avoir reçu ce livre qui n'était cependant qu'un spécimen parmi d'autres semblables. Elle ne pourrait le juger impartialement car elle l'avait lu avec prévention. Ce n'était pas le genre de livres qu'elle aimait ! Elle regarda en soupirant la pile entassée devant elle et songea à cette procession de livres qui, depuis son retour à New York, c'est-à-dire un an et demi, avait passé sous ses yeux. Étrange procession qui entraînait des fantômes effrontés, alourdissait son esprit, l'épuisait !

Elle n'avait pas cette mauvaise humeur du lecteur professionnel dont la propre puissance créatrice a été étouffée par la critique perpétuelle. Cette puissance

(1) En français dans le texte.

créatrice d'écrivain était faible chez elle. Du reste, elle ne la désirait pas. Ce qu'elle désirait de la vie, c'était bien d'autres choses, que la vie semblait vouloir lui refuser ! Elle souhaitait de larges espaces autour d'elle, la liberté d'aimer, la croissance spirituelle !

Lorsqu'elle revint à New York, son premier désir, par réaction contre la vie tumultueuse de Jalna, fut de s'absorber entièrement dans la routine du travail, de noyer dans le bruit de la grande ville tout souvenir de cette étrange famille, tout son amour pour Renny Whiteoak. Et pendant quelque temps, elle crut avoir réussi. Rosamond Trent avait éprouvé une joyeuse émotion en l'accueillant à nouveau dans son appartement de la 71e Rue.

— Vous savez, Alayne chérie, je n'ai jamais eu grande confiance en votre mariage. Non pas que votre jeune poète ne soit une créature exquise, mais ce n'est pas du tout le genre d'homme qui fait les bons maris. Vous avez fait une expérience. Je n'aurais même pas cru que cela pût durer un an. Mais maintenant tout cela est du passé et il faut regarder de l'avant.

Sa voix avait un petit accent de triomphe, tandis qu'elle reprenait Alayne sous sa protection.

Mr. Cory regretta que ce mariage eût si mal tourné. Il avait toujours porté un intérêt paternel à Alayne et c'était chez lui que les deux jeunes gens s'étaient rencontrés. Les deux minces volumes de poésie d'Eden étaient toujours en vente, mais cette vente était tombée à presque rien. Cependant, de temps en temps, dans des journaux littéraires, on pouvait rencontrer quelques éloges de la sauvage beauté de ses vers, ou de la fraîcheur vigoureuse de son long poème narratif l'*Esturgeon doré.*

Eden n'avait pas apporté de nouveaux manuscrits à l'éditeur. Une seule fois, dans un journal, avait paru un court poème de lui dont on ne pouvait dire s'il était d'une naïveté enfantine, ou d'un cynisme conscient et affreux ! Après l'avoir lu plusieurs fois, Mr. Cory ne sut quelle conclusion en tirer ! Mais, de toute façon, il le jugea sans valeur. Il se demanda s'il allait le montrer à Alayne. Il l'avait découpé à son intention, mais lorsqu'il la vit entrer dans son bureau, il décida de le garder pour lui. Elle avait vraiment assez souffert ; il valait mieux garder le silence. Il lui demanda simplement de venir chez lui plus souvent, insista pour l'avoir à dîner le soir même et, après son départ, déchira le poème en menus morceaux.

Ce soir-là, Alayne se sentait oppressée par l'air de la ville. Elle ouvrit la fenêtre et s'assit sur le rebord, en regardant dans la rue. Il y avait peu de piétons, mais un flot ininterrompu d'autos qui ressemblait à une rivière tortueuse et accidentée, coulant sans trouver de repos. Une odeur d'huile et de poussière alourdissait la fraîcheur de cette nuit printanière. Les mille bruits divers se fondaient en un seul grondement et engloutissaient toute personnalité, comme les sables mouvants engloutissent les corps humains. Un spectateur regardant la ville d'en haut aurait pu s'imaginer qu'il voyait les gestes désespérés de tout un peuple en train de se noyer.

Alayne pensa à Jalna, au vent d'avril qui chantait dans le ravin faisant bruire les branches des bouleaux, des chênes et des peupliers. Elle évoqua le parfum qui montait du sol où leurs racines étaient enfoncées et tendrement enlacées, parfum de vie et de corruption tout à la fois, de naissance et de mort. Elle revit en imagination les grands baumiers qui longeaient l'avenue, bouquets sombres au bord de la prairie, qui entouraient la maison et plaçaient un mur entre Jalna et le monde. Elle revit Renny monté sur sa jument grise, affaissé sur sa selle et gardant cependant, même dans cette position inaccoutumée et nonchalante, une expression de force et de vitalité... Mais il ne restait pas longtemps à cheval... Le voilà soudain debout auprès d'elle. Ses yeux bruns scrutateurs cherchent son visage. Il s'approche d'elle, elle voit ses narines frémissantes et sa bouche entrouverte... Ciel, la voilà dans ses bras ! Ses lèvres lui arrachent toute force et cependant, de son corps d'homme, jaillit une force qui, comme une flamme, étreint son propre corps !...

Alayne ne put réprimer un faible gémissement. Elle pressa sa main sur sa gorge. Ne retrouverait-elle donc jamais la paix ? Et le souvenir des baisers de Renny la torturerait donc toujours ? Mais voudrait-elle en avoir le pouvoir, se priver de cette souffrance exquise ?...

Elle se souvint de son dernier baiser d'adieu si ardent ! elle s'était serrée contre lui en murmurant : « Encore. » Il l'avait écartée d'un geste brusque de détachement, murmurant : « Non. Plus jamais. » Et il s'était éloigné pour reprendre sa place parmi ses frères. Une dernière vision le lui avait montré debout au milieu des autres, plus grand qu'eux, ses cheveux roux étincelants au soleil.

Ce soir, mille liens invisibles chargés de désirs l'entraînaient vers Jalna. Elle y trouvait une joie profonde et s'y abandonna tout entière. Inconsciente du bruit de la rue, elle n'entendit qu'à la seconde fois la sonnette de sa propre porte.

Lorsque enfin elle l'entendit, elle tressaillit et alla ouvrir avec un vague sentiment d'appréhension. Dans la claire lumière du hall se tenait Finch Whiteoak. Comme un fantôme né de ses pensées, il se trouvait là, grand, les joues creuses, un sourire inquiet sur les lèvres.

— Finch ! s'écria-t-elle.

— Bonsoir, Alayne.

Il parlait difficilement, avec un sourire tout proche des larmes.

— Finch, mon ami, est-ce bien vous ? A New York ! Je ne peux y croire ! Mais vous allez me raconter tout cela.

Elle le fit entrer et le débarrassa de son chapeau et de son manteau. Cela lui paraissait si étrange de le voir hors de Jalna qu'il lui semblait le voir pour la première fois.

— Je me suis enfui, murmura-t-il. Je ne pouvais plus rester... Il y a trois semaines que je suis ici...

Alayne le conduisit sur le divan et s'assit auprès de lui.

— Oh ! Finch, pauvre enfant ! Racontez-moi tout cela.

Elle posa sa main sur la sienne et, seuls tous les deux, ils se sentirent plus près l'un de l'autre qu'ils ne l'avaient jamais été à Jalna. Il regarda la main de la jeune femme sur la sienne. La blancheur de cette main l'avait toujours ému.

— Tout semblait se liguer contre moi à moins que ce ne soit moi qui me dresse contre tout... Du diable si je sais où est la vérité ! En tout cas, j'ai échoué à mon examen. Vous avez dû le savoir puisque vous échangez quelques lettres avec tante Augusta. Alors Renny m'a supprimé mes leçons de piano ; et je crois bien qu'il a eu raison, car je ne songeais plus qu'à la musique ! Vous savez que je suis ainsi : lorsque j'ai quelque chose dans la tête, plus rien ne compte pour moi.

Il soupira profondément. La main d'Alayne se serra ; elle la retira en répétant :

— Il a interrompu votre musique !

Entre eux s'éleva le profil busqué de Renny dont les lignes inflexibles démentaient la chaude expression du visage vu de face.

— Et ensuite ?

— Il fallait que je trouve une occupation à côté de mon travail, une sorte de détente, car je sentais que je ne pourrais résister sans cela. Je me mis à jouer la comédie, au Petit Théâtre que vous connaissez. J'avais pour ami un garçon épatant qui s'appelle Arthur Leigh, peut-être un peu féminin, mais non, féminin n'est pas le mot, seulement trop raffiné pour mes frères. Il m'aimait beaucoup et m'encouragea. Il vint même voir Renny et le décida à venir me voir jouer. Eh bien, tout cela a mal tourné ! Je jouais le rôle d'un Irlandais à demi fou et Renny a trouvé que j'étais trop naturel ! Je jouais trop bien ! Il me déclara qu'il en avait par-dessus la tête de moi et de mes talents !

Finch resta un instant silencieux, tirant sa lèvre inférieure, puis il ajouta :

— Vous ne pouvez vous imaginer, Alayne, comme la vie me paraît parfois stupide !

— Croyez-vous vraiment que je ne puisse me l'imaginer !

— Oh ! je sais que vous avez eu bien des chagrins !... Eden et tout le reste... Mais, au fond de vous-même, vous êtes une créature raisonnable et... oh ! vraiment, je ne peux jamais exprimer ma pensée !

— Je comprends très bien ce que vous voulez dire, Finch, et peut-être avez-vous raison. Je ne crois pas avoir la même faculté de souffrance que vous.

— Il est bien certain que je porte cela en moi, dit-il avec amertume.

— Est-ce possible que Renny n'ait pas apprécié votre adroite façon de jouer votre rôle ?

Comme elle aimait s'attarder sur ce nom, le caresser du bout de la langue, même lorsque son cœur lui en voulait !

— Malheureusement, répondit Finch, Renny n'a pu supporter de me voir jouer ce rôle. J'étais pieds nus, sale, avec toute l'apparence d'un idiot. Renny est terriblement conventionnel.

— Mais pensez-vous aux hommes, maquignons et autres du même genre, avec lesquels il vit amicalement. Cela non plus n'est pas très conventionnel !

— Si vous disiez cela à Renny, il vous répondrait : C'est vrai, mais je ne monte pas sur la scène avec eux et je n'invite personne à venir contempler mes singeries. Plus que tout, c'est ce rôle de demi-idiot qui lui a déplu, car il pense que je suis réellement un peu ainsi.

Il tira de nouveau sur sa lèvre et continua plus vite, pour achever le récit de ses méfaits :

— Il n'y eut donc plus de théâtre pour moi. Mon essai suivant fut un orchestre. Georges Fennel — vous vous souvenez des fils du pasteur, Alayne — moi-même et trois autres musiciens, avions monté un orchestre avec un banjo, deux mandolines, une flûte et le piano. Toutes nos répétitions se faisaient en cachette. Nous jouions dans des bals. Vous pouvez facilement imaginer quelles sortes de bals ! Dans des restaurants populaires. Mais nous gagnions beaucoup d'argent, cinq dollars par soirée.

Alayne le regardait avec un mélange d'admiration et d'amusement.

— Quels drôles de garçons ! Aviez-vous décidé d'avance de l'emploi de cet argent ?

— Nous avons acheté un bon poste de radio qui était installé à la cure.

— Mr. Fennel savait-il d'où il venait ?

— Oh ! il ne pose jamais de questions ! Probablement a-t-il pensé que nous l'avions fabriqué avec quelques pièces détachées et des bouts de fil. Nous avons employé un peu d'argent à entendre de la bonne musique, Paderewski, Kreisler. Mais j'en avais mis beaucoup de côté. C'est avec cet argent que je suis venu à New York. Nous en avons aussi dépensé pas mal en nourriture. Vous savez que j'ai toujours faim !

En disant cela, il eut une expression particulière qui fit tressaillir Alayne, une brusque fêlure dans la voix. Elle pensa : « Ce garçon aurait-il faim ? » et elle dit tout haut :

— Vous êtes comme moi. J'ai généralement faim à des heures extravagantes ! Ainsi il est à peine 8 heures et demie et je meurs de faim. Il est vrai que je n'ai pas beaucoup dîné. Dites-moi vite comment tout cela a fini, Finch, et vous me donnerez des détails ensuite, quand nous aurons soupé.

Il accepta, de sa manière bizarre et hésitante, et d'une voix sourde, raconta les derniers exploits de l'orchestre, son retour à Jalna, la scène de la buanderie.

— Non seulement je m'étais mis en colère et m'étais conduit comme un fou, mais il y a eu encore autre chose. En tirant mon mouchoir de ma poche, j'avais fait tomber une lettre d'Arthur Leigh ; elle ne contenait rien de mal, mais il m'appelait : « Finch chéri » et cela a mis Renny et Piers hors d'eux.

Son visage se contracta au souvenir de la scène.

— Finch, ont-ils vraiment lu votre lettre ?

— J'avais dit à Piers qu'il pouvait le faire.

— Mais pourquoi ?

— Je l'ai oublié.

C'était inutile, elle ne parviendrait jamais à les comprendre !

— Mais pourquoi se sont-ils mis en colère ? Il n'y avait sûrement pas de quoi.

Il devint très rouge.

— Ils ne l'ont pas jugé ainsi. Ils ont trouvé que c'était stupide, anormal, tout ce que vous voudrez. Vous ne pouvez pas comprendre. Alors le vase a débordé !

Il serra ses mains entre ses genoux et Alayne vit qu'il tremblait. Elle se leva vivement. Elle avait peur qu'il ne se mît à pleurer et elle ne pourrait supporter la vue de ses larmes. Quelque chose s'attendrirait en elle s'il se mettait à pleurer. Il fallait qu'elle se raidisse, aussi lui dit-elle presque froidement :

— C'est alors que vous avez décidé de fuir ?

— Oui. J'ai passé la journée dans ma chambre, au lit, essayant de réfléchir. Une fois la nuit venue, je me suis glissé dehors avec une valise et j'ai attrapé le dernier autobus pour la ville. Le lendemain matin, j'ai pris le train pour New York.

— Et il y a déjà trois semaines que vous êtes ici ?

— Oui. Depuis, je n'ai pas écrit à la maison.

— Qu'avez-vous fait pendant tout ce temps, Finch ?

— J'ai essayé de trouver une occupation.

Et il leva vers elle un jeune visage désolé.

— Je croyais que ce serait facile, mais je ne peux

rien trouver. Il y a toujours des douzaines de personnes avant moi lorsque je réponds à une annonce. C'est vraiment désolant !

Elle le regarda avec pitié.

— Mais pourquoi, mon Dieu, n'êtes-vous pas venu me voir plus tôt ? Je suis fâchée de penser que vous avez parcouru les rues à la recherche d'une occupation, sans jamais venir me voir !

— Je ne voulais pas venir avant d'avoir trouvé quelque chose, mais ce soir..., j'ai renoncé... Je me sentais si désemparé !

Il saisit la main d'Alayne et la pressa contre son front.

— Alayne, vous avez toujours été si bonne pour moi !

Elle se pencha pour l'embrasser et prit un ton important pour dire :

— Maintenant il s'agit de souper. Voilà des cigarettes. Fumez pendant que je vais explorer le garde-manger.

Dans le clair petit office propre et familier, elle découvrit de la salade de pommes de terre achetée dans une charcuterie, une boîte de vermicelle à la tomate, une salade et quelques pickles. Rosamond et elle ne prenaient que leur repas du matin dans l'appartement.

Étrange menu pour un Whiteoak, pensa-t-elle en arrangeant le tout sur la table roulante. Elle avait fait du café et se souvint de pots de confitures que lui avaient donnés ses vieilles tantes qui vivaient dans l'Hudson. Elle en prit un, de groseilles noires et, pour finir, elle ajouta quelques tranches de pain de seigle et des petits gâteaux au chocolat.

Finch lui tournait le dos quand elle entra dans le salon. La tête dans un nuage de fumée, il regardait ses livres. Elle remarqua qu'il flottait dans ses vêtements ; il devait être à moitié mort de faim, pensa-t-elle.

— Seigneur, s'écria-t-il en se retournant, que de

livres nouveaux, Alayne. Comment trouvez-vous le temps de les lire tous ?

— En n'ayant pas le temps de faire autre chose. Celui que vous tenez est très intéressant. Emportez-le, Finch, je crois qu'il vous plaira.

— C'est de la poésie, dit-il en tournant les pages...

Ses yeux quittèrent le livre et rencontrèrent ceux d'Alayne. Il fit un pas vers elle.

— Alayne, l'avez-vous revu ? ou avez-vous entendu parler de lui ?

Et son visage devint écarlate.

— Eden ? Alayne prononça ce nom avec calme. Ni je ne l'ai revu, ni je n'ai reçu de ses nouvelles, mais Miss Trent qui partage cet appartement avec moi assure qu'elle l'a aperçu un soir, récemment, devant un théâtre. Elle l'a tout juste entrevu. Il avait l'air malade. Votre tante m'a écrit que vous n'aviez rien reçu de lui.

— Absolument rien. Jusqu'à ce soir, j'ai toujours redouté de le rencontrer. Il y a eu une scène si terrible entre nous. — Pourquoi, mon Dieu, lui rappelait-il cette époque ! — Je suppose qu'il me déteste, et avec raison.

Pendant qu'il parlait, Alayne plaçait le souper sur une petite table. Il s'approcha d'elle et toucha timidement son bras en lui disant :

— Pardonnez-moi, Alayne, je n'aurais pas dû vous parler de lui.

Elle le regarda toujours avec le même calme.

— Cela m'est indifférent de parler d'Eden. Il n'est plus rien pour moi maintenant. Je crois que je ne serais guère troublée, même si je me trouvais soudain en face de lui. Asseyez-vous, Finch, et essayez de croire que ces plats ne sont pas trop inconsistants ! Si j'avais prévu votre visite !

Que ce garçon était affamé ! Elle parla sans arrêt pour ne pas avoir l'air de s'en apercevoir et pour lui permettre de manger sans interruption.

Il vida les plats et but du café tasse sur tasse ! Après

avoir bu son café et fumé quelques cigarettes, Finch lui donna des nouvelles de chaque membre de la famille et lui raconta en détail le dernier exploit de l'orchestre et la nuit qui suivit !... Il se mit à rire de son rire communicatif. Alayne en fit autant. Il imita les épanchements d'ivrognes de chaque musicien ; ils ne purent se contenir et rirent jusqu'à épuisement. Depuis son départ de Jalna, Alayne ne s'était pas livrée à pareil mouvement de gaieté, elle n'en avait pas eu l'occasion !

Rosamond Trent, à son retour, les trouva riant tous les deux.

Elle fut très étonnée de trouver ce jeune homme si maigre, étendu dans le fauteuil de cuir, une mèche blonde sur le front, aussi à l'aise que chez lui. Son étonnement fut à son comble en découvrant Alayne toute rouge et n'en pouvant plus à force de rire.

En la voyant entrer, Finch bondit sur ses pieds, embarrassé par l'arrivée de cette femme d'âge mûr, au visage fardé, dont le petit chapeau vert semblait moulé sur sa tête.

— Rosamond, dit Alayne, je vous présente mon beau-frère Finch Whiteoak.

Miss Trent le regarda attentivement, sourit avec bonne humeur et lui serra cordialement la main.

— Je suis heureuse que vous soyez venu, déclara-t-elle. Je ne trouve pas souvent Alayne aussi gaie.

Elle s'informa de Finch et lorsqu'elle sut qu'il cherchait une situation, elle fut aussitôt prête à s'occuper de lui, à lui trouver une place avec d'excellentes perspectives d'avenir. Elle s'occupait d'annonces.

— Exactement ce qu'il lui faut, assura-t-elle à Alayne en fermant brusquement son briquet. Je m'en occuperai dès demain matin.

Mais Alayne se représentait mal Finch dans un bureau d'annonces. Elle était déjà décidée à parler de lui à Mr. Cory. Il fallait un certain courage pour tenir tête à Rosamond quand elle avait décidé quelque chose ; mais Finch l'aida beaucoup en disant qu'il se croyait plus de dispositions pour l'édition que pour les annonces !

Avant de partir, Finch aida à emporter le couvert dans la cuisine où Alayne lui donna un peu d'argent, à titre de prêt. — Elle apprit qu'il avait mis en gage son pardessus et sa montre.

Quelques jours après, Finch avait une petite place dans un bureau de la maison d'édition et Rosamond pouvait satisfaire son besoin de protection en lui cherchant un logement plus confortable.

Une semaine plus tard, seulement, Alayne reçut une lettre de lady Buckley, écrite d'une haute et élégante écriture, avec de nombreux alinéas.

« Ma chère Alayne,

« J'ai été heureuse de recevoir votre dernière lettre et d'apprendre que vous êtes en bonne santé et aussi heureuse que possible, étant donné les circonstances.

« Nous allons tous très bien, excepté mon frère Ernest qui vient d'avoir un rhume. Comme chaque année au printemps, mon frère Nicolas souffre de sa goutte. Je lui répète constamment le mot « diète » mais sans grand résultat ! Ma mère se porte admirablement malgré son grand âge. Elle a passé l'hiver sans autres désagréments que quelques troubles d'estomac. Renny est, comme de coutume, en parfaite santé, mais marche avec une canne car il a reçu un coup de pied d'un cheval vicieux. Heureusement que le vétérinaire était là et a pu lui donner les premiers soins.

« C'est à l'instigation de Renny que je vous écris. Il est très tourmenté et nous tous également (sauf peut-être maman qui est singulièrement indifférente à tout cela). Je suis sûre que votre curiosité est en éveil, aussi vais-je la satisfaire immédiatement : Finch a disparu.

« Connaissant l'affection et l'étroite union de notre famille, vous pouvez imaginer notre état d'esprit !

« Il est parti il y a quatre semaines, nous sommes très inquiets et Wakefield nous a presque rendus fous hier soir à table, en suggérant que Finch a peut-être été assassiné. Quel horrible mot ! Je me demande si jamais j'ai employé un mot aussi laid dans ma correspondance.

« Renny a mis un détective privé à la recherche de Finch et a suivi sa trace jusqu'à New York. Il déclare maintenant qu'à moins de le trouver d'ici la fin de la semaine, il mettra une annonce officielle. Ce serait pénible et humiliant pour nous, car nous avons dit qu'il était parti pour se reposer. Sa santé n'était justement pas bonne. Le pauvre garçon souffrait beaucoup de ne pouvoir jouer du piano ; je crois bien que là est la cause de tout le désastre.

« Vous êtes si bonne, chère Alayne. Vous comprenez mieux qu'un étranger notre profond sens de la famille, en dépit de quelques orages apparents ! J'espère que vous pourrez nous envoyer des nouvelles de Finch. Sachant son affection pour vous, nous pensons que probablement il vous a cherchée. Que le Ciel nous préserve de l'épreuve d'une annonce officielle ! Renny a déjà rédigé une complète description de Finch et cela est très pénible à entendre lire tout haut !

« Avec l'espoir d'avoir de bonnes nouvelles de vous, et en hâte, je suis.

« Votre affectionnée,

« Augusta BUCKLEY. »

« *P. S.* — Wakefield vous envoie toute son affection. Son cœur a été très fatigué. Ce terrible hiver canadien l'éprouve énormément, tout comme moi. — A. B. »

Alayne répondit par retour du courrier :

« Chère lady Buckley,

« Comme vous l'avez deviné, Finch est venu me voir. Il va très bien et a une situation avec de grandes chances d'avancement. Si j'étais vous (et par vous, j'entends toute la famille) je ne m'occuperais pas de lui et n'essayerais pas de l'influencer, pour le moment tout au moins. Finch a été très malheureux et je crois qu'il convient de le laisser tranquille pour l'instant.

« Je le vois régulièrement et vous enverrai souvent de ses nouvelles. Mais vous pouvez dire à Renny que je refuse absolument de donner son adresse.

« Je suis contente de savoir que vous avez si bien passé l'hiver et regrette les quelques malaises dont vous me parlez ; surtout ceux de Wake. Dites-lui que je pense bien souvent à lui et que je serai heureuse de le voir.

« Vous n'avez vraiment pas d'inquiétude à avoir au sujet de Finch.

« Votre très affectionnée,

« ALAYNE. »

10

AVENTURE D'ERNEST

RAGS apporta le courrier et le posa devant Renny. Ce dernier était assis d'un côté de la cheminée, sa jambe blessée étendue sur un canapé dont le sommet était orné de sculptures vertes et argent représentant un ange portant une gerbe de lis... De l'autre côté du foyer, se trouvait Nicolas dont la jambe goutteuse reposait sur un canapé exactement semblable ; un verre de whisky et de soda était à sa portée. Il poussait de petits cris de joie en lisant un numéro du *Punch* vieux d'un mois. Devant une petite table, Ernest enfilait pour sa mère un collier d'énormes perles d'ambre dont le fil s'était brisé. Il inclinait son long visage calme sur son ouvrage qui l'absorbait complètement. La vieille Mrs. Whiteoak se penchait hors de son fauteuil pour ne pas perdre un mouvement des doigts de son fils, satisfaisant ainsi son amour de la couleur par le reflet de l'ambre à la lueur du foyer, tout comme une vieille abeille puiserait le nectar d'une fleur ! Sa lèvre pendait et elle respirait plus fort que de coutume, en partie à cause de sa position, en partie par son effort d'attention. Cette respiration bruyante et les gloussements de joie de Nicolas étaient les seuls bruits que l'on pût entendre pendant que Renny lisait son courrier ; ils ne faisaient qu'accentuer l'isolement de la pièce et cette sensation d'un mur qui se dressait contre le reste du monde et que l'on éprouvait toujours en présence d'un groupe de Whiteoaks.

Aucun des aînés ne demanda à Renny s'il y avait des lettres pour lui. Ils n'en recevaient pas plus d'une ou deux par an, et c'étaient généralement des réclames.

Wakefield entra en disant de sa petite voix claire :

— Tante Augusta demande s'il n'y a pas de lettres pour elle.

— Il y en a deux d'Angleterre.

Et Renny les lui donna.

— Quel bonheur pour elle, s'écria Wakefield en regardant par-dessus l'épaule de son frère. Mais il y en a une autre, Renny, qui est timbrée d'Amérique. Elle est aussi adressée à lady Buckley.

— Porte-lui ce que je t'ai donné, lui dit son frère sèchement.

Et Wakefield se hâta d'aller dire à sa tante que Renny avait gardé une partie de son courrier.

Après un temps suffisant pour lui permettre de lire ses deux lettres venant d'Angleterre, lady Buckley apparut sur la porte.

— Es-tu sûr de ne pas avoir gardé une lettre pour moi, Renny ? demanda-t-elle. J'en attendais une autre.

Il tapa sur le divan à côté de lui :

— Venez la lire ici.

Lady Buckley parut contrariée mais elle obéit et s'assit à côté de lui, très raide, les sourcils touchant presque sa frange à la mode de la reine Alexandra.

— Je vous l'ouvre, dit-il.

Et avec un grand coupe-papier dont le manche était un pied de faon, il fendit soigneusement l'enveloppe en prenant tout son temps, comme s'il éprouvait un plaisir particulier à toucher cette lettre. Elle devina d'où elle venait.

Plaçant ses lunettes sur son nez, elle prit la lettre d'un air impassible, mais à peine en avait-elle lu une ligne qu'elle s'écria d'un ton grave :

— Dieu merci, il est sain et sauf !

Renny se rapprocha d'elle et jeta un regard sur la lettre.

— Par exemple !... murmura-t-il.

— Lis, dit-elle tout bas et ils lurent ensemble attentivement.

Quand ils arrivèrent à ce passage : « Vous pouvez dire à Renny que je refuse absolument d'envoyer son adresse », elle leva le doigt d'un geste dramatique et Renny montra ses dents dans un sourire mi-attristé, mi-reconnaissant.

Wakefield, derrière le canapé, glissa sa tête entre les leurs et demanda :

— Est-il question de Finch ? Que lui est-il arrivé ?

En entendant ce nom, Ernest releva vivement les yeux de dessus ses perles.

— Y a-t-il quelque chose de fâcheux ? De mauvaises nouvelles du garçon ?

— Il est retrouvé, annonça Augusta. Il est à New York en bonne santé.

— L'animal !... observa Nicolas en abandonnant son *Punch*. Il faut le ramener à la maison et lui donner une bonne correction.

Pour une fois, le paisible Ernest approuva.

— Vraiment, il la mérite bien. Je me suis rendu malade à son sujet.

— De qui est la lettre ? demanda Nicolas.

— D'Alayne. Restez tranquille, je vais vous la lire. Et lady Buckley lut la lettre tout haut, d'un ton pénétrant.

— Elle n'a envoyé de message particulier qu'à moi, cria Wakefield. Et à Renny. Mais celui de Renny n'est pas aimable. Elle refuse de lui dire où est Finch.

— Tais-toi, dit Augusta. Nous n'avons que faire de ton bavardage en un pareil moment.

— Dès le début, Alayne a mis des idées en tête à ce garçon, déclara Nicolas. Tu te souviens, Renny, c'est elle qui t'a persuadé de lui faire donner des leçons de musique.

— Tu joues bien du piano toi-même, répliqua sa sœur d'un ton revêche.

Nicolas continua de fumer sa pipe imperturbablement.

— En effet, mais cela ne me fait pas perdre la tête et l'art ne me donnera jamais de cauchemar. Finch n'avait pas de bon sens et cela lui a fait un mal infini.

Renny déclara :

— Penser qu'il a réussi à aller à New York tout seul ! Il avait dû mettre de côté tout l'argent qu'il avait gagné dans cet orchestre extravagant !

— La question est de savoir ce que nous allons faire, reprit sa tante. C'est terrible de penser que Finch est exposé à toutes les tentations de cette ville de perdition.

— Il faut le faire revenir tout de suite, s'écria Ernest, laissant tomber une perle dans son trouble.

Tant qu'il était resté fidèle à sa tâche, tenant les perles couleur de miel avec délicatesse et précision, la vieille Mrs. Whiteoak avait préféré négliger la conversation. Mais maintenant elle releva sa lourde tête coiffée d'un bonnet enrubanné et jeta un regard inquisiteur sur les assistants.

— Qu'y a-t-il ? demanda-t-elle.

Ils échangèrent un regard. Valait-il mieux la mettre au courant ? Ce regard ne lui échappa pas. Elle frappa le sol de sa canne.

— Voyons, qu'y a-t-il ? Je ne veux pas être tenue à l'écart.

— Calmez-vous, maman, dit Ernest avec douceur. Il s'agit seulement du jeune Finch. Nous savons où il est.

Chacun retint son souffle un instant, comme il arrivait chaque fois qu'elle apprenait quelque nouvelle. Comment la prendrait-elle ? Allait-elle faire une scène ? Tous les yeux étaient fixés sur le vieux visage aux traits durement sculptés.

— Finch ! Vous savez où il est ?

— Il est à New York, continua Nicolas. Nous avons reçu une lettre d'Alayne qui l'a vu.

— Ah ! Et que fait-il ?

— Il semble qu'il ait une situation. Alayne a dû la lui trouver.

— Ah ! vraiment. J'ai toujours pensé qu'elle avait de hautes relations.

Elle laissa retomber son menton sur sa poitrine. Réfléchissait-elle profondément ou bien était-elle tombée dans un de ses assoupissements habituels ? Boney sauta de son perchoir et vint béqueter les rubans de son bonnet jusqu'à ce que ce dernier fût un peu de travers.

Brusquement elle releva la tête et dit énergiquement :

— Je veux absolument voir Finch. Enlevez-moi cet oiseau, il me décoiffe.

Ernest replaça vivement Boney sur son perchoir, non sans recevoir un méchant coup de bec sur le poignet.

— *Haramzada !* hurla Boney, en battant des ailes. *Iflatoon. Chore. Chore.*

Renny fit observer :

— Je crois que ce serait une excellente idée de le laisser là-bas quelque temps. Il en aura bien vite assez. Donnons-lui une leçon.

Grand-mère pencha son cou et tourna vers lui son nez busqué.

— Tu veux faire une chose pareille, toi son tuteur ! Toujours prêt à contrarier mes volontés ! Petit-fils dénaturé ! Frère dénaturé !

Son visage devint violet.

— Quelle bêtise, dit Renny. Je ne suis rien de tout cela.

— Si, tu l'es. Tu n'aimes qu'à contrarier les gens. Tu seras un tyran comme mon père, le vieux Renny Court, Renny le Roux, comme on avait l'habitude de m'appeler en Irlande. Il dompta ses onze enfants, sauf moi. Avec moi, il ne réussit pas.

Elle secoua triomphalement la tête et, transportée de fureur, s'écria :

— Penser que j'ai mis au monde un autre être comme lui !

— N'exagérez pas ! répliqua le maître de Jalna. Vous ne m'avez pas mis au monde.

— Je ne t'ai pas mis au monde ! Tu oses me contredire ! Si ce n'est pas moi qui t'ai mis au monde, je voudrais bien savoir qui est-ce ?

— Vous oubliez que vous êtes la mère de mon père et non la mienne.

— Évidemment. Mais que serais-tu sans ton père ? C'était un gentleman tandis que ta mère n'était qu'une pauvre diablesse de gouvernante.

Le visage de Renny devint presque aussi rouge que celui de sa grand-mère.

— Voilà maintenant que vous me confondez avec la seconde famille de mon père ! Ma mère était la fille du docteur Ramsay. Vous n'avez sûrement pas oublié votre haine envers elle.

— *Haramzada,* répéta Boney, debout sur son perchoir. *Iflatoon ! Iflatoon !*

Nicolas intervint de mauvaise humeur.

— Cesse de la tourmenter, Renny. Je ne veux pas de ça. Regarde la couleur de son visage et rappelle-toi qu'elle a plus de cent ans.

Sa mère se retourna vers lui.

— Regarde ton propre visage ! Tu es jaloux de notre sang ardent ! Nous ne demandons qu'une seule chose : nous disputer en paix.

— C'est très mauvais pour vous, maman, dit Ernest.

— Continue d'enfiler tes perles, nigaud ! commanda sa mère.

— Ne pourrez-vous donc jamais discuter sans vous quereller, s'écria Augusta.

— Mangerais-tu du bœuf sans moutarde, répliqua la vieille dame.

— Je me demande, déclara Wakefield, si Finch sera entraîné dans la vague de crime qui sévit à New York et dont Rags m'a parlé.

— L'enfant a touché le point juste, dit Augusta, Finch tombera sûrement sous une mauvaise influence, si nous le laissons à New York. Comment Alayne pourra-t-elle veiller sur lui ? et peut-elle connaître toutes les tentations qui assaillent un jeune homme ?

— Un homme ! grommela Nicolas. Dis un petit garçon.

— Il faut aller le chercher, dit grand-mère. Et tout de suite. Ernest ira.

Si on avait dit à Ernest qu'il allait se joindre à une expédition polaire, il n'aurait pas été plus surpris.

— Mais maman, pourquoi moi ?

— Parce que, répondit-elle fermement, Nick ne peut voyager à cause de son genou, Renny à cause de sa jambe ; Piers est trop occupé et, de plus, n'a jamais été à New York. Quant à Eden... Mais qu'est devenu Eden ?

— Il est parti, maman.

— Je n'aime pas beaucoup ce départ. J'aime à avoir tous mes enfants autour de moi. Tu ferais bien d'aller le chercher aussi. C'est à toi que convient le mieux cette mission.

— Je suis tout à fait de l'avis de maman, dit Augusta.

La mère et la fille échangèrent un regard, étonnées de se trouver d'accord.

La vieille Mrs. Whiteoak enleva son râtelier et le remit en place avec un grincement.

— Maman, devez-vous faire cela ? demanda Ernest.

Elle ne répondit pas, mais avec un sourire ironique, dit à sa fille :

— Bien parlé, lady Buckley.

Lorsqu'un peu de calme fut revenu dans les esprits, Ernest se sentit ému dans tout son être à la pensée de son expédition à New York. Il avait toujours eu l'intention d'y revenir, de même qu'en Europe. Mais il avait toujours remis son projet à plus tard par manque d'argent et paresse, projet qui serait tombé peu à peu dans l'oubli, comme tant d'autres, si sa famille ne l'avait obligé à le mettre à exécution.

Deux jours plus tard, il dînait dans le train. Il était fort content de lui en se penchant sur le menu sous le regard respectueux du garçon, et en sentant sous lui la cadence sourde et régulière des roues. Il était même tout heureux de boire de l'eau glacée.

En sirotant son café à la fin du repas, il ne s'inquiétait pas le moins du monde de sa digestion. Il se sentait solide et vigoureux. Il regardait par la fenêtre fuir le long de la voie les vallons boisés, les collines bleu foncé, les montagnes. Il jouissait profondément de la vue des vignobles et des vergers où des milliers de pêchers en fleur défilaient au-dessus du sol rouge que le soleil couchant rendait plus rouge encore. Sous les cerisiers, la terre était jonchée de blancs pétales ; tous les champs étaient resplendissants de promesses.

La main noire du garçon qui ramassait son pourboire le charma, et il s'intéressa aux visages de ses compagnons de voyage. Plusieurs d'entre eux étaient des hommes d'affaires de New York, au visage rond, à l'air rusé. Ernest se dit plutôt tristement : « Ils doivent venir de surveiller leurs intérêts au Canada. Si nous n'avons ni l'argent ni l'activité nécessaires pour cultiver notre propre pays et que la mère patrie s'en désintéresse, il n'y a plus qu'à abandonner cette tâche aux Américains. »

Dans le compartiment des fumeurs, il prit un cigare.

Il serait volontiers entré en conversation avec son voisin, mais dès que ce dernier semblait vouloir lui parler, Ernest regardait le bout de son nez avec beaucoup d'attention. Il ne pouvait se décider à causer avec un étranger, quel que fût son désir de discuter des grands problèmes du jour avec quelqu'un qui ne fût ni de sa famille ni de ses amis intimes. En réalité, ses amis intimes se réduisaient à deux : Mr. Fennel, dont les grandes préoccupations étaient la protection de son jardin contre les insectes, et la protection de ses ouailles contre le ritualisme que deux dames mariées d'âge mûr et un unique jeune homme cherchaient à introduire ; Mr. Sinclair, dernier survivant d'une autre famille anglaise dont le père avait aussi quitté l'armée pour construire une maison à cinq milles de Jalna. Ce dernier vivait seul et n'avait personne qui pût lui servir d'interlocuteur ; aussi apportait-il dans ses discussions avec Ernest une telle énergie qu'il le laissait toujours épuisé ! De plus il ne croyait qu'à ce que racontait le *Times*, et comme il le lisait toujours avec trois semaines de retard, il était assez difficile d'avoir des relations intimes avec lui.

Ernest avait peu voyagé en Amérique et il avait oublié la terrible promiscuité des wagons-lits. Il eut aussi des difficultés pour éteindre sa lumière. Quand enfin il fut bien installé dans son lit, son voisin d'au-dessus se mit à ronfler si fort qu'Ernest ne put s'endormir avant un long moment.

Enfin le sommeil vint, irrégulier et peu reposant, à cause du manque d'air, mais tout de même préférable à l'insomnie.

Le lever du soleil le trouva à sa fenêtre, appuyé sur un coude. Il fut parmi les premiers à la salle à manger, ayant déjà acheté un journal de New York et échangé un digne « bonjour » avec deux de ses compagnons. Il était tout heureux de penser qu'on ne pouvait se rendre compte qu'il n'avait pas voyagé la nuit depuis bien longtemps.

Que les œufs au jambon étaient délicieux ! Comme elle s'intéressait à lui cette belle femme blonde qui lui faisait vis-à-vis ! Chaque fois qu'il levait les yeux, il trouvait les siens fixés sur lui. Pourvu que son col ou sa cravate ne soient pas de travers ! Il passa la main sur sa tête pour s'assurer du bon ordre de sa coiffure et ses joues se teintèrent légèrement.

Son cœur se mit à battre très fort à l'approche de la grande gare centrale.

Ses genoux tremblaient pendant que le garçon le brossait et il fut terriblement inquiet lorsque ce dernier disparut avec son sac, un beau sac qu'il avait acheté lui-même chez Drew, dans Regent Street. Il fut rassuré en retrouvant son bien sur le quai, mais son soulagement fut de courte durée, comme une fleur printanière trop tôt ouverte, et fit place à la consternation en voyant une « casquette rouge » se précipiter dans la foule en tenant le sac à la main.

Quand il fut rentré en possession de son bien, le front d'Ernest était trempé de sueur. Il se laissa tomber sur le siège d'un taxi et ôta son chapeau pour essuyer son front, tout en regardant avec inquiétude la foule qui emplissait les rues. Il avait demandé au chauffeur de le conduire au « Brevoort », car c'était là qu'il était descendu lors de son dernier voyage à New York, vingt ans auparavant.

11

DÉLICATESSE D'ERNEST

La stupeur d'Alayne en trouvant Finch devant sa porte n'avait été qu'une faible émotion comparée à celle qu'elle éprouva en ouvrant cette même porte à Ernest. Elle n'aurait guère été plus stupéfaite si un des grands arbres de Jalna s'était déraciné pour venir lui rendre visite. Elle le laissa lui serrer la main et mettre un baiser sur sa joue, l'installa dans le fauteuil chinois, et même alors, hésita à croire à sa réalité ! Ses yeux se dirigeaient vers la porte, s'attendant presque à voir arriver le reste de la procession : Grand-mère et Boney, Nicolas et Nip, Renny et ses chiens, Piers et Pheasant, le petit Wake.

— Quelle joie de vous voir, ma chère enfant, dit Ernest.

— C'est également délicieux de vous voir, répondit Alayne et s'asseyant auprès de lui et en s'efforçant de paraître naturelle.

— Vous êtes pâle, chère Alayne.

— Oh ! vous savez ce que c'est qu'un hiver en ville. J'ai été parfois mortellement fatiguée.

Maintenant que la première impression de surprise était passée, elle réalisa la raison de sa venue. Il était venu chercher Finch, et si possible, elle l'en empêcherait.

Elle le regarda, bien décidée à la lutte.

— Je suppose que vous venez pour voir Finch ?

Ernest se trouva embarrassé. Il aurait préféré qu'elle ne posât pas aussi brutalement la question, et qu'une gentille petite conversation l'ait amené doucement à l'objet de sa visite.

— Bien sûr, ma chère Alayne, que je verrai Finch, maintenant que je suis ici ; mais j'ai un bien plus grand plaisir à vous voir.

— Vous n'allez sûrement pas obliger ce pauvre garçon à vous suivre.

— Non, non, non. Mais je veux lui parler, voir comment il vit. En un mot, renseigner la famille sur son sort. C'est vraiment terrible pour un garçon aussi inexpérimenté que de se trouver perdu à New York.

— Il travaille et est mieux traité qu'il ne l'était chez lui. J'espère ne pas vous fâcher en vous disant cela ; mais vous savez bien vous-même que Finch n'était pas toujours bien traité.

Ernest conserva son calme imperturbable.

— Ma chère enfant, je crois que vous ne nous comprenez pas. Notre cercle de famille est très étroitement lié.

— Je comprends très bien. Il est si lié que vous ne voulez pas que l'un de vous s'en échappe. Vous voulez le rattraper et le ramener de force. Je sais que je suis très impolie en parlant ainsi, mais je ne peux m'en empêcher. J'ai toujours jugé ainsi votre famille.

— Nous n'avons pas cherché à rejoindre Eden.

— Vous saviez que c'était inutile. Vous n'aviez aucun pouvoir sur lui ni aucune idée de l'endroit où il pouvait être.

Ernest la regarda avec curiosité.

— Permettez-vous que je vous pose une question ?

— Laquelle ?

— Avez-vous vu Eden depuis que vous êtes revenue ?

— Non. Je suppose que je ne le reverrai jamais et je ne le désire pas.

— Que vous ne le désiriez pas, j'en suis bien sûr ! Vous avez trop souffert à cause de lui.

Ernest sentit qu'il avait amené la conversation sur un sujet moins dangereux, et il en fut soulagé. Il posa sa longue main blanche sur celle d'Alayne qu'il pressa doucement. Elle éprouva un bien-être soudain et une impression de sécurité à être traitée avec affection par un vieillard. Cela était très doux et Ernest était charmant. Elle avait oublié à quel point il l'était ; elle avait aussi oublié la distinction de son allure et le son si agréable de sa voix. Il était vraiment gentil et elle ne devait pas être trop dure à son égard. C'était le moins coupable de tous les tyrans de Jalna.

Ernest admira la commodité et l'agrément de l'appartement. Alayne le lui fit visiter en lui montrant tous les perfectionnements électriques. Il y prit un vif plaisir ; car il n'avait jamais rien vu de ce genre ; il s'amusa à appuyer sur les boutons pour juger de l'effet produit et lui demanda comment elle avait pu supporter tout l'inconfort de Jalna.

Revenant bras dessus, bras dessous dans la salle à manger, ils reparlèrent de Finch, avec moins de contrainte de la part d'Alayne, et plus de douceur du côté d'Ernest. Elle lui donna des détails sur le travail de Finch et sur ses chances d'avancement.

Ernest l'écoutait gentiment. Il lui demanda seulement :

— Mais aura-t-il un jour la possibilité de continuer ses études musicales ?

— J'ai bien peur que non, répondit-elle. Mais il ne le pourra pas davantage à Jalna.

— Je crois que Renny pourrait se laisser fléchir sur ce point.

— Dites-moi, oncle Ernest, lui demanda-t-elle en le regardant dans les yeux, est-ce Renny qui vous a envoyé auprès de Finch, ou est-ce votre mère ? Je sais combien elle déteste savoir l'un de vous loin d'elle.

Il fut tout heureux de s'entendre appeler « oncle » par Alayne.

— Ma chère enfant, répondit-il, personne n'a eu besoin de m'envoyer auprès de Finch. Je voulais le voir et j'ai pensé que c'était une occasion merveilleuse de vous voir aussi. Vous savez que je vous aime beaucoup.

— Et moi aussi, je vous aime bien ! vous le voyez, je n'ai pas...

— Vous n'avez pas de bons vieux oncles, acheva-t-il pour elle. De bonnes vieilles tantes sont bien quelque chose, mais cela n'a rien de commun avec de bons vieux oncles dont la situation est vraiment unique !... Maintenant, revenons à Renny. Si vous l'aviez entendu parler avant mon départ, vous sauriez combien est vif son désir du retour de Finch.

— Quand j'étais à Jalna, dit-elle pensivement, il me semblait que souvent, dans vos « conclaves » de famille, Renny était pressé (elle eut envie de dire, harcelé), de prendre une décision qui...

— Non, non, Renny est un homme à décisions rapides. Il sait ce qu'il veut et le fait.

— Oui. Je sais, murmura-t-elle.

— Dans nos « conclaves », comme vous dites, Renny a généralement son opinion dès le début. Mais c'est seulement lorsque le sujet a été débattu par la famille qu'il fait connaître sa décision conforme, le plus souvent, aux conclusions tirées par la famille.

— Mais la famille arrive-t-elle souvent à un avis unanime ?

— Si vous aviez entendu comme nous sommes tous tombés d'accord quand il s'est agi de Finch !

— Oh ! pour cela, j'en suis sûre ! Je regrette de vous avoir dit où il travaille.

— Ma chère amie, je n'essaierai pas le moins du monde d'influencer Finch. Vous assisterez, si vous le voulez, à notre rencontre et vous verrez que je ne désire qu'une amicale conversation avec lui.

— Mais qu'allez-vous faire alors ? Essayer de le

ramener à la maison avec la promesse de leçons de musique ? Renny cherche-t-il maintenant à prendre ses frères par la douceur ?

Ernest répondit tranquillement :

— Renny n'a voulu empêcher Finch de jouer du piano que jusqu'au moment où il aura passé ses examens. Une fois ses examens passés, Renny a, et a toujours eu l'intention de lui faire prendre à nouveau des leçons de musique. Il pourra passer tout l'été à jouer du piano si cela lui plaît.

— Vraiment ! murmura Alayne un peu sceptique.

Elle n'avait pas très grande confiance dans les plans de la famille concernant Finch.

Néanmoins Ernest était un cher homme ! Elle était heureuse de le voir installé dans son meilleur fauteuil, faisant des gestes gracieux et vagues avec ses belles mains. Elle se sentit fière de lui quand Rosamond Trent entra et les trouva tous deux ensemble. Lorsqu'elle avait dépeint les oncles d'Eden à Rosamond, elle avait bien senti que cette dernière ne voyait en eux que deux vieux messieurs tout blancs, aimables reliques d'un passé disparu. Elle vit que Rosamond trouvait Ernest charmant ; les agréables intonations de sa voix l'impressionnaient vivement. Il avait acquis cet accent à Oxford, en même temps que cette notion que le travail était bon pour certains, mais qu'il ne convenait en rien à Ernest Whiteoak !

Ernest les invita à déjeuner et comme il remontait la Cinquième Avenue entre elles deux, un souffle printanier animait son pas et faisait battre ses veines. Alayne avait beaucoup de distinction, ce qu'Ernest aimait pardessus tout chez une femme. Rosamond était une femme du monde, de ce monde qui avait tant d'attraits pour Ernest. Plus que jamais il souhaita que le vieux Nicolas puisse le voir ! D'un geste plein d'aisance, il commanda de la langouste. Ses invités l'imitèrent tout naturellement. Quand ils eurent devant eux leurs assiettes garnies de rouge, il ne put s'empêcher de parler des repas de Londres. Il leur raconta avoir déjeuné à une table voisine d'Oscar Wilde et avoir vu Lily Langtry à ses débuts. Il rappela aussi le temps où Nicolas ramait pour Oxford.

Après le repas, ils regagnèrent l'appartement et Rosamond apporta une bouteille de liqueur. Avant de partir déjeuner, elle avait préparé un cocktail bizarre.

— Mais je croyais que la prohibition régnait ici ! s'écria Ernest en sirotant son petit verre.

— Certainement, répondit Miss Trent de sa voix de contralto. Mais nous avons aussi des *Speak easy.*

— Des *Speak easy,* répéta Ernest. Qu'est-ce que cela ?

— Heureusement que vous n'avez pas besoin de faire connaissance avec eux ! Ce sont des endroits stupides. Mais je peux dire qu'ils sont plus nombreux que les fleurs au mois de mai.

— Nous ne pourrons jamais supporter la prohibition.

— Certainement, vous ne le pourrez pas, concéda-t-elle. Comment trouvez-vous cette liqueur ?

Alayne aurait préféré que Rosamond ne prît pas autant d'intérêt à cette question de boisson. C'était presque morbide chez elle ! Cela déplaisait à Alayne d'entendre cette femme sérieuse et d'âge mûr répéter les critiques banales contre la prohibition, et parler comme un buveur impénitent. Mais ce n'était que snobisme inoffensif et désir d'être ultra-moderne. Rosamond était un cœur droit et honnête, une amie loyale et fidèle.

— Chez nous, il ne peut être question de prohibition, dit Ernest sentencieusement. La population est trop peu nombreuse.

Le cocktail de Miss Trent, l'excitation due aux rues surpeuplées et au restaurant, la liqueur bue au retour, lui étaient montés à la tête. Son cerveau était très actif, mais ses pensées quelque peu instables.

— Pensez à notre ligne frontière, trois cents milles

de côte à côte (à moins que ce ne soit trois mille milles), sans un seul fort ! La prohibition serait une vraie catastrophe.

Ses auditrices parurent très impressionnées, mais Alayne insista pour qu'il se décidât à prendre un siège. Il refusa et resta debout, son verre à la main.

— Regardez les résultats de la prohibition chez vous ! On m'a dit que les habitants de la Nouvelle-Écosse avaient abandonné la pêche. La fraude est d'un meilleur profit. On obtient ainsi tout ce que l'on veut.

— La vie est un vrai cloaque, remarqua Rosamond.

— Oui. Et le vote des femmes a encore accru le mal, murmura-t-il. Heureusement que nos femmes ont une éducation anglaise et votent tout comme leurs maris. Mais regardez ce qui se passe dans la province de Québec. Là, les femmes ne votent pas. Nous sommes des Latins, proclament les membres du gouvernement. Nous adorons nos femmes, mais nous ne voulons pas qu'elles votent ; c'est à l'encontre de tous nos instincts. Et je dois dire que je les admire infiniment.

— Mais ont-ils la prohibition ? demanda Miss Trent un peu désorientée.

— Non. Et ils ne l'ont jamais eue. Leurs grands fléaux sont l'orangisme dans l'Ontario, l'émigration aux États-Unis et, naturellement, la fraude qui est parfois une source de richesse. Mais la seule vraie cause de trouble dans tout le Dominion, c'est la ligne frontière, les expéditions arctiques et les vols transatlantiques.

Ernest s'assit brusquement.

Très vite, sa légère ivresse se dissipa et il se retrouva lui-même. Il fallait qu'il fût en bon état pour voir Finch. Alayne suggéra que la rencontre eût lieu dans l'appartement. Ils iraient ensuite dîner dehors pour finir la soirée au théâtre. Ernest aurait voulu que Finch ignorât l'arrivée de son oncle.

— Vous savez bien, ma chère Alayne, que je ne veux ni le gronder ni le menacer. Rien de tout cela.

— Je n'en suis pas très sûre, dit Alayne, taquine.

Mais elle ne voulut pas que la rencontre eût lieu sans préparation. Elle téléphona à Finch pour lui demander de venir la voir dans la soirée et lui annonça l'arrivée de son oncle. Elle lui transmit en même temps le message rassurant d'Ernest. Néanmoins, Finch tremblait en entrant dans la pièce. Voir à New York un représentant de la vieille génération des Whiteoaks avait paru extraordinaire à Alayne. Pour Finch, ce fut une véritable stupeur ! Il lui semblait voir pour la première fois son vieil oncle si distingué. Il ne se souvenait pas que l'oncle Ernest eût jamais quitté Jalna et c'était la première fois que pareille chose lui arrivait à lui-même. Tout en échangeant une poignée de main avec son oncle et en l'entendant lui parler aimablement, Finch eut une impression d'irréel et, en dépit de l'assurance d'Alayne, de mauvais présage.

Il ne savait pas exactement ce qu'il redoutait. Son oncle ne pouvait pas le ramener de force à Jalna ; pour le soutenir, il avait l'appui solide et loyal d'Alayne. Le jour même il avait été complimenté pour son travail.

— Ma parole, s'écria Ernest en mettant la main sur l'épaule de son neveu ; tu es plus grand que jamais ! Et maigre ! Il est maigre, Alayne, au-delà de tout ce que j'aurais pu supposer ! Comment va ton travail ?

Finch se redressa aussi virilement que possible et répondit :

— Tout va pour le mieux, merci.

— J'en suis heureux et, à la maison, tout le monde s'en réjouira.

Finch était un peu embarrassé en lui demandant :

— Se tourmentent-ils à mon sujet ?

— Bien entendu. Nous avons tous été fort inquiets. Mais ne parlons plus de ça. Je leur dirai que tu es sain et sauf.

Son oncle ne dit pas un mot de son retour possible au logis. Finch respira facilement, tout en éprouvant une étrange souffrance au fond de lui-même. Pour être vrai, il faut dire que ces temps derniers, il avait éprouvé profondément « le mal du pays ». Sous le ciel pâle d'avril, au milieu du trafic poussiéreux et incessant de la grande ville, il s'était senti accablé, fatigué, oppressé, déprimé comme il ne l'avait jamais été par aucun printemps ! Il traînait ses pieds qui avaient la nostalgie de l'herbe printanière. Ses narines ne trouvaient pas assez d'air pour emplir suffisamment ses poumons. Ce n'était qu'au prix d'un grand effort qu'il pouvait s'appliquer à son travail. Chaque nuit il rêvait de Jalna et s'éveillait avec un secret désir de se retrouver dans sa chambre sous les toits. De plus en plus il se souvenait de tout ce qu'il y avait de beau, d'aimable et d'agréable chez lui.

Alayne aurait voulu aller voir jouer une comédie, mais Ernest préféra l'opéra à cause du goût de Finch pour la musique. Elle accepta et Rosamond Trent se chargea de prendre les billets. Tout en dînant, Alayne jugea soudain d'une tout autre façon la sollicitude d'Ernest. Elle se souvint l'avoir entendu dire souvent qu'il détestait par-dessus tout le grand opéra, et elle pensa : « C'est un vieux sournois. Il compte se servir de la musique pour influencer Finch. »

L'opéra, en question était *Aïda.* Finch ne l'avait jamais entendu. Des larmes de bonheur remplissaient ses yeux, une douceur infinie inondait son cœur. Mais ce n'était pas l'orchestre ou le chant des artistes qui l'émouvait, c'était *l'Opus X* de Beethoven qu'il jouait en imagination ! Les notes vivantes et légères venaient au-devant de ses doigts. Une partie de son cerveau entendait *Aïda* tandis que l'autre poursuivait le dessin du morceau qu'il se jouait à lui-même.

De temps en temps, le regard d'Ernest se glissait vers lui. Il se demandait si le jeune homme était heureux ou non ; s'il serait difficile de le décider au retour. La pensée de laisser Finch à New York lui était intolérable, tout autant que la pensée de Jalna sans Finch. Non qu'il ait jamais vu en lui autre chose qu'un garçon ordinaire plutôt désagréable. Mais Finch était un Whiteoak ; il appartenait à leur communauté. Si Finch quittait aussi la maison, ce serait la désagrégation de la famille qui commencerait. De plus il y avait maman et c'était très mauvais pour elle d'être tourmentée.

Il se sentit soudain très las. Cette journée avait été pleine d'émotions pour lui et d'une activité inaccoutumée. Il sentait tout le poids de sa responsabilité et éprouvait en même temps un sentiment de joie à se trouver à l'Opéra dans la compagnie de deux jolies femmes. Si seulement le vieux Nicolas pouvait le voir !

Il trouvait Alayne plus charmante que jamais. Le chagrin et la fatigue faisaient ressortir en elle une sorte de beauté intérieure, comme la beauté d'un bijou s'accentue lorsqu'il est soigneusement et délicatement taillé. Il découvrait en elle une sorte d'insouciance toute nouvelle. Dans son souvenir, elle lui apparaissait toujours réservée et prudente. Maintenant elle paraissait prête à rejeter tout ce qui la gênait, elle aspirait à plus d'espace. Elle le séduisait infiniment ; il aurait voulu connaître ses pensées. Mais qu'il était fatigué ! Cet opéra allait-il bientôt finir ? Il étouffa un bâillement.

Mais comme la foule s'écoulait et que l'air frais de la nuit venait frapper son visage, il se sentit ranimé. C'était un retour vers sa jeunesse que de se trouver au milieu de spectateurs qui s'en allaient, conduisant une femme en toilette de soirée. Vraiment un petit voyage à New York de temps en temps allait devenir indispensable. Ce n'est pas bien de se laisser vieillir, et avec sa figure et son allure c'était véritablement un crime ! Il serra légèrement le bras ferme de Miss Trent. Un parfum délicieux s'éleva de son col de fourrure.

Ils firent un petit souper dans l'appartement : plats exquis, cigarettes Pall Mall achetées exprès pour lui, le tout accompagné d'un joyeux bavardage. Il était facile pour Ernest de briller devant cet auditoire si indulgent et qu'il amusait infiniment, sans s'en douter. A leur indulgence et à leur gaieté se joignait le désir sentimental de goûter, à travers ses souvenirs, aux charmes étranges du passé. Il poussa un soupir en leur souhaitant une bonne nuit. Il n'éprouvait plus la moindre fatigue et regrettait beaucoup que cet exquis intermède fût déjà terminé.

Ce ne fut que lorsqu'ils eurent regagné sa chambre d'hôtel qu'Ernest reprit conscience de sa mission auprès de Finch. Il avait décidé que ce dernier passerait la nuit avec lui et il avait retenu à son intention la chambre voisine de la sienne. Il tremblait à l'idée d'une querelle à une heure aussi tardive. S'il avait pu mettre tout simplement Finch dans sa valise, le lendemain, avec ses vêtements, et le ramener ainsi à Jalna ! Mais il fallait se montrer adroit, plein de tact et de compréhension. C'était un vrai fléau que ces garçons qui devenaient des hommes !

Ils se sentirent un peu embarrassés lorsqu'ils se retrouvèrent seuls dans leur chambre d'hôtel. On y étouffait positivement et Ernest alla ouvrir la fenêtre. Il contempla un instant la multitude des toits et des lumières aveuglantes, les signaux lumineux rouges et orange qui s'allumaient et s'éteignaient, les grands espaces sombres et inquiétants derrière lesquels vivait un monde inconnu, les lettres blanches des enseignes peintes à chaque étage d'un immeuble voisin, le ciel étrange et taché qui ressemblait à un morceau de toile peinte. A cette distance, le bruit de la rue n'était plus qu'un grondement sourd qui semblait plein de ressentiment à l'égard de cette nuit printanière.

Ernest s'aperçut qu'il s'était sali les doigts en ouvrant la fenêtre et alla se laver les mains dans la salle de bains. Finch s'était laissé tomber sur une chaise devant la table. Il paraissait très jeune et pâle sous la dure lumière électrique. Il avait ouvert la Bible noire et luisante de l'hôtel et la parcourait avec un drôle de sourire. « Un garçon pas commode », pensa Ernest, qui se savonnait les mains et examinait son visage dans la glace au-dessus de la cuvette. Il se trouva très bien.

En rentrant dans la chambre, il dit simplement :

— Je regretterai beaucoup de revenir à Jalna sans toi, Finch. Ce sera une déception pour tout le monde.

— Je n'arrive pas à croire qu'ils seront déçus parce que je ne reviendrai pas.

— C'est cependant la vérité. Tu ne comprends pas. Tu es l'un des nôtres, n'est-ce pas ?

— Je ne suis qu'un original.

— Sottise ! Nous sommes tous plus ou moins originaux, je crois. Et quoi que tu en penses, nous sommes fiers de toi.

Finch sourit ironiquement.

— Avez-vous entendu Renny et Piers dire qu'ils étaient fiers de moi ?

— Allons, allons ! ne prends pas les choses au tragique. Piers a la dent dure.

— Dure comme le fer ! Avec moi, tout au moins.

— Il n'agit pas toujours à dessein. En tout cas, ce n'est pas lui qui compte, c'est Renny.

— Pour Renny, je suis un âne.

Ernest s'assit auprès de lui et mit dans sa voix toute la persuasion et toute l'éloquence dont il était capable.

— Renny t'aime. Il désire que tu rentres gentiment à la maison, sans autre difficulté, et lorsque tu auras passé tes examens, il est bien décidé à te laisser prendre de nouveau des leçons de musique et jouer du piano autant que tu voudras. Tu n'as qu'une seule chose à faire, passer tes examens.

— Mais si j'échoue, que se passera-t-il ?

— Tu n'échoueras pas, tu seras reçu. Tu n'avais pas de très mauvaises notes lorsque tu as échoué et, cette fois, tu seras sûrement reçu.

— Et si je réussis ?

— Tu auras devant toi toute ta vie pour en faire quelque chose de beau.

— Je ne sais pas moi-même ce que je pourrais faire ! dit Finch avec lassitude.

— Finch, tu avais une mère très intelligente et charmante. Elle aurait voulu que tu développes ton talent musical et que tu nous fasses honneur.

— Mon Dieu ! s'écria le jeune homme, voilà un langage nouveau pour moi ! Mon talent ! Ma mère !

— Mais, mon cher enfant, répliqua Ernest un peu énervé, car il commençait à avoir mal à la tête, les parents doivent faire des observations ! Tu n'espères pas...

— Grand-mère fait souvent des remarques méprisantes sur ma mère. Je l'entends, sans en avoir l'air.

— Ta grand-mère à cent un ans et il y a onze ans que ta mère est morte. Leurs rapports n'ont rien à voir avec l'affaire qui nous occupe. Réellement, tu me fatigues !

Ernest fit un dernier effort.

— Que trouveras-tu à New York ? La foule, encore la foule, toujours la foule. La lutte incessante. Toi, un Whiteoak, luttant au milieu de cette foule étrangère ! Un travail malsain ! La nostalgie de la famille. Tu es terriblement malheureux loin de Jalna, Finch. Je t'ai observé, tu as le mal du pays.

— Taisez-vous, cria Finch, en posant sa tête sur la table. Je ne peux vous entendre dire tout cela ! Oncle Ernest, croyez-vous vraiment que je ferais mieux de revenir ?

12

EDEN RETROUVÉ

DEUX soirs plus tard, Eden Whiteoak errait dans la Cinquième Avenue, une main dans la poche d'un veston de tweed assez fatigué, l'autre tenant une canne légère. Il avait beaucoup changé depuis sa disparition de Jalna. Il était plus que maigre, émacié. Ses gestes étaient toujours gracieux, mais il ne restait rien de son aspect brillant et vigoureux. Il semblait marcher uniquement par un effort de volonté, soit à cause d'une grande fatigue, soit par extrême découragement. S'il avait ôté son chapeau, on aurait pu voir ses cheveux qui jadis brillaient comme un casque de métal sur sa tête, maintenant ternes et en désordre. Au-dessus de ses joues creuses brûlaient deux taches fiévreuses où jadis il n'y avait que de fraîches couleurs. La beauté de ses grands yeux bleus n'en semblait que plus vive. Ils conservaient toujours leur expression absente qui troublait parfois ses compagnons, et ses lèvres gardaient leur demi-sourire étrange. Il se sentait presque au bout de son rouleau et était saisi d'une haine violente à l'égard de cette foule mouvante qui partageait le même trottoir que lui. Cette haine, soit caprice, soit peut-être vieux ressentiment, était dirigée surtout contre le sexe féminin. Et cette aversion était, pour l'instant, concentrée sur leurs jambes qui, semblables aux jambes brillantes des insectes, avançaient comme des machines à ses côtés. Il lui sembla que si un jour il évoquait le souvenir de cette nuit anormalement chaude et humide, il la verrait comme emportée dans sa course par d'innombrables jambes gainées de soie.

Quatre jeunes filles s'avançaient de front, portant de hauts talons à la mode de Paris et des bas couleur chair. Leurs huit jambes battaient un rythme régulier.

« Des idiotes, pensa-t-il. Des idiotes ! Pourquoi encombrez-vous la terre ? Pourquoi, au nom de Dieu ! Je voudrais pouvoir vous en chasser. Pourquoi êtes-vous là, quatre toutes semblables. » Il jeta les yeux sur leurs visages aux yeux cernés, aux joues lisses, aux lèvres écarlates, et les regarda d'un air furieux. Idiotes ! Un peu plus tard, il en remarqua une qui marchait auprès d'un jeune garçon mince et de petite taille. Sa jupe était très courte, ses mollets épais descendaient informes du genou à la cheville. Ses pieds étaient ridiculement courts. Quelle silhouette grotesque ! Pourquoi existait-elle ? Oui, pourquoi ? Comment ce jeune homme au visage taché pouvait-il la supporter ?

Son front s'assombrit. Il fixa ses yeux sur le trottoir, s'efforçant de ne plus voir les femmes. Mais à l'instant même, il fut bousculé par l'une d'elles ; il chancela presque, tellement elle marchait d'un pas rapide et décidé. Il tourna la tête et l'examina rapidement. Il vit ses lourdes jambes de femme mûre, son visage large, pâle et agressif, ses seins lourds serrés sous la blouse, son chapeau étroit placé sur un seul œil tandis que l'autre brillait derrière des lunettes d'écaille. Pourquoi, oui, pourquoi existait-elle ?... Pourquoi encombres-tu la terre, grande idiote ? Ils échangèrent un regard. Elle pensa : « Si nous pouvions seulement renforcer la loi pour protéger d'aussi charmants garçons ! Je suis sûre qu'il est ivre. Il a trébuché juste contre moi. »

Il n'y avait pas un souffle d'air. Tout l'air semblait avoir été chassé de la rue, la laissant vide. Et à travers ce vide marchait un cortège semblable à un rêve, si semblable à un rêve qu'il n'avait pas besoin d'air. Les visages, les jambes passaient dans l'ombre devant les yeux d'Eden, jusqu'au moment où l'image d'une vieille femme se détacha nettement. Elle était vêtue d'un noir déteint et portait un bonnet à l'ancienne mode dont les brides formaient un noeud graisseux sous son menton desséché et pointu.

Ses yeux couleur d'ardoise, jadis aussi bleus que ceux d'Eden, s'étaient figés en un regard absent, celui d'une créature qui a regardé la vie trop longtemps et ne peut la regarder davantage. Sa lèvre supérieure serrait sa lèvre inférieure pendante. Les talons éculés de ses gros souliers se voyaient à peine sous la lourde ampleur de sa jupe. Instantanément, elle apparut à Eden comme un objet de grand prix. Son cœur se mit à battre violemment. Il l'examina avec soin, éprouvant une nouvelle et joyeuse émotion poétique devant la vie. Voilà enfin une femme qui avait une signification ! Elle avait une raison d'exister, n'encombrait pas la terre, mais la rendait plus belle. Oh ! la gracieuse et exquise réalité de sa silhouette déhanchée et sans jambes ! C'était vraiment une femme ! il fut bousculé, presque repoussé du trottoir pendant qu'il la contemplait. Il sortit un billet de banque de sa poche, le dernier, et courut après pour le lui glisser dans la main. Cette main se referma comme une pince. Elle s'en alla, traînant les pieds, sans même lui jeter un regard.

Il se sentit tout joyeux et soudain affamé. Une rangée de consommateurs, installés sur de hauts tabourets devant le comptoir d'un débit de boissons, attira son attention. Il entra et ne vit qu'un seul tabouret vide, entre deux jeunes filles. Il n'en voulut pas et attendit qu'une place fût libre, à un bout, à côté d'un vieillard. Il commanda de la soupe à la tomate et des biscottes. En versant le liquide épais fait certainement avec de la conserve, il fut pris d'une quinte de toux qu'il arrêta à grand-peine. Tout son appétit disparut. Il but le bouillon mais laissa les biscottes. En sortant, il sentit un léger souffle d'air. Il entra dans le jardin de

Madison Square, s'assit sur un banc et alluma une cigarette. Une lassitude infinie s'empara de lui, commençant par les membres inférieurs pour atteindre la tête, avec un immense besoin de dormir. Les silhouettes des passants lui apparaissaient dans un brouillard. Il voyait comme dans un rêve le ciel étoilé, la lune lointaine et brumeuse, les rangées des lumières des immeubles voisins, semblables à des cordons de perles.

Il était épuisé par la maladie et la misère. Il revit sa jeunesse, les dons qu'il avait reçus de la nature... Et pour quel résultat ! Il n'avait que vingt-cinq ans ! Sans nul doute, il était la risée des dieux ! Il évoqua le souvenir de Jalna, de ses frères, d'Alayne. A tous, d'une manière ou d'une autre, il avait fait du mal. Mais il ne les voyait pas nettement. Il n'avait une vision claire que de lui-même. Son visage pâle, comme celui d'un noyé, s'élevait un instant à la crête d'une vague.

Que faire ? Il ne pouvait gagner sa vie, il ne pouvait non plus revenir à Jalna. Il avait quitté la femme avec qui il vivait parce qu'il ne pouvait plus contribuer, pour sa part, à leurs besoins ; elle ne demandait qu'à tout payer, mais tout de même, il n'en était pas encore là ! Que de terribles querelles ils avaient eues ! Elle avait versé des torrents de larmes dont il n'avait pu sécher une seule ! Il en était arrivé à haïr ses bras lourds. En être libéré était sa seule joie du moment.

Une odeur de terre mouillée montait des racines de la jeune herbe qui l'environnait. Le bruit de la circulation n'était plus qu'un grondement sourd. Il se sentit isolé. Il était seul, affreusement seul ! Et il fut englouti par une vague de solitude auprès de laquelle la nostalgie de Finch n'était qu'une ride légère ! il retomba sur le banc, le menton touchant sa poitrine.

Deux personnes s'étaient assises auprès de lui. Elles parlaient tranquillement sur un ton grave. Il y avait une douce vieille voix et une voix d'adolescent. Eden les entendit à peine. Une autre quinte de toux le secoua et il s'appuya au dossier du banc. Une fois calmé, il ôta son chapeau pour s'essuyer le front. Le plus âgé de ses voisins se pencha avec un regard de compassion. Gêné, Eden prit une cigarette et frotta une allumette qui éclaira son visage.

— Mon Dieu, s'écria Ernest. Est-ce toi Eden ?

Eden le regarda, trop étonné pour répondre.

— Parle, Eden. Dis-moi ce qu'il y a ?

La bouche d'Eden trembla :

— Rien, je pense.

— Mais cette toux, c'est terrible. Depuis quand tousses-tu ainsi ?

— Il y a plusieurs mois. Ne vous inquiétez pas. Tout ira bien aux beaux jours.

— Mais il fait chaud en ce moment.

— Ce n'est pas un temps de saison. Il fera probablement froid demain. Je vous en prie, ne vous inquiétez pas de moi. Dites-moi plutôt ce que vous faites ici ? Mais n'est-ce pas là le jeune Finch ?

Finch se leva en tremblant. Il était confondu et terrifié par cette brusque rencontre avec Eden et se souvenait de leur dernière entrevue, de cette nuit estivale où il avait découvert Eden et Pheasant dans le bois de bouleaux. Ces deux rencontres si différentes l'une de l'autre avaient cependant un trait commun ; dans les deux cas, Eden avait, à un moment donné, enflammé une allumette et éclairé un visage. La première fois, c'était le visage pâle et terrifié de Finch. Ce soir c'était son propre visage, fiévreux, aux joues creuses. Dans le bois, Eden s'était écrié amèrement : « Quelle vermine tu es, frère Finch. » Ce soir, il lui disait d'un ton insouciant :

— Bonsoir, Finch. Toi aussi tu es ici ! Dieu, quelle rencontre !

— Bonsoir, répondit Finch, sans pouvoir lui tendre la main.

Son cœur faiblissait à la vue d'Eden. C'était sa faute s'il était dans cet état !

— Eden, Eden, s'écriait leur oncle, je suis navré de te trouver si malade. Je n'aurais jamais cru...

— Oh ! je ne suis pas si malade que j'en ai l'air.

Il examinait les membres nouvellement arrivés de la famille avec une joie ironique.

— Seigneur, quel drôle de couple vous faites ! Quand êtes-vous arrivés et pourquoi ?

Ernest et Finch échangèrent un regard gêné.

— Moi... Lui... murmura le jeune homme.

— Lui... moi... bégaya Ernest.

Eden éclata de rire.

— Je comprends tout. Tu t'es enfui, Finch, et l'oncle Ernest court après toi ! A moins que ce ne soit le contraire. Mais peu importe. Il suffit que vous soyez là ! Je n'aurais jamais cru que vous en auriez le courage !

— Tu vas venir à mon hôtel, dit Ernest.

— Je voudrais pouvoir vous inviter chez moi, mais c'est vraiment trop difficile d'accès pour vous !

Ernest était bouleversé. Il se tourna vers Finch :

— Appelle un taxi. Eden ne peut pas marcher.

En chemin, Eden leur demanda :

— Avez-vous vu Alayne ?

— Oui. J'ai dîné et déjeuné avec elle. Elle est toujours charmante, Eden.

— Cela ne m'étonne pas. Il y a des femmes à qui les malheurs conjugaux réussissent. Elles trouvent cela plus excitant que d'avoir des enfants.

Une fois dans la chambre d'hôtel, Ernest déclara :

— Ce qu'il te faut, c'est un bon grog bien chaud. Mais comment s'en procurer un ? Sais-tu s'il n'y a pas ici un de ces *Speak easy*...

Le cœur lui manquait en disant ça, car la pensée de chercher un tel lieu lui faisait horreur.

— Non, merci, répondit Eden, je ne pourrais rien avaler.

Il but un verre d'eau et se promena de long en large dans la chambre, tout en parlant d'une manière qui parut à Ernest plutôt étrange et incohérente. Finch s'était assis et fumait près de la fenêtre sans prendre part à la conversation. Eden ne s'adressait pas à lui.

Au bout d'un moment, Eden voulut s'en aller, mais au moment de prendre son chapeau, il fut saisi d'une nouvelle quinte de toux. Il y perdit le peu de forces qui lui restait. La quinte passée, il se jeta sur le lit et se mit à trembler de la tête aux pieds. Il paraissait si malade qu'Ernest fut affolé. Il envoya Finch à la recherche d'un médecin et le lendemain matin adressa à Renny un télégramme ainsi conçu :

« Avons trouvé Eden très malade. Je t'en prie, viens de suite. Ne peux résister à tout cela.

E. WHITEOAK. »

13

LE CERCLE

Le matin qui suivit, on aurait pu voir un autre membre de la famille Whiteoak prendre l'ascenseur de l'hôtel, accompagné d'un garçon porteur d'une valise fort usagée. Une fois sorti de l'ascenseur, il suivit le garçon en boitant très fort et frappa avec impatience à la porte indiquée. Ce fut Finch qui vint ouvrir.

Une fois le porteur remercié et la porte refermée, Renny enveloppa d'un regard le jeune homme et poussa un grognement mi-moqueur, mi-satisfait de le revoir.

Finch, très rouge, fit un pas en avant. Son frère aîné le prit par le bras et l'embrassa. A cet instant, Finch ne lui apparaissait guère plus vieux que Wakefield. Un flot de joie et de tendresse inonda Finch, une joie animale, et une tendresse qui lui donnaient envie de sauter sur Renny et de le caresser violemment, à la façon d'un bon chien. Cependant il resta immobile, avec un timide sourire.

— Où est Eden ? demanda Renny.

— Là, répondit-il en indiquant d'un signe de tête la chambre à côté. L'oncle Ernest est avec lui.

Ernest entra à cet instant, pâle et fatigué.

— Ciel ! s'écria-t-il, que je suis heureux que tu sois venu ! Et il saisit la main de Renny.

— Quelle charmante réunion ! s'exclama ce dernier. Avez-vous un médecin ? Quelle maladie a-t-il ?

— En vérité, répondit Ernest, je ne me rappelle pas avoir jamais été aussi bouleversé. J'ai fait venir un médecin aussitôt que je l'ai vu aussi malade, je crois que c'est un bon médecin. Il a un nom allemand, mais je crois qu'il n'en est que meilleur.

Il se redressa et regarda Renny bien en face.

— Renny, ce sont ses poumons qui sont malades, très malades. Le docteur dit qu'il est en danger, en grand danger.

Renny fronça les sourcils. Il posa le bout de sa canne au centre du dessin géométrique du tapis et le contempla en disant à voix basse :

— Sa mère est morte de consomption.

— Oui, mais aucun des enfants n'avait montré de prédisposition à ce mal. Je crois qu'Eden s'est exposé lui-même.

Renny se mit à aller et venir en boitant dans la chambre. Ernest lui demanda avec sollicitude :

— Comment va ton genou ? C'est honteux de t'avoir fait venir dans cet état, mais je... Tu me comprends !

— Aucune importance ! Je voudrais que notre médecin le vît. Celui-ci est peut-être un pessimiste. Nous le ramènerons à la maison... Que pense Alayne de tout cela ?

— Naturellement elle est bouleversée. Elle est très émue... Elle n'a aucune haine pour Eden. Elle pense seulement qu'il ne peut pas être autrement qu'il n'est, c'est-à-dire infidèle ! Je suis de son avis. Qu'en penses-tu ?

— Je pense que ce garçon est un vrai fléau ! Comme tous mes frères d'ailleurs !

Et il tourna brusquement son regard aigu vers Finch.

— J'espère que tu vas apprendre à te conduire, maintenant !

Finch tira sa lèvre inférieure.

— Le feras-tu ?
— Oui.
Ernest ajouta :
— C'est un bonheur que ce garçon se soit enfui ; sans cela, nous n'aurions entendu parler d'Eden que trop tard.
Les deux hommes regardèrent Finch. Il souffrait intérieurement, ne sachant si on lui parlait avec affection ou si on se moquait de lui. Ernest continua :
— Alayne lui a procuré une situation très convenable chez un éditeur. J'ai vu Mr. Cory qui m'a permis d'emmener Finch tout de suite. J'avais besoin de lui pour soigner Eden. Je ne pouvais pas rester seul, sans savoir ce qui pouvait arriver. Quand j'ai quitté la maison, je ne pensais pas trouver tant de soucis.
— C'est très heureux qu'il ait servi à quelque chose, répondit Renny. Maintenant, menez-moi près d'Eden.
Eden était bien installé dans son lit ; Renny le trouva moins malade qu'il ne le craignait, jusqu'au moment où il prit sa main sèche et brûlante, si décharnée, et qu'il remarqua la maigreur de tous ses membres sous les couvertures.
Renny s'assit sur le bord du lit et examina son frère.
— Tu t'es mis dans un joli état !
Eden était averti de la venue de Renny et pourtant voir sa famille réunie autour de son lit lui semblait absolument irréel. Était-il donc si malade ? Il retira vivement sa main de celle de Renny et s'assit sur le lit. Très excité, il se mit à parler :
— Je n'aime pas tout ça. Que diable se passe-t-il ? Le docteur a-t-il dit que j'allais mourir ?
— Je n'ai jamais rien dit de la sorte, répondit Renny avec calme. Oncle Ernest m'a télégraphié qu'il t'avait rencontré et que tu étais au bout de tes forces. N'est-ce point vrai et qu'as-tu à dire ?
Le front d'Eden se couvrit de sueur.
— Il t'a télégraphié ! Montre-moi ce télégramme.
— Impossible. Il est resté à la maison. Pour l'amour

de Dieu, tiens-toi tranquille. Tu ne te sens pas mourant, n'est-ce pas ?

Il souriait en posant cette question, mais intérieurement, il était plein d'inquiétude. Toute sa frémissante vitalité s'élançait vers Eden pour le protéger.

— Dis-moi ce qu'il disait dans ce télégramme. Avait-il déjà vu le docteur ?

Il se laissa retomber sur l'oreiller.

— Peu importe, d'ailleurs, tu ne me diras pas la vérité.

— Je vais te ramener à la maison.

L'agitation d'Eden tomba. Il regarda son frère avec angoisse.

— Dieu ! quel bonheur de te voir ici ! Mais je voudrais que tu prennes une chaise, tu fais pencher le lit. Tu n'es pas un poids plume. Renny... Regarde mon bras...

Et il releva sa manche pour montrer un bras maigre, pâle et veiné de bleu. Renny fronça les sourcils. Il se leva et approcha une chaise sur laquelle il s'assit.

— Je me demande comment tu as pu te mettre dans un pareil état ! On dirait que tu n'as pas eu de quoi manger ! Pourquoi ne pas m'avoir demandé de l'argent ?

— M'en aurais-tu envoyé ?

— Tu sais bien que oui.

— Et maintenant, tu veux me ramener à la maison ?

— C'est toute la raison de ma présence ici.

— Quel bon vieux patriarche tu fais ! Les deux brebis égarées : le jeune Finch et moi. Mais que dira Piers ? Il ne sera pas de cet avis. Je voudrais bien voir son visage devant cette proposition.

— Je l'ai vu. Je lui ai dit que je te ramènerais si tu étais en état de voyager.

Eden se mit à rire, d'un rire brusque et ironique.

— Pauvre Piers ! Qu'a-t-il dit ? Qu'il allait empoisonner tous ses cochons, et lui ensuite.

— Non, reprit Renny sévèrement. Il a seulement

dit que tu étais et serais toujours un destructeur, que si tu revenais à la maison pour...

— Pour mourir... Continue...

— Qu'il emmènerait Pheasant jusqu'à ce que tout soit terminé.

De nouveau Eden éclata de rire, mais cette fois d'un rire nerveux.

— Je suis heureux que tu puisses rire, observa tranquillement Renny. C'est bon signe. Tu aimes la plaisanterie.

Mais il se disait en lui-même : « Je voudrais bien savoir au juste ce qu'il pense et ce qu'il a fait cette dernière année. »

Le rire d'Eden s'acheva soudain dans une quinte de toux. Renny regarda son corps mince tendu par la souffrance.

— Puis-je faire quelque chose pour toi ?

Eden releva la tête qu'il avait enfouie dans son oreiller. Ses cheveux collaient à son front et son visage était écarlate.

— Écoute, Renny.

— Qu'y a-t-il ?

— Ma mère est morte de la poitrine, n'est-ce pas ?

— Le docteur l'a dit, mais je crois qu'elle est seulement morte de langueur après la naissance de Wake. Elle n'a pu supporter la mort de notre père.

— C'est ainsi que je mourrai.

— Mais tu n'as pas eu d'enfant posthume.

— Cela peut-il faire mourir ?

— Certainement, si une femme est délicate.

— C'est donc une cause qui n'existe pas pour moi.

— Mais peut-être as-tu fait un enfant ?

— Dans le cas, il sera posthume, lui aussi, le pauvre diable !

— Si tu t'obstines à ne voir que le côté sombre de tout cela, tu mourras sûrement, déclara Renny. Secoue-toi.

— Qui me soignera ?

— Une infirmière, je suppose.

Mais Eden répondit d'une voix enrouée et véhémente :

— Qu'elle aille au diable ! Je te dis que je hais les femmes ! Je ne veux pas d'infirmière près de moi. Elles me dégoûtent toutes, ces femmes compassées, aux pieds plats et aux yeux de myope ! Je ne reviens pas à la maison si je dois avoir une infirmière, je préfère mourir !

Ernest, le visage décomposé par l'inquiétude, entra dans la chambre du malade, suivi de Finch qu'attirait une curiosité morbide. Il s'adressa à Renny d'un ton de reproche :

— Il ne faut pas agir ainsi. Le docteur dit qu'il lui faut le plus grand calme. Tu ne te rends pas compte de son état, Renny.

Il versa quelque chose dans un verre qu'il fit boire à Eden.

Renny le regarda faire avec une violente irritation et une certaine inquiétude.

— Je me rends compte d'une chose, c'est qu'il augmente autant qu'il le peut toutes les difficultés !

Ernest, regardant le bout de son nez, arrangea l'oreiller d'Eden.

— Peut-être comptes-tu sûr l'oncle Ernest pour te soigner, continua Renny ironiquement.

Finch laissa échapper un rire bruyant. Renny se tourna vers lui.

— Qu'est-ce que... commença-t-il. Qu'est-ce que...

— Laisse-le faire, dit Ernest. Finch, mon garçon, prends la bouillotte d'eau chaude et remplis-la.

Eden n'avait aucun besoin d'une bouillotte chaude, mais son oncle la réclama pour montrer combien il devait être traité avec ménagement. Finch sortit avec la bouteille, sous le regard de Renny.

— Je mourrai plutôt que d'avoir une infirmière, répéta Eden d'une voix faible, après le silence coupé seulement par un coup frappé à la porte.

On mit la bouillotte chaude dans le lit et, tout en lui tapotant le dos, Ernest reprit :

— Si Meggie n'avait pas son bébé, elle serait bien la meilleure des infirmières. Elle serait parfaite, comme du reste, elle est parfaite en tout.

— En effet, approuva Renny.

— Ne pourrait-elle trouver quelqu'un pour soigner son gosse ?

— Elle a bien quelqu'un pour l'aider, mais ne consentira jamais à lui confier complètement l'enfant. C'est une mère admirable.

Après une courte interruption, il continua un peu hésitant :

— J'ai bien une idée, mais elle n'est guère réalisable. — Il jeta un regard sur ses compagnons. — Mais toute cette affaire est tellement extraordinaire !

— Voyons votre idée, demanda Renny.

— J'ai bien peur qu'elle ne soit impossible. Il vaut mieux n'en pas parler et chercher une autre solution... Eden, si tu ne veux pas d'une infirmière de métier, peut-être accepteras-tu une femme âgée ayant de l'expérience ?

— J'en ai vu une dans la rue, s'écria Eden. Une étonnante vieille créature ! Un tas de guenilles autour d'un visage de Parque !

Renny interrogea Ernest :

— Ne croyez-vous pas qu'il perd un peu la tête ?

Finch eut un éclat de rire étouffé.

— Pas du tout, répondit Ernest. Tu ne le comprends pas, voilà tout... La personne à qui je pense est Mrs. Patch. Elle est digne de confiance et elle a beaucoup d'expérience.

Finch, incapable de se contenir, s'écria :

— Sûrement ! elle a très bien enterré trois des siens !

— Finch, lui dit son oncle sévèrement, cette réflexion est de très mauvais goût et m'étonne de toi.

— Aucune importance, dit Eden avec un léger

sourire. Dites-moi seulement quelle était votre première idée. A qui pensiez-vous ?

Ernest répondit en regardant Renny :

— Je me demandais si on ne pourrait pas décider Alayne à venir le soigner.

Ce nom prononcé inopinément sembla introduire la présence même d'Alayne auprès des occupants de la chambre. Un léger embarras se glissa entre eux. Aussitôt après avoir prononcé ces paroles, Ernest souhaita ne les avoir jamais dites. Il lui sembla qu'elles venaient souiller la retraite de la jeune femme et le replonger dans la honte et la tristesse de ses derniers jours à Jalna. Il regarda ses neveux avec émotion, évoquant leur conduite à tous les deux à cette époque.

Renny, bouleversé par cette proposition, contempla Eden couché dans son lit, échevelé, malade et magnifique ! Il le vit de nouveau le maître d'Alayne et éprouva au fond de son cœur le regret douloureux d'une chose qu'il ne posséderait jamais. Non, elle ne devait pas faire cela ; ce serait trop cruel de le lui demander ! Et cependant... si on pouvait la décider !... Il la vit en imagination, hésitant dans la chambre, à mi-chemin entre Eden et lui-même !...

— Ce n'est pas une sainte, dit-il.

Finch, vautré dans un grand fauteuil, se tordait les doigts. Des personnages de rêve, voilà ce qu'ils étaient tous, gesticulant, dissimulant le trouble de leurs regards, disparaissant, puis revenant pour faire des signes à celle qui refusait de les suivre et chercher à l'attirer à nouveau dans leur cercle. Encore une fois, malgré lui, il parla.

— Une femme reprend-elle jamais un homme après pareille aventure ?

Ses frères se regardèrent en silence, trop étonnés pour parler. Ce fut la douce voix d'Ernest qui répondit :

— Bien des femmes ont partagé le lit d'un homme après une escapade de ce genre !... Mais je ne pensais qu'à une chose : si Alayne se décidait à revenir à Jalna pour aider à soigner Eden, ce serait merveilleux. Je pensais seulement à ses mains si fraîches, si adroites.

— Vous la croyez donc sans volonté, dit Renny.

— Pas du tout ; c'est justement parce que je sais qu'elle a une grande force de caractère que je faisais cette proposition. Elle est fatiguée et dégoûtée de la vie qu'elle mène. Si elle revient à Jalna, ce sera pour toujours. Maman est déjà une trop lourde charge pour Augusta.

Renny se tourna vers Eden.

— Que penses-tu de tout cela ? Aimerais-tu avoir Alayne pour te soigner ?

Eden s'enfonça dans son lit, cachant son visage dans son oreiller. Finch s'écria :

— Il n'a pas besoin d'elle, il n'a pas besoin d'elle !

Il ne pouvait supporter l'idée qu'Alayne serait à nouveau entraînée à Jalna comme dans un gouffre où elle serait engloutie.

— Laissez-le, dit son oncle. Laissez-le réfléchir.

Tous les trois restèrent silencieux, les yeux fixés sur le corps enfoui sous les couvertures. De-ci, de-là, à travers le brouillard de leurs pensées, passait la silhouette d'Alayne, comme dans une sorte de danse mystique. Le grondement de la circulation, au-dessous, formait comme un mur autour d'eux.

Enfin Eden se retourna vers eux.

— Je vous jure que si Alayne ne vient pas me soigner, je mourrai.

Ses yeux étaient exaltés, sa bouche fiévreuse.

Finch ne cessait de se répéter à lui-même : « C'est une honte, une honte de lui demander cela ! »

— C'est toi qui dois poser la question à Alayne, dit Ernest à Renny. Il faut que tu ailles la voir tout de suite.

— Quand pourra-t-il voyager ?

— Dans quelques jours.

— Je crois que c'est plutôt à vous de faire cette démarche, oncle Ernest. Vous l'avez déjà vue.

— Non, non ; c'est à toi, Renny.

— Je l'amènerai à Eden qui le lui demandera lui-même.

— Je crains que cela ne la bouleverse.

— Je la préparerai, mais il faut que ce soit lui qui pose la question.

— Très bien, dit Eden. Amène-la. Elle ne pourra me refuser.

Les pensées de Renny, en attendant que s'ouvrît la porte d'Alayne, étaient un curieux mélange. Il avait le sentiment lamentable et décourageant qu'il agissait comme par force, poussé par sa sollicitude pour Eden. A peine s'il avait dormi les deux dernières nuits. En ville, il était malheureux à l'égal d'un animal sauvage pris au piège. Cependant tout son être frémissait d'une joie cruelle à la pensée de redevenir une force dans la vie d'Alayne, en l'arrachant à sa tranquillité pour la replonger dans cet esclavage de passions et de désirs qu'elle avait rejeté.

En la voyant devant lui, sa première impression fut qu'elle n'avait rien de remarquable, rien de ce dont il l'avait parée en imagination. Elle était moins grande, ses cheveux étaient d'un or plus pâle, ses yeux plus gris que bleus, ses lèvres froides. Et cependant, son émotion dépassa son attente ! Il éprouva une chaleur étrange qui se répandit dans tout son sang tandis qu'il lui serrait la main ; et il se demanda si cette émotion était visible pour elle. Si cela était, sa maîtrise d'elle-même était merveilleuse.

Les réactions d'Alayne furent absolument inverses. Renny lui apparut avec des traits plus marqués que dans son souvenir, plus grand, plus net, des yeux plus vifs, un nez plus gros, à la courbe plus orgueilleuse ! Mais son émotion fut moins forte qu'elle ne l'avait craint. Elle se trouvait comme le nageur effrayé par la force du courant et qui s'aperçoit qu'il résiste d'une façon tout à fait inespérée. Elle se rendit compte que, depuis leur dernière entrevue, elle avait acquis plus de confiance en elle-même, plus de maturité.

Ils entrèrent dans le salon, dissimulant ce double conflit d'émotion.

Renny prit la parole en disant :

— Nous arrivons les uns après les autres. Attendez encore un peu, et vous trouverez à votre porte Gran avec Boney sur l'épaule.

Elle rit un peu et dit sérieusement :

— C'est regrettable que ce soient des ennuis qui vous amènent.

— Oui. — Il la regarda attentivement. — Vous connaissez l'état de santé d'Eden ?

— J'en ai parlé avec votre oncle.

Son visage garda tout son calme.

Tout en la dévorant des yeux, il reprit :

— Que c'est étrange de vous revoir !

— Et vous donc !

— Le temps vous a-t-il semblé court ou long ?

— Très long.

— Pour moi, il a été très court ; rapide comme le vent.

— C'est que vous avez vos chevaux, vos chiens, votre famille, tandis que moi, je suis plutôt solitaire.

— Mais vous travaillez.

Et il jeta un coup d'œil sur les livres qui couvraient la table. Elle haussa légèrement les épaules.

— Je crois que je réfléchis trop et que je fais trop peu d'exercice.

— Vous devriez en faire davantage. C'est à cheval que je réfléchis le mieux. Vous rappelez-vous nos promenades à cheval ? Vous trouviez que j'étais un professeur sévère, n'est-ce pas ?

— Nos promenades, murmura-t-elle.

Et soudain, elle se vit galopant autour du lac, en compagnie de Renny ; elle entendit le martèlement des sabots, le grincement des sangles ; elle revit les crinières brillantes et flottantes. Elle respira plus vite, comme si vraiment elle était à cheval.

— Comment va Letty ? demanda-t-elle.

C'était le nom de la jument qu'elle montait.

— Toujours aussi belle, toute prête et vous attendant.

— Je crains bien de ne jamais plus la monter, dit-elle à voix basse.

— Ne viendrez-vous jamais plus nous voir ?

— Renny, s'écria-t-elle soudain avec passion, nous nous sommes dit adieu ce dernier soir. Vous n'auriez pas dû venir me voir.

— Vous ai-je troublée ? demanda-t-il. Vous paraissez si calme.

— Je désire l'être. Je voudrais oublier le passé !...

Il se mit à lui parler doucement, comme à un cheval nerveux.

— Naturellement. Vous avez raison. Je ne serais jamais venu si je n'étais aussi inquiet pour Eden.

Elle ouvrit de grands yeux.

— Je ne peux rien pour Eden, dit-elle brusquement.

— Pas même venir le voir ?

— Venir le voir ! vraiment non ! et pourquoi le ferais-je ?

— Quand vous l'aurez vu, vous ne poserez plus cette question. C'est un malade. Je ne crois pas qu'il guérisse jamais. Sa mère est morte de consomption !

Consomption ! A Jalna, on appelait encore ainsi cette maladie ! Quel horrible mot !

— Je suis certainement la dernière personne qu'Eden voudra voir.

— Vous vous trompez. Il est très désireux de vous voir.

— Pourquoi donc ?

— On n'explique pas les désirs d'un malade aussi gravement atteint que l'est Eden. Peut-être a-t-il quelque chose à vous dire, qu'il juge important.

— C'est ce qui vous amène ici ?

— Justement.

Un amer désappointement l'envahit. Ce n'était pas pour la voir qu'il l'avait cherchée, mais uniquement à cause d'Eden. Elle répéta :

— Je ne veux pas le voir.

— Mais si, je pense que vous le ferez. Vous ne pouvez le lui refuser.

Il s'assit résolument, en fumant, essayant, elle le sentait, de vaincre son refus par sa silencieuse tyrannie.

Elle murmura :

— Ce sera une scène pénible pour moi.

— Ce ne sera pas nécessairement une scène, reprit-il. Pourquoi les femmes s'attendent-elles toujours à des scènes ?

— C'est peut-être parce que j'ai pris cette habitude chez vous, répliqua-t-elle.

Le sourire Court découvrit les dents de Renny, mais son visage reprit vite son aspect sérieux.

— Vous viendrez, Alayne, vous ne pouvez lui refuser une entrevue de cinq minutes.

— Je crois deviner ce qu'il veut. Il a peur et il veut que je m'occupe de lui, que je le soigne et que je le guérisse.

— C'est bien possible, répliqua Renny imperturbable. De toute façon, il a absolument refusé d'avoir une infirmière de métier. Je ne sais si tante Augusta et Mrs. Wragge pourront suffire. Oncle Ernest avait proposé la vieille Mrs. Patch et Finch a aussitôt déclaré qu'elle saurait sûrement soigner cette maladie puisqu'elle a soigné et enterré trois membres de sa famille qui en étaient atteints.

Il la regarda attentivement pour juger de l'effet de ses paroles, et vit ses yeux pleins d'effroi et même d'horreur.

— Mrs. Wragge... Mrs. Patch..., répéta-t-elle. Elles le tueraient.

Son imagination l'emporta à Jalna où elle vit Eden,

le bel Eden dans son lit, abandonné par Mrs. Wragge ou Mrs. Patch. Une autre pensée la frappa aussi.

— On ne peut pas l'installer dans la maison, ce serait un danger pour les garçons, pour Wake, pour Finch.

— J'ai bien pensé à cela, dit Renny. J'ai une idée. Vous vous souvenez de la Cabane du violoneux ?

Comment l'aurait-elle oubliée ?

— Oui. Certainement.

— Très bien. Ce printemps, je l'ai fait nettoyer, repeindre et remettre en état pour un ménage écossais qui devait venir travailler pour Piers. Ça n'a pas marché et ils ne sont pas venus. Je crois que cela conviendrait parfaitement à Eden. Nous avons beaucoup de meubles et quelques tapis, la maisonnette ne serait pas trop laide. On peut même la rendre tout à fait agréable. Si seulement vous vouliez voir Eden et user de votre influence...

— De mon influence !

— Oui. Vous avez encore beaucoup d'influence sur lui. Vous pouvez le décider à accepter une infirmière. Mon Dieu ! si vous saviez comme je suis tourmenté à son sujet !

Il lui apparut soudain, non plus en dominateur, mais plein de naïveté et émouvant dans sa confiance en elle. Elle ne regarda pas ses yeux sombres si dangereux pour elle, mais la ride inquiète de son front sous la pointe de cheveux couleur de rouille.

Elle imagina l'installation d'une chambre de malade à Jalna, pensa à la Cabane du violoneux entourée d'arbres et d'une végétation trop riche. Elle vit Eden au plus mal. Tout cet amour de l'ordre et de la bienséance qui est le propre de la Nouvelle-Angleterre, et qu'elle portait en elle, s'éleva contre le désordre et l'incapacité des Whiteoaks.

C'est en tremblant qu'elle s'entendit accepter d'une voix calme, d'accompagner Renny à l'hôtel.

Moins d'une heure après, elle se trouva, comme

dans un rêve, auprès du lit d'Eden, pâle et les lèvres serrées. Il était couché, ses beaux cheveux en désordre, son cou blanc et sa poitrine découverte. Elle évoqua des morts de poètes : la mort de Keats, de Shelley disparaissant sous les flots. Ils étaient bien jeunes, mais moins que lui. Et ses vers étaient beaux, aussi ! Elle les aimait toujours, les savait par cœur ! Qui pouvait savoir ce qu'il écrirait s'il guérissait ! Quel était son devoir envers l'Art ? envers l'amour qu'elle ressentait toujours pour sa poésie et pour sa beauté ? Jadis, il avait été son amant ; cette même tête avait reposé sur sa poitrine. Mon Dieu, que leur amour avait été doux ! et combien éphémère !

Cet amour avait été semblable à une rose rouge, pressée, respirée, puis rejetée pour mourir. Mais un léger parfum attardé faisait frémir douloureusement l'âme d'Alayne.

Eden prit sa main et la garda dans la sienne, lui disant d'une voix enrouée :

— Je savais que vous viendriez ; vous ne pouviez me refuser cela... Alayne, ne me quittez pas. Restez auprès de moi, sauvez-moi. Vous ne pouvez savoir quel besoin j'ai de vous. J'ai refusé d'avoir une infirmière parce que je savais que vous seule pouviez m'aider. C'est votre force, votre soutien qu'il me faut. Sans cela je ne guérirai jamais.

Il éclata en sanglots et fut saisi d'une terrible quinte de toux. Elle le regarda, crispant son visage comme un enfant pour ne pas pleurer. Elle s'entendit promettre, d'une voix brisée, de l'accompagner à Jalna.

14

LES BRAS DE JALNA

Le train semblait voler follement à travers la nuit. La locomotive crachait de la fumée et des étincelles, son œil brillant luisait, son sifflet perçait l'air. La file des wagons roulait dans un bruit métallique et semblait le corps de quelque serpent fabuleux qui, ayant avalé un certain nombre d'humains, avait hâte de s'en débarrasser dans un lieu favorable. Dans les cavernes d'acier et son intérieur, les faibles corps humains reposaient tranquilles et sans souffrance. Il semblait à Finch que ce voyage avait lieu dans l'unique dessein de ramener dans les murs de Jalna cinq créatures qui s'en étaient évadées.

Eden supporta fort bien le voyage. Renny avait pris un compartiment complet qu'il avait partagé avec lui, de façon à le surveiller. Ernest, Finch et Alayne avaient des couchettes à l'autre bout du wagon. Tous les quatre, — car Eden ne s'était pas fait voir aux autres voyageurs — faisaient l'objet de maintes suppositions. Les deux hommes, grands, minces et absorbés en eux-mêmes, avaient traversé plusieurs fois le wagon d'un bout à l'autre, complètement ignorants des autres voyageurs, révélant ainsi le pouvoir des Whiteoaks de transporter partout leur propre atmosphère. Avec une réserve calculée, ils élevaient un mur entre eux et le reste de l'univers. Dans le compartiment des fumeurs, aucun d'entre eux n'échangea plus d'un regard, d'ailleurs dépourvu de toute amabilité, avec un autre voyageur.

A leur arrivée, ils trouvèrent deux autos à la gare. L'une, de marque anglaise, était une bonne mais vieille voiture qui appartenait à Maurice Vaughan, le beau-frère de Renny ; il la conduisait lui-même. On y plaça Eden, Ernest et Renny montèrent avec lui. En les voyant partir, Alayne se demanda pourquoi Renny n'était pas resté avec elle. Elle était soulagée d'éviter le voisinage d'un long trajet, mais elle éprouva cependant un vif désappointement, presque du ressentiment, de voir qu'il la fuyait.

Ce mélange de froideur et de vivacité, de calcul et d'élan contenu l'avait déjà troublée. Vivre auprès de lui, c'était éprouver successivement des périodes d'exaltation et de dépression. Elle était heureuse de ne pas habiter sous le même toit que lui. La Cabane du violoneux était bien assez proche.

En s'installant auprès de Finch dans la vieille auto usagée des Whiteoaks, et en voyant Wright, le garçon d'écurie, revêtu pour la circonstance de son meilleur habit, elle se demanda quelle puissance l'avait forcée à cet étrange retour.

Était-ce l'ombre de son amour disparu pour Eden, un désir naissant d'entourer son existence pour sauvegarder sa poésie ? Ou était-ce que, devant la volonté de Renny, elle n'avait pas eu la force de résister ? Est-ce que tout simplement, et si terrible que ce fût, la vieille maison de Jalna ne l'avait reprise sous son charme, et n'avait étendu son bras pour la ramener dans son sein ?

Finch et elle parlèrent peu. Une sorte de muette compréhension s'était établie entre eux. Finch suivait, lui aussi, le cours de ses pensées vagabondes. Il traversait la ville où se trouvait son collège. Comme elle lui paraissait grande avant son séjour à New York ! Aujourd'hui, il lui semblait qu'un choc l'avait aplatie ! Les rues étaient incroyablement étroites. La foule qui, jadis, lui semblait se hâter, ne faisait plus que flâner. Les visages aussi étaient différents, moins immobiles, plus joyeux. Et que les agents étaient plaisants à voir avec leurs casques !

Une fois hors de la ville, le long de la route, en traversant les champs de blé vert et les jardins éclatants de tulipes et lourds du parfum des lilas, le visage de Finch portait une telle expression de bonheur qu'Alayne lui dit, avec un demi-sourire :

— Heureux de revenir à la maison, n'est-ce pas ? Il acquiesça de la tête. Il aurait voulu lui dire qu'une part de sa joie était due à sa présence, à ce miracle de l'avoir auprès de lui pendant cette promenade printanière. Mais il ne pouvait trouver de mots pour exprimer ses sentiments. Il essaya de se faire comprendre par un regard et tourna vers elle son sourire à la fois timide et séduisant. Elle lui rendit ce sourire en effleurant sa main et il crut qu'elle l'avait compris. Mais elle pensait seulement : « Que va-t-il faire maintenant ? Ce retour est-il pour lui un bien ou un mal ? »

Ils atteignirent les petites maisons blanches d'Evandale, sa forge, le minuscule magasin de Mrs. Brawn, l'église anglaise haut perchée sur la colline boisée, le presbytère couvert de vigne. Un vent froid et vif soufflait, éparpillant les dernières fleurs du verger. Ils entrèrent dans l'allée de Jalna au moment où les occupants de l'autre voiture en descendaient. Renny tenait Eden par le bras. Ils entrèrent ensemble sous le porche. La prairie parut moins grande à Alayne que dans son souvenir. Les grands arbres toujours verts, aux branches lourdes et tombantes, semblaient s'être rapprochés les uns des autres pour chuchoter ensemble en les voyant revenir.

Rags ouvrit toute grande la porte d'entrée, découvrant comme un tableau grand-mère soutenue par Nicolas et Augusta. Elle souriait d'avance et portait sa robe de velours rouge, ainsi que son plus beau bonnet garni de rubans, rouges également. Sa belle vieille main qui s'appuyait sur sa canne d'ébène portait de belles bagues aux pierres richement teintées. Derrière elle, dans le hall, le soleil passait à travers le vitrail peint et répandait des taches de couleurs de formes bizarres. Serrant toujours sa canne, elle fit un pas en avant et tendit les bras.

L'heure de l'arrivée était parfaite pour elle. Après une nuit de profond sommeil, elle venait de s'éveiller, très reposée, et sa vivacité naturelle n'était pas amoindrie par la fatigue de la journée.

— Enfin ! s'écria-t-elle. Mes enfants... tous mes enfants... Embrassez-moi vite !

Ils s'empressèrent autour d'elle, l'enveloppant presque complètement : Ernest, Renny, Finch, Eden. Ils échangèrent des baisers sonores.

— Mon Dieu, Nicolas, s'écria Ernest avec anxiété en voyant sa mère embrasser Eden. Trouves-tu cela prudent, avec les dangers de la contagion !

— Il y a peu de chance qu'elle prenne quelque chose à son âge, répondit tranquillement Nicolas. Que ce garçon a changé !

— Oui... Quels jours pénibles j'ai passés, Nick ! Si tu savais toutes les difficultés que j'ai eues ! La responsabilité et tout le reste ! Comment maman a-t-elle supporté tout cela ?

— Merveilleusement. La lettre de Renny lui a donné un regain de vie ! Je me demande ce qui l'a poussé à écrire à maman plutôt qu'à Augusta.

Ernest le regarda, incrédule.

— Tu ne veux pas dire que c'est à maman qu'il a écrit pour annoncer le retour d'Alayne et pour faire préparer la petite maison ?

— Mais si. Tout s'est passé en dehors d'Augusta. La pauvre vieille est très vexée, je t'en avertis. Mais c'est bien fait pour elle. Elle est beaucoup trop autoritaire.

— Hum ! Il n'aurait pas dû agir ainsi. Ce n'est pas

aimable pour Augusta et maman est si faible. Qu'a-t-elle pu faire ?

Nicolas fit entendre un de ses rires silencieux.

— Ce qu'elle a pu faire ! Mais elle nous a tous exténués ! Si on l'avait laissée faire, tout le mobilier aurait quitté la maison pour la Cabane du violoneux ! Tout n'a pas été rose ici. Regarde-la donc !

La vieille Mrs. Whiteoak s'était assise sur son fauteuil. Pour la protéger des courants d'air, on avait placé derrière elle un écran indien noir et or. Au sommet de cet écran était perché Boney, revêtu de son éclatant plumage printanier. Ses yeux ronds étaient fixés sur le bonnet de la vieille dame dont les rubans clairs l'intriguaient. Elle fit asseoir Eden et Alayne de chaque côté de son fauteuil et leur prit à chacun une main. C'était presque une geste religieux. Jamais elle n'avait admis qu'Eden et Alayne fussent séparés. En ce jour, ils lui apparaissaient comme un couple inséparable, disparu depuis longtemps et revenu par miracle auprès d'elle. L'activité qu'elle avait déployée pendant ces derniers jours avait rendu ses yeux plus brillants, et avait accentué le masque autoritaire de ses traits.

— Ah ! dit-elle, vous voilà enfin, mon jeune couple. Toujours aussi beau. Qu'il y a donc longtemps que je vous attendais ! Quelle affaire, n'est-ce pas, Augusta ? quelle affaire ! Alayne, ma chère enfant, vous vous souvenez de ma fille, lady Buckley ? Elle est fatiguée, je l'ai remarqué. Ce climat ne lui convient pas. Il faut être un vieux cheval de bataille comme moi pour y résister. J'ai vécu bien portante aux Indes et je fais de même au Canada. Rôtir ou geler, c'est tout un pour moi.

Augusta regarda le bout de son nez. Elle était très vexée de la remarque de la vieille dame et dit :

— Ce n'est pas étonnant que je sois fatiguée ! Nous venons de passer des jours terribles.

Et elle jeta sur Renny un regard offensé.

Il ne le vit pas. Ses yeux étaient fixés sur sa grand-mère. Il était absorbé par la vue qui le rendait profondément heureux. Une sorte de malice l'avait poussé à lui écrire pour lui demander de s'occuper de meubler la Cabane pour Eden et Alayne, comme si elle était la seule capable de s'occuper de rendre la maisonnette confortable. Quand il lui écrivit, il savait bien qu'elle ne ferait que rendre tout plus difficile à Augusta. Il ne se montrait guère respectueux à l'égard d'Augusta, tout en faisant parfois preuve auprès d'elle d'une démonstrative affection. Elle s'interposait trop souvent entre les garçons et lui, parlait trop souvent de la supériorité de l'Angleterre et de la sauvagerie des colonies. Il l'admirait tout en lui en voulant. Il admirait également sa grand-mère mais acceptait de cette dernière les plus flagrantes extravagances.

En ce moment il était plein d'une tendresse infinie pour elle, à la vue de sa joie, de cette exaltation d'un être supérieur. Il oublia un instant son inquiétude pour Eden, ainsi que sa passion cachée pour Alayne. Il était heureux de voir la jeune femme assise, la main dans celle de sa grand-mère, et redevenue, pour quelque temps du moins, un membre de la tribu. Il sentit se resserrer les liens invisibles qui l'attachaient aux êtres réunis dans cette pièce.

Eden oubliait presque la fatigue du voyage dans l'excitation du retour. Il éprouvait la joie cynique de l'enfant prodigue qui se retrouve au foyer, entouré de tendresse. Mais, au fond de lui-même, il savait bien qu'il n'avait pas changé. Il souriait d'un air moqueur à Alayne au-dessus du velours rouge qui couvrait les genoux de grand-mère, au-dessus des pierres brillantes de ses bagues qui entraient dans la chair de leurs deux mains prisonnières. Il éprouvait un immense soulagement en pensant qu'Alayne était à Jalna pour le soigner comme elle l'avait déjà fait une fois jadis. Il n'aurait pu supporter d'autres soins que les siens et s'il devait mourir, ce serait moins terrible avec elle à ses côtés !... Mais il ne pouvait s'empêcher de sourire avec ironie.

« Me voilà prise au piège, pensait Alayne. Pourquoi suis-je ici et que signifie tout cela ? Cela a-t-il une raison d'être, un but ? Ou sommes-nous des marionnettes inconscientes que fait danser la main d'un magicien ? cette main qui est peut-être celle de cette vieille femme ! Il est si tentant de voir en elle une sorte de Parque. »

— *Shaïtan ! Shaïtan ka batka !* hurla Boney, découvrant soudain en elle une étrangère.

— Dites à cet oiseau de se taire, cria grand-mère. Je veux parler.

— Taisez-vous, Bonaparte, gronda Nicolas.

Alayne suivait toujours le cours de ses pensées : « Eden va-t-il mourir ? Et s'il meurt, que se passera-t-il ? Pourquoi suis-je ici ? Si je peux le guérir, pourrai-je jamais m'intéresser à lui de nouveau ? oh ! non, non ! je ne pourrai jamais ! Que pense Renny ? Comment ai-je été assez folle pour croire que sa présence ne m'entraînerait plus comme une vague de la mer ? Oh ! pourquoi suis-je venue ? »

Ses sourcils se froncèrent douloureusement. Les bagues de la vieille Mrs. Whiteoak lui faisaient mal à la main.

— *Shaïtan ! Shaïtan ka batka !* hurla de nouveau Boney.

— Nick.

— Qu'y a-t-il, maman ?

— Ernest.

— Oui, qu'y a-t-il ?

— Dis à cet oiseau de se taire. Je vais demander quelque chose à Alayne.

Ils apaisèrent le perroquet avec un morceau de biscuit.

— Êtes-vous contente d'être revenue, enfant ?

— Oui. Oh ! oui.

— Où étiez-vous pendant votre absence ?

— A New York.

— C'est un triste endroit, d'après ce que j'ai

entendu dire. En étiez-vous fatiguée et Eden avait-il une bonne position ?

Tous les regards convergeaient vers Alayne. Elle détourna la question.

— Je suis partie pendant quelque temps, pour changer un peu d'air, chez des cousins dans le Milwaukee.

Les épais sourcils roux se soulevèrent.

— Milwaukee ! En Chine, n'est-ce pas ? C'est très loin.

Nicolas vint à son aide :

— Milwaukee n'est pas en Chine, maman, c'est quelque part aux États-Unis.

— Quelle bêtise ! C'est en Chine. Walkee, Walkee, Talkee, Talkee ! Vous ne pensiez pas que je savais aussi l'argot des Indes !

Elle rit triomphalement en serrant la main d'Alayne.

— Walkee, Walkee... Talkee, Talkee... chantonna Wakefield.

— Nicolas !

— Qu'y a-t-il, maman ?

— Fais taire ce garçon. Je ne veux pas être interrompue.

Nicolas étendit son long bras et attira Wakefield près de lui.

— Écoute, lui dit-il en levant le doigt ; c'est une conversation très instructive.

Grand-mère s'adressa alors à ses deux voisins, en les regardant de ses yeux sombres et brillants.

— Qu'y a-t-il ? Pourquoi n'avez-vous pas d'enfants ?

— Ceci est de trop, dit Augusta.

Sa mère lui répliqua :

— Ce n'est pas assez... Pheasant en a un, Meggie aussi. Il en faut un autre... Je n'aime pas cette habitude de ne pas avoir d'enfants. Ma mère en a eu onze. J'aurais pu en faire autant. J'avais commencé joliment bien. Mais quand nous sommes revenus ici le docteur était si difficile à atteindre que Philippe a eu peur. Ah ! c'était un homme, mon Philippe ! Quel dos ! Aujourd'hui on en voit plus de dos aussi droit. Pas d'enfants... Hum ! De mon temps une femme en donnait une bonne douzaine à son mari...

— *Shaïtan,* cria Boney qui avait fini son biscuit et qui regardait l'étrangère.

— ... Et si parmi eux, il y en avait un dont il ne fût pas très sûr, il le prenait quand même, comme un homme !

— *Shaïtan ka batka !*

— Il savait bien que la jument la plus digne de confiance est... capricieuse de temps en temps.

— *Ka batka !*

— Eh bien, Renny ! Qu'en penses-tu ?

— Oui, chère grand-mère, c'étaient des jours de grandeur.

Eden retira sa main de celle de sa grand-mère. Une immense fatigue se lisait sur son visage. Il se leva, ses lèvres étaient entrouvertes, son front tiré.

— Je suis horriblement las, murmura-t-il. Je me coucherais volontiers un moment.

Et il regarda autour de lui.

— Pauvre diable, dit la vieille dame. Mettez-le sur le divan de la bibliothèque.

Eden sortit lentement de la pièce. Ernest le suivit plein de sollicitude et d'importance. Il le couvrit soigneusement. Les yeux de grand-mère avaient suivi le couple avec satisfaction. Ils se tournèrent ensuite vers Alayne.

— Ne vous inquiétez pas, chérie. Nous le verrons bientôt guéri. Laissez-nous espérer que...

— Maman, interrompit Nicolas, mettez Alayne au courant pour la Cabane. Dites-lui toute la peine que vous avez prise.

Cela suffit pour détourner l'attention de la vieille dame de la nécessité de croître et de multiplier ! Elle ne songea plus qu'à décrire le doux nid qu'elle leur avait préparé !

Nicolas dit à mi-voix à Renny :

— C'était épouvantable ! La Cabane n'aurait jamais pu contenir tout le mobilier qu'elle a voulu y envoyer. Il n'y a eu qu'une chose à faire : apporter les choses par une porte et les remporter par une autre ! Cette pauvre vieille Augusta était à bout de forces.

Le maître de Jalna montra ses dents dans un sourire satisfait. Puis son visage s'assombrit en demandant :

— Comment trouvez-vous Eden ? Bien malade, n'est-ce pas ?

— Comment est-il vraiment ? Ta lettre ne m'a guère renseigné.

— Je ne le sais pas exactement moi-même. Il faut que le docteur Drummond le voie. Le médecin de New York dit que son état est sérieux, mais pas désespéré.

— Ces docteurs américains... dit Nicolas avec un haussement d'épaules. De l'air frais, du lait, et nous l'aurons vite rétabli. Quelle brave fille que cette Alayne ! Bien fanée, par exemple !

— Quelle bêtise, déclara Ernest qui arrivait derrière eux. Elle est plus charmante que jamais.

Renny n'exprima aucune opinion. Ses yeux ne quittaient pas le visage d'Alayne. Il y lut un consentement intérieur à son changement d'existence, une paisible acceptation de Boney lui-même ! Une brave fille ? Non. Mais une âme fière et passionnée. Il se rapprocha d'elle en passant au milieu des lourds meubles d'acajou, et s'assit sur le canapé où se trouvait Eden un instant auparavant.

— Je voudrais vous dire comme je suis heureux de vous revoir ici.

La vieille Mrs. Whiteoak s'était assoupie. La Parque semblait dormir. Alayne et Renny pouvaient se croire seuls dans la pièce. Chacun d'eux éprouvait la force insolante du voisinage de l'autre.

— Il fallait que je vienne. Il le désirait et avait besoin de moi.

— Naturellement. Il avait besoin de vous... Et lorsqu'il sera guéri ?...

— Alors, je repartirai.

Mais ses propres paroles lui semblaient irréelles, bien qu'elle eût laissé ses affaires dans l'appartement de New York et n'eût apporté que le nécessaire pour un séjour d'été. Cet appartement lui-même, avec ses beaux tapis, ses jolies lampes, ses bibelots de cuivre et d'étain avait moins de prix à ses yeux que la canne d'ébène de la vieille dame. Peu importait Rosamond Trent. C'était la pièce où elle se trouvait en ce moment qui parlait à son âme, avec son mobilier encombrant. Ses murs épais enfermant cette ambiance toute-puissante avaient un sens que ne possédait aucun autre mur ! Elle ne pouvait saisir ce sens caché, et n'avait pas la force de lutter contre. La pièce n'était peut-être qu'un piège et elle... un lapin... un pauvre petit lapin pris au collet !

Renny reprit d'un ton un peu sec :

— En tout cas, vous êtes venue, c'est l'essentiel ! Je ne peux vous dire de quel poids vous m'avez soulagé. C'est la guérison assurée pour Eden.

Il fallait donc qu'elle travaillât, qu'elle luttât pour la guérison d'Eden. Ce n'était que justice. Il faut obéir aux lois de son état. Mais quel étrange intermède dans sa vie allait être cet été !

Augusta, qui était sortie, apparut à la porte et les appela. Ils se levèrent et se dirigèrent vers elle avec précaution pour ne pas éveiller leur grand-mère.

— Il s'est endormi, dit Augusta. Il est à bout, le pauvre garçon. Et vous aussi, ma chérie, vous devez être fatiguée. Ne voulez-vous pas monter dans ma chambre faire un peu de toilette avant dîner ? Je vous apporte un pot d'eau chaude.

Alayne la remercia. Elle serait contente de changer de vêtements et de se laver.

— Ensuite, continua Augusta, je vous amènerai à la villa. Il me semble qu'il faut supprimer ce vilain nom de « Cabane du violoneux », maintenant que vous allez y vivre. Je vous montrerai nos préparatifs, je devrais plutôt dire les préparatifs de ma mère.

Et elle jeta sur Renny un regard plein de reproches.

Il la regarda également d'un air taquin.

— J'aime ce vieux nom et je ne vois aucune raison pour le changer.

— Je ne l'appellerai jamais ainsi.

— Appelez-la comme il vous plaira ! C'est la Cabane du violoneux.

Et il eut un geste d'impatience.

— Pourquoi tenir à des noms si vulgaires ?

— La prochaine fois, ce sera du nom de Jalna que vous vous moquerez !

Pendant cette discussion, Alayne se disait : « Ai-je vraiment été absente ? Les voilà se chamaillant comme toujours ! Je ne pourrai jamais supporter cela. Que m'arrive-t-il donc depuis que je suis ici ? Un simple mouvement de son bras me bouleverse ! A New York j'avais trouvé un certain calme, mais ici, c'est impossible. Dieu merci, je ne vivrai pas sous le même toit que lui ! »

Une tache de lumière rouge provenant du vitrail tombait sur la tête de Renny. Sa chevelure semblait de feu. Il reprit avec dédain :

— La villa ? Autant l'appeler la Villa des Roses ou la Villa Bijou, pendant que vous y êtes.

Il ne pouvait supporter le moindre changement autour de lui.

La porte de l'extérieur s'ouvrit et Wakefield entra en courant. Avec lui pénétra un souffle de printemps et trois chiens. Les deux épagneuls se mirent à aboyer et à sauter sur leur maître. Le vieux chien de berger renifla autour d'Alayne et agita le bout de fourrure qui lui servait de queue. Il se souvenait d'elle.

Wakefield lui tendit un petit bouquet d'anémones.

— Voilà pour vous, lui dit-il. Vous les mettrez dans votre chambre.

Alayne le serra dans ses bras. Que son petit corps était charmant, si léger, si délicat et cependant si plein de vie !

— Merci, chéri.

Et il se mit à rire tandis qu'elle mettait un baiser sur son oreille. Il s'accrocha à elle.

— Allons, enfant, gronda sa tante, ne sois pas si brusque avec Alayne. Elle va venir dans ma chambre, elle est fatiguée et tu te suspends à elle.

Renny enleva le petit crampon et lady Buckley prit le bras d'Alayne. En montant l'escalier, elle lui dit :

— Vous avez agi avec noblesse et droiture. Je ne peux vous dire à quel point je vous admire. Je voudrais être sûre que votre sacrifice sera récompensé ! mais je n'ai jamais vu cela dans la vie !

Et elle soupira, puis reprit :

— J'ai trouvé une gentille petite Écossaise qui viendra chaque jour du village pour travailler pour vous, vous savez où… Je refuse de donner à votre logis son vilain nom, même si Renny doit être désagréable pour moi.

Elles arrivaient à la chambre d'Augusta qui versa de l'eau dans la cuvette pour qu'Alayne pût se laver le visage et les mains.

Finch lui aussi avait regagné sa chambre. Le craquement de l'escalier du grenier qu'il montait était pour lui une voix familière. Elle lui souhaitait la bienvenue tout en le grondant et en lui reprochant sa longue absence. Personne, pendant ces dernières semaines, n'avait écouté les voix nocturnes de la maison. Tout ce qu'il aurait pu entendre pendant ces nuits-là était maintenant perdu pour toujours. Les murs de sa chambre n'étaient plus immobiles, mais ils paraissaient bouger et frémir à sa vue. Les fleurs de la tapisserie s'agitaient comme sous une rafale. Il s'arrêta, reniflant les odeurs familières : le plâtre humide dans le coin où se trouvait une gouttière (sa cuvette était encore là où il l'avait mise pour recueillir les gouttes d'eau), le tapis fané, mal balayé par Mrs. Wragge, qui sentait le moisi, ainsi que les vieux livres sur l'étagère. Et, imprégnant tout, l'odeur de la maison elle-même avec son secret toujours gardé, mais qu'il croyait pouvoir bientôt découvrir.

Il ouvrit toute grande la fenêtre pour laisser entrer l'air. Les arbres sombres et amicaux exhalaient leur parfum résineux et pénétrant. Des pommes de pin roses, semblables à de petites bougies un jour de fête, se dressaient dans l'herbe fraîche. Les troncs d'arbres du côté de la maison, et comme un signe visible de leur union avec elle, portaient une couche de mousse verte. Leurs feuilles, dans leur jeune fraîcheur, avaient un éclat pur et sans tache. Au-delà des arbres s'étendaient les prés humides et verts, l'enclos où se trouvait un groupe de jeunes poulains inquiets de leur propre existence, le verger où les fleurs blanches des pommiers tombaient au moindre souffle d'air sur la terre rouge, comme des bouquets aux pieds de juin, jeune époux de l'été. La rivière aux mille reflets ensoleillés coulait rapidement vers le ravin où les troncs argentés des bouleaux brillaient dans l'ombre. Un pigeon mélancolique fit entendre son appel pensif et prometteur.

Finch tendit les bras et se pénétra de toute cette beauté. Il laissa son âme s'en aller au-devant du matin, et revenir à lui chargée de ce même matin et de toute sa douceur, comme une abeille de miel.

Il évoqua la dernière journée qu'il avait passée dans cette chambre, son humiliation. Il avait redouté un retour humiliant. Mais Piers n'était pas là pour se moquer de lui. Derrière la maladie d'Eden, il s'était faufilé et à peine avait-on fait attention à lui. Sous sa moustache, le vieil oncle Nicolas avait murmuré :

— Je pense que tu es plein de honte, jeune homme. Tu mérites une bonne correction.

Mais Renny qui avait entendu, remarqua brusquement :

— Sans lui, nous n'aurions jamais retrouvé Eden.

Détestable et splendide, ce Renny !

Derrière lui, Finch entendit un pas léger. Il se retourna et aperçut Wakefield sur le pas de la porte. Son air digne, le sérieux de sa petite personne déplurent à Finch. Son petit air protecteur s'accompagna des paroles les plus nobles qu'il eût à sa disposition et qu'il avait acquises dans ses conversations avec tante Augusta et Mr. Fennel.

— Je vois, dit-il d'une voix claire, que tu te repens de ta folie.

Finch se précipita sur lui. Il ne réussit qu'à grand-peine à se contenir et à ne pas toucher le petit garçon. Mais vraiment c'eût été un trop mauvais début ! Il se demanda pourquoi Wakefield ne le respectait pas. Les autres petits garçons respectent leurs aînés ; chez un de ses amis, il avait vu un jeune frère indiscret se retirer sur un simple signe de tête.

On pouvait toujours essayer ce système avec Wake. Il posa la brosse avec laquelle il allait se coiffer et, de la tête, lui montra la porte avec une expression de calme autorité.

Wakefield ne bougea pas et répéta :

— Je sais très bien que tu regrettes ta folie.

Finch jeta sa brosse pour se diriger vers l'enfant. Mais pouvait-on vraiment toucher un être aussi frêle ? Ses os étaient si minces ! Finch le hissa sur ses épaules et descendit en courant l'escalier sans que l'enfant protestât. Mais à l'instant où Wake se retrouva sur ses pieds dans le hall, il reprit son air de petit coq et se glissa adroitement à la tête de la procession qui entrait dans la salle à manger.

— Enfin, s'écria grand-mère. Voilà ce que j'aime, des garçons qui font du tapage !

Ils s'assirent autour de la table. Les portraits du capitaine Philippe en uniforme, et d'Adeline au temps de sa lune de miel, leur souriaient. Derrière eux glissait Rags avec son expression habituelle de servilité et d'impudence, son vêtement noir et luisant enfilé à la hâte à la dernière minute et dont le col remontait sur la nuque.

Ils commencèrent à manger de larges tranches de bœuf rôti, des pommes de terre frites, des oignons au jus, des asperges au beurre, un pudding avec une sauce forte et, par-dessus le tout, tasse sur tasse de thé chaud. Alayne fut touchée parce qu'ils s'étaient souvenus qu'elle ne mangeait pas de pudding. Il y avait pour elle des tartes à la confiture.

— Elles sont cuites dans les petits moules en coquilles que vous aimez, dit grand-mère.

Il y avait aussi du cherry, un cherry qu'un Américain aurait payé bien cher ! Comme la vieille dame l'aimait ! Elle renversa sa tête en arrière en faisant trembler son bonnet pour avaler jusqu'à la dernière goutte de son verre.

— Il faudra que j'envoie de ce cherry à la Cabane du violoneux pour Eden, murmura Renny. Cela le remontera et lui fera plus de bien que du lait.

Les pensées d'Alayne s'envolaient pleines de compassion vers Eden étendu dans la chambre voisine. En passant, elle l'avait aperçu sous une couverture au crochet. Elle pensa que cette conversation de gens bien portants devait être pénible pour lui. Nicolas, Ernest et leur mère parlaient tous à la fois et il n'était question que de nourriture, de ce qu'Eden avait mangé à New York, et Nicolas à Londres il y avait trente-cinq ans ; de ce que grand-mère avait mangé aux Indes soixante-quinze ans auparavant ! Augusta, de sa voix grave, vantait le parfum des framboises, des laitues et des choux-fleurs d'Angleterre. Il y eut une discussion entre Augusta, Renny et Wakefield pour savoir si l'enfant mangerait oui ou non du gras de bœuf. Seul, Finch restait silencieux et mangeait comme s'il n'avait jamais rien mangé jusqu'à ce jour.

Le soleil, à travers les persiennes jaunes, les baignait tous de cette teinte éblouissante des couchers de soleil de Turner, accentuant les traits particuliers de chacun : le bonnet de grand-mère, ses sourcils, son nez ; la frange d'Augusta et le port de sa tête ; les épaules de Nicolas et ses moustaches tombantes ; les longues mains blanches d'Ernest ; les lumineux yeux noirs de Wake ; la tête rousse de Renny et son nez Court. Rien, chez eux, n'était soumis à une discipline ; la vie ne les avait pas modelés ni transformés ; ne les avait rendus conformes à aucun modèle déterminé.

Après les conversations légères qu'Alayne avait entendues l'hiver précédent, plutôt qu'elle n'y avait pris part, quelle animation, quelle exubérance de vie !... Peut-être étaient-ils dans le vrai ! Peut-être possédaient-ils un secret perdu pour tous les autres ! Ils ne se ménageaient guère, ils vivaient largement. Comme des arbres frémissants, ils enfonçaient leurs racines, étiraient leurs membres, luttaient entre eux, se battaient contre les éléments. Ils ne trouvaient rien d'étrange ni d'extraordinaire en eux : ils étaient les Whiteoaks de Jalna, et l'on n'en pouvait rien dire de plus.

15

VAUGHANLANDS

LE même après-midi, Renny et Wakefield descendaient la pente qui conduisait au ravin, franchissaient le pont sur la rivière et remontaient la pente opposée en suivant le sentier sinueux qui aboutissait dans un bois de pins appartenant à Maurice Vaughan. La maison se trouvait dans une clairière entourée d'arbres si épais après les pluies du mois dernier, qu'on ne voyait que la fumée de ses cheminées s'élevant dans un léger ciel bleu. Cependant ils entendaient une voix de femme chanter à l'intérieur. Un champ de blé s'étendait devant eux dans lequel un garçon du village tapait avec insouciance sur une poêle pour faire fuir les corbeaux. Ces derniers tournoyaient autour de lui ou allaient se nourrir un peu plus loin, en lui jetant des regards moqueurs. Au milieu d'eux se trouvaient deux blanches mouettes venues du lac en excursion terrestre.

Le garçon fut effrayé en se sentant arracher des mains poêle et bâton !

— Crois-tu faire peur aux corbeaux avec ces quelques tapes, lui demanda Renny. Écoute-moi plutôt !

Et il fit un bruit terrible à l'oreille du garçon. Les corbeaux montèrent tout droit au ciel en criant. Les mouettes s'enfuirent à perdre haleine dans la direction du lac.

Les deux frères continuèrent leur promenade, le

petit s'accrochant au bras de son aîné. Lorsqu'ils atteignirent une ouverture dans la bordure de cèdres qui longeait le pré, à peine s'ils entendaient le tapage fait sur la poêle, tandis qu'une voix féminine aux notes claires et chaudes leur parvenait de l'intérieur de la maison.

— Renny, s'écria Wakefield en tirant son frère par la manche, pourquoi Piers a-t-il emmené Pheasant et Mooey ici, juste au moment où Eden et Alayne arrivaient ?

— Parce que Piers ne peut pas supporter Eden.

— Pourquoi donc ?

— Tu ne peux comprendre.

— Piers et Pheasant resteront-ils ici tandis qu'Eden sera à la maison ?

— Oui.

— Mais je croyais que Meg ne pouvait souffrir Pheasant.

— Eh bien, elle lui témoignera de l'amitié pour l'amour de Piers et d'Eden.

Les yeux de Wakefield, assombris par ses pensées, étaient rêveurs.

— Je comprends tout cela difficilement.

— Tu n'as pas besoin de comprendre. Moins tu penseras à cela, mieux cela vaudra.

— N'empêche que j'ai mes idées, dit l'enfant d'un ton important.

— Tu as trop d'idées. Tu es trop curieux.

Wakefield leva les yeux, d'un air candide.

— Je suppose que c'est ma faible santé qui en est cause.

Comme il connaissait bien son frère aîné ! Ils entrèrent dans la maison serrés l'un contre l'autre.

Le salon obscur était vide, de même que la salle à manger. La douce et chaude voix féminine s'élevait toujours dans la maison. Ils montèrent au premier. Wakefield traversa en courant le corridor et frappa à une porte qu'il ouvrit aussitôt. La pièce où il pénétra était inondée de soleil filtrant à travers les lourdes branches des arbres. Elle était tapissée de couleurs vives et gaies. Un vase de narcisses était posé sur la table et, à côté, on voyait un plateau d'argent avec une théière, une assiette de gâteaux et un rayon de miel. Med était en train de prendre un de ses petits repas.

— Toujours en train de grignoter ? dit Renny qui se pencha pour l'embrasser.

Wakefield s'appuya sur le dos de sa sœur en lui mettant les mains sur les yeux :

— Devine qui est là !

Elle prit les petites mains et les tira sur sa poitrine, en tournant la tête vers lui. Ils s'embrassèrent.

— Oh ! tu as le goût du miel ! s'écria-t-il et il regarda avec envie le carré de miel.

— Je n'avais pas faim au déjeuner, aussi je commençais à me sentir un peu faible et on m'a apporté ceci dont je n'ai nul besoin. Tu peux le finir, Wake, mon chéri.

Il prit le rayon de miel entre ses doigts et commença à le dévorer. Meg le regardait faire avec indulgence, et Renny avec une affectueuse inquiétude.

— Crois-tu que cela soit sain ? demanda-t-il.

— Bien sûr. C'est un aliment naturel qui ne peut lui faire aucun mal. Quand je pense, continua-t-elle, que tu es allé à New York depuis que je ne t'ai vu ! Elle le regarda comme si elle allait découvrir en lui quelque chose d'extraordinaire. Que de choses tu as dû voir ! Mais avant tout, parle-moi d'Eden. Est-il très malade ? S'il est en danger, je ne sais comment je le supporterai ! Pauvre agneau ! Il était toujours si bien portant. Tout le mal vient de son malheureux mariage. Le jour où il a amené cette fille à Jalna, j'ai prévu des difficultés. Et prenant son courage à deux mains : Renny, est-ce qu'Eden va...

Elle jeta un regard sur Wake. Il ne devait pas entendre parler de choses effrayantes.

— Il a une tache sur le poumon, il est très maigre...

Mais je le crois moins malade que ne le disait ce docteur de New York. Seulement il lui faut beaucoup de soins.

Et il pensa : que va-t-elle dire quand elle saura qu'Alayne est ici. Il ajouta tout haut :

— Il lui faut un bon air et de bons soins.

Meg s'écria :

— Je le soignerais bien, mais il y a bébé que je ne peux exposer.

Il connaissait sa nonchalance.

— Mais cette « aide maternelle », comme tu l'appelles, ne peut-elle s'occuper de l'enfant ?

Meg tourna son fauteuil en face de lui. Son bras court et rond reposait sur la table que dépassait une main blanche et sensuelle. Sa voix s'emplit de reproches.

— Confier mon bébé à Minny Ware ! C'est une cervelle d'oiseau. On ne sait jamais ce qu'elle va faire. Il y a des jours où je voudrais ne l'avoir jamais vue !

Ils se turent un moment. La voix de la chanteuse parvenait jusqu'à eux d'une chambre éloignée. Il ne pouvait encore dire à Meg qu'Alayne était à Jalna.

Elle reprit :

— Je trouve que c'est terrible d'exiler Eden à la Cabane.

— Ce n'est pas prudent de le garder à la maison avec les garçons.

— Et Finch aussi est revenu ! Quelle terrible responsabilité ont certains, dans la vie, tandis que d'autres... Voilà ce qui m'empêche de manger, c'est l'inquiétude.

— Pour Finch, tout ira bien maintenant... C'est un étrange garçon... On ne peut le comprendre...

Meg observa avec satisfaction :

— Il ne serait jamais parti si j'avais été à la maison. Tante Augusta ne comprend absolument rien aux garçons.

Renny écoutait la voix de la chanteuse.

— Chante-t-elle toujours ainsi ?

Sa sœur secoua la tête, comme à l'appui de choses difficiles à exprimer. Elle se pencha vers Renny en murmurant :

— C'est très pénible pour moi d'avoir Pheasant. Seule mon affection pour Piers fait que je la supporte. Elle a tout de suite été pour le mieux avec Minny Ware. Déjà je les trouve ensemble, bavardant dans les coins. Je fais celle qui ne voit rien.

Un pas lourd se fit entendre dans le hall, suivi d'un coup à la porte. Meg plissa son front lisse en disant :

— Entrez.

On tapa de nouveau.

— Il ne t'entend pas, dit Renny. Hullo, Maurice.

La porte s'ouvrit devant Vaughan. Ses cheveux gris étaient en désordre, son veston de travers sur ses larges épaules.

— Tu viens de dormir ? lui demanda Renny.

Vaughan acquiesça avec un sourire.

— Y a-t-il quelque chose de mystérieux dans cet entretien ? Je viens chercher ma pipe que j'ai laissée quelque part.

Et il pensait : « Pourquoi Meg me regarde-t-elle ainsi d'un air si drôle ? »

— J'étais en train de demander à Meg si Minny Ware cessait quelquefois de chanter, dit Renny. C'est une joyeuse compagnie. Je voudrais vous l'emprunter pour Jalna.

Et il pensait : « Quelle diablerie que le mariage ! Meg a pris ce vieux Maurice quand elle a eu besoin de lui. »

De son côté Meg se disait : « Pourquoi ne puis-je jamais avoir mon frère pour moi seule ? N'y a-t-il plus de vie privée quand on est mariée ? »

Vaughan avait trouvé sa pipe et sa blague à tabac. Il remplit sa pipe adroitement en dépit de sa main droite infirme depuis la guerre. Les grands yeux bleus de Meg ne perdaient pas de vue cette main et le bandage de cuir qui entourait le poignet. C'était cette vue qui l'avait un jour attendrie. Mais aujourd'hui, le mouvement de cette main avait le don de l'irriter. Elle le trouvait anormal et même horrible, plutôt qu'attendrissant. D'un ton de reproche, elle dit à son mari :

— Renny ne croit pas qu'Eden soit très malade. Vous m'avez tellement effrayée !

Et elle se tourna vers son frère.

— Maurice m'avait dit qu'Eden avait l'air à moitié mort !

— Mais je l'ai trouvé ainsi ! répliqua Vaughan d'un ton bourru.

— Il avait vraiment un air lamentable après le voyage, dit Renny. Mais un bon sommeil et un peu de nourriture l'ont déjà remonté. Nous l'avons installé dans la Cabane du violoneux.

Dans un moment, il faudrait bien lui dire qu'Alayne était revenue. Sa gorge se serra. Meg demanda vivement :

— Comment l'y avez-vous amené ? A-t-il pu marcher jusque-là ?

— Wright et moi l'avons à moitié porté. La maisonnette a été aménagée très confortablement. Tu en serais étonnée. Gran était ravie. Elle a tout dirigé. Tante Augusta est harassée.

Vraiment, il ne pouvait encore rien lui dire !

Vaughan devinait les pensées de Renny. Il déclara en contemplant le fourneau de sa pipe :

— Il a besoin de beaucoup de soins. As-tu vu ses poignets et ses genoux ?

— Encore ! lui cria sa femme. Vous voulez absolument me faire peur.

Elle mit sa main sur son cœur.

— Si vous saviez quel poids j'ai là !

— Je regrette, dit Vaughan. J'ai le don de mettre les pieds dans le plat... Je veux seulement dire...

— Taisez-vous, interrompit-elle d'un ton tragique, et laissez-moi aller me rendre compte par moi-même...

Elle donna libre cours à son énervement en corrigeant Wakefield qui essuyait ses doigts au-dessus du plateau. Il expliqua que ses doigts étaient gluants. Avant même qu'il fût calmé, un nouveau coup fut frappé à la porte, un petit coup léger et impatient.

— Voilà bébé, dit la voix de la chanteuse. Elle pleure et veut vous voir.

Wakefield ouvrit la porte toute grande. Une jeune femme blonde était sur le seuil, un gros bébé dans les bras.

Le visage de Meg s'apaisa aussitôt dans une expression d'adoration maternelle, avec un sourire d'une douceur ineffable. Elle tendit les bras pour recevoir l'enfant et mit un long baiser sur la joue semblable à un pétale de fleur.

A quarante-deux ans, Vaughan l'avait rendue mère, et avait réalisé ainsi son propre rêve de devenir le père de l'enfant de Meg. Mais cette naissance n'avait pas rapproché leurs deux êtres. Meg, qui n'avait jamais désiré la maternité, était devenue maternelle d'une façon extravagante, rejetant son mari hors des limites de cette tendre intimité. Il éprouvait parfois la perplexité du chien qui voit se refermer sur lui la porte de sa propre maison ! Il aimait cette enfant comme il n'avait jamais aimé Pheasant pourtant si seule et si désireuse de tendresse. Meg l'avait appelée Patience. « Mais pourquoi ? » s'était-il écrié devant ce nom qu'il n'aimait pas du tout. « La patience est ma vertu préférée, avait-elle répondu. Nous l'appellerons Patty pour abréger. » Et l'on assistait à cette chose curieuse : Mooey (c'était son surnom), l'enfant de ces deux jeunes êtres, Piers et Pheasant, était un enfant sérieux, considérant l'univers en fronçant les sourcils, tandis que Patty, aux parents d'âge mûr, était toute animation et exubérance. Elle sautait sur les genoux de sa mère, frappait du pied et montrait ses dents dans un rire joyeux.

Son oncle la chatouilla. Elle saisit ses cheveux roux.

— Eh ! dit-il. Jeune sorcière ! Regarde-la, Maurice.
— Oui. Elle tire fort.
Meg sourit à Minny Ware.
— Ne partez pas. Asseyez-vous. Je peux avoir besoin de vous pour bébé.

Minny Ware n'avait nullement l'intention de s'en aller. L'enfant désirait moins la compagnie de sa mère que Minny celle des hommes ! Elle souffrait de sentir une présence masculine dans le voisinage sans pouvoir s'y plonger. En ce moment, toute son ambition était de conquérir le maître de Jalna. Mais il était sur ses gardes et elle craignait presque qu'il ne perçût son désir.

Elle s'assit les jambes croisées, regardant le groupe familial autour du bébé. Elle portait une blouse bleue très décolletée qui découvrait son cou blanc un peu fort et sa poitrine très pleine. La blouse était courte et laissait apercevoir des petits pantalons rose vif et des bas comme seule une jeune Londonienne pouvait en porter.

Elle était née, non pas à Londres, mais dans une partie reculée de l'Angleterre où son père était pasteur d'une paroisse très éparse. Elle avait rarement su ce que c'était que de posséder deux pièces d'argent à la fois. Quand son père mourut, deux ans après la fin de la guerre, elle vint à Londres avec une amie. Toutes deux rêvaient d'aventures ; elles étaient vigoureuses et fraîches comme le vent de leur pays natal. Pendant plusieurs années, elles avaient mené une existence plutôt précaire, tout en réussissant à garder leur vertu et leur teint de roses sauvages.

Mais la vie était difficile. Bientôt elles n'eurent plus qu'une pensée : quitter Londres. Par bonheur, l'amie de Minny fit un petit héritage et elles décidèrent de partir pour le Canada. Elles suivirent quelques cours dans une école d'agriculture et, munies de cette expérience, elles montèrent une ferme dans l'Ontario du Sud.

Hélas ! les capitaux étaient insuffisants pour leur

permettre de s'adapter à une existence aussi différente ! Les saisons furent mauvaises. Une épidémie emporta un grand nombre de poulets et les dindes furent encore plus décevantes, car elles succombèrent toutes. L'installation des basses-cours leur coûta plus cher qu'elles ne l'avaient prévu ; le grain était coûteux, la nourriture aussi. Au bout de deux saisons, elles étaient ruinées, avec tout juste de quoi payer leurs dettes. Elles le firent, car elles étaient foncièrement honnêtes, et elles se retournèrent vers la grande ville.

Dactylos, elles auraient sans peine trouvé du travail. Elles tentèrent vainement de se caser dans le commerce ou comme assistantes chez des médecins ou des dentistes. Elles finirent par entrer comme serveuses dans une maison de thé ; mais au bout d'un an, les jambes de Minny lui refusèrent tout service. Rester debout et porter de lourds plateaux était devenu pour elle une véritable torture. Un soir elle lut une annonce demandant « une aide maternelle » et une compagne. Cette annonce était faite par une Mrs. Vaughan. C'était à la campagne et l'enfant était un petit bébé. Minny désirait vivre à la campagne et « adorait les bébés ». Elle écrivit donc une lettre très soignée dans laquelle elle exposait sa situation de fille de pasteur venue faire de l'élevage au Canada. N'ayant pas réussi, le seul travail qui pourrait lui convenir serait de s'occuper d'un jeune enfant. Elle se garda de parler de son passage dans la maison de thé. Son échec lui valut les sympathies de Maurice toujours attiré par ceux qui n'avaient pas réussi. Quant à Meg, elle se réjouit de la savoir fille de pasteur. Minny Ware était chez eux depuis cinq mois.

A la première occasion, elle s'adressa à Renny.

— New York doit être gai.

— Je suppose, répondit-il. Mais je n'y étais pas pour m'amuser. Je suis sûr que cette ville vous plairait. Aimeriez-vous y aller ?

— Qui ne le désire ? Mais croyez-vous qu'on me laisserait passer ?

— Certainement pas avec cet accent de Londres !

Elle se mit à rire, d'un rire sonore et facile qui donna à son visage une expression enfantine.

— Vous devriez m'apprendre à parler.

— Avez-vous donc si envie de changer ?

Et ses yeux l'examinèrent, remarquant les taches de rousseur qui faisaient ressortir la blancheur de son nez un peu gros.

— Vous avez un type peu commun et une voix remarquable. Qu'en voulez-vous faire ?

— Les exploiter aux États-Unis. Rien ne me retient ici.

Et ses yeux de couleur indécise et enfoncés dans ses orbites, lui lancèrent un regard provocant.

La passion inassouvie de Renny pour Alayne se détourna un instant sur la jeune fille. Il s'en aperçut avec une vive irritation. Regardant sa sœur, il lui dit alors :

— Alayne est revenue pour soigner Eden.

Tant pis si Meggie se mettait en colère devant une étrangère !

— Alayne est revenue ! répéta-t-elle lentement, en plissant un peu les lèvres.

— Eden l'a suppliée de le faire.

— Elle n'a pas beaucoup de fierté !

— Elle est pleine de fierté, au contraire. Elle est trop fière pour se soucier de l'opinion de qui que ce soit.

— Même de la tienne ?

Et elle fit encore la moue.

Minny les examinait curieusement l'un et l'autre. Trouverait-elle ici sa place ?...

Renny ne répondit pas et d'un regard invita Meg à la prudence.

Elle s'assit en baissant les yeux, comme pour retenir ses larmes, et appuya sa joue ronde sur son poing fermé. En réalité, une nouvelle idée venait de naître dans son esprit... Si Eden et Alayne étaient réconciliés, tant mieux ! Qu'Alayne s'occupe de ce pauvre petit ! Quelle bêtise de croire qu'elle était pauvre ! Les Américaines ont toujours de l'argent. Eden serait fragile pendant longtemps. Et si Alayne s'imaginait qu'il ne guérirait pas et que, après sa mort, elle pourrait conquérir Renny, eh bien, elle s'apercevrait vite de son erreur !

De toute façon, il fallait écarter Renny d'Alayne, et il n'y avait pour cela qu'un moyen : le marier. Justement il y avait là Minny Ware. Pour Meg dont l'esprit était lent mais pénétrant, il ne faisait aucun doute qu'Alayne aimât Renny et que Renny fût follement épris d'Alayne. Cet amour contenu n'avait rien de commun avec les sentiments et les brusques ruptures des autres aventures féminines de Renny, aventures que Meg avait pressenties plutôt qu'elle ne les avait connues, et que son orgueil lui avait fait dédaigner.

Elle contempla Renny et Minny l'un près de l'autre et se demanda si vraiment elle désirait les voir ainsi liés l'un à l'autre pour toujours. Au fond d'elle-même, elle se répondit oui. Elle trouvait maints défauts à Minny : elle était sans soin et s'était trop vite liée avec Pheasant, mais c'était cependant la seule femme qu'elle eût volontiers acceptée comme sœur. Elle savait déjà ce que c'était que de détester les femmes de deux de ses frères. Pour la première fois, la gaieté de Minny, son entrain physique, sa bonne humeur toujours correcte, sa bonne volonté au service des autres lui avaient gagné la sympathie de Meg et même une certaine affection.

Renny pourrait-il trouver une femme qui lui convienne mieux ? On dirait peut-être qu'il s'était marié au-dessous de sa condition, mais cela ne troublait pas Meg. Pour elle, peu importait la compagne choisie par un Whiteoak ; le seul fait de l'avoir épousée la mettait hors de cause. En dépit de la destinée passée et malgré ses jupes trop courtes et ses bas extravagants, elle n'en était pas moins la fille d'un clergyman qui avait reçu une excellente éducation. Après la guerre, la vie à Londres avait été si bizarre ! Meg avait bien fait des observations à Minny sur ses toilettes trop voyantes, mais la jeune fille était restée inflexible. Si Mrs. Vaughan n'acceptait pas sa façon de s'habiller, elle s'en irait. Elle ne pouvait s'habiller autrement, même pour s'adapter à sa nouvelle situation, cela lui ferait perdre tout son courage.

Pour comprendre Meg Vaughan, il faut se souvenir qu'elle avait eu une vie très solitaire, élevée par une institutrice, sans amies. Ses frères, ses vieux oncles et sa grand-mère avaient seuls rempli sa vie. Et pendant les longues années où elle s'était tenue à l'écart de Maurice, elle avait acquis le goût de la solitude. Que faisait-elle pendant les longues heures passées dans sa chambre. Brosser ses longs cheveux qui commençaient à grisonner ? Prendre de bons petits repas ? Rêver, la tête appuyée sur son petit bras rond ? L'hiver, il lui arrivait de rester trois semaines sans sortir, si ce n'est pour aller à l'église.

Et maintenant voilà qu'elle possédait un mari, un bébé, et une compagne qu'elle désirait marier à son frère préféré ! Elle était heureuse comme un rat dans un fromage et désirait procurer à Renny ce même bonheur tranquille, autant que le permettrait son tempérament turbulent. Le compagnon choisi n'avait pas une très grande importance pour un Whiteoak. Cela avait été le cas pour Maurice ; il en serait de même pour Minny. Seuls les enfants comptaient. Et en pensant à bébé, Meg soupira profondément.

Meg ignorait toute ambition sociale. Comment aurait-il pu en être autrement, par le fait même qu'ils étaient les gens les plus en vue de la région ? Elle comptait pour rien les riches usiniers ou commerçants qui avaient fait construire de grandes maisons à quelques milles de là, sur les bords du lac.

Pendant le reste du temps que Renny passa auprès d'elle, elle se montra pleine de douceur et de soumission à son égard, et il partit conscient de la perfection de sa sœur. Dans l'écurie de son beau-frère, tout en examinant une jument nouvellement arrivée de l'Ouest il vanta cette perfection à Maurice qui l'approuva.

Quand les deux femmes furent seules, Minny Ware dit :

— Je vais chercher un autre pot de thé. Ils ont gâté votre petit repas.

— Faites, lui répondit Meg. Nous le boirons ensemble.

Elles échangèrent un regard et un sourire, et les yeux de Minny se remplirent de larmes. Elle saisit l'enfant et l'embrassa passionnément.

16

RENCONTRES DANS LES BOIS

EDEN était attendrissant, comme un enfant capricieux, faible et tyrannique. Les premières semaines, il ne pouvait supporter qu'Alayne fût hors de sa vue. A peine pouvait-elle suffire à tous ses besoins. La jeune Écossaise venait l'aider chaque jour et Rags leur apportait leur repas de Jalna dans des plats bien fermés. Mais il fallait qu'Alayne transportât son hamac d'un lieu à un autre, suivant l'emplacement du soleil. Elle devait lui préparer des laits de poule, de la compote de cerises, lui faire la lecture, s'asseoir la nuit à ses côtés lorsqu'il ne dormait pas, l'encourager et l'apaiser. Comme un enfant, il était quelquefois doux et humble. Il prenait sa robe et lui disait : « Je ne mérite pas cela. Mieux valait me laisser mourir », ou bien : « Si je guéris, Alayne, je me demande si vous pourrez m'aimer. »

Elle avait une patience infinie, mais son amour pour Eden était mort de même que celui d'Eden pour elle. Ils savaient bien que tout était fini entre eux et c'est ce qui leur donnait cette tranquille assurance.

Chacun était libre d'aller jusqu'au fond le plus intime de son être, de contempler sa propre image dans la lumière éclatante de l'été. Eden, toujours épris de beauté, découvrait des poèmes dans les violettes qui s'ouvraient, dans les petites orchidées, dans les fougères recourbées qui tapissaient le sous-bois. Il en lisait dans le dessin des branches et des feuilles entrelacées, dans l'ombre des oiseaux qui volaient.

Dans tout cela, Alayne ne trouvait que passion. Elle ne pensait qu'à Renny.

Elle l'avait peu vu et seulement en présence d'Eden ou du reste de la famille. A plusieurs reprises, elle avait pris le thé avec la vieille Mrs. Whiteoak et Augusta. On ne parlait que de la santé d'Eden qui allait mieux. Dès le début, Alayne avait été convaincue que sa maladie était très curable. Il n'avait besoin que de repos et de bonne nourriture. Elle imaginait facilement la vie qu'il avait menée à New York ! Mais qu'il était faible ! Un jour, traversant le sentier jusqu'à l'enclos pour voir un groupe de jeunes poulains, il avait rencontré Piers, Piers vigoureux et hâlé par le soleil. Pas une parole n'avait été prononcée, mais un simple regard de Piers et un geste en avant, avait enlevé toute force aux jambes d'Eden.

Il était revenu en chancelant à travers le verger et s'était jeté sur son lit. Au bout d'un instant, il avait murmuré :

— J'ai rencontré Piers. Quel regard il m'a jeté ! Un regard meurtrier ! Et dire qu'il s'est aperçu que j'avais peur de lui !

Jamais plus Eden ne se dirigea de ce côté. Alayne songea quelque temps à cette rencontre et en voulut à Piers. Mais bien vite ses pensées, comme des oiseaux cruels, retournèrent vers Renny. Cependant tous ses soins allaient à Eden. Elle aurait voulu pour lui plus de soleil. Juin était sans vent et ils souffraient d'un manque d'air sous la verdure épaisse qui les entourait. La Cabane était à moitié enfouie sous une vigne vierge qui assombrissait les petites fenêtres. Eden ne pouvait rester plus d'une heure au soleil sans changer de place. Même le petit sentier qui conduisait de la porte à la petite clairière était entouré d'une telle quantité de fougères et d'arbustes que, en y pénétrant, on se serait mouillé jusqu'aux genoux... Là l'été n'était pas seulement jeune et épanoui, mais il débordait de vie. Chaque matin était frais et lumineux comme le premier matin sur terre. Les feuilles des fougères que couvraient des perles de rosée étaient à peine sèches pour la rosée du lendemain.

Plusieurs semaines auparavant, Alayne avait demandé à Renny de faire quelque chose pour laisser pénétrer l'air et le soleil, mais il n'avait encore rien fait. C'était suffisant pour lui d'avoir ramené Eden à Jalna. Un nouvel effort lui coûtait. Pour toute la famille, la guérison d'Eden était désormais acquise.

Ce jour-là, elle l'avait installé dans un bon fauteuil, un verre de lait à portée de sa main et un livre sur les genoux. Elle se retourna pour le voir. Dans une tache de soleil d'une richesse plutôt automnale, il apparaissait comme un personnage de tableau et cette impression était encore accentuée par la pensive immobilité et la pose, qu'on aurait dite voulue, de ses mains et de sa belle tête.

En le quittant, elle avait failli passer une main caressante dans ses cheveux ; elle était contente maintenant de ne pas l'avoir fait. Elle descendit le sentier humide, au-delà de la source envahie maintenant de chèvrefeuille et le suivit rapidement jusqu'à l'entrée du bois. Elle avait besoin de détente physique. Ses muscles éprouvaient un violent désir de mouvement. En marchant, elle s'aperçut que ces dernières semaines lui avaient apporté un renouveau de force physique. Elle gonfla sa poitrine et respira profondément. C'était sa première promenade depuis son retour à Jalna.

Un petit chemin tapissé d'aiguilles de pins traversait le bois. Il était bordé de campanules qui cherchaient la lumière et de touffes de muguet. Une couple de jeunes peupliers pâles s'était égaré au milieu des pins robustes, ils étaient couverts de larges feuilles argentées qui ressemblaient à un vol de papillons qui se seraient posés là. Au sommet des pins, elle entendit le chant plaintif d'un pigeon. De-ci, de-là, se dressait le tronc blanc et mince d'un bouleau argenté qui semblait éclairé par une lumière intérieure. Les notes plaintives du pigeon furent soudain couvertes par le martèlement des sabots d'un cheval. Alayne se cacha derrière un gros tronc couvert de mousse, tout en cherchant à voir le cavalier. C'était Pheasant, tête nue, à califourchon sur un jeune poney. Ils passèrent dans un éclair, sabots légers, crinière au vent, yeux étincelants, et au-dessus, un petit visage blanc aux cheveux noirs en désordre. Alayne l'appela mais la jeune femme n'entendit pas et disparut dans un tournant.

C'était la première fois qu'Alayne apercevait Pheasant depuis son retour. Elle eut un élan vers elle. Pauvre petite Pheasant, sauvage et douce, mariée si jeune à Piers ! Si Alayne ne l'avait pas connue, elle l'aurait prise pour un jeune garçon.

Le petit chemin quitta le bois de pins. Sans transition, apparut un champ de pommes de terre. Les plantes en fleur, vigoureuses et touffues, n'étaient pas sans beauté, non plus que le laboureur de Piers, vieux paysan tout courbé par le travail et vêtu d'une chemise bleue. Alayne continua de suivre le sentier. Maintenant, elle marchait en plein soleil. Ce n'étaient plus des pins que l'on voyait aux alentours, mais des chênes, des bouleaux et des érables. Dans chaque creux poussaient des touffes de muguet, des œillets blancs et roses, et à travers les arbres retentissait le chant des oiseaux. Un loriot s'envola. Alayne aperçut l'éclair bleu d'une aile de geai et crut voir, sans en être sûre, un rouge-gorge.

Soudain elle entendit à nouveau les pas du cheval. Pheasant revenait. Alayne regardait en tremblant le chemin où se voyaient les traces des petits sabots. Pheasant était à côté d'elle, elle avait sauté de son cheval haletant, dont le nez de velours se glissa entre leurs deux jeunes visages.

— Pheasant !

— Alayne !

Elles se regardèrent, se tendirent les mains, rirent un peu indécises, et finirent par s'embrasser. Le cheval, troublé, retira sa tête en tirant sur sa bride.

— Asseyons-nous dans le bois, cria Pheasant. Quel bonheur de se retrouver ainsi, loin de la famille. Oh ! cette famille ! que voulez-vous, nous sommes différentes d'eux, vous et moi. Nous ne pouvons pas bavarder ni être à notre aise lorsqu'ils sont autour de nous. Et elle ajouta : Vous êtes généreuse, Alayne. Je ne pourrai jamais vous dire ce que je pense, ni oublier comme vous avez été bonne pour moi ! Voilà maintenant que vous êtes revenue pour soigner Eden !

Elles s'assirent au milieu des arbres ; l'herbe était haute et si douce qu'elle semblait poussée de la veille. Le cheval se mit à brouter, arrachant avec de grands mouvements de la tête de pleines bouchées d'herbe succulente. Pheasant appuya son dos contre un jeune chêne. Sur son front blanc, au-dessus de l'ovale pâle de son visage, une boucle de cheveux noirs retombait comme un éventail à demi ouvert. Alayne pensa qu'elle n'avait jamais vu d'aussi beaux yeux noirs. Sa bouche était petite et elle l'ouvrait peu en parlant, mais quand elle riait, elle montrait toutes ses dents blanches.

— Que la vie est compliquée ! Et il faut un tas de complications pour nous dresser, n'est-ce pas, Alayne ?

— Croyez-vous utile de parler de tout cela. Ne vaut-il pas mieux parler seulement de vous et de moi ?

— Oui. Peut-être Dieu essaie-t-il de tout arranger, ou peut-être devenons-nous plus doux en vieillissant. Ne le croyez-vous pas, Alayne ?

Alayne avait oublié sa finesse gentille et émouvante.

— Peut-être en effet nous adoucissons-nous, acquiesça-t-elle. Espérons-le... Je n'arrive pas à nous considérer comme des êtres libres, mais plutôt comme des marionnettes entraînées dans une sorte de danse.

Et sa bouche eut un pli amer.

Le soleil tomba sur Pheasant dont l'imagination réalisa aussitôt cette danse macabre.

— Je peux la décrire, cette danse, s'écria-t-elle. Renny conduit. Viennent ensuite les oncles et les tantes ; nous dansons tous derrière eux, en nous tenant par la main, saluant, regardant derrière nous. Wake vient le dernier, avec de petites cornes, en jouant de la flûte.

Ses yeux plongèrent dans ceux d'Alayne.

— J'ai tant d'imagination, Alayne. Je crée des images instantanément. C'est un précieux secours. Piers en a très peu et dit toujours qu'il vaudrait mieux que j'en aie un peu moins, car je serais, paraît-il, meilleure épouse et meilleure mère. Qu'en pensez-vous ?

— Je pense, dit Alayne, que vous êtes une enfant exquise. On m'a dit que vous étiez maman, mais je ne peux le croire !

— Attendez d'avoir vu Mooey ! Il est simplement merveilleux. Pas si gros que celui de Meg, mais avec des yeux ! J'en ai presque peur... Bien que je ne croie pas au proverbe qui prétend que les bons meurent jeunes ! Je ne considère pas la vieille Mrs. Whiteoak, Gran, comme particulièrement bonne, n'est-ce pas ? Non que je veuille insinuer qu'elle se soit jamais mal conduite — le Ciel me préserve de jeter la pierre à quelqu'un — mais il me semble qu'elle a été plus cynique que pieuse au cours de sa longue vie. N'est-ce pas votre avis ?

— Oui. Mais si j'étais vous, je ne m'inquiéterais pas d'une mort précoce pour Mooey... Dites-moi, Pheasant, qui est cette Minny Ware ? Meg l'a amenée une fois qu'elle est venue apporter des gâteaux secs pour Eden. C'est une drôle de créature. Elle est Anglaise, n'est-ce pas ?

— Oui. C'est une sorte de compagne pour Meg et elle est gentille avec moi. Mais elle est folle des hommes. Je ne la perds pas des yeux quand Piers est là.

Elle arracha nerveusement les brins d'herbe en ajoutant :

— Meg voudrait la marier à Renny.

Que faisaient donc les oiseaux au sommet des arbres ? Quelle étrange aventure survenait parmi les habitants du sous-sol ? Tout le bois frémissait d'un émoi inexpliquable. Alayne sentit cet émoi courir au ras du sol, grimper aux arbres, le long des branches et pénétrer jusque dans les feuilles qui se mirent à remuer. Une ombre a-t-elle envahi le ciel ? Qu'a dit cette enfant.

Meg, avec sa stupide obstination, avait décidé de marier Renny avec une femme de son choix. Mais dans quel but ? Elle vit Renny plein de fougue. Puis ce fut Minny Ware avec ses yeux étroits, drôlement teintés, qui riaient au-dessus de ses pommettes saillantes ; sa grande bouche souriante, son cou blanc un peu fort. Elle crut entendre sa voix pleine et chaude, son rire facile et sonore.

Elle se força à parler avec assurance.

— Et Renny, cette idée lui plaît-elle ?

Pheasant fronça les sourcils.

— Qui peut dire quelque chose au sujet de Renny ? Il pense : c'est une fameuse coquette ! Mais il ne connaît guère que les chevaux. Hier soir, nous sommes tous allés à Jalna. Minny a joué du piano et chanté. Renny paraissait suspendu au piano. Tout le monde est amoureux de sa voix. Les oncles ne la perdaient pas de vue et, croyez-moi si vous le voulez, Gran lui a pincé la cuisse ! C'était un vrai succès ! Mais Renny ne l'épousera jamais, il n'épousera personne. Il aime trop la solitude !

A ces derniers mots, Alayne ressentit une douleur aiguë et, en même temps, une légère impression de réconfort, comme si le soleil brillait faiblement à travers le brouillard.

Comme s'il était conscient d'une violente émotion tout près de lui, le cheval cessa de brouter, releva la tête et parut effrayé. Pheasant alla le prendre par la bride.

— Il devient inquiet, il faut que je m'en aille, j'ai promis de ne pas rester longtemps.

Elles suivirent ensemble le sentier, Pheasant conduisant son cheval. Dans le champ de pommes de terre le vieux paysan s'appuya sur sa bêche, contemplant les plantes dans une apparence de profonde méditation.

— A quoi rêvez-vous, Binns ? lui cria Pheasant.

— Y a des bêtes, répondit-il, et il se replongea dans ses pensées.

Les sabots du cheval résonnaient sur le chemin dur et humide. Un réseau de chants d'oiseaux s'étendait au-dessus de leurs têtes en une mélodie savante et variée.

— Quel paresseux, ce vieux ! dit Alayne.

— Il y a une raison psychologique à cela, répondit Pheasant avec son regard sérieux. C'est parce que les champs sont éparpillés au loin, au milieu des bois. Rien de tel pour rendre un homme paresseux que de se voir entouré de bois. Noah Binns ne gagnera pas son pain aujourd'hui.

Et regardant derrière elle, elle cria :

— Réveillez-vous, Noah.

— Y a des bêtes ! répéta le vieillard sans lever la tête.

En entrant dans le bois de pins, elles rencontrèrent Minny Ware poussant une petite voiture où se trouvait Patience, le bébé de Meg. Minny portait une robe très courte, d'un vert vif, avec une grande capeline faite pour une garden-party.

— Oh ! bonjour, s'écria-t-elle avec son accent londonien. Les gens distingués se promènent.

Elle fit tourner la petite voiture en l'inclinant sur les roues arrière et examina Alayne de dessous les bords de son grand chapeau.

— Comment trouvez-vous ce temps ? Magnifique,

n'est-ce pas ? De toute ma vie, je n'ai vu autant de soleil !

— Autour de la Cabane, le feuillage est trop épais. A peine si nous avons suffisamment de soleil, dit Alayne d'un ton froid et distant.

Elle dissimulait difficilement son antipathie pour cette fille si ardente, auprès de laquelle elle se sentait pâle et sans éclat.

— Comment va votre mari ? demanda Minni Ware. Mieux, j'espère. Que ce doit être ennuyeux d'avoir les poumons malades ! Je crois que les miens sont en caoutchouc.

Et elle fit entendre son rire facile et éclatant. Elle semblait prête à se mettre à chanter.

— Merci, répondit froidement Alayne. Il va mieux.

Minny Ware continua gaiement :

— Mr. Whiteoak m'a demandé d'aller un jour chanter pour lui, car il pense que ça l'égayera. Croyez-vous que je lui ferai plaisir ?

— Certainement.

Mais dans la voix d'Alayne, il n'y avait guère d'encouragement.

— Je deviendrais folle sans musique, dit Minny. Vous avez dû entendre de la belle musique à New York ?

— Excellente.

A peine si Alayne ouvrait la bouche. Elle regardait droit devant elle.

— Je veux y aller moi-même un jour, et il faudra m'aider à trouver des relations.

Alayne resta silencieuse.

Patience gazouillait et tendait ses petits bras vers le cheval.

— Regardez, dit Pheasant en riant. C'est une vraie Whiteoak, elle veut monter à cheval.

D'un geste vif de son bras blanc et nu, Minny enleva l'enfant et la plaça sur le dos du cheval en la tenant.

— Alors, petit canard, comment trouvez-vous cela ?

Bonne vieille bête, ajouta-t-elle en tapotant les flancs de l'animal.

— Pour l'amour du Ciel, Minny, attention ! cria Pheasant. Il est très nerveux.

Elle le caressa doucement.

— Nerveux, dit Minny en riant. On dirait un petit animal bien doux. Regardez bébé, elle ressemble à un agneau à cheval !

Patience avait l'air ravi. Ses légers cheveux bruns voltigeaient sur sa tête, ses yeux brillaient de joie. Elle serrait les rênes dans sa main minuscule et roucoulait de bonheur.

— C'est une vraie Whiteoak ! répéta Pheasant d'un ton solennel.

Alayne pensa qu'elle n'aimait guère les bébés, celui de Meg moins que tout autre. Peut-être ne les comprenait-elle pas, n'en ayant jamais eu auprès d'elle. Pour dire quelque chose, elle admira le cheval.

— Il vient de l'Ouest, dit Pheasant. Il a été mal soigné. Nous avons trouvé des marques un peu partout quand nous l'avons fait tondre, et il a été marqué au fer deux fois. Quoi qu'on en dise, j'ai idée que cela doit être douloureux.

Elle regarda sa montre-bracelet.

— Il vaut mieux remettre Patience dans sa voiture, il faut que je rentre.

Minny Ware prit l'enfant dans ses bras et pressa ses lèvres rouges sur la tendre petite joue.

— La musique et les bébés ! murmura-t-elle tout en l'embrassant. Voilà l'âme et le corps de la vie. Je ne pourrais me passer ni de l'un ni de l'autre. En Angleterre, j'avais toujours un bébé avec moi que je prenais chez un des paroissiens malades de mon père.

Alayne vit soudain dans Minny une figure symbolique : une chanson sur ses lèvres rouges, un enfant contre sa poitrine palpitante. Chansons et enfants jaillissaient en procession sans fin de son corps vigoureux. Dans un renouveau de souffrance, elle la vit devenue la femme de Renny, chantant pour lui et portant ses enfants. C'était, maintenant, à ses yeux, la compagne parfaite pour un Whiteoak. Sa vigueur physique, sa souplesse intellectuelle la destinaient à s'assimiler parfaitement au cercle de famille. Tandis qu'elle se vit elle-même si différente, métal incapable de s'amalgamer, oiseau introduit dans un nid étranger d'où elle appelait un compagnon toujours sourd à sa voix.

Elle glissa son doigt dans la douce petite main qui le serra et chercha à le mettre à la bouche.

Pheasant bondit sur sa selle avec son aisance habituelle. Sa blouse blanche un peu lâche avait une déchirure par où s'apercevait une jeune et mince épaule. Elle encouragea son cheval. L'animal qui marchait si paisiblement, la tête basse, devint instantanément une créature de force et de vitesse. Ses sabots firent voler une gerbe d'aiguilles de pins. Son flanc brun se gonfla. Cheval et amazone disparurent au tournant du chemin.

Les deux jeunes femmes continuèrent leur promenade ensemble. Arrivées au point où Alayne allait tourner dans le chemin qui conduisait à la Cabane, Minny Ware lui dit :

— Alors, dois-je venir chanter un de ces jours ?

— Mais certainement, répondit Alayne.

Après tout, Eden aimerait peut-être sa voix. Il n'avait jamais de distraction, enfermé au milieu des arbres. Il finirait par se fatiguer de lire encore et toujours.

Elle le trouva assis par terre devant un cèdre qui dressait derrière lui sa fine pointe. Elle lui demanda avec inquiétude :

— Croyez-vous que ce soit bon de vous asseoir par terre ? C'est bien humide.

Il repoussa brusquement ses cheveux :

— J'avais tellement chaud ! Il me semblait qu'il ferait plus frais par terre.

Elle le regarda le front plissé.

— Je me demande quelquefois si vous avez bien fait de venir ici et si un séjour à la montagne ou sur un lac du Nord n'aurait pas mieux valu. Même maintenant, si cela vous plaisait, je vous accompagnerais volontiers.

— Non, répondit-il d'un air boudeur. Ici je suis, ici je resterai. Si je guéris, tant mieux, sinon tant pis !

Il tendit le bras et arracha un brin de muguet dont il enleva les pétales un à un.

— Quelle bêtise, reprit Alayne. Cela a beaucoup d'importance, au contraire. Serais-je venue si loin sans cela ?

— Cela n'a aucune importance pour vous.

— Mais si.

— Vous ne m'aimez pas.

Elle resta silencieuse.

— M'aimez-vous, insista-t-il puérilement.

— Non.

— Alors que vous importe mon état ! Et surtout ne me dites pas que mon œuvre vous importe !

— C'est pourtant la vérité. Mais c'est à vous-même aussi que je m'intéresse. Comprenez donc que mes sentiments pour vous ne sont plus de l'amour mais que cependant j'ai le désir de vous soigner et de vous guérir.

Elle s'approcha de lui et le regarda avec compassion. Il fallait absolument le distraire de sa maladie.

— Je viens de rencontrer Minny Ware. Elle m'a offert de venir chanter pour vous. Cela vous fera-t-il plaisir ?

— Non. Je ne veux pas qu'elle vienne. Elle est stupide et sotte. Et j'imagine tout le bruit qu'elle fera avec sa stupidité et sa sottise !

Alayne ne put s'empêcher de dire :

— Meg projette de la marier avec Renny.

Le visage d'Eden témoigna d'une surprise comique.

— La marier avec Renny ! Mais pourquoi donc veut-elle marier cette fille avec Renny ?

Ses yeux à demi voilés plongèrent dans ceux d'Alayne.

Elle comprit que son esprit était sur la piste des motifs tortueux de Meg.

— Cette fille ! répétait-il. Cette fille et Renny ! Je ne peux concevoir cela. Ah ! attendez !

Un éclair de malicieuse compréhension passa dans ses yeux.

— Elle a peur, voilà la raison de ce projet. Elle veut le marier à une imbécile plutôt que de voir se réaliser ce qu'elle craint.

— Que craint-elle ? Vous êtes plein de mystère !

Mais son cœur se mit à battre anxieusement.

Par la fente de ses paupières à demi fermées, il lui jeta un regard inquisiteur. Le soleil et l'ombre jouaient sur son visage et lui donnaient une expression méchante.

— Ma pauvre fille, vous êtes aveugle. Le frère du mari mort ! Meggie pense que je pourrais mourir et elle craint que, dans ce cas, vous n'épousiez Renny. Elle préfère le lier à une chanteuse jolie et grasse. Je vois très bien l'affaire et je parie qu'elle réussira. Pauvre Reynard ! Ce malin renard roux sera sans défense. Elle dressera le piège avec un beau petit poulet, l'y conduira et le laissera flairer... Il n'a guère de chance d'y échapper !...

Elle restait debout et le regardait sous l'ombre mouvante des feuilles. Son visage était d'une pâleur verdâtre, son cœur accablé d'une lourde inquiétude. Elle sentait qu'ils étaient sans défense, emportés inexorablement par des forces impitoyables. Ils étaient pris dans la toile de Jalna et ne pourraient pas plus s'en dégager que les fils tendus sur le métier. Vibrant dans la chaleur, il lui semblait entendre dans tout son être le bourdonnement de ce métier !

Il la regardait avec un intérêt cruel.

— Êtes-vous vraiment si ignorante, lui demanda-t-il méchamment.

— Si ignorante de quoi ? répliqua-t-elle brusquement, saisie d'une sorte de haine à son égard.

— Votre visage ! oh ! ce visage.

Et lui-même prit une expression de souffrance.

— C'est donc bien vrai !

Des larmes de colère et de honte brûlèrent les paupières d'Alayne.

— Et maintenant vous allez pleurer ? Est-ce sur moi ? ou sur Renny ? ou sur vous-même ? Dites-le-moi, Alayne.

Elle ne put en supporter davantage et s'en alla rapidement vers la maison. Il s'attarda un peu, savourant cet instant et se répétant : « Je suis vivant, je suis vivant ! Les vers ne me rongent pas, du moins, pas encore... »

Il leva la main, examina son poignet jadis si rond et si solide. Il n'y avait pas encore de muscles. Il tâta son pouls « battant encore trop fort ».

Il se leva, eut l'impression de se sentir plus vigoureux et suivit Alayne dans la maison.

La petite servante écossaise mettait le couvert. Rags serait là dans un instant avec le dîner. Par une fente de la porte d'Alayne, il l'aperçut devant la glace, les mains levées pour se coiffer. Ses bras et ses épaules étaient nus et leur courbe gracieuse fit naître en lui des souvenirs émouvants. Il n'y avait pas si longtemps que ces bras l'avaient tenu, qu'entre eux, ils avaient échangé de douces et folles caresses. Et tout cela était déjà fini ! Le souvenir de ces caresses n'avait pas plus de valeur qu'une ombre vidée de sa substance. Mais cette ombre le troubla et il se promena dans la pièce en chantonnant.

Alayne ressortit de sa chambre. Il la regarda avec curiosité. Ses penchants amoureux, sa sensibilité, lui permettaient de se mettre facilement à la place d'une femme, d'apprécier avec une précision dangereuse des émotions qui lui étaient tout à fait étrangères ! En ce moment, sous le calme étudié d'Alayne, il devinait les pensées tumultueuses que ses paroles avaient fait naître.

Elle avait quelque notion de cette clairvoyance sexuelle, mais n'en avait jamais exploré les abîmes. Si elle avait su à quel point il était averti de ce qui se passait en elle, elle n'aurait pu rester un instant de plus sous le même toit que lui.

Elle avait mis une légère robe vert pâle qui semblait imprégnée de la couleur de l'atmosphère. Bien qu'il fût midi, la chambre était plongée dans un demi-jour vert grâce à la végétation exubérante qui avait poussé entre les fenêtres et le soleil.

— Comme vous êtes jolie et fraîche, lui dit-il en la regardant.

Elle ne répondit pas mais alla à la fenêtre et regarda entre les feuilles de la vigne vierge. Elle pensa à Renny et à sa promesse de couper quelques-unes de ces plantes grimpantes. Pourquoi ne venait-il pas ? Était-il tellement absorbé par ses propres occupations qu'il en oubliât son frère malade, ou cherchait-il à l'éviter ? Elle s'avoua qu'elle lui en voulait et se demanda âprement pourquoi son amour pour lui devait si souvent revêtir le rude cilice de l'irritation.

On était déjà en juillet quand il se décida à venir. Un jour gris, après une semaine de chaleur intense. Le matin, ils avaient trouvé leur petit bois plongé dans un brouillard aérien. Une mince couche de brume recouvrait les larges feuilles, se condensait à leur extrémité et retombait en fines gouttelettes. L'ardente vie du bois pendant l'été s'était faite muette, à demi assoupie, après son activité intense de la semaine précédente. Plus de chants d'oiseaux. On entendait seulement le léger murmure de la source, enfouie sous son bouquet de chèvrefeuille, véritable souffle de l'herbe endormie.

A mesure que la matinée s'avançait, le brouillard s'éclaircissait, et le soleil se devinait, blême, somnolent et lunaire.

Chaque jour le petit chemin qui conduisait à la porte

de la Cabane devenait plus étroit, envahi qu'il était par la rapide croissance des fleurs et des herbes. Personne ne venait les piétiner. Les visites des membres de la famille se faisaient rares, soit à cause de la chaleur accablante de juillet, soit qu'ils fussent absorbés par l'accomplissement d'un nouveau motif à ajouter à la toile de Jalna ! Eden et Alayne, abandonnés à eux-mêmes, vivaient des jours monotones, isolés par la maladie d'Eden et par la crainte qu'avait Alayne de rencontrer les membres de la famille.

Elle se sentait de nouveau sans force. Ils pourraient continuer à vivre ainsi indéfiniment, leurs jours s'écoulant dans cette ombre verte et leurs nuits dans des rêves fantastiques.

Ce matin-là, elle tressaillit presque de peur en voyant le visage de Renny se détacher du brouillard épais du verger où son corps se mêlait aux troncs d'arbres, et surgir sur le sentier. Il portait une chemise blanche lâche et des culottes de cheval, mais tenait dans une main des outils et dans l'autre une longue tige couverte de petites fleurs rouges.

Il marchait avec tant d'entrain, semblait si indifférent au brouillard et à l'humidité qu'elle se figura qu'ils s'écartaient de lui, s'éclaircissaient et se dispersaient à son approche.

Eden était en train d'essayer d'écrire. Il leva les yeux du sous-main placé sur ses genoux et, tout comme Alayne, tressaillit en voyant Renny sur la porte.

Un peu d'embarras adoucissait les traits durs du frère aîné. Il avait conscience de sa négligence, peut-être même de son égoïsme, mais depuis leur retour se sentait intimidé devant eux.

Bien qu'Alayne ne fût revenue que pour soigner Eden, le ramener à la santé et ensuite repartir, elle semblait maintenant lui appartenir. Avec un fatalisme presque animal, Renny s'était tenu à l'écart pour voir venir les événements. Il était attentif et son instinct ne le trompait jamais. Il sentait la présence d'Eden et d'Alayne dans l'air même qu'il respirait, sur la terre qu'il foulait.

Cependant l'été aurait passé sans qu'il vînt leur rendre visite, si ce matin-là Augusta ne lui avait fait remarquer le développement excessif de la vigne qui couvrait le porche, les dimensions des géraniums dans les massifs, la difficulté de faire disparaître les mauvaises herbes du jardin et la nécessité de faucher le pré. La vue de cette trop riche végétation l'avait amené à examiner celle encore plus riche de « la Cabane du violoneux ». Ses deux habitants devaient être presque enfermés dans un mur de plantes, comme dans un palais endormi !

En traversant le verger, il avait remarqué un bouquet de graminées rouges, tout enroulées sur elles-mêmes, lantées sur un petit tertre et qui apparaissaient éclatantes à travers le brouillard. Il en coupa une longue branche pour l'apporter à Alayne ; elle pendait au bout de ses doigts et touchait presque le seuil de la porte. Ses épagneuls parurent à ses côtés.

Eden fut saisi d'une joyeuse émotion en le voyant. Un sourire enfantin parut sur ses lèvres et il s'écria :

— Enfin toi, Renny ! Je croyais que tu m'avais oublié ! Depuis combien de temps n'es-tu pas venu ?

— Depuis des semaines. Je suis honteux mais j'ai été...

— Pour l'amour de Dieu, ne dis pas que tu as été occupé ! Qu'est-ce que c'est que d'être occupé ? Je l'ai oublié !

— L'as-tu jamais su ?

Renny entra et s'approcha de lui. Ses chiens le suivirent avec dignité ; leurs jambes courtes et leurs ventres étaient trempés par l'herbe mouillée.

— Faut-il les mettre dehors ? demanda-t-il à Alayne. Je crois qu'ils laissent des traces sur le parquet.

— Non, non, répondit Eden. Je les aime. Qu'ils sont beaux ! et toi aussi ! N'est-ce pas, Alayne ?

Les chiens s'approchèrent de lui et flairèrent ses mains.

— Je trouve Renny toujours le même, répondit Alayne froidement.

Maintenant que celui vers lequel tendait tout son être était près d'elle, elle éprouvait une sorte d'irritation contre sa force et son indifférence. Comme il se souciait peu d'Eden, d'elle-même, de qui que ce fût !

Il la regarda de ses yeux bruns et se dirigea vers elle pour lui offrir presque timidement la branche fleurie.

— Je l'ai cueillie dans le verger ; c'est amusant. Ce n'est qu'une herbe sauvage, mais si jolie ! J'ai pensé qu'elle vous plairait.

— Nous en avons si peu autour de nous, dit Eden.

Alayne prit la branche. Leurs mains se touchèrent ; elle avait cherché volontairement ce contact, il fallait qu'elle en souffrît... Le feuillage tremblait dans sa main pendant qu'elle le plaçait dans un vase. Il continua à trembler dans le vase, se penchant en avant comme à la recherche de ses doigts.

Elle s'assit près de la fenêtre. Renny prit une chaise à côté de son frère et le regarda avec attention.

— Tu vas mieux, dit-il. Drummond (c'était le docteur de la famille) dit que tu te remettras parfaitement et il croit que tu es presque à l'abri d'une rechute.

— Quel vieil imbécile, s'écria Eden. Voilà plusieurs semaines que je ne l'ai vu.

— Il n'y a qu'à continuer le traitement ; tu as les meilleurs soins.

— Tout le monde m'évite, comme si j'avais la peste, reprit Eden. Le seul qui vienne, c'est Wakefield et il faut que je le renvoie. S'il n'y avait Rags, je ne saurais rien de ce qui se passe à la maison.

— Que t'a-t-il dit ? demanda vivement Renny.

— Rien de particulier, si ce n'est que Piers et sa femme sont revenus. Je pense que Meggie en avait assez !

Renny et Alayne se demandèrent en même temps

comment il pouvait répéter tout cela ! Il n'avait aucune pudeur. Alayne regarda par la fenêtre et Renny examina le bout de ses souliers. Après un silence, il dit :

— Meggie vient-elle te voir ?

— Pas souvent, mais elle a une excuse, c'est loin et elle engraisse. Elle est venue un jour avec cette Minny Ware. Tu la connais je suppose ?

Et il regarda Renny avec un sourire ironique et légèrement méprisant.

— Oui. Je lui ai donné une ou deux leçons d'équitation.

— Ah !... et comment se tient-elle à cheval ?

— Comme un sac de farine.

Eden éclata de rire.

— Je voudrais que Meggie t'entende.

— Pourquoi ?

— Devine.

Alayne n'en put supporter davantage. Il fallait à tout prix le faire taire.

— Eden, interrompit-elle d'une voix sèche et dure, voilà l'heure de votre lait de poule ; je vais le faire.

Elle se leva et en passant lui jeta un regard suppliant, ses lèvres murmuraient :

— Taisez-vous !

Une fois seuls, Renny lui demanda :

— Que veux-tu dire ?

— Oh ! rien. Seulement que cette fille me paraît être l'enfant gâtée de Meggie. Mais vraiment, c'est mortel d'être toujours enfermé avec une seule personne ! Toujours le même visage, toujours la même voix, les mêmes yeux ! Même si vous aimez cette personne et que vous lui deviez une infinie reconnaissance, comme c'est mon cas ! Imagine-toi être enfermé entre ces quatre murs, jour et nuit, avec la seule compagnie d'Alayne.

Avec malice, ses yeux cherchaient ceux de Renny et semblaient dire : « Tu peux être bien portant, aussi vigoureux que l'un de tes chevaux, et cependant je peux te faire souffrir. Que ne donnerais-tu pour avoir ce que j'ai... et qui pour moi n'est rien !... »

Renny répondit sans se troubler :

— En tout cas, tu vas beaucoup mieux, c'est l'essentiel.

S'il était piqué au vif, il dissimulait joliment bien, cet animal à tête rousse !

Alayne apportait le lait de poule. Eden le remua tout en contemplant le liquide jaune. Renny et Alayne le regardaient : il était faible, sans scrupule et les enveloppait dans un filet d'ironie. Un souffle d'antagonisme passa entre eux trois !

Renny se mit à parler avec désinvolture : nouvelles des écuries, nouvelles de la famille, tout y passa. Les oncles et tante Augusta ne quittaient guère la maison par cette chaleur. Gran allait bien. On venait d'apprendre que Finch était reçu à ses examens; il était heureux. On arriverait à faire quelque chose de lui.

A la fin il se leva.

— Maintenant, occupons-nous de cette verdure. Voilà les cisailles et une scie. Voulez-vous me faire voir ce qu'il faut couper...

— Allez avec lui, Alayne, dit Eden. Il y a tellement de brouillard. Je reste ici et je vais essayer de faire quelque chose.

Renny jeta un coup d'œil sur le sous-main placé sur les genoux de son frère. Il avait l'air d'écrire des vers. Seigneur! il s'occupait donc encore de ça! Renny espérait que sa maladie l'aurait guéri de cette autre faiblesse. Mais non, tant qu'Eden vivrait, il ferait des vers et du mal !

Dehors, la brume enveloppait encore le bois léger et endormi. Un soleil pâle et quasi lunaire l'éclairait. Les gouttelettes qui tombaient des feuilles mêlaient leur bruit au léger murmure de la source.

— Quelle drôle de matinée vous avez choisie pour

venir couper ces plantes ! dit Alayne. On ne se rendra pas bien compte de l'effet produit.

Et elle pensait : « Nous sommes seuls, enfermés dans le brouillard. Nous pourrions nous croire les deux seuls êtres humains sur la terre. »

— C'est vrai, dit-il tranquillement. C'est une matinée étrange. Les branches semblent jaillir on ne sait d'où ! Mais cela ne m'empêchera pas de les couper.

Et de son côté, il se disait : « Son visage est comme une fleur blanche. Que dirait-elle si je l'embrassais. Le petit creux de sa gorge, voilà la meilleure place pour un baiser. »

Elle regardait autour d'elle vaguement. Que voulait-elle qu'il fît ?... Ah ! oui, le chemin !...

— Il faudrait élargir le chemin. Nous avons tant d'humidité.

Il regarda le sentier. Cela valait mieux que de la regarder !

— Il faut une faux pour cela. J'enverrai un homme cet après-midi. Je vais seulement éclaircir les branches.

Bientôt de lourds rameaux s'entassèrent un peu partout, ainsi qu'une quantité d'herbes vertes, cornouiller aux baies de cire, sureau aux fruits presque rouges, sumac dont les panaches encore verts étaient eux-mêmes de tout petits arbres, aconit encore en fleur, longues et gracieuses tiges de vigne sauvage. Et partout où il marchait, ses lourdes chaussures écrasaient de tendres pousses.

Ses chiens couraient en tous sens, poursuivant sous le couvert les écureuils et les lapins qu'Alayne avait tenté d'apprivoiser. Ces animaux étaient bien à son image, songea-t-elle dans une de ces vagues de haine qui se mêlaient parfois à celles de son amour !

— Assez, s'écria-t-elle. Je me demande ce que cela va être quand le soleil reviendra.

— Ce sera beaucoup mieux, lui affirma-t-il.

Il s'arrêta pour allumer une cigarette et son expression devint sérieuse.

— Il faut que je vous dise la vraie raison pour laquelle les oncles et tante ne sont pas venus vous voir. Êtes-vous sûre que Rags n'ait rien dit à Eden ?

— Rien du tout, répondit-elle surprise et craignant que la situation ne se compliquât encore.

Renny reprit :

— Nous avons été tourmentés au sujet de grand-mère.

Il fronça les sourcils et avala la fumée.

Sa grand-mère ! Toujours cette imposante, sinistre et horrible vieille figure à l'avant du navire de guerre Jalna !

— Vraiment ! Elle ne va pas bien ?

Il répliqua brusquement :

— Elle va très bien, mais elle nous a fait une peur terrible et maintenant encore, elle continue à se conduire d'une façon très inquiétante. Mieux vaut qu'Eden n'en sache rien.

Alayne le regarda, étonnée au-delà de toute expression.

— Elle a prétendu qu'elle était mourante et elle a organisé une véritable scène à son lit de mort : des adieux et tout !... C'était affreux. Vous pouvez croire qu'elle a joliment bien joué son rôle !

Rien ne pouvait étonner Alayne de la part de la vieille Adeline.

— Racontez-moi ça.

— Vous ne répéterez rien à Eden ?

— Certainement pas.

— Nous avons eu une peur terrible. Je venais de rentrer assez tard ; il devait être environ une heure et je venais tout juste de faire de la lumière dans ma chambre. Wakefield ne dormait pas, parce que, me dit-il, la lumière de la lune entrait dans la chambre et que la porte du placard était grande ouverte. Cela l'inquiétait fort. Il fallut, pour le contenter, que je regarde s'il n'y avait rien dedans. Au même instant, un grand coup se fit entendre en bas. C'était Gran qui tapait avec sa canne. L'enfant se mit à pousser des cris perçants ; vous savez comme il est impressionnable. Je l'ai laissé pour courir à la chambre de grand-mère. Tante Augusta m'appela : « Vas-tu chez maman, Renny ? Je ne comprends pas qu'elle ait faim à cette heure-ci. » Dans la chambre, il y avait naturellement une veilleuse ; je vis Gran assise sur son lit, se serrant la gorge et disant : « Renny, je vais mourir. Va chercher les autres. » Vous pouvez vous imaginer mon inquiétude.

— En effet, c'était effrayant.

— Plutôt ! Je lui demandai d'où elle souffrait le plus. Elle ne me répondit que par une sorte de plainte, puis se mit à crier : « Mes enfants, je veux leur dire adieu à tous et à chacun. Amène-les. » Je réussis à lui faire avaler un peu de rhum que j'avais pris dans la salle à manger et je la relevai sur ses oreillers tandis que le perroquet venait me mordre comme s'il ne voulait laisser personne s'approcher d'elle. J'appelai au téléphone Drummond qui me promit de venir immédiatement. Alors seulement, je suis remonté en courant les chercher tous, y compris Finch dans son grenier et le petit Wake. Dieu ! qu'ils étaient pâles !

— Et tout cela n'était qu'une invention ?

— Elle nous a tous trompés ! Nous nous sommes réunis autour de son lit, elle nous a serrés dans ses bras, chacun à notre tour. Je ne pouvais m'empêcher de penser : quelle vigoureuse étreinte ! Elle eut un mot pour tous, une sorte de message. Des larmes inondaient le visage de l'oncle Ernest. Wake sanglotait. Elle nous a tous trompés !

Et le visage de Renny se colorait encore davantage, au souvenir de cette scène.

— Et ensuite, que s'est-il passé ?

— Le docteur est arrivé. Il a regardé ses yeux, tâté son pouls et dit : « Vous n'êtes pas mourante du tout. » Elle lui a simplement répondu : « Je me sens mieux maintenant ; je voudrais manger. » Le lendemain, elle nous a raconté que, ne pouvant dormir, elle avait eu envie de connaître exactement les sentiments que ferait naître en nous la pensée de sa mort toute proche.

Alayne, les lèvres serrées, dit :

— Je pense qu'elle a été satisfaite.

— Elle a sûrement dû l'être. Nous formions un triste spectacle... Et si vous nous aviez vu regagner lamentablement nos lits ! Les cheveux hérissés, en vêtements de nuit. Nous étions risibles.

— Quelle cruauté de sa part !

— Peut-être. Mais nous étions un fameux spectacle. Et elle en a sûrement retiré une grande satisfaction.

— Vous étiez suffisamment bouleversés ?

— Si seulement vous aviez pu nous voir !

Elle eut un sourire à la fois amer et amusé.

— Je crois que je commence à vous comprendre.

— Moi ?

— Vous et votre famille.

— Nous sommes faciles à comprendre quand on nous connaît.

— Nous sommes amis, n'est-ce pas ?

— Croyez-vous ? Je ne crois pas pouvoir y réussir.

— Mais pensez-vous à moi amicalement ?

— Moi ! Amicalement ! Seigneur, Alayne ! Et vous dites que Gran est cruelle !

— Eh bien, revenons à elle. Vous parlez d'une conduite plutôt singulière ?

Quelle folie de sa part de pénétrer avec lui sur ce terrain dangereux ! Mieux valait parler de la vieille Adeline.

Il continua son récit en fronçant les sourcils.

— Voilà où la situation devient grave. Depuis cette fameuse nuit, elle demande constamment son notaire et le fait venir très souvent. C'est un vrai fléau pour lui et la situation est très tendue à Jalna. Je ne me tourmente pas au sujet de son testament, mais il n'en est pas de même pour les oncles et personne ne peut s'empêcher d'éprouver une certaine curiosité. Vous savez qu'elle doit laisser toute sa fortune à un seul d'entre nous. Chacun doit certainement se demander s'il avait un air assez triste l'autre nuit et presque souhaiter qu'une pareille scène recommence ! Je vous ai dit que l'oncle Ernest pleurait. L'oncle Nick s'imagine qu'il en triomphe et regrette de n'avoir pas lui-même versé une ou deux larmes.

Et Renny fit entendre un de ses rires brusques et saccadés.

— Mais, dans ces conditions, dit Alayne ironiquement, Wake aussi pleurait !

— Et Mooey !... Vous ai-je dit qu'il était là aussi ? La chère vieille l'avait envoyé chercher. Elle regardait tout autour d'elle en disant : « Il y a quelqu'un qui manque, c'est le bébé, c'est mon petit-fils. Descendez le bébé. » Pheasant est allée le chercher et vous pouvez m'en croire, le petit démon hurlait ! Piers et Pheasant sont pleins d'espoir pour lui.

Cette fois, son rire parvint jusqu'à Eden qui apparut sur le pas de la porte. Le brouillard se dissipait, il se trouva dans un bain de soleil, maintenant que tout avait été élagué aux alentours.

— Qu'y a-t-il de drôle ? dites-le-moi ?

Alayne lui répondit :

— Ce n'est rien de très drôle. Quelque chose que Renny trouve amusant. Avez-vous travaillé ?

— Je l'ai terminé.

— Terminé quoi ? demanda Renny.

Ce fut encore Alayne qui répondit :

— Il a terminé ce qu'il était en train d'écrire. N'aviez-vous pas remarqué qu'il écrivait ?

— Ah ! oui, un poème ! Je suppose que c'est bon signe !

Et il eut un sourire forcé d'approbation.

— C'est splendide. Je suis si contente, Eden, dit-elle en se rapprochant du jeune poète. Est-ce bien ?

— Je vais vous le lire. Ou plutôt j'attendrai que Renny soit parti. Quel chantier vous avez fait !

Renny sembla déçu.

— Quand ce sera ratissé, cela ira mieux. Voulez-vous que j'arrange cette vigne vierge ?

— Non. J'aime un peu d'intimité.

— Mais vous avez dit cent fois... s'écria Alayne.

— Ma chère enfant, ne rappelez jamais à quelqu'un de vif ce qu'il a déjà dit cent fois.

— Mais c'est terrible, cette vigne qui nous environne !

— Pas du tout. J'ai l'impression d'être un chêne vigoureux.

Renny examina soigneusement la vigne.

— Je crois qu'il a raison ; ce serait dommage d'y toucher. Elle a toujours été comme ça.

— Mais, protesta Alayne, tout est humide dans la maison.

Les deux frères tombèrent d'accord pour dire que la vigne n'avait rien à voir avec l'humidité.

Une silhouette s'avançait sur le chemin. C'était Minny Ware, vêtue d'une robe bleu vif. Elle portait un bol de marmelade surmontée de crème fouettée.

— Ce que j'ai été longue à trouver mon chemin, dit-elle. C'est la première fois que je viens seule par ici. Je ne m'étais pas rendu compte de l'étendue du domaine. Mrs. Vaughan vous envoie ceci.

— Le domaine n'est pas aussi étendu que jadis, observa Renny d'un air sombre.

Alayne prit la marmelade en se demandant ce qu'elle allait faire de Minny Ware. Eden semblait assez satisfait de la voir.

— Entrez lui dit-il. Et laissez-nous vous regarder. Nous supposerons que vous êtes un morceau de ciel bleu.

Ils entrèrent dans la maison. Minny Ware s'assit sur un fauteuil d'osier, près de la fenêtre ouverte. Elle était radieuse de la remarque d'Eden. Renny s'assit sur un banc en tenant ses chiens par leur collier. Alayne disparut dans la cuisine, en emportant le bol de marmelade. Elle ne désirait pas se trouver dans la même pièce que la jeune fille.

Cette dernière, ravie de rester seule avec les deux hommes, s'écria :

— Ce temps n'est-il pas le plus déprimant qui soit ?

— Vous n'avez pas l'air déprimé, lui fit remarquer Eden, buvant des yeux la fraîcheur de ses joues et de ses lèvres, la teinte gaie de sa robe.

— C'est un temps à rendre un homme vertueux, dit Renny.

Cette remarque provoqua un éclat de rire de Minny, léger comme un chant de loriot.

Eden continua de jouir de sa présence.

— Êtes-vous trop déprimée pour me chanter quelque chose ? Vous savez que vous me l'aviez promis.

A l'en croire, elle ne pensait pas pouvoir chanter, sûrement elle se couvrirait de honte ! Mais après s'être fait un peu prier, elle releva la tête en arrière, joignit ses mains devant elle dans une attitude d'enfant sage et chanta trois petites chansons anglaises. Alayne resta dans la cuisine. Elle les surveillait en cachette par une fente de la porte et voyait le regard attentif de Renny fixé sur la gorge blanche et frémissante, sur la poitrine pleine. De même, les yeux connaisseurs d'Eden ne perdaient pas de vue la jeune fille qui semblait avoir oublié leur présence.

La première chanson était consacrée à un amoureux champêtre et à sa bonne amie, avec un peu de dialecte de Devon dans le refrain. Dans la seconde, il était question de petits oiseaux construisant innocemment leurs nids au printemps. Quant à la troisième, c'était une berceuse. Elle la chanta doucement, un sourire sur ses lèvres rouges. Elle se souvint de la présence des deux frères et, en terminant, ses yeux cherchèrent les leurs, comme timidement, en quête d'une approbation.

La dernière note se prolongea doucement mais fut de trop pour l'un des épagneuls qui leva son museau et poussa un hurlement.

— Est-ce que cela lui déplaît ? demanda Minny Ware en regardant le chien d'un air interrogateur.

— A bas, Merlin ! dit Renny. Il est comme son maître, il n'est pas musicien.

Le visage de la jeune fille s'assombrit.

— Je croyais que, l'autre soir, mon chant vous avait plu.

— Aujourd'hui aussi, j'ai eu du plaisir à vous entendre. Mais l'autre soir, vous avez chanté des choses plus passionnées qui ont trouvé un écho particulier en moi.

— Oh ! j'adore la musique passionnée !

Elle parlait avec simplicité.

— Mais j'ai chanté ces trois petites chansons pour plaire à votre frère malade.

— Merci, dit gravement Eden. Vous êtes gentille.

— Voilà, maintenant, que vous vous moquez de moi, s'écria-t-elle.

Et elle remplit la chambre de son rire.

Alayne rentra et s'assit sur un vieux fauteuil bien rembourré. Elle se sentait de glace devant cette exubérance. Les deux épagneuls tenus par leur collier étaient les seuls êtres présents avec qui elle se sentît quelque lien de sympathie.

Quand elle se retrouva seule avec Eden, elle lui dit :

— Si votre sœur s'imagine qu'elle y arrivera, elle se trompe. Il la déteste, je l'ai vu dans ses yeux.

— Que vous êtes intelligente ! s'écria-t-il. Vous pouvez lire dans ses yeux comme dans un livre, n'est-ce pas ?

Son regard était plein d'allégresse.

17

RENCONTRES NOCTURNES

TANDIS qu'Eden et Alayne luttaient dans leur Cabane pour la guérison d'Eden, la famille réunie vivait dans une complicité morbide de sentiments dont les plus forts étaient la crainte et la jalousie. Depuis que la vieille Adeline avait si bien joué cette scène à son lit de mort, décrite par Renny, ils appréhendaient, les uns et les autres, que cet intérêt soudain apporté à sa dernière heure ne fût le signe précurseur de l'événement lui-même. Cette pensée pesait sur eux tous comme un voile. L'idée qu'elle pourrait cesser d'être au milieu d'eux était vraiment incroyable...

Le capitaine Philippe Whiteoak était mort ; le jeune Philippe et ses deux femmes également. Plusieurs enfants Whiteoak avaient aussi cessé de vivre dans cette maison. Mais que la toile tissée par la vieille Adeline à l'intérieur ou hors de ces chambres, et tout autour de leurs existences, puisse être interrompue, cela, c'était incroyable ! Des frémissements précurseurs couraient à travers cette trame comme lorsque, dans une toile d'araignée, la vieille fileuse, enroulée au centre de sa propre toile, est secouée d'une violente convulsion.

Si la vieille dame s'aperçut d'un changement quelconque d'atmosphère, elle n'en fit rien voir. Elle semblait mieux portante que jamais et mangeait avec un appétit accru, comme en prévision du jeûne glacé qui approchait ! Ils ne parlaient jamais entre eux du sujet constant de leurs pensées, mais parlaient plus que jamais de tout autre chose. Augusta, Nicolas et Ernest se rendaient plus souvent visite dans leurs chambres. Ils discutaient des mérites de leurs favoris : Nip, Sasha et ses petits, de leur merveilleux instinct. Une gaieté forcée sapait toute leur énergie. Ils ressemblaient à des individus s'épiant mutuellement pour découvrir les symptômes d'une maladie qu'ils devaient à tout prix ignorer pour la tranquillité de leurs âmes. Avec une farouche satisfaction, chacun découvrait ces symptômes chez les autres, persuadé qu'il avait réussi à les dissimuler chez lui. Augusta avait peu d'espoir pour elle-même, mais désirait passionnément qu'Ernest fût l'héritier. Nicolas était persuadé que ces deux-là complotaient contre lui, mais il craignait Renny encore plus qu'eux. Quant à Renny, il croyait tout simplement que ces oncles et tante s'étaient ligués tous trois contre lui. Même Mooey, l'enfant de Piers, était devenu un objet de suspicion. Sa grand-mère ne l'avait-elle pas réclamé, lors de la fameuse nuit ? Ne lui mettait-elle pas constamment dans les mains des morceaux de biscuit, répétant :

— Apportez-moi mon arrière-petit-fils. Je veux l'embrasser. Vite !

Piers n'avait guère d'espoir pour lui-même quoiqu'il ait éprouvé un tressaillement de joie lorsque sa grand-mère s'écriait :

— Enfant, tu es le portrait de mon Philippe. Tu as un dos et des membres comme les siens. Et tu as aussi les yeux bleus !

Mais dans le fond, Piers et Pheasant trouvaient tous les deux extraordinaire que sur son lit de mort, même simulée, grand-mère ait réclamé Mooey. Les gens extrêmement vieux sont souvent attirés par les êtres jeunes. Ils ont mille choses en commun : ne penser qu'à manger et dormir, se trouver au commencement ou à la fin, et combien d'autres !...

Mooey riait chaque fois qu'il voyait son aïeule et, pour certains membres de la famille, ce rire résonnait sinistrement.

Wakefield, avec la finesse d'un enfant qui a grandi au milieu d'adultes, percevait parfaitement cette atmosphère de crainte et de soupçon qui s'était introduite dans chaque coin de la maison, même au sous-sol où les Wragge examinaient la situation sous tous les angles. C'était un sujet de vives querelles, car pour Wragge, c'était le violent et taciturne maître de Jalna qui hériterait, tandis que Mrs. Wragge soutenait le droit de primogéniture et pensait que Nicolas avait l'habitude de lui faire un petit cadeau lorsqu'elle faisait sa chambre.

Wakefield eut bientôt découvert que ses aînés étaient inquiets lorsqu'il se pendait au cou de sa grand-mère et lui parlait à l'oreille. Il en retira une agréable sensation de puissance. Il commença à lui prodiguer de délicates attentions, lui apportant de petits bouquets et des poignées de fraises des bois qui faisait naître une éruption sur son grand nez Court. Il se glissait à pas de loup derrière elle et lui mettait les mains sur les yeux en demandant d'une voix caverneuse :

— Qui est là, grand-mère ?

Après quoi elle l'embrassait toujours bruyamment.

Un jour il annonça qu'il faisait chaque soir une prière spéciale pour elle.

— Oh ! cria-t-elle. Une prière pour moi ! Que dis-tu dans cette prière ?

— Cela dépend, répondit-il, ses deux mains serrées entre ses genoux nus. Cela dépend de la façon dont vous avez passé la journée. Si votre appétit n'a pas été bon, je prie pour qu'il soit meilleur. S'il a été bon, pour qu'il y ait une tarte au citron le lendemain. Et si l'on vous a fait mettre en colère, pour qu'on vous ménage davantage.

— Quel amour, s'écria grand-mère. Quel amour chéri ! Prier pour sa vieille Gran !

Et elle prit l'habitude de lui demander chaque matin quelle prière il avait faite la veille pour elle.

Elle se mit à lui faire des cadeaux de prix. Un après-midi d'orage comme il s'ennuyait, elle ouvrit la porte du cabinet indien qui contenait des objets d'art en ivoire, en ébène, en jade, en lapis-lazuli avec lesquels il avait toujours désiré jouer mais qu'il ne devait pas toucher. Elle remplit les deux mains de l'enfant de ces objets en lui disant de les conserver. Ses fils et sa fille étaient très inquiets.

— Maman ! gronda Augusta. C'est de la folie.

— Occupez-vous de vos affaires, lady Buckley, riposta la vieille Adeline. Je donnerai mon lit, si ça me plaît, ou ma tête. Je vous le déclare, cet enfant est la joie de mes yeux.

Nicolas et Ernest sortirent de leur retraite et discutèrent ensemble ouvertement.

— C'est très ennuyeux, Nick, déclara Ernest. Cet enfant s'insinue comme un ver dans le cœur et l'affection de maman. Dieu sait comment cela finira.

— Il faut en parler à Renny, dit Nicolas, et ainsi fit-il.

— C'est très mauvais pour ma mère de savoir que l'on prie constamment pour elle. Je te demande de mettre fin à cela.

— Du diable si je le ferai, répondit Renny. Cela ne lui fait pas de mal que l'on prie pour elle. Cela incline sa pensée vers la mort.

— C'est bien là qu'est le danger, dit Ernest d'un air sombre, qu'à son âge sa pensée se tourne vers la mort. Elle est trop vieille pour qu'on prie pour elle.

— Ah ! ah ! ah ! s'exclama Renny.

Nicolas et Ernest en arrivèrent à cette conclusion que Meg et Renny avaient poussé l'enfant. Le visage de Wakefield continua de porter un masque de piété, mais il y avait un petit sourire discret sur ses lèvres.

Finch, que la famille regardait à peine depuis que la joie de son retour s'était apaisée, n'était qu'un spectateur du drame. La tension à son égard s'était relâchée au lieu de s'accroître. Ses examens étaient finis. Il avait été reçu ; sans gloire, puisqu'il était dans les derniers, mais néanmoins il avait été reçu. C'était comme une dent gâtée et arrachée ! Il pouvait regarder ses livres de classe sans sentir son cœur faiblir.

C'était magnifique pour lui de passer ces jours brûlants d'été à la campagne. Il songeait avec effroi à ce qu'ils devaient être à New York. Cependant, parfois il se souvenait avec un étrange regret des lumières du port dans la nuit, de curieux visages inconnus rencontrés dans la rue, de la bonté qu'on lui avait témoignée chez Cory et Parson. Il se demandait vaguement si, en revenant à la maison avec l'oncle Ernest il n'avait pas renoncé à quelque chose qu'il ne retrouverai jamais plus : une chance de réussir dans le monde, d'être respecté au lieu d'être un objet de moquerie, ou d'être seulement toléré. Mais il était chez lui, et chez lui, il y avait la musique. Deux fois par semaine, il allait à la ville prendre des leçons et il était autorisé à travailler deux heures par jour sur le vieux piano droit du salon. Ce n'était pas suffisant et il aurait bien remédié à cela par un travail supplémentaire sur le piano de Vaughanlands, mais une insurmontable timidité à l'égard de Minny Ware l'en empêchait. La présence de la jeune fille dans la maison enlevait toute force à son jeu. Son rire l'effrayait. Il sentait qu'elle le considérait comme un phénomène. Il y avait quelque chose, dans ses yeux bizarremment teintés, lorsqu'ils s'abaissaient sur ses pommettes saillantes, qui le troublait au plus profond de lui-même. Ces yeux semblaient l'inviter tandis que la bouche se moquait de lui... Il ne pouvait travailler dans la maison où se trouvait Minny.

Lorsqu'elle venait à Jalna, il était sûr qu'elle faisait des avances à Renny et il était également sûr que Meg l'approuvait. Ce serait insupportable si ces deux-là se mariaient ! Il ne pourrait supporter la présence dans la maison de cette jeune fille rieuse, au regard insinuant. Si seulement Renny et Alayne avaient pu se marier ! Finch n'ignorait rien de leur profond amour mutuel. Il aurait aimé causer, ces jours-là, avec Alayne, de la vie et de l'art, et de leur signification. En elle, il trouvait un équilibre, une clarté qu'il recherchait pour lui-même, mais il ne pouvait la voir à cause d'Eden.

Un jour qu'il était allé faire une commission au presbytère, Mr. Fennel l'interrogea sur sa musique. Finch se plaignit d'avoir trop peu de temps pour travailler et le pasteur l'autorisa à venir jouer de l'orgue à l'église, lui donnant même une clé pour venir quand il voudrait. Ce fut le début d'un nouveau bonheur. Miss Pink, l'organiste, le voyant embarrassé, lui offrit de l'aider pendant quelques semaines, après l'office. Bientôt il fit jaillir du vieil orgue une musique si passionnée que Miss Pink en fut émue et se demanda s'il était permis de jouer ainsi sur un orgue d'église.

Finch vint de plus en plus souvent à l'église. Au début, il venait seulement la journée, puis jouer dans l'obscurité mystérieuse du crépuscule le passionna. Enfin, un soir qu'il se promenait sur la route au clair de lune, il éprouva soudain le désir de jouer à l'église dans la nuit. Il monta le long escalier qui menait au cimetière, passa au milieu des tombes faiblement éclairées et entra. Dehors, l'atmosphère était étouffante. Une poussière chaude recouvrait la route. Mais à l'intérieur de l'église on ressentait une fraîcheur de mort, ainsi que la sévère Présence de Dieu. Jamais Finch ne s'était trouvé seul à l'église la nuit. Il sentit rayonner cette Présence Divine dans le clair de lune, comme jamais il ne l'avait sentie lorsque l'église était pleine et que Mr. Fennel était à l'autel.

La croyance en Dieu de Finch était quelque chose qui ne pouvait mourir. En dépit des blasphèmes de ses camarades de classe, de la tolérance mi-amusée de Leigh, ou des cyniques réflexions faites sur le Christ, en tant que curiosité, par le personnel de la maison d'édition, sa Foi demeurait certaine, terrible et étrangement douce, profondément enfouie au fond de lui-même. La musique l'avait libéré de cette terreur de Dieu qui avait troublé son adolescence. Mais dans cette église il ressentait dans chaque fibre de son être la puissance de la souveraine Présence.

Cette première nuit, il joua peu. Il s'assit les mains sur les touches, examinant son cœur, essayant d'y distinguer ce qu'il y avait de bien et de mal. Ses profondeurs lui parurent moins laides que de coutume. En y plongeant ses regards, il y vit une pâle lueur blanche. Dieu vivait en lui ! Il ne fallait pas le repousser. La lueur blanche, pointue comme une flamme, tremblait, montait ! Puis elle retombait, se tordait comme dans une agonie ! Il se pencha longuement sur lui-même, cherchant à découvrir le secret de son cœur. Cette blanche flamme, avait-elle quelque rapport avec la forme pâle qui parfois, dans des moments d'exaltation, jaillissait de sa poitrine et flottait un instant, le visage incliné vers le sol, tout près de lui, avant de disparaître dans l'obscurité ? Cette forme, qui était lui-même, quittait-elle son corps à la recherche d'un objet sans la possession duquel il n'aurait jamais de repos ? Si la blanche flamme qu'il voyait au fond de lui était Dieu, cette forme blanche, c'était peut-être lui-même absorbé en Dieu ?

Au milieu de ces pensées confuses et obscures, une seule chose lui apparaissait clairement : un autre être le cherchait, comme lui-même cherchait un autre être. Mais ce n'était pas Dieu dont les yeux ne le quittaient pas, ni le Christ qui lui avait montré ses mains percées pendant une nuit terrible ! C'était la Troisième Personne. C'était elle qui essayait de se manifester dans la flamme blanche. Elle qui enfin, après la longue immobilité de Finch devant l'orgue au clair de lune, avait pressé ses doigts sans même les toucher. Et soudain la nuit s'emplit de musique. Le clair de lune chantait dans la nef obscure. A travers les vitraux se glissait une lumière de rêve qui chantait dans le sanctuaire. Bien que les doigts de Finch fussent immobiles, l'orgue emplissait ses tuyaux d'une divine mélodie.

La blanche flamme n'avait plus à lutter pour vivre. Elle inondait son cœur !...

Il erra ensuite longtemps dans les nefs vides. Il touchait les murs avec ses mains et ses mains étaient pleines de musique. Il leva les yeux sur les vitraux placés en mémoire de son grand-père, de son père, de la mère de Meg et de Renny. Il n'y en avait pas en mémoire de sa propre mère ; il se disait parfois qu'il en ferait mettre un : la figure centrale serait un jeune homme au visage tourmenté et à la poitrine ouverte pour montrer son cœur dans lequel brûlerait une pâle lumière. Lui seul connaîtrait le sens caché de ce vitrail, et, devenu un homme, il viendrait s'asseoir au-dessous, en évoquant le souvenir de cette nuit.

Il sortit dans le cimetière, au clair de lune. Au-dessous, sur la route, il vit deux hommes aux visages familiers. L'un était Chalk, le forgeron, légèrement ivre. L'autre, Noah Binns, le laboureur de Piers à Jalna. Finch descendit l'escalier et les suivit à peu de distance. Chalk parla sans arrêt, sur un ton démonstratif, jusqu'au moment où il s'arrêta en chancelant à sa propre porte, à côté de la forge. Finch rattrapa Binns et prit à ses côtés la place du forgeron. Binns continua d'avancer péniblement, sans paraître s'apercevoir de son changement de compagnon. Finch aurait voulu connaître les pensées d'un vieil homme comme Binns. Avait-il jamais éprouvé un sentiment pareil à celui que Finch venait de ressentir à l'église ? Il jouait un peu de violon. Avait-il senti la musique comme Finch cette nuit ? Finch ne cessait de le regarder. A la fin le vieillard se retourna et regarda Finch. Il ne manifesta aucun étonnement, mais seulement un mouvement de satisfaction d'avoir enfin un interlocuteur à qui il pouvait communiquer des nouvelles. Il fit quelques pas en silence, cherchant la meilleure façon de faire connaître ces nouvelles prodigieuses. Enfin, il se décida :

— Il y a des doryphores.

— Quoi donc ? interrogea Finch étonné.

— Les doryphores. Ils sont arrivés.

— Ah ! dit Finch. Quel est le remède ?

— Le vert de Paris (1). Y en a pas d'autres.

Ils continuèrent d'avancer dans la poussière légère du clair de lune. Ils arrivèrent enfin à la maison de Binns, au bout d'Evandale. Binns ouvrit la barrière ; il regarda la pleine lune, puis se tourna vers Finch en disant :

— Tout est maudit.

Finch frissonna.

— Croyez-vous ? demanda-t-il.

— Oui, répliqua le vieux Binns. Chaque année les doryphores, ils reviennent toujours plus nombreux. C'est la punition de nos péchés. Et il rentra chez lui.

Finch ne put se décider à rentrer. Il prit la route qui conduisait au-delà de Jalna, à travers le village de Weddels, et qui descendait vers le lac. C'était à quatre kilomètres de l'église. Un souffle d'air frais venait du lac qui frémissait doucement comme en dormant ; il étincelait au clair de lune, semblable à un grand monstre revêtu d'une brillante armure. Pendant son sommeil une blanche écume bordait ses lèvres sur la grève.

Finch se déshabilla et se jeta à l'eau. Il plongea, nagea, flotta à la surface de cette eau sombre et brillante où son corps apparaissait blanc comme l'écume. Il aurait voulu s'abandonner davantage, ne plus faire qu'un avec l'eau. Il lui semblait que s'il pouvait s'identifier avec le lac, il pourrait alors comprendre la vie. Il se reposa sur son obscurité lumineuse

(1) Bouillie cuprique arsénieuse. (*N. du T.*)

comme sur une poitrine au souffle régulier. Il ferma les yeux et vit l'aspect indéfini de la vie qui nageait en cercles entrelacés, vague après vague, devant ses yeux clos. Il se sentit inexprimablement puissant et pur. Sa flamme intérieure avait absorbé toutes ses pensées et lui laissait le seul instinct de ne faire qu'un avec le lac...

Ses paupières se soulevèrent. Il contemple, fasciné, le visage lumineux de la lune. Le lac lui parle et lui parle avec sa propre voix, car le lac, c'est Finch lui-même. Il entend les paroles qui s'élèvent des profondeurs obscures pour se répandre dans l'air doré. « Mon bien-aimé m'a parlé et m'a dit : lève-toi mon amour, ma beauté, et pars. Car l'hiver est fini, la pluie s'en est allée ; les fleurs naissent sur la terre. Voilà l'époque où les oiseaux chantent et la voix de la tourterelle se fait entendre dans les prés... Lève-toi ; mon amour, ma beauté, et pars. O ma colombe, toi qui vis dans les crevasses des rochers, dans les recoins cachés des toits, laisse-moi voir ton visage et fais-moi entendre ta voix, car ta voix est douce et ton visage avenant. »

Brusquement Finch se retourna, nagea vigoureusement, plongeant et luttant contre le lac qui, maintenant, n'était plus une partie de lui-même, mais un ennemi. A la fin, n'en pouvant plus, il se traîna sur la plage où il s'allongea sur le sable lisse en regardant la lune disparaître derrière les arbres.

Cette nuit fut la première d'une longue série. De plus en plus souvent, il s'échappait de la maison pour venir jouer de l'orgue à l'église. L'église, en semaine, semblait n'appartenir à personne. Le dimanche, elle semblait être à la famille Whiteoak. Mais la nuit, elle n'appartenait qu'à lui. Il jouait pendant des heures, après quoi il errait à travers champs ou sur les routes. Les nuits chaudes, il retournait au lac. La nuit, il était libre et sans inquiétude. Pendant le jour, fatigué par le manque de sommeil et l'excitation nerveuse, il avait l'air de se cacher, d'éviter les autres. Renny, remarquant ses yeux cernés, dit à Piers de l'occuper à la ferme. Et pendant toute une terrible semaine, il fut soumis à Piers, à sa rudesse. Son dos était douloureux, ses mains couvertes d'ampoules, et il se sentait prêt à tomber de fatigue. Pas de musique pendant ces nuits-là ! Il se laissait aller sur son lit à moitié mort. Finch voyait bien que les laboureurs et les garçons d'écurie se divertissaient de sa faiblesse et de sa stupidité. Ils le laissaient se débattre dans une tâche trop lourde pour lui, sans jamais lui offrir de l'aider, tandis qu'ils se bousculaient pour aider Piers. Finch ne comprenait pas leur manière d'agir. Cela se termina par une bagarre. Finch reçut un coup de pied ; il répondit en envoyant son poing dans la mâchoire de Piers. Le lendemain, Finch dut rester au lit et Renny décida qu'on le laisserait agir à sa guise. Inutile de s'inquiéter de lui ! Il était une énigme insoluble !

La nuit suivante, il alla jouer à l'église.

Regagnant la maison après minuit, il rentra par la porte de côté et passait devant la chambre de sa grand-mère quand il s'entendit appeler :

— Qui est là ? Entre, je te prie.

Finch hésita. Il eut envie de monter l'escalier sans répondre, car il ne tenait pas à ce qu'elle sache qu'il était resté dehors si tard. Elle pourrait le faire surveiller ; on l'interrogerait. D'autre part, il se pouvait qu'elle eût besoin de quelque chose. Le pis serait qu'elle organisât une nouvelle scène à son lit de mort. Ce serait terrifiant !

Comme il hésitait, elle appela de nouveau plus fort :

— Qui est là ? Entre vite.

Finch ouvrit la porte et glissa la tête. A la lueur de la veilleuse, il la vit, appuyée sur ses deux oreillers, son bonnet sur les yeux, sa vieille bouche ouverte. Mais son expression était de curiosité plutôt que d'inquiétude. Ses mains étaient croisées avec résignation sur le couvre-pieds.

Il éprouva soudain un vif sentiment de tendresse pour elle et lui demanda :

— Voulez-vous boire, chère grand-mère ? Puis-je faire quelque chose pour vous ?

— Ah ! c'est toi, Finch ! Tu ne viens pas souvent me voir à cette heure-ci. Du reste, tu ne viens jamais me voir. Pourtant j'aime le spectacle de jeunes gens autour de moi. Entre et assieds-toi. J'ai envie de bavarder.

Il s'approcha du lit et la regarda. Elle lui prit la main et l'attira vers elle pour l'embrasser.

— Ah ! dit-elle. Quelle douce et jeune joue ! Assieds-toi sur mon lit et sois un gentil garçon. Tu es un gentil garçon, n'est-ce pas ?

Finch eut un sourire timide.

— J'ai bien peur que non, Gran.

— Pas gentil ! Qui dit ça ?

— Je crois que personne ne m'a jamais traité de gentil garçon.

— Eh bien, moi je le fais ! Je dis que tu es très gentil et si quelqu'un dit le contraire, il entendra parler de moi. De plus, tu es joli garçon, dans cette lumière, avec cette mèche sur le front et tes yeux brillants. Tu as l'air de mourir de faim, mais tu as le nez Court, et c'est une condition de succès. La vie ne t'accablera jamais tout à fait avec un nez pareil. Tu n'as pas peur de la vie, n'est-ce pas ?

Elle l'examina attentivement, avec, au fond de ses grands yeux noirs, un regard si pénétrant que Finch ne put s'empêcher de dire :

— Oh ! si. J'en ai peur, très peur !

Elle redressa la tête sur les oreillers.

— Avoir peur de la vie ! quelle bêtise ! un Court qui a peur de la vie ! Je ne veux pas de ça. Tu ne dois pas en avoir peur. Prends-la par les cornes, prends-la par la queue, saisis-la où les cheveux sont courts ; fais-lui peur toi-même. Voilà comment j'ai toujours agi. Crois-tu que je serais en train de causer avec toi ce soir, si j'avais eu peur de la vie ? Regarde mon nez, mes yeux. Ont-ils l'air d'avoir peur ? et ma bouche, lorsque j'ai mes dents, elle n'a pas peur non plus !

Finch s'assit au bord du lit en tapotant sa main.

— Vous êtes merveilleuse, Gran. Vous valez deux fois l'homme que je serai jamais !

— Ne dis pas ça. Prends ton temps. Le lait de ta mère est à peine séché sur tes lèvres... Et cette musique ? Je t'entends travailler avec énergie. Cela marche-t-il ?

— Très bien, Gran.

Il cessa de tapoter sa main et la garda serrée entre les deux siennes.

— Il n'y a rien que j'aime autant que la musique.

Les sourcils arqués de la vieille dame se relevèrent.

— Vraiment ! Je pense que tu tiens cela de ta pauvre mère. Elle remplissait la maison de ses tra-la-la-la.

Il ferma les yeux, imaginant sa mère chantant dans la maison et dit à voix basse :

— Je voudrais qu'elle eût vécu, Gran.

Les doigts de la vieille dame serrèrent les siens.

— Non, non. Ne dis pas ça. Elle n'était pas faite pour la bataille qu'est la vie. Elle était de ceux pour qui la mort est préférable. Me comprends-tu ?

— Oui. Je comprends, répondit-il.

Et il ajouta pour lui-même : « Comme moi. »

A quoi pensait-il donc, ce garçon ! Elle le regarda fixement.

— Ne te mets pas de pareilles idées en tête, dit-elle sévèrement.

— Je ne suis pas bon, Gran.

Sa voix devint dure, mais ses yeux restaient affectueux.

— Tais-toi. Que t'ai-je dit ? J'ai entendu raconter que Piers t'avait battu.

Il rougit.

— Je lui ai envoyé un grand coup dans la figure.

— Tu l'as fait ? C'est très bien ! Hum... Des garçons qui se battent, ce sont de jeunes animaux. Mes frères ne se gênaient pas pour se battre, je peux te le dire. Ils enlevaient leurs vestes et allez donc ! Mon père avait l'habitude de leur tirer les cheveux, dans ces cas-là. Ah !

Ses yeux se fermèrent, ses mains relâchèrent leur étreinte. Elle s'assoupit. Finch la contemplait ainsi couchée. Elle était si proche de la mort ! Tout au plus vivrait-elle encore un an ou deux. Et cependant quel courage elle avait ! Du courage et un bon estomac, ces deux choses ne lui avaient jamais fait défaut et l'avaient conservée merveilleusement ! Même dans son sommeil elle était imposante, pas le moins du monde pitoyable, étendue dans son lit, sans dents, son bonnet sur l'œil.

Il essaya de faire pénétrer en lui-même un peu de son énergie, s'imaginant que cela était possible. Il était là, seul avec elle dans sa retraite.

Un courant d'air vint de la cheminée et fit vaciller la veilleuse. Boney, perché à la tête du lit, s'agita et gloussa dans son sommeil. Finch pensa que le mieux, pour lui, était de s'en aller pendant qu'elle dormait. Il essaya de retirer sa main mais les doigts de la vieille femme se resserrèrent sur elle. Elle ouvrit les yeux.

— Ah ! murmura-t-elle. Je réfléchissais, je ne dormais pas. Ne dis pas que je dormais. J'aime un instant de réflexion, cela me repose.

— Oui, Gran, je sais. Mais ce n'est pas bon pour vous de perdre tant de sommeil. Vous serez fatiguée demain.

— Pas du tout. Si je suis fatiguée, je m'arrêterai pour me reposer. C'est la famille qui me fatigue, en faisant tant d'embarras autour de moi, depuis cette fameuse nuit.

Elle le regarda d'un air amusé.

— Tu te souviens de cette nuit où j'ai failli mourir ?

Il secoua la tête, se demandant si elle n'allait pas essayer de faire un nouveau tour du même genre. Elle lut son inquiétude dans ses yeux et le rassura.

— Ne te tourmente pas. Je ne recommencerai pas. Ce serait l'histoire du berger et du loup. Ils ne viendraient plus le jour où j'aurais vraiment besoin d'eux... Mais ils s'agitent, Finch, parce que j'ai fait venir Patton. J'aime voir mon notaire. J'ai pensé à quelques legs pour de vieux amis : Miss Pink, les filles Lacey, même le vieil Hickson et quelques autres du village.

Un éclair passa soudain dans ses yeux :

— Je suppose que tu ne t'inquiètes pas de savoir qui sera mon héritier ?

— Mon Dieu, non.

— Ne jure pas. Il n'est que trop question de Dieu, d'enfer et de batailles, dans cette maison.

— Vous avez raison, Gran.

— Je vais te faire un cadeau, lui dit-elle.

— Oh ! non, Gran, je vous en supplie ! s'écria-t-il très inquiet.

— Mais pourquoi ? Je voudrais le savoir.

— On dira que je vous l'ai arraché.

— Que je les entende seulement ! Envoie-moi quelqu'un pour me le dire.

— En tout cas, que ce soit quelque ehose de petit que je puisse cacher.

— Cacher mon cadeau ! Je ne le veux pas. Montre-le. Place-le bien en vue. Invite la famille à venir le voir. Et si quelqu'un dit que tu me l'as arraché, envoie-le-moi ! Je lui fermerai le bec !

— Très bien, Gran, dit Finch avec résignation.

Ses vieux yeux erraient à travers la chambre.

— Je sais ce que je vais te donner, je vais te donner cette statue en porcelaine qui représente Kuan Yun, la déesse chinoise. Excellente idée. Ce sera très bon pour toi de l'avoir, elle n'a pas peur de la vie, elle la dédaigne. Tu n'es pas un lutteur, mais un musicien Mieux vaut pour toi dédaigner la vie, mais ne te laisse pas effrayer par elle. Apporte la déesse ici et ne la laisse pas tomber.

Toute sa vie, Finch avait vu la statue en porcelaine sur la cheminée au milieu d'un étrange fouillis de bols, de vases et de boîtes, objets orientaux et anglais, anciens et modernes. Ils étaient si entassés sur la cheminée qu'il espéra avec raison que l'absence de la petite déesse ne serait pas remarquée par la famille. Il la tira doucement de la place où elle se trouvait depuis plus de soixante-dix ans et l'apporta à sa grand-mère. Les vieilles mains se tendirent vers la fragile statue et la saisirent vivement.

— Si tu connaissais l'endroit où je l'ai achetée! Quelle vie différente, si différente ! Beaucoup d'Anglais, là-bas, s'abandonnent à l'Orient et à ses religions. Pas moi. Ils comprennent un tas de choses que nous ignorons. Les religions occidentales ne sont que diableries à côté des religions orientales. Ne répète pas ce que je te dis. Maintenant, viens ici.

Elle lui mit la déesse dans les mains.

— Cet objet me rappellera à ton souvenir.

— Comme si je pouvais vous oublier, Gran !

Elle eut un sourire moqueur, et, le temps d'un éclair, bien qu'elle fût sans dents et si vieille, il vit sur son visage le sourire d'Eden.

— Bien. Le Temps nous dira ça... Regarde son visage ! Qu'y vois-tu ?

Il fronça les sourcils et approcha son visage de la statuette.

— Quelque chose d'infiniment profond et calme. Je ne peux l'interpréter tout à fait.

— Bien, bien. Emporte-la. Tu comprendras un jour. Bonne nuit, enfant. Je suis fatiguée... Attends... Erres-tu ainsi souvent la nuit,

— Quelquefois.

— Que fais-tu ?

— Vous ne le répéterez pas, Gran ?

— Allons, allons, j'ai plus de cent ans. Même une femme peut tenir sa langue à cet âge !

Il lui dit, presque dans un murmure ;

— Je vais à l'église et je joue de l'orgue.

Elle ne montra aucune surprise.

— Tu n'as pas peur, la nuit, seul avec les morts qui t'entourent ?

— Non.

— Quel drôle de garçon ! La musique, toujours la musique ! Du reste, une église est un lieu fort agréable lorsqu'on s'est débarrassé du pasteur et des fidèles. On peut alors faire de la vraie musique et trouver un vrai Dieu ! Il n'y a plus de diableries dans la religion, alors.

Elle était très lasse. Sa voix n'était qu'un murmure, mais, faisant un dernier effort, elle ajouta :

— J'aime ta visite de ce soir. Mon vrai sommeil est fini vers minuit. Après, ce ne sont que de petits sommes. La nuit est très longue. Chaque fois que tu iras à l'église, je veux que tu viennes ensuite bavarder avec moi. Cela me fait du bien. Entre tout droit, je serai réveillée.

En prononçant le dernier mot, elle s'endormit.

Ainsi commencèrent ces étranges rencontres nocturnes. Nuit après nuit, semaine après semaine, Finch se glissa hors de la maison à la recherche de quelques heures de bonheur et de liberté sauvage, avec lesquelles il se glissait de nouveau à l'intérieur. Jamais il ne manqua de se rendre dans la chambre de sa grand-mère qu'il trouvait éveillée et l'attendant. Ses yeux, sous les sourcils roux, le regardaient avec vivacité, tandis qu'il se coulait à l'intérieur et refermait la porte derrière lui. Autant qu'elle-même, il songeait d'avance à ces rencontres, étranges rendez-vous entre une centenaire et un garçon de dix-neuf ans. Comme des amoureux qui se cachent, ils s'évitaient l'un l'autre en présence des autres membres de la famille, de peur qu'un regard complice ou un sourire dissimulé ne viennent trahir leur intimité. Finch commençait à la connaître, à comprendre le fond de son caractère, parfois dur, parfois aussi infiniment tendu, comme personne, dans la maison, ne le comprenait. Elle ne lui paraissait plus vieille, mais sans âge, comme la déesse chinoise en porcelaine qu'elle lui avait donnée. Parfois, à la lueur de la veilleuse, installée dans son lit aux riches peintures, elle lui semblait magnifique, semblable à un gisant de pierre dans lequel un sculpteur aurait exprimé son rêve d'une âme indomptable.

Une nuit d'août, elle le fit sursauter en lui demandant brusquement :

— Eh bien, enfant, à qui laisserai-je mon argent ?

— Ne me demandez pas cela, Gran. C'est vous seule que ça regarde.

— Je sais bien. Mais supposons un instant que tu sois à ma place. Qui choisirais-tu ? Rappelle-toi que tout ira à un seul héritier. Je ne veux pas que ma fortune soit partagée comme un gâteau. A tort ou à raison, ma décision est prise sur ce point. Maintenant, Finch, dis-moi qui doit être l'héritier.

— Je ne peux vraiment pas le dire...

— Quelle bêtise ! Fais ce que je dis. Indique-moi le plus méritant. Ne me dis pas que tu n'y as pas pensé, je ne te croirais pas.

— Eh bien, répondit-il avec une brusque décision, et un peu de sévérité sur les lèvres, je vous dirai qu'une seule personne le mérite vraiment.

— Oui ? Et qui est-ce ?

— Renny.

— Renny ! Parce que c'est ton préféré ?

— Pas du tout. Je me suis mis à votre place, comme vous me l'avez demandé.

— Alors, c'est parce que c'est le chef de famille.

— Non, ce n'est pas cela. Si vous ne comprenez pas, je ne peux pas vous l'expliquer.

— Mais si, tu peux très bien. Pourquoi ?

— Si je vous le dis, vous serez fâchée contre moi.

— Mais non. Allons vite, parle !

— Eh bien, Renny est toujours gêné. Il nous a tous élevés, il fait vivre l'oncle Nick et l'oncle Ernest depuis bien des années ; je ne me souviens même pas depuis quand. Vous avez toujours vécu avec lui et il en est heureux. Ce ne serait plus la maison pour lui si vous n'étiez pas là. Il est heureux, également, d'avoir les oncles et tante Augusta, mais, naturellement, il lui arrive quelquefois de ne pas savoir où trouver l'argent nécessaire pour payer les gages, les notes de boucherie, les légumes et tout le reste.

Elle le regarda sérieusement.

— Tu peux parler nettement quand tu le veux, lui dit-elle, et tu as beaucoup de droiture. Je ne suis pas absolument de ton avis, mais je suis contente de le connaître et je ne suis pas du tout fâchée contre toi.

Puis elle se mit à parler d'autre chose.

Elle n'aborda plus ce sujet mais lui parla de son passé, évoquant le temps où elle était jeune ainsi que son Philippe, remontant même jusqu'à son enfance dans le comté de Meath. Finch apprit à lui faire connaître ses propres pensées comme jamais il ne l'avait fait jusque-là avec personne, et comme il ne le ferait probablement jamais plus. Quand enfin il regagnait sa chambre, il retrouvait encore un peu d'elle-même dans la statue de Kuan Yun, debout sur son bureau.

18

MORT D'UNE CENTENAIRE

La vieille Adeline se faisait habiller pour le thé par Augusta. C'est-à-dire qu'elle se faisait coiffer avec son plus beau bonnet garni de nœuds de ruban rose ; sa boîte de bagues était ouverte devant elle. Elle s'était sentie un peu lasse en se réveillant dans l'après-midi, aussi Augusta lui avait-elle mis dans la bouche une pastille de menthe qu'elle suçait en choisissant ses bagues. Elle faisait ce choix avec un soin particulier, car le pasteur était là et elle savait qu'il n'approuvait pas un tel luxe de bijoux sur de si vieilles mains, pas plus, du reste, que sur d'autres mains.

Augusta tenait patiemment la boîte, regardant le bout de son long nez tandis que celui de sa mère, encore plus long, était plongé dans une agréable réflexion. Adeline choisit enfin une bague, un beau rubis entouré de pierres semblables mais plus petites. Elle mit longtemps à choisir le doigt qui la porterait et à l'y glisser. La boîte tremblait légèrement dans la main d'Augusta. Sa mère se pencha, fouilla dans la boîte, trouva sa bague d'émeraude et la mit. De nouveau, elle se pencha, bava un peu de sa pastille de menthe sur le couvercle de la boîte.

— Maman, dit Augusta, ne pouvez-vous éviter de faire cela ?

— De faire quoi ?

— De baver sur le velours.

— Je ne bave pas. Laisse-moi tranquille.

Mais elle chercha son mouchoir pour s'essuyer les lèvres.

Elle mit six bagues, un bracelet de camée, et une broche contenant des cheveux de son Philippe. Se retournant vers son miroir, elle ajusta son bonnet et examina ses traits en clignant un œil.

— Vous êtes jolie et gaie, cet après-midi, maman, dit Augusta.

La vieille dame lui jeta un coup d'œil féroce.

Augusta releva la tête d'un air offensé et examina sa propre image. Réellement, maman était désagréable ! Quelle patience il fallait avoir avec elle !...

Adeline étendit sa main chargée de bagues et prit sur la table une photographie de Philippe encadrée de velours. Elle la contempla, l'embrassa et la remit en place.

— Quel bel homme était papa ! dit Augusta essuyant subrepticement l'image avec son mouchoir.

— Certes oui. Pose cette photographie.

— Du reste, dans la famille, tous les hommes sont beaux.

— Oui, nous sommes tous bien bâtis. Je suis prête. Appelle Nick et Ernest.

Ses fils furent bientôt là. Nicolas marchait moins péniblement que de coutume, car sa goutte ne le faisait pas souffrir. Ils la soulevèrent presque de son fauteuil. Elle leur prit un bras à chacun en disant à Augusta par-dessus son épaule :

— Apporte l'oiseau. Pauvre Boney, il est triste aujourd'hui.

La petite procession se mit en marche dans le hall si lentement qu'Augusta qui portait l'oiseau sur son perchoir avait l'impression de marquer le pas. Cependant ils avançaient tout de même et finirent par atteindre en se traînant un endroit où la lumière tomba sur eux au travers du vitrail.

— Reposons-nous un instant, dit leur mère. Je suis fatiguée.

Elle était grande mais entre ses deux fils, elle semblait petite. Elle était si courbée !

Elle regarda la fenêtre.

— J'aime voir la lumière traversant ces vitraux, remarqua-t-elle. C'est si joli.

Ils atteignirent enfin le salon et l'installèrent dans son fauteuil avec Boney sur son perchoir à ses côtés. Mr. Fennel se leva mais lui laissa le temps de reprendre haleine avant de s'avancer pour lui serrer la main et lui demander de ses nouvelles.

— Je vais parfaitement bien, dit-elle. Je ne sais ce que c'est que de souffrir, sauf d'un petit malaise à l'estomac. Mais Boney est triste. Depuis des semaines, il se tait. Pensez-vous qu'il vieillisse ?

Mr. Fennel répondit avec prudence :

— Peut-être bien qu'il vieillit un peu.

— Il mue, dit Nicolas. Il sème ses plumes dans tous les coins.

Elle questionna Mr. Fennel sur un certain nombre de ses paroissiens, tout en ayant quelque peine à retrouver leurs noms. Augusta qui servait le thé dit à mi-voix à Ernest :

— Je trouve que maman change. Sa mémoire surtout... Et comme elle a mis longtemps pour traverser le hall ! Tu n'as rien remarqué de particulier ?

Ernest regarda sa mère avec inquiétude.

— Il m'a semblé qu'elle s'appuyait beaucoup, peut-être un peu plus que de coutume. Mais elle a très bien déjeuné, vraiment très bien.

Finch était entré derrière eux. Il entendit ces derniers mots et songea qu'il savait bien pourquoi sa grand-mère témoignait d'une certaine lassitude dans la journée. Le contraire serait étonnant, se dit-il, en évoquant sa vigueur, sa vivacité d'esprit de la nuit précédente.

Il se sentit vaguement coupable d'amoindrir sa

vitalité par ses visites nocturnes... et vint s'asseoir auprès de sa tante.

Augusta lui tendit une tasse :

— Porte cela à maman, et reviens chercher les biscottes et le miel.

Des biscottes et du miel ! Finch en avait l'eau à la bouche. Aurait-il donc toujours cette impression d'être affamé ? Il était, malgré cela, si maigre ! Il perdit toute confiance en lui et souhaita que sa tante ne lui ait pas confié une tasse à thé, il la renverserait sûrement ! La vieille Adeline, la bouche pincée, le regardait tirer une table à côté d'elle et y poser sa tasse. Elle avait une faim égale à la sienne ! Ses mains un peu tremblantes reversèrent dans la tasse le thé qui s'était répandu dans la soucoupe. Elle porta cette tasse à ses lèvres et but avec délices. Les bagues brillaient sur ses belles mains. Mr. Fennel les remarqua avec désapprobation. On entendit sa voix assourdie par sa barbe brune et bouclée.

— Eh bien, Finch, comment va la musique ?

— Très bien, monsieur, merci.

— L'autre nuit, je suis resté un peu tard dans mon jardin jusque vers onze heures. J'ai été étonné d'entendre l'orgue. Vous savez que vous avez toute permission de jouer la journée.

Et dans son ton il y avait un léger reproche.

— Je préfère jouer la nuit, monsieur, si cela ne vous contrarie pas.

Ses yeux quittèrent la barbe du pasteur pour se tourner vers sa grand-mère. Ils échangèrent un regard de complicité, à la façon de deux conspirateurs. Le regard de la vieille dame était vif, son thé l'avait réconfortée. Posant sa tasse vide, elle déclara :

— Cela me plaît que cet enfant joue la nuit. La nuit est faite pour la musique et pour l'amour. L'après-midi pour le thé et la vie en société... Le matin, pour... le thé. Une autre tasse de thé, Finch. N'y a-t-il rien à manger ?

Pheasant entra, portant du thé pour Mr. Fennel et suivie de Piers chargé de biscottes et de miel. Il était vêtu de flanelle blanche.

— Ah ! s'écria le pasteur, quel plaisir de vous voir ainsi au frais, Piers. Vous aviez plutôt chaud le dernier jour où je vous ai vu.

— Oui. Il y a eu une période très chaude. Le travail s'apaise un peu en ce moment. Nous sommes fin août ; les semailles sont faites. Les petits fruits sont terminés et les pommes n'ont pas encore commencé.

— Mais il y a toujours les bêtes, n'est-ce pas ?

— Oui. Je n'ai guère le temps de flâner, mais c'est l'anniversaire de Pheasant aujourd'hui et je le célèbre par un jour de repos et un costume propre.

— Son anniversaire ! dit Mr. Fennel. Je regrette de ne pas l'avoir su, je lui aurais apporté quelque chose, ne serait-ce qu'un bouquet.

Grand-mère cligna vivement de l'œil, elle lécha le miel sur ses lèvres.

— L'anniversaire de Pheasant ! Pourquoi ne me l'a-t-on pas dit ? Qui me l'a caché ? J'aime les anniversaires, je lui aurais fait un cadeau.

Elle se tourna vers Meg, Maurice et Renny qui entraient.

— Saviez-vous, mes enfants, que nous célébrons un anniversaire ? C'est l'anniversaire de Pheasant et nous nous sommes tous parés en son honneur. Regardez le pasteur ! regardez Piers ! regardez-moi ! Ne sommes-nous pas tous élégants ?

Elle était pleine d'entrain et leur souriait à tous, de ce sourire malicieux et lumineux qui rendait les Court célèbres.

Meg s'approcha et mit un baiser sur le front de sa grand-mère.

— Je n'ai entendu parler d'aucun anniversaire, dit-elle froidement.

— Maurice, s'écria grand-mère, n'avez-vous pas apporté un cadeau à votre fille et négligez-vous votre vieux bébé parce qu'un nouveau bébé a fait son apparition ?

Maurice s'approcha lentement et avec un peu d'embarras.

— Je m'en occuperai, dit-il.

Le visage de Pheasant était rouge de confusion. Elle contemplait la famille avec le regard timide et effarouché d'une jeune bête sauvage.

— Heureusement pour elle, elle n'attend rien, dit Piers d'un ton mécontent.

Grand-mère l'entendit.

— Hum, dit-elle ; elle avala un morceau de biscotte et ajouta : c'est souvent l'inattendu qui se produit. Elle aura un cadeau. Un cadeau de moi !

Un souffle d'inquiétude parcourut l'assemblée. Mr. Fennel, s'en apercevant, observa :

— Rien n'est plus agréable qu'un cadeau imprévu.

Mais même à ses propres oreilles, ses paroles sonnèrent faux. Il ne trouvait rien à dire pour apaiser ces eaux troublées.

La vieille Adeline acheva promptement sa biscotte et but une autre tasse de thé. Puis elle demanda à Pheasant :

— Quel âge avez-vous ?

— Vingt ans.

En dépit du regard encourageant de Renny, cette réponse ne fut qu'un souffle.

— Vingt ans ! Elle est charmante et elle a vingt ans ! Moi aussi, j'ai eu vingt ans un jour ! Venez m'embrasser, vous qui êtes charmante et n'avez que vingt ans ! La jeunesse est une étoffe qui... je ne sais plus la suite ! Ma vieille mémoire s'est envolée. Venez ici, ma chérie.

Pheasant s'approcha en tremblant.

Adeline étendit ses mains, la paume en dessous, et examina ses bagues. Meg, avec une agilité qui ne lui était pas coutumière, se précipita à côté d'elle.

— Granny, Granny, lui souffla-t-elle, ne faites rien d'inconsidéré. Donnez-lui un bout de dentelle ou un peu d'argent pour s'acheter quelque chose de joli. Mais pas ça, pas ça...

Elle s'empara des mains de sa grand-mère et serra les doigts couverts de bijoux contre sa poitrine rebondie.

— Maman, dit Ernest, cette agitation ne vaut rien pour vous.

— Apportez le jeu de trictrac, dit Nicolas. Elle aime jouer au trictrac après son thé.

— Je n'ai pas fini mon thé, lui répliqua sa mère. Je veux du gâteau. Pas de ce gâteau blanc si fade, du gâteau aux fruits.

Jamais gâteau aux fruits ne fut apporté aussi rapidement, ni aussi passionnément ! Elle en choisit un morceau, le mit sur son assiette, et comme si rien ne s'était passé, étendit de nouveau ses mains, les paumes en dessous.

Elle lança un regard à Meg agenouillée à côté d'elle.

— Lève-toi, Meg, lui dit-elle brusquement mais sans méchanceté. Tu n'as aucune raison de t'humilier.

Mais Meg n'en resta pas moins dans la même position, les mains sur sa poitrine, les yeux jalousement fixés sur les bagues.

D'un geste décidé, Adeline enleva du troisième doigt de sa main droite l'anneau orné de rubis étincelants ; elle prit la petite main brune de Pheasant dans la sienne et glissa la bague au doigt du milieu. Elle regarda ensuite son visage en souriant.

— Elle vous donnera du teint, ma chérie, et du courage. Rien de tel que le rubis... Maintenant je vais goûter de ce gâteau.

Pheasant restait clouée sur place, tenant la main si magnifiquement ornée dans son autre main qui portait seulement son anneau de mariage. Ses yeux brillaient.

— Oh ! murmura-t-elle. Quelle est belle ! quelle splendeur ! Chère grand-mère !

Piers était auprès d'elle, décidé, méfiant et très rouge.

— Magnifique, s'écria Renny. Faites voir de quoi elle a l'air sur votre petite patte.

Mais Wakefield intervint, prit sa main, fit battre ses longs cils en l'examinant et dit judicieusement :

— Voilà une belle bague, ma fille. J'espère que vous en prendrez soin.

Meg était toujours à genoux, les yeux humides, les mains jointes.

— C'est injuste, dit-elle avec effort. Injuste pour moi et injuste pour mon enfant.

Renny la prit doucement sous le bras, la remit sur pied et lui glissa à l'oreille :

— Ne te donne pas en spectacle, Meg. Rappelle-toi que Mr. Fennel est là.

Intérieurement, il se réjouissait de la présence du pasteur qui leur épargnait certainement une terrible scène. Elle se laissa aller sur son épaule.

Le pasteur lui-même aurait préféré un thé plus calme. Tirant sur sa barbe, il répéta :

— J'ai toujours pensé qu'un cadeau imprévu est des plus agréables.

Et il ne put s'empêcher d'ajouter :

— Les bijoux sont si jolis sur de jeunes mains.

Adeline fit la sourde. Elle termina son gâteau, recueillant avec sa cuiller les miettes humides sur sa soucoupe. Mais au bout d'un instant, elle étendit vers lui, en la faisant tourner, sa main dépouillée, disant :

— Vous trouvez qu'ils ne conviennent pas à une vieille main ?

Mais il savait comment l'apaiser.

— Je n'ai jamais vu de mains mieux faites que les vôtres pour porter des bagues, lui dit-il.

Elle les croisa sur son estomac, examinant ce qui se passait autour d'elle. Il y avait de l'orage dans l'air, et c'était elle qui l'avait fait naître. Directement ou indirectement, elle était à l'origine de tous les êtres qui se trouvaient dans la pièce. Le dessin de cette pièce était centrifuge, elle en était l'auteur principal, le centre absolu. Elle se sentait satisfaite, assurée, forte. Son regard s'arrêta sur Renny à qui elle fit un léger signe de tête. Elle savait qu'il ne regrettait pas qu'elle ait donné le rubis à Pheasant. Il lui rendit son sourire. Wakefield était sur ses genoux. Adeline continua à faire un signe de tête à Renny, mais cette fois, c'était un signe de reproche.

— Il est trop grand pour être traité en bébé, dit-elle.

— Je sais bien, dit Renny. Mais il s'accroche à moi.

Et il repoussa l'enfant.

— Pauvre chéri ! On dirait un rouge-gorge chassé de son nid ! Dis-moi, as-tu prié pour moi hier soir ?

— Oui, grand-mère.

Elle jeta un regard triomphant autour d'elle.

— Jamais il n'y manque ! Et qu'as-tu demandé ?

Wakefield releva les sourcils.

— J'ai demandé... voyons, j'ai demandé...

Ses yeux tombèrent sur la main de Pheasant.

— J'ai demandé que vous fassiez un cadeau aujourd'hui et que vous en receviez un.

Elle frappa de ses paumes les bras du fauteuil.

— Écoutez-le ! Un cadeau ! Mais qui voudrait me faire un cadeau, maintenant ! Non. C'est moi qui dois les faire tous, jusqu'au dernier. Alors vous m'offrirez de belles funérailles !

Nicolas se tourna mécontent vers Ernest.

— Il faut que je corrige ce petit animal pour qu'il cesse cette plaisanterie.

— C'est très déprimant pour maman, reprit Ernest, d'un air sombre. Il faut faire cesser cela.

— Une partie de trictrac la distraira. Elle est d'humeur à faire des cadeaux à tous. Je ne sais ce qui lui prend.

Il apporta le jeu de trictrac, ainsi que le sac de velours qui contenait les dés et les cornets, et dit à Wakefield qui allait et venait aux alentours :

— Demande à ta grand-mère et au pasteur s'ils veulent jouer au trictrac. Mets la petite table devant eux. Je te corrigerai si tu continues au sujet de ces prières.

— Oui, oncle Nick.

Le petit garçon repartit, tint des conversations à voix basse et revint.

— Oncle Nick ?

— Qu'est-ce qu'il y a ?

— J'ai installé la table, le pasteur et grand-mère. Ils m'ont dit qu'ils ne demandaient pas mieux.

— Voilà bien une phrase de ton invention, s'écria Finch. Ils n'ont pas employé ces termes.

— Tu es odieux, Finch, répliqua Wake qui adorait la façon de parler de tante Augusta et s'en servait sans scrupule.

Les partenaires étaient maintenant face à face : d'un côté Mr. Fennel, barbu et peu soigné, de l'autre la vieille et somptueuse Adeline.

— J'ai les noirs, dit-elle.

Le pasteur prit les blancs. Les pions furent mis en place et les dés jetés.

— *Deuce,* dit le pasteur.

— *Trey,* dit grand-mère.

Ils firent avancer leurs pions. Les dés roulèrent, les émeraudes de sa main gauche brillèrent.

— Un double.

— *Quatre.*

Elle prononçait « cater ».

Les cornets secoués, les joueurs comptèrent et avancèrent leurs pions.

— *Deuce.*

— *Trey.*

— *Cinq.*

— As.

La partie continua. Son esprit était aussi net que jamais. Ses yeux brillaient. Elle fascinait Finch qui se tenait derrière Mr. Fennel en la regardant. De temps en temps, leurs yeux se rencontraient, toujours avec cette lueur de complicité.

« Peur de la vie ! disaient ses yeux. Un Court qui a peur de la vie ! Regarde-moi. »

Il ne la perdait pas de vue, ne pouvait porter ailleurs ses regards. Par-dessus un abîme de plus de quatre-vingts ans, leurs âmes se rencontraient, leurs mains se touchaient, ainsi que leurs lèvres.

L'un après l'autre, elle rentra ses pions. Elle avait gagné la première partie.

— Bien joué ! s'écria-t-elle en battant des mains. Bien joué !

Deux groupes distincts s'étaient formés dans le salon, loin des joueurs et de Finch qui restait debout derrière le pasteur et de Wakefield perché sur le bras du fauteuil de sa grand-mère. L'un de ces groupes comprenait Meg, Nicolas, Ernest et Augusta, qui discutaient à voix basse de la portée que pouvait avoir le cadeau de la bague. Dans l'autre, Piers, Pheasant, Maurice et Renny affectaient de parler fort pour paraître ignorer la tension de l'atmosphère.

Comme grand-mère s'écriait : « Bien joué ! » tous se tournèrent vers elle et l'applaudirent.

— Vous avez bien joué, grand-mère, cria Wakefield en lui tapotant le dos.

Les yeux de Finch cherchèrent ceux de sa grand-mère, les trouvèrent, et soutinrent son regard. Elle se sentit soudain très lasse mais très heureuse.

— Vous m'avez joliment bien battu, dit Mr. Fennel en tirant sur sa barbe.

— Oui. Je suis en bonne forme aujourd'hui, murmura-t-elle. En très bonne forme, ce soir !

Boney souffla sur son perchoir, se secouant et bâillant. Il perdit deux plumes éclatantes qui tombèrent sur le sol.

Mr. Fennel le regarda.

— Il ne dit plus rien, maintenant !

— Non, dit-elle en allongeant le cou pour voir l'oiseau. Il ne parle plus du tout. Pauvre Boney ! Pauvre vieux Boney ! Il ne dit plus rien, ni jurons ni mots d'amour ! Il est silencieux comme la tombe. N'est-ce pas, Boney ?

— Faisons-nous une autre partie ? demanda Mr. Fennel.

Les deux groupes étaient revenus à leurs préoccupations respectives. On entendit un brusque éclat de rire de Renny.

— Une autre partie ? Oui, je veux bien. J'ai les blancs.

Mr. Fennel et Wakefield se regardèrent.

— Mais, Gran, cria Wakefield, vous aviez les noirs tout à l'heure.

— Les noirs ? Pas du tout. J'ai les blancs.

Mr. Fennel changea les pions et lui donna les blancs. Une fois les pions en place, les dés furent jetés et la partie commença.

— *Deuce.*

— *Cinq.*

— Double.

Mais elle s'embrouilla bientôt. Elle bousculait ses pions et n'aurait jamais pu terminer la partie sans l'aide de Wake qui s'appuyait sur son épaule. Elle perdit mais ne s'en aperçut pas.

— Deux parties, s'écria-t-elle triomphalement. Deux parties ! Victoire !

Le recteur sourit avec indulgence.

Finch se sentit soudain enveloppé d'obscurité.

— Mais, grand-mère, cria Wakefield, vous avez perdu ! ne le voyez-vous pas ?

— Perdu, moi ! Mais pas du tout ! J'ai gagné.

Et elle regarda droit devant elle dans les yeux de Finch.

— Victoire !

Mr. Fennel se mit à remuer les pions.

— Une autre partie ? demanda-t-il. Cette fois-ci, vous gagnerez.

Elle ne répondit pas. Wakefield lui poussa l'épaule doucement.

— Une autre partie, Gran ?

— Je crains qu'elle ne soit un peu fatiguée, dit le pasteur.

Mais elle continuait à sourire, les yeux dans ceux de Finch, et ces yeux disaient : « Un Court, avoir peur ! Un Court, avoir peur de la mort ! Victoire ! »

De nouveau Boney se secoua et une autre plume vola à terre. A l'autre bout de la pièce, Nicolas s'était levé et la regardait. Il cria soudain :

— Maman !

Ils se levèrent tous, sauf Wakefield qui s'appuyait encore sur son épaule sans rien voir.

Sa tête tomba.

Finch les regardait tous autour d'elle, lui relevant la tête, mettant des sels sous son long nez ; glissant un peu de brandy entre ses lèvres pâles, se tordant les mains, terrifiés, à demi fous ! Lui avait vu son esprit ferme et volontaire quitter son corps. Il savait qu'il était inutile d'essayer de le rappeler.

Boney regardait toute cette scène d'un œil jaune, indifférent, sans émotion apparente, mais lorsqu'on la transporta pour l'étendre sur le canapé, il quitta son perchoir avec un battement d'ailes éperdu et se mit à voleter autour de son corps prostré en criant : « Nick, Nick ! » C'était la première fois qu'on l'entendait prononcer un mot d'anglais.

On l'attrapa difficilement pour l'emporter dans la chambre à coucher où il prit sa place habituelle, à la tête du lit et se renferma dans un silence stoïque. Piers téléphona au docteur. Meg sanglotait dans les bras d'Augusta. Ernest s'était assis devant la table, la tête enfouie dans ses bras, sur le jeu de trictrac. Pheasant était remontée dans sa chambre en courant pour arroser sa bague de larmes. Nicolas approcha une chaise du divan où gisait sa mère et s'assit, les épaules voûtées, la contemplant avec stupeur. Le recteur, le menton dans sa barbe, murmura une courte prière sur le corps qui était si droit que les pieds, chaussés de pantoufles blanches, dépassaient la longueur du divan. Elle était, de nouveau, une femme de haute stature.

Mr. Fennel essaya de lui fermer les yeux. Les paupières résistèrent. Renny lui prit le bras.

— Ne lui fermez pas les yeux. Je ne puis croire qu'elle soit morte. Ce n'est pas possible qu'elle soit morte ainsi !

Il glissa sa main sous la robe pour tâter son cœur, il ne battait plus. Il apporta une glace qu'il plaça devant ses narines, sans que la surface brillante se ternisse. Cependant, il s'opposa à ce qu'on lui fermât les yeux.

Le docteur Drummond arriva sans tarder. Il ne put que constater la mort et lui fermer lui-même les yeux. C'était un vieil homme qui, depuis Meg, avait aidé tous les jeunes Whiteoaks à faire leur entrée en ce monde.

Ernest se leva et s'approcha d'elle en tremblant. Il caressa son visage et l'embrassa en sanglotant : « Maman, maman ! » tandis que Nicolas restait aussi immobile qu'une statue.

Renny fut incapable de rester à la maison. Il fallait qu'il aille à la Cabane du violoneux pour apprendre à Eden et à Alayne ce qui venait d'arriver. Il s'élança par la porte de côté, dans la cour remplie d'herbe où se trouvait le vieux four en briques. Une procession de canards déhanchés tournèrent vers lui leurs yeux moqueurs. Mrs. Wragge et la fille de cuisine le regardèrent avec curiosité de la fenêtre du sous-sol. De jeunes poulains qui couraient dans l'enclos vinrent gémir à la barrière qu'il dépassa rapidement. Dans le pré, des vaches blanches et rousses, aux pis gonflés, tournèrent vers lui leurs regards impatients.

Il entra dans le verger. Déjà les jours étaient plus courts. Le soleil rouge apparaissait entre les troncs noirs des arbres. Il remarqua qu'une sorte d'éclat sombre avivait toutes les couleurs. De petits champignons roses rougissaient çà et là dans l'herbe épaisse. La barrière du verger semblait une verge d'or.

Entre le verger et « l'ancien verger » s'étendait un

champ de pommes de terre. Le vieux Binns les arrachait et les étendait dans des sillons peu profonds sur la terre noire. Pendant ce long jour, à peine avait-il fait le travail d'une demi-journée. Il s'appuya sur sa bêche en criant :

— Hi ! Mr. Whiteoak ! Hi !

Renny s'arrêta :

— Qu'y a-t-il ?

— Savez-vous ce qu'il y a, ici ?

— Quoi donc ?

— Des mauvaises herbes !

Renny fit un geste vague de la main.

— Laissez cette bêche, cria-t-il. Il ne faut plus travailler aujourd'hui.

Et il continua sa route.

Aucune bêche ne devait retourner cette terre qu'elle aimait ! Cette terre devait rester immobile, pleurant sur elle, aujourd'hui, demain et encore un jour.

Le vieux Binns regarda Renny disparaître dans l'épaisseur lumineuse du verger. Il était stupéfait. De sa vie, il n'avait reçu un pareil ordre ; il allait sûrement perdre sa place. Il enfonça profondément sa bêche dans le sol et ramena trois pommes de terre ; fiévreusement il se précipita pour les arracher. Jamais il n'avait travaillé avec tant d'ardeur. Il continua de se répéter furieusement à lui-même : « En tout cas, il y a des mauvaises herbes ! Qu'il aille au diable ! »

Le vieux verger, qui n'avait pas été taillé depuis dix ans, présentait une masse de feuillage extraordinaire. Les branches des pommiers, qui seraient plus tard chargés de fruits mûrs jamais cueillis, tombaient jusqu'à terre. Au milieu, poussaient des plants de verts noisetiers et de sumacs aux panaches rosés. Des plantes grimpantes de toutes espèces s'accrochaient aux branches les plus basses et grimpaient autour d'elles comme si elles voulaient attirer les arbres eux-mêmes vers la terre. Une moissonneuse abandonnée était dissimulée derrière un gros plant de vigne sauvage où l'on ne devinerait jamais sa présence. Tandis que Renny marchait sur le chemin, des lapins sauvages bondissaient devant lui et parfois de lourds papillons se jetaient étourdiment contre son visage. En approchant de la Cabane, il entendit la source qui gazouillait doucement au milieu des herbes.

Les portes et les fenêtres étaient grandes ouvertes, mais on n'entendait aucun bruit de voix. Il entra par la grande porte et regarda à l'intérieur. Alayne écrivait à une table et Eden était allongé sur un divan, une cigarette aux lèvres, un livre dans sa main pendante. Son visage et son corps avaient repris leur embonpoint. Ses joues avaient bruni. Mais Alayne avait pâli et maigri ! Ils n'avaient pas entendu Renny entrer, et pour ce dernier la chambre et ses habitants, plongés dans l'intense lumière du soleil couchant, étaient aussi irréels qu'une image.

Il fit entendre un son incohérent et, comme si un charme s'était rompu, tous deux regardèrent à la fois. La pâleur d'Alayne, encore plus marquée dans le couchant rouge, s'embrasa soudain. Eden sourit mais son sourire se figea aussitôt. Il sursauta :

— Renny, qu'y a-t-il ?

Alayne se leva aussi. Il essaya de leur parler mais aucun son ne sortit de ses lèvres. Il demeura silencieux, appuyé contre le montant de la porte, le visage déformé par une horrible grimace.

Eden et Alayne restèrent stupéfaits jusqu'au moment où Eden s'écria :

— Pour l'amour du Christ, Renny parle ! Qu'y a-t-il de fâcheux ?

Il les regarda, saisi d'une étrange fureur à leur égard et leur dit durement :

— Elle est morte... Gran... J'ai pensé qu'il fallait vous le faire savoir !

Évitant leurs yeux, son visage encore contracté, il regagna en toute hâte le chemin et disparut dans le bois de pins.

19

JALNA EN DEUIL

ELLE est maintenant couchée dans son cercueil, la vieille femme, entourée de guirlandes, de gerbes et de croix de fleurs parfumées. On l'a lavée, embaumée, revêtue de sa plus belle robe de velours noir. Ses mains sont croisées sur sa poitrine, mais ses enfants ne lui ont laissé que son anneau de mariage usé jusqu'à n'être plus qu'un fil d'or. Si l'on avait pu lire à l'intérieur de cet anneau, on aurait déchiffré ces mots : « Adeline, Philip, 1848. » Elle portait son plus beau bonnet de dentelle qui avait attendu longtemps cette occasion dans un carton parfumé à la lavande. Une plaque d'argent fixée sur le cercueil portait la date de sa naissance, celle de sa mort, son nom, y compris ses noms de baptême : Adeline, Honora, Bridget. On avait fait pour elle tout ce qu'il était possible de faire. Tout était arrangé et parfaitement organisé pour ses obsèques. Car si elle était restée longtemps sur la terre on allait l'y enfermer pour un temps infiniment plus long.

Il y avait autour d'elle une intense atmosphère de majesté et de pompe ; elle apparaissait comme une ancienne impératrice, avec son sourire légèrement dédaigneux, son nez recourbé. Elle aurait aussi bien pu vivre au milieu d'intrigues de cour que passer les trois quarts de sa vie au-delà des mers, avec sa seule famille à gouverner. L'Irlande et l'Inde, ces deux pays dont les noms commencent par « I », l'avaient marquée de leur empreinte. Toute sa vie avait été dominée par « I » (1).

A la tête et au pied du cercueil se trouvaient deux grands chandeliers d'argent avec des bougies allumées. Finch les avait mis là quand il était descendu furtivement pour la rencontrer une dernière fois, lorsque tous les autres étaient couchés. Son jeune visage décharné avait une expression mystique tandis qu'il glissait doucement autour d'elle pour allumer chaque branche de cire.

Le matin, Augusta ordonna de les enlever, protestant contre des pratiques aussi papistes, mais Nicolas déclara :

— Laisse-les-lui, la pompe lui convient.

Seuls, ou par groupe de deux ou trois, ses descendants venaient pleurer sur l'aïeule. Nicolas demeura près d'elle tout le jour, refusant toute nourriture, sa tête léonine échevelée, une extrémité de sa longue moustache grise serrée entre ses dents. Ernest allait et venait, grand et élégant dans son habit noir. Il accompagnait les visiteurs, attirant leur attention sur les traits sculptés et la belle expression de sa « maman ». Il murmurait ce mot pour lui-même, ces jours-ci, car bientôt elle serait partie et il n'y aurait plus de maman. Toutes les choses désagréables qu'elle lui avait dites avaient disparu de sa pensée, et seuls demeuraient les instants où elle avait été bonne pour lui. Il se souvenait qu'elle dépendait de lui pour bien des choses et des larmes roulaient sur ses joues.

Il n'en était pas de même pour Augusta. Le sourire dédaigneux de sa mère semblait lui être particulièrement destiné. Elle se rappellerait souvent les traits moqueurs jaillis des lèvres maternelles. A l'instant, elle se souvenait du dernier de ces traits : pendant qu'elle habillait sa mère pour le dernier thé, elle lui avait dit : « Que vous êtes jolie et vive cet après-midi, maman ! »

(1) Note du traducteur « I » : Jeu de mots difficile à traduire, la lettre « I » étant aussi le pronom « je » ou « moi ».

et celle-ci lui avait répondu : « Je voudrais pouvoir en dire autant de toi. »

Augusta évoqua les souvenirs de son enfance. Ils lui apparaissaient plus nets que ceux des dernières années. Elle se souvint de son mariage et des paroles de sa mère, la veille de ses noces : « Je ne crois pas avoir de conseil à vous donner, ma chérie. Buckley vous arrive à peine à l'épaule, vous n'avez pas à avoir peur de lui. » A cette époque, sa mère se souvenait très bien du nom de son mari. Mais lorsqu'il eut le droit de porter un titre, c'était toujours Bunckley, ou Bilgeley ou Bunkum !

Augusta se reprocha d'évoquer ces petites querelles en un tel moment. Son chagrin était réel, mais ses souvenirs pénibles. Elle conduisit Wakefield auprès du cercueil. C'était la première fois qu'il voyait la mort. Elle lui dit, d'un ton ému :

— Regarde-la longtemps, Wakefield, et tâche de bien graver son visage dans ton esprit. C'était une femme extraordinaire.

Le petit garçon était terrifié et tout étourdi par le lourd parfum des fleurs. Il contempla longuement le paisible visage, les belles vieilles mains croisées avec résignation.

— Mais, tante, s'écria-t-il, sa petite voix claire résonnant étrangement dans la pièce, elle a l'air si jolie ! N'est-ce pas dommage de l'enterrer ?

Ses vieux amis (il n'en restait guère) déclarèrent qu'ils n'avaient jamais vu un cadavre avoir l'air aussi naturel.

Au sous-sol, Rags déclara à sa femme, à la fille de cuisine et à quelques travailleurs des écuries, de la ferme et de Vaughanlands :

— Dieu me bénisse si la vieille dame ne paraît pas plus naturelle encore que de son vivant !

Quant à Renny, comme un de ces chevaux auprès desquels il passait presque tout son temps, son impression devant la mort était une angoisse quasi animale. Il s'écartait en tremblant de la présence sinistre qui assombrissait la maison.

Après un regard jeté sur le visage de la morte, il quitta la chambre et n'y revint qu'à l'heure des funérailles. La mort, telle qu'il l'avait vue pendant la guerre, ne l'impressionnait pas beaucoup. Il était au-delà des mers lorsque moururent son père et sa belle-mère. Mais l'expérience présente le terrifiait. Il avait abandonné toute l'organisation des obsèques à Augusta, Ernest et Piers. Une seule chose l'avait préoccupé : le choix de ceux qui porteraient le cercueil. A son avis, ce devaient être les quatre petits-fils aînés. Eden se plaignit et déclara qu'il n'était pas assez fort pour supporter cette fatigue. Alayne pensa et dit avec vivacité que c'était impossible d'exiger de lui un tel effort. Mais Renny fut inflexible. Eden lui paraissait presque aussi bien portant que jadis ; il pouvait et devait prendre sa place parmi ses frères pour porter jusqu'à la tombe le corps de leur grand-mère. Il alla à la Cabane du violoneux et, assis autour de la table, tous trois discutèrent âprement. Ses cheveux roux comme une crête en désordre, son mince visage écarlate, les lignes dures de son visage se dressèrent contre ses contradicteurs. Eden dut céder.

Le jour des obsèques se leva, absolument exquis. Une épaisse rosée s'étendait comme un voile étincelant sur les prés. Tout était silencieux, sauf le babillage des petits oiseaux sur les arbres toujours verts de l'avenue. Cette journée semblait un doux répit, comme si l'été hésitait et poussait un profond soupir avant de disparaître. La vieille Adeline aurait aimé un jour semblable. Si elle avait vécu, elle aurait sûrement fait une de ses petites promenades jusqu'à la barrière, soutenue par ses fils. Au lieu de cela, elle faisait sa dernière promenade en voiture. Durant toute son existence, elle avait obstinément refusé de monter en auto, mais elle avait réclamé un fourgon automobile pour son enterrement.

— J'aime à penser, avait-elle dit, que j'irai au cimetière derrière un moteur et non derrière un cheval. Personne ne pourra dire que j'étais vieux jeu.

Wakefield était impressionné de voir toute la famille vêtue de noir, même Finch. Il aurait bien voulu lui aussi un costume noir ! Mais il devait se contenter de la bande que Meggie avait cousue sur sa veste grise. Il était conscient de cet insigne de deuil, très digne et distant ! Il aurait voulu être assez grand pour faire partie des porteurs.

Le cortège funèbre allait quitter la maison. Les quatre hommes qui devaient porter le cercueil étaient réunis, épaule contre épaule, et Piers et Eden, à côté l'un de l'autre, pouvaient s'entendre respirer. Ce n'était pas sans peine que Renny avait obtenu de Piers qu'il restât, même un court instant, auprès d'Eden. Mais il l'avait emporté sur tous les deux. Ils étaient là à côté de lui, et lui était le chef du clan. Mr. Fennel récita de courtes prières. Les porteurs soulevèrent le cercueil sur leurs épaules.

Le corbillard s'éloigna lentement, suivi par une auto où se trouvaient les quatre frères. Derrière eux venait une autre voiture contenant Augusta, Nicolas, Ernest et Mr. Fennel. Dans une troisième, il y avait les Vaughans et Wakefield. Pheasant avait eu l'excuse d'un repas de bébé pour rester à la maison. Elle regardait à travers un rideau et aperçut la tête blonde d'Eden qui brillait au milieu de celles de ses frères. Quelques légers sons plaintifs lui échappèrent en évoquant sa courte et brûlante passion pour lui, cette passion qui avait failli ruiner sa vie et celle de Piers. Mais le drame avait été évité ; elle était sauvée, sauvée avec Piers et son bébé !

Alayne aussi était restée au logis. Elle était venue contempler longuement le vieux visage lointain qui avait toujours été aimable pour elle. Si fine qu'eût été la vieille Adeline, Alayne était sûre qu'elle n'avait jamais deviné que son amour pour Eden était mort, pas plus qu'on ne l'aurait convaincue qu'Alayne n'était pas une riche héritière. Alayne était repartie de Jalna profondément déprimée. Ce n'était pas une aversion animale, comme c'était le cas pour Renny, mais un profond serrement de cœur devant Jalna en deuil et sans vie. Elle avait eu l'impression que les murs épais s'étaient rapprochés pour entourer ce corps, que le plafond s'était abaissé pour l'abriter, que les portes mêmes s'étaient rétrécies pour empêcher son départ... En s'en allant, la jeune femme s'était retournée au bout de la prairie et il lui sembla que de douleur la maison tout entière s'était repliée sur elle-même.

Après les membres de la famille suivaient les amis et un long cortège de gens des villages environnants et de la campagne, en autos et voitures de l'ancien temps. C'étaient les obsèques d'une femme que les plus vieux d'entre eux, dans leur enfance, avaient connue déjà mariée. Un jalon disparaissait qui n'était ni un arbre ni un clocher d'église, mais un être vivant et dominateur. Beaucoup, parmi les assistants, ne l'avaient pas vue depuis de longues années, mais sa haute taille, ses cheveux roux, ses yeux bruns perçants étaient dans leur souvenir pour toujours. Dans l'avenir, on raconterait de temps en temps quelque trait de son caractère ou de son originalité ; aujourd'hui on racontait que jusqu'à l'an passé, elle n'avait presque jamais manqué le service du matin dans l'église de pierre grise construite par le capitaine Whiteoak. Elle y venait dans son vieux break traîné par deux grands chevaux bais. Et malgré une certaine avarice, chaque année, à Noël, elle faisait un cadeau à chaque enfant du village d'Evendale, construit sur un emplacement qui faisait jadis partie de Jalna. Ces dernières années elle s'était reposée sur Ernest pour l'achat de ces cadeaux. Au prochain Noël les enfants n'auront rien.

Ainsi, bien qu'elle eût vécu presque aussi immuable qu'un arbre, sa renommée avait grandi d'année en année, comme une nouvelle couche de bois s'ajoute autour d'un arbre. Ceux qui étaient venus apporter à sa dépouille l'hommage de leur respect eurent l'impression qu'ils assistaient à un événement important de l'époque.

Pour le grand Hodge qui avait conduit son break pendant les trente dernières années, sa mort avait été un véritable drame. Toute sa raison de vivre avait disparu. Plus jamais, le dimanche matin, il ne panserait les chevaux qui avaient près de trente ans, plus jamais il ne ferait luire leur pelage comme du satin, ni briller leurs harnais ! Il ne laverait plus jamais les roues grinçantes du phaéton, ni ne remettrait sa livrée à col de velours. Toute sa dignité avait disparu, il n'était plus qu'un garçon d'écurie vieillissant ! Les joues inondées de larmes, il était venu dire à Nicolas : « Je pense, Monsieur, que je ne sortirai plus jamais le vieux phaéton... » Et d'un ton bourru, Nicolas lui avait répondu : « J'espère que mon frère et moi nous nous en servirons encore longtemps. » Certes, Nicolas aurait bien préféré aller à l'église en auto maintenant que le voile de veuve de sa mère ne flotterait plus sur le phaéton, mais on ne pouvait faire nulle peine à Hodge ! C'était le seul vieux serviteur qui restât. Les autres entraient et repartaient, et n'avaient plus la fierté de leur travail.

Dans l'auto, au milieu de ses frères, Renny songeait au phaéton ; il se souvenait de la joie qu'éprouvait sa grand-mère lorsque les chevaux occupaient le milieu de la route, l'empêchant lui-même ou d'autres automobilistes de passer. Mais surtout lui ! Elle était heureuse lorsqu'elle avait le dessus sur lui ! Jamais elle ne cédait. Il aurait tant voulu qu'elle pût voir la foule venue lui rendre hommage. Quel dommage, elle l'ignorerait toujours ! Et les fleurs ! Il y en avait toute une voiture ! Il aimait cette gerbe de roses et d'œillets envoyée par le « Hunt Club »... Il regarda ses frères. Quel bonheur de voir Eden rétabli ! Un été à Jalna avait suffi. C'était une joie aussi de le voir dans la même auto que Piers. Il avait dû déployer beaucoup d'autorité pour en arriver là et Renny se demanda s'il serait un jour possible de combler l'abîme qui les séparait ! Il craignait bien que non ! Les femmes qui entraient dans la famille avaient le don de tout gâter. Heureusement qu'il ne se marierait probablement jamais. Un instant, sa pensée s'arrêta douloureusement sur Alayne. La procession de l'enterrement ne fut plus qu'un fantôme ! Alayne était dans ses bras. Il ferma les yeux, s'abandonnant tout entier au désir qui déchirait son cœur... Quand il les rouvrit à nouveau, son regard tomba sur Finch, assis entre Piers et lui, et dont les longues jambes étaient bien encombrantes. Depuis la mort de sa grand-mère, Finch était dans un état d'esprit de détachement, presque d'hallucination. Mais en ce moment, sous les yeux de Renny et de Piers, il ne se contenait même plus, il sanglotait et ne parvenait pas à sécher ses yeux qu'il essuyait avec un grand mouchoir. Pauvre diable, pensa Renny. Et il posa sa main sur le genou maigre du jeune homme, ce qui ne fit qu'augmenter ses pleurs. Il eut l'impression que Piers le regardait avec mépris, mais Piers ne le voyait pas, Piers ne voyait que le dos d'Eden assis devant lui sur le siège avant, à côté de Wright.

Cette procession funéraire qui, pendant un court instant, n'avait plus été qu'un rêve pour Renny, n'était pour Piers qu'un défilé de fantômes. La seule réalité était Eden assis devant lui, Eden de nouveau bien portant, de nouveau prêt à faire du mal, Eden qu'il aurait voulu assommer à coups de poing.

A part l'unique et rapide coup d'œil dans l'enclos des chevaux, il ne l'avait pas revu depuis cette nuit d'été, deux ans auparavant, où le jeune Finch, blême, était venu lui dire qu'Eden et Pheasant étaient ensemble dans le bois de bouleaux. Si seulement Eden ne s'était pas enfui cette nuit-là ! Si seulement ils avaient pu s'expliquer ! Maintenant, cela ne serait jamais plus possible !

Eden sentait le regard de Piers sur sa tête. Il aurait payé bien cher pour connaître ses pensées ! Des pensées, sans nul doute, sombres et violentes ! Il sourit un peu en les évoquant mais se sentit mal à l'aise. Il s'apitoya sur lui-même. C'était sa première sortie de l'été, et pour un enterrement ! Il y avait été traîné de force, et la proximité de Piers, malgré tout son cynisme, ébranlait ses nerfs. Il ne parvenait pas à éprouver pour sa grand-mère les mêmes sentiments que les autres qui paraissaient s'attendre à ce qu'elle vive toujours ! Elle avait eu une existence plus longue que ne serait la sienne. Il souffrait de partout, tremblant et mal à l'aise après l'effort qu'il avait dû fournir pour porter sa part de cercueil. Alayne s'y était opposée, elle savait bien que son état ne le lui permettait pas. Et devant lui se dressa le trajet du fourgon à l'église et de l'église au cimetière. Il regretta de ne pas s'être assis derrière pour avoir le dos de Piers devant lui, au lieu de sentir son regard sur ses épaules.

L'auto s'arrêta. La plus grande partie du cortège était dans l'allée du cimetière. Eden ôta son chapeau et respira l'air plein de douceur. Il fut étonné de voir tant de monde réuni et regarda avec appréhension les marches qui montaient à l'église. On avait retiré le cercueil du fourgon, un souffle trop parfumé en venait ! Il prit sur ses épaules sa part du fardeau.

Mr. Fennel s'approcha. Il y avait un certain désordre. Les quatre frères avancèrent ensemble péniblement sur le gravier du chemin. Piers s'aperçut qu'Eden défaillait, à bout de forces, et il souhaita que le trajet fût deux fois plus long ! A la porte de l'église, Maurice vint prendre la place d'Eden qui se retira le front inondé de sueur. Il entendit comme de très loin les paroles du pasteur.

« Je suis la Résurrection et la Vie, dit le Seigneur. Celui qui croit en moi, bien qu'il soit mort, vivra éternellement... Nous n'apportons rien en entrant dans ce monde et nous en sortons sans rien emporter.

Le Seigneur nous a donné, le Seigneur nous a repris. Béni soit le nom du Seigneur... ».

Assis sur un banc entre Renny et Finch, Eden ne parvenait pas à voir clair en lui. Le sang bourdonnait à ses oreilles, l'autel lui apparaissait enveloppé de brouillard. Si Alayne pouvait le voir, épuisé à ce point, comme elle serait inquiète ! Dans son esprit, elle était maintenant toujours liée à cette idée d'inquiétude à son égard !

Il s'aperçut que Finch respirait en reniflant. Il tourna les yeux vers lui, vit son visage penché, et au-delà aperçut la main brune de Piers posée sur son genou. Quel poing ! Subrepticement son regard remonta jusqu'au visage de Piers, hâlé, au menton volontaire, avec un nez court et fort. A quoi pensait-il ? A son voisinage ? A Pheasant ? A Gran étendue au pied de l'autel ?

« Mon cœur était brûlant et pendant que je méditais, le feu s'alluma... »

Il devint conscient de la voix sonore et lugubre qui venait de l'autel.

« Regarde, tu as fait mes jours de courte durée et mon âge n'est rien devant toi... »

Pauvre vieille Gran ! Ces paroles l'auraient joliment irritée ! Il imagina sa protestation : « Pas du tout ! Je ne veux pas de ça ! »

La voix continua :

« Épargne-moi, que je puisse retrouver ma vigueur, avant que je m'en aille et que je disparaisse. »

Quel magnifique poète, ce David ! Et qu'il avait bien connu la vie, ne s'étant privé de rien ! Des fragments exquis, clairs comme le cristal, parvenaient aux oreilles d'Eden... « Voyant le passé comme une sentinelle dans la nuit... et se fana comme l'herbe. Le matin elle est verte et haute, mais le soir elle est coupée, desséchée et flétrie. »

Il n'avait que vingt-six ans, il avait déjà goûté bien des choses et en goûterait encore bien d'autres. Il écrirait des vers dont on parlerait un jour. Il était presque guéri. Soudain le désir d'écrire jaillit en lui et il s'absorba dans la contemplation de lui-même. Il oublia de se lever quand on se mit à chanter. Il fallut que Renny lui poussât le coude pour qu'il se mît debout en hésitant. Il y avait si longtemps qu'il n'était pas venu à l'église !

« *Jour de colère, jour de deuil !*
« *Où se réalise la parole du prophète !*
« *Le ciel et la terre sont réduits en cendres !* »

Eden se demanda si quelqu'un, au ciel ou sur terre, détestait les hymnes autant que lui. Cela lui donnait envie de relever la tête, de se mettre à hurler comme les chiens. Cependant il resta silencieux, prenant doucement un coin du livre que Renny lui offrait. Renny ne chantait pas non plus, ni le pauvre Finch qui se contentait de renifler, mais le baryton puissant de Piers s'éleva :

« *Que plaiderai-je, moi si faible !*
« *Qui intercédera pour moi ?*
« *Alors que les justes eux-mêmes crient miséricorde.* »

Limpide et magnifique, une voix de femme s'éleva derrière eux :

« *Mets-moi au milieu de tes brebis préférées*
« *Et non parmi les boucs*
« *Place-moi à ta droite.* »

Eden reconnut la voix de Minny Ware, l'écouta, pénétré de sa beauté. Il regarda Renny pour savoir si lui aussi était attentif à cette voix, mais Renny semblait plongé dans l'hymne que ses lèvres récitaient silencieusement.

Pendant que Mr. Fennel exaltait les vertus chrétiennes d'Adeline, l'imagination d'Eden joua avec la pensée de Minny Ware. Il l'évoqua telle qu'il l'avait vue maintes fois, toujours vêtue de couleurs vives, débordante de vie, prête à rendre un rire pour un sourire. Il pensa à son cou si blanc, sortant très droit de son col rabattu. Il reposa son esprit sur la musique de sa voix et décida de demander à Alayne de l'inviter à venir plus souvent chanter chez eux. Ou plutôt non, il irait lui-même à Vaughanlands pour l'entendre chanter en s'accompagnant au piano. Il éprouvait le besoin de changer de place. Impossible de rester plus longtemps sans rien faire. Il fallait qu'il trouve un travail quelconque, mais lequel, Dieu seul le savait !

Ses frères se levaient. C'était le moment de porter le cercueil au cimetière. Sûrement Maurice allait prendre de nouveau sa place. Renny sortit du banc, mais Eden ne bougea pas, malgré Finch qui le poussait par-derrière. Il jeta un regard presque suppliant à Maurice qui ne savait quelle décision prendre. Mais il ne devait pas y avoir de grâce pour Eden ! Renny avait décidé que les quatre frères porteraient le cercueil, ils le porteraient donc, même si l'un d'entre eux défaillait. Il jeta à Eden un regard mi-sévère, mi-affectueux, et d'un geste bref du menton lui fit signe de le suivre. Tous quatre reprirent leur fardeau.

Ils l'avaient enfin déposée dans la terre. On avait jeté un peu de terre dans la tombe et les dernières prières furent dites : « Que la terre retourne à la terre, la cendre aux cendres, la poussière à la poussière... » Les pleurs de Meg se mêlaient à la voix de Mr. Fennel : « Qui changera notre corps misérable en corps glorieux ? »

Le visage d'Ernest était pâle et désolé. Sa mâchoire retombait un peu. Il se répétait intérieurement à lui-même tout en sanglotant : « Maman, maman. » Elle avait maintenant disparu pour toujours...

Augusta, en grand deuil et très digne dans sa douleur, avait redressé la tête devant la foule. Isolée de ses compagnons, on aurait cru facilement que son expression était celle d'une personne profondément offensée. Peut-être, en effet, était-elle offensée par la mort ? A son prochain anniversaire, elle aurait soixante-dix-sept ans.

Le visage de Nicolas ressemblait à un rocher creusé et battu par des orages très anciens. Il était debout, alourdi, et regardait stoïquement dans le trou sombre ouvert devant lui, mais il ne le voyait pas ! Ce qu'il voyait, c'était lui-même, petit garçon de cinq ans, assis sur ce même banc qu'il venait de quitter, appuyé contre sa mère. De l'autre côté, il y avait le petit Ernest âgé de trois ans, et tous deux avaient bien sommeil. Maman était enveloppée d'une robe couleur de tabac toute gonflée ; c'était exquis pour de tout petits garçons, de s'y pelotonner, de même que c'était délicieux de caresser les larges rubans de satin de son bonnet. Quelle belle teinte rousse avaient ses cheveux ! Cette teinte qui avait sauté une génération pour éclater à nouveau sur la tête de Renny. Un peu plus loin sur le banc, s'apercevait le visage robuste de papa, son profil têtu et son teint frais dont avait hérité d'abord Philippe, puis Piers, mais avec moins de distinction chez ce dernier. Mais nous ne sommes pour rien dans tout cela. Nous sommes projetés dans ce monde pour nous y débattre un peu de temps et ensuite en être arrachés...

Ernest prit Nicolas par le bras.

— Viens, Nicolas, c'est fini, il faut partir.

Et il l'entraîna à travers le dédale des tombes. Nicolas ressentait des élans douloureux dans son genou ; il trébucha une ou deux fois. Les choses lui semblaient étrangement irréelles, de même que ceux qui s'approchaient pour lui parler. La plus vieille des demoiselles Lacey prit une de ses mains dans les siennes.

— Cher Nicolas, dit-elle, c'est terrible, n'est-ce pas ? Je comprends si bien ce que vous éprouvez ; nous avons perdu notre père l'an dernier, il avait quatre-vingt-douze ans.

Nicolas la regarda vaguement. Il ne la voyait pas dans son état présent, mais bien telle qu'elle était quarante-cinq ans plus tôt, alors qu'elle lui faisait la cour dans l'espoir de l'épouser. Il serait dans une situation bien préférable s'il en avait fait sa femme, au lieu de choisir cette créature volage... Il aurait une famille et son père lui aurait laissé Jalna au lieu de le léguer à son jeune frère. Il la remercia brièvement de sa sympathie et s'en alla en boitillant.

Un vent violent sentant la terre chaude et sèche s'était levé. Les herbes hautes du cimetière ondulaient joyeusement et semblaient dire : « Ce n'est pas encore le soir. » Le vent soufflait au ras du sol comme pour recueillir la fraîche douceur des roses, des lis et des œillets qui s'entassaient sur la tombe de la famille Whiteoak. De nombreux nuages blancs se traînaient en procession dans le ciel, comme des choristes revêtus de blancs surplis.

Renny se hâtait vers l'auto avec Wakefield suspendu à son bras.

— Renny, Renny, puis-je revenir avec toi à la maison, je vois Eden qui s'installe avec Meg et Maurice.

— Entendu, jeune homme.

Il était heureux d'avoir le petit garçon auprès de lui et de s'éloigner de ce lieu. Auprès de la tombe, il était resté la tête haute, les yeux au loin et quelque chose dans toute son attitude qui ressemblait à la crainte du cheval devant la mort. Maintenant il humait le vent, il serrait contre lui la main de Wakefield et s'efforçait de dissimuler sa hâte à quitter cette place.

Wakefield lui disait :

— Je crois que grand-mère ne pouvait avoir un plus beau jour pour son enterrement. Elle aurait sûrement été contente si elle avait pu voir toute cette foule.

Le cimetière était maintenant désert.

Le corps d'Adeline reposait enfin dans la tombe familiale entourée d'une grille de fer avec des chaînes rouillées et de petites boules de fer. Sous un lourd fardeau de terre, de gazon et de fleurs en train de se faner, elle était couchée auprès des restes de son Philippe dont les os devaient être maintenant dénudés. A leurs pieds, se trouvaient le jeune Philippe qui avait à ses côtés sa première femme Margaret. Dans un coin reposait Mary, sa seconde femme, entourée d'un petit groupe d'enfants Whiteoak.

Seul manquait encore le nom d'Adeline qui serait bientôt gravé sur la plinthe de granit qui s'élevait au-dessus des tombes... Tout était fini pour elle, ses colères, ses appétits, ses brusques sommeils, son amour de la couleur, du bruit et des scènes de famille. Plus jamais elle ne s'assiérait devant le feu flambant, vêtue de velours, couverte de bagues, avec un beau bonnet sur la tête et Boney sur son épaule. Plus jamais elle n'implorerait d'un brusque élan de son cœur intrépide : « Que quelqu'un m'embrasse ! Vite ! »

Elle avait « disparu pour toujours ».

Un esprit contemplatif et qui aurait connu son tempérament se demanderait peut-être quelle espèce d'arbre pourrait naître un jour de cette tombe. Un flamboyant, un bel arbre du sud serait tout désigné ailleurs que dans ce pays du nord. A son défaut un pin tirerait subsistance de ce corps vigoureux et de cet esprit indomptable.

20

LE JEUNE HÉRITIER

DÈS l'instant où il ouvrit les yeux, Wakefield sentit de l'excitation dans l'air. La façon dont les rideaux de la fenêtre flottaient dans la brise matinale lui faisait songer au gonflement des voiles. Il y avait quelque chose d'inaccoutumé dans l'odeur de l'air, qui semblait venir de très loin, d'une région différente pleine d'aventures étranges. Un tout petit coq, apprenant tout juste à chanter, s'était échappé de la basse-cour et se dirigeait vers le pré. A chaque instant il se dressait sur ses ergots, battait des ailes, essayait un chant plaintif et pourtant fanfaron.

Wakefield, étendu en pyjama sur le rebord de la fenêtre, le surveillait avec des yeux encore pleins de sommeil, mais déjà éclairés de malice. L'épaule de son pyjama était déchirée et un morceau de son fond de culotte voltigeait dans la brise. Depuis que Meg était mariée, ses vêtements n'étaient pas bien entretenus, mais il ne s'en préoccupait guère. Enrichir son esprit et accroître son expérience avait pour lui plus d'importance qu'une perfection purement vestimentaire. Le soleil chauffant son épaule nue, le flottement d'un morceau de pyjama étaient des stimulants plus vifs qu'un bon ordre domestique ! Il remarqua que la queue à moitié poussée du jeune coq avait une plume de travers et il se sentit attiré vers lui. Il le regarda se pavaner et picorer, entre ses chants, de bons morceaux qu'il trouvait dans le pré. Avant chaque coup de bec, pendant un instant, il grattait joyeusement le sol. Wakefield se dit qu'il aimerait prendre son déjeuner de cette façon ; il se vit fouillant énergiquement le sol pour en retirer des morceaux de toast beurrés, ou plutôt du chocolat à la crème enveloppé de papier d'argent.

Wakefield se demanda quelle heure il pouvait bien être ; il ne voulait pas passer trop de temps à méditer. Il alla vers la table de toilette où se trouvait le réveil, au milieu des objets de toilette de Renny qui étaient du reste assez rares ! C'était un réveil très modeste en dépit des mots qu'il portait : Big Ben. Il retardait de vingt minutes par jour et on l'aurait bien pris pour un fainéant sans sa sonnerie si pressée de se faire entendre qu'il fallait le régler pour une demi-heure plus tard que le moment désiré. Que de fois le petit garçon s'était réveillé la nuit pour voir Renny à demi déshabillé, le visage contre celui de Big Ben, bien décidé à avoir le dessus dans ce duel perpétuel ! Il était dix heures moins vingt. Il ne resterait pas grand-chose de fameux pour son appétit fantasque : Il ouvrit le tiroir de Renny et au milieu des cravates et des mouchoirs trouva une petite boîte en fer qui contenait des pastilles pour la poitrine et les poumons. Elles étaient très parfumées à la réglisse et, malgré leur petite taille, pouvaient apaiser la faim de Wake jusqu'au moment où il trouverait quelque chose de plus appétissant que du porridge à moitié froid ou du thé tiède. Il en mit une dans sa bouche et, une fois habillé, en glissa quelques-unes dans sa poche. Sa toilette tenait du miracle ! Elle produisait le meilleur effet avec le moindre effort. Cependant il passa longtemps à se coiffer car il avait remarqué que ses cheveux bien peignés produisaient le meilleur effet sur ses aînés, sauf sur Piers qui prenait un malin plaisir à l'ébouriffer. Il allait descendre lorsqu'il entendit le petit gazouillis particulier par lequel, chaque matin, le jeune Maurice manifestait sa joie. Il se glissa dans la porte de la chambre de Pheasant et jeta un regard à l'intérieur. L'enfant était seul ; assis par terre sur une couverture et en train de sucer son biberon. Quand il aperçut Wakefield, il se mit à agiter convulsivement ses petits pieds et sortit la bouteille de sa bouche. Un joli sourire découvrit toutes ses petites dents semblables à une rangée de perles.

— Mug, Nug ! Hi, Hi ! Nug, Nug !

— Hullo, Mooey ! lui répondit gentiment Wakefield. Vous êtes content de voir votre vieil oncle, n'est-ce pas ?

— Nug, Nug ! Brrr ! gazouilla Mooey en remettant le biberon dans sa bouche.

Et il se mit à téter si vigoureusement que ses petites lèvres en tremblèrent et qu'il loucha légèrement. Wakefield le prit sous les bras et le mit sur ses pieds. Mooey frappa violemment ses petits pieds nus sur la couverture, mais la bouteille lui échappa et une ombre parut sur son front rose. Sa devise était : « Chaque chose en son temps et tout ira bien. » Cette promenade au milieu de son repas le troublait.

— Ba ! fit-il entendre en essayant de voir son oncle de face. Bub, Bub. Bub, Bub !

Wakefield le fit marcher en le tenant entre ses genoux et lui fit faire ainsi tout le tour de la chambre.

— Quelle gentille promenade, lui dit-il d'un ton plein d'autorité. Tandis que cette bouteille ne vaut rien.

Mais Mooey était d'un tout autre avis ! Sur la couverture gisait sa bouteille encore à moitié pleine d'une délicieuse eau sucrée, et lui-même s'en trouvait à plusieurs lieues, tenu par deux mains dures comme un étau, tandis que des jambes recouvertes de laine et de cuir le serraient de chaque côté.

— Ah ! Ah ! Ah ! cria-t-il.

Mais son cri était maintenant un cri de désolation et non un cri de joie !

— Chut, dit sévèrement Wakefield ; autrement ta

mère va venir ! Que veux-tu et pourquoi ne marches-tu pas quand je me donne tant de peine ? Sais-tu ce qui va t'arriver si tu fais le méchant ? Un grand loup va venir te dévorer.

Heureusement Mooey était incapable de saisir la signification de ce terrible discours. Mais relevant la tête pour regarder Wakefield, il découvrit dans le visage de ce dernier quelque chose qui fit jaillir les larmes de ses yeux et lui fit pousser un cri de désespoir !

Wakefield se rapprocha de la porte qu'il ferma d'un coup de pied, tout en se balançant sur une seule jambe. Puis il ramena le bébé à sa couverture sur laquelle il le jeta si brusquement que le pauvre petit mit un moment pour retrouver son équilibre. Wakefield ramassa alors le biberon, et le secoua. Ayant ôté la tétine, il goûta le liquide insipide et ce spectacle amena une telle expression dans les yeux de Mooey que Wake ne songea plus qu'à le rassurer.

— Tu n'as donc pas confiance en ton oncle ? lui demanda-t-il. Tu te trompes joliment si tu crois que je veux de cette horreur. Il n'y a qu'un petit sot comme toi qui puisse l'accepter. Je vais te donner quelque chose de vraiment bon, surtout lorsque l'on est un peu oppressé.

Mooey émit quelques grognements de désolation et contempla Wakefield qui tirait de sa poche deux pastilles pour la poitrine et les poumons et les faisait glisser dans la bouteille qu'il agita vigoureusement en la bouchant avec sa main. Il fallut un certain temps pour que les pastilles se fondent, mais à la fin l'eau prit une teinte sombre et peu appétissante. Wakefield en conclut qu'elle avait absorbé la plus grande partie des matières curatives des pilules. Il replaça la tétine et mit la bouteille dans les mains tendues de son neveu.

— Voilà, mon garçon, lui dit-il gaiement, et un sourire satisfait parut sur ses lèvres en constatant l'appétit avec lequel Mooey recommençait à boire.

Wakefield n'était pas « boy scout », sa santé ne le lui permettait pas. Mais il aimait cette idée de commencer la journée par une bonne action. Il appartenait à cette espèce d'hommes qui sont incapables de sectarisme mais trouvent quelque chose de bon dans toute croyance. Il descendit rapidement l'escalier. En arrivant dans le hall, il remarqua que Rags venait de faire entrer quelqu'un. C'était Mr. Patton, le notaire de grand-mère. Il portait sa serviette sous le bras et pendant que Rags le débarrassait de son pardessus, il adressa à Wakefield un sourire aimable mais inquiet.

— Bonjour, lui dit-il. Comment allez-vous ?

— Merci, répondit Wake. Je me porte aussi bien que possible après tout ce que j'ai dû supporter.

Il avait entendu tante Augusta faire cette réponse la veille à Mr. Fennel et ne voyait aucune raison pour qu'une réponse si pleine de dignité et de tristesse ne convienne pas à tous les membres de la famille !

Mr. Patton le regarda attentivement.

— Ah ! dit-il d'un ton bref. Tant mieux.

Tante Augusta parut à la porte du salon et tendit la main à Mr. Patton. Wakefield s'aperçut alors que toute la famille était réunie dans la pièce. L'oncle Nicolas bourrait sa pipe, assis dans un fauteuil à l'écart. L'oncle Ernest, près de la fenêtre, frottait nerveusement les ongles d'une de ses mains contre la paume de l'autre. Piers et Renny, debout, causaient. Mr. Patton était à peine entré que Meg et Maurice arrivèrent. Meg avait amené sa petite fille, Patience. Wakefield mourait de curiosité et se trouvait en même temps fort humilié en constatant qu'un conclave familial avait pu se réunir sans qu'il s'en doute.

Finch arriva dans le hall plus timide que jamais et se dirigea également vers la porte du salon. Wakefield le saisit par le bras.

— Qu'y a-t-il ? demanda-t-il avec vivacité. Pourquoi sont-ils tous là ?

— Pour le testament que va lire Mr. Patton.

— Le testament ! Mais alors nous allons bientôt savoir qui est l'héritier.

— Tais-toi, murmura Finch en le repoussant.

Mais on ne se débarrassait pas aussi facilement de Wake. Il suivit Finch au salon et tira une chaise à côté de Mr. Patton qui était assis devant la table carrée avec des papiers étalés devant lui.

Mr. Patton le regarda par-dessus ses lunettes.

— Il me semble préférable que cet enfant ne reste pas, dit tante Augusta.

— C'est aussi mon avis, acquiesça Piers.

— Wake, mon chéri, dit Meg en faisant sauter Patience sur ses genoux, va donner à manger à tes lapins.

Wakefield ne broncha pas, mais il approcha sa chaise de la table et poussa le flacon de sels de tante Augusta à portée de Mr. Patton, en cas de besoin.

— Mettez cet enfant dehors, grogna Nicolas dans son coin, en montrant Wake avec sa pipe.

— Je ne vois pas... commença Renny.

Mais Piers prit le petit garçon par le bras et le mit dans le hall. Il resta un instant, tout hérissé, comme un jeune rouge-gorge chassé du nid, regardant la porte inexorablement fermée devant lui. Quelqu'un descendait en hâte les escaliers. C'était Pheasant.

— Oh ! dit-elle, devant la porte close, je suis en retard. J'étais montée en courant voir Mooey. Je ne sais que faire.

— Allez chercher Mooey, lui conseilla Wake d'un air sombre. Ils vous laisseront peut-être entrer avec un gosse sur les bras. Meggie a apporté sa fille.

Pheasant ouvrit de grand yeux.

— Que c'est drôle ! J'ai bien entendu parler de femmes qui amènent leurs enfants devant les tribunaux pour attendrir le jury. Pense-t-elle...

— Il n'y a là que la famille, reprit Wake, et je trouve que c'est dégoûtant de m'avoir mis dehors.

— Ils vous ont mis dehors !... Je me demande s'ils

voudront de moi ! Piers ne m'a pas dit de ne pas venir. Je ne sais...

Wakefield ne pouvait vraiment pas l'encourager.

— Je crois que vous feriez mieux de n'y pas aller, ma fille, lui conseilla-t-il. Vous êtes mieux ici avec moi.

— S'ils s'imaginent que je m'intéresse à l'argent de la vieille dame, cria-t-elle avec impatience.

— Je parie que c'est moi qui hérite, dit-il d'un air fanfaron.

— Je parie bien le contraire.

Il mit un œil dans le trou de la serrure et ne vit rien que les mains de Mr. Patton remuant des papiers. On entendait plusieurs personnes tousser ; il semblait que toute la famille cherchait à s'éclaircir la gorge. Mr. Patton commença à parler d'une voix sourde et inintelligible.

Wakefield se retourna pour voir ce que faisait Pheasant, elle disparaissait juste sur le palier. Il décida de sortir prendre l'air pendant la lecture du testament.

— Je me demande combien de temps cela va durer ? dit-il à Rags qui avait bien failli le voir regardant par le trou de la serrure.

— Cela durera un bon moment, répondit Rags en époussetant la glace du portemanteau, surmontée d'une tête de renard sculptée, et il ajouta d'un ton ironique : J'espère que vous achèterez une nouvelle auto au cas où vous seriez l'héritier de la vieille dame.

— Il n'y a pas de « au cas », dit brusquement Wakefield. C'est moi qui hérite.

— Sans aucun doute ! se moqua Rags. A peu près comme j'ai gagné le Sweepstake de Calcutta. Nous irons faire ensemble le tour du monde.

— Vous pouvez bien rire ! dit gravement Wakefield. C'est cependant la vérité. Elle me l'a dit elle-même avant de mourir.

Rags le considéra, torchon en main et ne put s'empêcher d'être impressionné.

— Eh bien, si c'est vrai, ce sera la plus grande surprise de leur vie !

— Oui, reprit le petit garçon, et ils seront d'autant plus humiliés qu'ils m'ont mis dehors.

— Je voudrais bien savoir si vous dites la vérité.

— Vous le saurez bien assez tôt.

Wakefield sortit dans la lumière matinale. Il flâna le long des bordures fleuries, éclatantes de soucis, de zinnias et d'asters. Des toiles d'araignée étincelantes voilaient la haie de cèdres là où le soleil n'avait pas encore pénétré. Un bouleau laissait tomber de petites feuilles jaunies sur l'herbe humide du pré.

Qu'allait-il faire pendant la lecture du testament ? C'était un moment capital de sa vie qu'il ne devait pas passer d'une manière quelconque. Il commençait à éprouver quelques tiraillements d'estomac causés par la faim mais ne pouvait songer à rentrer dans la maison. Ce matin bleu et or, ces zéphirs légers comme de jeunes agneaux, le grand air, tout cela était nécessaire à son état d'âme. Il se dirigea en flânant, les mains dans les poches, vers le derrière de la maison et s'approcha d'un baquet placé sous une gouttière et plein d'eau de pluie. Il s'accroupit à côté et contempla son image sombre et brillante dans l'eau. C'était l'image de l'héritier des millions Whiteoaks ! Il allongea son visage, essaya de faire de son nez un nez Court, et lorsque ce pauvre nez commença à souffrir, il le libéra avec une ou deux grimaces horribles. La vue de ces grimaces dans l'eau du baquet le fit éclater de rire et le petit coq qui l'avait suivi lui répondit par un chant fanfaron.

— Pourquoi chantes-tu ainsi ? lui demanda Wakefield. Si tu étais à ma place, tu aurais une raison pour chanter. Mais de quoi as-tu hérité ? Je voudrais bien le savoir. D'un sale vieux nid et d'un ver ou deux ! Sais-tu qui je suis ? Je suis l'héritier des millions Whiteoaks et je te paierai pour chanter lorsque cela me plaira, mais pas avant.

Le jeune coq le regarda si brusquement qu'il renversa presque complètement sa tête. Ses yeux couleur d'ambre brillaient d'avidité. A ce moment, Wakefield découvrit dans l'eau un coléoptère à demi noyé et couché sur le dos. Un léger mouvement de ses pattes indiquait seul qu'il était encore en vie. Wake prit un brin d'herbe avec lequel il promena l'insecte autour du baquet, c'était un joli petit bateau qui faisait le tour du monde. Il lui fit faire escale dans divers ports : Gibraltar, Suez, Ceylan, Penang. Ces noms lui plaisaient tant dans ses leçons de géographie avec Mr. Fennel ! Heureux, heureux insecte !

Hélas ! juste en arrivant à Shanghaï, il sombra. Quelle ingratitude de sa part ! Peu d'insectes du Canada ont la chance d'aller à Shanghaï !

Wake le contempla couché sur le dos au fond du baquet. Il fallait le sauver. Il releva donc ses manches et plongea son bras mince dans l'eau pour saisir l'animal qu'il déposa sur ses pattes au soleil. Il se coucha ensuite à côté de lui et observa avec satisfaction la résurrection lente mais certaine de l'insecte. C'était sa seconde bonne action de la matinée.

Une chenille, un ver mince et blanc, descendait le long d'un léger fil tendu dans le ciel. La brise le balançait, tantôt au-dessus du baquet, tantôt au-dessus de l'herbe. Sans se troubler, il continuait sa descente. Le fil d'argent s'allongeait et semblait se dérouler d'une bobine invisible. Un rouge-gorge traversa la cour, une huppe chanta dans un érable. Le ver arriva enfin à terre. Son corps mince ondula et avança légèrement sous un large brin d'herbe. Mais Wakefield devait toujours ignorer où il allait et pour quelle raison il descendait sur terre, car une grosse fourmi noire se jeta sur lui, le mordit, le secoua dans tous les sens et finit par le tuer. C'était sûrement une fourmi d'importance et de haute dignité car il était au-dessus d'elle de ramener le cadavre à la fourmilière. Elle parut porter ses antennes à sa bouche et siffler, car une quantité de petites fourmis apparurent de partout, se jetèrent sur le ver, se battirent autour de lui, l'entraînèrent hors de vue à travers l'herbe verte. Wakefield n'était pas le seul spectateur de cette tragédie : un étrange animal au veston jaune et au ventre couleur de safran apparut au bord d'une feuille de bardane et regarda la scène de ses yeux à fleur de tête tout en balançant ses antennes. Il déplut à Wakefield qui s'empara de la feuille et la renversa.

— Ici finit la seconde leçon, dit-il.

La huppe poussa encore une fois son cri, le petit coq chanta. Wakefield lui jeta une pastille pour les poumons.

— Elle t'aidera peut-être à chanter, lui cria-t-il. Je n'ai jamais entendu une voix plus criarde que la tienne. Suce lentement.

Le petit coq se jeta sur la pastille et trouva la réglisse si bien à son goût qu'il s'approcha pour en avoir d'autre. A cet instant, il découvrit le coléoptère qui faisait de pénibles efforts pour reprendre le cours de son existence. Le petit coq ouvrit un œil, picora, avala ! L'insecte avait disparu !

Wakefield se leva, épousseta ses genoux nus et poussa un soupir de satisfaction ; il avait accompli une troisième bonne action : procurer un insecte au coq. La coupe était pleine !

Mais son estomac ne l'était pas ! C'était vraiment pénible, ce vide, pour l'héritier des millions Whiteoaks ! Il rampa devant une fenêtre du sous-sol dont il examina les profondeurs obscures. Il aperçut Mrs. Wragge pétrissant de la pâte, la battant si fort avec ses mains rouges qu'on aurait pu se demander si elle ne la faisait pas souffrir. Bessie, la fille de cuisine, épluchait des légumes dans un coin, ses cheveux sur les yeux. Rags, une cigarette à la bouche, nettoyait les couteaux, trempant un bouchon d'abord dans l'eau, puis dans un petit tas de briques pilées, avant d'en fourbir les lames. Rags était toujours de mauvaise humeur dans le sous-sol ; son tempérament si calme aux étages supérieurs atteignait un degré de violence extrême dès qu'il était en bas. Wakefield ne pouvait vraiment pas demander son déjeuner dans cette cuisine !

Il partit en courant à travers champs, franchit la barrière démolie et se trouva sur la route. Il fut bientôt devant la forge, entre les deux grands ormes. John Chalk, le forgeron, était en train de ferrer un cheval de ferme. De dessous ses sourcils embroussaillés, il jeta un regard à Wakefield et continua son ouvrage. Quand il laissa retomber le pied du cheval et qu'il se redressa, Wake lui dit :

— Mon poney a perdu le dernier fer que vous lui aviez posé.

— C'est curieux, répondit Chalk. Êtes-vous bien sûr que c'est celui-là ? Il n'aurait pas dû se perdre si vite.

Wakefield le regarda avec scepticisme.

— Vraiment ! J'ai eu des doutes tout de suite, en vous voyant faire. J'ai trouvé que c'était un drôle de travail.

Chalk le regarda.

— Quel toupet ! Jamais cheval ne fut mieux ferré, vous pouvez m'en croire.

Wakefield croisa les bras.

— Je ne vous garderai pas ma clientèle.

— Allez au diable, vous et votre clientèle ! Vous et votre poney que je pourrais prendre sous mon bras comme un mouton ! Je peux joindre les deux bouts sans lui.

— Bien, dit Wake. S'il n'y avait qu'un seul poney, vous pourriez faire le dégoûté, mais il y aura, avant longtemps, une quantité de chevaux de course à Jalna, car c'est moi l'héritier de ma grand-mère.

— Quelle belle farce, se moqua Chalk. Jamais la vieille dame n'aura laissé son argent à un petit vaurien de votre espèce !

— C'est cependant ce qu'elle a fait. Elle savait que j'en avais besoin avec mon cœur malade. Il y a longtemps que je le sais, mais ma famille est seulement en train de l'apprendre.

Chalk le regarda avec un mélange d'admiration et de reproche.

— Eh bien, si c'est vrai et que vous ayez l'argent de la vieille dame, je les plains, car de tous les galopins qui se dressent sur leurs ergots et font la roue, vous êtes bien le pire !

Et il se remit à taper si fort sur son enclume qu'une plus longue conversation devint impossible. Bien qu'amis intimes, leurs entrevues étaient souvent orageuses.

Wake fit sentir le poids de son regard au forgeron avant de se retirer avec dignité dans la rue solitaire. Il s'arrêta à la villa des Wigles. Comme de coutume, Muriel se balançait sur la barrière. Il l'arrêta si brusquement que la petite fille tomba. Sans lui laisser le temps de se mettre à crier, il la prit par le bras en disant :

— Viens, Muriel, je t'invite.

Mais la porte de la maison s'ouvrit et Mrs. Wigles passa la tête.

— Muriel, appela-t-elle, veux-tu bien ne pas sortir du jardin. Reviens tout de suite.

— Mais il m'invite, cria la petite fille. Je veux aller avec lui.

— Il n'y a pas d'invitation qui tienne, répliqua sa mère. La dernière fois qu'il t'a emmenée tu es revenue à la maison en guenilles ! Que les invitations l'amusent, c'est bien possible, mais il n'emmènera plus ma fille.

Wakefield l'écoutait d'un air de reproche.

— Mrs. Wigles, ce n'est pas ma faute si Muriel est tombée dans le ruisseau, si le vieux bouc l'a renversée et si ses cheveux étaient pleins de feuilles. J'ai fait tout mon possible pour la préserver, mais j'avais oublié le nom du bouc et il n'obéit qu'à son nom. Nous aimons tellement tous nos animaux que chacun a son nom.

Mrs. Wigles descendit l'allée, les bras entourés de son tablier. Elle paraissait un peu adoucie.

— Où voulez-vous l'emmener, ce matin ?

— Simplement chez Mrs. Brawn pour lui acheter quelque chose de bon.

— Bien. Mais après, ramenez-la tout droit ici. Je voulais vous dire quelque chose : avez-vous entendu votre frère parler de mon toit ? Chaque fois qu'il pleut, ça coule tant que ça peut dans la plus belle pièce.

Wakefield fronça ses sourcils bruns.

— Je n'ai jamais entendu dire un mot à ce sujet, Mrs. Wigles. Peu lui importe qu'un toit coule, si ce n'est pas celui de l'écurie. Mais je m'en vais vous dire ce que je ferai : raccommoder votre toit moi-même.

— Que Dieu vous bénisse ! Et comment ferez-vous cela ?

— Je veux dire que je le ferai faire. J'ai hérité tout l'argent de ma grand-mère et je ferai une quantité de choses aux gentilles dames qui ont été aimables pour moi. Viens, Muriel.

Cette splendide révélation éblouit véritablement Mrs. Wigles. Un petit garçon si riche ! Que c'était beau de le voir tenant sa Muriel par la main. Elle les suivit, les bras toujours enroulés dans son tablier, jusqu'au magasin de Mrs. Brawn. Elle ne laissa pas à Wakefield le temps d'annoncer lui-même la nouvelle à la grosse Mrs. Brawn, elle le fit pour lui et les deux femmes le contemplèrent avec admiration pendant qu'il examinait le contenu de la vitrine.

— Je suis si content, murmura-t-il à moitié pour lui-même, que je n'ai pu déjeuner. Il me fallait de l'air à tout prix. Je crois que je vais prendre deux gâteaux aux raisins, une petite assiette de gâteaux à la crème et trois bouteilles de jus d'orange. Muriel, que veux-tu ?

Il se tenait debout devant le comptoir, mince, frêle, la pointe d'un de ses pieds croisés reposant sur le plancher, sa tête brune inclinée sur la bouteille d'où il aspirait la boisson délicieuse à l'aide de deux pailles. Devant lui, il y avait les bouteilles encore bouchées, les gâteaux à la crème, un gâteau aux raisins. Il tenait l'autre gâteau aux raisins à la main, tendre, collant, encore tout chaud. La tête ébouriffée de Muriel s'appuyait sur son épaule, et tout en croquant un gâteau, elle le contemplait avec adoration. Elle l'aurait suivi au bout du monde !

Au-dessus de la tête de Wake, la voix des deux femmes continuait leur bavardage, discutant de ses projets merveilleux. Mrs. Brawn se souciait peu des vingt-deux *cents* qu'il lui devait et laissait son compte augmenter. Mrs. Wigles avait oublié son toit percé, elle roulait et déroulait ses bras dans son tablier. Du fond de l'arrière-cuisine venait une odeur pénétrante de gâteaux brûlés. La tête de Wakefield était pleine de pensées magnifiques, comme un tourbillon de pièces d'or.

21

L'HÉRITAGE

DANS le hall, il se jeta presque sur Mr. Patton qui mettait son pardessus. Mr. Patton avait l'air gêné d'un homme qui a mangé quelque chose qui lui déplaît. Et le visage de Renny qui l'accompagnait portait une expression encore plus décontenancée. Il disait :

— Vous êtes sûr qu'il n'y a aucun doute à avoir quant à son état mental ?

Mr. Patton pinça les lèvres.

— Aucun.

— Après tout elle avait le droit de faire ce qu'elle voulait de son argent. Mais c'est un peu dur pour mes oncles.

— Oui, oui... En effet.

— Et c'est tellement inattendu ! Jamais elle n'a paru se soucier particulièrement de lui. Elle s'intéressait bien davantage à Piers.

— On ne sait jamais.

— En effet, avec les femmes...

— C'est la même chose pour les hommes. C'est extraordinaire ce que certains arrivent à faire.

Mr. Patton prit son chapeau au portemanteau, regarda à l'intérieur, puis jetant un furtif coup d'œil dans le salon silencieux, ajouta d'une voix sourde :

— J'ai essayé de lui faire changer d'avis. Je ne crains pas de vous le dire. Mais... elle était...

Il haussa légèrement les épaules.

— Elle n'aimait pas qu'on se mêle de ses affaires. Je le sais bien.

Saisissant sa serviette, Mr. Patton regarda Renny avec un peu d'embarras et ajouta :

— C'est dur pour vous aussi ! D'autant plus que dans la plupart des anciens testaments...

Renny fronça les sourcils.

— Je ne me plains pas de cela. Combien dites-vous qu'il y a eu de testaments ?

— Huit, pendant les vingt ans où je me suis occupé de ses affaires. Les changements qu'elle y faisait étaient de peu d'importance. Dans la plupart, vous...

Ils s'aperçurent soudain de la présence du petit garçon. Il les regardait avec curiosité. Renny vit venir une question et le saisit par le cou pour le faire taire. Les lèvres de Mr. Patton se détendirent dans un sourire.

— Il a l'air en excellente santé, remarqua-t-il.

— Il n'a pas beaucoup d'os, tout juste des cartilages. Il n'a pas d'appétit.

Le notaire tâta le bras de Wake.

— Ce n'est pas bien dur ! Cependant il y a des yeux brillants. Il est vrai que dans votre famille, tout le monde a les yeux brillants.

— Qui... commença Wakefield.

Les doigts de Renny lui serrèrent le cou.

Renny et le notaire échangèrent une poignée de main. Mr. Patton se hâta vers sa voiture.

— Mais qui... répéta Wake.

Le maître de Jalna prit une cigarette, frotta une allumette sur le côté du portemanteau et alluma sa cigarette tandis que la flamme se reflétait dans ses yeux. Il jeta ensuite l'allumette dans le porte-parapluies. Puis il se replongea dans le silence impressionnant qui régnait au salon. Wakefield le suivit.

C'était la pièce la plus étrange qu'il eût jamais vue ! Le salon avait semblé étrange lorsque grand-mère s'y trouvait, couchée dans son cercueil, avec des cierges allumés autour d'elle, et que la présence de la mort alourdissait l'air. Mais cette pièce-ci était encore plus étrange, car, bien que l'air y fût lourd comme la mort, il était cependant tout imprégné de la vie des passions déchaînées.

Nicolas était toujours dans son coin avec sa pipe. Il la tenait entre ses dents et regarda Renny et Wake qui entraient sans paraître les voir. De sa grande main tremblante, il frappa inconsciemment le dos de son chien Nip.

Ernest frottait toujours les ongles d'une de ses mains contre la paume de l'autre. Puis, soudain, il s'arrêta et se mit à les heurter contre ses dents, comme s'il les avait polis dans ce seul but.

Augusta paraissait plus naturelle que les autres, mais ce qui troubla infiniment Wakefield, ce fut de voir ses yeux fixés sur Ernest, pleins de larmes. Jamais il ne l'avait vue pleurer.

Les yeux de Piers, de Maurice et même de la petite Patience étaient fixés sur Finch, sur Finch qui paraissait plus misérable que l'être le plus misérable que Wake ait jamais vu dans sa vie ! Ce n'était sûrement pas lui l'héritier !

— Mais qui est-ce ? répéta-t-il de sa voix aiguë. Qui ?

Tous les regards, sombres ou clairs, passionnés ou lamentables, se tournèrent vers lui et les paroles moururent sur ses lèvres. Il se mit à pleurer.

— Ce n'est pas étonnant que cet enfant pleure, dit Augusta en le regardant d'un air lugubre. Lui-même se rend compte de l'injustice commise.

Nicolas retira sa pipe de sa bouche, la secoua contre le foyer, puis souffla dedans bruyamment. Il resta silencieux, mais Piers éclata.

— J'ai toujours dit qu'il était jaloux. Mais comment est-il arrivé à cela...

— Ma mère devait avoir perdu l'esprit, reprit Augusta. Que Mr. Patton dise ce qu'il voudra...

— C'est un vieux nigaud qui a laissé une femme de cet âge jeter son argent par les fenêtres. C'est un cas à porter devant les tribunaux. Jamais nous n'accepterons ça. Veux-tu te laisser dépouiller de ce qui, en réalité, t'appartient, Renny ?

— En réalité, c'est bien à lui, cria Augusta.

— Mais oui, c'est à lui. Qu'y avait-il sur les autres testaments ?

Les yeux brillants d'Augusta débordèrent de larmes.

— Il y en avait un où tout était laissé à votre oncle Ernest.

Ernest sembla prêt à se trouver mal. Il s'assit et noua ses doigts autour de ses genoux, la lèvre inférieure serrée entre ses dents.

— C'était il y a bien longtemps, répliqua Piers.

— A cette époque-là, elle savait ce qu'elle faisait. Il fallait vraiment qu'elle soit tout à fait folle quand elle a fait ce testament.

Ernest leva la main.

— Tais-toi, je ne veux pas entendre parler de maman de cette façon.

— Mais, Ernest, l'argent devait te revenir.

— Je n'ai pas besoin d'argent.

Piers se tourna vers Augusta.

— Je ne comprends pas pourquoi vous insistez tant sur ce que l'argent aurait dû revenir à l'oncle Ernest ? Pourquoi pas à l'oncle Nicolas ? ou à Renny ? Renny qui a fait vivre toute la famille pendant des années !

— Tais-toi, cria Renny.

— Comment oses-tu nous insulter ? reprit Augusta. C'est ici la maison de mes frères. Je suis venue soigner ma mère. Qu'aurait-elle fait sans moi ? Je voudrais bien le savoir ?

— Elle se serait organisée elle-même, elle avait de l'argent.

Nicolas pointa sa pipe dans la direction de Piers.

— Dis un mot de plus, hurla-t-il.

Il essaya vainement de se lever. Ernest bondit et s'approcha de lui en tremblant. Augusta se joignit à lui et tous trois se trouvèrent réunis face à la jeune génération.

— Je maintiens ce que j'ai dit, dit Piers.

Renny l'interrompit.

— Peu importe ce que dit Piers ! Je ne me suis jamais plaint...

Nicolas s'écria ironiquement :

— Voilà qui est généreux de ta part ! Vraiment généreux ! Tu ne m'as pas refusé un toit, ni la nourriture ! Nous te devons de la reconnaissance. Tu entends, Augusta ! Tu entends, Ernest !

Le visage de Renny devint blanc.

— Je ne vous comprends pas ! Vous voulez absolument me mettre dans mon tort !

Augusta rejeta la tête en arrière d'un geste de serpent.

— Si j'avais su, si j'avais prévu ! Mais qu'importe ! Je vais bientôt regagner l'Angleterre.

— Pour l'amour de Dieu, soyez justes, s'écria Renny. Me suis-je jamais conduit comme si je ne voulais pas de vous ici ? J'ai toujours désiré vous avoir, de même que Gran.

Piers éclata.

— C'est bien là le malheur ! Renny a été trop bon. Voilà maintenant sa récompense !

— Tu peux parler, gronda Nicolas, toi qui as amené ici ta femme contre le gré de tous !

— Parfaitement ! Et d'où sort-elle ? lança Augusta.

Nicolas continua :

— Et qu'a-t-elle fait ? Un petit enfer de cette maison !

— Eden n'aurait rien fait de mal si elle l'avait laissé tranquille, ajouta Ernest.

Piers se dirigea à grands pas vers eux, les poings serrés, mais Meg l'arrêta :

— Vous parlez tous en égoïstes, comme s'il n'y avait que votre point de vue qui compte ! Que dirai-je donc, moi qui suis mise dehors avec un vieux châle des Indes sur le dos et une montre avec sa chaîne comme personne n'en porte plus !

Augusta cria furieusement :

— La montre de ma mère avait pour elle une grande valeur, elle a pensé que sa petite-fille serait heureuse de l'avoir. Quant aux châles des Indes, ils n'ont pas de prix à l'heure actuelle.

— Vraiment ! J'ai cependant vu Boney dormir dessus !

Piers s'efforçait d'échapper à la main de Renny.

— Penses-tu, murmura-t-il, que je vais les laisser dire de pareilles horreurs sur Pheasant ? Je tuerais plutôt quelqu'un !

Malgré sa pâleur, Renny lui dit d'un ton calme :

— Ne fais pas le fou ! Tous ces vieux sont excités. Ils ne savent plus ce qu'ils disent ! Si tu m'aimes un peu, Piers, calme-toi.

Piers se mordit les lèvres et regarda d'un air sombre le bout de ses chaussures.

De nouveau la voix de Meg s'éleva.

— Quand je pense à toutes les jolies choses qu'elle avait ! J'aurais accepté qu'elle ait donné sa bague de rubis à Pheasant si après cela elle avait été généreuse à mon égard ! Mais une montre et une chaîne, et un châle qui a servi de nid à Boney !

— Margaret ! hurla Augusta.

Le visage de Meg était un masque d'obstination. — Ce que je veux savoir, c'est à qui appartient vraiment la bague de rubis.

— Vous voulez dire « appartenait », avant que votre grand-mère l'ait donnée, corrigea Maurice.

— Je crois, dit Ernest, qu'elle la destinait à Alayne.

— Comme si Alayne avait besoin d'une bague de grand-mère, s'exclama Meg dont la colère fut plus forte que l'obstination.

Renny parla alors, avec un léger tremblement dans la voix.

— La femme de chaque petit-fils doit avoir un bijou... Ceux qui ne sont pas encore mariés recevront ce bijou pour leur future femme. Si j'ai bien compris le testament, c'est tante Augusta et moi qui devons faire le choix, n'est-ce pas, tante ?

Augusta inclina la tête en signe d'assentiment et ajouta :

— Pheasant a déjà reçu son legs.

— Pas le moins du monde, répondit Piers avec vivacité. La bague de rubis est un cadeau qui n'a rien à voir avec le testament.

— Je suis de votre avis, déclara Renny.

Une lourde accalmie régna un moment dans la pièce. On pouvait entendre le tic-tac de la pendule, la respiration haletante de Nicolas, les coups sourds d'un pivert dans un arbre voisin de la fenêtre.

Ce silence fut brisé par la voix de contralto d'Augusta.

— Cette situation est très pénible, dit-elle. Je n'ai jamais vu pareille insensibilité ! Me voilà, ainsi que mes deux frères, privée de tout objet de valeur venant de notre mère et nous devons nous déclarer satisfaits, pendant que vous ne songez qu'à vous chamailler pour ses bijoux.

Nicolas remit du bois dans le feu.

— Par-dessus le marché, le souvenir de notre mère est insulté par un neveu qui l'accuse d'avoir vécu aux dépens de Renny !

— Il nous fait le même reproche ! ajouta Ernest.

Nicolas continua en mordant sa longue moustache :

— Pendant qu'un autre neveu nous dit gentiment qu'il ne nous a jamais refusé ni abri ni nourriture !

— Si vous recommencez sur ce sujet, s'écria Renny, je m'en vais. Voilà qui est clair.

Maurice Vaughan prit alors la parole pour dire lourdement :

— Ce que nous avons de mieux à faire, c'est d'avaler cette couleuvre et de chercher pourquoi votre grand-mère a fait cette chose extravagante de laisser tout son argent à Finch.

Augusta le regarda.

— Ma mère avait perdu la tête, sans aucun doute.

— Pouvez-vous en apporter une preuve ? demanda Vaughan. S'est-elle conduite de façon bizarre ?

— J'avais bien remarqué un changement.

Meg l'interrompit avec vivacité.

— De quel genre, tante ?

— Ainsi, je l'ai entendu plusieurs fois se parler à elle-même.

Se parler à elle-même ! Cette phrase provoqua un étrange mouvement dans la pièce. Ceux qui se trouvaient aux extrémités parurent attirés vers le centre, comme si leur puissant individualisme allait disparaître.

— Ah ! dit Vaughan. Avez-vous remarqué quelque chose d'anormal dans ses paroles ? Prononçait-elle le nom de Finch ?

Augusta porta son doigt à son front.

— Mais parfaitement !... Un jour elle parlait de Finch et d'une déesse chinoise.

Nicolas se pencha, serrant son genou goutteux.

— Lui as-tu demandé ce qu'elle voulait dire ?

— Oui. Je lui ai dit : « Maman, que voulez-vous dire ? » Et elle m'a répondu : « Ce garçon a des entrailles, quoi que vous en pensiez !... » J'aurais préféré qu'elle emploie des termes moins vulgaires.

Vaughan regarda autour de lui.

— Voilà une preuve suffisante. Vous êtes libres de faire ce qu'il vous plaira au sujet d'un recours en justice, mais je ne crois pas qu'une personne saine d'esprit puisse divaguer ainsi !

Nicolas secoua sa tête grise en grognant :

— Cela ne signifie rien. Si l'on m'entendait parler à moi-même, on me prendrait aussi pour un piqué !

Piers s'exclama :

— Vous l'êtes peut-être, mais nous ne le sommes pas. C'est un cas qui relève des tribunaux, cela ne fait aucun doute.

— Certainement, s'empressa d'ajouter Meg. Nous pouvons facilement obtenir que l'argent soit partagé également entre tous.

Augusta caressa sa frange à la mode de la reine Augusta.

— Si c'était possible, c'est bien la seule façon de résoudre la difficulté.

Ernest qui mordillait son doigt releva son long visage.

— Il me semble, dit-il, que maman n'a jamais eu plus d'entrain que le dernier jour de sa vie.

Meg s'écria ironiquement :

— Si vous appelez de l'entrain donner sa plus belle bague par pur caprice !

— Pour l'amour du Ciel, cria Piers, cesse de penser à cette bague ; ne dirait-on pas qu'elle vaut une fortune !

— Elle la vaut probablement, répondit sa sœur avec une exquise douceur. Comment peux-tu connaître la valeur d'un bijou, toi qui n'es qu'un garçon inculte qui n'a été nulle part et n'a jamais rien vu.

Piers écarquilla les yeux.

— Je voudrais bien savoir ce que tu as vu et fait ! lui demanda-t-il d'un ton moqueur. Tu as passé vingt ans de ta vie ou presque avant de te décider à épouser ton plus proche voisin !

Meg éclata en sanglots et le bébé, entendant sa mère pleurer, leva ses petits pieds en l'air et l'imita.

Dominant le bruit, maurice cria à Piers :

— Je te prie de ne pas insulter ma femme.

— Qu'elle laisse donc la mienne tranquille ! répliqua Piers.

Augusta déclara soudain :

— Je me demande si c'est bien notre devoir d'aller en justice ?

— Que dis-tu ? demanda Nicolas. Je n'entends rien avec tout le bruit que font Meg et sa fille !

— Je dis que je me demande si nous devons porter la chose devant un tribunal.

Le bruit des pleurs cessa aussi vite qu'il avait commencé. Toutes les têtes que Finch, assis comme un coupable sur le divan, voyait semblables à des ballons, se tournèrent, comme attirées par un aimant, vers Renny. C'était un de ces moments pathétiques où toutes les responsabilités familiales reposaient sur ses épaules. Les visages contractés par l'émotion s'adoucissaient peu à peu ; il semblait que chacun avait respiré un encens soporifique. Un calme presque religieux envahit la pièce. Renny, le chef, allait parler... Aiguillonné, harcelé, il allait manifester la volonté du clan.

Debout, les mains appuyées sur la table, ses cheveux roux en désordre formant une crête sur sa tête, il déclara de sa voix métallique :

— Nous ne ferons pas une chose pareille. Nous arrangerons nos affaires nous-mêmes sans aucune intervention extérieure. J'abandonnerais plutôt Jalna que d'introduire le testament de Gran devant un tribunal. Quant à son état mental, sain ou non, son argent lui appartenait et elle pouvait en faire ce qu'elle voulait... Pour moi, je suis convaincu qu'elle était parfaitement saine d'esprit. Je n'ai jamais connu de cerveau supérieur au sien. Toute sa vie, elle a su ce qu'elle voulait faire et elle l'a fait. Si son dernier acte est une pilule amère à avaler pour certains d'entre nous, il faut l'avaler tout de même et ne pas nous battre à son sujet. Imaginez les articles des journaux ! Les beaux titres qu'ils porteraient : « Les descendants d'une centenaire autour de son testament. » Comment pourrions-nous accepter cela ?

— Ce serait horrible, dit Ernest.

— Ce n'est vraiment pas possible, murmura Nicolas indistinctement.

— Les journaux !... les bavardages des étrangers !... soupira Augusta. Jamais je ne pourrais supporter cela.

— Mais cependant... hasarda Meg.

Piers déclara :

— C'est toi le plus intéressé, Renny. Si tu veux y renoncer...

Nicolas se souleva sur sa chaise et regarda Piers d'un air menaçant :

— Je ne comprends pas pourquoi tu persistes toujours à considérer Renny comme le seul intéressé. C'est irritant et insolent.

Renny intervint.

— Cela est hors du sujet, oncle Nick. La question est que nous ne pouvons absolument pas porter le testament de Gran devant les tribunaux. N'est-ce pas votre avis ?

Nicolas approuva d'un geste fier et triste. Non, cela était tout à fait impossible. Le mur qui les entourait devait rester intact et leur isolement ne devait pas être rompu pour être jeté comme un gant en défi à l'opinion. Si amère que fût la déception, il fallait la supporter. Les Whiteoaks ne fourniraient pas de titre vulgaire à une colonne de journal. Ils ne donneraient pas matière aux bavardages des voisins. Ils étaient eux-mêmes leur propre loi !

La brèche momentanée ouverte dans leur mur protecteur s'était refermée, les rapprochant les uns des autres pour s'opposer à toute intervention étrangère. Renny avait parlé et un soupir d'approbation, de soulagement même, s'éleva de la tribu. Pas un d'entre eux, au tréfonds de leur cœur, pas même Piers ne voulait plaider au sujet du testament. C'eût été une preuve de faiblesse et un acte de soumission à un décret autre que ceux de Jalna.

Maurice Vaughan lui-même subissait le charme magique de la famille, charme contre lequel il était impossible de lutter. Il ne pouvait que se soumettre et accepter comme eux tous. Ayant nourri un Caïn, ils allaient se prendre par la main pour danser autour de lui. Ils avaient semé le vent, ils récolteraient la tempête, mais ne voulaient aucune aide étrangère pour rentrer la moisson... Maurice prit sa fille et la fit sauter sur ses genoux. C'était le portrait de sa mère. Il se demanda si elle aurait aussi son caractère. Elle pourrait faire plus mal ! Meggie était presque parfaite. Quelle chance pour lui de l'avoir, ainsi que leur bébé !

Piers était adossé à la cheminée, regardant Finch, les yeux mi-clos.

— Il y a cependant quelque chose que je veux éclaircir, dit-il.

Il n'alla pas plus loin, car à ce moment on frappa à la porte dont les battants furent ouverts sur la salle à manger où la table était prête pour le déjeuner.

Rags s'adressa à Augusta en lui disant :

— Il y a déjà un moment que le déjeuner est prêt. Vous sembliez si occupés que j'ai jugé préférable de ne pas vous déranger plus tôt.

Son regard plongea dans le salon ; son nez insolent frémissait et humait dans l'air un élément de trouble.

Augusta se leva et passa les mains le long de ses hanches pour effacer les plis de sa robe. Elle dit à Renny :

— Invites-tu Meg et son mari ?

Il pensa : « Elle veut me punir pour les paroles de Piers au sujet de son séjour et de celui des oncles à Jalna ! Et elle ne veut pas avoir l'air d'inviter elle-même Maurice et Meg. Comme si tout n'était pas déjà assez compliqué ! » Mais il ne lui donnerait pas le plaisir de paraître avoir remarqué son intention. Il se contenta de dire :

— Naturellement, vous restez tous les deux pour déjeuner.

— Mais il y a le bébé, dit Meg.

— Mets-la sur le divan. Elle tombe de sommeil.

— Je ne sais vraiment que faire, répondit Meg et ses larmes recommencèrent à couler.

Nicolas se leva en clopinant, tout raide après être resté si longtemps assis à la même place, et il mit sa main sous le bras de Meg.

— Allons, viens, Meg, cesse de te lamenter et viens faire un bon dîner, grommela-t-il. La perte était plus grave à la bataille de Mohacs !

Même après la disparition de la vieille Adeline, ils avaient conservé cette allure de procession pour aller à la salle à manger. Nicolas passa le premier en donnant le bras à Meg aux joues rebondies. Ensuite venait Ernest s'efforçant de ne pas s'apitoyer sur lui-même et réconforté par Augusta. Enfin Piers, Finch et Wakefield. Finch semblait ne pas savoir où il allait et lorsque Piers le bouscula, il faillit tomber. Maurice et Renny venaient les derniers.

Maurice disait en riant :

— Ainsi c'est toi qui as le vieux lit peint ? Que vas-tu en faire ?

— M'y coucher et y rester, si cela continue ainsi ! répliqua le maître de Jalna.

Il s'assit en haut de la table et jeta un regard rapide sur le clan. Ils étaient encore assez nombreux malgré l'absence d'Eden et de Gran. Bientôt le jeune Mooey serait assez grand pour se mettre à table... Mais Pheasant n'était pas là ! Il fronça les sourcils. Juste à cet instant elle entra timidement et se glissa à sa place entre Piers et Finch.

— Où vous êtes-vous cachée tout ce matin ? lui demanda Renny.

— Oh ! j'ai pensé que j'étais de trop, répondit-elle en s'efforçant de prendre un air détaché, sérieux et très calme.

Piers pressa son pied contre le sien. Elle trembla. Était-ce sa façon de lui faire savoir que Mooey était l'héritier ? Elle glissa un regard sur son visage et n'y découvrit aucune trace de joie, mais plutôt une expression sombre et à demi ironique sur ses lèvres fermes et bien portantes. Le pauvre petit Mooey n'avait pas l'argent. Mais qui donc l'avait ? Son regard abrité derrière ses longs cils allait d'un visage à l'autre sans obtenir de réponse. Y avait-il une erreur ? Peut-être n'y avait-il pas du tout d'argent. Pendant que Renny et Maurice discutaient à haute voix et sur un ton volontairement joyeux des mérites d'un enfant de deux ans, elle murmura à Finch qui était à sa gauche :

— Pour l'amour du Ciel, dites-moi quel est l'heureux mortel...

La voix de Finch lui parvint, sépulcrale.

— C'est moi.

Elle lui répondit tout bas :

— Il y en a peut-être qui vous croiraient, mais pas moi.

— C'est pourtant la vérité.

— Mais non.

Cependant, en le regardant dans les yeux, elle comprit qu'il disait vrai. Elle se mit à rire silencieusement, puis nerveusement, tremblant de la tête aux pieds. C'en était trop pour Finch qui lui aussi, éclata d'un rire silencieux, tout proche des larmes. Tous les yeux se tournèrent vers eux d'un air de désapprobation et de dégoût. Quel garçon insolent et grossier, que ce Finch ! et Pheasant, quelle coquine ! Augusta évita un drame en déclarant tout haut :

— Ils sont fous, certainement ils sont fous !

Le repas continua. Avec des gestes sûrs de ses mains fines et musclées, Renny découpait la part de chacun suivant son goût : pour Nicolas un très petit morceau avec un brin de gras ; pour Augusta une bonne part et du gras. Pour tous, de gros morceaux de pudding du Yorkshire. Pour Wake, seulement du gras qu'il détestait tant !

— Veillez à ce qu'il le mange, tante. Et il ajouta : Wakefield, il le faut, autrement tu ne prendras jamais de forces.

La petite comédie habituelle se produisit jusqu'au moment où Meg prit dans son assiette le morceau détesté.

Dans une famille de plus faible constitution, une scène comme celle qui venait de se passer dans le salon aurait coupé tout appétit pour le déjeuner. Mais il n'en était pas de même à Jalna. La violence extraordinaire de leurs émotions réclamait un nouvel aliment. Ils mangeaient vite, avec plaisir, seulement plus silencieux que de coutume, car ils étaient encore impressionnés par la vue de cette chaise vide entre Nicolas et Ernest, et dans le silence jaillissait de temps en temps le souvenir aigu de la vieille voix perçante criant :

— De la sauce ! mettez-moi de la sauce sur ce morceau de pain.

Comme son ombre les poursuivait ! La lumière jaune qui passait à travers les volets mettait une sorte de halo autour de son fauteuil. La chatte d'Ernest avait une fois quitté ses genoux pour sauter sur le fauteuil, mais à peine y était-elle que le terrier de Nicolas bondit pour l'en chasser, comme s'il avait compris que ce siège vide était sacré !

Renny donna à ses épagneuls les débris de son assiette. Il jeta un regard rapide sur les assiettes de sa tante et de ses oncles pour solliciter leur contenu, mais ils ne répondirent pas. Il leur sourit. Sûrement ils se souvenaient des paroles de Piers et, pleins d'orgueil blessé, restèrent sourds à ce second appel.

Quand arriva un pudding aux mûres fumant, arrosé d'un sirop rouge, une profonde tristesse les envahit. C'était le premier pudding de ce genre qu'on servait depuis sa mort. Comme elle l'aurait aimé ! Son nez, son menton, son bonnet se seraient précipités à sa rencontre. Elle aurait si bien écrasé le gâteau dans la sauce et répandu la sauce sur son menton ! Ernest se surprit presque à dire :

— Maman, faut-il vraiment que vous fassiez cela ?

Ils mangèrent le pudding dans un lourd silence. A

peine si Finch et Pheasant parvenaient à retenir leur rire fou. Les yeux de Wakefield brillaient d'admiration en contemplant la belle corbeille à fruits en argent qui occupait le milieu de la table. De la base s'élevait une lourde grappe de raisins à l'abri de laquelle se tenait une daine avec son faon. Elle était pleine de pêches éclatantes et de poires mûres. Tante Augusta l'avait sortie le jour des obsèques et elle était restée. Wakefield aurait voulu qu'elle soit toujours là. Il aurait voulu se trouver en face d'elle au lieu d'être à l'autre bout, car la proximité du gentil petit faon l'aurait distrait de ce terrible silence. Il était maintenant bien sûr de ne pas avoir hérité la fortune de sa grand-mère et ne s'en tourmentait guère. Il avait passé une charmante matinée en s'imaginant qu'il était héritier et ne voyait pas pourquoi les autres ne supportaient pas leur déception aussi bien que lui... C'était drôle de penser que Finch... Il se demanda si Finch prendrait la chambre de sa grand-mère et dormirait dans le lit peint. Il se représenta son frère enfoui dans les oreillers avec Boney perché à la tête du lit. Finch en bonnet de nuit avec un râtelier comme celui de grand-mère! Wake était effrayé à cette idée. Il tourna la tête et se rassura en voyant derrière la coupe de fruits Finch qui semblait si malheureux! Un souvenir jaillit soudain dans l'esprit de Wake en remarquant l'étrange teinte grise qui couvrait le visage de Finch. Il releva la tête, fit battre ses paupières et, brisant le silence, demanda très distinctement :

— Renny, Finch est-il né « coiffé » ?

La tasse de thé fumante que le maître de Jalna approchait de ses lèvres s'immobilisa. Ses yeux s'ouvrirent tout grands de stupeur.

— Coiffé, s'écria-t-il. Coiffé ! Qui diable t'a appris pareille chose ?

Meg intervint.

— C'est mal de ta part, Renny, de jurer ainsi devant Wake. Il n'a fait que poser une question naturelle.

— Une question naturelle ! Tu appelles ça une question naturelle. Je veux être...

— Voilà que tu recommences.

— Mais pas du tout.

— Parce que je t'ai interrompu. Mais tu ne peux parler sans jurer.

Piers demanda :

— L'était-il vraiment ?

— Qui donc ?

— Finch ? Était-il vraiment coiffé ?

— Parfaitement, répondit Meg en tapotant les cheveux de Wakefield.

— C'est extraordinaire, dit Nicolas en essuyant sa moustache et en contemplant Finch. C'est la première fois que j'entends parler de pareille chose dans la famille.

Meg ajouta :

— Sa mère gardait cette coiffe dans une petite boîte mais cette boîte disparut après sa mort.

— On dit que c'est un heureux présage et que cela porte bonheur, fit observer Ernest.

Piers se mit à rire.

— Tout s'explique maintenant ! Cela porte bonheur ! C'est la coiffe qui est cause de tout.

Et sans cesser de rire, il se tourna vers Finch :

— Pourquoi n'as-tu rien dit plus tôt ? Nous nous serions méfiés ! Tu n'es qu'un sale chien, Finch, qui rôde sournoisement avec une coiffe sur la tête pour ramasser tous les ducats de la famille.

Finch repoussa sa chaise et se leva tremblant de fureur.

— Sors avec moi, sors seulement avec moi. Je te ferai voir ce qu'un sale chien...

— Assieds-toi, ordonna Renny.

Nicolas grogna :

— N'as-tu donc aucun sens des convenances, jeune voyou ?

Tout le monde se mit à parler en même temps.

Wakefield écoutait, étonné et satisfait à la fois, comme quelqu'un qui a semé une graine de marguerite et qui voit pousser un cactus épineux. Une coiffe ! Penser que ce petit mot avait pu déchaîner un tel orage !

Finch se rassit et appuya sa tête sur sa main. Ernest le regarda non sans douceur.

— Tu n'as pas à avoir peur de l'eau, celui qui naît coiffé ne meurt jamais noyé.

Augusta interrogea Wakefield :

— Où donc, mon chéri, as-tu entendu parler de pareille chose ?

— C'est Finch qui me l'a dit. J'aurais voulu naître de même.

— Moi aussi, dit Piers. C'est honteux que Finch ait toute la chance pour lui.

Pheasant ne put rester plus longtemps dans l'ignorance.

— Mais comment cela se fait-il ?

— On ne l'explique pas, répondit Augusta en regardant le bout de son nez.

Renny regarda Finch sans douceur.

— Cela ne me plaît pas du tout que tu aies de tels sujets de conversation avec cet enfant. Nous en reparlerons plus tard. Une autre tasse de thé, tante, je vous prie.

Tous les Whiteoaks avaient déjeuné de fort bon appétit, mais Finch avait mangé comme quelqu'un de véritablement affamé ! En dépit de sa disgrâce et bien qu'il fût un objet de suspicion et de reproche, il éprouvait un besoin dévorant de nourriture. Il lui semblait que s'il parvenait à calmer cette faim, il se sentirait la tête moins vide. Mais quand il se leva, il n'avait pas apaisé sa fringale... Si seulement il pouvait s'enfuir et se cacher dans les bois ! Appuyer son front sur la terre froide et sa poitrine contre les aiguilles de pin ! Il essaya maladroitement de se diriger vers le hall au lieu de regagner le salon avec les autres. Mais Nicolas posa une main lourde sur son épaule.

— Ne t'en va pas. J'ai quelques questions à te poser.

— Oui, insista Ernest de l'autre côté. J'aimerais, si possible, connaître le fond de cette affaire.

Finch retourna donc, entre deux gardiens, à la chambre de torture ! Il entendit la pendule du corridor sonner deux heures. Le son argentin de la pendule française de salon lui fit écho, ainsi que la voix métallique de celle qui ornait la cheminée du petit salon. Nicolas sortit sa grosse montre et la regarda... Ernest examinait ses ongles... Meg se pencha sur son bébé... Maurice se laissa tomber dans un bon fauteuil et commença à remplir sa pipe de sa main valide tandis que l'autre reposait immobile et lisse sur le bras du fauteuil. Finch, en voyant cette main, se prit à l'envier furieusement, car elle était blessée pour toujours, négligée, abandonnée à sa solitude...

Renny tenait dans ses mains brunes le museau d'un de ses épagneuls. Il l'ouvrit pour examiner les belles dents blanches... Piers riait dans un coin avec Pheasant... Augusta tira de son sac un ouvrage au crochet... Finch voyait en chacun d'eux un bourreau !...

Rags referma derrière eux les battants des portes, semblant dire : « Maintenant je vous laisse à vos propres occupations. Quoi que ce soit que vous fassiez, je m'en moque ! »

Mais ils ne devaient pas encore trouver un peu de tranquillité. Une voix cria, de la chambre de grand-mère :

— Nick, Nick, Nick !

Ernest se boucha les oreilles avec ses mains.

— Boney ! cria brutalement Nicolas. Seigneur, qu'est-il arrivé à cet oiseau ?

— Il a décidé de nous torturer, dit Augusta.

Ernest écarta lentement ses mains.

— Il est insupportable, je ne sais ce que nous allons pouvoir en faire.

Maurice suggéra :

— Le mieux serait peut-être de l'emporter ailleurs, puisqu'il semble triste et malade.

Des regards enflammés et pleins de reproches se tournèrent vers lui comme vers un profanateur.

— Il ira très bien, dit Renny, sitôt qu'il aura terminé sa mue. Il faut mettre quelques gouttes d'eau-de-vie dans son eau. Je me souviens que Gran le faisait pour le fortifier. Amène-le ici, Wake. Il a besoin de compagnie.

Wake apporta l'oiseau blotti tristement sur son perchoir et le mit au milieu du salon, à côté du divan où Finch avait péniblement installé sa maigre personne. Boney ébouriffa ses plumes, battit des ailes et trois plumes tombèrent sur le plancher.

— Quel malheur, murmura Nicolas, qu'il ait oublié l'hindou et ne sache plus dire que mon nom.

— C'est vraiment terrible, dit Ernest.

— Je crois, dit Augusta, qu'il y a là quelque chose d'étrange. On dirait qu'il essaye de nous parler.

— Il est étrangement agité, ajouta Ernest.

Ils regardèrent tous Boney qui tristement leur rendit regard pour regard, de ses froids yeux jaunes.

Après un court silence, Nicolas se souleva lourdement sur son fauteuil et se tourna vers Finch.

— Ma mère t'a-t-elle jamais fait espérer qu'elle te laisserait son argent ?

— Non, oncle Nick.

La voix de Finch était à peine perceptible.

— T'a-t-elle jamais parlé des dispositions qu'elle avait prises ?

— Non, oncle Nick.

— T'a-t-elle jamais parlé d'un nouveau testament ?

— Non. Elle ne m'a jamais parlé d'aucun testament.

— N'avais-tu pas la moindre idée que son testament pût être en ta faveur ?

— Non.

— Tu voudrais donc nous faire croire que tu as été

aussi surpris que nous, ce matin, quand Patton a lu le testament ?

Finch rougit profondément :

— J'ai été terriblement surpris.

— Ça va, ça va ! déclara Piers. Ne compte pas nous faire croire ça ! Tu n'as pas bronché pendant que Patton lisait. Je te regardais. Tu savais très bien ce qui allait arriver.

— Pas du tout, cria Finch. Je n'en avais pas la moindre idée.

— Tais-toi, reprit Nicolas. Ne fais pas tant de bruit, Piers. Je veux éclaircir cette affaire obscure, si possible.

Ses yeux, sous ses sourcils épais, essayaient de lire en Finch.

— Tu dis que le testament t'a causé autant de surprise qu'à nous ? Dis-nous, alors, quelle est, à ton avis, la raison qui a déterminé ma mère à te choisir pour son héritier ?

Finch serra ses mains jointes entre ses genoux. Il aurait voulu qu'une vague puissante se levât et l'arrachât de leur vue.

— Oui, insista Ernest, dis-nous pourquoi, à ton avis, elle a agi ainsi. Nous ne t'en voulons pas. Nous voudrions seulement connaître la raison d'un acte aussi extraordinaire.

— Mais je n'en connais aucune, bégaya Finch. Et je voudrais qu'elle ne l'ait jamais fait.

Mais cette concession ne servit pas sa cause. Ces paroles que lui arrachait sa misère le rendaient encore plus méprisable aux yeux des autres.

Nicolas se tourna vers Augusta.

— Que disais-tu au sujet des paroles que maman se disait à elle-même ? Il s'agissait d'une déesse chinoise ?

Augusta posa son crochet.

— Je ne peux en parler avec certitude, car ce n'étaient que quelques mots incohérents où il était question de Finch et de la déesse Kuan Yin. C'était le jour où elle m'a dit qu'il avait plus de... vous savez quoi. J'aime mieux ne pas le répéter.

— Qu'est-ce que cette déesse chinoise, Finch ? Sais-tu pourquoi maman prononçait ton nom en même temps qu'un nom si bizarre ?

— Je ne vois pas du tout pourquoi, répliqua-t-il faiblement et évasivement.

— T'a-t-elle jamais parlé d'une déesse chinoise ?

— Oui.

Il se débattait avec désespoir.

— Elle disait que par elle j'apprendrais, je comprendrais, je comprendrais quelque chose de la vie.

— Par elle ?

— Oui, par Kuan Yin.

— Voilà quelque chose qu'il faut suivre de près, dit Vaughan.

— Il semble bien que grand-mère et Finch étaient tous les deux fous à ce moment, ajouta sa femme.

— A ce moment, répéta Nicolas. Il y a combien de temps qu'avait lieu cette conversation ?

— Oh ! il y a longtemps ! C'était au début de l'été !

Nicolas désigna Finch avec sa pipe et lui dit :

— Dis-nous maintenant ce qui amena entre vous cette conversation.

Ernest l'interrompit avec inquiétude.

— La petite déesse chinoise que maman avait rapportée des Indes ! En effet, il y a quelque temps que je n'ai pas vu cette petite statue. C'est étrange que je n'aie pas remarqué son absence ! L'as-tu vue récemment, Augusta ?

Augusta frappa le bout de son nez avec son crochet comme pour en faire jaillir plus facilement ses secrets.

— Non, je ne l'ai pas vue. Elle a disparu de la chambre de maman. On l'aura volée.

Finch brûla ses vaisseaux :

— Non, on ne l'a pas volée, elle me l'a donnée.

— Où est-elle ? demanda Nicolas.

— Dans ma chambre.

— J'ai été dans ta chambre ce matin, dit Augusta. J'ai senti une odeur bizarre, mais la déesse n'y était pas, je l'aurais vue aussitôt.

Finch ne se souciait plus de rien maintenant, si ce n'est de voir finir cet interrogatoire. Insouciant des conséquences possibles, il répondit :

— Vous ne l'avez pas vue parce qu'elle est cachée. Je la cache. Cette odeur que vous avez sentie, c'est de l'encens que je brûle devant elle au lever du soleil. J'avais oublié de fermer la porte en descendant.

Si Finch était soudain apparu avec des cornes sur le front ou des sabots de cheval à la place de ses chaussures marron, les siens ne l'auraient pas pris davantage pour un monstre ! La lourde pression que leurs diverses personnalités exerçaient sur son esprit endolori cessa brusquement et ce recul fut si sensible que Finch lui-même releva la tête et poussa un soupir comme s'il absorbait un souffle d'air frais.

Ils s'écartèrent avec horreur d'un Whiteoak qui s'était levé avec le soleil pour brûler de l'encens devant une déesse païenne. A quel être dégénéré la gouvernante anglaise, la seconde femme du jeune Philippe, avait-elle donné le jour ? Que des Courts et des Whiteoaks, gentlemen, soldats et riches propriétaires au rude langage aient pu en arriver là ! Un garçon pâle et grimaçant qui se livrait dans son grenier à des actes aussi extravagants pendant que sa famille dormait ! Et c'était à lui que la vieille Adeline, la plus virile de tous, avait laissé son argent !

Leur répugnance invincible devant un tel éloignement de leurs traditions les désorienta et ébranla leur obstination. Finch, enfoncé sur son divan, semblait une créature à part.

Mais cette légère détente ne dura guère. Le cercle se reforma de nouveau.

Nicolas, serrant son menton dans sa main, déclara :

— Quand j'étais à Oxford, il y avait des garçons qui

se livraient à ce genre de chose. Je n'aurais jamais cru que j'aurais un neveu...

— Il se fera papiste un de ces jours, dit Piers. Rappelez-vous les lumières qu'il avait placées autour de la pauvre vieille Gran.

— Oui, et tu l'as laissé faire, s'écria Augusta en accusant Nicolas.

Nicolas ne répondit pas, mais reprit la parole.

— Et tu veux nous faire croire que tu n'espérais rien de grand-mère alors qu'en secret elle te faisait des cadeaux de valeur !

Meg cria :

— Tu pouvais bien penser que c'était plutôt bizarre de sa part de se mettre à donner des objets qu'elle conservait soigneusement depuis des années : la déesse ; la bague de rubis !

— Pour quel motif cachais-tu ce cadeau ? interrogea Nicolas.

— Je n'en sais rien.

— Si, tu le sais. Ne mens pas. Nous allons enfin savoir le fond de cette affaire.

— Eh bien, c'était à cause d'elle ! Je savais qu'elle ne désirait pas qu'on le sache.

— Et pour quelle autre raison ?

— Je pensais que cela m'attirerait une querelle.

— Pour avoir reçu un cadeau ? Continue.

Ernest l'interrompit.

— Mais pourquoi lui a-t-elle fait un cadeau ? C'est ce que je ne parviens pas à comprendre !

Piers eut un sourire sarcastique.

— Regardez-le seulement et vous comprendrez. C'est un jeune démon intrigant ! J'ai toujours envie de lui caresser les côtes !

Renny éleva la voix du rebord de la fenêtre où il était assis.

— Cesse de parler ainsi, Piers.

Nicolas reprit :

— Étais-tu souvent seul avec maman ? Je ne me souviens pas vous avoir jamais vus ensemble.

Finch souffrait un véritable martyre. Son menton retomba sur sa poitrine, il serra les dents.

Renny lui cria :

— Allons, Finch, dis-nous la vérité une bonne fois. Relève la tête.

Finch était par trop malheureux, il l'était au-delà de toute expression, et cependant il lui fallait souffrir encore ! Ils ne lui laisseraient aucun répit avant de tout savoir.

— Allons, reprit Renny. Éclaircis tout cela. Tu n'as volé ni la déesse ni l'argent, ne te conduis pas comme si tu l'avais fait.

Finch releva la tête. Son regard s'arrêta sur l'ouvrage au crochet qui reposait sur les genoux d'Augusta, et il commença à parler d'une voix rauque.

— J'avais pris l'habitude d'aller jouer de l'orgue à l'église chaque soir. Un soir que je rentrais très tard, grand-mère m'a appelé. Je suis entré dans sa chambre et nous avons causé. C'est cette nuit-là qu'elle m'a donné la déesse. Ensuite, je suis venu souvent auprès d'elle, presque chaque soir.

Il s'arrêta brusquement. Il y eut un lourd silence et tous attendirent qu'il continuât.

Nicolas l'encouragea presque doucement.

— Bon ! Ainsi donc chaque nuit tu venais dans la chambre de maman et vous causiez. Veux-tu me dire quels étaient vos sujets de conversation.

— Je parlais de musique, mais pas beaucoup. C'était elle surtout qui parlait. Elle me parlait des jours d'autrefois ici même, de sa vie aux Indes et de sa jeunesse en Angleterre.

Ernest cria :

— Rien d'étonnant à ce qu'elle eût souvent sommeil dans la journée ! Elle restait éveillée et parlait la moitié de la nuit.

Finch était maintenant indifférent à tout. Autant leur donner un sujet de fureur ! Il continua donc.

— J'avais l'habitude d'aller chercher à la salle à manger des biscuits et du cherry, ce qui lui faisait grand plaisir et l'aidait à rester éveillée.

— Rien d'étonnant à ce qu'elle eût sommeil et qu'elle perdît la mémoire, répéta Ernest presque en larmes.

Augusta ajouta d'un ton morne :

— Rien d'étonnant, non plus, à ce que le dernier mois son petit déjeuner revînt presque intact.

— Je la voyais s'affaiblir de jour en jour, gémit Meg.

Nicolas jeta un regard lugubre autour de lui.

— Cela a abrégé probablement sa vie de plusieurs années.

— C'est-à-dire que ça l'a tuée, dit Ernest à moitié fou.

— Il ne vaut guère mieux qu'un meurtrier, ajouta Augusta.

Finch pouvait maintenant les regarder en face. Ils savaient le pire. Il n'était qu'un monstre, qu'un assassin. Qu'ils le prennent donc et le pendent à l'arbre le plus proche ! Il se sentait presque calme.

Leurs passions se donnaient libre cours, comme des vagues poussées par des vents contraires. Ils parlaient tous à la fois, l'accusant, s'accusant les uns les autres, accusant presque la vieille Adeline !... Et la voix de l'oncle Nicolas, comme la voix de la septième vague, était la plus sonore et la plus terrible, c'était la voix du fils aîné dépouillé !

Présentement, la voix de Piers, pleine d'un rire mauvais, dominait les autres et disait :

— Tout cela est une énorme plaisanterie ! Nous pensions que Finch était bizarre ! qu'il avait l'esprit un peu faible ! Mais ne voyez-vous pas que c'est le plus fort, le mieux organisé de nous tous ! Pauvre Finch innocent et puéril ! Bien intentionné mais si simple ! Je vous le déclare, il est aussi froid et aussi rusé que possible ! Il a préparé son affaire en dessous depuis son retour de New York.

— Quelle horreur ! s'écria Renny.

— Tu le défendais, Renny. Il t'a toujours dupé. Ne te trompait-il pas lorsque tu croyais qu'il allait chez Leigh pour travailler et qu'il s'occupait uniquement de théâtre ? Ne t'a-t-il pas joliment trompé dans l'affaire de l'orchestre ? On croyait qu'il travaillait et il jouait du piano dans des restaurants populaires d'où il rentrait le matin complètement ivre ! Et pour finir il t'a joué le tour de s'emparer de l'argent de Gran !

Un rire sauvage termina sa phrase.

Fou de colère, Finch hurla :

— Tais-toi, tout cela n'est qu'un amas de mensonges !

— Nieras-tu que tu n'as pas toujours cherché à tromper Renny ?

— N'as-tu pas fait de même quand tu t'es marié ?

— Je ne lui ai jamais rien pris en fraude.

Finch bondit sur ses pieds, ses bras raides le long de son corps, les poings serrés.

— Je n'ai rien pris à Renny et je ne veux rien prendre à personne. Je ne veux pas de cet argent ! Je veux le rendre ! Je ne le prendrai pas... Je ne le prendrai pas ! Je n'en veux pas !...

Il éclata en sanglots désespérés, allant et venant dans la pièce se tordant les mains, suppliant Nicolas, puis Ernest, de prendre l'argent. Il s'arrêta devant Renny. Son visage décomposé offrait une ressemblance grotesque avec une gargouille. Il adjura Renny de prendre l'argent. Il était si bouleversé qu'il ne savait plus ce qu'il faisait ; et lorsque Renny l'attira près de lui sur le rebord de la fenêtre, il s'y laissa tomber, éperdu, hébété par ses bruyantes supplications. Sa gorge lui faisait mal comme s'il avait crié. Avait-il vraiment crié ? Il n'en savait rien. Il vit autour de lui des visages pâles et effrayés qui le regardaient. Il vit Pheasant sortir en courant, il vit Meg serrer dans ses bras son bébé qui pleurait. Il entendit à son oreille la voix de Renny qui lui disait :

— Pour l'amour de Dieu, calme-toi. J'ai honte pour toi !

Il posa ses coudes sur ses genoux et cacha son visage dans ses mains. Il sentit contre sa joue le rude contact de la manche de Renny, souhaita pouvoir s'y frotter, s'y appuyer pour y pleurer de tout son cœur, comme un petit garçon qui a peur.

La conversation reprit, morne et sourde. Mais personne ne lui adressa plus la parole. Ils en avaient fini avec lui. Ils ne pouvaient ni ne voulaient lui reprendre l'argent, mais ils l'abandonnaient à la solitude et parleraient indéfiniment jusqu'à ce que, de très loin, arrivât en mugissant cette lame de fond qu'il réclamait et qui les emporterait tous dans l'oubli.

Elle arriva enfin, cette vague, dans la personne de Rags ! Elle apporta l'oubli, c'est-à-dire le thé.

22

LEVER DE SOLEIL

IL marchait rapidement le long de la route qui conduisait au lac et le contact de l'épaisse et fine poussière à travers la mince semelle de ses sandales lui procurait une vive sensation de plaisir. La plante de ses pieds nus, ainsi que ses orteils semblaient avoir, ce matin, une plus vive sensibilité. Ils pressaient la terre avec passion, comme dans une caresse sensible et prolongée.

Ses yeux cernés par une nuit sans sommeil allaient et venaient sans cesse comme pour absorber toute la beauté de cette terre brillante et humide de rosée. Ils se posaient sur un champ de blé mûr d'où s'élevait un doux murmure comme si tous les petits grains emprisonnés chantaient ensemble. Ils contemplaient avec passion un champ déjà moissonné d'où un vol de corbeaux s'éleva dans le ciel bleu. Ils découvraient sur le bord de la route la fleur de chicorée plus bleue que le ciel. Rien ne pouvait leur échapper, ni la toile d'araignée couleur de cuivre dans le rouge soleil levant, ni la goutte tremblante de rosée au bord d'une feuille inclinée, ni la légère empreinte d'une patte d'oiseau sur la poussière de la route.

Il aimait tout cela et allait le quitter. Si souvent il avait traversé cette route à pied ou à bicyclette ! Et voici qu'il y passait pour la dernière fois !

Il ne pouvait plus supporter son existence. Il l'avait passée en revue toute cette longue nuit, revoyant ces dix-neuf années toutes pleines de sottises, de lâchetés et de terreurs, et il avait acquis la certitude qu'il ne pouvait plus supporter de vivre ainsi. Si seulement il avait eu un ami, un être capable de le comprendre et d'avoir pitié de son abandon ! Il y avait bien Alayne, mais elle était inaccessible à cause d'Eden. Et même s'il avait pu aller jusqu'à elle et lui ouvrir son misérable cœur, cela n'aurait pas suffi, car il y avait sa famille, ce mur épais et hostile, insensible à ses larmes et à sa souffrance. Ce n'était plus supportable. Dans ce mur fait de sa propre chair et de son propre sang, il n'y avait aucune fissure par laquelle il aurait pu se glisser et se rapprocher timidement de ceux qu'il aimait de nouveau... Il les avait lésés, il n'y avait qu'une manière de réparer... Ses vieux oncles attendaient depuis des années l'argent de leur mère et cet argent lui avait été laissé ! Et Renny ! Mais il ne pouvait penser à Renny, ni à cette expression de honte que portait son visage !

Toute la nuit, Finch avait dû lutter contre le souvenir de ce regard. Par moments, il était prêt à descendre en courant l'escalier du grenier pour se jeter aux genoux de Renny, le supplier de lui pardonner, de le consoler comme il faisait jadis après ses cauchemars d'enfant. Renny, qu'il avait lésé plus que tout autre ! Eh bien, maintenant il allait faire tout ce qu'il pouvait pour remettre les choses dans l'ordre ! Ils n'auraient plus qu'à prendre l'argent et à le partager entre eux !

Il n'avait aucune peine, ce matin, à conserver l'esprit clair, aussi clair que du cristal, délicieusement vide, comme nettoyé par un ouragan. Il ressemblait à un bol de cristal vide que soulevaient les mains de son âme pour recueillir le vin de la beauté. De chaque côté ce vin ruisselait, venait de la douce obscurité des prés, dans le ravin, des champs rougissants le long des rayons obliques du soleil à travers lesquels Dieu lui parlait.

Il traversa le carrefour. C'est là qu'on l'enterrerait quand son corps de noyé serait retiré du lac, avec un pieu pénétrant jusqu'à son cœur. Il serait un avertissement pour tous ceux qui songent au suicide. Mais cette pensée ne l'inquiéta guère. Il ne serait pas plus solitaire au carrefour qu'au cimetière au milieu des siens. Le geste qu'il allait accomplir lui semblait tout naturel comme si tous ses actes, pendant de longues années, devaient aboutir nécessairement à celui-là, à se détruire lui-même, à arracher de ses lèvres la coupe amère de la vie. Il n'avait apporté en naissant que le pouvoir d'aimer la beauté. Il voulait emporter avec lui toute la beauté qu'il pourrait absorber et peut-être Dieu voudrait-il la lui laisser dans son sommeil comme une compensation à tant de souffrances.

Oh ! la douce caresse de la poussière. Pour le dernier bout de chemin, il voulut que rien ne s'interposât entre elle et la plante de ses pieds. Il ôta ses chaussures et courut pieds nus. Il renversa la tête, buvant la fraîcheur de la brise qui venait du lac. Tantôt il courait sur l'herbe sèche et rude, tantôt sur des galets coupants, tantôt sur le sable fin, dur comme du marbre. Le soleil pendait à l'horizon comme une immense lanterne. Un chemin rouge en partait qui traversait le lac et arrivait jusqu'aux pieds de Finch. Le matin était aussi pur, aussi transparent qu'avait dû l'être le premier matin terrestre. Finch se jeta en courant dans l'eau, faisant jaillir des gouttes enflammées autour de lui. Des rides transparentes troublèrent la surface de l'eau. Il en sortit en courant, sa tête nue était vide et apaisée. Il n'éprouvait aucune crainte. Il s'enfonça dans l'eau, puis en ressortit pour nager sur le flanc tout au long de la piste rouge. Il nagerait jusqu'à ce qu'il soit fatigué, et alors... Il étreignait cette eau qui le portait doucement, il battait de son bras cette pourpre matinale. Les yeux clos, il vit de brillants panneaux, comme des murs d'améthyste, tout contre ses paupières... Il ne pensait plus à rien, se sentait vide comme un bol de cristal flottant entre deux eaux, n'éprouvait ni orgueil ni honte, délicieusement indifférent à tout, fragile et cependant apte à recevoir et à conserver cette beauté qui flottait avec lui... Il entendait de la musique.

Lentement, il cessa de se soutenir et s'abandonna...

Cette musique devint peu à peu plus lointaine, se fondant dans un bourdonnement tout-puissant comme si l'arche du ciel était le dôme d'une immense ruche. Ses oreilles étaient douloureuses. Il désira d'un désir douloureux être délivré de ce bourdonnement fantastique et terrible pour entendre encore une fois une musique pure et claire...

Maintenant il n'y avait plus ni matin ni lever de soleil vermeil. Seule règne la nuit, la sombre nuit et toutes les étoiles sont des abeilles qui remplissent l'univers de leur bourdonnement. Elles se pressent dans le ciel froid et sombre, avides de miel, bourdonnant inlassablement... Il faut absolument qu'elles ne sachent pas qu'il est une fleur pleine jusqu'au bord, débordante de miel, car si elles le découvraient, elles se précipiteraient toutes sur lui pour sucer sa liqueur sucrée et le laisser ensuite vidé, brisé, abandonné... Il frissonne et resserre ses pétales autour de lui pour dissimuler ses trésors, il tremble sur sa tige, terrifié à l'idée qu'il peut en être détaché et tomber dans l'abîme qui est sous lui... Ses pétales sont blancs, puis rouges, changent sans cesse de couleur ; ils sont veinés de violet et d'or, s'élèvent et s'abaissent au-dessus du miel que son cœur renferme !...

Il souffre toutes les douleurs de l'agonie, car les abeilles l'ont découvert. Leur bourdonnement est assourdissant, leurs ailes se heurtent comme des armures, elles volent droit sur lui pour le transpercer de leur dard !... Voilà qu'une abeille d'or s'est emparée de lui ; ils luttent. Il referme ses pétales désespérément, essaie de crier, mais les fleurs n'ont pas de voix... L'abîme s'ouvre sous lui...

La grande abeille d'or ne veut pas le lâcher, elle se cramponne à lui. Une autre arrive à son secours. Elles l'entraînent, impuissant, évanoui ; toute lutte est inutile, ses pétales blancs et rouges tombent dans l'abîme. Il est mis en pièces...

Le visage d'Eden était tout près du sien, pâle et ruisselant, une mèche toute mouillée collée à son front. Une autre personne s'était également livrée sur lui à d'étranges gestes, le frappant un peu partout. Il se sentait faible et malade mais réussit à murmurer :

— Tout va bien... tout va bien... Très bien... Merci.

Il ne savait pas pourquoi il disait ces mots ; peut-être lui avaient-ils demandé comment il se trouvait. Mais il comprit qu'il fallait cacher la terrible vérité. Il avait oublié la nature de cette vérité mais avait le sentiment aigu de son horreur.

Eden parlait d'une voix saccadée, comme s'il claquait des dents :

— Mon Dieu, quel bonheur que vous vous soyez trouvée là. Seul, je ne l'aurais jamais sauvé.

La belle voix de Minny répondit :

— Je crois bien que vous vous seriez noyés tous les deux.

— Et ces premiers soins que vous lui avez donnés ! Vous êtes merveilleuse. De ma vie je ne me suis senti aussi maladroit.

— Vous avez plongé d'une façon splendide. Je crois qu'il va très bien maintenant, mais je suis inquiète à votre sujet. Vous avez été si malade. Il faut que j'aille chercher du secours tout de suite.

Eden mit sa main sur le cœur de Finch.

— Il bat régulièrement. Ça va-t-il mieux, vieux ? Me reconnais-tu ?

— Oui. C'est toi, Eden.

A grand-peine il souleva à nouveau ses paupières et aperçut Minny Ware debout et rougissante, son linge ruisselant d'eau était plaqué sur sa ronde personne. Elle était encore haletante de ses violents efforts, et ses cheveux, comme ceux d'Eden, étaient collés sur sa tête. Voyant qu'il la regardait elle lui sourit en disant :

— Méchant garçon. Je pense que vous regrettez votre geste. Nous faire une telle peur !

Un frisson secoua Eden de la tête aux pieds. Elle ramassa vivement sa robe qu'elle enfila avec peine, mouillée comme elle l'était.

— Je cours à la maison et je ramène Mr. Vaughan aussi vite que possible.

— Non, non, allez chercher Renny. Il serait fâché si on n'allait pas le chercher d'abord. De plus il sera là moitié plus vite que Maurice.

Elle hésita, déçue, car elle comptait revenir avec Maurice. Son exubérante féminité ne pouvait supporter l'idée d'être privée d'une émotion, de perdre, si peu que ce soit, de ce plaisir qu'elle éprouvait en compagnie de ces deux mâles à demi noyés. Elle répéta :

— Je crois qu'il vaut mieux aller chercher Mr. Vaughan.

— Pourquoi ? demanda Eden.

— Parce qu'il vous emmènera chez lui. Ne préférez-vous pas ?

— Téléphonez à Renny. Je veux qu'il nous amène chez les Vaughan. Je vous en prie, dépêchez-vous, Miss Ware, ce pauvre diable est à moitié gelé... et moi...

Il frissonna et sourit.

— Que je suis sotte, s'écria-t-elle. Je vais courir sans arrêt.

Elle partit en courant avec l'impression qu'elle ne serait jamais fatiguée, tant elle était excitée par les étranges événements de cette matinée. La vie chez les Vaughan était si calme ! Son esprit était toujours occupé des jeunes gens de Jalna. Mariés ou non, leur conduite absorbait toutes ses pensées. Elle discutait indéfiniment avec Meg de leurs caractères, de leurs talents et de leurs projets. Meg la poussait toujours dans la direction de Renny. Douée d'une voix splendide, le cœur plein de désir, elle ne demandait qu'à être poussée !

Elle s'était levée presque à l'aurore, ce matin-là, et s'était assise à sa fenêtre ouverte d'où elle apercevait toute la route. Elle avait vu passer la silhouette nonchalante d'Eden. Elle était presque sûre que c'était lui, tout en conservant cependant un léger doute. En tout cas, c'était certainement un Whiteoak. Le ciel pourpre à l'est, la silhouette du jeune homme, le cri soudain d'un merle dans le chêne voisin de sa fenêtre, avaient empli son cœur d'un sentiment de solitude et de désir. Elle avait mis une plus jolie robe, s'était enfuie de la maison et l'avait suivi jusqu'à la plage où elle l'avait trouvé les genoux entre les mains et une pipe à la bouche. Elle avait annoncé sa venue en chantant doucement à mesure qu'elle avançait sur le sable. Il lui avoua qu'il ne pouvait dormir ; il était tourmenté par un poème qui cherchait à prendre vie et ne pouvait parvenir à la délivrance. Sur sa demande, elle s'assit auprès de lui, les bras autour de ses genoux, respirant la fumée de son tabac. Ensemble, ils avaient sauvé Finch.

Ils l'avaient aperçu qui se jetait à l'eau en courant et nageait.

Ils n'eurent d'abord aucun soupçon, jusqu'au moment où Minny remarqua avec stupéfaction qu'il portait des pantalons et une chemise, au lieu d'un maillot de bain. De plus, il y avait quelque chose d'étrange, de sauvage, d'exalté dans cette jeune silhouette qui courait...

Il était maintenant couché sur le sable sous le vêtement d'Eden. Son visage, d'une pâleur mortelle, était à demi caché au creux de son bras. Eden était accroupi auprès de lui, serrant entre ses mâchoires tremblantes une pipe depuis longtemps éteinte... Il tapota l'épaule de Finch.

— On va venir, vieux. Te sens-tu malade ?

Un son inarticulé vint du visage prostré. Eden le caressa de nouveau.

— Tu seras bientôt guéri. Ce sont des idées qui viennent et puis s'en vont. J'ai eu plus d'une fois envie d'en faire autant.

Finch frissonna de la tête aux pieds.

Pauvre diable, il est dégoûté d'avoir été sauvé, pensa Eden. Il aurait mieux aimé trouver l'oubli que la petite fortune de grand-mère. Il est bien certain qu'il a dû supporter des instants terribles à ce sujet ! Mais cela passera et il vivra pour faire le fou avec cet argent. A quoi cela peut-il ressembler d'avoir de l'argent ? Pourquoi diable Renny n'arrive-t-il pas ? Si seulement c'était à lui, Eden, que Gran ait laissé son argent ! Il aurait fait claquer ses doigts sous le nez de toute la famille !... Il frissonne de nouveau, ce pauvre gosse !

Voilà enfin l'auto des Whiteoaks ! Roulant bruyamment sur la route comme si elle allait tomber en morceaux. Bang ! Elle grippe ! Elle grince, elle tape, elle cogne ! Elle fait un tapage infernal, mais comme elle marche tout de même, la vieille voiture ! Renny est au volant. Son visage calme est trop tanné par le grand air pour pâlir, même s'il a peur. Du reste, c'eût été bien fait pour lui, bien fait pour tous si l'enfant s'était noyé ! Eden songea à la scène qui avait provoqué ce geste désespéré.

— Hullo, cria-t-il. Nous sommes là.

L'auto s'arrêta bruyamment et brusquement sur la plage. Le maître de Jalna en sortit. Il s'approcha d'eux d'un pas long et lourd.

— Qu'y a-t-il ? Demanda-t-il vivement.

Eden se releva.

— Ce garçon a essayé de se détruire.

— De se détruire ! Minny Ware m'a dit qu'il avait eu une crampe en nageant.

— Elle a voulu te rassurer. Moi pas.

Le visage d'Eden était immobile. Le demi-sourire qui était familier était étrangement figé.

— Il est capable de parler, mais je ne crains pas de dire qu'il a été poussé à ce geste.

Renny se penchait sur Finch, regardait ses yeux, tâtait son cœur.

— Il faut que je l'emporte pour le mettre au lit. J'ai apporté de l'eau-de-vie.

Il approcha le gobelet de la gourde des lèvres de Finch qui but l'alcool avec effort. L'ayant rempli de nouveau, il le tendit à Eden.

— Il y a de quoi te tuer après ta maladie, dit-il d'un air sombre.

Eden haussa les épaules, puis regarda fixement Renny dans les yeux.

— J'ai idée, dit-il, qu'en sauvant ce garçon, j'ai fait la meilleure action de ma vie.

— Minny Ware m'a dit que tu n'en serais pas venu à bout sans elle.

Sacré Renny ! Comme il savait prendre avantage sur les autres !

— Elle était là, reconnut Eden, et sûrement n'a jamais rien fait de mieux dans toute sa vie. Ce qu'il a dû souffrir pour en arriver là !

— Nous aurons le temps de parler de ça plus tard.

Et Renny saisit le jeune garçon trop léger pour sa taille. Il l'emporta vers l'auto où il le tint contre son épaule pendant qu'Eden conduisait. Meg les attendait sur le perron. Il ne fallait pas effrayer les vieillards de Jalna. Les lèvres douces et pleines de Meg exprimaient une tendresse infinie et, derrière elle, se tenait Minny Ware. Maurice aida à monter Finch.

Il était maintenant enveloppé dans des couvertures devant le feu, assoupi, couvert de sueur, percevant peu à peu le parfum doux et pénétrant des pétunias qui montait par la fenêtre ouverte. Mais il avait quelque chose à dire à Renny qui rabaissait ses manches de chemise, après l'avoir frictionné à l'alcool.

— Renny, dit-il en hésitant, ne dis pas aux autres ce que j'ai fait. Qu'ils ne sachent rien !

— Entendu, répondit Renny, le regardant avec une soudaine compassion.

Son esprit évoqua les temps lointains où Finch le suppliait d'un ton absolument semblable, en lui disant : « Ne leur dis pas que tu m'as battu, veux-tu, Renny ? Qu'ils ne sachent rien ! » Alors comme aujourd'hui, il répondait : « Entendu, je ne dirai rien. »

Meg entra d'un pas qu'elle s'efforçait de rendre silencieux, mais elle s'alourdissait et les objets qui se trouvaient sur la table de chevet tremblèrent. Elle se pencha sur le lit de Finch où ce dernier ressemblait à un saucisson et caressa les cheveux mouillés.

— Es-tu bien maintenant ?

— Oui.

Elle interrogea Renny.

— Est-ce vrai ?

— Il est à demi étourdi et chaud comme une braise.

— Pauvre diable !

Elle s'assit à côté du lit et essaya de voir le visage de Finch.

— Finch, mon chéri, comment as-tu pu faire une si horrible chose ? Tu m'as presque fait mourir de peur. Comme si je t'en voulais d'avoir reçu l'argent ! Ce qui m'a bouleversée, c'est que Gran ait donné à Pheasant la bague de rubis que j'avais toujours cru m'être destinée. Il faut que tu comprennes cela. Comprends-tu ?

Finch poussa sa tête contre la main de sa sœur, comme un chien qui cherche une caresse. Il était brisé. Il essaya de lui répondre en arrachant son esprit à ce puits d'hébétude, d'épuisement et de soumission où il était plongé, mais ne put y parvenir. Il ne put que trouver ses doigts avec ses lèvres brûlantes et les baisa.

— Qu'il a chaud !

— C'est ce qu'il faut. Viens, laissons-le dormir.

Elle conduisit Renny dans le salon tout éclairé de rideaux aux teintes lumineuses. Eden était assis devant un plateau qui contenait une assiette d'œufs pochés, une théière et un pot de gelée de coing. Toute ombre avait quitté son visage, le trouble causé par Finch avait disparu. Ce dernier était sauf dans son lit et lui-même se trouvait devant un délicieux déjeuner.

Meg s'écria :

— Voilà qui est bien l'œuvre de Minny ! Elle a préparé un déjeuner pour nous trois, devinant que nous serions morts de faim. Quelle brave fille !

— Elle l'a apporté elle-même, dit Eden, mais elle n'a pas voulu rester. Par saint Georges, qu'elle nage bien ! Et en la voyant maintenant, personne ne se douterait de ce qu'elle vient de faire. Je l'admire infiniment !

— C'est un amour, répondit Meg. Je me sentirai bien triste lorsqu'elle partira.

— Va-t-elle partir ? dit Eden d'un air presque consterné.

— Naturellement. Une fille comme elle ne peut rester ici éternellement. Elle est indécise. Mais je ne sais trop ce qu'elle trouvera.

Renny mit un œuf dans l'assiette de Meg et deux dans la sienne. Puis il dit tranquillement :

— Elle trouvera bien une situation. Cette espèce retombe toujours sur ses pieds !

— Quelle espèce ? dit Meg offensée.

— Cette espèce aventureuse. Elle empoigne la vie par les deux mains.

— Elle me plaît terriblement, dit Eden.

— Tu t'intéresses à tout ce qui porte jupon, dit Renny.

— Tout ce qui porte jupon ! Écoutez cet homme !

— Elle trouvera bien son affaire. Elle est trop...

— Trop quoi ? chéri, demanda Meg.

— Hum ! Trop provocante. Quelques difficultés ne lui feront pas de mal.

Meg réfléchit longuement à cette réponse, ne

sachant si elle devait s'en fâcher ou non. Elle détourna la conversation.

— Comme c'est gentil de déjeuner ensemble !

— Moi qui croyais que tu aimais manger seule, dit Renny en prenant un troisième œuf. Un autre, Eden ?

Eden secoua la tête.

— Je me demande comment va se terminer cette affaire. Que va faire Finch avec son argent ? J'aurais voulu que la vieille dame me laissât mille dollars.

— Pauvre chéri ! soupira Meg. Que vas-tu faire maintenant que tu es guéri ?

— Retomber sur mes pieds, je suppose, comme Minny. Je pense que je suis aussi de cette espèce qui empoigne la vie par les deux mains !

Meg lui répondit tout en étalant sa gelée de coing sur un toast.

— Depuis longtemps Finch n'était plus surveillé. Je l'avais bien vu quoique je n'aie rien dit.

— Je te félicite de ton silence, dit Renny en regardant le bout de son nez.

Meg resta rêveuse.

— Finch est un très gentil garçon. Il est toujours généreux. Ne crois-tu pas qu'il pourrait faire quelque chose pour Eden ?

— Il n'entrera pas en possession de son argent avant sa majorité, et il y a encore près de deux ans d'ici là. A cette époque, Eden sera probablement célèbre.

— Évidemment, avec ses poèmes ! Mais c'est si mal payé ! Alayne ne peut-elle rien pour toi, Eden ?

— Grand Dieu ! s'écria Renny irrité, je pense qu'elle en a fait suffisamment pour lui ! Abandonner son travail et venir ici pour le soigner.

— Mais pourquoi ne l'aurait-elle pas fait ? C'est son mari. Elle est bien en droit de le soigner !

— Cependant, reprit Renny, tu étais furieuse de son retour ici.

Et il ajouta avec amertume :

— Du reste, quoi qu'elle fasse, elle aura toujours tort à tes yeux.

Les yeux d'Eden, empreints d'un rire moqueur, allaient de l'un à l'autre.

— Allons, disputez-vous à mon sujet, leur dit-il. Cela me donne de l'importance et j'en ai eu si peu ces temps derniers. Je suis complètement guéri, je n'ai aucune occupation et ma femme n'a aucune affection pour moi. En réalité... — et ses yeux se fermèrent à moitié de malice — en réalité, elle n'est venue me soigner à Jalna que pour se rapprocher de Renny.

Renny bondit, son mince visage rouge rendu encore plus rouge par la fureur.

La table fut ébranlée comme une rafale et les tasses de thé débordèrent.

— Je n'attendais rien de mieux de ta part, Meggie, dit-il, mais j'aurais cru que toi, Eden, tu aurais témoigné d'un peu de gratitude, d'un peu de décence.

Il se dirigea à grands pas vers la porte.

— Il faut que je parte, si tu veux que je te ramène, viens.

Ce jour semblait destiné à une série d'émotions. Renny ne pouvait souffrir d'être enfermé dans la maison. Meg l'accompagna jusqu'à la porte. Devant la corbeille de pétunias dont le doux parfum montait jusqu'à la fenêtre de Finch, Minny Ware était à genoux, le visage contre les fleurs dont le soleil exaltait encore l'odeur. Elle aimait les choses en désordre, exubérantes, envahissantes. Ces fleurs de pétunia ne recherchaient pas, comme d'autres, la délicatesse et la légèreté de la forme, mais ne s'appliquaient qu'à recueillir le plus de parfum possible pour le répandre ensuite à profusion. Bien qu'elle fût parfaitement consciente de leur double présence sur la porte, Minny ne bougea pas et continua de se pencher sur les fleurs.

Meg serra le bras de Renny entre ses deux mains.

— Voilà quelqu'un qui est très déçu à ton sujet, dit-elle en montrant Minny d'un coup d'œil.

— Son énergie me plaît, mais je ne cherche pas sa sympathie... Meggie, dit-il.

Et il tourna vers elle ses yeux noirs pleins de reproches.

— Pourquoi me jettes-tu cette fille à la tête quand tu sais que j'aime Alayne, que je n'aime qu'elle et pour toujours ?

Meg lui répondit d'un ton empreint de mélancolie :

— Il ne sortira rien de bon de tout cela. Pourquoi est-elle revenue ? Elle n'est qu'hypocrisie. Eden a raison quand il dit que sa maladie lui a servi d'excuse pour se rapprocher de toi. Je suis heureuse qu'il ne lui ait aucune reconnaissance, pas plus que je ne lui en ai moi-même ! Je la méprise et la déteste.

Son profil busqué ne témoigna d'aucune émotion ; il laissa son bras entre les mains de sa sœur et son regard se posa tranquillement sur la tête blonde de Minny. Mais Meg sentit passer en lui un inexplicable fluide magnétique. Si elle eût été plus intuitive, elle l'eût interprété comme un ébranlement violent dans la maîtrise de sa passion.

Eden apparut dans le hall et les dépassa doucement pour s'approcher de Minny penchée sur la masse rouge des pétunias. Elle ignorait lequel des deux frères était auprès d'elle et se demanda si elle était satisfaite ou déçue en entendant la voix d'Eden lui dire :

— Je crains que vous ne soyez très fatiguée. C'est un exercice héroïque que de sauver la vie de deux hommes à la fois.

Elle inclina la tête de sorte qu'il plongea ses regards dans les siens et vit le soleil briller sur la courbe satinée de ses pommettes. Elle refusa vivement de reconnaître son héroïsme !

— Je n'ai fait que vous aider un peu à porter Finch. Il se débattait. Mais... je suis fatiguée... je dors mal... je suis agitée.

— Si vous voulez refaire une promenade matinale

demain, lui dit-il, nous pourrions nous retrouver sur le bord du lac, nous bavarderions.

— J'aimerais beaucoup... Mrs. Vaughan est exquise, mais... je commence à m'ennuyer. Je sais que je suis stupide ! Mais je suis toujours ainsi.

Il se mit à rire.

— Moi aussi. Nous nous rejoindrons et nous comparerons nos deux stupidités. Il fera beau demain.

Dans l'auto, les deux frères gardèrent le silence. Ce fut Eden qui parla le premier pour dire, plutôt à regret :

— Je regrette, mon vieux.

Mais l'auto des Whiteoaks était un endroit peu propice pour faire des excuses à un conducteur dont les oreilles étaient assourdies par le bruit de la machine et qui, de plus, cherchait à déceler la cause d'un nouveau trouble dans son fonctionnement.

— Que dis-tu ? demanda Renny en tournant la tête d'un geste si semblable à celui de la vieille Adeline que les excuses d'Eden s'accompagnèrent d'une certaine joie.

Il répéta :

— Je dis que je regrette ce que j'ai dit au sujet d'Alayne et de tout le reste.

Renny n'avait entendu que le nom d'Alayne. Il arrêta brusquement la voiture et jeta à Eden un regard mi-encourageant, mi-soupçonneux.

— Que dis-tu ?

— Si je dois encore le répéter, dit Eden d'un ton boudeur, je retire mes paroles. J'essayais de m'excuser pour tout ce que j'ai dit au sujet d'Alayne.

Il continua en fronçant les sourcils :

— En réalité, j'en ai assez d'être reconnaissant ! J'ai passé tout l'été à manifester cette gratitude. Cela m'a énervé et je suppose que c'est la raison pour laquelle j'ai parlé comme je l'ai fait. J'ai eu tort, mais cependant je n'ai dit que la vérité ! Elle irait en enfer — et c'est bien un enfer pour elle que de vivre sous le même toit que moi — pour pouvoir poser, de temps en temps, ses yeux sur ta tête rousse. Elle ne peut empêcher cela... et moi non plus... Nous sommes pris au piège... Elle n'est pas faite pour un Whiteoak, quel qu'il soit. Mais ni toi ni elle ne pourrez jamais être heureux dans l'état actuel des choses. Je voudrais que tu croies que je regrette beaucoup mes paroles.

Renny se contenta de dire :

— J'espère que ce bain forcé ne t'aura fait aucun mal. Si tu ressens un frisson, nous ferons venir le docteur. Tu ne dois courir aucun risque.

Il fit démarrer l'auto et concentra de nouveau son attention sur ce bruit saccadé et inquiétant du moteur. Qu'est-ce que ça pouvait bien être ? Il craignait de voir arriver le moment où il serait obligé d'acheter une nouvelle voiture.

Eden s'enfonça dans son coin. Quel être déconcertant ! pensait-il. Si seulement on pouvait l'ouvrir comme le moteur de l'auto pour voir ce qu'il y avait à l'intérieur ! Quel être bizarre, emporté et désagréable on y découvrirait !

23

RENNY ET ALAYNE

RENNY Whiteoak erra cet après-midi-là avec la douloureuse sensation d'être arraché à toute activité d'une vie qu'il aimait par l'explosion d'une passion dont il se croyait le maître. Chercher à conserver cette maîtrise était maintenant chose aussi vaine que de vouloir se rassasier avec des fruits peints ! Il avait cru pouvoir dompter son désir pour Alayne comme il domptait avec son mors un cheval vicieux, et il était humilié de sentir que les paroles d'Eden pendant le déjeuner avaient brisé ce mors et libéré sa passion. Ces paroles et aussi l'irritant projet de Meg de le marier à Minny Ware, de faire de lui un mari paisible, un père de famille !

Maintenant il ne savait plus qu'une chose : à portée de sa main, au-delà du verger assombri par les fruits et la lumière de l'automne, se trouvait la femme d'Eden qu'il aimait, cette femme, qui suivant les propres paroles d'Eden, aurait supporté de vivre en enfer afin de pouvoir, de temps en temps, poser les yeux sur sa tête rousse... Il se demanda si cet été avait bien été un enfer pour elle. Mais il était peu curieux. L'esprit d'Alayne, comme tout esprit féminin, était pour lui un livre écrit en langue étrangère qu'il pouvait feuilleter avec un plaisir subtil mais qu'il se savait incapable de déchiffrer. Il pouvait parfois y reconnaître en hésitant un mot, une phrase ressemblant à son propre langage d'homme, il pouvait former mollement avec ses lèvres quelques syllabes de cette langue, essayer de se familiariser avec elle, elle n'en resterait pas moins toujours, pour lui, un léger chuchotement de femme à femme.

Il était absorbé par l'appel de tout son être. Parfois il s'y abandonnait complètement, s'y livrant tout entier jusqu'à devenir inconscient du lieu où il se trouvait, de ce qu'il voyait ou entendait, passant comme un ouragan dans ses écuries, ses champs et ses bois. Piers l'évitait tout en compatissant à cette mauvaise humeur qu'il croyait provoquée par sa déception au sujet du testament. Les garçons d'écurie le comparèrent à un cheval vicieux. En traversant un champ de pommes de terre il aperçut la silhouette courbée de Binns qui rêvait. Le vieillard se redressa péniblement, jetant, à travers le champ brun, un regard méfiant sur le maître de Jalna.

— Eh ! appela-t-il.

Renny se retourna et le regarda d'un air hagard.

— On ne peut pas se débarrasser des mauvaises herbes, cria-t-il. Il y en a partout dans les pommes de terre, dans les tomates, dans le blé. C'est une année terrible pour les mauvaises herbes.

Et il se mit à bêcher avec ardeur, craignant de recevoir de nouveau l'ordre de cesser son travail, car c'était un journalier. Mais lorsque la haute silhouette se fut éloignée sans répondre, il s'appuya sur sa bêche et le suivit d'un regard vindicatif. « Que les mauvaises herbes l'emportent, le détruisent, qu'elles emportent toute la famille ! Je vous dis qu'ils sont fous, continua-t-il en s'adressant aux pommes de terre. L'un se promène comme un insensé dans les champs, l'autre joue de l'orgue dans l'obscurité. Ils ne pensent qu'aux femmes, voilà pourquoi... J'ai dit à John Chalk de surveiller sa fille le soir. Il m'a ri au nez. Bien fait si elle se fait attraper ! Quel que soit le rang, c'est tout pareil pour les individus de cette espèce ! Ce sont des vauriens... » Et ses yeux s'absorbèrent dans l'examen des pommes de terre !

Renny flâna dans l'enclos des chevaux où Wright amenait une jeune bête de deux ans. Il se sentit un peu apaisé en voyant les mouvements du beau corps robuste, ses jarrets droits, son col vigoureux. Quand l'exercice fut terminé, la bride et le mors enlevés, la jeune bête s'approcha de la barrière et frotta son museau contre lui. Il saisit une poignée de trèfle qu'il lui fit manger, observant la lueur de joie dans les yeux liquides, le gonflement et la contraction des muscles au-dessus des yeux pendant que la bête mâchait. Prenant sa tête dans ses mains, il mit un baiser sur ses naseaux en murmurant : « Bonne fille, petite Jenny. »

Mais il ne pouvait s'arrêter. Il la laissa malgré ses henissements qui l'appelaient. Ne pouvant trouver de repos, il se dirigea vers le petit chemin et le suivit dans l'épaisse verdure du bois de pins. L'humidité de l'été y avait fait naître une abondante récolte de champignons. Il y en avait tout le long du sentier, des blancs, des noirs, des marron, des rouges, avec des formes bizarres, sortant de l'herbe ou à demi cachés sous les ronces chargées de mûres. Dans un tournant où pénétrait le soleil, un haut bouquet de pouliots remplissait l'air de son aigre parfum. Un tout petit serpent vert hésita un instant, la langue pendante, avant de se glisser sous le gazon. Sur le chemin se voyaient les empreintes du poney de Wake. Il avait passé par-là et était en train de revenir, car Renny entendait le léger grondement d'un galop qui se rapprochait. Il se cacha vivement derrière les branches, sous les pins et vit passer l'enfant et le poney. Wakefield se tenait bien droit, les bras croisés, une expression exaltée sur son visage. Renny fit une grimace de dégoût en songeant qu'il se cachait de l'enfant, mais toute conversation lui était impossible, même avec Wake. Il resta immobile, comme l'un de ces troncs d'arbres qui ressemblaient à des mâts, les yeux fixés sur le sombre et épais tapis rouge que formaient sur le sol les aiguilles de pins. Il se souvint d'aventures amoureuses de jadis. Comme il les avait facilement oubliées ! Aujourd'hui, il ne pouvait ni satisfaire sa passion ni l'oublier !

Eden allait bien maintenant mais il avait encore besoin de surveillance. Il faudrait l'envoyer passer l'hiver dans un endroit chaud. Alayne retournerait à New York. A moins que... Mais quelle possibilité y avait-il ? Son esprit tourna de nouveau dans le même cercle implacable. Pas de solution possible ! si seulement il pouvait s'obliger à partir lui-même jusqu'à ce que cette fièvre tombe et qu'il puisse supporter son voisinage avec le stoïcisme de jadis ! Il décida de s'éloigner pour respirer un air différent.

Il reprit le petit chemin et, dans une clairière ensoleillée où les mûres étaient grosses et bien mûres, il trouva Minny Ware qui remplissait un petit panier. Il éprouva un mouvement de contrariété en la trouvant sur son chemin et la dépassa avec un léger signe de tête. Puis il se souvint qu'il ne l'avait pas remerciée pour son geste du matin. Il retourna vivement sur ses pas et s'approcha d'elle.

— Je vous remercie, et je ne vous remercierai jamais assez pour votre courage de ce matin. Dieu sait ce qui serait arrivé si vous n'aviez pas été sur la plage.

Tout en parlant, un léger soupçon lui vint à l'esprit. Brusquement, il lui demanda :

— Comment vous trouviez-vous là à cette heure ?

— C'est une coïncidence. J'aime l'aurore.

Mais il la vit rougir profondément. Pourquoi donc se trouvait-elle là ? Bizarre que ni lui ni Meg n'aient remarqué l'étrangeté de la double présence d'Eden et de Minny sur la place au lever du soleil.

Elle devina ses soupçons mais continua de cueillir des mûres. Elle choisissait les plus belles et les déposait dans son panier d'un geste presque caressant. Il remarqua que le bout de ses doigts et ses lèvres étaient tachés, ce qui lui donnait un aspect enfantin. Cet acte si ordinaire de déposer si doucement les fruits cueillis dans le panier, les taches sur ses doigts et sur ses lèvres prirent soudain à ses yeux une énorme importance, comme si c'était un rite qu'elle accomplissait. L'extrême tension de ses pensées cessa et son esprit se concentra sur ce geste rituel.

Elle lui dit rêveusement :

— Aimez-vous ces fruits ? Voulez-vous que je vous en ramasse quelques-uns ?

Et ses yeux glissèrent vers lui avec curiosité.

— Non, répondit-il. Mais j'aimerais vous voir en ramasser si cela ne vous déplaît pas.

— Pourquoi voulez-vous me regarder comme si j'étais seulement un objet ?

Les yeux de la jeune fille cherchèrent ceux de Renny. Elle avait un grand désir d'amour.

— Je ne sais pas, répondit-il perplexe.

Et voyant qu'elle semblait mécontente, il prit sa main dans la sienne et baisa son bras nu au creux du coude. Il ne s'aperçut pas de l'approche d'un tiers, mais sentit trembler le bras de la jeune fille et entendit sa respiration plus rapide. Elle était troublée, mais non par sa caresse.

— Oh ! s'exclama-t-elle sur un ton défensif.

Tournant la tête, il aperçut à travers les buissons le visage pâle d'Alayne. Elle avait vu ce qu'elle croyait être une entente radieuse entre eux deux. A ses yeux l'exubérance de Minny répondait à une caresse préméditée de Renny qui avait amené à dessein la jeune fille dans ce lieu écarté.

Elle recula en murmurant quelque chose d'incohérent. Minny, rassurée, reprit son attitude et sourit, assez satisfaite d'avoir été vue par Alayne. Renny tenait toujours son bras.

Dans le silence qui suivit l'exclamation de Minny, un chant léger se fit soudain entendre, comme si un instrument étrange et faible jouait sous une feuille de fougère. L'exécutant paraissait ignorer l'existence des êtres géants qui l'entouraient et que son égoïsme voyait encore plus petits que lui-même. Son chant aigu s'éleva peu à peu, dominant tout par son volume, rejoint par d'autres exécutants tout aussi persévérants et tout aussi pénétrants, jusqu'à ce que leur chant devînt universel. Les sauterelles chantaient la mort de l'été.

Une sorte d'inertie avait envahi ces trois êtres qui, sans aucune préméditation de leur part, étaient devenus les spectateurs, beaucoup plus que les acteurs, du drame de la forêt. Minny tenait dans sa main une mûre chaude et trop mûre. Renny regardait d'un air suppliant, et comme dans un rêve, Alayne qui contemplait leurs deux mains unies comme si elle avait perdu toute faculté de se mouvoir.

Le charme fut rompu par la réapparition du petit serpent vert qui, à l'inverse de l'orchestre des sauterelles, était averti de la présence d'intrus et tremblait de peur et aussi de haine à leur égard. Il dressait la tête, bien décidé à faire à nouveau d'eux les trois promeneurs solitaires qu'ils étaient avant de pénétrer dans le bois.

Sans dire un mot, Alayne s'en alla et marcha rapidement dans le chemin au tournant duquel elle eut bientôt disparu. Leurs mains se séparèrent. Renny resta un court instant indécis, éprouvant une sorte de colère à l'égard des deux femmes, comme si elles étaient deux êtres différents de lui-même, possédant un commun secret qui lui serait essentiellement contraire. Puis, sans regarder Minny, il se précipita à travers les broussailles à la poursuite d'Alayne.

Les yeux de Minny, tandis qu'elle reprenait sa cueillette, étaient plus amusés que tristes. Après tout, c'était un monde amusant. Les projets de Mrs. Vaughan n'aboutiraient à rien... Renny Whiteoak était amoureux de cette froide Mrs. Eden... Eden lui-même... En pensant à ce dernier, une fossette creusa sa joue ronde. Elle se mit à chanter, d'abord doucement, puis de plus en plus fort, jusqu'au moment où l'orchestre des sauterelles se tut, croyant que l'été était revenu dans toute sa force et sa beauté.

Alayne sentait que Renny la suivait et elle avait peur de le rencontrer. A la première occasion, elle quitta le chemin et prit un raccourci à travers les bois qui rejoignait une barrière donnant sur la route. Il suivit les méandres du petit chemin, la croyant toujours devant lui. Mais s'apercevant qu'il ne l'atteignait pas, il la soupçonna de le fuir volontairement et revint sur ses pas jusqu'au raccourci. Il la rejoignit juste au moment où elle atteignait la route. Elle entendit le bruit de la barrière et se retourna. Sur la grand-route, elle se sentait plus forte que dans le silence du bois, moins exposée à trahir ce sentiment qu'elle cherchait si désespérément à dominer. Renny avait occupé toutes ses pensées pendant cette saison d'été et cependant c'était la première fois qu'ils se trouvaient seuls ensemble. Elle avait espéré rentrer à New York sans avoir à subir cette rencontre. Maintenant qu'elle ne pouvait plus l'éviter, elle sentait toute sa force épuisée, autant par sa résistance à son propre amour, que par l'amertume ressentie en le voyant embrasser Minny-Ware.

— Alayne, dit-il d'une voix sourde. Vous essayez de me fuir ! Je ne crois pas le mériter. Non, vraiment, je ne le mérite pas !

— Je préfère être seule. Ce n'est pas autre chose.

Et elle se mit à marcher lentement sur la route.

— Je sais bien, s'écria-t-il. Vous êtes fâchée. Mais je vous jure que...

Elle l'interrompit avec violence.

— Pourquoi me donner des explications ? Comme si cela m'intéressait ! Pourquoi l'avez-vous laissée ? Et pourquoi me suivez-vous ?

Tandis que sa bouche l'interrogeait, ses yeux regardaient fixement devant elle.

Il marcha à ses côtés dans la poussière de la route.

Un camion bruyant, chargé d'oignons, les atteignit et les dépassa.

— Vous ne pouvez m'empêcher de vous expliquer tout cela un peu mieux, dit-il. Il n'y avait pas deux minutes que j'étais auprès de Minny quand vous êtes arrivée... Mon baiser sur son bras n'a pas plus d'importance que son propre geste de manger une mûre. Quelques instants auparavant, je m'étais arrêté dans la prairie pour embrasser une jument de deux ans. Ces deux baisers n'ont pas plus d'importance l'un que l'autre, pas plus pour moi que pour la jument ou que pour Minny !...

Il regarda longuement son visage pâle aux traits fermement modelés, son expression de courage et d'endurance, ce qu'elle appelait « sa solidité hollandaise ». Mais sa bouche avait une expression de lassitude, comme si elle était épuisée par l'isolement et les émotions contenues des derniers mois.

Il continua de parler.

— Je voudrais vous faire croire à mon amour comme j'y crois moi-même. Je ne désire rien autant sur terre que vous posséder pour moi seul. Ne le croyez-vous pas ?

Elle resta silencieuse.

Une auto les dépassa bruyamment en soulevant un nuage de poussière.

— Venez, lui dit-il. Quittons cette route trop chaude et trop poussiéreuse, vous auriez mal à la tête.

Mais elle continua obstinément à avancer.

— Alayne, pourquoi ne parlez-vous pas ? Ne serait-ce que pour me dire que vous ne me croyez pas, que vous me méprisez.

Elle essaya de répondre mais sa bouche était sèche et ses lèvres se refusèrent à toute parole. Il lui semblait qu'elle devrait marcher toujours le long de cette route, avec Renny à ses côtés, saisie d'un intense désir de crier mais impuissante à articuler un seul mot, comme dans un cauchemar. Elle marcherait ainsi jusqu'au moment où elle tomberait.

Renny ne dit plus rien mais marcha auprès d'elle, s'efforçant, de façon émouvante, de régler son pas sur le sien. Il s'arrêta au pied des marches qui conduisaient à l'église.

— Où allez-vous ? lui demanda-t-il.

— Sur la tombe de votre grand-mère. Je ne l'ai pas encore vue. Est-ce Finch que j'entends jouer dans l'église ?

— Non, non. Finch est au lit. Il a essayé de se noyer ce matin.

En lui annonçant cette nouvelle, il pensait l'arracher à son calme effrayant.

— Oui, je sais, répondit-elle tranquillement. Eden me l'a dit. Cela ne m'étonne pas !

— Dieu, que vous nous haïssez !

— Non... J'ai seulement peur de vous.

Presque avec violence, il reprit :

— Tout ceci est absolument irréel ! Ne pouvez-vous ou ne voulez-vous pas parler de notre amour ? Vous savez bien qu'il existe. Pourquoi le dissimuler ? Nous ne pouvons pas nous réunir, mais au moment de nous séparer, nous pouvons bien en parler. Je pars ce soir. Soyez sans inquiétude, vous ne me verrez plus.

Elle se mit à monter l'escalier dans la direction du cimetière. Il saisit sa robe et la retint.

— Non, vous ne monterez pas là-haut, car je ne peux vous y suivre.

Elle tourna vers lui son visage, les yeux emplis d'une soudaine pitié.

— Où irai-je alors ?

— Retournons dans les bois.

Ils revinrent sur leurs pas et durent marcher dans le fossé plein de pissenlits poussiéreux et de pâquerettes pour se mettre à l'abri d'un camion chargé de veaux. Elle trébucha, il la retint par le bras. Elle se sentait prête à tomber.

De nouveau, ils se trouvèrent dans l'épaisseur verte et dorée de la forêt. Le soleil vermeil était bas ; au-dessus de leurs têtes, un croissant de lune semblait flotter comme une plume dans le ciel.

Ils s'arrêtèrent un instant, écoutant les battements de leurs propres cœurs. Puis elle leva vers lui ses yeux tristes, murmurant :

— Embrassez-moi.

Il se pencha. Elle attira sa tête, ferma les yeux et sa bouche chercha ses lèvres.

Ils mêlèrent à leurs baisers les tendres paroles si longtemps enfermées dans leurs cœurs.

— Alayne, mon trésor !

— Renny, mon cher amour.

Il s'écarta un peu et lui jeta un regard de côté.

— Est-ce vrai ?...

— Qu'est-ce qui est vrai ?

Mais il ne put achever. Il ne pouvait lui demander si les paroles d'Eden étaient vraies, si vraiment elle vivrait dans un enfer à la seule condition de le voir de temps en temps, si elle n'était revenue à Jalna que pour se rapprocher de lui et non pour Eden.

— Qu'est-ce qui est vrai ? murmura-t-elle encore.

— Que nous devions nous séparer ?

Elle éclata en sanglots contenus mais amers.

Une bande de corbeaux passa au-dessus des arbres s'appelant les uns les autres avec des cris sauvages.

— Ils se moquent de nous, dit-elle.

— Non. Nous n'existons pas pour eux. Nous n'existons que l'un pour l'autre... Alayne, je ne peux pas partir ce soir, comme je vous l'ai dit...

— Non, non. Il faut nous rencontrer quelquefois et causer tant que je suis encore ici. Oh ! Renny, serrez-moi bien fort ! J'ai besoin que vous me communiquiez un peu de votre force.

— Et moi, je voudrais vous rendre aussi faible que moi-même ! murmura-t-il dans ses cheveux.

Il la serra davantage. Elle fut effrayée par le fluide

qu'elle sentit courir dans ses mains. Il recommença à l'embrasser. Que de folles pensées dans ces baisers sur ses yeux, sur sa gorge, sur sa poitrine !

Elle se dégagea et retourna sur le petit chemin. Il la suivit, les yeux sombres et brillants, un pli patient et obstiné sur les lèvres. Il lui semblait qu'il pourrait la suivre ainsi à travers le monde, mince, primitive, infatigable.

Quand leurs routes se séparèrent, ils murmurèrent un adieu sans se regarder.

24

TISSAGE

FINCH ne regagna pas Jalna avant une semaine. Il restait confié aux soins protecteurs de Meg, éprouvant cette fatigue non sans charme qui suit une trop violente émotion. Il passa les premiers jours au lit, écoutant paresseusement les bruits variés de la maison, les gazouillements de Patience, le chant de Minny Ware, les diverses occupations de la vieille domestique écossaise. Maintes fois, il repassa dans son esprit tous les événements de sa vie depuis le début de l'année. Il songea à la place qu'il occupait dans l'orchestre, la connaissance étrange qu'il avait faite des autres musiciens : Burns qui travailait à l'abattoir, Meech, l'apprenti tailleur. Leurs visages allaient et venaient devant ses yeux. Il pensait surtout à son ami Georges Fennel dont les mains robustes étaient si légères sur les cordes du banjo. Il évoquait son visage lourd, ses yeux brillants sous les cheveux en désordre. Il n'avait pas revu Georges depuis son retour de New York. Ce dernier avait passé tout l'été dans un camp de jeunes garçons, en qualité de maître nageur, et ils ne s'étaient pas écrit. Les relations d'amitié avec Georges étaient si simples. Loin de Finch, il ne lui écrivait pas et ne pensait pas souvent à lui. Mais dès qu'ils étaient réunis de nouveau, la brèche faite par la séparation était aussitôt comblée. Évoquant les nuits froides pendant lesquelles ils se glissaient tous deux hors de la maison de la tante de Georges pour se hâter de rejoindre l'orchestre dans quelque salle de bal, Finch songea que cette époque avait été la plus heureuse de toute sa vie ! Il songea à son aventureuse liberté, à l'excitation du risque, à cette musique de danse au rythme de laquelle se balançaient les corps de tous ces garçons et filles aux yeux brillants, aux retours en cachette à l'aube, les poches pleines d'argent ! Couché dans son lit, il fredonna leurs airs de danse préférés.

Il évoqua aussi son amitié pour Arthur Leigh. Comme elle était différente de celle qui le liait à Georges, qui avait commencé avec leur enfance pour se poursuivre sur le même rythme pendant toute leur vie d'écolier.

Il n'avait pas revu Leigh non plus depuis son retour. Son ami avait fait un voyage en Europe avec sa mère et sa sœur. Il sera difficile de combler la brèche faite par cette séparation, pensa Finch. Il redoutait, sans trop savoir pourquoi, de rencontrer Leigh et surtout sa sœur Ada. Maintenant qu'il avait passé ses examens, il irait en octobre à l'université. Arthur y serait. Que penserait-il en apprenant que Finch avait hérité toute cette fortune ? Peut-être Arthur ne la jugerait-il pas si considérable, car les Leigh étaient riches. Leurs visages se levèrent également devant Finch : celui d'Arthur, impressionnable, interrogateur, un peu hautain ; celui d'Ada, d'un blanc d'ivoire, aux paupières lourdes, provocant. Mrs. Leigh lui apparaissait plutôt comme la sœur que la mère d'Ada, plus dorée, moins brune, avec des yeux plus bleus que gris, désireuse de plaire aux autres plutôt que d'attirer leurs hommages. Comme il connaissait peu les jeunes femmes ! Et cependant il y pensait souvent lorsqu'il était couché sans dormir et qu'il se représentait, sous des aspects variés, la femme qui pourrait l'aimer. Parfois ces visages n'étaient que des caricatures de celui d'Ada, d'autres fois ils étaient flous, d'une taille disproportionnée, avec des yeux tristes et de grandes bouches rouges semblables à des fleurs. Il arrivait même qu'il n'y eût pas de visage du tout, mais seulement un cercle blanc et plat au-dessus de seins lourds serrés dans un vêtement flottant.

Il revit aussi son existence d'employé à New York. Ses efforts pour apprendre la routine du métier ; ses trajets dans les autobus de la Cinquième Avenue ; ses visites au logis d'Alayne, la joyeuse bonté de Rosamond Trent. Il lui semblait que ce n'était pas lui qui avait vécu cette période lointaine, mais un être différent, déjà si lointain qu'il pouvait à peine le saisir.

Puis vinrent les événements de l'été, les soirées passées à jouer de l'orgue à l'église, ses retours à la maison au clair de lune, ses visites secrètes à sa grand-mère. Lorsqu'il arriva au moment de sa mort, de ses obsèques, de la lecture du testament et de la scène qui suivit, un instinct de protection étendit comme un léger voile entre les yeux de son esprit et ces images pour en écarter toute la cruauté.

Ces scènes se présentaient à lui comme les parties d'un écran qui écartaient de lui toute inquiétude au sujet de sa vie à venir à Jalna. Il restait couché sur le dos, rêvant paresseusement à la vie, n'osant pas songer à la mort dont il avait été si proche.

Dans son désir de le remettre dans son état normal et même dans un état meilleur, Meg le nourrissait de tout ce que sa cuisine produisait de mieux. Son intuition et aussi un secret remords lui disaient qu'il avait besoin d'une nourriture appétissante et tentante. On cherchait donc à lui plaire comme à un malade et il mangeait comme un laboureur ! Renny venu lui rendre visite le trouva penché sur un demi-poulet rôti ; il pensa et dit ouvertement que Meg était parfaite. Ses remarques au sujet d'Alayne s'étaient évanouies comme de la buée sur une glace. Ce n'étaient que propos de femme, et sans importance à ses yeux. Ce qui avait un sens pour lui c'était la main blanche de Meg caressant les cheveux de Finch, ainsi que la vue d'un morceau de volaille grillée entourée de petits pois.

On avait dit à Jalna que Finch avait eu une « défaillance nerveuse » (maladie des plus commodes) juste en arrivant chez les Vaughans où on l'avait recueilli. Il était soigné par l'innocente Meg et il serait bon que chacun s'efforce de le bien traiter à son retour. C'était un soulagement général qu'il fût hors de Jalna pendant une semaine. Apercevoir sa silhouette maigre et traînante, en sachant que c'était lui l'héritier de la vieille Adeline aurait pu provoquer d'autres « défaillances nerveuses ».

Les conversations pouvaient ainsi suivre leur cours sans être le moins du monde gênées par sa présence. Augusta allait retourner incessamment en Angleterre. Elle ne pourrait jamais plus supporter un hiver au Canada. Grâce à Dieu, elle n'y était pas née et ne voulait pas y mourir de froid ! Elle faisait cette déclaration alors que le thermomètre marquait 30 degrés en cette fin d'été, et insistait pour que ses frères la suivent pour quelque temps.

Meg pensa qu'une conversation avec Mr. Fennel ferait grand bien à Finch... Elle ne dit pas au pasteur qu'il avait voulu se donner la mort, mais lui fit comprendre qu'il avait perdu tout empire sur lui-même d'une façon étrange et inexplicable. Mr. Fennel devina que le testament avait provoqué un grand trouble à Jalna et que Finch, malade d'émotion, restait chez les Vaughans jusqu'à ce que le calme soit rétabli. Il vint le voir et lui parla, non de religion ni de morale, mais de sa propre jeunesse dans le Shropshiré, du désir qu'il avait eu de devenir acteur, et il fit tant de bien à Finch que ce dernier put sortir du lit le soir même et que le matin suivant il passait plus d'une heure au piano.

Le lendemain, Georges Fennel, de retour du camp, vint le voir et fit faire de nouveaux progrès à son rétablissement. Georges était ébloui par la bonne fortune de son ami et complètement indifférent à la déception du reste de la famille. Il s'assit à côté du lit, solide, ébouriffé, brûlé par le soleil et se mit à discuter sur les possibilités infinies de cent mille dollars.

— Si tu veux, tu pourras organiser un véritable orchestre. Nous lui ferons faire le tour du continent. Nous choisirons un bel uniforme bleu avec beaucoup d'or. Sûrement ta famille protestera. Mon père aussi, car il n'a guère d'imagination et déteste tout ce qui touche au théâtre. Mais c'est le genre de vie que j'aime.

Les yeux brillants, il sortit de sa poche l'habituel paquet de cigarettes qui ne contenait jamais plus de deux ou trois cigarettes écrasées, et en offrit une à Finch. Ils fumèrent ensemble dans la douceur de leur camaraderie retrouvée.

— Tu pourrais aussi avoir un grand piano de concert, continua Georges. J'aimerais t'entendre jouer, sur un grand piano, un morceau de *la Chauve-Souris*. Quelle différence pour toi, si tu avais un tel instrument. Tu pourrais devenir célèbre... Pour ma part, j'aime assez l'idée d'un grand orchestre. Grand Dieu, nous sommes-nous assez amusés avec notre vieil orchestre ! Nous méritions bien notre salaire ! Le bout de mes doigts devenait si douloureux qu'il me semblait que les cordes de mon banjo étaient rouges. Te rappelles-tu notre dernière soirée et la jeune fille qui essayait de te faire la cour ? Quelle foule il y avait ! Te rappelles-tu aussi notre retour à la maison, le lait que nous avions acheté et qui était gelé ? Sans toi, je ne serais jamais rentré !

Et Georges se mit à rire de son rire bruyant, puis redevint sérieux.

— Hier soir j'ai dîné en ville avec un Mr. Philipp. Il a le meilleur appareil de radio que je connaisse. Il coûte très cher mais il paraît qu'il est parfait. Nous avons entendu un magnifique opéra et un pianiste exactement comme tu les aimes. Il faut que tu en achètes un semblable, ce sera excellent pour toi, tu entendras les meilleurs morceaux au lieu d'être assommé par tout ce fatras de jazz... Seigneur, te rappelles-tu notre façon de rythmer *Mon cœur s'arrêta.*

Il rit encore et émit une suggestion encore plus intéressante.

— Sais-tu, Finch, que dans la région du Nord où je me trouvais, il y avait une occasion merveilleuse, une villa d'été, une sorte de cabane en bois construite par un Américain qui la trouve trop éloignée. Il la vendra très bon marché. Ce serait un endroit merveilleux pour séjourner l'été, y recevoir des amis, s'y reposer. Il y a une énorme cheminée, avec des poutres apparentes au plafond, et les cerfs viennent jusque sur le seuil. Cet Américain prétend qu'une nuit il a été réveillé par un porc-épic qui rongeait à la cave.

— Ce serait splendide ! s'écria Finch, très excité.

— Je me souviens encore d'autres choses, poursuivit Georges. Il y a un individu qui a un canot à vendre, le plus rapide que j'aie jamais vu. Il fend l'eau comme une lame d'acier. Posséder ce canot et la villa, ce serait un bonheur sans fin. Il faudra que je me renseigne un peu mieux au sujet du canot. Mais je crois que tu peux t'y risquer sans crainte. Ce n'est pas du tout comme une auto. Quand on achète une auto, on prend la meilleure marque anglaise, il n'y a pas plus solide.

— Le malheur, dit Finch, c'est que je n'aurai pas cet argent avant mes vingt et un ans.

— Cela arrivera vite, répondit tranquillement Georges. Je suis sûr qu'on te gardera la villa et le canot. Je parie que tu retireras un jour de l'argent de ces projets. Cela arrive souvent.

Finch demeura troublé et muet devant l'horizon qui s'ouvrait devant lui.

Sa rencontre avec Leigh fut toute différente, moins bruyante et moins chaleureuse, mais elle eut un effet tout aussi salutaire sur son esprit déprimé. Il reçut d'Arthur la lettre suivante :

« Mon cher vieux Finch,

« Quelle est cette éblouissante nouvelle qui me parvient à votre sujet ? J'ai rencontré Joan dans la rue et elle m'a parlé d'un héritage fantastique. J'en suis ravi et ma mère et Ada presque autant. Je vous en prie, venez passer une semaine avec nous. Ma mère et ma sœur insistent pour un séjour de cette durée, au moins. Nous bavarderons nuit et jour. Il faudra bien une semaine pour tout ce que j'ai à vous dire.

« Dire que je ne vous ai pas vu depuis votre mystérieux départ pour New York ! Et pendant tout ce temps, pas un mot de vous !

« A vous pour toujours.

« ARTHUR. »

Le cœur de Finch se remplit de tendresse pour son ami à la réception de cette lettre. Le papier simple mais de belle qualité portait le cachet de Leigh et la petite écriture d'Arthur symbolisait pour Finch la dignité et l'élégance de l'existence de son ami. Être un Court ou un Whiteoak ne signifiait rien pour Finch. Ce petit mot écrit de la charmante écriture d'Arthur était vraiment émouvant. Il le mit dans sa poche comme un fétiche lorsqu'il regagna Jalna.

Il lui fallut beaucoup de courage pour ce retour. Ses nerfs étaient si tendus qu'il redoutait un regard désagréable ou un mot capable de provoquer chez lui une crise nerveuse. La seule odeur de la maison le fit trembler. L'odeur de la tapisserie épaisse et dorée, des rideaux garnis de glands, le faible parfum d'Orient qui flottait aux alentours de la chambre de sa grand-mère où régnait maintenant une tranquillité inviolable.

Était-ce le fruit de son imagination ou bien demeurait-il vraiment un peu de l'odeur du cercueil et des fleurs funéraires dans le salon vide ? Il s'arrêta dans le hall, ne sachant où aller, écoutant les battements de son propre cœur. Il se sentait désolé et terrifié, en dépit de la visite de Georges et de la lettre d'Arthur. Pour la première fois, il réalisait la mort de sa grand-mère et combien lui manqueraient les visites qu'il lui faisait. Sa gorge se contracta en songeant à toutes les confidences qu'il avait recueillies pendant ses semaines d'intimité avec cette nature riche et extravagante.

Debout dans le hall, il se revit lui-même tout petit garçon, ayant moins de trois ans, et descendant l'escalier sur son petit derrière, marche après marche. Déjà il était solitaire, enfant émouvant avec une souple mèche blonde retombant sur ses yeux.

Cette descente d'escalier avait été un terrible voyage ; déjà, dans ce temps-là, les odeurs étaient étranges et troublantes. Il se souvint du grand frère aux longues jambes et aux cheveux roux qui se promenait dans le hall avec des bottes de cuir, le soulevait vivement et le jetait sur ses épaules tandis que l'enfant poussait des éclats de rire terrifiés. Il se souvint du garçon taquin et souriant qu'était Eden, de l'enfant de sept ans aux joues fraîches qu'était Piers qu'il vénérait et redoutait à la fois. Et les oncles... Immobile il cherchait l'excuse expiatrice qu'il pourrait adresser à chacun pour le tour qu'il leur avait joué. Car bien que tout fût involontaire de sa part, il sentait bien qu'il y avait une sorte de tricherie dans la façon dont il les avait supplantés. Leur conduite à son égard était parfaitement justifiée. Et il craignait que tous se soient écartés de lui, sauf peut-être Eden. Eden ! Quel singulier mélange ! Réussirait-il à aller les trouver chacun séparément, à leur faire comprendre sa situation, tout en restant maître de lui ? Rien que cette pensée l'affolait. Ses genoux faiblissaient. Il se représentait chacune de ces entrevues comme une série d'agonies. Non, il n'y parviendrait pas ! Qu'ils pensent de lui ce qu'ils voudront et supportent sa présence d'héritier de leur mieux !

Il entendit marcher derrière lui et se retourna. C'était Augusta qui descendait. Dans la faible lumière projetée par le vitrail, il vit qu'elle était très pâle et semblait émue. Il leva humblement les yeux vers elle, se demandant si elle voudrait le saluer. Elle se trouva à côté de lui avant même de l'avoir vu et fixa alors sur lui un regard mélancolique et rasséréné.

— C'est toi, Finch. Je suis bien contente que tu sois revenu. Je voudrais que tu viennes dans ma chambre, car j'ai quelque chose à te dire. Tu es justement la personne dont j'ai besoin.

Besoin de lui ! On avait besoin de lui ! Quelles douces paroles ! Il monta l'escalier derrière elle, il aurait voulu pouvoir soulever l'ourlet de sa robe de cachemire pour le porter comme une traîne. Être regardé sans animosité ! S'abriter sous l'aile bordée de crêpe de tante Augusta.

Une fois dans sa chambre, elle lui dit :

— Je suis tourmentée au sujet de mon cher canari. J'ai organisé mon retour en Angleterre sans lui, je ne peux plus changer mes projets maintenant. Il mourra s'il n'est pas bien soigné. Finch, mon chéri, puis-je te le confier ? Feras-tu cela pour moi ?

La frange à la mode de la reine Alexandra se pencha sur la cage dorée où le canari, semblable à un narcisse, cherchait des grains dans sa tasse.

— Twit, Twit, dit Augusta ; heureusement qu'il ignore mes intentions. Twit, Twit ! Je te dis, Finch, qu'il est plus savant que tous les chiens et chats de la maison réunis. Ce n'est pas par vanité que je parle, mais j'éprouve une vive joie devant sa sagesse. Puis-je être vraiment sûre que tu le soigneras ?

— Oui, tante Augusta, je ferai de mon mieux. Je suppose qu'il est très délicat.

— Sa santé est parfaite, mais il faut le soigner. Je te donnerai des indications précices pour son bain, ses graines, son morceau de sucre et sa feuille de salade.

Le canari aiguisa son bec sur son perchoir et les regarda en clignant de l'œil.

— Twit, Twit, dit Augusta d'une voix basse et triste.

— Twit, Twit, répéta Finch d'une voix enrouée.

Pauvre oiseau ! Il aurait bien des vicissitudes dans les mains de Finch !

Finch embrassa sa tante avec tendresse. Un peu de lumière avait pénétré dans son esprit inquiet. Il courut dans sa mansarde pour examiner sa garde-robe. Il sortit ses vêtements du placard, les regarda avec soin près de la fenêtre, puis les posa sur le lit. Plus il les regardait, plus il devenait certain qu'il ne pouvait accepter l'invitation d'aller passer une semaine chez Arthur Leigh. Le nouveau costume noir acheté tout fait au moment des obsèques de grand-mère n'arrangeait rien du tout. Son linge et ses chaussures étaient riches de trous. Son plus beau chapeau ne valait guère mieux que le plus mauvais. Les quelques cravates qu'il avait achetées à New York étaient assez bien mais ne suffisaient pas à le rendre présentable.

Sa visite à Leigh ne pourra être que de courte durée, car même s'il réussit à convaincre Renny de lui acheter de nouveaux vêtements, ces vêtements ne seront pas prêts tout de suite et Leigh voulait qu'il vienne sans attendre.

Dans le corridor du premier, il rencontra Nicolas qu'il redoutait plus que tout autre.

— Te voilà de retour, dit son oncle de sa manière brusque. Cours à la salle à manger et rapporte-moi mes lunettes. Je les ai laissées sur la table près de la fenêtre.

Finch se précipita à la recherche des lunettes. Nicolas les prit avec un grognement de remerciement et regagna sa chambre. Finch poussa un profond soupir de soulagement. Nicolas s'était montré distant, mais ni dur ni terrible comme lors de leur dernière entrevue. Finalement ce retour à la maison serait moins terrible qu'il ne le pensait.

Ernest parut sur le pas de sa porte et appela Finch d'un signe. Il était fin et distingué. Sa personne et sa chambre témoignaient d'un ordre exquis. On aurait dit que sa déception et la certitude de ne devoir jamais rien posséder de plus, l'avaient poussé à donner à son champ d'action restreint toute la perfection possible.

Les aquarelles pendues au mur avaient été changées de place, de même que les vases qui ornaient la cheminée. Un vase de verre noir contenant quelques branches de légères fleurs blanches était placé sur son bureau où les livres et les papiers concernant son essai sur Shakespeare avaient été récemment mis en ordre. Les vêtements d'Ernest, sa cravate, et même ses boutons étaient noirs. Il avait les yeux cernés mais le regard qu'il posa sur Finch était plein de douceur.

Il lui dit, un peu nerveusement :

— Entre, entre. Je ne te retiendrai pas.

Cela voulait dire : « Je t'en prie, ne reste pas trop longtemps. » Il alla jusqu'à la fenêtre et ouvrit les volets.

Finch essaya de sourire sans grimacer, d'exprimer sa sympathie sans prendre un air lugubre. Jamais il n'avait eu autant de peine à conserver une expression naturelle.

— Je crois, lui dit son oncle en hésitant, que nous, que je... que tous nous avons été trop durs pour toi. Je suis certain qu'il n'y a aucune tromperie de ta part, Finch. Seulement tu n'as pas réalisé le danger qu'il y avait pour ma mère à veiller si tard. Je me souviens avoir dit que cela l'avait tuée. Dans ma colère, j'ai peut-être dit des choses encore pires! Je ne me souviens plus. Je me souviens seulement que quelqu'un a dit que tu n'étais qu'un assassin, mais je crois bien que c'était ta tante, je ne pense pas avoir dit pareille chose.

— Non. Vous avez seulement dit que j'avais abrégé sa vie.

Ernest rougit.

— Oui. C'est que... Je regrette, mon cher enfant, de l'avoir dit. Ce n'est sûrement pas vrai. Elle était âgée, très âgée, en vérité, et de toute façon, devait mourir.

— Oncle Ernest, s'écria Finch, j'aurais préféré que n'importe lequel d'entre vous ait reçu l'argent de Gran, plutôt que moi ! Je vous assure que c'est un vrai supplice pour moi.

Ernest eut un pâle sourire.

— Tu te débarrasseras de ce sentiment. Ce sera merveilleux. Regarde l'univers s'ouvrir magnifiquement devant toi. C'est un grand bonheur pour un jeune homme d'être riche. Mon père a été très généreux pour moi quand j'étais jeune. J'ai pris beaucoup de plaisir ; malheureusement j'étais étourdi et crédule. L'argent me coulait entre les doigts. Je souhaite que tu prennes plus de soin... de ta fortune.

Il prononça ces deux derniers mots avec une amertume qu'il ne put dissimuler, comme quelqu'un qui a mordu dans un fruit acide.

Finch soupira, puis d'une voix tremblante reprit :

— Il y a une chose certaine, dès que j'aurai cette fortune, je ferai bien des choses pour ceux qui la méritaient plus que moi. Si je peux, j'offrirai à chacun quelque chose qu'il aurait fait si lui-même avait reçu l'argent.

Et regardant Ernest d'un air suppliant, il ajouta :

— Je voudrais que vous alliez faire un voyage en Angleterre pour consulter au British Museum les livres utiles à votre travail.

Il pencha la tête vers le bureau.

Ernest fut ému.

— Mais non. Je ne peux songer à cela.

— Vous le ferez ! Pour me faire plaisir. Pour l'oncle Nick et tous les autres, je ferai quelque chose aussi.

Et ses yeux rayonnaient.

— Très bien. Nous verrons. En tout cas, c'est très généreux de ta part.

Soudain son regard s'éclaira. Puis il réfléchit avant de dire :

— Il y a quelqu'un pour qui j'aimerai que tu fasses quelque chose, quelqu'un qui ne peut rien faire lui-même pour le moment. Il a besoin d'aide et il est si bien doué ! Je ne voudrais pas le voir obligé de faire un travail qui l'écarterait de la poésie.

— Vous parlez d'Eden.

Mon Dieu, il n'avait jamais pensé à Eden ! C'était pourtant vrai, ce que disait l'oncle Ernest.

— Je me demande ce que je pourrais faire pour lui.

Ernest lui répondit presque joyeusement :

— Tu verras bien en temps voulu. Mais je voudrais que l'on puisse faire quelque chose dès à présent. Il va beaucoup mieux, mais il a encore besoin de soins. Il pourrait venir ici s'il n'y avait pas Piers.

— Bien. Je verrai ce que je peux faire.

Et Finch s'en alla, éprouvant un sentiment tumultueux de responsabilité à l'égard de sa famille.

Il ne vit Piers qu'au moment du dîner où ce dernier arriva, le cou nu, resplendissant de santé, les yeux brillants, après avoir conclu une vente avantageuse d'un camion de pommes de terre. Il adressa à Finch un sourire plus moqueur que méchant et, après s'être assis, lui dit :

— Rien d'étonnant à ce que tu te sois mis au lit ! J'en aurais fait autant à ta place !

— Pour l'amour du Ciel, murmura Finch tout bas, tais-toi.

Cette rencontre-là aussi fut plus facile qu'il ne l'espérait.

La vie continuait à Jalna. Le métier tournait lentement et en grinçant, mais il tournait et la nouvelle figure de Finch prenait place dans le dessin modifié.

Ce soir-là, il était en train de se déshabiller lorsqu'il entendit un pas léger qui montait l'escalier. Il en fut étonné car il recevait rarement des visiteurs. Wakefield apparut sur le seuil.

Il entra avec un gentil sourire.

— Je ne peux pas dormir, Finch. Renny est sorti

sans me dire où il allait, de sorte que je ne sais pas quand il rentrera.

Et il ajouta, un peu protecteur :

— J'ai pensé que tu te sentirais un peux nerveux, tout seul ici, après ta dépression, et que je ferais bien de venir te tenir compagnie.

Finch lui répondit sur le même ton :

— J'ai bien peur que tu regrettes ta folie. Je suis un très mauvais compagnon de lit. Je vais garder la lumière et lire un peu.

— C'est tout à fait ce qu'il me faut, s'écria gaiement Wake en se glissant dans le lit et en serrant le drap d'un geste défensif. J'ai envie de causer avec toi et de te donner un petit conseil au sujet de ta fortune. Tu verras, continua-t-il, en serrant ses genoux, que j'en sais plus que tu ne crois sur la question d'argent, c'est-à-dire que je sais tirer un grand parti de très peu d'argent ! De cent mille dollars, je retire autant que d'autres d'un million. Si tu me faisais une petite pension — je ne demande pas plus de 25 *cents* par semaine, juste ce qu'il faut pour empêcher Mrs. Brawn de me réclamer constamment — je te donnerais un conseil des plus utiles. Rien qu'à te voir, je sais que tu n'es pas fait pour les affaires. Piers dit que tu auras bien vite dépensé ton argent. Finch, que dirais-tu de faire deux parts égales, une pour toi, une pour moi ? Ce serait très amusant de voir lequel de nous deux utiliserait le mieux sa part ! Comme dans *la Parabole des talents.*

— Ton principal talent, dit Finch assis au bord du lit, c'est d'avoir de l'imagination. Tu en as plus que qui que ce soit. Je me demande comment tu es arrivé à ton âge sans avoir reçu une bonne correction qui t'aurait calmé, tu as un tel toupet ! Comme si j'allais te confier une partie de mon argent !

Sans aucun doute, sa voix frémit légèrement en prononçant ces mots « mon argent ! »

Wake réussit à prendre l'expression de sa tante lorsqu'elle était mécontente.

— J'espère, répliqua-t-il, en allongeant sa lèvre supérieure, que tu ne deviendras pas avare en devenant riche ?

— Pour l'amour du Ciel ! cria Finch, je ne suis pas riche. Quelle somme crois-tu donc que je possède ? Quatre-vingt-dix-huit *cents*, voilà tout ce que j'ai. Et je suis invité à passer une semaine chez Leigh !

Wake parut satisfait.

— C'est très bien ainsi. Tu n'as pas besoin d'argent si tu vas chez un ami aussi riche. Autant me donner tes quatre-vingt-dix-huit *cents*. Ce sera ma pension pour un mois.

— Si j'étais un autre de tes frères, déclara Finch, je te donnerais une bonne correction et je te renverrais en bas. Mais je suppose que tu irais tout raconter.

Wake secoua la tête.

— Non. Je prendrais mon courage à deux mains pour supporter la douleur !

Finch grommela :

— Quel langage ! C'est vraiment malheureux d'entendre un petit garçon parler comme un vieux monsieur de soixante-dix ans ! Voilà ce que c'est de ne pas jouer avec d'autres enfants.

Les yeux vifs de Wake s'assombrirent. Il joua sa dernière carte, celle qui ne manquait jamais de réussir !

— Non, Finch, ce n'est pas cela. C'est plutôt parce que je suis bien sûr de ne jamais atteindre soixante-dix ans. Peut-être même n'arriverai-je jamais à l'âge d'homme. Alors je veux parler le plus et le mieux possible pendant le peu de temps que j'ai à vivre.

— Quelle bêtise !...

Mais ce serait par trop méchant de maltraiter ce pauvre gosse... Quand il serait en possession de son argent, il ferait quelque chose de bien pour Wake !

Il se leva, se déshabilla, renonçant à son projet de

lecture, et allait éteindre la lampe, lorsque Wakefield lui dit d'un ton câlin :

— Dis-moi, Finch, vas-tu faire... tu sais bien quoi... ?

— Non, je ne sais pas ce que tu veux dire.

— Mais si, tu le sais très bien.

Il avait un sourire malicieux.

— Ferme la porte, d'abord.

Finch, qui allait souffler la bougie, grogna :

— Je n'ai pas la moindre idée de ce que tu veux dire.

— Tu as dit... l'autre jour... que tu... Oh ! Finch, je t'en prie, fais-le !

Il eut un geste exprimant le mystère.

— Cette jolie chose dont tu parlais l'autre jour et que tu faisais devant la petite déesse.

— Oh ! c'est ça.

Finch resta immobile au-dessus de la flamme de la bougie. Une drôle d'ombre s'étendait en pointe sur son front. Les creux de ses yeux étaient sombres.

— Cela ne te plaira pas, tu auras peur.

— Peur ! Jamais ! Je n'en dirai mot à personne.

— Jure-le.

— Je le jure.

— Si tu en souffles un mot, je suis fâché avec toi pour toujours. Ne l'oublie pas.

Il alla ouvrir le placard. Un souffle mystérieux passa dans la chambre pendant que Wake se tenait assis tout droit sur le lit, tremblant d'extase.

Finch sortit la statue de Kuan Yin et la posa sur le bureau. Il prit dans un tiroir un paquet de petits cônes d'encens et les déposa à ses pieds. La lune s'était levée au-dessus des arbres et envoyait par la fenêtre un rai de lumière semblable à une épée. Finch souffla la bougie. Tous les objets de la chambre furent plongés dans l'obscurité. Seule la légère statue de porcelaine de Kuan Yin retenait la lumière comme un bijou. Finch alluma l'encens. Une fumée bleue monta en spirales et étendit comme un voile frémissant jusqu'au bord du rayon de lune. Un parfum âcre et exotique impressionna les narines attentives des jeunes gens. Ils étaient aussi immobiles que la statue elle-même. Leurs visages que pâlissait la lumière de la lune semblaient aussi de porcelaine. Un vent soudain se leva. Les chênes commencèrent à soupirer, puis à s'agiter. La lune tout à l'heure limpide au-dessus des arbres, était maintenant balayée par leurs branches qui cherchaient à se redresser, sa lumière était découpée en prismes brillants qui disparaissaient, se rejoignaient, dansaient dans la nuit. L'âme des deux jeunes gens ne tenait plus à leur corps, l'encens l'avait libérée !

Sous la conduite de Kuan Yin, patronne des marins, ils voguèrent, par-delà la fenêtre, à travers les océans lunaires d'une beauté surnaturelle.

25

UN EMPRUNT

SAIS-TU ce que j'ai rêvé ? demanda Wake. Tu ne le devineras jamais !

Des sons inarticulés vinrent de l'oreiller de Finch.

— J'ai rêvé que tu étais une fleur.

On entendit un grognement qui s'acheva dans un petit rire. Finch ouvrit un œil.

— Quelle espèce de fleur ?

— Pas une fleur bien jolie, et la voix de Wake était empreinte d'un doux regret. C'était une espèce de fleur que je ne connais pas, longue, jaunâtre et triste.

— Hum !

— Mais, reprit le petit garçon, elle était pleine de miel.

— Diable !

— Oui. Et moi j'étais une abeille, une de ces petites abeilles brunes et bourdonnantes qui vont recueillir...

C'était plus que suffisant ! Finch l'étouffa sous un oreiller et ne le délivra qu'après lui avoir fait avouer qu'il était un menteur, un flatteur et un affreux petit serpent.

Nulle allusion ne fut faite, pendant que Finch s'habillait et que Wake s'ébrouait dans la cuvette, à la cérémonie de la nuit précédente. La statue de Kuan Yin avait disparu dans l'obscurité, mais le nez sensible de Wake percevait encore dans la chambre un subtil parfum, une légère allégresse, comme un rêve délicieux dont on se souvient à demi.

C'était une matinée au ciel d'un bleu ardent dans lequel flottaient des nuages blancs. Des taches de soleil jaune foncé étaient projetées comme par une brosse sur les murs gris de la mansarde. Ce soleil plus que doré, le ciel plus que bleu, l'herbe et les arbres plus que verts ! L'été, cet artiste fantasque qui, pendant toute la saison, leur avait donné tant d'images floues, aux couleurs pâles, semblait vouloir répandre ses dernières couleurs sur le tableau final, avec un éclat incomparable.

— Quelle journée, cria Wake, pour aller en visite ! Je voudrais que ce soit moi !

Il cessa de se frotter le visage avec une serviette et resta rêveur.

— Sais-tu, Finch, que je n'ai jamais été en visite de ma vie ? Pas une seule petite visite ! Je me demande si jamais cela m'arrivera !

— Mais sûrement. Je t'emmènerai quelque part un jour, promit Finch.

Lui-même était excité ce matin en pensant à la visite qu'il allait faire. Sans réfléchir davantage, il avait décidé de passer une semaine chez les Leigh et, avant de descendre déjeuner, il plaça le meilleur de sa garderobe dans une valise. Il fallait s'adresser à Renny pour avoir un peu d'argent.

Il le trouva sur le pont rustique. Habituellement, à cette époque de l'année, la rivière n'était plus guère qu'un petit ruisseau se frayant un chemin à travers une riche végétation de joncs et de roseaux. Mais cette année elle était aussi abondante qu'au printemps et formait sous le pont un étang entouré d'un jeune cresson très épais. Le fond ridé et sablonneux reflétait les rayons du soleil. Renny n'était pas seul. Perché à ses côtés sur la balustrade, se trouvait Eden qui laissait mollement tomber des petits morceaux de bois dans l'étang. Tous deux étaient silencieux. Ils avaient eu une conversation qui les laissait plongés dans la contemplation de leur propre situation. Finch remarqua l'amélioration considérable de l'état d'Eden. Son visage et son cou avaient repris leur embonpoint ainsi qu'un teint brun qui respirait la santé. Néanmoins il conservait une certaine apparence de fragilité à côté de la rude vigueur de Renny. Finch pensa : « Eden semble indifférent et de bonne humeur, et cependant je préfère demander de l'argent à ce vieux Renny plutôt qu'à lui. »

Il s'approcha, conscient de lui-même, et s'arrêta à côté de son frère aîné dont les vêtements étaient imprégnés de l'odeur de pipe. Finch murmura du bout des lèvres :

— J'ai reçu une lettre de Leigh qui m'invite à aller passer une semaine chez lui. J'ai pensé que je pourrais partir aujourd'hui.

— Parfait. Cela te fera du bien.

— Je pense... Je crois que j'ai besoin d'un peu d'argent !

Que ce mot « argent » était difficile à prononcer ! Il avait un son de mauvais augure depuis que son attribution avait suscité tant de passions violentes !

Renny mit la main dans la poche de son pantalon, avec une expression de défense, mais après avoir considéré dans sa main la monnaie et l'unique billet froissé qu'il en avait retiré, il les remit dans sa poche pour sortir de la poche intérieure de son veston le vieux portefeuille en cuir que les yeux de toute la famille avaient si souvent contemplé avec anxiété. Il eut son geste habituel qui cherchait à en dissimuler le contenu exact et en sortit un billet de cinq dollars qu'il tendit à Finch. Eden allongea le cou pour observer leurs gestes.

— Encore deux ans, dit-il, et vos positions seront inverses.

Le visage de Finch devint écarlate. Ne le laisserait-on plus jamais tranquille ? Et l'héritage serait-il toujours un objet de dispute ? Il empocha le billet d'un air maussade en murmurant :

— Merci infiniment.

— D'ici là, dit Renny, il a devant lui beaucoup de travail et je ne veux pas qu'on le tourmente au sujet de sa fortune. Je l'ai dit à Piers. En ta qualité de poète, Eden, tu dois comprendre ce que c'est que d'être impressionnable, mélancolique et neurasthénique. Si on continue de le tarabuster, il te donnera une seconde occasion de lui sauver la vie, n'est-ce pas, Finch ?

Car la réticence dans leurs paroles n'était pas la caractéristique des Whiteoaks.

Eden se mit à rire tout en rougissant, et dit :

— La prochaine fois, frère Finch, choisis la rivière ici même, et je te repêcherai sans me mouiller les pieds.

Finch eut un timide sourire et allait repartir quand Eden le retint.

— Reste ici, bavardons un peu. Renny s'en va. N'est-ce pas, Renny ?

— Me voilà déjà en retard, répondit Renny en regardant la montre-bracelet en acier qu'il avait portée pendant toute la guerre.

Il se hâtait toujours à de mystérieux rendez-vous qui se rapportaient aux chevaux et qui contribuaient à amincir le vieux portefeuille de cuir bien plus qu'à le rembourrer !

Finch et Eden restèrent seuls. Pendant quelques instants d'un silence embarrassé, ils contemplèrent l'étang sombre et brillant, puis Eden dit d'un ton sérieux :

— J'ai dit l'autre matin à Renny que j'avais accompli la meilleure action de ma vie en te sauvant. Mettant de côté tout amour fraternel, je suis persuadé que tu es la fleur du troupeau. Je ne sais d'ailleurs pas pourquoi, c'est une idée que j'ai. Je suppose que c'est une intuition, en ma qualité de poète doué d'une sensibilité et autres facultés que Renny m'attribue. Quel drôle de garçon !

— Il est magnifique, s'écria Finch avec chaleur. Je ne supporterais pas qu'on dise du mal de lui.

— Ni moi non plus. Je l'admire autant que toi, quoique différemment. J'admire et envie une partie de lui-même que tu ignores complètement. Dis-moi, Finch, que vas-tu faire ? Est-ce que cela t'ennuie de causer avec moi et sommes-nous bons amis ?

— Mais bien sûr ! Je pense que je te dois de la gratitude...

— Tais-toi. Ne prononce pas ce mot. C'est un mot vulgaire. Aucun joli mot ne rime avec. Essaie et tu verras ce que tu trouves !... *Prude... Dunde... Spewed... Lewed !...* (1).

Finch ajouta lourdement :

— Il y a *nude* aussi (2) !

— C'est absurde ! Quelle compagnie indigne !

Eden se tut et regarda un instant la tache lumineuse de la rivière. Puis il reprit sur un ton de soudaine gravité :

— Pourquoi aurais-tu de la gratitude envers moi ? Je ne désire qu'une chose, c'est ton amitié. L'ai-je ?

— Oui... Je veux dire que je t'aime, Eden, mais il me semble étrange d'être ton ami, c'est si nouveau pour moi !

— Mais tu essayeras, n'est-ce pas ? Bien. Prends une cigarette.

Et il lui tendit un étui en argent rempli d'une marque coûteuse de cigarettes. Finch revit en souvenir la créature découverte sur un banc de Madison Square, cette créature misérable, désespérée, malade ! Comme Eden s'était bien rétabli et avait retrouvé son aspect bien portant ! Si lui-même, Finch, était tombé dans un pareil état il n'est pas certain qu'il se soit

(1) Jeu de mots difficile à traduire puisqu'il repose sur la rime à *gratitude,* qui n'existe plus dans la traduction française. Les mots *prude, dude, spewed, lewed* signifient « prude, guenilles, vomi, débauché ». Tous riment phonétiquement en « ioude ».

(2) Même remarque. *Nude* signifie « nu ».

remis, tandis qu'Eden était là, moqueur, méprisant, prêt à jeter un nouveau défi à la vie.

Finch accepta la cigarette et du feu.

— Je crois, dit Eden, que nous nous ressemblons plus que tu ne le crois. Nous avons tous deux hérité pour beaucoup de notre — comment l'appelait donc Gran ? — notre « pauvre diablesse de mère ».

— Ne parle pas ainsi, interrompit Finch durement.

— Je ne veux rien exprimer d'irrespectueux. Je veux seulement dire que nous avons hérité de ses qualités qui paraissent extravagantes aux Whiteoaks : l'amour de la poésie, l'amour de la musique, l'amour de la beauté. N'es-tu pas de cet avis ?

— Je pense qu'elle a dû ressembler bien peu aux Whiteoaks !

— Certainement... Et il en est de même pour nous. Avoue que tu peux me dire des choses que tu ne pourrais pas dire aux autres sans qu'ils se moquent de toi.

— Oui. C'est vrai. Cependant...

— Quoi donc ?

— Renny a été parfait pour moi au sujet de la musique.

— Certainement. Mais pourquoi ? Sûrement pas parce qu'il comprend ton sentiment, mais parce qu'il te considère comme faible d'esprit et qu'il a peur que tu perdes la tête. Il a autant de mépris pour ma qualité de poète et ne me supporte qu'en raison de nos liens fraternels. Il serait loyal envers Satan lui-même si Satan était son demi-frère !

— Je voudrais ressembler à Renny, murmura Finch.

— Ce n'est pas vrai. Tu ne me feras pas croire que tu échangerais ton amour pour la musique contre l'amour des chevaux et des chiens.

— Et des femmes, ajouta Finch.

— Oh ! tous nous aimons les femmes. Mais tu feras comme moi, tu aimeras et tu oublieras. L'oncle Nick était comme ça lui aussi quand il était jeune. Il m'a dit une fois qu'il avait oublié le nom des femmes qu'il avait aimées, sauf bien entendu le nom de celle que, pour son malheur, il épousa.

Finch dit alors :

— Eden, veux-tu me dire quelque chose ? Aimes-tu encore Alayne ?

— Je ne l'aime plus en tant que femme, si c'est cela que tu veux dire. Peut-être aurais-je oublié son nom si je ne l'avais pas épousée.

— C'est étrange. Elle est si charmante et si bonne !

— C'est ma poésie qu'elle a d'abord aimée, elle m'a aimé ensuite parce que j'en étais l'auteur. Et je crois que je l'ai aimée justement parce qu'elle aimait ma poésie. Maintenant, c'est fini.

— Mais elle aime toujours ta poésie, n'est-ce pas ?

— Oui, je le crois, mais elle l'aime comme de l'art pur. C'est Renny qu'elle aime maintenant.

Finch s'écarta et passa de l'autre côté du pont. Là, la rivière coulait à l'ombre ; il reposa un instant ses yeux dans sa fraîche et faible profondeur et demanda :

— Es-tu en train d'écrire quelque chose en ce moment ?

— J'ai écrit beaucoup de choses le mois dernier.

— J'aimerais les lire.

— Je les apporterai un après-midi pour te les lire. Je t'apporterai les premiers vers que j'ai écrits après mon retour ici. Je ne crois pas qu'ils vaillent grand-chose, mais j'aimerais que tu les entendes car ils ont presque tous pour thème la douceur de vivre. C'est une chose dont je n'ai jamais douté. Si abattu que je fusse lorsque vous m'avez retrouvé à New York, pas une fois je n'ai songé à me tuer. Seigneur, j'aurais passé le reste de mes jours et de mes nuits sur ce banc d'où je pouvais voir les nuages et les étoiles, plutôt que d'en finir avec moi-même !

Il traversa le pont pour rejoindre Finch et passa son bras autour de ses épaules.

— Je pense que tu as lu *Lavengro ?*

— En partie. Je ne l'aime guère.

— Eh bien, Borrow dit une chose souvent citée, mais qu'importe puisqu'elle est belle. Il dit ceci : « Ami, il y a la nuit et le jour, aussi doux l'un que l'autre. Il y a le soleil, la lune et les étoiles, tous également doux, de même que le vent qui souffle sur la lande. La vie est très douce, ami. »

Et Eden secoua Finch par l'épaule.

— Mets-toi bien ça dans la tête, ami Finch, la prochaine fois que la famille t'accablera et te fera souffrir.

— J'essayerai, répondit Finch à voix basse.

Eden lui jeta un regard pénétrant, puis ajouta, comme s'il craignait d'avoir été trop solennel :

— J'ai tout de même été content de voir que la famille pouvait continuer à faire des scènes aussi parfaites, même après la mort de Gran. Je craignais qu'elle ne soit plus capable que de disputes futiles. Gran avait un tel amour de la vie. Il faut essayer de lui ressembler, Finch. Demande à la vie le plus de choses possible.

Finch, couché sur le parapet, lui dit :

— J'étais en train de surveiller ce crapaud qui plonge sous cet énorme bouquet de chèvrefeuille. Je pensais qu'il était très heureux.

— Oui. C'est un drôle de petit animal. Je me demande combien de fois il a été amoureux cet été.

Finch sourit en pensant que c'était Eden qui était drôle et curieux. Il ne pouvait considérer un simple crapaud sans évoquer sa propre vie intime.

Ils contemplèrent le crapaud assis sur la mousse au bord de l'eau avec ses gros yeux à fleur de tête, ses palmes écartées, sa gorge humide battant à coups précipités. Soudain, sans raison apparente, ils le virent prendre son élan, décrire une parabole verte. Lorsque l'eau eut retrouvé sa limpidité, ils l'aperçurent assis au fond, ses palmes écartées sur le sable, avec ses gros yeux ronds, et plongé dans la même contemplation hagarde.

— Si tu veux bien, lui dit Eden, je vais te dire quelque chose dont je n'ai parlé à personne.

Finch fut très flatté. Il tourna un long regard attentif vers son frère.

— J'ai l'intention d'écrire un poème narratif sur l'histoire primitive du Canada. C'est un sujet passionnant : Jacques Cartier, les périlleuses expéditions en bateaux à voiles ; les gouverneurs français et leurs maîtresses ; les intendants habiles, les Jésuites héroïques ; les premiers seigneurs, les voyageurs ; les chants canadiens ; ces pauvres diables d'Indiens faits prisonniers, emmenés en France et envoyés aux galères. Quel beau chant d'exilés je pourrais mettre sur leurs lèvres ! Songe à toutes ces Françaises charmantes qui vinrent ici comme religieuses ! Pense à leurs chants de regret pour la France et d'amour pour le Christ ! Si seulement je pouvais réaliser cette œuvre comme elle le mérite, Finch !

Son visage étincelait. Il fit un grand geste d'ardeur et d'espoir à demi impuissant. Finch constata que le revers de la manche grise était usé, que le poignet qui en sortait était rond mais semblait encore fragile.

Et tout son cœur s'élança vers Eden. C'était la première fois qu'il était traité d'égal à égal par un de ses frères. Et voilà que ce frère ne le traitait pas seulement en égal, mais en confident. Son visage refléta la flamme qui éclairait celui d'Eden et il éprouva le désir passionné de devenir son ami.

— Ce sera splendide, dit-il. Je suis sûr que tu peux réaliser cette œuvre ! Que c'est gentil à toi de m'en parler !

— A qui pourrais-je en parler, si ce n'est à toi ? Tu es le seul qui puisse me comprendre.

— Alayne te comprendrait aussi.

Eden lui répondit avec impatience :

— Je t'ai déjà dit que maintenant il n'y a plus rien,

moins que rien, entre Alayne et moi. Quand tu seras plus vieux, tu verras que rien n'est plus difficile que de se confier à quelqu'un qu'on a cessé d'aimer, quelles que soient les autres choses qu'on puisse avoir en commun. Maintenant que je vais mieux, Alayne et moi sommes constamment sur nos gardes.

— Si les choses en sont là, je ne comprends pas que vous puissiez vivre ensemble dans la Cabane !

— Mais nous ne le pouvons plus ! Elle va retourner à son travail et je vais partir. Drummond dit que j'ai besoin de grand air pendant tout l'hiver, voilà l'ennui !

Et son beau visage s'assombrit.

— Renny veut m'envoyer en Californie. Mais j'ai décidé que je n'irai pas. Il faut que j'aille en France. Non seulement ce sera mille fois meilleur pour ma santé, mais encore je pourrai faire des recherches sur les débuts de l'histoire du Canada français. Je voudrais aller aux sources et, en réalité, il faut que j'y aille, autrement je ne pourrai jamais réaliser mon œuvre telle que je la conçois. Je veux passer une année en France, jusqu'à ce que j'aie fini mon poème. Mais comment pourrai-je le faire ? Renny ne pourra jamais trouver assez d'argent !

De nouveau son visage prit une expression de tristesse.

— Je suis sans ressources. Je pense que j'aurai tout juste de quoi parvenir jusqu'à l'endroit où l'on m'enverra. Personne ne me prêtera les deux mille dollars dont j'ai besoin.

— Si j'avais seulement ma fortune, je t'aiderais tout de suite, s'écria Finch.

Eden le regarda avec tendresse.

— Je suis bien sûr que tu le ferais. Tu es un brave cœur, Finch. Et je t'assure que je l'accepterais, non pas comme un cadeau, mais comme un prêt que je te rembourserais avec les intérêts lorsque je serais retombé sur mes pattes ! Mais pourquoi parler de tout cela ? Ton argent est bloqué pour des années.

Finch était violemment ému. Si seulement il pouvait aider Eden ! Ce nouvel Eden qui lui parlait de son poème alors qu'il était encore en gestation dans son cerveau de poète. Il éprouva dans tout son être un désir passionné de le secourir. Du reste, ce n'était que justice qu'il le fasse, qu'il lui donne tout l'argent nécessaire. N'avait-il pas risqué sa vie pour le sauver, lui Finch ? Il tournait, très excité, dans l'espace étroit du pont.

— Si seulement je pouvais en disposer ?

— J'espère bien, dit Eden, que ce n'est pas un ridicule sentiment de gratitude qui te fait parler. Tu sais que je ne peux supporter cette idée.

— Mais comment puis-je m'en empêcher ?

— Ne te laisse pas aller. Comme disait Gran, je n'en veux pas.

Finch éclata de rire. Il était presque hors de lui. Une idée, une magnifique et merveilleuse idée venait de naître dans son esprit ! Il s'arrêta devant Eden et se mit à rire sous son nez.

— J'ai trouvé ! J'aurai cet argent dont tu as besoin ! Je suis sûr que c'est possible.

Eden le regardait de son regard bizarre et vague.

— Comment pourras-tu faire ?

Son ton était détaché, mais son cœur battait plus vite. Serait-il possible qu'il en arrive à ses fins tout en sauvant les apparences, sans être obligé d'en suggérer lui-même les moyens à ce jeune naïf ?...

— Voilà comment, reprit Finch, parlant d'une façon saccadée et sans respirer. Mon ami Arthur Leigh est fort riche. Il est majeur et possède déjà une belle fortune. Il me prêtera certainement la somme que je désire, je lui ferai un billet à un sérieux intérêt bien entendu, et je pourrai ainsi te procurer ce dont tu as besoin.

Le visage de Finch était écarlate. Il passait ses mains dans ses cheveux qui se hérissaient sur sa tête. Sa cravate était tout de travers. Jamais il n'avait eu l'air plus sauvage, moins semblable à un philanthrope ! Les yeux d'Eden étincelaient, mais il secoua tristement la tête.

— Cela paraît assez réalisable, mais je ne peux l'accepter.

— Pourquoi ? dit Finch abasourdi.

— Que diraient les autres ? Renny ne voudra jamais. Il a mis de l'argent de côté pour mon voyage en Californie et pense qu'il n'y a rien de plus à dire.

— Il n'a pas besoin de le savoir. Personne n'en saura rien, sauf Leigh et nous deux. Et je ne dirai même pas à Leigh pour qui je veux cet argent. C'est le garçon le plus discret qui soit. Il ne pose jamais de question. Il dira seulement : « Très bien, Finch. Voilà l'argent », et fourrera mon billet dans sa poche. Il ignore ce que c'est que de lésiner comme nous le faisons. Eden, laisse-moi faire. J'ai détesté plus que tout de recueillir cet argent. Je le traîne comme une malédiction. Si je peux en faire quelque chose de beau, t'aider, te permettre d'écrire tes livres, ce sera tout différent.

Et ses yeux se remplirent de larmes.

— Qu'est-ce qui t'a donné cette idée d'emprunter à Leigh ?

— Elle m'est venue tout à coup. Je pense que c'est une sorte d'inspiration.

Il ne voulait pas admettre que Georges Fennel pût en être l'inspirateur.

— Si j'accepte cet argent, dit Eden en fronçant les sourcils, je tiens à te payer un intérêt plus élevé que celui que tu donneras à ton ami.

— Le diable t'emporte, s'écria Finch d'un ton digne. Tu me rembourseras quand tu pourras et sans aucun intérêt. Je t'ai dit que j'avais décidé de faire quelque chose pour chaque membre de la famille afin de ne plus me sentir... un paria ! Il se trouve que tu es le premier à être servi et qu'il faut garder un secret absolu.

Un sourire presque tendre éclaira le visage d'Eden. Il prit la main de Finch et la secoua.

— Mon pauvre vieux, lui dit-il, tu seras vite débarrassé de ton argent !

26

MENSONGES ET POÈMES

QUELLE drôle de créature vous êtes ! disait Ada Leigh.

— Je ne vois pas pourquoi, répondit Finch. Ce n'est pas l'avis d'Arthur, n'est-ce pas, Arthur ?

— Je ne sais pas trop !

— Mais pourquoi ?

Finch qui détestait tant être un objet de discussion chez lui, recherchait l'attention et les observations des Leigh.

— Je crois que je n'ai rien de remarquable.

— Ne vous faites pas d'illusions, dit Leigh, on vous regarde toujours avec étonnement.

— Je sais que je suis mal partagé, mais, je vous en prie, n'insistez pas.

Pour la première fois de sa vie, il se sentait plein d'esprit. C'était délicieux !

Ada reprit :

— Quand nous avons appris que votre grand-mère vous avait laissé sa fortune, nous avons aussitôt dit : c'est tout naturel, car il est destiné à des aventures extraordinaires.

— Vous allez me faire mettre en colère.

— Pour rien au monde, je ne le voudrais, j'aurais peur. Vous êtes si émotif.

— Quel dommage que ma famille ne soit pas de votre avis.

— Ils ont dû être plutôt surpris de vous voir hériter tout cet argent ! dit Leigh.

— Terriblement surpris.

— J'espère qu'ils l'ont bien pris.

Leigh essaya de dissimuler sa curiosité. Quelle étrange famille ! Il se représenta facilement leurs attitudes, surtout celle du garçon violent, au visage de renard, à qui il avait acheté un cheval dont il n'avait aucun besoin.

— Oh ! ils ont été très convenables.

Comme c'était facile de mentir, dans ce salon rose et ivoire, de décrire un Jalna où tout marchait sur des roulettes ! Il ne réussit qu'à accroître leur intérêt à son égard. Ils l'amenèrent à parler de musique, des morceaux qu'il avait étudiés pendant l'été, de ses aventures à New York et de ses projets d'avenir. L'intérêt que lui portait Arthur était généreux et affectueux. Mais celui d'Ada se mélangeait de tristesse devant le sentiment complexe que la présence de Finch faisait naître en elle. Sa maladresse provoquait chez elle une sorte de répugnance tandis que l'expression triste de son visage au repos, sa mèche blonde sur le front, ses belles mains contrastant avec ses poignets osseux avaient pour elle un attrait troublant. Elle savait qu'elle l'attirait et le troublait à la fois et cela l'amusait de penser qu'elle pouvait jouer sur ses cordes sensibles, tout en sentant vaguement qu'en agissant ainsi elle risquait de s'en détacher.

Mrs. Leigh les rejoignit, plus que jamais semblable à une sœur d'Ada plutôt qu'à sa mère, après leur voyage si gai en Europe. Son désir de plaire la faisait paraître presque plus jeune, en tout cas plus ingénue que sa fille. Ils parlèrent de l'Europe.

— Aussitôt que vous serez en possession de votre argent, dit Leigh, nous y retournerons ensemble, Finch.

— Moi aussi, déclara Ada.

— Jamais de la vie. Ce sera un voyage trop fantaisiste. Les petites filles — et son regard engloba aussi sa mère — les petites filles seront mieux à la maison. Vous souvenez-vous, Finch, quand nous parlions d'un voyage en Europe, au printemps dernier, vous vous moquiez de cette idée ! Vous disiez que vous n'auriez jamais assez d'argent. Voyez maintenant !

— En effet, avoua Finch tranquillement. Tout a bien changé.

Mrs. Leigh dit :

— Nous avons appris en même temps la mort de votre grand-mère et son testament. Arthur était si excité en vous écrivant qu'il a sûrement dû oublier de vous dire tous nos regrets pour votre deuil.

— En effet, je crois bien que je l'ai oublié. Votre grand-mère doit vous manquer, elle était si vigoureuse pour son âge, n'est-ce pas ?

— Oui...

La vigoureuse vieille figure se leva soudain devant lui, effaçant la jolie pièce et les jolies femmes. Il ne vit plus que les sourcils roux se soulevant avec une expression de dédain pour tous ces objets, le sourire édenté avec lequel elle les aurait écartés ! Le visage de Finch perdit toute l'animation qui en faisait le charme et devint morne.

— J'aurais voulu la connaître. Il faut que nous connaissions votre famille, Finch.

— Oui... Merci. Je suis sûr qu'ils en seront heureux.

— Vraiment ? Alors j'irai un jour en auto à Jalna pour faire une visite à votre tante, lady Buckley.

Finch se hâta de répondre :

— Elle va repartir chez elle, en Angleterre. Elle n'est venue ici que pour un séjour.

— Est-ce qu'elle préfère l'Angleterre ?

— Oh ! oui. Elle déteste les colonies.

— Une colonie ! s'exclama Leigh. J'aime ça ! Mais nous sommes une partie indépendante de l'Empire.

— Bien sûr. Mais j'ai l'habitude, à la maison, d'entendre appeler le Canada une colonie.

— Il me semble que les jeunes, parmi vous, pourraient protester.

— Je ne vois pas pourquoi. Si vous faites partie de quelque chose, qu'importe le nom qu'on vous donne.

— Cela n'a pas d'importance, dit Mrs. Leigh. Nous aimons tous l'Angleterre, voilà la seule chose qui compte.

— Je n'aime pas l'Angleterre, reprit Ada, c'est la Russie que j'aime et je me sens une âme russe.

— Mais comment pouvez-vous le savoir ? interrogea Finch qui se demanda si, par hasard, il n'en aurait pas une.

— Parce que mon âme n'est jamais satisfaite.

— Dans ce cas-là, je crains bien que ce ne soit mon estomac qui soit russe ! soupira Finch.

Mrs. Leigh remarqua qu'il paraissait avoir été malade et s'enquit de sa santé.

— Je me porte admirablement, déclara-t-il avec insistance. Je ne me suis jamais mieux porté. Mon teint est naturellement cadavérique.

— C'est possible. Mais plus probablement vous avez grandi trop vite, reprit Mrs. Leigh dont l'esprit revint aussitôt à la famille de Finch. Vous avez des belles-sœurs qui demeurent avec vous, n'est-ce pas ? Et l'une d'elles, la femme de votre frère le poète, est Américaine ?

— Oui… C'est-à-dire qu'ils vivent dans une autre maison toute petite, car il a été malade.

— Nous avons été très intrigués, pendant notre traversée. Il y avait un jeune homme de Philadelphie qui était enthousiaste de deux livres de poésie de votre frère, ses poésies lyriques et…

Elle ne pouvait se rappeler le titre du second.

— *L'esturgeon d'or.* C'est un poème narratif. Je le dirai à Eden, il en sera heureux.

Mrs. Leigh reprit avec vivacité :

— Laissez-moi le lui dire moi-même. J'irai lui faire une visite ainsi qu'à sa femme.

— Ils vont partir aussi, dit Finch désespérément. Je suis désolé... Il est guéri, mais il faut qu'il parte dans un pays chaud.

Le joli visage de Mrs. Leigh s'attrista.

— Je suis destinée à ne pas connaître votre famille. Cependant, vous avez une autre belle-sœur ?

— La jeune Pheasant. C'est à peine une femme. Mes oncles seront très heureux si vous venez les voir. Ils aiment les visites plus que tout. Seulement il vaudra mieux leur annoncer d'avance le jour de votre venue.

Mais il y avait un peu d'anxiété dans sa voix. Elle s'inclina avec un sourire, ses lèvres découvrant ses dents.

— Pensez-vous que je pourrais me précipiter quelques instants et supplier votre frère de me signer ses livres. Je les ai achetés tous deux hier. Croyez-vous que j'abuserais en lui demandant cela ?

Leigh intervint.

— Je les lui porterai, si Finch pense que son frère veuille les signer.

Finch souhaita du fond du cœur que Mrs. Leigh fût moins curieuse. Il s'apercevait qu'une curiosité quelque peu impitoyable était la clé de son caractère. Il lui assura, sans beaucoup d'enthousiasme, qu'Eden signerait tous les livres qu'elle voudrait. Il ajouta que c'était probablement la première fois qu'on le lui demandait et regretta aussitôt d'avoir ainsi trahi son frère.

Quand il eut passé deux jours chez les Leigh, il trouva enfin le courage de parler à Leigh de l'emprunt qu'il voulait lui faire. C'était plus difficile à formuler qu'il ne le croyait. Il avait très chaud et Leigh était moins compréhensif qu'il ne l'avait espéré.

Le regard brillant d'Arthur plongea dans l'eau trouble de l'âme de Finch.

— Êtes-vous sûr que c'est pour vous, mon vieux ? C'est une grosse somme, vous savez.

Finch inclina la tête.

Leigh sourit.

— Je crois que vous mentez et je vous aime pour ce mensonge. Mais cela m'est pénible de penser que quelqu'un abuse peut-être de votre sympathie et essaie d'avoir votre argent qu'il ne vous rendra jamais. Sur mon âme, j'hésite à vous prêter de l'argent de peur que vous n'ayez derrière la tête l'idée d'aider quelqu'un qui ne le mérite pas.

— Mais il le mérite ! éclata Finch.

— Vous voyez bien que j'ai raison. Ce n'est pas pour vous.

— C'est bien pour mon plaisir que je vous emprunte cet argent, mais je reconnais que je m'en servirai pour aider quelqu'un.

— Pas de toute cette somme ?

Finch reprit avec vivacité :

— Très bien. Ne me prêtez rien.

— Finch, vous êtes fâché contre moi, mais moi je ne me fâcherai pas, c'est impossible !

La voix de Leigh trembla.

— Je vous prêterai cet argent, mais je vous en prie, obtenez, si possible, une garantie de votre ami.

— Je ne peux accepter cet argent avec la pensée que vous avez, Arthur.

— Mais si, il le faut. Vous savez bien que la seule chose qui m'inquiète, c'est la perte à laquelle vous vous exposez.

— Vous ne me croyez donc aucun bon sens ?

— Je sais seulement que votre générosité l'emporte sur votre bon sens et je crains bien que si vous commencez ainsi à prêter votre argent avant même d'en avoir pris possession, vous ne soyez une proie facile pour les gens sans scrupules.

Il était aisé de mentir dans le salon rose et blanc, mais c'était tout autre chose dans le bureau de Leigh, au milieu de ses objets favoris, sous ses yeux clairs pleins de crainte à son sujet.

— Arthur, lui dit-il, au point où nous en sommes, je ne peux m'empêcher de vous dire pour qui est cet argent. C'est pour Eden.

— Ah ! c'est pour un membre de votre famille.

— Oui. Mais il ne me l'a pas demandé, c'est moi qui le lui ai offert. Vous savez qu'il a été malade. Pour sa santé il a besoin d'aller passer l'hiver dans le Midi de la France. Mais ce n'est pas seulement pour cela ; il a l'intention d'écrire quelque chose de splendide. Il lui faut un an pour cela. Cela ne ressemble en rien à ce qu'il a écrit jusqu'à présent, ce sera une œuvre merveilleuse. Je voudrais pouvoir vous en parler. Renny veut l'envoyer passer l'hiver en Californie, mais ce n'est pas du tout ce qu'il lui faut. Il a une raison particulière d'aller en France et de ne pas être gêné par un travail quelconque pendant un an au moins. Vous savez, Arthur, que la poésie d'Eden est belle. Il a eu des critiques splendides. Alayne a abandonné son travail pour venir le soigner, tant elle aime sa poésie. Elle n'aime plus Eden maintenant. Ils étaient séparés. Je crois que je serais un monstre d'égoïsme si je ne faisais rien pour aider mon propre frère si intelligent, alors que sa femme l'a fait. Voilà tout.

Leigh se leva et vint le prendre par l'épaule.

— Je comprends très bien. Mais pourquoi ne pas m'avoir dit tout cela dès le début ? C'est magnifique de votre part et je n'accepterai pas un centime d'intérêt. Je veux aider Eden, moi aussi. Finch chéri, je veux que tout soit clair comme du cristal entre nous.

Malgré toute l'énergie et tout le bonheur que le cœur de Finch trouvait dans l'affection d'Arthur, il ne put réprimer un tressaillement intérieur en pensant à ce qu'auraient dit Piers et Renny s'ils avaient entendu ce « Finch chéri ». C'était cependant normal. Arthur était raffiné et pouvait employer des mots raffinés. Renny et Piers étaient vigoureux et employaient des mots vigoureux. Quant à lui, Finch, il flottait entre ces deux nuances.

Un billet partit ce jour-là à l'adresse d'Eden.

« Mon cher Eden,

« Tout est arrangé. Sois sans inquiétude. Je serai à la maison vendredi et j'apporterai un chèque du chiffre demandé. Mon ami Leigh viendra avec moi, il a hâte de faire ta connaissance. Il est beaucoup plus au courant de ta poésie que moi-même et je pense que tu voudras bien nous lire à tous deux quelques-uns de tes nouveaux poèmes. Nous serons très tranquilles sur le pont où personne ne viendra nous déranger. Leigh apportera tes ouvrages pour te les faire signer. Ces livres appartiennent à sa mère. Tâche de trouver quelque chose de bien à joindre à ta signature. J'espère que tu es content pour l'argent. Ne suis-je pas un vrai financier ?

« Bien à toi.

« FINCH. »

Maintenant que le souci de traiter cette question d'emprunt était passé, que son reçu soigneusement fait avait été remis à Leigh, Finch se sentit presque heureux. Il commença à réaliser la nouvelle ampleur que la fortune donnait à sa vie. Non seulement il réalisa mais il éxagéra ses possibilités. Il avait toujours eu peu d'argent. Il avait vu Renny et Piers manifester une grande joie d'un petit gain inespéré. Piers était heureux comme un roi lorsqu'il avait retiré plus qu'il ne l'escomptait d'une vente de pommes ou si une de ses vaches de Jersey avait mis au monde deux veaux jumeaux vigoureux. Renny clamait à tout venant les gains que lui procuraient ses chevaux. Depuis l'époque où Finch portait un costume marin, il savait que le porte-monnaie de sa grand-mère était l'objet de jalouses conjectures. Il avait assisté à cette rivalité pour conquérir la première place dans son cœur avec la curiosité d'un étranger, ne s'étant jamais imaginé qu'il pourrait lui-même hériter. La décision de sa grand-mère de laisser sa fortune à un seul lui avait toujours paru cruelle et injuste. Au fond de lui-même, il avait cru qu'elle manifestait cette intention dans le seul but de maintenir au plus haut leur intérêt à son égard, de tendre leurs nerfs à l'extrême. Elle y avait pleinement réussi. Mais cet intérêt avait disparu, leurs nerfs n'étaient plus tenus en suspens, et Finch, regardant autour de lui sans expérience mais plein de désirs, croyait posséder une puissance sans limites.

Quelle douceur de pouvoir aider Eden ! Tous deux étaient des voyageurs dans une région où ne pénétrait pas le reste de la famille. Chacun d'eux ne pouvait comprendre complètement les expériences de l'autre dans cette mystérieuse région, mais ils savaient tous deux qu'ils étaient des pèlerins au temple de la Beauté.

Finch se sentit capable de jouer du piano devant les Leigh. La timidité qui le paralysait jadis devant Ada avait disparu. Assis devant le clavier, plus droit qu'autrefois, la tête immobile, les mains voltigeantes, il semblait sûr de lui-même et l'était réellement. Les yeux ardents de Leigh le voyaient capable de choses magnifiques.

Pendant qu'il jouait, Ada se pelotonnait dans un coin du divan. C'était un moment de triomphe pour Finch car il sentait qu'il la fascinait. Il lui suffisait, pour s'en rendre compte, de regarder les yeux d'Ada qui le contemplaient à travers un voile de fumée. Cependant, si maître de lui et si assuré qu'il fût, il ne put jamais retrouver cet élan amoureux qui lui avait permis de l'enlacer et de l'embrasser le soir de la représentation.

Ce ne fut que la veille de son départ qu'il put retrouver un peu d'intimité avec elle. Ils avaient été à un bal et elle s'était montrée charmante, dansant souvent avec lui, car il était timide avec les autres jeunes filles. Lorsqu'elle était dans les bras d'un autre, et qu'il se tenait tristement dans une embrasure de porte, elle lui lançait un regard encourageant.

Le froid avait fait cette nuit-là une apparition soudaine et violente. Pendant leur retour à la maison, le col de fourrure blanche d'Ada était relevé autour de son visage. En la voyant ainsi emmitouflée, ses cheveux, son front blanc et ses yeux seuls visibles, Finch éprouva soudain pour elle un vif élan de tendresse. Elle ressemblait à une fleur en bouton, enveloppée d'une gaine protectrice dont il désirait la dégager tendrement.

Arthur ramena l'auto au garage et comme ils montaient tous les deux l'escalier en courant, il passa son bras autour d'elle et la serra tendrement contre lui. Il appuya son visage contre ses cheveux et murmura :

— Ada chérie ! vous êtes trop bonne pour moi !

— Cela ne me coûte pas d'être bonne pour vous, Finch.

— Pourtant, je croyais que vous ne m'aimiez pas.

— Je ne vous aime que trop.

— Ada, voulez-vous m'embrasser ?

Elle secoua la tête.

— Alors, puis-je vous embrasser ?

— Non.

— Vous m'avez pourtant permis de le faire, un soir.

— J'ai peur.

— Peur de moi ?

— Non. De moi-même.

— Vous m'avez déjà dit quelque chose dans ce genre la première fois où je vous ai embrassée. Avez-vous peur de la vie ?

— Pas du tout. Je n'ai peur que de mes propres sentiments.

En l'entendant dire qu'elle avait peur, Finch éprouva le même sentiment. Un frisson de sympathie délicieux, mais terrifiant, le saisit. Il semblait qu'il y avait une menace dans le froid plus vif de la nuit, dans les étoiles étincelantes. Il laissa retomber son bras, ôta son chapeau et passa la main dans ses cheveux, la regardant avec émoi.

— C'est terrible d'avoir peur, dit-il. Moi aussi, j'ai souvent peur de moi-même, et de tous mes sentiments. Cela m'enlève toute force.

Elle lui jeta un petit sourire dédaigneux.

— J'avoue ne pas comprendre votre genre de peur.

— Je crois comprendre la différence de nos deux peurs. La vôtre est toute flamme et la mienne n'est que glace. La vôtre vous donne envie de vous envoler, tandis que la mienne me paralyse.

Désireux de se faire comprendre, ses yeux cherchèrent ceux de la jeune fille. Elle fouillait dans son sac garni de brillants pour trouver sa clé. Il vit l'ombre de ses cils sur sa joue.

— Si seulement vous me laissiez vous embrasser, soupira-t-il, je crois que nous nous comprendrions très bien.

— Trop bien, répondit-elle, un tremblement dans la voix.

Elle chercha la serrure avec sa clé. Il la lui prit doucement des mains et ouvrit la porte.

Le lendemain matin, Leigh et Finch partirent très tôt pour Jalna. Finch se serait volontiers attardé dans l'espoir de se trouver quelques instants seul avec Ada, mais Leigh était pressé de partir. Il avait envie de faire la connaissance d'Eden ainsi que de l'entendre lire sa poésie et ne pouvait supporter le moindre retard dans la réalisation de son désir. Finch lui avait cependant dit qu'Eden ne serait pas là de si bon matin.

Leigh laissa son auto près de la barrière. Ils descendirent dans le ravin et se rendirent directement au pont rustique, sur la rivière. Eden n'y était pas, mais le désir de Leigh était satisfait. Il grimpa sur la balustrade du pont et s'extasia tantôt sur la beauté du ciel, tantôt sur sa propre image reflétée dans l'étang.

— Si j'étais aussi beau en réalité que je le suis dans ce miroir sombre, je verrais le monde entier à mes pieds. Penchez-vous et regardez-vous, Finch.

Finch regarda au fond de l'eau comme il l'avait fait un millier de fois.

— Beaucoup trop de nez, grommela-t-il.

Leigh bavarda un moment puis se sentit pénétré par la fraîcheur du ravin. La rosée de la nuit avait mouillé presque autant que de la pluie. L'humidité tombait encore à la pointe des feuilles en gouttes limpides, semblables à celles d'une averse qui commence. Pendant l'absence de Finch les marguerites de la Saint-Michel s'étaient ouvertes. Leurs fleurs étoilées aux teintes les plus diverses, depuis le rouge sombre jusqu'au bleu d'un ciel de septembre, s'étendaient comme une vapeur d'améthyste sur les bords de la rivière. Les feuilles de fougères, d'un vert glacé, semblaient avoir été découpées dans du métal. Le soleil clair et léger n'avait pas encore chassé du ravin les lourds parfums nocturnes.

— Je me demande, dit Leigh, si votre frère viendra ce matin. Il me semble que ce n'est guère un endroit propice pour quelqu'un qui a les poumons délicats.

— Il est tout à fait guéri. En tout cas, il paraît très bien portant. Notre docteur dit qu'il a surtout besoin de repos et d'une bonne nourriture. Cependant, ajouta Finch en jetant un regard inquisiteur sur la balustrade humide du pont, il fait bien humide ici pour lui.

— Nous pourrions peut-être aller chez lui.

Leigh aurait voulu raconter à sa mère qu'il avait été chercher le poète dans sa retraite. Peut-être apercevrait-il aussi cette jeune femme que semblait entourer une atmosphère de mystère.

— Je crois que je l'entends.

— Tiens, qu'est-ce que c'est que cet oiseau ?

— C'est un faisan anglais. Renny en a peuplé les bois.

L'oiseau s'envola lourdement, suivi de ses petits qui voletaient. Un lapin descendait le chemin en bondissant, mais en les voyant tous deux sur le pont, montra son petit derrière blanc en trois bonds successifs, et disparut dans un fourré.

Ils aperçurent les jambes d'Eden qui descendait, puis son corps, et enfin sa tête qu'éclairait un rayon de soleil tremblant à travers les feuilles. Il tenait des papiers roulés.

« Voilà un poète, et qu'il est donc beau, pensa Leigh. Comme je voudrais que mes femmes soient là ! »

— Hullo ! cria Finch. Nous pensions que tu avais le trac.

Eden s'arrêta au bout du pont, les yeux fixés sur Leigh. Ce dernier pensa : « Il sourit et me regarde sans avoir l'air de faire ni l'un ni l'autre. Il ne me plaît pas. »

Finch prit la parole.

— Voilà Arthur Leigh, Eden... Il était en train de se demander s'il n'y a pas trop d'humidité pour toi ici.

— Je suis habitué à l'humidité à l'égal d'une huître, répondit Eden en serrant la main d'Arthur si chaleureusement que celui-ci sentit se dissiper sa première impression d'antipathie.

— Mais j'espère, lui répondit-il, que vous ne serez pas aussi silencieux ! Je désire beaucoup entendre quelques-uns de vos poèmes, Finch a dû vous le dire.

— Oui.

Les yeux des deux frères se rencontrèrent. Ils se comprirent sans peine. Finch songea : « Je l'ai rendu heureux. C'est merveilleux de faire quelque chose pour les autres. Je me demande pourquoi tous ceux qui sont riches n'en font pas autant ! »

Eden causa librement avec Leigh de son prochain voyage en Europe, ignorant que ce dernier savait pourquoi Finch lui avait emprunté de l'argent. Et Leigh pensait : « Me croit-il donc incapable de deviner que deux et deux font quatre ? Peut-être qu'il n'en a cure. Pour lui, deux et deux font trois ou cinq, si cela lui plaît ! »

Le soleil montait, répandant sa chaleur dans le ravin qui paraissait s'étirer mollement et avec indolence sous cette caresse tardive.

Ils s'assirent sur le pont qui avait séché, pendant qu'Eden, de sa voix douce et grave lisait poèmes après poèmes. Il en avait lu quelques-uns à Alayne, mais pas tous... Ils contenaient l'essence même de tout ce qu'il avait transformé en force et en lumière pendant des mois de retraite. En écoutant ses propres paroles et devant les visages ravis des deux jeunes gens, il se demanda si de tels instants n'étaient pas sa raison de vivre. Cette souffrance qu'il avait apportée dans des vies si proches de la sienne n'était-elle pas justifiée par la création de sa poésie ? Peut-être même lui était-elle nécessaire ! En lui le bien et le mal étaient inséparables, comme chez les dieux dont les énergies étaient dirigées tantôt d'un côté, tantôt de l'autre. Il se jugeait ainsi lui-même et, quoique avec moins de netteté, était jugé de même par Finch. Pourtant ce dernier n'aurait jamais oser espérer qu'une œuvre de lui pourrait justifier sa maladresse dans la vie !

Il y avait là un troisième auditeur que les autres ignoraient complètement. C'était Minny. Se promenant dans le ravin en venant de Vaughanlands et ayant entendu des voix, elle s'était glissée de tronc en tronc, de façon à voir et à entendre. Par le plus grand des hasards, elle portait ce matin-là une robe sombre au lieu d'une de ces robes de teintes vives qu'elle aimait, ce qui lui permit de se cacher derrière un gros bouquet de chèvrefeuille, non loin du pont. Elle se blottit là, les pieds dans la terre humide, tandis que la végétation intense répandait tout autour d'elle un parfum doux et pénétrant. Son visage touchait presque une vaste et impeccable toile d'araignée dans laquelle se trouvaient prises deux mouches semblables à des bijoux. Elle n'éprouvait aucune gêne de sa situation, mais une impression d'autant plus vive d'aventure. Comme une daine qui s'est glissée pour surveiller trois cerfs en train de brouter, elle observait avec le plus vif intérêt chaque détail de leurs visages, de leurs attitudes et de leurs gestes. Elle s'imprégnait de la beauté de la voix d'Eden mais les paroles qu'il prononçait n'avaient pas plus d'importance pour elle que celles de ses propres chansons.

Son corps souffrait de sa position accroupie, mais elle n'en éprouvait ni fatigue ni impatience, s'attardant encore, la lecture une fois terminée, pour écouter les discussions qui suivirent. Elle entendit les titres des poèmes sans les entendre eux-mêmes : *le Pigeon, Vos Pensées et les Miennes, Resurgam, Pensées sur la Mort, le Jour nouveau.* Mais son âme était si pleine de sympathie qu'elle souriait lorsque le visage de Leigh s'épanouissait de bonheur, tandis que ses lèvres avaient un pli triste lorsque la voix d'Eden revêtait un ton tragique. Lorsque la fumée de leurs cigarettes parvint jusqu'à elle elle regretta fort de ne pouvoir partager avec eux ce plaisir. Parfois Eden baissait la voix pour raconter à ses compagnons quelque chose qui les faisait rire ; à ces moments-là, elle aurait donné tout ce qu'elle possédait pour savoir ce qu'il avait dit.

Elle espérait de toutes ses forces que les deux jeunes gens s'en iraient les premiers en laissant Eden sur le pont. Contrairement à ce qui arrive généralement dans ces cas-là, son espoir se réalisa. Tous trois se levèrent mais Eden ne suivit pas les deux amis sur le chemin. Il resta immobile, regardant du côté où elle se trouvait. Et comme elle hésitait encore un peu pour savoir si elle allait se montrer ou non, il l'appela.

— Venez ici, Minny, ne croyez-vous pas que vous vous êtes cachée assez longtemps ?

Elle se releva et défroissa sa robe. Elle n'éprouvait aucune gêne et s'avança vers lui en riant.

— Depuis quand savez-vous que je suis là ?

— Depuis le début. Je vous ai vue jouant à l'Indienne, rampant d'un arbre à l'autre. Vous êtes une petite friponne.

De telles paroles étaient faites pour lui plaire. Son rire devint provocant.

— J'ai entendu tout ce que vous avez dit.

— Ce n'est pas vrai.

— Mais si.

— Qu'est-ce que j'ai dit quand ils ont ri ?

— Je ne veux pas le répéter.

— Parce que vous ne l'avez pas entendu.

— Peu importe ! J'ai entendu vos vers.

— Ce n'est pas du tout convenable pour une jeune fille d'épier des hommes.

— Des hommes ! Écoutez-moi cet enfant !...

— Les autres sont encore des enfants, mais je suppose que vous me considérez tout de même comme un homme !

— Vous ! Vous êtes le plus enfant de tous !

— Moi ! Mais je suis un libertin qui n'a plus d'illusions !

— Eh bien, vous êtes un bébé libertin ! Votre femme vous a traité comme un bébé. Elle est venue vous soigner alors qu'en réalité elle ne se soucie pas du tout de vous.

— Vous n'en auriez pas fait autant !

— Mais bien sûr que si.

Ils rirent ensemble et s'assirent sur le pont. Tout en lui allumant une cigarette, il plongea son regard dans les yeux étroits et rieurs de la jeune fille.

— J'aimerais vous comprendre, dit-elle.

— Il est préférable, pour la paix de votre âme, que vous ne me compreniez pas.

Une pitié inconsciente le poussa à changer de sujet.

— Aimez-vous mes poèmes ?

— Quelques-uns. Il y en a deux qui ressemblent beaucoup à deux de mes chansons.

— C'est un poème plein de sagesse qui connaît son propre créateur, répondit-il gravement.

— Je suppose qu'ils vous rendront fameux un jour.

— Je l'espère.

— Quel dommage que vous n'ayez hérité de rien !
— Mon naïf frère s'est occupé de cette question.
— Vous devez le haïr ?
— Je ne hais personne et ne souhaite qu'une chose : que les autres soient aussi tolérants à mon égard que je le suis envers eux.
— Moi, je hais quelqu'un.
— Ce n'est pas moi, j'espère.
— Vous ne devinerez jamais qui.
— Alors, dites-le-moi.
— C'est votre femme.
— Vraiment ! C'est ma sœur qui est en cause.
— Pas du tout. C'est un sentiment absolument personnel.
Le regard d'Eden glissa rapidement vers elle, mais il ne dit rien. Ils fumèrent en silence, chacun observant l'autre intensément. Il remarqua qu'elle retint une fois sa respiration, comme si elle cherchait à se dominer. Le soleil tombait maintenant sur eux et sa chaleur les induisait en une sorte d'abandon langoureux.
Au bout d'un moment, elle lui dit :
— Voilà trois matins que je vais sur la plage. C'est bien solitaire sans vous.
Il fut tout étonné.
— Vraiment, vous y avez été ? Quelle honte ! Et vous ne me l'avez pas fait savoir !
— Je pensais que vous m'attendiez et je ne voulais pas vous décevoir.
— Chère enfant !
Il prit sa main dans la sienne.
A ce contact, les yeux de Minny se remplirent de larmes mais elle sourit à travers ses pleurs, disant :
— Que je suis donc sotte de m'émouvoir ainsi !

27

FUITE

SEPTEMBRE amena une série de journées merveilleuses qui s'écoulèrent toutes semblables, sous un soleil sans nuages. Ce soleil, malgré sa douceur, n'était plus assez puissant pour avoir une action sur la végétation, de sorte que ces jours semblaient pouvoir durer toujours sans apporter aucun changement dans le paysage.

Les marguerites de la Saint-Michel, les lysimaques, mêlées çà et là des gentianes dentelées, continuaient à jeter un voile bleu sur les bords du chemin et de la rivière. Dans le jardin, les capucines, les dahlias, les campanules, les phlox et les mufliers continuaient à fleurir. Les gros bourdons voltigeant dans ces fleurs pouvaient se dire : « Là, je trouverai toujours du miel. » Dans le champ que l'été n'avait pas jauni, la vache pouvait songer : « Ici, il y aura toujours de l'herbe fraîche. » Et les vieillards de Jalna pouvaient également se répéter : « Nous ne mourrons pas ! Nous ne mourrons pas ! Nous vivrons toujours ! » Alayne elle-même qui rangeait ses affaires dans la Cabane se mouvait comme dans un rêve. Son départ lui paraissait impossible. Impossible que la vie lui apportât tant de changements !

L'existence qu'elle allait retrouver lui semblait désirable. Elle pouvait imaginer avec précision ce qu'elle ferait à son retour, mais quand elle se représentait en train de réaliser ces projets, ce n'était plus elle qu'elle voyait, mais seulement une ombre.

Elle se disait : « Il n'y a pas de place réelle pour moi sur la terre. Je n'ai pas été faite pour le bonheur. Je n'existe pas plus à mes propres yeux qu'un acteur sur la scène, encore bien moins, car je peux rire oú pleurer devant le jeu d'un acteur, tandis que je ne peux que me contempler stupidement moi-même en me disant que je n'existe pas. »

Elle se demanda si les objets qui remplissaient la Cabane y resteraient. Elle s'était habituée à eux et ils ne lui semblaient plus ridicules dans les chambres aux plafonds bas. Elle s'occupa de réunir les quelques objets personnels qu'elle voulait emporter, tout en se demandant quelles étaient les pensées d'Eden qui lisait, couché sur le divan, et lui jetait de temps en temps un rapide coup d'œil.

Un étrange sentiment de gêne s'était élevé entre eux. Il n'avait plus besoin de ses soins, leurs rapports n'avaient plus aucune raison d'être. Ils ressemblaient à deux voyageurs que les exigences du voyage lient l'un à l'autre, mais qui ont hâte de se séparer. Quand il rentrait, accablé de fatigue, il ne recherchait plus sa sympathie attentive, mais s'efforçait, au contraire, de dissimuler sa lassitude. De son côté, elle avait cessé de l'empêcher de faire ce qu'elle croyait néfaste à sa santé. Son agitation était pour elle une cause d'irritation, tandis que sa propre réserve et ce qu'il appelait « sa solidité » rendaient sa présence très lourde pour Eden.

Cependant, ce jour-là, avant-veille du départ d'Alayne, une sorte de mélancolie avait gagné Eden. Il éprouvait le désir quelque peu sentimental de ne pas lui laisser emporter de lui un souvenir trop pénible. Il aurait voulu justifier par un acte simple, bien que ce fût impossible, leur vie en commun pendant ces dernières semaines. Chacun évitait le regard de l'autre.

Eden, pour dissimuler son embarras, commença à

lire à haute voix des extraits de son livre. « Mon imbécile de guide retournait à Aldea Galléga... Je montais une mauvaise mule sans bride ni étriers, que je guidais au moyen d'une corde. A coups d'éperon, je lui fis descendre la colline d'Elvas, dans la direction de la plaine... Mais je m'aperçus bientôt que je n'avais pas besoin de l'exciter, car, bien que couverte de plaies, borgne et boiteuse, elle galopait comme le vent. »

Alayne était en train de vider un vase contenant quelques roses tardives fanées. Elle s'arrêta devant lui, retira une fleur et la glissa dans le livre, à la page qu'il lisait.

Il la prit et la porta à son visage.

— Elle est encore parfumée, murmura-t-il. D'un parfum étrange et oppressant. Mais elle est belle. Pourquoi les roses mortes sont-elles les plus belles ? Car ce sont les plus belles, j'en suis sûr.

Elle ne répondit pas, mais emporta les fleurs jusqu'à la porte et les jeta dehors sur l'herbe. Quand elle revint, il lisait tout haut.

« Nous tournâmes à gauche, vers un pont à plusieurs arches sur le Guadiana... Ses rives étaient blanches de linge que les laveuses avaient étendu au soleil pour le faire blanchir. Je les entendais chanter au loin, et leur chant me parut être un hymne à la rivière où elles lavaient, car, en approchant, j'entendis ces mots : Guadiana, Guadiana, qui résonnaient au loin très fort, et que prononçait un chœur de voix claires et sonores qui appartenaient à un groupe de femmes et de jeunes filles à la peau brune. »

Alayne alla dans sa chambre d'où elle revint avec son sac de blanchissage. Elle le porta à la cuisine où il l'entendit parler avec la servante écossaise. En revenant, elle lui tendit un papier.

— Voilà votre liste de blanchissage. Vous ferez bien de la vérifier quand on vous rendra votre linge, ces blanchisseurs sont si désordonnés.

Il froissa dans sa main la liste soigneusement écrite.

— Pourquoi, dit-il, oui, pourquoi mon blanchissage ne peut-il être fait sur les bords d'une rivière par une jeune chanteuse aux joues sombres ? Pourquoi suis-je plongé dans cette vie prosaïque ?

— Je pense que vous pourrez réaliser votre rêve en allant assez loin, lui répliqua-t-elle lointaine. Je ne sais trop pourquoi, mais j'en suis sûre.

Elle se mit à arranger les objets qui se trouvaient sur le bureau, et retira de son sous-main quelques timbres du Canada.

— Voilà des timbres qui ne me serviront pas, je les mets sur le buvard.

— Très bien. Merci.

Il la regarda, mi-moqueur, mi-réprobateur, puis brusquement se leva et vint jusqu'au bureau. Il défroissa la liste de blanchissage, lécha les timbres et les colla autour. Découvrant une punaise, il piqua le papier au mur, en disant d'un ton tragique :

— Voilà un souvenir.

Elle ne l'entendit pas, car elle était repartie dans sa chambre.

Il la suivit jusqu'à la porte et la regarda. Elle avait mis une robe plus légère ; ses joues étaient colorées.

— Savez-vous, lui dit-il, que vous êtes la créature la plus terre à terre que j'aie jamais connue.

Elle tourna vers lui des yeux étonnés.

— Vraiment ? Je suppose que c'est par comparaison avec vous.

— Aucune autre femme, continua-t-il, ne pourrait conserver de pareilles habitudes d'ordre avec un esprit aussi troublé que le vôtre.

Et ses yeux ajoutaient : « Car votre esprit est bouleversé, vous ne pouvez le nier. »

— Je crois que c'est la force de l'habitude. Si vous aviez connu mes parents et notre façon de vivre ! Chaque chose était dans un ordre parfait. Nos pensées mêmes étaient mises en tutelle.

— C'est encore plus profond que ça. C'est dans

votre sang de la Nouvelle-Angleterre. Un esprit protecteur vous garde.

— C'est bien possible ; sans cela je serais devenue folle au milieu de vous.

— Jamais de la vie ! Rien ne vous fera perdre la tête. En dépit de votre formation littéraire, je vois en vous l'âme d'un capitaine de navire, au visage farouche. Serrant le gouvernail de ses mains, il consulte le baromètre, tient son livre de bord tandis que la tempête déchaînée fait rage, que le grand mât se brise, que les charpentes sont ébranlées et que le gouvernail détruit ne peut plus remplir sa mission. Je l'entends dire à son second : « Avez-vous fait la liste de blanchissage ? » au moment même où les cieux crèvent ! Il prend le temps de coller un timbre sur le front du garçon de cabine dont on pourra ainsi identifier le corps lorsque les flots le rejetteront sur la grève.

Alayne se mit à rire.

— Que vous êtes ridicule, s'écria-t-elle.

— Soyez sincère, ne sentez-vous pas quelquefois dans vos veines le sang glacé de ce vieux marin ?

— Je le sens, mais il bout ! Mon arrière-grand-père était un capitaine hollandais.

— Merveilleux ! Je savais bien qu'il y avait quelque chose dans ce genre chez vous. Si seulement il avait été espagnol, nous nous serions bien entendus !

Elle ne répondit pas, mais commença à retirer des objets d'un tiroir du bureau pour les placer soigneusement dans le compartiment de sa malle.

— Je voudrais vous aider, lui dit-il presque plaintivement. Je voudrais faire quelque chose pour vous.

— Vous ne pouvez rien faire.

Elle se retint d'ajouter : « Excepté me laisser seule. »

— Je me demande si cela vous fâcherait que je vous pose une question ?

Elle eut un petit rire douloureux.

— Je ne crois pas, je suis trop lasse pour me mettre en colère.

— Oh ! c'est vrai, reprit-il d'un ton contrit. Je vous ai assommée pendant tout le temps où vous avez fait vos paquets.

— Ce n'est pas la raison. Mais cela me bouleverse toujours de partir en voyage. Que vouliez-vous me demander ?

— Tournez-vous et regardez-moi.

Alayne se retourna.

— Eh bien ?

— Seriez-vous venue me soigner si Renny n'avait pas été là ?

La rougeur de ses joues s'étendit sur son front, mais elle n'était pas en colère, le choc ressenti à cette question avait été trop profond.

— Mais certainement.

Ils échangèrent un regard hostile, mais plein de compréhension aiguë.

— Je vous crois, dit-il, mais j'aurais préféré que ce soit le contraire. J'aimerais pouvoir penser que c'est votre amour pour lui qui vous a traînée ici, à l'encontre de votre raison. Je déteste penser que vous avez fait une chose aussi pénible pour moi seul. Cependant, quoi que vous en disiez, vous ne me ferez pas croire complètement que vous seriez revenue si vous n'aviez pas aimé Renny. Ce lieu même doit avoir un attrait violent pour vous. Je crois que les lieux conservent quelque trace des émotions dont ils ont été les témoins ; ne croyez-vous pas ? Cette cabane pourra-t-elle jamais redevenir exactement ce qu'elle était avant cet été ? Alayne, je crois sincèrement que Jalna vous a rappelée, que vous vous en soyez rendu compte ou non.

Elle murmura :

— Comment pouvez-vous savoir que Renny et moi nous nous aimons ? Vous parlez comme si nous avions eu une liaison.

— Quand nous sommes arrivés à Jalna après notre mariage, j'ai vu l'impression troublante que Renny avait faite sur vous. Au bout de peu de mois, j'ai compris que vous luttiez désespérément pour détruire votre amour pour lui, comme lui-même luttait également de son côté pour vaincre son sentiment envers vous.

Devant cette analyse rigoureuse, elle perdit tout empire sur elle-même et appuya sa main sur sa gorge. Elle avait donc piteusement échoué dans ses premiers efforts pour dissimuler son amour pour Renny ! Dès le début, Eden avait suivi cette passion cachée d'un œil attentif.

Elle lui demanda d'un ton brisé :

— Cela a-t-il changé les choses pour vous, de savoir depuis si longtemps que j'aime Renny ? Je croyais que vous ne l'aviez découvert que récemment, que vous aviez cru que je m'étais tournée vers lui, parce que je savais que vous ne m'aimiez plus...

Il répondit sans pitié.

— Oui, cela m'a fait quelque chose. Je me suis senti un étranger.

— Alors, soupira-t-elle, c'est moi qui suis coupable de tout ! Ainsi, pour Pheasant !...

— Non, non. Cela serait arrivé tôt ou tard. Il m'est impossible de rester fidèle à une femme.

Elle s'obstina à répéter :

— Je suis responsable de tout ce qui est arrivé !

Il entra dans la chambre et la toucha d'un geste presque enfantin.

— Alayne, ne soyez pas ainsi. C'est stupide. Vous ne pouvez vous empêcher d'être ce que vous êtes, pas plus que je ne peux m'empêcher d'être ce que je suis. Ma chérie, je crois que nous nous ressemblons beaucoup plus que vous ne voulez le croire. La grande différence qu'il y a entre nous, c'est que vous vous analysez vous-même tandis que j'analyse les autres. C'est plus drôle... Alayne, regardez-moi.

Elle le regarda tristement.

— Tout le mal est venu de ce que vous avez été trop bonne pour moi.

Elle se détourna et revint à sa malle, le regard perdu.

Il continua de parler.

— J'ai dit un jour au vieux Renny que vous iriez en enfer pour apercevoir seulement sa tête rousse.

— Oh ! Et qu'a-t-il répondu ?

Sa voix était froide. Eden ne pouvait plus la faire souffrir.

— J'ai oublié sa réponse. Mais, certainement, cela lui a fait plaisir.

Elle le regarda en face.

— Eden, voulez-vous me laisser faire ma malle tranquillement ? Vous savez que j'ai promis de passer cette soirée avec vos oncles et tante. Je n'ai pas de temps à perdre. Venez-vous avec moi ?

— Non, vous serez plus heureuse sans moi. Faites-leur mes amitiés. Est-ce que Renny sera là ?

— Je n'en sais rien.

Quelle cruauté ! Ne pouvait-il donc la laisser tranquille ? Qu'elle serait heureuse d'être loin de tout cela dans vingt-quatre heures !

En rentrant dans le salon, Eden se sentit très malheureux. Il eut des remords pour l'avoir ainsi bouleversée. Mais l'avait-il vraiment bouleversée à ce point ? La pensée de son départ était peut-être la seule cause de son émoi. Il avait cherché à lui dire quelque chose de beau avant leur séparation ! Cette situation était absolument grotesque !... Plus tôt cette atmosphère impossible serait dissipée, mieux cela vaudrait... Mais n'était-ce pas un sanglot qui venait de la chambre ? Il espérait bien que non. Ce serait affreux ! Il resta immobile et écouta. Non, tout était calme. Elle n'avait dû que se racler la gorge. Il ne fit qu'aller et venir dans le salon jusqu'au moment où elle sortit de sa chambre, toute prête à partir. Elle était pâle, calme et très bien coiffée, comme de coutume. Sur son visage se lisait une expression de sérénité émouvante, comme si tout avait été dit et qu'elle eût dépassé le stade de toute émotion possible. Cependant il s'aperçut qu'elle avait réellement pleuré.

Le soleil avait disparu derrière les arbres, les laissant plongés dans une ombre verte. Il n'y avait dans le ciel aucun reflet lumineux, à peine une légère lueur crépusculaire. L'ombre et le froid avaient remplacé l'éclat brûlant du soleil. C'était l'image de leur amour mort, pensa-t-il. Et il se moqua de sa propre sentimentalité.

— Alayne, commença-t-il.

— Qu'y a-t-il ?

— Rien ! J'ai oublié ce que je voulais dire.

Il l'accompagna jusqu'à la porte.

— Il faudra vous faire raccompagner à la maison. La nuit sera très sombre.

Elle hésita sur la marche de pierre du seuil. Se retournant brusquement, elle répéta en souriant :

— Me faire raccompagner à la maison. C'est gentil de votre part de dire cela.

Il sortit et prit sa main qu'il porta à ses lèvres.

— Bonsoir, Alayne.

Les corbeaux regagnaient leurs nids après une expédition lointaine. Elle les entendit approcher, au-delà du verger, comme le bourdonnement d'un énorme essaim d'abeilles. A mesure qu'ils se rapprochaient ce bourdonnement prenait une ampleur métallique, noyait tous les autres sons. L'air résonnait de leurs cris : cris isolés de ceux qui étaient en avant, cris de commandement rauques, cris sauvages, réclamations violentes, refus perçants... Chacune de ces gorges d'airain, au plumage noir, lançait un cri pressant. Ils passèrent au-dessus du verger, tout contre le ciel jaune, par centaines, et se dirigèrent vers le bois de pins. Quelques-uns battaient l'air à grands coups d'ailes pour dépasser les premiers, d'autres semblaient nager majestueusement avec de puissants mouvements d'ailes, tandis que d'autres encore voguaient avec une sorte de grâce tapageuse.

Tout en suivant le petit chemin, Alayne se demanda s'il était vraiment possible que dans quelques heures elle laissât tout cela derrière elle pour reprendre une vie si différente.

Elle n'eut pas à se tromper sur l'accueil qu'on lui fit à Jalna ; Piers et Pheasant étaient à Montréal. Renny ne parut pas au souper. Les oncles et tante assurèrent cependant qu'ils l'attendaient. L'été avait passé comme un rêve, déclara Nicolas. Un étrange et triste rêve, ajouta Ernest. Augusta essaya de décider Alayne à la suivre en Angleterre plutôt que de regagner New York. Augusta éprouvait une certaine crainte à l'idée de voyager seule et de retrouver sa maison solitaire, et Alayne ne connaissait pas l'Angleterre. Pourquoi ne viendrait-elle pas ? Un instant Alayne eut envie d'accepter cette invitation. Pourquoi ne pas franchir l'Océan et essayer de trouver l'oubli au-delà ? Mais pourrait-elle vraiment oublier auprès d'un membre de cette famille qui lui rappellerait constamment les autres ? Non, c'était impossible. Mieux valait couper toute attache et pour toujours. Finch joua pour elle pendant la soirée. Elle fut heureuse de ses progrès et éprouva une certaine fierté en pensant que c'était elle qui avait décidé Renny à lui faire prendre des leçons. Malgré un peu de contrainte, l'ambiance du salon était agréable, empreinte d'une douce mélancolie. Wakefield eut la permission de sortir de la vitrine les bibelots de jade et d'ivoire pour les montrer à Alayne, et ensuite les arranger à son gré sur le plancher.

Jamais Alayne n'avait passé semblable soirée à Jalna. Elle éprouvait une sensation douloureuse qui lui faisait sentir plus vivement encore l'approche du départ. Et cependant les trois vieillards étaient joyeux : ils avaient reçu une visite de Mrs. Leigh : « Quelle jolie femme ! » déclara Nicolas. « Moderne et pourtant charmante, si désireuse de plaire », apprécia Ernest. Et

Augusta conclut : « Elle voulait vous poursuivre jusqu'à la Cabane, vous et Eden, mais je lui ai dit que vous étiez sortis. J'ai pensé que c'était préférable. »

Wakefield se pelotonna sur le divan à côté d'Alayne. Il lui enleva ses bagues pour les mettre à ses propres doigts. Mais quand il les lui remit et qu'il voulut glisser son alliance, elle referma sa main.

— Je ne la porterai plus, dit-elle à voix basse.

— Mais qu'en ferai-je ?

— Je ne sais pas. Demandez à tante Augusta.

— Qu'en ferai-je, tante? demanda-t-il en faisant tourner l'anneau autour de son doigt.

Augusta répondit, d'un ton digne :

— Mets-la dans la vitrine avec les bibelots.

— C'est une idée !

Il courut vers la vitrine.

— Regardez tous. Je l'ai mise au cou du petit éléphant blanc. Cela fait un joli collier.

Alayne le regarda avec un sourire mi-enjoué, mi-amer. Quelle fin ! Un joli petit collier pour un éléphant blanc ! Où donc était le joyeux émoi du jour où on l'avait passée à son doigt ? Elle changea de place sur le divan. Elle s'était attardée plus qu'elle ne le voulait dans l'espoir d'un retour de Renny. Pourquoi l'évitait-il ? Avait-il peur ? Pourquoi, puisque c'était sa dernière soirée à Jalna ! Tout le jour, elle avait caressé la pensée de leur retour nocturne à la Cabane, car sûrement il la raccompagnerait. Elle avait évoqué les paroles qu'il pourrait lui dire. Elle s'était habillée et coiffée en songeant que telle il la verrait ce soir, telle elle resterait dans son souvenir. Et voilà qu'il était parti ailleurs, plutôt que de passer cette dernière soirée avec elle.

Augusta murmurait quelque chose au sujet d'un cheval, de Renny... Il était désolé et s'excusait.

— Vraiment ? C'est dommage. Dites-lui adieu pour moi.

— Oh ! vous le reverrez, dit Ernest. Il vous conduira lui-même en ville demain.

Il n'y aurait donc aucun repos pour elle ! Les imaginations fiévreuses, les pensées angoissantes allaient recommencer.

— Qu'il ne se dérange pas, dit-elle. Finch me conduira, n'est-ce pas, Finch ?

— Je serais si content de le faire.

— Savez-vous, Alayne, cria Wake, que je n'ai jamais été en visite ?

— C'est honteux. Viendrez-vous m'en faire une, un jour ? J'aimerais vous avoir.

Elle serra l'enfant contre elle et lui murmura tout bas :

— Dites-moi où est Renny.

Il lui répondit sur le même ton :

— A l'écurie. Je le sais parce qu'il a envoyé Wright chercher quelque chose à la cuisine où j'étais.

Finch se disposa à la ramener à la Cabane. Il courut dans sa chambre chercher sa lampe électrique.

Augusta, Nicolas et Ernest serrèrent Alayne dans leurs bras.

— Comment pourrons-nous jamais vous rendre ce que vous avez fait pour Eden ? lui dit Ernest.

Tandis que Nicolas grommelait :

— Comment pourrons-nous réparer tout le mal qu'il vous a fait en bouleversant votre vie ?

Augusta la serra contre elle en lui répétant :

— Si vous changez d'avis et que vous vous décidiez à venir en Angleterre avec moi, dites-le-moi tout simplement.

— Je ne vous conseille pas de le faire, dit Nicolas. Elle vous fera geler dans sa maison.

— Pas du tout. Si quelqu'un sait donner du confort, c'est bien moi. C'était moi qui avait arrangé la Cabane, quoique maman en ait pris tout le mérite pour elle.

Un léger parfum venait de ses vêtements noirs et d'une pommade pour les cheveux, comme un parfum des jours passés.

Finch et Alayne sortirent dans la nuit ; la lueur de la

lampe électrique s'étendait devant eux. De fraîches et douces odeurs s'élevaient des corbeilles de fleurs. L'herbe était couverte de rosée.

— Passons par le bois de pins, dit-elle.

Ce chemin, elle avait pensé le suivre avec Renny !

Ils parlèrent peu, le long du petit sentier sous les arbres. L'esprit d'Alayne était absorbé par ses propres pensées douloureuses. Celui de Finch était tout imprégné de la tristesse de la vie, de ses luttes, de ses recherches à tâtons dans l'obscurité, de ses séparations. Il faisait froid sous les arbres. D'un bouquet de noisetiers s'élevait le bavardage inquiet de petits oiseaux migrateurs qui s'étaient posés là pour la nuit.

Finch dirigea le rayon de sa lampe à travers les branches dans l'espoir de découvrir les petites bêtes, mais son attention fut détournée par un bruit plus lointain, comme un bruit de pas sous les pins.

— Qu'écoutez-vous ? murmura Alayne.

— Il m'a semblé entendre un bruit de branches cassées. Il y a quelqu'un. Attendez une minute.

Il la quitta pour courir à pas feutrés dans la direction du bruit.

Elle tendit l'oreille, suivant des yeux la lueur mouvante de la lampe. Le bruit des pas de Finch cessa de se faire entendre, la lumière s'éteignit. Elle se trouva plongée dans un silence obscur que rompait seul le chant infiniment ténu d'une unique sauterelle posée sur une feuille tout près d'elle. Elle eut peur.

— Finch, cria-t-elle. Que faites-vous ?

— Me voilà. Il n'y a rien.

La lampe brilla de nouveau. Il rejoignit Alayne.

— C'est un homme qui se promène.

Et il se demanda : « Pourquoi Renny se cache-t-il dans les bois au lieu de retourner à la maison ? Si un regard pouvait être mortel je serais un homme mort ! Seigneur, qu'il ressemblait à Gran ! »

La Cabane était plongée dans l'obscurité. Seule la lumière des étoiles se glissait entre les arbres. Un léger brouillard entourait les troncs d'arbres, imprégnés de tous les parfums de l'automne, parfum de feuilles mortes, de champignons des bois, d'œillets des Indes, de toutes les émanations d'un sous-sol vierge.

Alayne ouvrit la porte. L'intérieur était froid et sombre. Eden avait dû se coucher de bonne heure. Il aurait tout de même bien pu laisser la lampe allumée et mettre du bois dans le feu ! Finch éclaira la pièce avec sa lampe, tandis qu'Alayne cherchait une allumette et allumait deux bougies sur la table. A leur lueur, son visage apparut pâle et tiré. Finch sentit son cœur se gonfler de pitié pour elle. C'était bien la créature la plus solitaire qu'il ait jamais connue ! Il jeta un coup d'œil sur la porte de la chambre d'Eden, se demandant s'il était éveillé.

— Attendez une minute, Finch, lui dit Alayne, je vais chercher le livre que je veux vous faire lire.

Elle entra dans sa chambre en disant :

— Quel fouillis !

— Merci. Ne vous dérangez pas maintenant.

La liste de blanchissage décorée de timbres-poste attira les regards du jeune homme. Que diable cela voulait-il dire ? Il la regarda sans comprendre. C'était certainement encore une extravagance d'Eden ! Les timbres n'avaient pas servi. Il décida de venir les prendre si Eden et Alayne partaient en les laissant.

Lorsqu'elle revint, après un instant qui parut très long à Finch, les quelques couleurs qui restaient encore sur son visage avaient disparu. Elle posa le livre sur la table.

— Voilà, dit-elle avec effort. J'espère qu'il vous plaira.

La gorge contractée, elle ajouta :

— J'ai trouvé un petit mot d'Eden.

Finch s'aperçut qu'elle froissait un papier dans sa main.

— Oh ! dit-il d'un air stupide et la mâchoire tombante. Pourquoi a-t-il écrit ce mot ?

Elle le lui mit dans la main.
— Lisez.
Il lut :

« Chère Alayne,

« Malgré tous vos préparatifs, c'est moi qui m'envolerai le premier. Et je ne m'en vais pas seul. Minny Ware m'accompagne. Êtes-vous surprise ou avez-vous deviné quelque chose entre nous ? En tout cas, ce sera une surprise pour la pauvre Meggie. J'ai bien peur de toujours plaire à votre sexe ! Il ne nous reste qu'une seule chose à faire, demander le divorce. Je vous donne d'excellents motifs pour cela, et ils sont moins scandaleux que lors de mon premier départ. Ma chère enfant, voici vraiment ma première bonne action envers vous. Mon cœur se serre en songeant à tout ce que vous avez dû supporter cet été !

« Si Renny et vous ne vous mariez pas, j'aurai l'impression d'avoir péché inutilement.

« Nous n'allons pas en Californie, mais en France. J'écrirai de là-bas à Finch pour qu'il puisse renseigner votre notaire sur ma résidence. Merci, Alayne, pour votre générosité à mon égard. Si je ne peux prononcer le mot merci, je peux l'écrire.

« Bien à vous.

« EDEN. »

En lisant cette lettre, Finch avait une expression si bouleversée qu'Alayne fut prise d'un rire nerveux.

— Oh ! Finch, dit-elle, haletante, vous avez un air si drôle ! Je ne peux m'empêcher de rire.

— Je ne vois rien de drôle dans tout cela, répondit-il. Je trouve que c'est terrible.

— Bien sûr, c'est terrible. C'est pourquoi c'est si drôle. Ça et votre air !

Elle s'appuya contre le mur, la main sur son côté, riant et pleurant à la fois.

Finch alla jusqu'à la chambre d'Eden dont il ouvrit

la porte toute grande. Un désordre y régnait tel que seul Eden pouvait en créer ! Alayne s'approcha et resta sur le seuil auprès de Finch, regardant dans la chambre. Il la sentit trembler de la tête aux pieds et passa son bras autour d'elle.

— Chère Alayne, ne tremblez pas ainsi, j'ai peur que vous ne soyez malade.

— Je vais très bien, je suis seulement très fatiguée et les façons d'agir d'Eden sont tellement inattendues !

— Je l'avoue, je suis payé pour le savoir. Il ne m'a pas dit qu'il emmenait une femme avec lui quand il m'a emprunté de l'argent.

Elle resta stupéfaite.

— Emprunté de l'argent ? Quel argent ?

— De l'argent pour passer une année en France. Je l'ai emprunté pour lui. Mais, pour l'amour du Ciel, ne le dites pas à Renny, ou il me fera une scène terrible.

Son tremblement cessa et son visage s'apaisa.

— Il vous a emprunté de l'argent pour aller en France ?

Il fit un signe d'assentiment, non sans une certaine vanité.

— Mais Finch, Renny allait l'envoyer en Californie, pour y passer l'hiver.

— Je le sais. Mais Eden ne voulait pas. Il voulait passer une année en France, il en a besoin pour une œuvre qu'il a en vue. Je ne peux vous l'expliquer. Mais vous comprendrez, vous qui avez quitté votre travail et qui êtes venue le soigner à cause de sa poésie. Car vous sentez que ce qu'il est importe peu. Vous et moi avons les mêmes idées sur l'art. J'espère que vous ne me prenez pas pour un insensé.

Il était très rouge.

Elle ne pouvait vraiment pas blesser ses sentiments en le blâmant pour son acte. Mais Eden ne rembourserait jamais la somme ! Prenant le visage de Finch entre ses mains, elle l'embrassa.

— Quel geste magnifique vous avez fait, Finch. Je

n'en soufflerai mot à personne... C'est étrange de voir comment il se sert de nous pour nous laisser ensuite contempler la place qu'il occupait.

Elle prit la lettre des mains de Finch et la relut. Un flot de sang monta à son visage.

— Je regrette de vous l'avoir fait lire, à cause de... certaines choses dont il parle. Il faut les oublier. Il est... si cruel !

Finch grommela une réponse affirmative. Il ne ferait aucune allusion aux propos d'Eden concernant Renny et elle. Bien que... Il contempla le nid vide d'où le chanteur s'était enfui. Que ce lieu était triste et solitaire ! Il n'était pas fait pour une femme.

— Vous ne pouvez rester ici cette nuit, déclara-t-il. Vous allez revenir avec moi.

— Je n'ai pas peur.

— Il n'est pas question de ça. Mais c'est vraiment trop triste ! Je ne pourrais le supporter moi-même. Je ne vous laisserai pas.

— Il vaut mieux que je reste ici.

— Non. Je vous en prie, venez. Tante sera contente de vous accueillir. Votre ancienne chambre vous attend.

Elle consentit. Ils repartirent.

Le premier étage de Jalna était maintenant éclairé, mais il y avait encore une lumière dans le salon, d'où venait le son du piano. Nicolas était en train de jouer.

Du hall, Finch et Alayne aperçurent la tête grise et chevelue, ainsi que ses larges épaules, penchées sur le clavier. Alayne se souvint avec regret que dans la soirée elle ne lui avait pas demandé de jouer tandis qu'elle avait supplié Finch de le faire.

Nicolas jouait *la Consolation* de Mendelssohn. « Quand on a entendu Mendelssohn ! » Son chien était assis languissant devant le feu, attendant son maître pour aller se coucher.

Finch murmura :

— Allez-vous tout lui dire ?

— Oui. Laissons-le finir

Ils attendirent ensemble, immobiles. Quand les dernières notes se furent éteintes, Alayne s'approcha de lui. Il regarda ses mains un instant, puis leva lentement les yeux sur elle.

Surpris de son retour, il s'écria :

— Alayne, ma chère enfant, qu'y a-t-il ?

— Ne vous inquiétez pas, répondit-elle. Il n'y a rien de grave. Seulement Eden est parti un peu plus tôt que je ne comptais. Il m'avait laissé un mot à la Cabane. Finch n'a pas voulu que je reste seule, aussi je suis revenue, comme vous voyez.

Elle pencha la tête et se tordit les doigts. Sa voix était à peine perceptible lorsqu'elle ajouta :

— Il a emmené Minny Ware avec lui.

Les grands yeux de Nicolas la regardèrent fixement.

— Il a agi comme un vrai démon ! Le bandit ! Il mérite le fouet ! Ma pauvre petite fille !...

Il se retourna sur le tabouret de piano et passa un bras autour de la taille d'Alayne.

— Voilà sa façon de reconnaître toute votre bonté ! Ce n'est qu'un jeune gredin ! Renny est-il au courant ?

— Je n'ai pas vu Renny.

Et elle se sentit envahie de honte en pensant à Renny. Elle ne voulait plus le voir. Elle allait quitter la maison pour n'y plus jamais revenir.

Augusta appela du premier étage.

— N'est-ce pas la voix d'Alayne que j'entends ? Qu'y a-t-il de fâcheux, Nicolas ?

Très excité, il se hâta, en traînant la jambe, jusqu'au pied de l'escalier.

— Gussie !

Il ne lui avait pas donné ce diminutif depuis des années.

— Descends, Gussie. Il y a ici un joli gâchis ! Le jeune Eden s'est enfui avec cette friponne de Minny Ware.

Il se tourna vers Finch et Alayne qui l'avaient suivi.

— Savez-vous où ils sont allés ?

Finch, également très excité, répondit :

— En France, en criant comme si son oncle était sourd.

Augusta commença à descendre l'escalier en jupon et en camisole, une natte de cheveux dans le dos. Si jamais elle avait eu un air offensé, c'était bien à ce moment-là !

— Nick, tu ne m'apprends rien !

Ernest apparut à son tour en haut de l'escalier, en chemise de nuit et robe de chambre, sa chatte Sasha se frottant contre ses jambes.

— Quelle est cette nouvelle complication ?

Dans l'escalier, à mi-chemin entre ses deux frères, Augusta répondit :

— Une escapade d'Eden. Je crains que cette Ware ne l'ait entraîné à quelque sottise. Nicolas est bien excité.

Ils se trouvèrent tous réunis au pied de l'escalier. Nicolas demanda à lire la lettre d'Eden pendant qu'Augusta assurait qu'elle s'était toujours attendue à quelque chose de ce genre. Ernest proclama que c'était bien heureux que maman n'ait pas vécu jusqu'à cette nuit, à quoi Nicolas répondit que personne, plus que maman, n'aimait les complications. A cet instant, des pas rapides se firent entendre sous le porche et Renny ouvrit la porte.

Avant même qu'il ait pu l'apercevoir, Alayne s'était enfuie au bout du hall. Elle ne pouvait lui faire face là, devant tous les autres ! Elle allait s'enfuir dans sa chambre pour ne le voir que le lendemain.

Elle l'entendit demander :

— Qu'y a-t-il ?

Nicolas lui exposa la situation avec force. Renny ne fit aucun commentaire, mais elle imagina sans peine son expression, ses sourcils roux relevés, la flamme de ses yeux noirs. Elle entendit la voix d'Augusta qui disait :

— Alayne est ici, la pauvre petite. Tiens, où est-elle allée ? Alayne, ma chérie, voici Renny.

Elle ne répondit pas. La chambre de grand-mère était grande ouverte. Elle entra et ferma la porte derrière elle. Elle fut étonnée d'y trouver la veilleuse allumée. A sa faible lueur, la chambre lui apparut plongée dans une atmosphère de profonde mélancolie. Elle vit les dorures fanées de la tapisserie, le profond fauteuil à oreilles devant le foyer vide, les lourds rideaux à franges et à glands, le vieux bois du lit peint à la tête duquel dormait, parmi les fleurs et les fruits fantastiques, Boney, la tête sous l'aile.

La chambre sembla avertie de son entrée. Durant les longues années où la vieille Adeline y avait vécu, cette pièce avait absorbé assez d'émotions humaines pour alimenter des songeries aussi longtemps que ses murs resteraient debout. Chaque objet portait l'empreinte de cette forte personnalité. En ce moment, faiblement éclairés, ces objets inanimés réussissaient a recréer sa présence. Le lit n'était plus lisse et froid, mais froissé et chaud sous le poids de ce vieux corps lourd et vigoureux. Alayne pensa : « Si j'étais entrée ainsi dans sa chambre, qu'elle aurait bien su me tendre les bras pour me serrer contre elle et me dire : « Embrassez-moi… Vite, embrassez-moi. »

Elle resta debout, près du lit, tendant l'oreille. Étaient-ils remontés ou avaient-ils regagné le salon pour y causer ? Elle entendait un bruit de voix, mais celle de Renny, pourtant si nette, restait silencieuse.

Son cœur battait douloureusement sous l'impulsion nouvelle que sa passion pour lui recevait des objets qui l'entouraient et de sa soudaine apparition. Elle appuya la main sur le bois du lit.

Il venait.

Involontairement elle se dirigea vers la porte, comme pour l'empêcher d'entrer. Mais il arriva avant elle et entra. Dans la lumière voilée de la veilleuse, se détachant sur le fond d'un lourd rideau marron, elle vit le visage qu'elle aimait, ce visage qu'elle évoquait la nuit et qui la poursuivait le jour. Il était là ; elle pouvait étendre la main, le toucher. Il vivait en elle et elle ne pouvait plus nier son élan vers lui. Mais que savait-elle vraiment de lui ? Comment envisageait-il l'amour et le bonheur ? Elle l'ignorait. Il était une énigme pour elle dont l'unique réponse était le cri de son propre cœur.

Scrutant son visage, il lui dit :

— Divorcerez-vous maintenant ?

Dans un souffle elle répondit :

— Oui.

— Et vous m'épouserez ?

— Oui.

Elle le regarda et eut peur en le voyant si près d'elle. Elle dressa entre eux une barrière en lui demandant :

— Pourquoi n'étiez-vous pas ici, ce soir ?

— Je ne pouvais pas, je savais qu'ils étaient partis.

— Vous saviez qu'Eden et Minny étaient partis ?

— Oui.

Il eut un rire bref et contenu.

— Je me promenais. Les barrières du passage à niveau se baissaient au moment où j'arrivais. Il faisait juste assez clair pour distinguer leurs deux silhouettes sur le quai. Ils portaient des valises. Et quand le train passa, je le vis de nouveau à une fenêtre.

Son air sombre disparut pour faire place au brusque sourire malicieux si semblable à celui de la vieille Adeline.

— Il m'a vu et m'a fait signe avec la main !

— Voilà pourquoi vous n'êtes pas venu ?

Il inclina la tête.

— Mais pourquoi ?

— Je ne sais pas. Mais cela m'était impossible, sachant ce que je savais.

Éprouvant une brusque souffrance, elle lui demanda :

— Et vous n'êtes pas venu me l'apprendre ? Vous

m'avez laissée rentrer à la Cabane où j'ai tout découvert moi-même ?

— Oui.

— Quelle cruauté de votre part !

Il ne répondit pas, ne voyant que le creux blanc de sa gorge.

Les yeux d'Alayne cherchèrent à lire dans les profondeurs des siens. Était-il vraiment cruel ou seulement timide à la façon d'un animal sauvage effrayé par ce qu'il ne comprend pas ? Elle se souvint soudain du promeneur entendu dans le bois de pins, de l'expression bizarre de Finch lorsqu'il l'avait rejointe après sa recherche.

— Étiez-vous dans le bois ? Est-ce vous que Finch et moi nous avons entendu ?

Il resta encore silencieux, mais cette fois s'approcha et posa la tête contre la sienne en murmurant :

— Ne posez plus de questions. Aimez-moi.

Elle sentit le feu d'un baiser dans son cou et se cramponna à lui, appuyant son front contre son épaule. Ils ne pouvaient parler, mais leurs cœurs, l'un après l'autre, parlaient entre eux le langage des flots qui montent, des vents qui courbent les branches, de la pluie qui pénètre à l'intérieur chaud de la terre.

28

CANARDS SAUVAGES

UN mois plus tard, un groupe matinal se disposait à quitter Jalna pour aller chasser le canard sauvage. Ils partaient en auto pour la région des lacs et des marais peuplés de sarcelles, de canards et de bécasses. Dans la voiture de Maurice Vaughan se trouvaient deux de ses amis : Mr. Vale, de Mistwell, et Mr. Antoine Lebraux, de Québec. Piers et Renny devaient emmener les chiens dans la leur. Ces derniers, fous de joie à la vue des fusils, allaient flairer successivement le sac de fardage, les provisions, les armes, les jambes de leurs maîtres revêtues d'épaisses chaussettes de laine ou de leggings. Le ciel était gris avec quelques taches bleues. Le soleil semblait rechercher délibérément le rouge éclatant des érables. Un vent violent soufflait du sud-est, apportant l'odeur du lac et le bruit de ses vagues se brisant sur la plage.

Wright apporta de la maison une lourde bourriche couverte de toile et la plaça derrière, dans la voiture de Renny.

— Le jambon est là, Monsieur, dit-il, ainsi que les petites conserves. Le sac de biscuits pour les chiens est dans ce coin. Et voilà les bouteilles d'alcool.

— Parfait.

Renny introduisit sa tête dans l'auto.

— Nous partons tout de suite... Tout est en place, Maurice ?

— Oui. Il y a longtemps que nous sommes prêts.

Nicolas, Ernest, Finch, Wakefield, Pheasant et Mooey étaient sortis, nu-tête, pour assister au départ. Nicolas portait une épaisse robe de chambre à carreaux rouges et verts. Sa chevelure grise n'avait pas encore été peignée et se dressait comme une crête au-dessus de ses traits durs. Ernest causait avec les invités, les mains dans ses poches, mince, se sentant rajeuni, heureux de ce remue-ménage. Pheasant, ses courts cheveux au vent, ne cessait de courir après son fils qui marchait maintenant. L'enfant, emmitouflé dans un cache-nez de Piers, son petit nez bleui par le froid, était sans cesse en danger au milieu des autos, des chiens, des hommes et des courses folles de Wake.

Comme Finch aurait voulu partir aussi ! Il se tenait courbé en avant, comme un croissant de lune, les mains dans les poches, les épaules luttant contre le vent, regardant avec un sourire de regret les préparatifs fascinants des chasseurs. Piers qui passait à côté de lui en tenant un chien d'arrêt en laisse, s'arrêta brusquement et le regarda. Le sourire s'effaça sur les lèvres de Finch qui se raidit, attendant une raillerie.

Piers lui dit :

— Pourquoi ne viens-tu pas avec nous ?

— C'est bien ce que je me disais, répondit Finch en plaisantant.

— Je parle sérieusement. Ce sera excellent pour tes nerfs détraqués et te mettra en bonnes dispositions pour l'hiver.

Il appela Renny qui examinait avec inquiétude son moteur.

— Pourquoi n'emmènes-tu pas le jeune Finch ? Il pourrait être utile.

— Il tuera plutôt l'un de nous. Il n'a jamais chassé. Pourquoi l'emmener ?

— Mais pourquoi pas ? insista Piers. Regarde-le. Il

ne vivra jamais assez pour jouir de sa fortune s'il continue ainsi. Il est tout en jambes et en nez.

Tous deux regardèrent Finch qui riait bêtement, éprouvait l'impression d'être suspendu dans les airs !

— Entendu ! accepta Renny, d'un ton laconique. Mais ne perds pas de temps et va te préparer.

Finch se précipita vers la maison.

— Il est aussi vif que la moutarde, dit Piers d'un ton approbateur.

— Moi aussi, je veux venir, hurla Wake.

Piers essaya de le calmer en le portant sur sa tête, mais dès qu'il le relâcha, l'enfant se précipita dans l'auto et s'installa sur le sac d'où il fallut le sortir de force.

— Sais-tu bien, dit-il les larmes aux yeux en regardant Renny, que je n'ai jamais été nulle part.

— Tu ne peux pas venir avec nous.

Renny sortit quelques pièces d'argent de sa poche, et choisit deux pièces de cinquante *cents* qu'il mit dans la main du petit garçon.

— Tâche, avec cela, de bien t'amuser.

Wake ne s'était jamais trouvé possesseur d'une telle somme. Il fut tout à fait consolé et éprouva même un certain sentiment de responsabilité.

Dans sa chambre, Finch enfouissait vêtements et chaussures dans une valise. En toute hâte, il enfila un chandail vert bouteille sur le rouge qu'il portait et s'aperçut dans la glace. Il se souvint du rêve de Wake dans lequel il était « une longue fleur jaune et plutôt triste ! ». Il éclata de rire. « Mon Dieu, s'écria-t-il, c'est terrible ! » Ce qu'il considérait comme terrible n'était pas bien défini, mais s'appliquait probablement à la rapidité folle avec laquelle la vie changeait. Eden et Minny avaient disparu mystérieusement. Tante Augusta et Alayne étaient en Angleterre, et lui-même partait pour la chasse avec ses frères !

Il descendit précipitamment les escaliers, sa valise ballottant dans ses jambes, et apparut les yeux hagards devant les autres. Il sauta dans la voiture de son beau-frère.

— Non ! cria Vaughan. Tu ne peux pas monter ici. Va dans l'autre voiture.

— Viens ici avec les chiens, lui dit Renny.

Finch plaça sa valise sur le tas de bagages et se glissa entre les deux épagneuls et le chien d'arrêt qui tremblaient tous trois d'excitation. Ils lui léchèrent les mains et la figure, poussant des cris de joie au moment du départ.

C'était enfin le départ ! La voiture de Maurice tournait dans l'avenue. Ses trois occupants firent des signes et crièrent adieu au groupe qui restait à Jalna. Finch ne parvenait pas à croire qu'il était dans l'auto, derrière Renny et Piers. Il passa la tête à la portière pour crier :

— Au revoir, oncle Nick ! Au revoir, oncle Ernest ! Au revoir, les enfants !

Ils lui répondirent de même. Wake allait et venait en dansant d'excitation. Oncle Ernest tenait Mooey dans ses bras. Pheasant et Mooey envoyaient des baisers. Il éprouva une sorte de souffrance de cette joie, de ce départ. Il pouvait supporter la douleur, mais était sans défense devant le bonheur.

De l'autre côté de la route, les chênes et les érables montraient leurs feuilles rouges et teintées d'acajou. Chaque coup de vent en arrachait quelques-unes qui s'envolaient comme de brillants oiseaux avant de tomber sur le bord de la route.

En approchant de l'église, ils virent les cèdres du cimetière s'élevant comme une barrière vert sombre contre le ciel. Renny effleura la main de Piers qui tenait le volant.

— Va doucement, lui dit-il.

L'auto dépassa lentement le cimetière. Les rois frères regardèrent le chemin escarpé, évoquant le jour encore tout proche où ils l'avaient monté en portant un cercueil. Renny ôta sa casquette et jeta un regard vif aux deux autres qui l'imitèrent. Piers garda la sienne dans sa main, regardant du coin de l'œil Renny pour recueillir un signe l'autorisant à la remettre. Mais Renny regardait Finch par-dessus son épaule en lui disant :

— Finch, te rappelles-tu son dernier mot ?

— Victoire ! répondit Finch.

LEXIQUE ÉLÉMENTAIRE

à l'usage des amis de

JALNA

ADA (Leigh), sœur d'Arthur Leigh, amie de Finch I.

ADELINE Ire (Court), la célèbre « Gran » (1825-1927), animatrice principale du roman, épouse de Philippe Ier Whiteoak. De ce mariage descend toute la famille de Jalna.

ADELINE II (Whiteoak), fille de Renny et d'Alayne. Cf. le volume à elle consacré : *La Fille de Renny*. Elle épousera Mooey.

ALAYNE (Archer), née en 1896, d'abord femme d'Eden, divorcée en 1928, épouse la même année Renny, dont elle a Adeline II et Archer.

AMY (Stroud), inquiétante voisine.

ARCHER (Whiteoak), fils de Renny et d'Alayne, né en 1935.

ARTHUR (Leigh), premier époux de Sarah Court, qui épousera ensuite Finch I.

AUGUSTA (Whiteoak), 1851-1939, fille de Philippe et d'Adeline Ire, épouse Sir Edwin Buckley.

BONEY, l'éloquent perroquet de « Gran », à qui il survivra.

CHALK, maréchal-ferrant.

CHRIS (Dayborn), amie de Renny, mère de Molly.

CLAPPERTON (Eugène), voisin et adversaire de Renny.

CLINCH (Miss), gouvernante de Pheasant.

DAYBORN, famille de voisins : Garda, Althea, Gemmel.

DENIS-ARTHUR (Whiteoak), né en 1939, fils de Finch I et de Sarah.

DERMOT (Court), cousin irlandais d'Adeline Ire, fait de Mooey l'héritier de ses biens.

EDEN (1901-1932), poète, épouse Alayne Archer, divorce en 1928. De sa liaison avec Minny Ware il a eu une fille : Roma.

EDWIN (Sir Edwin Buckley), épouse Augusta, meurt en 1917.

ELISA, femme de chambre d'Adeline Ire.

ERNEST (1854-1949), fils cadet d'Adeline Ire, veuf d'Harriet Archer.

FENNEL (Mr.), pasteur de Jalna.

FINCH I, né en 1908, troisième fils de Philippe II et Mary Wakefield, frère de Renny, pianiste, héritier de sa grand-mère. Cf. *L'Héritage des Whiteoaks.* Épouse Sarah Court, dont il a Denis-Arthur.

FINCH II (Whiteoak), dit Nooky, fils de Piers et de Pheasant.

GEORGES (Fennel), fils du pasteur, ami de Finch I.

HARRIET (Archer), femme d'Ernest, meurt en 1940.

HODGE, le vieux cocher de Jalna.

JOHNNY THE BIRD, le cheval vainqueur du Grand National.

LACEY (famille), voisins de Jalna.

LAUNCETON, fameux cheval de course, sa fin tragique.

LEBRAUX (Clara), éleveuse de renards, amie de Renny.

LEBRAUX (Pauline), un moment fiancée à Wakefield.

MALAHIDE, cousin irlandais d'Adeline Ire. Cf. *Jeunesse de Renny.*

MARGARET (Ramsay), fille du docteur Ramsay, épouse Philippe II, dont elle a Meg et Renny, meurt d'une maladie de langueur.

MARY (Wakefield), de Londres, institutrice des enfants du premier lit de Philippe II. Elle devient sa femme. De ce mariage, naissent plusieurs enfants morts en bas âge, puis Eden, Piers, Finch et Wakefield. Mary meurt en 1915. Cf. le volume : *Mary Wakefield.*

MAURICE (Vaughan), né en 1884, fils de Robert Vaughan, fiancé en 1906 à Meg. Après la longue interruption de ces fiançailles, il l'épouse en 1926. Père naturel de Pheasant.

MAURICE II, dit Mooey, né en 1926, fils de Piers et de Pheasant. Épousera-t-il Adeline II ?

MEG, née en 1884, fille du premier lit de Philippe II et de Margaret Ramsay. De son mariage avec Maurice Vaughan, naît en 1926 une fille : Patience.

MERLIN, l'épagneul.

MILLICENT (Hume), femme, depuis divorcée, de Nicolas.

MINNY (Ware), mère de Roma, dont Eden est le père.

MOLLY (Griffith), amie de Wakefield, fille naturelle de Renny et de Chrys Dayborn.

NICOLAS, né en 1852, fils aîné d'Adeline Ire, époux divorcé de Millicent Hume.

NOAH BINNS, fossoyeur et sonneur de cloches.

PARIS (Court), fils de Malahide.

PATIENCE, née en 1926, fille de Maurice Vaughan et de Meg.

PHEASANT, née en 1906, fille naturelle de Maurice I et d'Elvira, épouse de Piers, mère de Mooey, de Finch II et de Philippe III.

PHILIPPE Ier, né en 1815, officier des Hussards de la Reine, époux de la grande Adeline. Fondateur de Jalna. Cf. *La Naissance de Jalna.*

PHILIPPE II, né en 1862, troisième fils des précédents. Héritier de Jalna. De ses deux mariages avec Margaret, puis avec Mary, il a une fille et cinq fils.

PHILIPPE III, né en 1933, troisième fils de Piers et de Pheasant.

PIERS (Whiteoak), fils de Philippe II et de Mary, époux de Pheasant, agriculteur.

RENNY (Court), dit Renny le Rouge, père irlandais de la grande Adeline.

RENNY (Whiteoak), « le Maître de Jalna », personnage central du roman, né en 1886, épouse en 1928 Alayne, femme divorcée d'Eden.

ROMA, fille naturelle d'Eden et de Minny Ware.

SARAH (Court), cousine éloignée et femme de Finch. De ce mariage naît en 1939 Denis-Arthur.

WAKEFIELD (Whiteoak), né en 1915, dernier fils de Philippe II et de Mary. Entre au couvent avant de devenir homme de théâtre, se couvre de gloire pendant la guerre de 1939-1944. Cf. *Le Destin de Wakefield*.

WRAGGE, dit Rags, ancienne ordonnance de Renny, factotum de Jalna.

WRAGGE (Mrs.), épouse du précédent, cuisinière de Jalna.

LA FAMILLE WHITEOAK

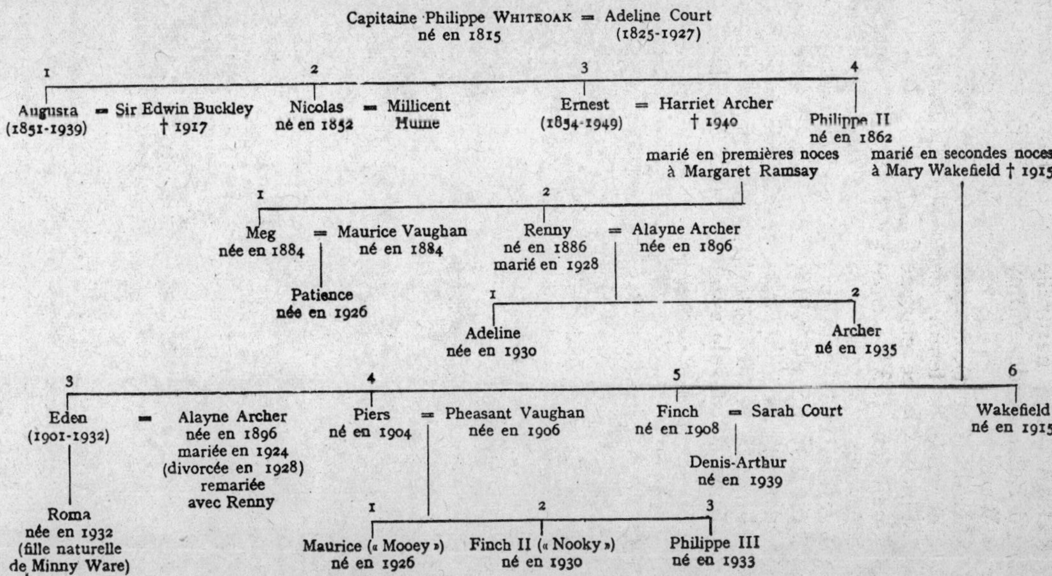

TABLE DES MATIÈRES

ACHEVÉ D'IMPRIMER LE
6 OCTOBRE 1976 SUR LES
PRESSES DE L'IMPRIMERIE
BUSSIÈRE, SAINT-AMAND (CHER)

PRESSES POCKET
8, RUE GARANCIÈRE, 75006 PARIS

— N° d'édit. 1135. — N° d'imp. 871 —
Dépôt légal : 4e trimestre 1976.
Imprimé en France

COLLECTION PRESSES POCKET

DÉJA PARUS (suite) :

1258 Quand la Provence nous est contée — **Marie MAURON**
1259 Je n'ai pas trahi — **Utta DANELLA**
1260 Enquête sur une mort suspecte : Marilyn Monroë — **Gérard de VILLIERS**
1261 La femme de sa mort — **Margaret MILLAR**
1262 Les Beatles — **Hunter DAVIES**
1263 Pour en finir une fois pour toutes avec la culture — **Woody ALLEN**
1264 Les dames à la Licorne — **René BARJAVEL**
1265 Cyclone sur la Jamaïque — **Robert GAILLARD**
1266 Butin de Gretchen — **K. H. HELMS-LIESENHOFF**
1267 Le visage du pardon — **Frank G. SLAUGHTER**
1268 Le vivier — **Henri TROYAT**
1269 La fosse commune — **Henri TROYAT**
1270 Le mort saisit le vif — **Henri TROYAT**
1271 Les semailles et les moissons, T. 1 — **Henri TROYAT**
1272 Les semailles et les moissons, T. 2 Amélie — **Henri TROYAT**
1273 Les semailles et les moissons, T. 3 La grive — **Henri TROYAT**
1274 Les semailles et les moissons, T. 4 Tendre et violente Élizabeth — **Henri TROYAT**
1275 Les semailles et les moissons, T. 5 La rencontre — **Henri TROYAT**
1276 Le jugement de Dieu — **Henri TROYAT**
1277 Grandeur nature — **Henri TROYAT**
1278 La tête sur les épaules — **Henri TROYAT**

COLLECTION PRESSES POCKET

DÉJA PARUS (suite) :

1279	Faux jour	**Henri TROYAT**
1280	L'araigne	**Henri TROYAT**
1281	La gloire de mon père	**Marcel PAGNOL**
1282	Le château de ma mère	**Marcel PAGNOL**
1283	Le temps des secrets	**Marcel PAGNOL**
1284	Marius	**Marcel PAGNOL**
1285	Fanny	**Marcel PAGNOL**
1286	César	**Marcel PAGNOL**
1287	La femme du boulanger	**Marcel PAGNOL**
1288	Jean de Florette	**Marcel PAGNOL**
1289	Manon des sources	**Marcel PAGNOL**
1294	Topaze	**Marcel PAGNOL**
1301	Le sommeil de la mer	**Daniel GRAY**
1302	Stalingrad en Normandie	**Eddy FLORENTIN**
1303	La Seconde Guerre mondiale (Après février 1945), T. 6	**Raymond CARTIER**
1304	Une déesse ne pleure pas	**Heinz G. KONSALIK**
1305	Où est donc ma femme?	**JEAN-CHARLES**
1306	L'adieu à Saigon	**Jean LARTÉGUY**
1307	L'oiseau bleu	**Utta DANELLA**
1308	Jeunes filles en péril	**Marie Louise FISCHER**
1309	Victoire et la Florentine	**Solange FASQUELLE**
1310	La naissance de Jalna	**MAZO DE LA ROCHE**
1311	Matins à Jalna	**MAZO DE LA ROCHE**
1312	Mary Wakefield	**MAZO DE LA ROCHE**
1313	Jeunesse de Renny	**MAZO DE LA ROCHE**

COLLECTION
PRESSES POCKET

DÉJA PARUS (suite) :

1314	L'héritage des Whiteoaks	**MAZO DE LA ROCHE**
1326	L'évêque bègue	**Erle-Stanley GARDNER**
1327	Confidences impardonnables	**Gilbert GANNE**
1328	Les dossiers cachés de la brigade mondaine	**Maurice VINCENT**
1329	Une victoire sur l'Himalaya	**Bernard PIERRE**
1330	Le chien jaune	**Georges SIMENON**
1331	Les fiançailles de Monsieur Hire	**Georges SIMENON**
1332	L'ombre chinoise	**Georges SIMENON**
1333	L'affaire Saint-Fiacre	**Georges SIMENON**
1334	Le coup de lune	**Georges SIMENON**
1335	La maison du canal	**Georges SIMENON**
1336	Le fou de Bergerac	**Georges SIMENON**
1361	Trop beau pour mourir	**William IRISH**
1362	Mots croisés souriants	**Guy BROUTY**
1363	Cent jeux historiques	**François DIWO**